中國道教文化研究

初 編

第 **14** 冊

唐代文人神仙書寫研究

林雪鈴 著

花木蘭文化事業有限公司

國家圖書館出版品預行編目資料

唐代文人神仙書寫研究／林雪鈴 著 — 初版 — 新北市：花木
蘭文化事業有限公司，2020〔民 109〕
目 4+316 面；19×26 公分
（中國道教文化研究 初編；第 14 冊）
ISBN 978-986-254-554-6（精裝）
1. 宗教文學 2. 神仙 3. 文學評論 4. 唐代
820.8   100015005

ISBN-978-986-254-554-6

9 789862 545546

中國道教文化研究
初　編　第十四冊   ISBN：978-986-254-554-6

唐代文人神仙書寫研究

作　　者　林雪鈴
總 編 輯　杜潔祥
副總編輯　楊嘉樂
編　　輯　許郁翎、張雅淋　美術編輯　陳逸婷
出　　版　花木蘭文化事業有限公司
發 行 人　高小娟
聯絡地址　235 新北市中和區中安街七二號十三樓
　　　　　電話：02-2923-1455／傳真：02-2923-1452
網　　址　http://www.huamulan.tw 信箱 hml810518@gmail.com
印　　刷　普羅文化出版廣告事業
初　　版　2020 年 3 月
全書字數　282907 字
定　　價　初編 20 冊（精裝）台幣 40,000 元

唐代文人神仙書寫研究

林雪鈴　著

作者簡介

林雪鈴，現職爲文藻外語大學應用華語文系副教授，學術專長爲唐代文學、宗教文學、中國神話與傳說、華語文教學、閱讀寫作。著有專書《唐詩中的女冠》、《唐代文人神仙書寫研究》、《女神的生命隱喻及其文學表現》等；學報論文〈唐代敦煌在地作品中的場域記憶及其特徵〉、〈脈絡中的學習：章法結構在第二語言華語閱讀教學中的應用〉等 20 餘篇。

提　　要

　　文人神仙書寫的演進，可說是宗教思維透過知識份子的自覺跨越與主體創造，逐漸轉化出人文意義的歷程。本書嘗試論證，唐代在此一歷程中具有特殊地位。文中首先梳理文人神仙書寫的整體內涵以爲立論基礎，探討面向包括：神仙思維的起源與特性、從宗教思維到著落爲文學形式、歷史發展的源流、典型的確立等；其次分析唐代宗教文化環境及文人神仙觀的變化，認爲由於宗教神聖性鬆動、追新求變的文化、理性人文的思潮、道教發展的轉型等轉變影響，遂使神仙思想趨向於生活化、世俗化，神仙因而成爲介於虛構與真實之間的創作素材，文人因而更能自由的透過想像、遊戲、信仰等不同情態，實現神仙書寫所具有的跨越與主體創造特質。唐代豐富多元的文人神仙書寫面貌，便是在這樣的背景中發展出來。此一現象在十五位具有代表性的作家作品中得到印證。這些創作主要表現出主體參與、神聖性鬆動、遊戲心理三大特色，並且呈現與社會文化背景相連動的階段性發展脈絡，顯示神仙確爲心靈願望的寄託，神仙書寫確爲以創作抒發主體存在意識的窗口，由於神仙與文人書寫均具有探求超越性理想的本質，彼此相應，遂打造出一條檢視人文的獨特道路。論文的最後嘗試討論個人主體意識與宗教素材在創作活動中所對顯出的聖、俗抗衡特質，以及唐代文人神仙書寫世俗化所帶來的美學效應。

目次

第一章　緒　論

第一節　研究動機

一、文人神仙書寫的研究價值與探討進路

　　文人、神仙、書寫這三個命題中，文人是有人文著述流傳的知識份子、神仙是寄託超越理想的宗教性思維、書寫是意義的自覺表述，當它們分開來看時，各有其豐厚、富歷史的探討空間，然而當它們合在一起時，又交織劃分出一塊明確、富意義的研究領域。就單純的文學主題研究來看，文人神仙書寫可以是神仙文學史的研究、神仙文學藝術的研究。但是因為神仙此一書寫題材的特殊、以及當它與文人書寫並列時獨特的對比性，因而範圍出一條具有人文考察意義的探討路徑。

　　這個特殊的對比，在於神仙是宗教性的思維，其身世緣起，是初民對未知世界的幻想闡釋，這種幻想闡釋，是透過高於人之存在的神來完成的。然而文人書寫，卻是表彰人之存在、表達主體意識的自覺闡述。於是神仙神話與文人書寫，本質雖然相同，都是人在認識世界的過程中，賦予意義、認知自我的人文產物，不過文人書寫，是以人來出發，神仙神話卻多繞了一個彎，將人情人思隱藏在神靈背後，形成透過神來賦予世界價值意義的外在模式，於是具有了宗教性。

　　這個宗教性的彎，像一個閱覽世界的櫥窗，最初人類透過它，得以讀出世界的樣貌、得到抒發世界觀的管道。不過當人類逐漸自知自覺，便開始嘗

試掙脫這個宗教性的窗口，以人的角度來闡述世界。當代學者彼得・伯格（Peter L. Berger）稱這個宗教性的窗口，為「神聖的帷幕」（the sacred canopy），認為早期人類對大自然的宗教性闡述，像是為世界籠上一個神聖性的帷幕，但是隨著人類社會日新月異的發展，這個帷幕開始逐漸被揭開，人們取得一個重新觀看世界的方式。〔註1〕無論將此一演變歷程，形容為「突破宗教性窗口」或是「揭開神聖帷幕」，這個從透過神的眼光，到透過人的眼光看世界的發展，無疑都是富於人文意義的。關於神仙神話、文人書寫的獨特對比，以及兩者抗衡所衍生出的研究空間，便是在此中反映出來的。神仙神話本是神之宗教神聖性的發揮，而文人，作為「有人文著述流傳的知識份子」，知識份子是掌握知識、以超越眼光抗衡現實、引領文化前進的一群人，對現實世界的價值意義，是最具衝撞力量、超然審視力量的一群人，他們引以為傲的族群標誌，正是人的自覺。而當這種人的自覺，透過神仙這種宗教性的題材書寫來發揮，並且在書寫的歷史中，一再帶領人類社會突破宗教窗口、揭開神聖帷幕，形成由神到人的人文演變歷程，這不是深邃有趣，非常具有研究價值嗎？

關於此一由神到人的演變歷程，在文學研究中，有所謂神話原型的傳承與轉化，宗教學則稱之為世俗化。文人神仙書寫，涉及了文學與宗教兩個領域，神話原型批評或世俗化研究的研究成果，對此一議題均富啟發性。

神話原型批評理論的主要提供者是加拿大學者弗萊 Northrop Frye（1912～1991），他承繼弗雷澤（J. G. Frazer）等人類學者對巫術本質、宗教演變、儀式象徵的研究成果，以及佛洛伊德、榮格對原型的探討，建立以原型象徵探討神話的門徑，並透過神話原型的傳承與闡釋，演繹出文學創作從神到人的演變歷程。〔註2〕

〔註1〕 彼得・伯格：《神聖的帷幕——宗教社會學理論的要素》（臺北：商周出版社，2003）。

〔註2〕 原型批評的主要創始者是加拿大學者諾斯洛普・弗萊 Northrop Frye（1912～1991）此一學派的兩個主要思想來源，一個是弗雷澤的人類學，一個是榮格的精神分析學。榮格所謂的原型是：「人類長期的心理積澱中未被直接感知到的集體無意識的顯現，因為是作為潛在的無意識進入創作過程的，但它們又必須得到外化，最初呈現為一種原始意象，在遠古時代表現為神話形象，然後在不同的時代通過藝術在無意識中激活轉變為藝術形象。」（朱立元主編：《當代西方文藝理論》，上海：華東師範大學出版社，頁167～168。）此二者對弗萊原型批評所把注的靈感為：「弗雷澤只讓弗萊看到不同文化背景中存在著相同的神話和祭祀模式這一現象，而未能向他揭示隱藏在這一現象深處的無意識的結構和產生這些相同模式的「原始意象」；而榮格則用他的「集體無

此一理論的闡述，主要見於 1957 年出版的《批評的解剖》（Anatomy of Criticism）。全書收錄了四篇專論，計為〈歷史的批評：模式理論〉、〈倫理的批評：象徵理論〉、〈原型批評：神話理論〉、〈修辭批評：文體理論〉，這四個觀點均對文人神仙書寫的研究具有提示意義。其中，〈原型批評：神話理論〉將神話與現實主義作為兩極，認為：「神話是對以願望為限度的行動的模仿，這種模仿是用隱喻形式進行的。換句話說，神的為所欲為的超人性只是人類願望的隱喻表現。隨著抽象理性的崛起，人的願望幻想漸漸受到壓制，神話趨於消亡，但變形為世俗文學繼續發展。在神話中用隱喻來表現的內容，到了後世文學中改用明喻來表現。現實主義強調所表現的東西到現實之間的相似關係，這實際上是一種明喻藝術。這樣從神話到現實主義的全部文學，就都建立在比喻這種共同的結構基礎上了。神話只求喻體與被喻內容的神似，現實主義為了獲得真實可信性，不得不要求二者形式。」（葉舒憲：《文學與人類學──知識全球化時代的文學研究》第五章〈弗萊的文學人類學思想〉，頁 132。）其中分析了從神話到現實主義的兩條線索，一個內部主體從神到人，本對神作人類願望的投射，最終回歸到人類的理性自覺。一個外部形式從神似到形似，本求神與人的隱喻連結，最終發展為神與人的關係在外部形式上的指實。

　　至於在歷史的批評中，弗萊則歸納出文學中五種「書寫對象」與「創作主體」的對待關係：1、書寫對象的<u>種類</u>高於我們，那麼這個對象是神，其文學為神話。2、書寫對象的<u>程度</u>高於我們，其作為卓絕非凡，那麼這個對象是傳奇人物，是人而非神。3、書寫對象高於我們，但仍處於社會批評、自然環境的範圍內，那麼這個對象是英雄、領袖人物。4、書寫對象不高於我們，也不超越社會、自然環境，跟我們一樣。那麼是書寫普通人的現實主義文學。5、書寫對象低於我們，使我們感到「居高俯視一個受奴役、受愚弄的或荒誕的場面」，那麼這是諷刺模式的文學。〔註3〕歸納出這五種對待關係後，弗萊又

意識」學說和原型理論為弗萊找到了存在於文學中那些反覆出現的意象之下的「無意識的結構」，為他提供了闡釋這些意象結構方式的理論基礎。」（朱立元主編：《當代西方文藝理論》，頁 165。）弗雷澤所代表的儀式學派，從祭祀儀式的共有模式，去解析背後的原始意象。而榮格則從心理學的觀點，分析這些共有的模式背後，所隱含的集體無意識，為這些原始意象的結構方式提供理論基礎。最後促發了弗萊的原型批評理論。

〔註3〕　這段說明，參考自葉舒憲《文學與人類學》第五章〈弗萊的文學人類學思想〉中的分析。葉舒憲：《文學與人類學──知識全球化時代的文學研究》（北京：

進而嘗試用這五種模式的交替出現，勾勒出西方文學的發展歷史。認為中世紀以前是「神話」時期，文藝復興以前是「傳奇」時期，其後有帝王朝臣崇拜促生的「英雄史詩」時期、新興中產階級帶來的「現實主義」時期，以及近現代的「諷刺模式」時期。認為這五種模式的交替出現，實際上揭露了一個神話向世俗文學的過渡，一個由對神的仰望，走向理性人文的過程。

弗萊此一對書寫對象（神）與創作主體（人）之關係的把握，以及其演變歷程的追溯，對於漢文學中文人神仙書寫的考察，具有探究神仙原型，並透過原型之傳承闡述，演繹從神到人之歷程的借鏡價值。〔註4〕

至於宗教學中的世俗化研究，其後期透過社會學理論，對宗教認知與個體意識間的關係，作細緻的內化、外化、客體化分析，並在此一宗教／社會／個人的三方聯繫架構中，演述個人在認知世界時，倚賴宗教性思維，又逐漸擺脫宗教性思維的歷程。這方面的研究成果，則提供了神仙原型發展考察中，重要的背景連結依據。

例如彼得伯格認為，宗教是人類透過語言建構的意義世界，是人類極致的外化活動。人類運用語言，不斷的把意義傾注到實在界，試圖建立起一個神聖的宇宙。然後透過合理化來達成神聖宇宙與實在界的聯繫。而當神聖宇宙與實在界的聯繫關係剝離時，人們不再透過宗教，去瞭解宇宙秩序，也不再透過宗教來看待自己在天地間的存在，便產生了世俗化的現象。〔註5〕彼得伯格稱這個主觀意識的世俗化為：「越來越多的人不必藉助於宗教的詮釋去看待他們的世界和自己的生命。」〔註6〕至於與其合著《實在界的社會建構：知

社會科學文獻出版社，2003），頁 128～130。

〔註4〕 尤其西方的神永遠高於人之上，而中國的神仙故事卻可以有不一樣的對待關係，有時候高高在上、有時候與凡人凡俗同在、有時候以神仙與人的複合體——謫仙存在，甚至也有神仙不如人、仙境不如人間的看法。因此如果能明確的區分出書寫對象與創作主體，特別有考察神人對待關係及其演變的價值。

〔註5〕 彼得‧伯格：《神聖的帷幕——宗教社會學理論的要素》第一章〈宗教與世界的建構〉，頁 9～39。

〔註6〕 《神聖的帷幕——宗教社會學理論的要素》，頁 130：「當我們提到文化與象徵時，這蘊含著世俗化不僅是社會結構的過程，更影響到全體文化生活和觀念，從藝術、哲學、文學，以及最重要的，作為自主且完全世俗的世界觀的科學興起，我們可以看到宗教內容的式微。再者，這意味著世俗化過程也有主觀的面向。正如社會與文化的世俗化，也會有意識的世俗化。簡單的說，這意味著現代西方有越來越多的人不必藉助於宗教的詮釋去看待他們的世界和自己的生命。」

識社會學論》〔註7〕的盧克曼（Thomas Luckmann）則進一步在《無形的宗教
——現代社會中的宗教問題》（《The Invisible Religion：The Problem of Religion
in Modern Society》）一書中，提出「世界觀」的觀點。〔註8〕認為人類透過宗
教這種超越自我的意識，建構起整個世界觀，一切認知都是在這個世界觀下
所建立的，因此所有人類創造出來的意義當然都是宗教性的。於是當人透過
宗教這個基本的社會形式，去書寫、去表達意義時，便自然而然發生了宗教
意義反映到日常生活形式的世俗化現象。〔註9〕

　　這些世俗化的後期理論，架構出宗教／社會／個人間的意義聯繫關係，
過去神話原型批評理論雖然提供了將原型獨立指實出來，並進行演變歸納的
門徑，不過亦總未能脫離過於架空、過於獨斷的質疑。這些世俗化後期理論
對個人／宗教／社會之關係的分析，正可提供追溯發展歷程時，時代背景的
重要聯繫。運用在文人神仙書寫的考察中，便是作為文人身處社會中，如何

〔註7〕　The Social Construction of Reality-A Treatise in the Sociology of Knowledge，
　　　　1966。
〔註8〕　盧克曼著、覃方明譯：《無形的宗教——現代社會中的宗教問題》（香港：漢
　　　　語基督教文化研究所，1995），頁55～57：「人類有機體通常是通過內化一個
　　　　歷史地給定的意義體系，而不是通過建構一個意義體系來超越其生物本性
　　　　的。……人類有機體在社會化的具體過程中成為自我。這些過程展示了前面
　　　　敘述過的形式結構，並且，經驗地傳遞了歷史性的社會秩序。人類有機體對
　　　　生物本性的超越是本質上的宗教過程。現在，我們要繼續說，社會化作為達
　　　　到此類超越的具體過程，是本質上宗教的。它有賴於宗教的普遍人類學條件、
　　　　社會過程中意識和良心的個體化，並且在將歷史的社會秩序背後的意義構造
　　　　內化的過程中實現。我們將稱這一意義構造為世界觀。……世界觀作為一個
　　　　『客觀的』與歷史的社會實在，執行著本質上是宗教的功能，我們將它定義
　　　　為宗教的基本社會形式。」
〔註9〕　盧克曼認為每一個降生到社會中的「人類」，都通過內化建立一個歷史給定的
　　　　意義體系。這個意義體系盧克曼稱之為「世界觀」。人類透過這個世界觀，關
　　　　照世界，建立自我意識，超越生物本性，因此「世界觀」可以說是具有宗教
　　　　功能的基本社會形式。這個意義體系的運作則透過具體的表象來陳述。「這類
　　　　表述必然是間接的：在世界觀整體背後的意義等級結構在具體的表象中表達
　　　　出來。」（《無形的宗教——現代社會中的宗教問題》，頁63。）這些表象，也
　　　　就是人類所依循的日常生活的例行程式，它是具體的、實在的，也是世俗的。
　　　　「日常程式是一個熟悉的世界的主要組成部分，這是一個可以通過日常行動
　　　　來安排的世界，它的『實在』可以由普通人的普通感覺來把握。日常生活世
　　　　界的『實在』是具體的、無庸置疑的並且如我們所說的，『世俗的』。」（《無
　　　　形的宗教——現代社會中的宗教問題》，頁63。）而當把世界觀，也就是「宗
　　　　教的社會基本形式」所賦予的意義體系，運用到「世俗的生活形式」來表述
　　　　意義時，自然便發生「世俗化」的現象。

接收對神仙的認知,並將此認知結合個體理解,外化發揮為神仙書寫的考察依據。

如前所言,文人神仙書寫,是「知識份子藉由宗教性書寫題材進行自我表述」,如今透過神話原型批評與世俗化理論,文人神仙書寫的研究,有了考察從神到人之演變的探討門徑,而其中神話原型批評理論,又主要梳理了文人與神仙之間,神話思維/人文闡述、書寫對象/創作主體、神/人等關係,而世俗化理論則關鍵的聯繫了文人意識與社會背景間的互動。由此一來,文人神仙書寫中,文人如何認知神仙,進行書寫、社會背景如何影響神仙思維發展,並進入文人創作中、時代的人文發展,如何透過文人的神仙書寫,顯示出神人關係的演變……,這些課題都得到探討的進路。

二、文人神仙書寫從「神」到「人」歷程的尋繹

結合原型批評與世俗化的理論關懷來看,文人神仙書寫的演進,可以說是:神仙神話原型在繼承與闡述的歷程中,透過知識份子的自覺跨越、主體創造,逐漸擺脫宗教性,轉化出人文意義的過程。這個演變的歷程,在文人神仙書寫史中,軌跡也明確可尋。

相關作品最初有《山海經》、《穆天子傳》中記錄的創生神話、治水傳說等。到了先秦,諸子學說紛出象徵人文精神的昂揚,同時代則有《莊子》寫神人以為精神境界,又屈原《離騷》透過往遊仙界,抒發離憂,寄託衷情,這些都已經是人的追求,而非神的崇拜。兩漢古樂府寫神仙,有的祈福,有的求長生,有的逸樂幻想,有的銷解憂愁,顯為人世願望的投射。三曹以下六朝,遊仙詩的大量創作,書寫自身,又追求超越,則開啟了構畫仙界以為精神家園的文路。而賦者詩之流,仙賦又為遊仙寫志的鋪張。兩漢以下,佛道宗教逐漸滲入神仙思維,神仙在宗教此岸與彼岸的結構中,取得一個跨越的位置,吸納修煉變化、因果輪迴、靈驗通感諸說,形成既神且人,既出世又入世的特殊意象。《神仙傳》、《集仙錄》、《真仙通鑑》這些作品以傳人(v.)的精神,將神仙當人寫,《搜神記》、《述異記》、《靈怪錄》這些志怪錄異的作品則以傳奇的精神,將人當神仙寫。此外,文學性濃厚的詩詞文章,神仙意象有的幽微深刻,超越為精神境界。有的實際表露,具象為人情慾望。但都是作為人情、人思的反映。

這些作品的關注重心,首先是神話傳說的陳述,謳歌諸神與英雄。人文

精神抬頭之後，則開始關注自身，書寫人世，不再企求精明上感，而以我思書寫神仙、以我思閱讀神仙，進而鎔鑄創造出豐富的神仙意象，以人文更新神仙的意義與生命。可以看出文人神仙書寫中，透過神仙與人的彼我對照，人們關注的重心從對神仙的崇拜，走向認知自我，確實發生了一個從「神」到「人」的移易過程。

此一歷程的追索，雖然得自弗萊的神話原型批評理論，並借鏡了「歷史的批評：模式理論」中，從神話傳說到現實主義、世俗文學的觀察角度，然而在弗萊的觀察認識中，卻是認為東方文學缺乏現實化、世俗化的發展，「似乎至今還沒有遠離神話與傳奇模式」。

這樣的觀點不盡然合乎中國文學內部發展的情形。在過去對仙道詩、仙道小說的研究中，已有許多學者提出神話闡釋的現實化、世俗化、人文化傾向。特別是唐代，例如向楷《世情小說史》便將《遊仙窟》作為世情小說的先聲，〔註10〕認為其中作者創作態度、作品內容、表現手法，都深具社會現實傾向。足見中國文學中由神到人的歷程，早經開展，並在相關研究得到指實。

至於從神到人之演變原因的探究，也有不同的闡釋。

如王孝廉運用弗萊原型批評，追索中國神話在文學創作中，歷經置換、變形的連串發展歷程。便認為：

> 神話在文明時代，往往會作為文學中的藝術性的衝擊力量而活躍起
> 來。……通常是作為一種文學創作的媒體而被使用的。這是因為在
> 高級文化民族的文化發展與進行中，合理性的學術性的以及藝術性
> 的思維方式取代了古代原始神話性的思維方式。在這種情形之下，
> 神話不再是產生的東西而改變成被作成和被使用的東西。〔註11〕

這裡沒有具體的說明什麼是文明時代，不過應該可理解為：相對於「巫鬼迷信」時代而言的「理性人文」時代。王孝廉認為在理性人文的時代氛圍中，神話往往成為文學創作的媒體，被一再使用。其原始的神話思維方式，被取代為合理的、學術性的、藝術性的思維，並成為文學中活躍的藝術衝擊力量。

吳光正《中國古代小說的原型與母題》也有類似的言論，不過其運用符號學的觀點，以「符號」替代王孝廉所謂「神話的一再使用」，並且以「主體

〔註10〕向楷：《世情小說史》（浙江：浙江古籍出版社，1998），頁 41～42。
〔註11〕王孝廉於座談會中的發言記錄。見載於〈文學的母親——中國文學中的神話〉
座談會記錄一文，1983 年 7 月 28～31 日《聯合報》副刊版。

的參與」標明是什麼在操作符號，從而理出王孝廉的觀察中「活躍藝術力量」的內部來源。

　　吳光正認為發源自神話的中國宗教故事，具有四種文化學、敘事學價值，包括了：1、人類心理結構的永恆性。2、宗教文化結構的穩定性。3、敘事結構的固定性。4、創作主體的參與性。其中「創作主體的參與性」一點，認為：「創作主體的個體意識及其所處的時代中心意識隨著進入符號體系中，形成了故事的表層結構。……這樣，時代的中心意識和作者的個體意識就滲透到了宗教觀念之中。正是創作主體的這種參與才使得宗教故事生生不息，多采多姿。」〔註12〕其中指出「時代中心意識」、「作者個體意識」與「宗教觀念」的三方互動，相互生發，正是宗教藝術生命力的由來。

　　王孝廉、吳光正的論點，運用在神仙神話的承續創作上，可反映為透過人文理性的力量、主體的參與，使神仙書寫有從神到人的歷程，並因為人的主體參與，爆發生命力，展現藝術性。

　　而此一人的主體參與，致使神仙原型的承續與闡述展現生命力的關鍵時期，似乎即是唐代。

三、唐代的特出表現及其可能意義

　　胡應麟《少室山房筆叢》對唐傳奇有「作意好奇」的說法，〔註13〕魯迅在《中國小說史略》中也說「始有意為小說」，〔註14〕這兩個說法雖然是針對唐小說而言，不過對唐文學整體的狀態，有印證提示的作用。其中「作意」、「有意」便是人之主體的參與，是一種自覺的心態，而「好奇」的創作態度，與「敘述婉轉，文辭華豔」的文學形式美追求，也顯示主體對書寫對象的凌

〔註12〕 吳光正：《中國古代小說的原型與母題》（北京：社會科學文獻出版社，2004），頁17。

〔註13〕 胡應麟：《少室山房筆叢》（臺北：世界書局，1980），下冊，頁486。

〔註14〕 魯迅：《中國小說史略》（臺北：里仁書局，1992），第八篇〈唐代傳奇文〉上，頁59～60：「小說亦如詩，至唐代而一變，雖尚不離于搜奇記異，然敘述宛轉，文辭華豔，與六朝之粗陳梗概者較，演進之跡甚明，而尤顯者乃在是時則始有意為小說。胡應麟云：『變異之談，盛於六朝，然多是傳錄舛訛，未必盡幻設語，至唐人乃作意好奇，假小說以寄筆端。』其云『作意』，云『幻設』者，則即意識之創造矣。……傳奇者流，源蓋出於志怪，然施之藻繪，擴其波瀾，故其成就乃特異，其間雖亦或託諷喻以抒牢愁，談禍福以寓懲勸，而大歸則究在文采與意想，與昔之傳鬼神明因果而外無他意者，甚異其趣矣。」

駕。可見唐代的文學創作，確有主體參與、自覺創造的情形，因此，將神仙神話在傳承書寫歷程中，發生「從神到人」變化的關鍵時期，假設在唐代，應有其可行性。本論文的撰寫，便是由此一臆測，循相關成因、現象的梳理展開。

其作爲論述展開依據的初步觀察爲：1、唐代具有特殊的文化背景，2、當時神仙書寫具有特殊表現。

在背景方面，宗教架構的彼岸，與社會的現實生活，本來應該是兩個世界。但是唐代在種種歷史因緣的歸趨下，使得宗教大量的與社會生活融合，大量的進入文人的生活中，成爲一種日常的創作素材。例如：原本高高在上的太上老君，到了唐代成爲王室的嫡親遠祖，有相貌的頒佈、等身像的廣泛塑造、配合國運適時的靈應降瑞。道德經成了形式道具，不管識不識字，國家諭令士庶皆須家藏一本。服食求仙進入日常的民眾生活，吃不起丹砂水銀的，便講求草木療補。普遍設立的道觀，成爲休閒娛樂的場所，在這裡你可以觀步虛舞、聽緱仙曲、看朝元圖、賞玉蕊花。酒館妓院中的女子，流行名爲眞眞、雲仙，或著女冠服，跳著仙歌縵舞，所居喚作洞天、仙鄉、十二樓。文人筆下的神仙也不再高遠縹緲，對象可能是皇帝、高官貴族、意中人或者妓女。傳奇故事中，上界的諸仙眞紛紛下凡，人間的凡夫俗子則往往登天，合演著各種悲歡離合的俗情悲喜劇。在文學、音樂、繪畫、飲食等各個方面都可見到神仙文化的普及深入。抽象的、超越的神仙信仰，具體的、物質的全面進入庶民生活。

於是，宗教題材的書寫一方面神聖性減退，一方面增加了世俗生活的趣味，遂發展出截然不同於其他時代的豐富樣貌。同時這個改變，也帶來了異樣的文學成就，包括神聖與世俗距離的拉開，拓展出一塊文人自由想像的空間，因此有各種翻新出奇之文學操作的展現。還有社會生活素材的融入，大爲豐富了宗教彼岸的內涵，並且在理想的投射中，如實的反映了時代文人的共同心聲。

這樣的背景，對唐代文人神仙書寫所造成的影響，經過初步觀察，包括了幾個方面：小說書寫中的成仙途徑，趨於簡易，而成仙之結果，卻趨於食物、處所、美女、樂舞等世俗的聲色享受。小說中也往往有仙境不如人間之語，神仙往往下凡，凡人登仙了也往往思鄉，因而有放棄成仙、回返家園的結局安排。神仙小說中，也多有強調人倫、成仙莫忘人倫、忠孝無缺乃可成

仙之類的言語，透露以人為本位的傾向。至於仙界的存在，更脫離以往的高高在上，而藏諸於左近山林、鬧市之豪宅，或植物、石頭、器物的簡易嫁接可到之所。仙界的距離、內容、定位，都往人間的、世俗的方向走。而詩者心之志也，詩歌中有較多對於作者內心的抒發，神仙作為理想人格、理想境界來描寫，此一仙化的理想寄託，本來是藉由神仙的超越性來建立的，因為不同於凡俗，所以高超優越。但是其後神仙往往成為自我的代言，有以「我即仙」、「我是人間之謫仙」為自我認知定位的書寫，神仙的美好，只是烘托我之高超優越而已，歌頌的不是神仙，而是標榜自我。至於詞曲中的運用，由於體裁本就具有娛樂性，其中神仙素材的使用之趨於感官娛樂更為明顯。

從這些現象，可以推測，由於唐代宗教與社會生活的高度混同，造成了「主體參與創造」現象的頻繁作用，並且進一步造成唐代神仙書寫發展的變化。

唐代有豐富的文人神仙書寫成果，小說方面，例如有：〈遊仙窟〉、〈枕中記〉、〈南柯太守傳〉、〈長恨歌傳〉、《墉城集仙錄》等作品。均已經脫離六朝志怪談叢片語的形式，而以精美流暢的文字，娓娓鋪陳情節，勾勒形象，細訴其思理情感。寫人的作品，以人為神仙，有種種超現實的奇麗幻想。至於寫神仙的作品，則以神仙為人。神仙，往往被作為一個完整的「人」對待，不僅生活起居種種情節取材人世，神仙的思想情感也被人性的、細膩的鋪敘出來。神、仙、人三者的認知與存在，發生了有趣的位移。乃至於石頭、樹木等變異，過去在小說中被視為妖異的對象，如今也仙化為有血有淚有衷情的人物。

詩歌方面，神仙意象的運用普遍而繁複，並且翻出新猷。強烈的宗教情感使詩人有脫體出竅般的仙遊敘寫，或者自視為仙，以人間為仙界，超越現實的存在。至於神仙文化的普及與除魅，則使詩人亦可將神仙視為審美的、娛樂的、戲謔的對象來操作，因而在神仙意象的鎔鑄上取得較大的進展。其餘如文人對於求仙養煉的普遍接觸，使田園詩大為增添道家、丹藥的氣氛，山水詩多有求仙訪道色彩，遊仙詩則脫離仙趣、詠懷兩個路子，而有懷仙、夢仙、學仙、求仙等種種題名，書寫的對象不拘長官、親友、意中人、妓女等，都是顯然可見的變化。

在散文方面神仙題材的運用亦普遍，特別集中的主題是對於宮觀碑記的撰寫，以及山水遊記中的仙風道意。宮觀碑記有作者神人觀的表述，而加入神仙玄想的山水遊記，則猶如長篇敘事的遊仙詩，並且特別體現了遊仙詠懷的路子。其餘如文人對齋醮文的嘗試也值得注意，齋醮文不同於一般文學，

它具有宗教性，需透過宗教（般）的情感，對彼界偶像投訴願望。不管作者是不是對神仙有宗教的信仰，都需要透過這樣的模式來創作，即使是代人撰作，擬對象、擬宗教情感的提升，也豐富了固有的散文領域，而文人對於文字形式的典雅要求，則勢必使重實用的宗教文章翻新面貌。這是社會與宗教間高度互動，交流頻繁，所產生的效應。

其餘如賦作方面，也有張仲素〈穆天子宴瑤池賦〉、白居易〈求玄珠賦〉、沈亞之〈夢遊仙賦〉、獨孤及〈夢遠遊賦〉、黃滔〈白日上昇賦〉等諸多作品。又，文人對步虛詞的嘗試創作亦所在多有。

這些作品的質量，初步反映了唐代文人神仙書寫藝術性的豐富，以及文人主體參與的痕跡。唐代在神仙書寫史中具有特殊位置的臆測，似乎可以成立。本論文便循此問題，探討唐代文人神仙書寫的變化，及此一變化的成就與影響。

第二節　相關研究成果回顧

關於「神仙」的研究，並無久遠的歷史，不過發展迅速，各個面向均有觸及。由於神仙思想是道教的核心，因此討論神仙書寫的論著，又多與道教相繫。其相關論著可分神仙總論、思想類、宗教類、文學類等。

總論神仙的，如：鄭土有《曉望洞天福地：中國的神仙與神仙信仰》（陝西：陝西人民出版社，1991），此書廣泛的採取文學、民俗、宗教等方面的材料，總述神仙文化生成背後的民眾心理、實踐活動等。對於民間文化的高度關注，是最大的特色。鄭土有 1990 年曾與陳曉勤共同收錄《中國仙話》（上海：上海文藝出版社，1990），1991 年之後又陸續發表《城煌信仰》（鄭土有、王賢淼：《中國城隍信仰》，上海：三聯書店，1994）、《關公信仰》（北京：學苑出版社，1994）等著作，其中可見作者由神仙信仰所發展出來對於民俗的關懷。陳開科《中國神仙探玄》（廣西：廣西灘江出版社，1993）。本書介紹神仙世界的樣貌，探索神仙思想產生、發展到轉型的歷程，並分析與神仙相關的法術、修煉術、科學技術等。對於修仙文化種種，有全面的呈現。對於世人求仙心理的剖析，亦有深入見解。黃海德《天上人間——道教神仙譜系》（四川：四川人民出版社，1994）。集中在呈現道教神仙信仰中品位、架構等系統。干春松《神仙傳》（北京：社會科學文獻出版社，1998；2005 年由東方

出版社重新出版）。干春松曾於 1992 年出版《神仙信仰與傳說》（北京：中國人民大學出版社，1992），書中收集大量的神仙信仰傳說。《神仙傳》的撰述便是在此基礎上，加上作者對神仙信仰的接續探究所完成。書中詮釋神仙信仰背後的社會心理、理論結構等。由於干春松是哲學門的博士，因此對於求仙活動背後的思維理路有較深入的考察。其認為神仙信仰的發生，可說是理想主義與功利主義的結合，除了對現實的超越外，又有實用理性與享樂心理的作用。至於文人涉獵神仙，則有出世／入世、心靈／肉體雙方面的動機。四川大學宗教研究所編《道教神仙信仰研究》（上下冊）（臺北：中華道統出版社，2000，「中華道統叢書 16」）。本書是道學與中國傳統文化國際學術研討會暨四川大學宗教研究所成立二十週年紀念論文集。內容分「道教、三清與玉皇」、「道教與神仙思想」、「道教與西王母信仰」、「道教、帝君與相關信仰」、「道教、變文及其他」、「道教與儒教之會通」六個部分集結論文。其中與神仙主題相關的論文有：王家祐〈道教鳥母與崑崙山文化探索〉、李剛〈略論道教神仙在道德上的形象示範作用〉、詹石窗〈論朱熹的詠道詩〉、張興發〈略論道教神仙信仰的思想淵源〉、石瓊〈葛洪神仙思想析評〉、查慶雷小鵬〈道教神仙與古神話人物審美形象比較〉等篇。其中李剛〈略論道教神仙在道德上的形象示範作用〉認為形象示範是中國倫理文化的重要特色，神仙在神道設教的傳統背景下，被作為一個供世人依循仿效的重要指標。而由於神仙也是人，並非可望不可及，這個特色更使神仙容易被世人接受。於是最後神仙被廣泛作為倫理理想的目標，並發展出勸誘世人、度人成仙的典型套式。張興發〈略論道教神仙信仰的思想淵源〉探討神仙思想的幾個來源，包括古代萬物有靈、靈魂不死的思想，陰陽五行學說及氣化論，天人感應、天人合一說。集中討論神仙信仰的淵源，並說明道教神仙理論一步步走向完善的歷程。張興發，道號大發，中國道教道教協會的研究人員，其研究從回溯道教本原思考神仙信仰與現代生活的聯繫。有〈用道教文化服務現代生活〉、〈前進中的中國道教〉、〈道教神仙信仰的文化內涵〉、〈道教神仙與道德之關係〉、〈道教信仰的社會功能〉等論文，近年則有《道教神仙信仰》（北京：中國社會科學出版社，2001）、《道教內丹修煉》（北京：宗教文化出版社，2003）出版。黃兆漢《中國神仙研究》（臺北：學生書局，2001）。黃兆漢 1988 年便有《道教研究論文集》（香港：中文大學出版社）發表，1994 年又有《道教與文學》（臺北：學生書局）。其研究從全面走向對人文的關懷，而對香港澳門道教、

黃大仙信仰、木魚、粵劇神仙素材等方面的考察，則深具特色。張興發《道
教神仙信仰》（北京：中國社會科學出版社，2001）。本書分爲「信仰篇」、「諸
神篇」、「經籍篇」，內容總論道教神仙信仰的歷史背景、思想淵源、屬性、外
貌特徵與品位、神仙洞府、成仙理論、修仙方術、成仙階次、神仙信仰與文
人文學、神仙信仰文化內涵等。並介紹道教諸神與道教神仙相關經籍，是集
大成之力作。

　　神仙研究中，以探究思想爲主的專著，例如有：周紹賢《道家與神仙》（臺
北：中華書局，1974），從道家哲學追尋神仙思想的內涵。胡孚琛《魏晉神仙
道教》（北京：人民出版社，1990），胡孚琛曾主編《中華道教大辭典》，又曾
與牟鍾鑑、王葆玹合編《道教通論：兼論道家學說》（濟南市：齊魯書社，1991），
2004 年又與呂錫琛合著《道學通論：道家、道教、丹道》（北京：社會科學文
獻出版社，2004），有許多全面性的研究，也有專精的見解，其論著特爲關注
道教修仙的內在理路方法，並深入聯繫神仙思想發展與歷史背景、哲學史背
景兩方面的關係。蕭登福《先秦兩漢冥界及神仙思想探原》（臺北：文津出版
社，1990）。本書上編爲冥界之探討，下編爲神仙思想之探討。探討神仙的部
分蒐集先秦載集中的神仙資料，探究其中的神仙思想與修煉術，並觀察從秦
到兩漢間神仙思想的演進，最後總述漢代的神仙修煉術。

　　神仙研究中以藝術爲主的，如：張金儀《漢鏡所反映的神話傳說與神仙
思想》（臺北：臺北故宮博物院，1981）。以出土文物漢鏡爲資料，結合史籍
記載，觀察其中反映的神話傳說與神仙思想。黃廷維《敦煌早期壁畫中的神
仙圖像研究》（台南：台南藝術學院藝術史與藝術評論研究所，碩士學位論文，
2003）。以敦煌早期壁畫中的神仙圖像爲材料，依其空間結構、形象塑造，透
過圖像文獻的考證、圖範的探原，觀察道教神仙在圖像中的反映。

　　神仙研究中以宗教之信仰、傳播、形式等爲主的，如：蒲慕州〈神仙與
高僧：魏晉南北朝宗教心態試探〉（載《漢學研究》8：2，臺北：漢學研究中
心，1990，頁 149～176），探討魏晉南北朝時期佛教對道教神仙思想的兼涉。
李小光《生死超越與人間關懷：神仙信仰在道教與民間的互動》（四川：巴蜀
書社，2002）。將神仙信仰分爲道家神仙思想、道教神仙信仰、民間生活神仙
信仰，觀察其間的互動。認爲道教神仙信仰滲透入民間，同時也吸納民間信
仰的成分，最後產生道教神靈雜而多端、原始面貌增強、理論系統淡化等結
果。張澤洪《道教神仙信仰與祭祀儀式》（臺北：文津出版社，2003）。討論

道教神仙信仰與傳統祭祀儀式的關係，說明道教採取傳統祭祀儀式，並在其中融入神仙思想。例如步罡踏斗的禹步背後便有修仙煉眞思想的聯繫。

神仙研究中以文學爲題材的，可以再依其材料的選擇，分爲總述、詩、賦、仙傳、小說等類。總述類的，例如葛兆光《想像力的世界：道教與唐代文學》（北京：現代出版社，1990）、詹石窗《道教文學史》（上海：上海文藝出版社，1992）、李豐楙《誤入與謫降：六朝隋唐道教文學論集》（臺灣：學生書局，1996）、張松輝《漢魏六朝道教與文學》（長沙：湖南師範大學出版社，1996）、張松輝《唐宋道家道教與文學》（湖南：湖南師範大學出版社，1998）、詹石窗《南宋金元道教文學研究》（上海：上海文化出版社，2001）、孫昌武《道教與唐代文學》（北京：新華出版社，2001）、楊建波《道教文學史論稿》（武漢：武漢出版社，2001）等。其中有整體發展史的展開、單時代發展史的展開，也有獨到觀點的介入剖析。全史式的如詹石窗《道教文學史》分「漢代道教文學的雛形」、「魏晉道教煉丹詩」、「魏晉南北朝道教咒語詩」、「魏晉南北朝的游仙詩與步虛詞」、「魏晉南北朝的神仙傳記與志怪小說」、「隋至盛唐的道人詩」、「隋至盛唐文人詩的道蘊」、「中晚唐的道人詩」、「中晚唐的文人詩與道教」、「中晚唐五代的傳奇小說與道教神仙傳記」、「北宋的道人詩詞與仙歌道曲」、「北宋文人詩詞與道教」、「北宋道教碑誌與傳奇」，展示道教文學的發展歷程。其中透過時間（如漢、魏晉）、主題（如煉丹、咒語）、體裁（如詩、詞、傳記）、作者（如道人、道姑、文人）等種種不同，多重複合區分作品，因而能將龐大的道教文學創作系統性的介紹出來。《南宋金元道教文學研究》則爲其接續之作。張松輝《唐宋道家道教與文學》從唐宋社會背景、文人求仙訪道事蹟討論起，然後記述唐代二十九位作家、宋代十六位作家的相關創作，其後續以「從女詩人看道教對唐詩的貢獻」、「道家道教對佛教詩人的影響」、「小說創作與道人神仙」、「道心與文心」等深入討論。對於理解唐宋道家道教作品的整體成果、內部精神，提供進一步的視野。以觀點切入解析道教文學創作的，如葛兆光《想像力的世界：道教與唐代文學》透過「想像力」此一主題，首先討論道教對文學所產生激發想像力、解放文學家內心壓抑、提供神奇瑰麗意象等影響，然後以此觀察唐代詩歌、小說、詞等作品，道教影響的發揮，全書並以想像力的飛騰到衰退爲線索，從對楚文化精神的承接到理學禪宗的興起，勾勒唐代道教文學整體發展歷程。

「詩」類的例如有：李豐楙《憂與遊：六朝隋唐遊仙詩論集》（臺灣：學

生書局，1996）、顏進雄《唐代遊仙詩研究》（臺灣：文津出版社，1996）、黃
世中《唐詩與道教》（桂林：漓江出版社，1996）、盧明瑜《三李神話詩歌研
究》（臺北：臺灣大學中國文學研究所博士論文，1999；另於 2000 年由國立
臺灣大學出版委員會出版）、陳怡秀《李白五古詩中的仙道語言析論》（彰化：
彰化師範大學國文研究所碩士論文，2001）、林海永《吳筠道教詩研究》（嘉
義：南華大學文學研究所碩士論文，2003）等。其中，李豐楙《憂與遊：六
朝隋唐遊仙詩論集》在導論中探本溯源的闡述道教文學之發展，並提出憂與
遊為游仙文學的永恆主題，至於唐代游仙文學則有世俗化的發展。其後〈六
朝道教與遊仙詩的發展〉、〈唐人遊仙詩的傳承與創新〉、〈郭璞遊仙詩變創說
之提出及其意義〉、〈曹唐大遊仙詩與道教傳說〉、〈仙、妓與洞窟——唐五代
曲子詞與遊仙文學〉等諸篇論文對遊仙詩、仙道傳說、送宮人入道詩、葵花
詩進行分析，則以突出觀點與弘闊的取材，跳脫平面，深入唐代道教文學的
內在。盧明瑜《三李神話詩歌研究》，探討李白、李賀、李商隱神話詩歌中的
神話原型，並觀察原型與時代的關聯。認為李白的部分，具有由神跡的出生、
成年禮的完成、歷險生活的體驗，到永恒神界回歸的歷程，可歸結為英雄原
型。李賀的部分，潛藏著人類集體無意識中對死亡的恐懼，其中神、人、鬼
的關係結構，透露了幻覺模式以死亡作為取得再生契機的潛在意蘊，呈露古
神話生死循環變形的思維以及圓形的時間觀念，不過李賀詩中亦有現實時間
（即直線時間）消逝的年命之悲。神話圓形時間與詩人直線時間，兩種認知
的交織，前者作為一個個人在歷史意識中的認知，後者躍出偶然、暫時的意
義進入永恒的世界。李商隱的部分，歸納出其神話詩歌中四項重要內容特色
題材：1、選擇偏向以女性為主體的神話、2、以神話點染艷情、3、悲劇情境
的呈現、4、美麗與哀愁的對立及統一。整體而言具有陰性特質和對母神原型
的集中詮釋。陳怡秀《李白五古詩中的仙道語言析論》，歸納李白五言詩中的
主題與內容，認為主要包括人生理想、縱情放達、隱逸求仙三種，其語言結
構有「善於鎔鑄神話、歷史典故」、「誇張虛構」、「以意驅象——文學語言的
感覺化」的特色，並顯現「自我意識」、「清真自然」、「生命的超越與不朽」、
「宏觀齊物的時空意識」四種內在意蘊。林海永《吳筠道教詩研究》，分析吳
筠道教詩的主題類型有游仙詩、步虛詞、神話（仙話）詩、覽古詩四類，文
化內涵包括自我意識的展現、現實情境的超越、仙逸清真的曠達三種，其中
所傳達的生命之美，有四個方面，一為天人合一的優雅美，二為想像與實境

交織的融合美，三爲入世與出世相濟的協調美、四爲道情融通的雋永美。並展現工于比興、善用複疊、色彩靈動、對偶適切等藝術表現技巧。

「小說」類的例如有：李豐楙《六朝隋唐仙道類小說研究》（臺灣：學生書局，1986）、朱秋鳳《封神演義神仙譜系研究》（臺北：國立師範大學國文研究所碩士論文，1997）、段莉芬《唐五代仙道傳奇研究》（台中：東海大學中國文學研究所博士論文，1998）、鳳錄生《道教與唐五代小說》（上海：上海師範大學博士論文，2000）、胡玉珍《西遊記中的精怪與神仙研究》（嘉義：南華大學文學研究所碩士論文，2003）、羅爭鳴《唐五代道教小說研究——以杜光庭爲中心》（上海：復旦大學博士論文，2003）等。其中李豐楙《六朝隋唐仙道類小說研究》提出仙道小說的特性與範圍、仙道小說的問題及其研究法。繼以〈漢武內傳研究——漢武內傳的著成及其衍變〉、〈十洲記研究——十洲傳說的形成及其衍變〉、〈洞仙傳研究——洞仙傳的著成及其思想〉、〈道教嘯的傳說及其對文學的影響——以孫廣嘯旨爲中心的綜合考察〉、〈唐人創業小說與道教圖讖傳說——以神告錄、虯髯客傳爲中心的考察〉等多面向的探討。段莉芬《唐五代仙道傳奇研究》先探討唐人的仙道思想，再歸納其類型。認爲唐人的仙道思想，成仙的理論與條件方面，包括基礎理論爲「神仙可學，立志勤求」，成仙條件爲「仙骨說與宿命論」與「明師指引，傳經授訣」，修仙的環境爲名山洞天福地。成仙與修道方法方面，包括「修心養性，積累功德」、「服氣導引房中辟殺等養生術」、「服食的觀念與類別」，神仙世界方面，包括：「神仙三品說」、「仙境諸說」、「仙眞的生活育樂」、「仙眞的法術異能」。在作品的類型方面，共計有仙眞類、修仙類、仙凡對照類、遊歷仙境類、法術歷險類、人仙情緣類六類。其內涵有敘事手法、詩歌及詩化的語言風格、創作旨趣的闡發三方面的特出表現。

其他「賦」類的例如有：張嘉純《漢魏六朝辭賦中的遊仙題材研究》（臺北：政治大學中國文學研究所碩士論文，2001）、張明冠《漢賦中的神話研究》（臺北：淡江大學中國文學研究所碩士論文，2001）、許東海《女性、帝王、神仙：先秦兩漢辭賦及其文化身影》（臺北：里仁書局，2003）等。「戲劇」類的例如有：黃月銀《馬致遠神仙道化劇及其接受史研究》（臺北：國立臺灣師範大學國文研究所碩士論文，2003）等。

從以上的概略介紹，可見神仙研究的幾點現象：1、幾乎是九十年代才發展起來的領域，2、最初是神仙的總體研究，其後有道教觀念的加入，成爲神仙思

想、道教信仰、文史資料、社會民俗多元激盪的研究方式，接下來有道教文學、道教詩歌等名稱的獨立提出，脫離道教與文學、道教與中國文化、道教與小說等，「與」形式的研究。3、因為道教文學成為獨立的學科，宗教思維與文學創作的內部關係為何？如何系統化道教文學的創作理論？成為受到關注的問題。4、由於道教鮮明的範圍性，使神仙的完整性漸漸遮蔽，於是後續研究上多稱道教神仙、仙道，並在研究起始敘明神仙、道家、道教之間的關係，以及用語的取捨。5、與神仙相關的文學作品中，詩歌的研究佔最大宗。應與神仙詩歌具有悠遠傳統、意象明確，且「詩言志」，具有明顯情志抒發性質有關，神仙作為理想的寄託，在神仙詩歌創作悠遠之歷史、明確之意象、作者情志之實際表露中，追尋作者之人生觀、生平感懷、文學技巧，確為可為、可觀之園地。6、神仙主題的小說、戲劇等，雖然創作動機不同，單一作者也較無大量的小說戲劇創作來作為足夠的研究範本，因而產生追溯作者意念、總括文學成就的困難，然而因為整體研究焦點的位移，在文學批評由作者論、文本論，移向對閱讀反映的關懷時，神仙小說戲劇這種較具互動性的文本，也由此角度受到關注，相關研究增加，跳脫神仙小說戲劇偏重教化、宣教、應用的印象。

如今關於神仙的研究，可以說面向已廣，文物的、思想的、歷史的、文學的、藝術的均已齊備。在當代對文化及人自身的關注下，似乎可以加強回歸人心人性、回歸文本意義的探討，整出跨主題、跨體裁、跨時代的內部聯繫，勾勒神仙分殊的形式表現背後，不變、共通的思維基礎。接下來透過異時代之神仙文化的差異對比，彰顯一時一世之文化特色，以此文化的觀點，再回頭重新審視當時的神仙詩、神仙故事，當可激發形式內容研究之外，對文化精神的超越觀照。本篇論文擬探索唐代文人神仙書寫新變的現象背後，文化的動因以及內部的理路，便有此意。

前述神仙研究中，對唐代相關創作之變化，提出觀察的包括葛兆光《想像力的世界——道教與唐代文學》中的「唐代想像力之飛騰與衰退」、李豐楙《憂與遊——六朝隋唐遊仙詩論集》中的「唐代遊仙文學世俗化」、孫昌武《道教與唐代文學》中的「道教觀念世俗化」等。

其中孫昌武在《道教與唐代文學》一書的〈神仙術與唐代文學〉一節中，提出「神仙觀念的世俗化」的論點，其將「世俗化」界定為神聖的、超然的神仙觀念轉化為一種幻想、一種美好的理想，或是一種人生境界。認為：在整個道教趨向世俗化的同時，神仙觀念也在脫卸其神聖、超然的性質而逐漸

地世俗化了。這突出表現在唐代文人的觀念中：神仙在很大的程度上已轉化為一種幻想，或是一種美好的理想，一種人生的境界。這種將神聖超然的神仙觀念，轉換為自我之美好理想、人生境界的變化，便是作者主體的參與，可與本文唐代文人神仙書寫變化之臆測相印證。

其他不以道教、神仙為題材，但論及唐代文學轉化問題的有：歐麗娟《唐詩的樂園意識》（臺北：里仁書局，2000）。其中〈桃花源主題的流變——繼承、轉化與發揚〉一章，提出了「中晚唐階段——世俗化：桃花源的幻滅與瓦解」。認為桃花源故事本有「出發——歷程——回歸」的傳統結構，其空間的存在是隔絕凡俗的，因而有出發與回歸，但是到了中晚唐，原本避世的桃花源卻成為一個人間化的空間，有曼妙女仙與多情公子，而避世的情懷，也滲入人間悲歡離合、喜怒哀樂的情感，使得原本超越的、怡然自得的、豐饒富足的桃花源聖地，從本質與內在上完全變調，從而崩解。此中所論的世俗化，包括了空間與超越精神二者的轉變。論得全面。不過桃花源的主題是由「避世」的精神出發，塵世的逃離與桃花源空間的建立，是其基調，即使是抽象為精神性的追求，也是心靈的塵世的逃離，與心靈的桃花源的建立，即使是崩壞，也是界線的抹滅，無心要避或避無可避而已。桃花源只是一個空間，這個空間不管是抽象的或具體的，其價值與意義都由意象的使用者來決定，因此所謂的世俗化崩解，主要表現在對傳統避世精神，傳統避世空間的轉化。畢竟桃花源來自於個體的自由建構，其主體在於個人，因為沒有神聖的超越的彼岸主體，所以這個崩解、背棄，完全取決於一個約定俗成的避世傳統，和接受這個傳統的作者、讀者。後世對桃花源世俗化崩解的觀察，也只能客觀的看，真正建構桃花源意象的原初作者，他是蓋了一個人間化的新桃花源？還是背棄了桃花源理想？無從得知。

除了專著，單篇論文方面也不乏討論唐代神仙書寫新變的相關文章。例如：李永平〈唐代遊仙詩的世俗化及其成因〉（《唐都學刊》，2002 年第三期）、李紅霞〈論唐代桃源意象的新變〉（《西南民族學院學報‧哲學社會科學版》，2002年第一期）、多洛肯〈中唐遊仙詩的世俗化傾向〉（《新疆師範大學學報‧哲學社會科學版》，2003 年第一期）等等。這些論文均共同注意到唐代社會文化環境的改變對於「宗教思維」和「世俗生活」間產生的位移作用。不過其間的「世俗」多是表象義，將「世」作為「世間」解，「俗」作為「凡俗」、「庸俗」或「通俗」的現象。對於內在精神的轉變，即作者主體意識部分，還有發展的空間。

第三節　研究方法與論文架構

本論文在研究方法上，較多參考了文化人類學、文化詩學的精神與方法，並佐以宗教現象學的聖俗二元觀，以及文藝美學對文學活動主客體的考察。

人類學、詩學均強調要從人類的情感、體驗、感覺，去貼近文學的內蘊，兼顧文化的主體性。如葉舒憲在〈二十世紀的邊緣學科：文學人類學〉一文中說：

> 「人類學詩學」的倡導者對人類學研究的正統方法有所不滿，認為不能僅用統計抽樣和符號學等「硬」科學方法研究作為客體的文化，應兼顧文化的主體性。人類學詩學的根本宗旨並非借用人類學方法去研究文學，而是用詩學和美學的方法去改造人類學的既定範式，使之更加適合處理主體性感覺、想像、體驗等的文化蘊含。〔註15〕

這裡提到人類學、詩學認為不能只用科學的「硬」方法去切入文化、只將文化當作為客體來分析解剖，而應兼顧主體性，透過文學去貼近人類真實的感覺、經驗和想像。

本文所探討的對象以及進行的路線，是將神仙作為人之理想願望的曲折投射，然後追尋神仙思維回歸到人性自覺，從而導致了神仙書寫新變的歷程。這其中對人類主體意識的關注，可以說接近文學人類學、文化詩學的精神。

其他像原型批評、虛構與想像、遊戲、書寫等，也是詩學、人類學所經常使用的概念。其中神話原型的傳承，有由「集體、真實、定型」走向「個體、虛構、變異」的過程，這對第三章神仙語彙的使用，具有啟發性。另外，弗萊將原型批評運用在神話理論上，認為神話書寫的承續有從神到人的歷程，這個歷程的闡釋對唐代文人神仙書寫發展脈絡的追尋，產生助益。

至於虛構與想像，例如：德國文學人類學家沃爾夫岡・伊瑟爾（Wolfgang Iser）認為虛構與想像是人類的特性，也是文學的特性，人類支配虛構與想像，形成為一種多變的、互動的遊戲結構。在此遊戲結構中，人們得到一種呈現自我的開放形式。〔註16〕沃爾夫岡・伊瑟爾本是接受美學的巨將，有《隱在讀者》、

〔註15〕葉舒憲：〈20世紀的邊緣學科：文學人類學〉，「文學人類學論叢」系列叢書總序二，北京：社會科學文獻出版社，1999～。

〔註16〕〔德〕沃爾夫岡・伊瑟爾著，陳定家、汪正龍等譯：《虛構與想像——文學人類學疆界》（長春：吉林人民出版社，2003），頁6～7：「文學的特殊之處在於，它是虛構與想像兩者水乳交融的產物，文學作為媒介的多變性也正是想像與虛構構成的。……支配虛構與想像相互作用的規律將形成一種『遊戲結構』，而

《閱讀行為》等力著,深入剖析讀者反應。《虛構與想像——文學人類學疆界》一書延續對文本的關注,闡述「文學的虛構化行為」、「文學虛構作為表演、陶醉與轉換過程」、「虛構與想像的相互作用」、「文本中的遊戲」、「遊戲與被遊戲」等方面,進一步深入人類創作意識的核心。其認為虛構與想像是一種創造活動,文學文本,就是由這種虛構、想像、現實三元一體的創造活動所生產,透過文學文本的生產(書寫),人們得以不斷的透過虛構與想像越界,不斷的操演自身的存在。這樣的闡述,對於本論文將神仙作為想像的載體,人們在神仙的想像與書寫中闡述自我等內在理路,具有幫助解析的作用。

　　本文在唐代文人神仙書寫發展的討論上,還參考了宗教現象學。這方面包括依利亞德將宗教本質解析為神聖與世俗,並將聖俗建立為二元辯證系統。又,彼得伯格(Peter L. Berger)認為人的主觀意識也有世俗化的移動,於是導致宗教在文化和象徵上的作用產生變化,連帶影響到藝術、文學、哲學的表現〔註17〕等等。

　　至於文藝美學對文學創作主客體、審美活動、美學境界的考察,則是分析唐代神仙書寫新變之文學成就的重要借鑑。文藝美學彰顯文學創作的主體為人,並將文藝活動當作「人們超越物質限制,追求精神的自由與解放,確認自身存在」的過程,這與神仙書寫中,文人追求理想、超越現實、確認價值的特質,是十分相近的。再加上神仙是宗教性的思維,宗教本就具有現實超越性,這種宗教與文學共有的超越精神、共有的虛構想像活動、共有的確認自身存在的特質……如何相互生發融合的問題,恐將是宗教文學研究的內部核心,也就具有開拓意義了。文藝美學的研究成果中,如徐碧輝有《文藝

　　　這種遊戲結構具有一種互動性。首先,它能使虛構與想像之間的互動作用採取多種不同的形式,因為任何形式都不可能使虛構與想像及其相互作用一成不變。每一種形式都承載著相關的歷史情景,這說明文本作為虛構與想像的活動空間總是對『歷史印跡』保持著開放狀態。其次,每種文本形式,都可以揭示被限定在一定範圍的人類可塑性的模仿,和人類自我呈現的衝動。這樣,文本作為一種遊戲空間就可能為『人類為什麼需要虛構』這一難題提供了答案。」

〔註17〕　〔美〕彼得‧伯格(Peter L.Berger)著,蕭羨一譯:《神聖的帷幕——宗教社會學理論的要素》(The Sacred Canopy)(臺灣:商周出版社,2003),頁130:「當我們提到文化與象徵時,這蘊含著世俗化不僅是社會結構的過程,更影響到全體文化生活和觀念,從藝術、哲學、文學,以及最重要的,作為自主且完全世俗的世界觀的科學興起,我們可以看到宗教內容的式微。再者,這意味著世俗化過程也有主觀的面向。正如社會與文化的世俗化,也會有意識的世俗化。」

主體創價論》，認爲：

> 文學藝術活動作爲人對世界的一種感性把握方式和創造價值的活
> 動，與宗教有許多相似的地方：從對客體的把握方式來說，宗教和
> 藝術都是一種直覺式的感性把握，都強調直覺洞見；從活動中主體
> 的精神狀態來說，文藝和宗教都有超越現實的功能，主體在這兩種
> 活動中都可能產生忘我的「迷狂」狀態；從活動結果來看，文藝和
> 宗教都是由主體的對象化而創造一種新的價值。〔註18〕

吳功正《中國文學美學》：

> 宗教之於文學審美，可以用這樣的過程來描述：宗教意識影響了審
> 美主體的人生意識，進而影響了審美意識。
>
> 在心理機制中，想像絕非孤立，乃是由理想所引發，想像世界也就
> 成了理想的呈現。宗教是靠想像來描述彼岸世界和理想樂甸，以求
> 取今世的飛升或來生的超脫。可以說，沒有想像，就沒有宗教；宗
> 教意識是以想像所構成的獨特意識神、仙形象便成爲這種想像的對
> 象實體。正是在這裡，宗教和美學出現奇妙交切。〔註19〕

這些都基本聯繫了宗教性題材書寫的文藝美學基礎，可以作爲探討唐代神仙
書寫文學成就的基本方法。

　　經由以上問題的凝聚以及研究方法的借鏡，於是有論文架構的成形。

　　第一章緒論，敘述研究動機，回顧前人研究成果，說明研究方法。

　　第二章探討文人神仙書寫的源流與發展，以作爲觀察唐代發展變化的基
礎。

　　第三章由唐代宗教文化環境的變遷導入觀察唐代文人神仙觀的變化。

　　第四章由作家作品的分析，呈現唐代文人神仙書寫的時代特色，包括文
人的主體參與、神仙神聖性鬆動、書寫的遊戲心理三個方面。

　　第五章探究唐代文人神仙書寫的發展脈絡。依普遍被接受的初、盛、中、
晚唐文學分期，〔註20〕結合時代背景，討論文人神仙書寫的嬗變。

〔註18〕　徐碧輝：《文藝主體創價論》（長春：東北師範大學出版社，1997），頁205～
　　　　　206。

〔註19〕　吳功正：《中國文學美學》上卷（南京：江蘇教育出版社，2001），頁180、191。

〔註20〕　關於初、盛、中、晚的唐文學分期法，確立於明代的高棅。其在《唐詩品彙・
　　　　　總序》中提出：「貞觀、永徽之時，虞魏諸公，稍離舊習，王楊盧駱，因加美
　　　　　麗。劉希夷有閨帷之作，上官儀有婉媚之體，此初唐之始製也。神龍以還，

第六章延續對唐代文人神仙書寫語彙使用、發展脈絡趨於世俗的觀察，進行有關文學創作影響的討論。

第七章結論。總結唐代文人神仙書寫的定位與影響。

泊開元初，陳子昂古風雅正，李巨山文章宿老，沈、宋之新聲，蘇、張之大手筆，此初唐之漸盛也。開元天寶間，則有李翰林之飄逸，杜公部之沈鬱，孟襄陽之清雅，王右丞之精緻，儲光羲之真率，王昌齡之聲俊，高適、岑參之悲壯，李頎、常建之超凡，此盛唐之盛者也。大曆、貞元中，則有韋蘇州之雅澹，劉隨州之閒曠，錢郎之清贍，皇甫之沖秀，秦公緒之山林，李從一之臺閣，此中唐之再盛也。下暨元和之際，則有柳愚溪之超然復古，韓昌黎之博大其詞，張、王樂府，得其故實，元、白序事，務在分明，與夫李賀、盧仝之鬼怪，孟郊、賈島之饑寒，此晚唐之變也。降而開成以後，則有杜牧之豪縱，溫飛卿之綺靡，李義山之隱僻，許用晦之偶對，他若劉滄、馬戴、李頻、李群玉輩，尚能黽勉氣格，將邁時流，此晚唐變態之極，而遺風餘韻，猶有存者焉。」（〔明〕高棅：《唐詩品彙》，臺北：學海出版社，1983，頁 8～9。）這裡面提出了初唐之始製、初唐之漸盛、盛唐之盛、中唐之再盛、晚唐之變、晚唐變態之極的區分法，兼及了時代的劃分以及發展的始、漸、盛、變。其後胡震亨、胡應麟、王世懋等也基本上承襲了這樣的觀點，而有進一步的申論，如胡震亨將晚唐五代劃分爲「閏唐」，胡應麟則提出「中唐四變說」等，都是在初盛中晚之下的操作，可見此說的確有其影響力，以及討論的效度。使用在在神仙文學的發展上看，初盛中晚也恰恰可呈現其段落與轉折，因此本文打算用四期的區分來呈現唐代神仙書寫的概況。至於其時代的斷限，則採用最普遍通行的一種：

初唐時期　高祖武德元年～玄宗先天元年　　西元 618～712 年
盛唐時期　玄宗開元元年～代宗永泰元年　　西元 713～765 年
中唐時期　代宗大曆元年～文宗太和元年　　西元 766～835 年
晚唐時期　文宗開成元年～昭宣宗天祐元年　西元 836～907 年

第二章　文人神仙書寫的起源與發展

　　神仙這個題材，從超越的想像，到實踐理論的建構，到文人的接受，再到形諸文學，然後在普遍的創作中，形成傳統。這是一個漫長而整體的歷程。總述這個歷程，以建立神仙書寫的淵源與傳統形成的過程，對於理解唐代神仙書寫的定位當有所助益。

第一節　從神仙思維到神仙書寫

　　神仙思維是想像力的發動，修仙實踐是具體的行為，而當其進入書寫，又經歷了文思陶鈞鎔鑄，表現為文學形式的過程。抽象的思維、具體的實踐、文思的表述，這是三種不同的活動。雖然神仙是先經歷了抽象的思維活動，才得到建立，並且在實踐理論的建構中得到擴充，然後有修仙文化的流佈，最後才進入文人的筆下，形成書寫的傳統。但是在所見的神仙書寫作品中，往往可見到三種活動的同時作用，它們沒有必然的關係，也沒有一定的先後次序，然而因為三者的同時作用，方才維護住了神仙書寫的生命力。如果神仙思維的想像力僵固了，神仙的形象不會在文學創作中一再翻新，如果實踐行為停滯了，神仙文化的內涵便永遠停留在原始隔閡的遠古，如果文思的創造能量薄弱，書寫的內容也會走向狹窄的制式因襲。然而中國文學中書寫神仙的作品，質量如此豐富，並且時有新思潮，各領風騷，如魏晉之遊仙，唐之仙傳傳奇，宋之仙話，元之道化劇，明清之神魔小說。神仙在文學的體裁更新、文化的變化遷移中，不僅不被淘汰，還各與體裁的特性，文化的風尚，不管是魏晉言志、唐之好奇、宋之人文、元明之化俗等，均契合相應，結合出新的樣貌，展現新的生命力。可見神仙書寫中，想像、實踐、文思三者的

作用，從未停滯。因此，在回溯神仙書寫傳統的過程中，也不宜僅從作品來看，應回到神仙思維的原始，重構由憑空想像到進入書寫、再到形成傳統的過程，並藉此把握神仙思維的特性，以幫助理解在漫長的神仙書寫史中，其變與不變的基礎規律。

一、神仙思維的起源

雖然神仙二字經常合用，然而神與仙的原始意涵是不一樣的。神是超越的存在，仙卻是人性願望歸趨下所形成的概念，至於合稱神仙時，又有更普遍的運用，而在此廣泛普遍的運用中，又似可尋出其共同的思維模式。因此這一節中，將首先分別陳述神、仙思想的源起，再歸納神仙一詞的使用情形，以瞭解神仙思維的共有模式。

（一）神：超越存在

在西方，是上帝創世紀，在中國，是女媧摶土，都是神造了人。但是神的出現，本出於人類的臆想，因此是人造了神。此一超越想像是人文發蒙的重要基礎。舉凡國家想像共同體的建立、社會公理正義等抽象倫理的存在、宗教的整體內在、人類文學活動的發動，都來自於神話思維，也就是超越的想像。

而人如何超越想像出「神」的存在，也是神仙書寫的原生地。如果說神仙書寫是對神仙神話的繼承與闡釋，那麼每一椿神話的解析，都必得回到超越想像的原始情境，瞭解其發生背景，然後才能進一步觀察原始情境在後續書寫中繼承與闡釋的情形。

神的來源，歷經了「分別的知覺活動」、「靈魂概念的產生」、「擬人化偶像」、「神聖化與世俗化」等發展過程。

首先，在智識未開的上古時代，先民原本天眞本然的生活著，爲了生物性的基本需求，存活、吃飯、保暖……，與大自然持續的奮鬥著。對先民來說，擁有強大力量而且未可知的自然界，充滿了神秘與威力，令人敬畏。當人類的智識逐漸發展開來，嘗試認識這個世界，於是「分別」這樣的認知活動就出現了。就像老子《道經》所說的「有無相生，難易相成，長短相形，高下相傾」，〔註1〕唯有分別，才有象，才能認知。因此先民開始透過「分別」

〔註1〕老子著，朱謙之校釋：《老子校釋》（臺北：華正書局，1986），頁9。

來理解眼前所見的這個矇漠世界。於是天與地、生與死、日與夜、進與出……
這些「分別」的觀念逐漸出現。

　　而當能夠認知有生有死了，先民開始思索，那麼人死後去了哪裡呢？這
時候「現在的世界」和「死後的世界」這個區別觀念也就出現了，處於「現
在的世界」的，就是我們活生生的人了，那去了「死後的世界」的，就是「靈
魂」了。在中國，最常被舉的靈魂觀念出現的例證，就是山頂洞人的墓葬行
為。考古發現山頂洞人在下葬時，會有陪葬飾品、灑上紅色鐵礦粉的儀式，
這表示在山頂洞人所處的舊石器時代晚期，先民已經能分離出人／靈魂、生
／死、生界／冥界的抽象概念了。因此才會有陪葬品，希望死者帶到他界去
享用。

　　有了靈魂的概念後，萬物有靈的「自然崇拜」時期於是來臨。那些令人
充滿畏懼的水的力量、火的力量、風的力量、動物的力量……，先民出於原
始的思維，相信其後必有威靈的操控，於是塑造出所謂的水神、火神、風神、
猴神、虎神等，並且加以崇拜，希望免於其害，得到照顧。這時候「神」的
觀念就出來了。

　　這一段歷程，猶如《周易・繫辭》上所講的：「仰以觀於天文，俯以察於
地理，是故知幽冥之故。原始反終，故知死生之說。精氣為物，游魂為變，
是故知鬼神之情狀。」〔註2〕人們是在觀察中，逐漸認知，離析出天與地、生
與死，最後靈魂的觀念出來了，有了人和鬼神的區別。鬼神是什麼樣的樣貌
呢？精氣為物，游魂為變，是從人來的，因此其情其狀，與人是一個模子，
是人之「偶」。天地之間的神，也就依照人的樣子，來加以塑造，到這時候，
人形的「神」，也就出現了。因為畏懼崇拜，人對神這個「偶像」，祭祀崇拜，
希望能得福避禍。

　　在這個創造活動中，有兩種力量在作用，神聖化與世俗化，先民面對神
時，祭祀崇拜，感知神、仰賴神籲示旨意、希望趨吉避凶、虔信神有主宰命
運的能力……，這些都使得神的神聖性逐漸增加。而人是依照自己的樣子創
造出神來，因此神不僅有人形，也有了人情。再加上人們在寄託願望的崇祀
活動中，將自己的世俗願望逐步加進神的形象中，也使得世俗化持續產生。
因為對神的認識，會在神聖化和世俗化的作用下，不斷改變，不僅異時異地，

〔註2〕　〔宋〕呂祖謙編，晦庵先生校正：《周易繫辭精義》（上海：上海古籍出版社，
　　　　2002，續修四庫全書第二冊），頁3。

有認知上的差異，不同的人也會有不同的看法，甚至同一個人，在不同的時候，對神的認知也會有所改變。因此，神的形象是沒辦法具體說明的，只能作概念式的定義。

什麼是神？神是具有創生性的。這就是《說文解字》中所說的：「神，天神引出萬物者也。从示申聲。」〔註3〕神是具有宰治性的。並且可以根據人的行為賜與禍福。如：《國語‧周語》上〈內史過論神〉：「神饗而民聽，民神無怨，故明神降之，觀其政德而均布福焉。……明神不蠲而民有遠志，民神怨痛，無所依懷，故神亦往焉，觀其苛慝而降之禍。……是皆明神之志者也。」〔註4〕神是精細審明的。例如：《國語‧楚語》卷十八下〈觀射父論祀牲〉有：「夫神以精明臨民者也。」〔註5〕神是具有神秘性的。如：《周易‧繫辭》上：「陰陽不測之謂神。」〔註6〕神是奧妙的。如：《周易‧說卦》：「神也者，妙萬物而為言者也。」〔註7〕

總歸而言，我們可以說：神是人在此界與彼界的劃分觀念中，所產生出來的彼界擬人化偶像。透過神聖化作用，保持崇高性、主宰性、奧秘性，引領崇拜，同時也因為世俗化的作用，在時代的推移中，持續保有生命力。其存在是超越性的，永遠在人之先、人之上。

（二）仙：人性願望

文字的發展，有由簡而繁的規律。當一個字，已經無法負載衍生而來的豐富意涵，產生使用上的不便，就會產生分化的現象。仙，可以說是神的觀

〔註3〕 許慎撰，〔清〕段玉裁注：《新添古音說文解字注》（臺北：洪葉文化事業，1998），頁3。

〔註4〕 韋昭注：《國語‧周語》（臺北：漢京出版社，1983，《四部刊要》），頁29～30：「十五年，有神降於莘，王問於內史過，曰：『是何故？固有之乎？』對曰：『有之。國之將興，其君齊明、衷正、精潔、惠和，其德足以昭其馨香，其惠足以同其民人。神饗而民聽，民神無怨，故明神降之，觀其政德而均布福焉。國之將亡，其君貪冒、辟邪、淫佚、荒怠、麤穢、暴虐；其政腥臊，馨香不登；其刑矯誣，百姓攜貳，明神不蠲而民有遠志，民神怨痛，無所依懷，故神亦往焉，觀其苛慝而降之禍。是以或見神以興，亦或以亡。昔夏之興也，融降于崇山；其亡也，回祿信於聆隧。商之興也，檮杌次於丕山；其亡也，夷羊在牧。周之興也，鸑鷟鳴於岐山；其衰也，杜伯射王於鄗。是皆明神之志者也。』」

〔註5〕 韋昭注：《國語‧楚語》（臺北：漢京出版社，1983，《四部刊要》），頁565。

〔註6〕 〔宋〕呂祖謙編，晦庵先生校正：《周易繫辭精義》，頁5。

〔註7〕 〔宋〕呂祖謙編，晦庵先生校正：《周易繫辭精義》，頁24。

念逐漸發展，趨於繁複之後，所分化出來的產物。

當人類能夠分判出人與靈魂，其實也就是對「人」的存在，有了認知，這是一個具有重大人文意義的指標。「人」能夠認識「人」的存在了，那麼，我是誰？從哪來？追求什麼？……這些問題的思考也就接踵而來。隨著這些問題的開拓，人類也開始展開創造和追求，自我的力量逐漸增加，並且產生了與自然規律抗衡的勇氣。

這也是鄭志明在《中國社會與宗教》中所闡述的：

> 精神世界已從渾沌茫昧的原始信仰中逐漸洞識宇宙秩序的自然和諧
> 與人生秩序的安排。在現實社會裡，人類永遠無法脫離自然與人文
> 的軌道。於是鄉民的內在心靈，不再如原始生民般對自然現象充滿
> 了好奇心，也不渴望有創世英雄的無比偉大的力量，而是希望重建
> 宇宙的秩序，提升外在的生命，回歸一個和諧自足的樂園。〔註8〕

此時人類對存在的感知和追求，也同時反映在神的塑造上，神是人類願望的寄託對象。當人知道生命有限時，神也就永生了。當人感受到疾病的痛苦時，神也就強壯不侵了。當人感受到行動的限制，無法像鳥一樣自由的飛翔時，神也就有了翅膀，來去自如。這些世俗的願望，都逐步反映到神的形象上，並且牽動著人類的追求。幻想著人類也能如此。

這種思想的遺跡，我們在神話傳說中可以找到例證。例如：羽人，例如：不死之國、不死之民。《山海經・海外南經》：「羽民國在其東南，其為人長頭，身生羽。一曰在比翼鳥東南，其為人長頰。」〔註9〕《山海經・海外南經》：「不死民在其東，其為人黑色，壽，不死，一曰在穿匈國東。」〔註10〕《山海經・大荒南經》：「有不死之國，阿姓，甘木是食。」〔註11〕因為追求飛翔的、不死的理想，因此幻想世間也有這樣的人存在。

又如，《左傳》裡也有齊景公對於不死的美好幻想。《左傳・昭公二十年》：「齊侯至自田，晏子侍於遄臺……飲酒樂，公曰：『古而無死，其樂若何？』」〔註12〕

〔註8〕　鄭志明：《中國社會與宗教》（臺北：臺灣學生書局，1989），頁11。
〔註9〕　袁珂校注：《山海經校注・海外南經》（上海：上海古籍出版社，1980），頁187。
〔註10〕　袁珂校注：《山海經校注・海外南經》，頁196。
〔註11〕　袁珂校注：《山海經校注・大荒南經》，頁370。
〔註12〕　楊伯峻注：《春秋左傳注・昭公二十年》（高雄：復文圖書出版社，1991），頁1419～1420。

　　無論是幻想世間有羽人、不死之民，或是齊景公喝酒喝到痛快處，所發
的「人如果能永遠不死，那有多麼的快樂」的綺想。這些都是人類在基本的
生活條件能維持後，另一個層次的嚮往。和先民苦於自然之暴害，呼天告神
的心理，顯然已大不相同。〔註13〕這已經是「人」的追求，而不是對「神」
的追求。

　　人和神的觀念是相對而生的，二者不可共。人能當神，神的神聖性就失卻
了。神如同人，人的超越性如何寄託。因此當神的概念無法付託人類願望的塑
造時，勢必要將這個「擬神」、「類神」的理想，換一個名稱稱呼。於是許多詞
彙新興了。包括了：神人、至人、眞人等。其實前面所舉的羽人、不死民也是。
只是專指某種能力，而不是總稱。例如《春秋穀梁傳・定公元年》：「古之神人
有應上公者，通乎陰陽，君親帥諸大夫道之而以請焉。夫請者，非可詒託而往
也，必親之者也，是以重之。」〔註14〕這裡講的「神人」，就是有通乎陰陽能力
的人。又如《莊子・齊物論》：「王倪曰：『至人神矣！大澤焚而不能熱，河漢沍
而不能寒，疾雷破山（飄）風振海而不能驚。若然者，乘雲氣，騎日月，而遊
乎四海之外。死生無變於己，而況利害之端乎！』」〔註15〕這裡講的「至人」，
水火不侵，來去自如，飄然悠遊。又如《莊子・大宗師》：「何謂眞人？古之眞
人，不逆寡，不雄成，不謨士。若然者，過而弗悔，當而不自得也。若然者，
登高不慄，入水不濡，入火不熱。是知之能登假於道者也若此。」〔註16〕「古
之眞人，其寢不夢，其覺無憂，其食不甘，其息深深。眞人之息以踵，眾人之
息以喉。屈服者，其嗌言若哇。其耆欲深者，其天機淺。」〔註17〕這裡所定義

〔註13〕如《詩經》中的〈雲漢〉，寫：「今之人，天降喪亂，饑饉薦臻。靡神不舉，靡
　　　　愛斯牲。圭璧既卒，寧莫我聽。旱既大甚，蘊隆蟲蟲。不殄禋祀，自郊徂宮。
　　　　上下奠瘞，靡神不宗。」人們是因為天降喪亂，苦於饑饉蟲害，難以維生，因
　　　　此才傾盡財帛、牲畜來告祭，在徬徨無助的心態下，靡神不宗，希望能到垂憐。
　　　　有趣的是，《舊唐書・王璵傳》在寫到唐玄宗的崇道行為時，也引用《詩經・雲
　　　　漢》的詞，說他「靡神不宗」，見〈王璵傳〉：「開元末，玄宗方尊道術，靡神不
　　　　宗。」《舊唐書》（北京：中華書局，1991）第十一冊，卷一百三十，頁3617但
　　　　是唐玄宗這股子狂熱，當然不是為了基本的生存而來，而是為了個人的欲望。
　　　　同一個詞擺在一起看，神仙崇拜觀念的演進軌跡，就很容易分辨出來了。
〔註14〕〔晉〕范甯集解，〔唐〕陸德明釋，楊士勛疏：《春秋穀梁傳注疏》（臺北：中
　　　　華書局，1981，《四庫備要》，經部，第四十冊），卷十九〈定公元年〉，頁3。
〔註15〕莊子：〈齊物論〉，《莊子集釋》卷一下，頁96。
〔註16〕莊子：〈大宗師〉，《莊子集釋》卷三上，頁226。
〔註17〕莊子：〈大宗師〉，《莊子集釋》卷三上，頁228。

的「眞人」，除了水火不能傷外，呼吸還通貫全身，修鍊的意味已經很濃厚。以上講的無論是神人、至人或眞人，都是人對神的超越寄託發展到一個「神」這個概念沒辦法負荷的程度後，所增生出來的新構詞。他們裡頭都有一個人字，神、至、眞則代表其超乎尋常人之上的狀態，界乎神、人之間的性質很明顯。

其後，追逐神仙、企求長生不死的風氣逐漸成形，流行愈深，詞彙愈加凝鍊，終於有一個被普遍使用的概括性泛稱出現，那就是——仙。

什麼是仙呢？

仙字，本作僊，《說文解字》：「僊，長生僊去，從人䙴，䙴亦聲。」段注：「䙴，升高也。」字義爲：長生不老、高昇飛翔而去的人，可以稱作僊。這顯然是飛行夢的遺跡。羽人縮寫作僊了。或者說以「能飛翔」這個特徵，來概念代表所有僊人。

這個僊字，又有一個後起字，作「仙」。也就是如今我們所慣用的。《說文解字》：「仙，人在山上，從人從山，呼堅切。」許愼解釋字義說：在山上的人叫作仙。人在山上爲什麼叫仙？有幾個可能：1、仙人和神、鬼的概念還沒有離析的很清楚。這種具有超能的神、仙、鬼，多處於都市人文之外的自然山林裡。2、修鍊的風氣已經大行。這些求長生的修道之人都隱居在山林中潛修。第二種的可能成分高一些。另外，僊取代仙，「長生飛翔而去」的意思不如「在山林中修鍊得道」寬廣，因此另衍出一字。

仙作爲人世俗願望的寄託，它的意涵當然也是隨著人類的思想位移。最初只是指長生飛昇而去的仙人。如《莊子·天地篇》：「千歲厭世，去而上僊。乘彼白雲，至於帝鄉。」〔註18〕後來求仙的風氣愈盛，成爲修鍊有成者的指定意義。如葛洪《抱朴子·論仙》：

> 若夫仙人，以藥物養身，以術數延命，使內疾不生，外患不入，雖久視不死，而舊身不改。〔註19〕
>
> 仙經云，上士舉形昇虛，謂之天仙。中士遊於名山，謂之地仙。下士先死後蛻，謂之尸解仙。〔註20〕

這裡說仙是以服食藥物或運用術數的方法，得到養身延命效果的人。不僅不

〔註18〕莊子：〈天地〉，《莊子集釋》卷五上，頁421。
〔註19〕葛洪：〈論仙〉，王明校釋：《抱朴子內篇校釋》卷二（北京：中華書局，1985），頁14。
〔註20〕葛洪：〈論仙〉，王明校釋：《抱朴子內篇校釋》卷二，頁20。

會生病，外在的禍患也不能加以侵擾。長久的生存而形體不會老化改易。另一個段落，更引用仙經將仙的品格分成三類，一類是天仙、一類是地仙、一類是尸解仙。積澱出來的文化已經很豐富。

再如，葛洪《神仙傳·彭祖》：

> 采女曰：「敢問青精先生是何仙人者也？」彭祖曰：「得道者耳，非仙人也。仙人者，或竦身入雲，無翅而飛；或駕龍乘雲，上造天階；或化爲鳥獸，游浮青雲；或潛行江海，遨翔名山；或食元氣，或茹芝草；或出入人間而人不識；或隱其身而莫之見。面生異骨，體有奇毛，率好深僻，不交俗流。此等雖有不亡之壽，去人情，遠榮樂，有若雀化爲蛤，雉化爲蜃，失其本眞，更守異氣，余之愚心，未願此已。入道當食甘旨，服清麗，通陰陽，處官秩耳，骨節堅強，顏色和澤，老而不衰，延年久視，長在人間，寒溫風濕不能傷，鬼神眾精莫敢犯，五兵百蟲不可近，嗔喜毀譽不爲累，乃可爲貴耳。」

這裡說仙人有的是竦身入雲、無翅而飛，有的是駕龍乘雲、上造天階，有的化身鳥獸，飛翔天際，有的變爲魚龍，潛行江海之中，有的吸取天地靈氣，有的服用靈芝仙草，有的人形混跡在人間，而凡人看不出來，有的隱形出入，來去無蹤，有的面生異骨，體有奇毛，僻處在隱蔽的山林裡，不跟世俗往來。彭祖認爲：所謂得道成仙，追求的應該是吃精美的食物，穿美麗的衣服，通陰陽，當大官，身強體壯，老而不衰，並且風寒鬼神無法侵犯，毀譽哀樂無動於心，才算可貴。如果居處、身體、嗜好都與凡人不同，那麼就算長生不老也是去人情，遠榮樂，就像雀鳥變身爲蚌殼一樣，失卻了本眞，毫無樂趣。因爲采女彭祖的對答，本是假設問對以設喻，彭祖之言其實也就說出了世人的心聲。在一般人眼中，華服美食、高官厚祿、身強體健、永生不老、無有憂患，可算是人生理想願望的極致了。由此可以清楚的看出來，仙確爲人類理想願望的忠實反映。最初人們的願望只是生存，因此仙的形象便是壽命的延長，而當人們有更多物質的、精神的需求後，仙的形象也就被演繹的越來越豐富。

從《莊子》到《抱朴子》、《神仙傳》，裡面所描寫的仙各自不同，但是軸心骨是一樣的。都是凡人經過修鍊之後所達成的「超人」境界。這個仙是怎樣的，視修鍊者的世俗願望而定，但是主要是以長生不老、飛昇爲主。這就是「仙」的意涵。總而言之，仙，是神的觀念持續世俗化所發展出來的產物。

（三）神仙：超越願望的寄託

當神仙合稱的時候，它所能包含的寓意，又比神、仙獨稱，要廣而泛。它變成了一個開放的概念，凡是非凡、不俗的、超乎眾人的，都可以用神仙來寓含。

這樣的現象在唐代尤其明顯。神仙可以泛指許多不同的對象。比如進士。徐夤〈放榜日〉有：「十二街前樓閣上，卷簾誰不看神仙」之句。〔註21〕神仙作為一個願望寄託的對象，在徐夤筆下寫來，既表達了觀者的羨慕，也寓意了作者的自得。另一首袁皓的〈及第後作〉，同樣將成仙之樂與修鍊之苦，比喻為十年寒窗與一朝登第的差別，其中「蓬瀛乍接神仙侶，江海回思耕釣人。九萬摶扶排羽翼，十年辛苦涉風塵」諸句，〔註22〕意下不無感慨，把這個意象發揮的更深刻。

神仙也可喻美女。如杜牧〈懷鐘陵舊遊四首〉其一：「玉帳軍籌羅俊彥，絳帷環珮立神仙。」〔註23〕又如蔣防〈霍小玉傳〉中，鮑十一娘引介霍小玉給李益認識時，說法是「有一仙人，謫在下界，不邀財貨，但慕風流」，〔註24〕霍小玉不重對方的錢財，只愛重才華，也算是有仙氣了。而鮑十一娘將小玉形容為謫在人間的仙人，更重要的寓意當然在於小玉的美貌與才性之出眾。此霍小玉，乃霍王小女，算是名門淑媛，而且「姿質穠豔，一生未見；高情逸態，事事過人；音樂詩書，無不通解」，〔註25〕不僅美豔穠麗，而且自然一種高情雅致，氣質過人。再加上雅愛詩書琴樂，才華出眾。如此才色雙全的傾城佳人，豈不如天仙下凡嗎？

神仙又可喻心上人。如施肩吾〈清夜憶仙宮子〉：「夜靜門深紫洞煙，孤

〔註21〕徐夤：〈放榜日〉：「喧喧車馬欲朝天，人探東堂榜已懸。萬里便隨金鸑鷟，三台仍借玉連錢。（南海相公此時在京，蒙借鞍馬人僕）。花浮酒影形霞爛，日照衫光瑞色鮮。十二街前樓閣上，卷簾誰不看神仙。」《全唐詩》第 21 冊，頁 8162。

〔註22〕袁皓：〈及第後作〉：「金榜高懸姓字真，分明折得一枝春。蓬瀛乍接神仙侶，江海回思耕釣人。九萬摶扶排羽翼，十年辛苦涉風塵。昇平時節逢公道，不覺龍門是險津。」《全唐詩》第 18 冊，頁 6942。

〔註23〕杜牧：〈懷鐘陵舊遊四首〉其一：「一謁征南最少年，虞卿雙璧截肪鮮。歌謠千里春長暖，絲管高臺月正圓。玉帳軍籌羅俊彥，絳帷環珮立神仙。陸公餘德機雲在，如我酬恩合執鞭。」《全唐詩》第 16 冊，頁 5977。

〔註24〕〔唐〕蔣防：〈霍小玉傳〉，《全唐五代小說》（西安：陝西人民出版社，1998），第二冊，頁 727。

〔註25〕〔唐〕蔣防：〈霍小玉傳〉，《全唐五代小說》第二冊，頁 727。

行獨坐憶神仙。三清宮裏月如畫，十二宮樓何處眠。」〔註26〕

神仙又可喻才華出眾的人物。如薛用弱《集異記》「王之渙」條，旗亭賭唱的諸伶官在得知王昌齡、高適、王之渙的身份後，競上前拜見，語稱：「俗眼不識神仙，乞降清重，俯就筵席」。〔註27〕

以上只是姑舉數種。然而已可知神仙意涵的豐富，使用的多面向。

整體而言，可以把神仙籠統的看成一個跟世俗相對稱的觀念，凡是超乎於凡俗的，都是可用神仙的概念籠罩。而因爲是否超乎凡俗，是由使用神仙這個詞來稱呼的人所決定，因此神仙的觀念是不斷的在伸縮擴張的。活在每個使用這個詞彙的人的意識中的。如此一來，神仙變成檢視一個時代思想文化一把很好的規尺，有意思的是，宗教本來就是人類理解世界的一個方式，世界是世俗的，人們擬構出一個至高無上的造物主來創造他，其實闡釋的是人類自己的世界觀。但是在西方來講，人類被逐出眾神殿後，基本上已經停頓了這方面的創造。中國的神仙文化卻很活絡生發，我們隨時可以爲讓我們驚奇的萬事萬物，創造出一個宗教情境來。在這種創造中，神仙的意義、性質、內涵不停的在變動，也就是我們從未停止解釋這個世界。神仙就是一個超越於世俗的一個相對概念，像湖水、像鏡子，不停的反射出我們所理解的世界。

二、神仙思維的特性

（一）介於神、人之間

神仙思維本是以想像超越現實物象，又賦予詮釋，只是在後續的發展中，人不再以神來解釋世界，而開始人爲自我抒發，以人來解釋神，這時候神仙跨越神、人的特質開始顯明出來。

神仙成爲介於神和人之間一種特殊的存在，在具體的移動上，神可下降於人世，人亦可上登天界。甚至天界和人世往往是在同一個空間中並存，可藉由某個機關、某個轉換場，例如洞窟，達成神界人界、神和人的交流。

而在身份的移動上，神可能會被貶爲凡人，人也能經過修煉變成神仙。

至於內心的移動上，人能透過想像、玄思，達到宛如登仙的境界，或者

〔註26〕施肩吾：〈清夜憶仙宮子〉，《全唐詩》第 15 冊，頁 5598。

〔註27〕〔唐〕薛用弱：《集異記・王渙之》，《全唐五代小說》第二冊，頁 795。註：《全唐五代小說》依《顧氏文房小說》爲底本校錄作「王渙之」，後注：當爲唐詩人王之渙。

達到一種仙、凡兩種身份認知合融的狀態，認為我為人間之謫仙、我即仙。因此無論是具體或抽象，神仙都有介於神與人間的性質。

（二）可藉由人為力量達致

神仙思維向世俗移動的最大觸發點，就是修煉觀念的產生。透過修煉，神仙境界不再超越，而是可藉由人為力量達致的。這個關鍵點一開，等於啓動了人間通向仙境的大門，人有成為仙的可能，成為仙之後，所處環境由人間轉換為仙境，而此仙境如何，則由人的理想願望來決定。等於要不要成為仙？如何成為仙？成仙之後如何？這些都是由人自身意志所決定掌握的。

神仙思維裡這個由人為決定的特性，建立了神仙作為人們理想建構之對象的基礎，並使仙境成為人性願望的展示場。

（三）物質慾望與精神理想的載體

神仙是「超越現實的理想寄託」。最初要超越的是生命長短的限制，人力微渺的限制，而當生存的威脅減低之後，人們轉而追求物質的享受、精神的高度，這時神仙又成為追逐物質、馳騁靈魂的雙重載體。

理想有物質的、也有精神的。當其形諸於文學。在物質方面，神仙作為超越現實的理想寄託，因此有對美好、令人嚮往、不尋常之美色、音樂、物用、食物、建築、權位等等的描寫。而在精神方面，神仙作為超越現實的理想寄託，因此有對美好、令人嚮往、不尋常之仙人仙境典型的描寫。其著重在抒發人文理想，超越外在環境對自由靈魂的束縛，超越無形的社會價值對於個人選擇的控制，而在對神仙的想像、仙境的構築中，宣示自我的超越理想。

人類的社會有文明亦有文化，文明是物質利用的進步，文化則是人文思維的前進，這種前進，往往要先透過少數的、有超越思維的，能將眼光掙脫現實、置放於未來的一群人來帶領，這樣一群人就是所謂的士、知識份子、文化人。神仙既為超越現實的理想寄託，其時代先行的意義，承載人文精神的量度，由此可知。

而從神仙是超越現實之理想寄託，並且反映物質與精神兩種追求向度來看，對神仙書寫的觀察，實有理解當時人文呼聲，並透過物質與精神追求之消長來考察文化走向的意義。

（四）與常俗相對的開放概念

仙作為「人」的願望，可經由「人為」的鍛鍊追求達致，於是漸漸隨著

人們欲望的擴增，意涵愈加複雜起來，最終衍生出種種的名目，舉凡華服美食、高官厚祿、身強體健、永生不老、無有憂患等，都由人的「希望」，轉化爲成仙之後的「獲得」。到了後來，仙已經成爲一種開放的概念，一切美好的、令人嚮往的、不尋常的人事物都可用仙來比喻，例如詩仙、酒仙。文學中相關的例子，如前所言，旗亭睹唱，諸伶官在得知王昌齡、高適、王之渙三人的身份後，出於對詩人才華的仰慕，和難見而得見的驚喜感，故敬稱：「俗眼不識神仙，乞降清重，俯就筵席」。〔註28〕又如《霍小玉傳》，因爲霍小玉是霍王之女，可謂名門之後，又「姿質穠豔，一生未見；高情逸態，事事過人；音樂詩書，無不通解」，〔註29〕自然一種高情雅致，氣質過人。如此佳麗，確實人間少有、令人嚮往。因此鮑十一娘形容霍小玉是「有一仙人，謫在下界。」〔註30〕由此可知，神與仙的意涵雖然不同，但是使用上經常神、仙二字合用，並拿來形容一種「美好、令人嚮往、不尋常」的特質。從這裡可以看出，似乎可把神仙視爲一個跟尋常、世俗相對稱的觀念，凡是超乎於常俗的，都可以用神仙的概念來籠罩。

由以上神、仙思維發展的推繹，可以瞭解到神仙概念的幾項特質：1、神本爲彼界具有超凡能力的擬人偶像，因爲人們崇拜敬服，又感於死生老病的限制，因而發展出仙的思想，認爲可經由修煉達到如神、擬神的境界。2、成仙後的境界，由人們的實際願望反映，並以人爲的努力達成，隨著社會文化的發展，仙的意涵不斷積累、繁複，最後仙、神仙，成爲一切人類美好理想的泛稱。3、神仙的概念，具有廣大的容受力與豐沛的生命力，隨著人們的理想願望，不斷被自由的充添演繹。

三、進入書寫

書寫，是表述意義。發生了意義著落於形式的過程。神仙從超越想像到修仙實踐，再到進入文人生活，成爲創作素材，表述爲文字，然後經過大量的創作，形成傳統，至少經歷三階段的變化，這一節便依這三層變化，分別敘說。

〔註28〕 〔唐〕薛用弱：《集異記・王渙之》，《全唐五代小說》第二冊，頁795。註：《全唐五代小說》依《顧氏文房小說》爲底本校錄作「王渙之」，後注：當爲唐詩人王之渙。

〔註29〕 〔唐〕蔣防：〈霍小玉傳〉，《全唐五代小說》第二冊，頁727。

〔註30〕 〔唐〕蔣防：〈霍小玉傳〉，《全唐五代小說》（西安：陝西人民出版社，1998），第二冊，頁727。

（一）從神仙想像到修仙實踐

神仙想像本是「抽象的思維」，修仙實踐則是「具體的行為」。從思維到實踐，中間產生了 how 的理論建構過程。修仙理論的建構，是繼承也是闡述。前面所言神仙思維的種種特性，諸如介於神人之間、可藉由人為力量達致、物質與精神理想的雙重載體等，必然都會在修仙理論中得到反映，並有進一步的闡發。這個階段的發展，在魏晉南北朝有較明顯的集中呈現，如東晉葛洪《抱朴子》中便有〈論仙〉等諸篇，極言神仙實有，並闡述修仙的種種法門及驗效。

而從神仙思維到修仙實踐，也發生了一個特別的分化發展歷程。因為思維無邊無際，無施不可。實踐卻有一個固定的實際的載體。這個載體是人。每一個人都是一個獨立的個體存在，有其獨立的思想。神仙的追求，從知覺到行動，其間透過每一個人獨立的個體思想的翻譯。因此便發生了分化。集體的神仙想像，在實踐行動中，匯進了多元的、豐富的個體創造。這些多元、豐富的個體創造，使神仙文化的內涵擴充、壯大，開展出不同的面向。並在這種社會化的創造中，與社會生活取得更大的聯繫，獲致更多的共鳴，而幫助了修仙活動的開展與延續。

這種開展包含了物質與精神的雙重面向，如前所言，神仙是物質與精神的雙重載體，因此在個體對神仙思維的解讀、實踐中，也包括了這兩個方面。有人修仙求的是現實的、物質的享受，因而建構出金銀無缺、聲色歡愉的仙境。有的人修仙求的是抽象的、精神的完足，因而建構出超離物外、達致理想的超越仙境。這兩方面的個體追求，都會反映在實踐理論的架構中，然後因為物質、精神的理想都來自於人的社會，必須透過社會生活來反映，於是社會性素材不斷進入仙人仙境的塑造上，最終帶來神仙世界的逐步社會化，並與社會生活取得層層累進的聯繫。

而從神仙想像、修仙實踐到神仙書寫，其中還牽涉到作者身份定位的問題。這些作者同樣使用神仙素材來創作，但是有的人是入道者、有的是向道者、有的是一般大眾、有的則對神仙抱持懷疑。因此在作者與神仙的對待關係上，便產生「直接的宗教性體驗」、「親身的修仙實踐」、「曾接觸修仙文化」、「質疑成仙之可能」等不同的關係，有的是神仙想像直接反映在書寫上，有的是沒有超越的想像力，而將所見聞的或所親歷的修仙文化反映在書寫上，有的是完成了想像、實踐、書寫的過程。這些都是最直接影響神仙書寫內涵

的關鍵。因此將神仙書寫的前置活動，拆解爲從想像到實踐，是必要的，並且應在對神仙書寫的分析中，關照到作者與神仙此一書寫對象，其間對待關係層次的不同。

（二）從宗教性思維到著落文學形式

如果我們將神仙書寫的創作過程，作一解構分析，必是先以人理解神仙，然後使它落實在文學形式上，這是一個取資神仙想像，鎔鑄於創作的過程。

神仙想像是情感，神仙書寫是文辭，情意與文辭如何構結。這部分可以藉由中國本身的創作論來解析。如《文心雕龍・神思》：

> 思理爲妙，神與物游。神居胸臆，而志氣統其關鍵。物沿耳目，而辭令管其樞機。樞機方通，則物無隱貌。關鍵將塞，則神有遯心。是以陶鈞文思，貴在虛靜，疏瀹五藏，澡雪精神；積學以儲寶，酌理以富才，研閱以窮照，馴致以繹辭。然後使玄解之宰，尋聲律而定墨；獨照之匠，闚意象而運斤。此蓋馭文之首術，謀篇之大端。
> 〔註31〕

其中講創作的發生是：首先發動精神，使精神與外物的交接，然後精神主導感官去抓取住物象。接下來虛靜心靈以梳理思緒，使物象應照於內心的認知系統，最後啓動以符號表述意義的功能，藉著操作符號將內心認知的物象翻譯出來，生產爲一篇文章。

這個 1、發動精神 2、感官抓取物象 3、物象進入認知系統 4、表述爲文字的過程，前面「神與物遊」、「物沿耳目」、「心物廓通」三個步驟，實在是神仙書寫之發生很貼切的詮釋。神、物、心三者之間的作用，可以反映爲：「人啓動心靈中的超越想像，去理想化神仙的存在，神仙與內心呼應，在心的認知裡，與心靈對話，映照出神仙的形象」的過程，其後驅使文字，把它表述出來，也就是神仙書寫的發生。

神思也可解釋爲——想像力的發動。神仙書寫本可視爲神仙神話的繼承與延續，而神話的本質是超越的想像力，所謂「自造眾說以解釋之」，〔註32〕因此神仙書寫的創作，也可以說是對原初想像的繼承。當執著於現實，失去超越的想像力時，也就是神話精神的失卻。如果將文學創作，視爲對神話原型的闡述史，也就超越想像精神的傳承闡述史，那麼，劉勰以神思（想像力）

〔註31〕王更生：《文心雕龍讀本》（臺北：文史哲出版社，1991），下冊，頁3～4。
〔註32〕魯迅：《中國小說史略》，頁13。

來掌握文學創作，可以說相當精確。而用神思——想像力的角度來解釋神仙書寫的發生與承續，也富有啓發性。

（三）從個體意識的抒發到形成傳統

神仙是超越理想的寄託，書寫神仙的作者經常將神仙外化爲客體，然後在神仙與人的主客對話中，表述內心的理想。神仙故事、神仙傳記中，經常出現的人仙對談場面，就是這種形式的表現。遊仙詩自我擬構客體的仙人仙境，然後與之交遊互動，也是將理想外化、具體化爲客體，然後得到互動的可能，並在互動中抒發理想的一種抽象表現。

而這些理想雖然各不相同，有的是物質的，有的是精神的，有的抽象有的具體，但是同樣出於人思人情，總會產生不約而同的歸趨。當修仙文化廣被，書寫的人多了，在重複書寫、閱讀的互動歷程中，便會形成共同傳統，然後有更多人循這個傳統去抒發想法，使這個傳統更爲宏大堅固。例如：遊仙言志、士不遇、神女、試煉等都是神仙書寫中已形成傳統的固有主題。

第二節　文人神仙書寫的傳統

一、歷史的源流

神仙書寫的歷史，可以說，始源於《莊》、《騷》，成形於兩漢，其後魏晉六朝作品質高量豐，因而立下規模，建立典型。

（一）始源於莊騷

《莊子》中關於神仙的描寫不少，例如：涉及長生修鍊方法的，有〈大宗師〉：「眞人之息以踵，眾人之息以喉。」〔註33〕寫修仙得道結果的，有〈齊物論〉：「乘雲氣，騎日月，而遊乎四海之外。死生無變於己。」〔註34〕以及〈天地〉篇的：「千歲厭世，去而上僊；乘彼白雲，至於帝鄉；三患莫至，身

〔註33〕莊子：〈大宗師〉：「古之眞人，其寢不夢，其覺無憂，其食不甘，其息深深。眞人之息以踵，眾人之息以喉。」眞人之息以踵，一般咸認爲是古代練氣養生的方法。宣穎《莊子南華經解》注曰：「呼吸通於湧泉。」〔清〕郭慶藩編、王孝魚整理：《莊子集釋》（臺灣：萬卷樓圖書公司，1993）卷三上，頁228。

〔註34〕莊子：〈齊物論〉：「至人神矣！大澤焚而不能熱，河漢沍而不能寒，疾雷破山飄風振海而不能驚。若然者，乘雲氣，騎日月，而遊乎四海之外。死生無變於己，而況利害之端乎！」《莊子集釋》卷一下，頁96。

常無殃。」〔註35〕等。主要是集中在任意飛翔、長生不死這幾種得道特徵的描寫。

其中，〈逍遙遊〉的「姑射仙人」一段，由於文學藝術性較強，最常被引用：

> 藐姑射之山，有神人居焉。肌膚若冰雪，綽約若處子。不食五穀，
> 吸風飲露。乘雲氣，御飛龍，而游乎四海之外。其神凝，使物不疵
> 癘而年穀熟。〔註36〕

這裡所描寫的仙人，居住在邈遠的姑射山上，肌膚猶如冰雪般的皓白潔淨，身形猶如未嫁女般的柔弱姣好。不吃五穀，只吸取清風甘露。乘著雲霧之氣，駕馭著飛龍，遨翔於四海之外，無論居住地點、外觀容貌、飲食習慣、生活方式，都充滿著遺世獨立、縹緲出塵的味道。因此儘管僅僅是取材於普遍的神仙印象，潔淨尊貴、任意飛翔等，並沒有獨出心裁的創發，並且莊子是將其作為一種哲學的境界來比喻，但是經其生花妙筆一寫，形象特為鮮明。再經過歷代文人廣泛的諷詠運用，已成為經典，影響較大。

楚俗信巫而好祠，民神不雜，因此屈原筆下的神仙，又有另一種風味。

《九歌》諸篇，皆是對神仙的細膩描繪。人神交感之際，迷離恍惚，情意流動，為神仙樣貌的塑造，注入另一股生命力。

以〈大司命〉、〈少司命〉為例。

〈大司命〉：

> 廣開兮天門，紛吾乘兮玄雲。令飄風兮先驅，使涷雨兮灑塵。君迴
> 翔兮以下，踰空桑兮從女。紛總總兮九州，何壽夭兮在予！高飛兮
> 安翔，乘清氣兮御陰陽。吾與君兮齊速，導帝之兮九坑。靈衣兮被
> 被，玉佩兮陸離。壹陰兮壹陽，眾莫知兮余所為。折疏麻兮瑤華，
> 將以遺兮離居。老冉冉兮既極，不寖近兮愈疏。乘龍兮轔轔，高駝
> 兮沖天。結桂枝兮延佇，羌愈思兮愁人。愁人兮奈何？願若今兮無
> 虧。固人命兮有當，孰離合兮可為？〔註37〕

〔註35〕 莊子：〈天地〉：「夫聖人，鶉居而鷇食，鳥行而無彰；天下有道，則與物皆昌；
　　　　 天下無道，則脩德就閒；千歲厭世，去而上僊；乘彼白雲，至於帝鄉；三患
　　　　 莫至，身常無殃；則何辱之有！」《莊子集釋》卷五上，頁421。
〔註36〕 莊子：〈逍遙遊〉，《莊子集釋》卷一上，頁28。
〔註37〕 屈原：〈九歌·大司命〉，馬茂元主編，楊金鼎、王從仁、劉德重、殷光熹注
　　　　 釋：《楚辭注釋》（臺北：文津出版社，1993），頁151。

〈少司命〉：

> 秋蘭兮麋蕪，羅生兮堂下。綠葉兮素枝，芳菲菲兮襲予。夫人兮自
> 有美子，蓀何以兮愁苦？秋蘭兮青青，綠葉兮紫莖。滿堂兮美人，
> 忽獨與余兮目成。入不言兮出不辭，乘回風兮載雲旗。悲莫悲兮生
> 別離，樂莫樂兮新相知。荷衣兮蕙帶，儵而來兮忽而逝。夕宿兮帝
> 郊，君誰須兮雲之際？（與女沐兮咸池，晞女髮兮陽之阿。望美人
> 兮未來，臨風怳兮浩歌。）孔蓋兮翠旌，登九天兮撫彗星。竦長劍
> 兮擁幼艾，蓀獨宜兮為民正。〔註38〕

大司命掌管人生命的壽夭，因此寫來氣氛肅穆莊嚴，不可侵犯。而少司命為
戀愛之神，寫來則如同其掌管的男女情愛般，瀰漫著纏綿悱惻的氣息。兩篇
都以離合收尾，但是〈大司命〉以人命各有所當的態度面對，隨份而莊重，
猶自不逾軌度，而〈少司命〉則悲莫悲兮生別離，若不自勝。由此中不同最
可見出《九歌》在神仙形象刻畫上的細膩與鮮明。

　　然而正如《論語》所言：子不語怪力亂神，在儒家思想的籠罩下，描寫
巫鬼的作品原本是不容易進入文學殿堂的。正史之中，往往以「鬼道」來稱
呼這種神人交感的祠祀行為，而文人志士遠謫南荒，也多不乏杜絕「淫祀」
的正面政績，由此可以見出知識階層看待的異樣眼光。但是屈原處在那樣的
文化氛圍中，自然而然把它寫進作品裡頭來了。透過屈子罹讒懷憂的目光，
高明的藝術手法，其中俗鄙褻慢的氣味不見了，取而代之的是一種淫而不傷
的新格調。形成所謂的騷體。〔註39〕

　　屈原取材鎔鑄的成就，衛道如朱熹也加以讚許：

> 九歌者，屈原之所作也。昔楚南郢之邑，沅湘之間，其俗信鬼而好祀。
> 其祀必使巫覡作樂歌舞以娛神。蠻荊陋俗，詞既鄙俚，而其陰陽人鬼
> 之間，又或不能無褻慢淫荒之雜。原既放逐，見而感之，故頗為更定
> 其詞，去其泰甚。而又因彼事神之心，以寄吾忠君愛國、眷戀不忘之
> 意。是以其言雖若不能無嫌於燕昵，而君子反有取焉。〔註40〕

朱熹認為此類創作本出於荊蠻陋俗，文辭鄙俚，其中又難免雜有褻慢荒淫之

〔註38〕屈原：〈九歌・少司命〉，《楚辭注釋》，頁156。
〔註39〕此騷體非指體裁而言。乃指風味而言。
〔註40〕朱熹〈九歌序〉：《楚辭集註》（北京：中華書局，1991，《叢書集成初編》據
　　　　古逸叢書本排印）第一冊，頁21。

事，但是屈原用事神之心來寄託他愛國忠君的赤誠。同樣的熱烈眞摯，但是寄託不同，流露出來的情味也就不一樣了。因此其中雖然也會有曖昧燕昵之詞，但是不僅不猥褻，反而還特爲感人。後世的「君子」對此特別的讚許。

從朱熹的評述，也可以看出宗教與文學結合的一個面向，文學創作藉由宗教情懷來發抒，無論是文辭形式之美，或是精神的高度，都得到提升。

《楚辭》對神仙書寫推進的成就，除了《九歌》之外，還有〈離騷〉、〈遠遊〉〔註41〕所開啓的遊仙路線，也相當重要。

離騷二字，本就有「罹憂」之意，司馬遷《史記·屈原列傳》引淮南王劉安《離騷傳》中的解釋說：「離騷者，猶離憂也。」班固《離騷贊序》也說：「離，猶遭也。騷，憂也。明己遭憂作辭也。」「離」，有離別或遭罹的意思，「騷」可訓爲「憂」，因此《離騷》的題目中，已經揭出了其爲憂而遊的心緒。作爲一種抒發性質的書寫，這便是離騷所開啓的遊仙文學中，爲憂而遊的這一條路線。

舉《離騷》中的句子來看：

> 跪敷衽以陳辭兮，耿吾既得此中正。駟玉虯以乘鷖兮，溘埃風余上征。朝發軔於蒼梧兮，夕余至乎縣圃。欲少留此靈瑣兮，日忽忽其將暮。吾令羲和弭節兮，望崦嵫而勿迫。路曼曼其修遠兮，吾將上下而求索。〔註42〕

這是屈原在向舜陳詞後，堅定了自己的信念，認爲自己得到聖人的中正之道了，決定要乘玉龍和鳳凰，等待風起便向上登臨。早上才到蒼梧，晚上就已經抵達玄圃了，可見其行動的快速和決心的堅毅。到了「靈瑣」想要稍作停留，但是又擔心天就要黑了，希望駕車載日的羲和暫時停駐，不要太快回到太陽休息的崦嵫去。至此，屈原頗感於路遠且長，但是並沒有因此動搖，最後又堅定的自言說：吾將上下而求索！表明決心。

其後便是一連串的求索過程，咸池、扶桑、閶闔、白水、閬風、高丘、窮石……，然而在一次又一次的失望後，屈原終於感嘆：

> 世溷濁而疾賢兮，好蔽美而稱惡。閨中既以邃遠兮，哲王又不寤。

〔註41〕 〈遠遊〉是否爲屈原的作品？至今無法被證實。許多學者均主張〈遠遊〉是僞託的。理由包括了：其中有許多跟〈離騷〉重複的句子、許多文辭跟司馬相如〈大人賦〉相像、〈遠遊〉中隨處可見神仙方術的用語，這樣的現象在其他作品裡是沒有的等等。

〔註42〕 屈原：〈離騷〉，馬茂元主編《楚辭注釋》，頁52。

懷朕情而不發兮，余焉能忍與此終古！〔註43〕

這世間如此的溷濁、憎誤賢良、是非不分，君王所處之地，如此的隱蔽深遠無法親近，君王自己又不醒悟，他怎麼能忍受懷抱著這滿腔的衷情，卻始終無法宣洩表達出來，終身抑鬱憂傷，直到老死呢？

　　至於〈遠遊〉，則有許多學者主張不是出於屈原的手筆，可能是後人所僞託。然而時代也不很晚，約出於戰國後期、秦漢之間，最晚在西漢初年以前。〈遠遊〉中遊仙的特質便很明顯了，不論是修煉術語或神仙事蹟的引用都很豐富。因爲時間不很晚，亦可將其視爲受到屈原影響所產生的後出遊仙作品。其中「離世」的意味較濃，「憂時」的味道少，〔註44〕也算是展露了神仙創作的一個發展趨勢。

（二）成形於兩漢

　　漢代由於君王「可憐夜半虛前席，不問蒼生問鬼神」，〔註45〕在政權的維護上，對讖緯符命有過度的倚賴與嗜好，再加上方士儒生從上之所好，推波助瀾，遂使神仙學說大行。這個時期的文學創作，無論詩文小說，都有濃厚的仙家氣味。

　　其中首先值得一提的，是過去不受重視，其實在神仙書寫的歷史上應該允有其一席地的讖緯之書。讖緯之書由於散失的較厲害，加上不登大雅之堂，因此少被提及。但是在神仙內涵的張皇上，緯書的推展之功，實不可歿。

　　因此梁代的劉勰在《文心雕龍》中，總述文學創作的根基時，便把讖緯之書和道、聖、經、騷並列，〔註46〕認爲緯書在事義的說明上，材料豐富充實，文采奇特瑰偉，雖然對經典不一定有益，但是對文學來說，其實是幫助

〔註43〕屈原：〈離騷〉，馬茂元主編：《楚辭注釋》，頁53。

〔註44〕如：《楚辭注釋・遠遊》，頁431：「貴眞人之修德兮，美往世之登仙。與化去而不見兮，名聲著而日延。奇傳說之託辰星兮，羨韓眾之得一。形穆穆以浸遠兮，離人群而遁逸。」表明其遠離塵世的意願。而頁452：「欲度世以忘歸兮，意恣睢以担撟。內欣欣而自美兮，聊媮娛以淫樂。」一段，則將其離世是爲求歡樂的動機表明出來了。

〔註45〕引李商隱〈賈生〉句。原詩：「宣室求賢訪逐臣，賈生才調更無倫。可憐夜半虛前席，不問蒼生問鬼神。」彭定求等編：《全唐詩》（北京：中華書局，1960）第十六冊，卷五百四十，頁6208。

〔註46〕〔梁〕劉勰著、王更生注釋：《文心雕龍讀本》第五十〈序志〉，頁383：「蓋文心之作也，本乎道，師乎聖，體乎經，酌乎緯，變乎騷，文之樞紐，亦云極也。」

很大的。因此自古以來的文人，常常酌采其英華，運用在創作中。

　　這就是〈正緯〉中所說的：

> 若乃羲農軒皞之源，山瀆鐘律之要，白魚赤烏之符，黃銀紫玉之瑞，
> 事豐奇偉，辭富膏腴，無益經典，而有助文章。是以古來辭人，捃
> 摭英華。〔註47〕

劉勰認為：就承先來講，緯書是古神話過渡到神仙書寫的橋樑；就啟後來講，緯書對神話的發揮，又帶給後世文學創作的養分。這一段話將緯書在文學史上的位置，眼光過人的指實出來。

　　從神仙書寫的歷史來講，神仙在口傳神話中，作為一個具有神聖性的角色，神秘、崇高、不可試圖分析，要落實在文學創作中，是有一段此岸到彼岸的津渡要過的。因為文學創作是獨出心裁的，神秘崇高的神靈，如何能讓你用「凡心」加以創發剪裁呢？漢代獨特的時空背景，因運了緯書的出現。在政治上，緯書發揮了神權和王權之間的平衡作用，而在文學上，緯書則以其半人半神的獨特角色，對古老傳說肆意闡發，開啟了神話進入世俗創作的橋樑，重要性實不容忽視。

　　現存的緯書，約有《乾鑿度》、《稽覽圖》等數種。〔註48〕姑舉《尚書帝驗期》為例：

> 王母之國在西荒，凡得道受書者，皆朝王母於崑崙之闕。王褒字子
> 登，齋戒三月，王母授以《瓊花寶曜七晨素經》。茅盈從西城王君，
> 詣白玉龜台，朝謁王母，求長生之道，王母授以《玄真之經》，又授
> 寶書童散四方。洎周穆王駕黿鼉黿魚，為梁以濟弱水，而升崑崙玄

〔註47〕　〔梁〕劉勰著、王更生注釋：《文心雕龍讀本》第四〈正緯〉，頁52～53。

〔註48〕　〔梁〕劉勰著、王更生注釋：《文心雕龍讀本》第四〈正緯〉，頁49：「齊梁以前，緯書傳世者甚夥，隋火以後，唐宋存見者頗稀，明孫瑴撰『古微書』，清馬國翰有『玉函山房輯佚書』，廣搜博考，讖緯之書，居今尚可得而知者，通計『易緯』有八：即乾坤鑿度、乾鑿度、稽覽圖、辨終備、通卦驗、乾元序制記、是類謀、坤靈圖。『尚書緯』有五：即璇璣鈐、考靈曜、刑德放、帝命驗、運期授。『詩緯』有三：即推度災、氾歷樞、含神霧。『禮緯』有三：即含文嘉、稽命徵、斗威儀。『樂緯』有三：即動聲儀、稽耀嘉、叶圖徵。『春秋緯』有十四：即感精符、文耀鉤、運斗樞、合誠圖、考異郵、保乾圖、漢含孳、左助期、握誠圖、潛潭巴、說題辭、演孔圖、元命苞、命歷序。『孝經緯』有九：即援神契、鉤命訣、中契、左契、右契、內事圖、章句、雌雄圖、古秘。『論語讖』有八：即比考讖、撰考讖、摘輔象、摘衰聖承進讖、陰嬉讖、素王受命讖、糾滑讖、崇爵讖。綜上以觀，幾乎有經必有緯。則緯之與經，大有彼此依存的關係。」

圃閬苑之野，而會於王母，歌白雲之謠，刻石紀跡於弇山之下而還。

這裡面對王母形象的鋪敘，既有神話的遺緒，如「王母之國在西荒」，又有歷史化的痕跡，如周穆王之會，又有社會化的聯繫，如與王褒、茅盈串連。又有宗教性的活動，如傳授《瓊花寶曜七晨素經》、《玄真之經》。除去這些神話、歷史、社會、宗教的成分，還有文采文思的構疊，如詣白玉龜台、駕黿鼉黿魚、歌白雲之謠等諸多想像描寫。由此可見緯書的在神仙書寫上的張皇之功。劉勰認為中國文學的創作有一個酌採緯書、以為張本的歷程，是很正確獨到的見解。

漢代神仙書寫的另一個大宗是遊仙詩。

古樂府詩中對於神仙的寄託描寫，則是遊仙詩的先驅。相關的作品如〈王子喬〉、〈長歌行〉、〈善哉行〉、〈隴西行〉等。

其中有單純詠仙祈福的，如〈王子喬〉：

> 王子喬，參駕白鹿雲中遨，參駕白鹿雲中遨。下遊來，王子喬。參駕白鹿上至雲戲遊遨，上建逋陰廣里踐近高，結仙宮過謁三台，東遊四海五嶽上，過蓬萊紫雲臺。三王五帝不足令，令我聖朝應太平。養民若子事父明，當究天祿永康寧。玉女羅坐吹笛簫，嗟行聖人遊八極。鳴吐銜福翔殿側，聖主享萬年，悲今皇帝延壽命。〔註49〕

有求長生延年的，如〈長歌行〉：

> 仙人騎白鹿，髮短耳何長。導我上太華，攬芝獲赤幢。來到主人門，奉藥一玉箱。主人服此藥，身體日康彊。髮白復更黑，延年壽命長。岩岩山上亭，皎皎雲間星。遠望使心思，遊子戀所生。驅車出北門，遙觀洛陽城。凱風吹長棘，夭夭枝葉傾。黃鳥飛相追，咬咬弄音聲。佇立望西河，泣下沾羅纓。〔註50〕

有逸樂幻想的，如〈隴西行〉：

> 邪徑過空廬，好人常獨居。卒得神仙道，上與天相扶。過謁王父母，乃在太山隅。離天四五里，道逢赤松俱。攬轡為我御，將吾天上遊。天上何所有，歷歷種白榆。桂樹夾道生，青龍對伏趺。鳳凰鳴啾啾，一母將九雛。顧視世間人，為樂甚獨殊。好婦出迎客，顏色正敷愉。

〔註49〕〈王子喬〉，逯立欽：《先秦漢魏晉南北朝詩》（北京：中華書局，1983），樂府古辭卷九，頁261。

〔註50〕〈長歌行〉，逯立欽：《先秦漢魏晉南北朝詩》，樂府古辭卷九，頁262。

> 伸腰再拜跪，問客平安不。請客北堂上，坐客氈氍毹。清白各異樽，
> 酒上玉華疏。酌酒持與客，客言主人持。卻略再拜跪，然後持一杯。
> 談笑未及竟，左顧勅中廚。促令辦麤飯，慎莫使稽留。廢禮送客出，
> 盈盈府中趨。送客亦不遠，足不過門樞。取婦得如此，齊姜亦不如。
> 健婦持門戶，亦勝一丈夫。〔註51〕

也有人生多憂患，希望藉求仙消解心中憂愁的，如〈善哉行〉：

> 來日大難，口燥唇乾。今日相樂，皆當喜歡。經歷名山，芝草翩翩。
> 仙人王喬，奉藥一丸。自惜袖短，內手知寒。慚無靈輒，以報趙宣。
> 月沒參橫，北斗闌干。親交在門，飢不及餐。歡日尚少，戚日苦多。
> 以何忘憂，彈箏酒歌。淮南八公，要道不煩。參駕六龍，遊戲雲端。
>
> 〔註52〕

後世寫遊仙的幾個典型，可以說在這裡已經得到展現。

其中，曹氏父子的創作使遊仙詩的樣貌逐漸清晰。

曹操的遊仙詩創作，只有〈氣出倡〉、〈精列〉、〈陌上桑〉、〈秋胡行〉等數首，但是由於曹丕地位特殊，掌軍政、鄴下文學集團，加上作品質量高，諷詠出一個時代的心聲，因此傳唱既廣，影響亦大。

曹操此類的創作，滿懷著對生命苦短的焦慮，因此相關作品中延年益壽的期望，隨處可見流露，如〈精列〉：「厥初生，造化之陶物，莫不有終期。莫不有終期，聖賢不能免。何為懷此憂，願螭龍之駕。思想崑崙居，思想崑崙居。見欺於迂怪，志意在蓬萊。志意在蓬萊，周孔聖徂落。會稽以墳丘，會稽以墳丘。陶陶誰能度，君子以弗憂。年之暮，奈何時過時來微。」〔註53〕又〈陌上桑〉，希望「至崑崙，見西王母，謁東君，交赤松，及羨門，受要密道愛精神。食英芝，飲醴泉」以「景未移，行數千，壽如南山不忘愆」。〔註54〕又如〈秋胡行〉：「思得神藥，萬歲為期。歌以言志，願登泰華山。天地何長久，人道居之短。」〔註55〕

曹丕傳世的作品中，則沒有遊仙性質的作品。大體而言，曹丕詩作的氣味，現實感較強，較傾向於人世關懷。因此有像〈燕歌行〉、〈豔歌何嘗行〉這樣的

〔註51〕〈隴西行〉，逯立欽：《先秦漢魏晉南北朝詩》，樂府古辭卷九，頁267。
〔註52〕〈善哉行〉，逯立欽：《先秦漢魏晉南北朝詩‧樂府古辭》，頁266。
〔註53〕曹操：〈精列〉，逯立欽：《先秦漢魏晉南北朝詩‧魏詩》，頁346。
〔註54〕曹操：〈陌上桑〉，逯立欽：《先秦漢魏晉南北朝詩‧魏詩》，頁348。
〔註55〕曹操：〈秋胡行〉，逯立欽：《先秦漢魏晉南北朝詩‧魏詩》，頁350。

作品出現，如〈燕歌行〉中的「援琴鳴絃發清商，短歌微吟不能長。明月皎皎照我床，星漢西流夜未央。牽牛織女遙相望，爾獨何辜限河梁」〔註56〕、〈豔歌何嘗行〉中的「何嘗快，獨無憂。但當飲醇酒，炙肥牛」〔註57〕這些句子，恐怕都是曹操、曹植寫不來的，果然雖在父兄，不可以移子弟，蓋氣性不同也。

　　而也因為如此，曹丕看待神仙，也就不如其父其弟般的寄託理想。他的〈芙蓉池作詩〉寫夜遊的快意，有「壽命非松喬，誰能得神仙。遨遊快心意，保己終百年」之句，〔註58〕認為人命本不如松樹喬木終久，神仙長生不老之說只是虛幻，根本無法達成。因此與其求仙，還不如恣意的遨遊。其中明顯流露偏重現實的世俗傾向。

　　曹植的遊仙詩創作數量，則較高出其父甚多，計有十多餘首，如〈飛龍篇〉、〈遠遊篇〉、〈仙人篇〉、〈平陵東行〉、〈陌上桑〉等等。在曹植的遊仙詩中，遊仙、詠懷的體質已經基本形成。

　　此外，以神仙為主題的賦作、小說，也是漢代神仙書寫的兩大宗。

　　漢代的賦作中，關乎神仙書寫的，為數甚夥，如：司馬相如〈大人賦〉、桓譚〈仙賦〉、張衡〈思玄賦〉、邊讓〈章華臺賦〉、楊修〈神女賦〉、王粲〈神女賦〉、陳琳〈神女賦〉、應瑒〈神女賦〉等。許東海〈賦家與仙境——論漢賦與神仙結合的主要類型及其意涵〉一文，〔註59〕分析漢賦與神仙結合的創作型態，歸類出三個主要的類型 1、「文士擬騷」2、「文史融合」3、「文哲融合」。文士擬騷如：〈遠遊〉與司馬相如〈大人賦〉、〈上林賦〉。〔註60〕文史融

〔註56〕曹丕：〈燕歌行〉，逯立欽：《先秦漢魏晉南北朝詩‧魏詩》，頁394。

〔註57〕曹丕：〈豔歌何嘗行〉，逯立欽：《先秦漢魏晉南北朝詩‧魏詩》，頁397。

〔註58〕曹丕：〈芙蓉池作詩〉：「乘輦夜行遊，逍遙步西園。雙渠相溉灌，嘉木繞通川。卑枝拂羽蓋，脩條摩蒼天。驚風扶輪轂，飛鳥翔我前。丹霞夾明月，華星出雲間。上天垂光彩，五色一何鮮。壽命非松喬，誰能得神仙。遨遊快心意，保己終百年。」逯立欽：《先秦漢魏晉南北朝詩‧魏詩》，頁400。

〔註59〕收錄於許東海：《女性‧帝王‧神仙：先秦兩漢辭賦及其文化身影》（臺灣：里仁書局，2003），頁147～200。

〔註60〕許東海：〈賦家與仙境：論漢賦與神仙結合的主要類型及其意涵〉：「從辭賦與神仙結合的關係來看，〈離騷〉到〈遠遊〉、〈大人賦〉的演變，有其時移世異的因革現象，其中〈遠遊〉與〈大人賦〉呈現漢人在〈離騷〉之後的模擬與創作，並且體現為同中有異的不同典型及創作旨趣。尤其是在屈原〈離騷〉與司馬相如〈大人賦〉之間更是因少革多，旨趣變化頗大，然而站在諷諫君王的立場而言，他們頗費苦心，一憂一遊，兩者前後相異的創作策略，卻同歸失敗，但在仙境與賦心之間，卻同樣深刻地反映出傳統士大夫的精神苦悶象徵，那麼屈原是將憂時淑世之心，寫進〈離騷〉，躍然紙上；而司馬相如則

合如：司馬遷〈悲士不遇賦〉、班固〈兩都賦〉、〈終南山賦〉。〔註61〕文哲融合如：揚雄〈太玄賦〉、〈甘泉賦〉、桓譚〈仙賦〉。〔註62〕具體而分肌擘理的剖析出漢賦中書寫神仙的大致樣貌。

（三）宏大於魏晉六朝

神仙主題的詩、賦、小說創作在魏晉六朝都得到延續，並且有進一步的開展。

遊仙詩部分，嵇康有〈代秋胡歌詩〉、〈遊仙詩〉、〈述志詩二首〉等遊仙類的詩作，作品中「長與俗人別，誰能睹其蹤」〔註63〕、「悠悠非吾匹，疇肯應俗宜」、「任意多永思，遠實與世殊」〔註64〕、「俗人不可親，松喬是可鄰」、「一縱發開陽，俯視當路人。哀哉世間人，何足久託身」〔註65〕等句，以「仙界」對比「凡塵」，以「仙人」對比「俗人」，將上游天界作為一種暫脫塵世煩擾的慰藉，流露人我疏離、孤高無朋的氣息。

阮籍〈詠懷詩〉八十二首則處處仙言仙語，無論是神話素材、莊騷語彙、修煉服氣等語言的運用，都更濃厚而純熟。神話類的像夸父、鄧林、西王母、崑崙、懸車、扶桑……這些詞彙，莊騷類的像逍遙、桑榆、天池、漁父、二妃遊江濱、佩幽蘭、秋蘭芳等，修煉服氣類的像寢息、升遐、丹淵等，使用

讓這種情懷，潛入〈大人賦〉，欲言又止。前者體現為『憂』中有『遊』；後者則是『遊』中有『憂』。」《女性・帝王・神仙：先秦兩漢辭賦及其文化身影》，頁164

〔註61〕許東海：〈賦家與仙境：論漢賦與神仙結合的主要類型及其意涵〉：「太史公司馬遷的〈悲士不遇賦〉，完全褪去屈〈騷〉結合仙境，藉以凸顯士不遇之悲的傳統外衣，從而間接表達他對當時神仙之風的不滿，這似乎意味著游移在史家與賦家兩種身份之間的司馬遷，並未完全褪去史學家的角色，並技巧性的採取一種含帶文學含蓄性情的春秋筆法，從文字隱微之處，暗示出史家褒貶主張。相對於此，東漢另一位著名史家班固，便直接在其辭賦當中，結合文學與史家雙重身份夾敘夾議地闡明他的神仙觀照。」本文收錄於《女性・帝王・神仙：先秦兩漢辭賦及其文化身影》，頁166。

〔註62〕許東海：〈賦家與仙境：論漢賦與神仙結合的主要類型及其意涵〉：「揚雄、桓譚等人富於『文』、『哲』融合色彩的賦篇，則在理性思辯中，一面運用仙境闡發思想旨趣，一方面又結合其思想論著，互相印證，因此在紹述屈〈騷〉『憂』、『遊』精神的同時，又批判屈〈騷〉的『憂從何來』，並重新提出本質上不同於仙遊的『太玄』之游。」本文收錄於《女性・帝王・神仙：先秦兩漢辭賦及其文化身影》，頁193。

〔註63〕嵇康：〈遊仙詩〉，逯立欽：《先秦漢魏晉南北朝詩》，頁488。

〔註64〕嵇康：〈述志詩二首〉，逯立欽：《先秦漢魏晉南北朝詩》，頁488～489。

〔註65〕嵇康：〈五言詩三首〉（其三），逯立欽：《先秦漢魏晉南北朝詩》，頁489。

都更爲普遍，意象的經營更爲深遠。跟嵇康比起來，阮籍不是將神仙作爲一種寄託的對象，以對顯出其疏離的心境而已，他是直欲與仙爲朋侶。阮籍的遊仙，在從「此界」到「彼界」空間的位移上，和從「凡」到「仙」心靈的投射上，他都遊的更爲深遠親密，意象的複合也更幽深。有謂「嵇志清峻，阮旨遙深」，﹝註66﹞這也可算是其中一個面向。

　　嵇康、阮籍之外，郭璞亦爲六朝遊仙詩重要一家。鍾嶸《詩品》分析郭璞詩作，認爲其遊仙詩「詞多慷慨」：

> 晉弘農太守郭璞詩，憲章潘岳，文體相輝，彪炳可翫，始變永嘉平淡之體，故稱中興第一。翰林以爲詩首。但遊仙之作，詞多慷慨，乖遠玄宗。而云：「奈何虎豹姿。」又云：「戢翼棲榛梗。」乃是坎壈詠懷，非列仙之趣也。

遊仙詩的傳統，可以說本就有兩個路子，遊仙之趣與詠懷序志，鍾嶸所謂的「列仙之趣」與「坎壈詠懷」，可以說點得很精準。這可以從兩個角度來談，一個是單純的遊仙與序志詠懷的問題，一個是遊仙與道家玄理結合的問題。第一個問題是首先浮現的，神仙的思想，本不是爲歡樂而來，它是源於人對生老病死、天災人禍的無奈，所發展出來的超越寄託。因此神仙形諸於文學，其始必是呼喊求告，寄託哀苦。從早期的樂府歌詞來看，確是如此。那一句句的遊仙描寫，都是從「去日苦多」、「來日大難」的情懷來的。以遊仙的老祖宗屈原爲例，〈離騷〉〈遠遊〉中，又何嘗不是處處有列仙之趣，但是究其懷抱，又何其悽苦！

　　這一個「列仙之趣」與「坎壈詠懷」的分別，不在於創作動機，動機是相同的，不在於作品的風味是趣味或苦辛，風味是雜陳的。我們只能夠從作者追求的是一種「現實」的超越，或是「精神」的超越來看。現實的超越，僅止於生命延續、趨福避禍、高屋、華服、麗人、精食。精神的超越，則欲凌雲出塵世，消解煩憂。精神的超越，進一步發展，便與道家玄理相結合了，希望最終能達到逍遙自然的境界。這便是前面所說兩個問題的分殊與結合。分殊是遊仙與「詠懷」、「玄言」的分殊，結合則是詠懷這種求精神超越的路線，最終是如何匯到玄言一路。

　　郭璞的遊仙詩，便是慷慨述志多於遊仙之樂的，也就是求精神的超越多

﹝註66﹞劉勰：〈明詩〉，王更生：《文心雕龍讀本》（臺灣：文史哲出版社，1991）上冊，頁85。

於現實超越的，因此鍾嶸會說他「乖遠玄宗」，這很正確。但如果藉由鍾嶸的話，說他非「遊仙之正宗」，那又失之差釐了。

除了最被注意的嵇康、阮籍、郭璞，其他作者不勝枚舉，如：張華〈遊仙詩四首〉、何劭〈遊仙詩〉、張協〈遊仙詩〉等。

小說的部分，可分爲「神仙傳記」與「志怪小說」兩個部分探討。詹石窗《道教文學史》、楊建波《道教文學史論稿》均將魏晉南北朝道教文學中，小說創作的部分，分爲這兩個領域。〔註 67〕其相關作品包括仙傳類的部分：〔晉〕郭璞《穆天子傳》、葛洪《神仙傳》、《元始上眞眾仙記》、〔東晉〕華僑《紫陽眞人內傳》、六朝・見素子《洞仙傳》等。志怪筆記的部分：〔晉〕王嘉《拾遺記》、〔東晉〕張華《博物志》、〔東晉〕干寶《搜神記》、〔東晉〕陶潛《搜神後記》、〔晉〕戴祚《甄異傳》、南朝・祖沖之《述異記》等等。這些作品質高量豐，其中顯著可見的改變是修仙文化的普及使神仙書寫參入更多社會生活的成分。而道教發展的成形，以及伴隨宣教需求而生的推廣傳播，也使相關創作多了宗教性的色彩。

二、典型的確立

（一）體裁：遊仙詩、仙賦、神仙傳記、小說

神仙書寫在漫長的發展歷程中，形成了幾個集中創作的典型體裁。包括了遊仙詩、仙賦、仙傳，以及小說。

遊仙詩在古樂府、曹操曹植時期，還沒有一個共名出現，多沿用古樂府名。其後則多以遊仙詩稱之了。

〔梁〕蕭統《昭明文選》在收錄「詩」類作品時，便開始將「遊仙」作爲一個單獨的類別舉列。雖然從和遊仙並列的其他類別看，如：補亡、述德、

〔註67〕詹石窗：《道教文學史》（上海：上海文藝出版社，1992），頁 125：「神仙傳記是專門用以記載仙人變化飛升等靈異故事的一種形式。從廣義上看，神仙傳記屬於志怪一類。志怪的範圍頗廣，除了神仙故事外，來包括自然界、社會和人的異聞怪事的記錄。神仙傳記在魏晉南北朝時大抵爲道教中人所作，反映了道教的思想立場。志怪雖也多涉神仙事，但思想更爲龐雜。同時，在形式上，神仙傳記多採史傳文學的筆法，而其他一些志怪則多具雜錄性質。因此，我們把神仙傳記獨立出來，先集中論述神仙傳記，然後再探討與道教有關的其他志怪小說。」楊建波：《道教文學史論稿》（武漢：武漢出版社，2001），魏晉南北朝分「神仙傳記」、「志怪小說」兩個部分敘述，頁 70～115。

勸勵、公讌、祖餞、詠史、招隱、反招隱、遊覽、詠懷、哀傷、贈答、行旅、
軍戎……等，可以發現，這是依其內容主題來區分，而不是一個體裁的獨立。
但是可以視爲一個類別逐漸形成的先聲。《昭明文選》李善注：

> 凡遊仙之篇，皆所以滓穢塵網，錙鉄纓紱，餐霞倒景，餌玉玄都。
> 〔註68〕

又，鍾嶸《詩品》言郭璞：「乃是坎壈詠懷，非列仙之趣也。」分出「仙趣」、
「詠懷」兩個路子，這些都可以看出「遊仙」這一個創作的品類，在唐以前
已然成形，並且發展出兩個主要的傳統。

　　到了唐代，遊仙詩仍被持續的創作，依據顏進雄在《唐代遊仙詩研究》
中的統計，至少有九十四位詩人從事先的創作，作品計有五百五十七首之多。
〔註69〕可見遊仙詩作爲神仙書寫之一大宗，典型已經確立。

　　神仙主題進入賦體創作，推其歷程，當以屈原《楚辭》爲先驅。

　　如同其他的神仙創作一般，神仙賦延續的也是「仙趣」與「詠懷」兩個
大傳統。只不過體裁不同，呈現出的特質不同罷了。賦雖是古詩之流，但是
「鋪排」的特質顯然較詩爲突出的，包括了形式上「鋪采摛文」的鋪排，內
容上「體物寫志」的鋪排。體物正合是「列仙之趣」，寫志正合是「坎壈詠懷」。
可說是同一神仙書寫脈絡下的分體罷了。

　　以體物來講，神仙賦常見的素材，例如：神女、仙境。寫志來講，大體
延續楚騷的傳統，一是感悟君王，一是悲士不遇。比喻、託諷、假設主客、
辯論申答則是慣用的手法。

　　〔清〕紀昀主編的《歷代賦彙》別有「仙釋」一類，共收了四十四篇作
品，其中有八篇是佛教類的，因此神仙相關的計有三十六篇，這三十六篇分
別是：

　　〔漢〕桓譚〈仙賦〉
　　〔晉〕陸機〈列仙賦〉
　　〔梁〕陶弘景〈水仙賦〉
　　〔漢〕黃香〈九宮賦〉
　　〔晉〕陸機〈凌霄賦〉

〔註68〕〔梁〕蕭統編，〔唐〕李善注：《昭明文選》（臺北：華正書局，1995），卷二
　　　　十一，頁306。
〔註69〕顏進雄：《唐代遊仙詩研究》（臺北：文津出版社，1996），頁526。

〔宋〕謝靈運〈入道至人賦〉

〔梁〕江淹〈丹砂可學賦〉

〔唐〕張仲素〈穆天子宴瑤池賦〉

〔唐〕紇于俞〈列子御風賦〉

〔唐〕王棨〈詔遣軒轅先生歸羅浮舊山賦〉

〔唐〕闕名〈鶴歸華表賦〉

〔唐〕呂鑄〈玉書賦〉

〔唐〕白居易〈求玄珠賦〉

〔唐〕趙宇〈求玄珠賦〉

〔唐〕謝觀〈恍惚中有象賦〉

〔唐〕薛逢〈鑿混沌賦〉

〔唐〕沈亞之〈夢遊仙賦〉

〔唐〕王延齡〈夢遊仙庭賦〉

〔唐〕獨孤及〈夢遠遊賦〉

〔唐〕黃滔〈白日上昇賦〉

〔宋〕范仲淹〈老子猶龍賦〉

〔宋〕吳儆〈浮丘仙賦〉

〔宋〕葛長庚〈紫元賦〉

〔宋〕葛長庚〈金丹賦〉

〔明〕李東陽〈燒丹灶賦〉

〔宋〕葛長庚〈懷仙樓賦〉

〔宋〕葛長庚〈鶴林賦〉

〔宋〕葛長庚〈麻姑賦〉

〔宋〕李覯〈疑仙賦〉

〔宋〕宋祈〈詆仙賦〉

〔金〕趙秉文〈栖霞賦〉

〔明〕宋濂〈崆峒雪樵賦〉

〔明〕張宇初〈澹漠賦〉

〔明〕蔣德璟〈隱眞賦〉

〔明〕王仲魯〈廣寒宮賦〉〔註70〕

〔註70〕〔清〕紀昀主編：《歷代賦彙》，《四庫全書彙要》（臺北：世界書局，1988，

從這個清代的總結整理，可以看出後續神仙賦發展的情形，1、風氣不衰，歷代均持續創作。2、題目多元，沒有單一固定的現象。3、題材有限，創新度不高。4、隨著神仙修練理論的發展，外丹、內丹主題漸次出現。這與歌謠丹訣也有關連性。

以「小說」的形式書寫神仙，則可以區分出兩種典型，神仙傳記與志怪傳奇，一個是帶有史傳性質的，一個則是剛開始以短篇筆記的方式流傳，後則形成長篇傳奇的創作。雖然以文學的觀念來看，都是小說，但是性質是不同的，可以分開來看。

神仙傳記的部分：以史傳的方式傳寫神仙人物，重要的作品，例如早期的《列仙傳》、《漢武帝內傳》、《漢武帝外傳》等，這些作者多係偽託。其後歷代的創作，例如：三國・吳・徐整《三五歷記》〔註71〕、〔晉〕郭璞《穆天子傳》、葛洪《神仙傳》、《元始上眞眾仙記》、〔東晉〕華僑《紫陽眞人內傳》、六朝・見素子《洞仙傳》、〔唐〕王瓘《廣皇帝本行記》、〔唐〕沈汾《續仙傳》、五代・杜光庭《仙傳拾遺》、《王氏神仙傳》、《墉城集仙錄》、五代・王松年《仙苑編珠》、〔宋〕陳葆光《三洞群仙錄》、元・趙道一《歷代眞仙體道通鑑》、《歷代眞仙體道通鑑續編》、《歷代眞仙體道通鑑後集》、〔明〕王世貞《列仙全傳》、清《繪圖三教源流搜神大全》等。這些有的是總錄，有的是描寫單一人物的，以人物標舉，舉列籍貫、事蹟，這些都是史傳筆法的沿襲。

志怪傳奇的部分：神仙書寫在志怪傳奇中的呈現，剛開始是以殘叢小語，志怪搜奇的方式出現的，殘叢小語是指其形式，志怪搜奇則是書寫的動機。到了唐以後，「有意爲小說」，形式、內容都在作者的有心經營上，得到長足的發展，藝術性提高。

早期的志怪筆記，例如有：〔晉〕王嘉《拾遺記》、〔東晉〕張華《博物志》、〔東晉〕干寶《搜神記》、〔東晉〕陶潛《搜神後記》、〔晉〕戴祚《甄異傳》、南朝・祖沖之《述異記》等等。

從收錄內容看，雖然受到神仙思想的影響，也多有神仙事蹟的記載，但是並不以神仙爲核心，其精神主要在於記錄新奇怪異的傳聞。傳奇也同樣延續這樣的創作精神。

景印摛藻堂）集部第七十八冊，頁72～73。
〔註71〕原書已佚，馬國翰《玉函山房輯佚書》、王仁俊《玉函山房輯佚書補編》均有輯錄。

　　而書寫神仙的小說，最初是以獨立的品類出現，有個別成立的《神仙傳》、《列仙傳》。後來除了有大量非神格的凡人成仙傳記故事，還同時進入收集奇人異事的志怪小說中，作爲文人之餘事、閒談之資。定位已經有所移動。其後這一類的故事還大量出現在史志《方技傳》與文人虛構的文學創作中，其向世俗的移動，亦有跡可尋。

（二）路線：言志的傳統、史傳的傳統、奇趣的傳統

　　文人神仙書寫除了有外在體裁的定型，也有內部路線的建立。其中內部路線與外在體裁之間，沒有絕對的關係，例如：書寫神仙以言志，雖然多以詩歌體裁表現，並且有遊仙的過程，因此產生遊仙詩典型體裁的出現。但是言志的傳統，並不限定以遊仙詩的形式抒發，許多散文、賦、小說也都有言志的內涵和遊仙的描寫，並且追逐一種奇幻的樂趣。這樣一來就有言志、奇趣兩種傳統的複合，並且有體裁的跨越。因此除了討論體裁的固定外，內部精神路線的成形也有必要加以梳理，這樣才能較全面的掌握文人神仙書寫的傳統。

　　從相關作品的書寫史來看，至少有三種傳統精神的成形，包括了：言志的傳統、史傳的傳統和奇趣的傳統。

　　神仙作爲理想的寄託，其基本的言志傾向，自不待言。如鍾嶸《詩品》評論郭璞的作品是「坎壈詠懷」，便是言志。其後續的文人遊仙詩創作，也多有言志的成分。

　　而神話的歷史化，是中國神話學一個重要的議題。其活動包括了神話人物的進入歷史，以及歷史人物的神化仙化。二者的進入史傳書寫，都在於言傳「人」的精神。神話人物進入歷史後，與人類社會取得較大的聯繫，因而體現了人的精神。歷史人物神化仙化後，使人的精神得到弘揚，並以神仙的永恆不滅，肯定人類精神的卓立於現實時空限制之外。史傳傳統中，這種「歷史的聯繫」與「人類精神的書寫傳遞」，都與神仙書寫相關，並且是其重要的內在路線。至於歷代神仙傳的接續記載，也有世代層替的味道。

　　關於奇趣的傳統，則與神仙作爲理想寄託，並以想像力的作用，進行仙人仙境之建構有關。

　　神仙既是超越的，於是有與現實的時空背景取得聯繫，然後翻脫跨越，達到超越效果的特質。而其中的翻脫跨越，則由想像力來發揮。現實社會中的人、現實的時空環境是大家都熟悉的，如何建立一個在現實社會之上、與現實中人不一樣的仙人仙境，這種翻空出奇的活動，就由想像力來執行。想

像力越發達，仙人仙境越出人意料，其與現實社會的差異便越明顯，神仙的
超越性便越得到彰明。由於這樣的背景，很容易便導引出神仙書寫追逐奇趣
的路線。而且最初只是滿足閱讀的奇趣，其後則有書寫者創作奇趣的追求。

第三章 唐代宗教文化環境與
文人神仙觀的變化

　　唐代的文人神仙書寫，對於前述的傳統與典型，有承繼，也有新變。其中整體宗教文化環境的發展，是使文人神仙觀發生變化，進而影響創作的主因。這一章中將以「背景分析」和「現象反映」並列的方式，交錯討論唐代的宗教文化發展影響文人神仙觀的情形。

第一節　宗教神聖性鬆動

一、背景分析

（一）政權對宗教的操控

　　唐代政權對宗教的操作，包括幾個方面：神化統治、抑揚佛道排序、吸納宗教人士、干涉信仰內容、控管入教的自由及入教員額、以國家的名義興建廟宇道觀、管制神佛像的形式及材料……。〔註1〕這些行為以神聖與世俗的對待來翻譯，便是：神聖處所的存廢、神職人員的入教還俗、神聖教義的內涵，甚至神聖的形象都控制在世俗政權的手中。可以說是世俗秩序掌控神聖秩序、世俗價值凌越神聖價值。

　　唐初，唐代王室為了神化其統治，自承是老子的子孫，將家譜接上仙譜，抬高其神聖性。然而自此整個神仙譜系，由神廟進入家廟，立基的是家族倫

〔註1〕　相關詔令參見附表一。

理、享受的是家族香火。而王室更試圖將神權與政權的印象媒合，在代表皇權的宮殿設施中，施予種種神仙意象，西京長安稱爲神都，西內太極宮有三清殿、望仙殿、鶴羽殿。東內大明宮有望仙門、九仙門。還有蓬萊殿、仙居殿、望仙台、九仙殿、長生殿、仙韶院。南內興慶宮有飛仙殿、北有瀛洲門、仙雲門。東都在武則天稱帝後稱神都，建有迎仙宮、仙居殿、集仙殿、神居院、仙居院、迎仙門。上陽宮內有通仙門、仙雒門、仙桃門和仙居殿等。皇宮稱仙闈、仙禁、仙闕或仙宮。〔註2〕

這些例子顯示了：王權的存在與神權複合，王室的宮殿、器樂、設施等實物，也複製爲世俗的神仙世界，如此一來，無論是情感認知上或是現實物象上，神仙都與統治者複合，而停滯在世俗的階層中。人們對神仙的仰望眼光，就停留在與神仙印象複合的世俗政權上，而超越不上去了。

張弓的《漢唐佛教文化史》對唐代佛教文化的考察，也提供了幾個觀察政權操控佛寺的良好切入點，包括「寺等：等級秩序的映象」、「給額：調節政教的符節」、「寺名：文化視野的窗口」等。〔註3〕所謂的「寺等」，是由國家來劃分寺院的性質與地位。給額，則是爲佛寺命名，並納入國家編制。以往漢地的佛寺，統稱浮圖之所。其後則往往由國家賜與一個帶有政治意味的名字，例如：天祐、安國、建業、興皇等，通常是保佑國家永續，長治久安的意思。這些國家對神聖的處所──佛寺名、位上的掌握，均可作爲政權控制神權的例子。

除了掌握控制，唐王室對道教的扶植、佛教的控管，往往出於世俗利益的考量，這也造成了價值的混淆。如唐太宗封了好幾個建國前對他們父子友善，並密告符命的道士。〔註4〕這些獎勵宗教團體擁立之功的動作，實有收編吸納，及對其他教團暗示的味道。武則天則以佛教鞏固皇位，透過法明所造《大雲經》、菩提流志重譯之《寶雨經》，製造以周代唐的神化輿論。又不斷

〔註2〕 李斌城主編：《唐代文化》上冊，頁83。

〔註3〕 張弓：《漢唐佛寺文化史》（北京：中國社會科學出版社，1997），頁221～239。

〔註4〕 如王遠知、薛頤。《新唐書》第十八冊，卷二百四〈方技傳·王遠知〉，頁5804：「高祖尚微，遠之密語天命。武德中，平王世充，秦王與房玄齡微服過之，遠之未識，迎語曰：『中有聖人，非王乎？』乃謚以實。遠之曰：『方爲太平天子，願自愛。』太宗立，欲官之，苦辭。」《新唐書》第十八冊卷·二百四〈方技傳·薛頤〉，頁5805：「薛頤者，滑州人。當隋大業時爲道士，善天步律曆。武德初，追直秦王府，密語曰：『德星舍秦分，王當帝天下。』王表爲太史丞，稍遷令。」

給自己加上佛化的尊號，如：金輪聖神皇帝、越古金輪聖神皇帝、慈氏越古金輪聖神皇帝、天冊金輪大聖皇帝。形成以彌勒下生接引萬民的王天下氣勢。最後甚而把所謂的代表轉輪聖王「七寶」，搬上朝廷，《資治通鑑·長壽二年》載「作金輪等七寶，每朝會，陳之殿庭。」〔註5〕這些對佛道二教，出於世俗利益的利用，最終都對宗教的神聖性造成傷害。

而唐高宗以下，將道經如《道德經》、《莊子》等列為士子必讀書目，唐玄宗甚至命士庶家藏《道德經》一本，這些作為實際的推廣了道經的閱讀率。但是神聖的經典，被當成課本閱讀，還用以進行科舉這種對世俗功名利益具有決定性的考試，士子們讀《道德經》是如宗教聖經般的諷誦嗎？當非如此。而是恐怕在經文中浮現題目、應考、評答、進士、名落孫山這些世俗的經驗影像，《道德經》在這等操作下，也就無論如何神聖不起來了。

至於對神聖形象的掌控、對鑄造神聖偶像材質的掌控，也將神聖的詮釋權，置諸世俗之下。佛道聖像的頒佈，如唐玄宗〈令寫玄元皇帝真容分送諸道並推恩詔〉。

> 大道混成，乃先於天地。聖人至教，用明其宗極。故能發揮妙品，宏濟生靈。使秉志者悟往，迷方者知復。以此救物，故無棄人。其孰當之，莫若我烈祖元元皇帝矣。朕纂承寶業，重闡元猷。自臨御以來，罔不夙夜。每滌慮凝想，齋心服形。禮謁於尊容，未明而畢事。將三十載矣。蓋為天下蒼生，以祈多福。不謂微誠上達，睿祖垂鑒。頃因假寐，忽夢真容。既覺之後，昭焉以觀。瞻奉踰時，殊相自然，與夢相協。誠謂密降仙府，永鎮人寰。告我以無疆之休，德音在聽。表我以非常之慶，靈貺有期。乃昊穹幽贊，宗社儲休。豈朕虛薄，能致茲事。若使寢之，乃乖祗敬。宜令所司，即寫真容。分送諸道採訪使，令當道州轉送開元觀安置。所在道士女冠等，皆具威儀法事迎候。像到，七日夜設齋行道。仍各賜錢，用充齋慶之費。〔註6〕

詔中說明唐玄宗由於對玄元皇帝日夜頂禮，因此赤誠上達於天，終於有一天在假寐恍惚之際，夢見了玄元皇帝的真容。玄宗認為這是老子有意的顯聖，

〔註5〕　《資治通鑑》卷二百五〈則天順聖皇后長壽二年〉，頁6492。
〔註6〕　唐玄宗：〈令寫玄元皇帝真容分送諸道並推恩詔〉，《全唐文》第一冊，卷三十一，頁350～351。

有降福垂祐之美意，於是他命所司廣寫真容，佈行天下。而天下諸道開元觀奉得此像後，即行設齋行道七日夜，一方面祝謝老祖宗聖恩，一方面使其德福廣佈於天下世庶。其他像玄元皇帝降寶、玄元皇帝臨壇傳語等，也都是類似的操作。從中可看出崇隆道教老子的作為，是來自於政權的推動，如果老子是道教的主要信奉對象，那麼信奉者與信奉對象的聯繫，可以說主要掌握在君王的動作。玄元皇帝——在位皇帝——庶民，這種積極連動的系統，雖然直貫了上天，又在崇隆活動中，增強了老子的神聖性。但是另一方面，老子也因此不神秘不奧妙，其行動、面容都透過政權來嫁接呈現，政權的需求，不過就是鞏固統治、維護利益，或許再加上君王自身的宗教狂迷，這種嫁接基本上大為限制了道教發展的開放性，並且阻隔信奉者直接衷誠上感，那種原初、非理性、無邊際的想像力。唐代宗教書寫中，有許多都是講求靈感、驗效的，這種神人關係的現實、實用傾向，或許亦有得之於「政權掌控神權」的影響。因為政權變相嫁接了人與崇奉對象的直接聯繫，又示範、導向了一種與現實利益聯繫的天人關係，於是導致想像力的貧乏與世俗實際的運用。

政權對神權的操控，也包括對鑄造神聖偶像材質的控管。如大曆七年，禁天下鑄銅器。〔註7〕寶曆初，銷錢造佛像者以盜鑄錢論。〔註8〕又大和三年：

> 詔佛像以鉛、錫、土、木為之，飾帶以金銀、鍮石、烏油、藍鐵，唯鑑、磬、釘、鐶、鈕得用銅，餘皆禁之，盜鑄者死。是時峻鉛錫錢之禁，告千錢者賞以五千。〔註9〕

這些限制雖然出於貨幣政策的考量，但是也侷限了人民對宗教的詮釋權。

至於唐政權由早先的政治考量，到中後期對宗教的日趨迷信，耗費國庫興建廟宇、妖道巫女肆行天下、寵幸妖道為求長生等導向世俗利益、有違公道的作為，更傷害了宗教的神聖性，而促使導向世俗。

（二）宗教文化與世俗生活的高度融合

如果說宗教的追求代表神聖，日常的生活代表世俗，宗教的深入普及，本應是神聖化了社會，然而正如神聖與世俗是一體兩面的，世俗顯示了神聖的存在，神聖的存在也彰明了何謂世俗。每一個過度神聖化、過度追求宗教的社會，都會激起回歸世俗的呼聲。此外，當宗教的發展膨脹，普及於社會，導致與日

〔註7〕 《新唐書》第五冊，卷五十四〈食貨志〉四，頁1388。
〔註8〕 《新唐書》第五冊，卷五十四〈食貨志〉四，頁1390。
〔註9〕 《新唐書》第五冊，卷五十四〈食貨志〉四，頁1390。

常生活過於混同時，更會發生本要「化俗」，卻漸變爲「入俗」的現象。

　　導向世俗的兩個步驟，一個是神聖意義在世俗形式上的翻譯，一個是在世俗形式的操作中，世俗意義不斷加添，迎合世俗需求，進而加速世俗化現象的產生。以宗教與社會的關係來說，宗教在面對社會時，必先有世俗形式的反映，以爲聖俗交接的媒介。例如設置處所、人員、經典、符號。這些世俗形式已經離了神聖本體一步，而當世俗之人透過這些形式去理解神聖時，又各以己意抒發，更進一步增加了傾向世俗的意涵。

　　唐代是一個宗教非常發達的時代，在社會中有非常多的宗教形式散佈在生活周圍，唐代長安三條街上就聚集了三十五所寺院。〔註 10〕這樣的密度，這樣廣泛與民眾生活接觸的程度，其與日常生活的融入可知。當百姓出入這些場所時，不一定是懷抱著宗教的熱忱，更多參雜了欣賞神佛塑像、壁畫、進行遊藝活動、賞花踏青的需求。宗教生存的維持，本須滿足民眾的需要，於是在聖俗過度接觸、配合世俗需求的牽引下，唐代宗教的普及以及對民眾生活的深入，加速了世俗化的現象。

　　再以長安爲例，進昌坊大慈恩寺，這所寺院的來源和地理位置，都和世俗生活有很深的連結。大慈恩寺本是貞觀二十二年唐高宗爲母親文德皇后所立，故其名爲「慈恩」。〔註 11〕慈恩二字，既象徵了母子人倫之親情，而高宗爲母親祈福，捨財立寺供養僧眾，慈恩便有宣示此恩爲母親所佈的寓意。世俗印記很深。而大慈恩寺也是「俗講」「俗戲」的經常性演出地點。如〔唐〕張固《幽閒鼓吹》載萬壽公主因爲貪戀在慈恩寺看戲，不願去探視病危的小叔子。〔註 12〕〔北宋〕錢易《南部新書》也記錄了唐時戲場集中於大慈恩寺的社會實況。〔註 13〕可見大慈恩寺之存在的入世與近俗。

〔註 10〕吳玉貴：《中國風俗通史・隋唐五代卷》頁 555～556 依據《唐兩京城坊考》、李建超《增定唐兩京成坊考》統計。

〔註 11〕《唐會要》卷四十八「寺」，頁 845。

〔註 12〕〔唐〕張固撰，恆鶴校點：《幽閒鼓吹》：「宣宗囑念萬壽公主，蓋武皇世有保護之功也。駙馬鄭尚書之弟顗，嘗危疾，上使訊之。使回，上問公主視疾否。曰：『無。』『何在？』曰：『在慈恩寺看戲場。』上大怒且嘆曰：『我怪士大夫不欲與我爲親，良有以也！』命詔公主。公主走輦至，則立於階下，不視久之。主大懼，涕泣辭謝。上責曰：『豈有小郎病乃親看他處乎？』立遣歸宅。畢宣宗之世，婦禮以修飾。」《唐五代筆記小說大觀》（上海：上海古籍出版社，2000），下冊，頁 1449。

〔註 13〕〔宋〕錢易撰，尚成校點：《南部新書》卷戊：「長安戲場多集於慈恩，小者在青龍，其次永薦、永壽。尼講盛於保唐；名德聚之安國；士大夫之家入道，

　　另一個加速神仙神聖性鬆動的原因是：道教文化之所以在唐代深入普及，許多都是透過政治強制力的輸送，而非人心的信受奉行。這和上一節政權對神權的掌控，是相關的。

　　唐代的君主，或為了國家的利益，或為了個人宗教上的偏好，頒佈了許多推廣宗教的政策。例如唐玄宗命天下諸州各建玄元皇帝廟一所，設玄元皇帝像一尊，並置崇玄學。人民本對道教老子不具有宗教的情懷，他們投射在玄元皇帝廟、玄元皇帝像上的情感，是世俗的認知。而再加上由於王室給玄元皇帝廟的定位，是神化的家廟。在形象的編制上，老子穿的是世俗的皇帝服，兩旁列的除了唐朝幾位皇帝的造像，還有左右丞相的陪侍。〔註14〕這分明是一個世俗的組織。而玄元皇帝廟所進行的活動，齋醮音樂、步虛舞，本是崇隆偶像，但是人們不帶宗教感情，他們投射在樂舞上的是世俗的審美。唐代許多詩人的作品中，都有三元節日到道觀欣賞音樂、戲劇演出的描寫。如：戎昱〈開元觀陪杜大夫中元日觀樂〉：

　　　　今朝歡稱玉京天，況值關東俗理年。舞態疑迴紫陽女，歌聲似過絲
　　　　雲仙。盤空雙鶴驚几劍，灑砌三花度管弦。落日香塵擁歸騎，□風
　　　　油幕動高煙。〔註15〕

從詩中可見使作者留戀的是女子仙女下凡般的美妙舞姿和動人歌韻，哪裡有一絲對皇朝仙祖的禮拜崇敬呢。

　　這便是政治力推廣宗教的結果，本非信仰動機所驅使，而這些宗教形式又散佈在社會生活的周圍，宗教在世俗意義的一再添增，世俗功能的一再發展中，神聖性遂因此鬆動。

　　而知識份子們廣泛的接觸宗教，又非出於信仰赤誠，在混同神聖與日常的生活中，也造就出了特殊的文場文化。知識份子對宗教的態度非常開放，而且在出入宗教間取得平衡。許多文人皆身在官場，又篤信佛教。而崇尚道教的，也能「出則做官，入則燒丹」。更多則佛道兼修，在世俗生活中經營出

　　　　盡在咸宜。」《宋元筆記小說大觀》，第一冊，頁330。

〔註14〕〔唐〕高彥休：《唐闕史》卷下「太清宮玉石像」條：「明皇朝崇尚玄元聖主
　　　　之教，故以『道舉』入仕者歲歲有之。詔天下州府立紫極宮，度道流，為三
　　　　元朝醮之會。長安重建太清宮，琢玉石為玄元皇帝真像，雕鐫之麗，不類人
　　　　工，列太常樂懸，服天子袞冕。次又以玉石雕成玄宗、肅宗二聖真容於殿之
　　　　東室。次又琢左、右丞相李林甫、陳希烈於東西序。」

〔註15〕戎昱：〈開元觀陪杜大夫中元日觀樂〉，《全唐詩》，第八冊，頁3024。

世樂趣。這些樂趣包括了沈浸義理對身心的洗滌，和操作宗教素材的樂趣。例如白居易在廬山求道時，自製所謂「飛雲履」，在黑布鞋上繡白色的雲彩，然後加上煙霧吹薰，想像自己成仙飛天之情狀。〔註16〕又于鵠寫唐大夫致仕歸山：「侍女休梳官樣髻，蕃童新改道家名。」〔註17〕把身旁的侍女小童改成仙家的形式，以取得隱居出世之感。這些都是求趣而非求教的例子。

（三）社會變遷與信仰型態的改變

　　一個戰後初定的社會，和一個富庶繁榮的社會，宗教的需求是不同的，但是他們都有將宗教導向世俗的因子。戰後求生活安定，嚮往日常。富庶求感官享受，嚮往娛樂。再加上商業的發達，更添入追逐功利的觸媒。宗教本是人心需求的彌補，當社會追求日常的、功利的、娛樂的價值，信仰型態也就隨之改變。

　　此時宗教要解決的，不再是人命存續的問題，而是活得更快樂的問題。使每個人快樂的方式不同，有人要的是心靈的安定，於宗教求一個存在的意義。有的人要的是過程的助佑，於宗教求的是更順利、更好運。有的要的是救贖，於宗教求一個靈魂完整的維護。

　　宗教對太平盛世的作用，主要是「加添」，而不是「修補」。是活得更好，而不是活下去的問題。然而宗教的本初是什麼？是對茫然、無助、卑弱的人心扶一把，給予意義，給予追求的信心，給予終極的價值。當人們不需要神聖給價值了，而要宗教在世俗的美好存在上，再添加一點世俗的美好。這時反而成了世俗引導神聖發展了。這時世俗的美好是什麼，不需要神聖界定，而在於人的世俗追求。這樣一個關係下，宗教被動的來迎合人的需求，其神聖性、神聖意義逐漸鬆動，而傾向世俗所需求的美好發展。但是世俗價值裡的美好，超越性是不足的。宗教曾經給予的前瞻、超越現實的精神力量，**趨**於萎縮。宗教已經沒辦法將社會拉離世俗的、功利的發展。

　　杜普瑞（Louis Dupré）便曾在《人的宗教向度》中驗證現代社會由於過於追逐實用主義、科學主義，忽略了宗教向度的帶領，所面臨的困境：

　　　　我們的社會曾經全心全意認同一種偏離現世的實用主義的文化，

　　　　現在卻越來越覺不安。人們感覺到生命的深度和品質已經爲了技

〔註16〕〔後唐〕馮贄編，張力偉點校：《雲仙散錄》（北京：中華書局，1998，《古小說叢刊》），頁1。

〔註17〕于鵠：〈送唐大夫讓節歸山〉，《全唐詩》，第十冊，頁3705。

術成就和物質享受而被犧牲了。自從上一次世界大戰驚人的科技
表現之後，人們對科學化世界的烏托邦幻想已經破滅了。像集中
營的科學化整肅、原子彈爆炸的徹底毀滅、生態環境的肆意污染
等等，無不令人痛心。人類再度感受到：文化假使沒有另一層向
度，是不可能真正合乎人性的。我們渴求許多失落的事物。而在
這些渴求裡，宗教（至少就其最原始的意義而言）似乎佔有核心
的地位。〔註18〕

這段話說明了現代社會對生命深度與品質不安的原因，在於對技術成就、物
質享受的過度追求。而如果要抽離這種困境，只有回到人心對宗教向度的渴
求裡，藉由對神聖意義的認同，超越世俗認知，引導文化前進。

　　大唐盛世裡的安穩平靜，對於人之存在的安逸感受，促使了美好的、感
官的、娛樂的形式發展，世俗價值籠罩下的形式發展，只是人之本體的外飾，
而無益於內心意義的深掘。因此唐代走向富庶繁榮的社會變遷，確為神仙認
知改變之一端。

二、現象反映

　　在政權對宗教任意操控、宗教與世俗生活高度融合、信仰型態改變等影
響下，宗教的神聖性大為減退，連帶的使神仙此一宗教性的書寫題材，在世
人的認知中，也逐漸脫離神秘、高高在上的印象，而發生對待關係的變化，
並且成為可以自由闡述，隨意參入世俗理解的書寫題材。

（一）仙、人對待關係的變化

　　過去的神仙書寫，經常將仙界與人間、凡人與仙人作有效的區隔，並在
這種區隔形成的差異中，凸顯神仙之美好超越，凡人之庸俗淺顯，藉以得到
彰顯價值、抒發志向、追逐奇趣等種種文學效果。但是在唐代的神仙書寫中，
卻明顯有空間上，仙界、人間不分，身份上，神仙、凡人不分的傾向。

　　空間上的仙界、人間不分，有的是透過精神的超越，將人間境界化為仙
境。有的則將仙境藏身於人間隨時可達之處。

　　透過精神超越的，多出於有道家傾向的作者，延續老莊哲學、陶淵明心
遠地自偏的路子，將所在的山水田園轉化為自我之仙境。唐代作品中，如王

〔註18〕杜普瑞（Louis Dupré）：《人的宗教向度》（The Other Dimension），頁 5。

績有〈醉鄉記〉，透過飲酒超脫現實，把自身超越到「醉之鄉」，認為古來有阮嗣宗、陶淵明等數十人均已身至醉鄉，人稱酒仙，如今自己也要到醉鄉一遊。〔註19〕

另外〈五斗先生傳〉寫其精神的導師陶淵明「以酒德遊於人間」，當他處身人世時：

> 忽焉而去，倏忽而來。其動也天，其靜也地。故萬物不能縈心焉。
> 〔註20〕

將人心的動靜與天地相繫，萬物不能亂其胸懷，這顯然是境界化的超越。這種以酒德遊於人間、凡人喝酒超越至仙鄉之類的描寫，都是仙界與人間、仙與人同構，二者直接溝通無區隔。

另外，將仙境藏身於人間隨時可達之處，也是另一種仙界、人間不分。因為仙境的存在，本與人間不等量，因此必要有所隔離，來維護其神聖性。過去描寫人往仙境、仙境與人間溝通時，往往要透過一個艱難考驗或辛苦追尋的過程來區隔，艱難考驗或辛苦追尋的儀式完成後，才能將人轉換成與仙同在的高層次，進入仙境，這個曲折的過程或儀式，便是仙界與人間的區隔，便是仙界與眾不同、高高在上之神聖性的保護圍牆。

然而在唐代的神仙書寫中，仙界卻是尋常可到了，也不需要透過什麼艱難的考驗或追尋的過程。如戴孚《廣異記》中的〈王老〉故事，其間仙界便在高山峰頂，凡人只要「攀藤緣樹，直上數里」便到。而王老到過仙境要返鄉的時候，仙人還跟王老說「山中要牛兩頭，君可送至藤下」，〔註21〕仙界與人間區隔之不明顯，生活之相近，由此可知。

又杜光庭《仙傳拾遺》中的〈陳惠虛〉，陳惠虛這個僧人居止天台山國清寺，有一天他也是「戲過石橋」，居然就到了「金庭不死之鄉，養真之靈境」。〔註22〕可見仙界與人間空間上十分相近。

其他像是：盧肇〈崔生〉，進士崔偉因為所騎之驢一時亂走，偶然穿越一洞，

〔註19〕　〔唐〕王績：〈醉鄉記〉：「阮嗣宗、陶淵明等十數人，並遊於醉鄉。沒身不返，死葬其壤。中國以為酒仙云。嗟乎！醉鄉氏之俗，豈古華胥氏之國乎？其何以淳寂也如是。今予將遊焉，故為之記。」《全唐文》第二冊，卷一百三十二，頁1325。
〔註20〕　〔唐〕王績：〈五斗先生傳〉，《全唐文》第二冊，卷一百三十二，頁1328。
〔註21〕　〔唐〕戴孚：《廣異記·王老》，李時人編：《全唐五代小說》第一冊，頁311～312。
〔註22〕　〔唐〕杜光庭：《仙傳拾遺》，李時人編：《全唐五代小說》第三冊，頁2044。

便來到仙界。〔註23〕皇甫氏〈採藥民〉，採藥的工人挖薯藥，挖著挖著便得到通往仙界的路徑，〔註24〕佚名〈墜井得道〉，青社李老不慎掉進大枯井便忽焉來到仙界〔註25〕等，也都是不經意、不困難便忽然到了仙界。這些描寫雖然表面上看起來仙境是仙境、人間是人間，好像彼此不同，但是實際上少掉轉換儀式的區隔，仙境與人間已經混同。仙境只是更高級、更美好的人間而已。

　　至於神仙往往混跡在人間、凡人之中有謫仙、神仙可學、神仙亦人、神仙重人倫之類的描寫，也都是仙、人區隔不明顯的例子。

　　如戴孚《廣異記》中的〈輔神通〉，輔神通本是牧牛的，他牧牛的地方常見一道士往來，有一天這道士問他願不願入道成為弟子，輔神通便答應了。結果原來這道士是神仙，他帶輔神通到仙界，並且教他仙術。然而不久後，輔神通便「思憶人間」。於是他趁道士不注意時，偷藏起大還丹想要帶走。結果被道士發現，於是把他逐出仙界。輔神通回到人間後，又想回去。後來聽說這道士常去蜀州開元觀，便用錢買通道觀裡的小奴，命他只要道士一來，就趕緊通報。結果每當輔神通接到消息趕往時，道士都是剛剛才走。如此數回，總是見不著。〔註26〕在這個故事裡，成仙很容易，仙人與凡人的距離也很近，神仙更是經常以凡人、平易的面貌出入人間。

　　又如杜光庭《仙傳拾遺》中的張定，因為成仙之後要潛居天柱山，但是又擔心父母掛念，於是說：「若有意念，兒自歸來，無深慮也。」其後果然父母一思念他，他便飛翔還家與父母相見。〔註27〕

　　這些都是神仙如人、神仙亦人、仙人界線不明的例子。

　　仙、人界線的模糊，也牽涉到仙、人對待情境的改變。本來神仙是高高在上的、超越性的，但是漸漸與人比肩，甚而產生仙不如人、人間比天界可貴的傾向。

　　其空間的移動上，本來是「上與之游」，後來講求「人間偶遇」，其後則

〔註23〕〔唐〕盧肇：《逸史・崔生》，李時人編：《全唐五代小說》第三冊，頁1444～1446。

〔註24〕〔唐〕皇甫氏：《原化記・採藥民》，李時人編：《全唐五代小說》第四冊，頁2139～2142。

〔註25〕〔唐〕佚名：《燈下閒談・墜井得道》，李時人編：《全唐五代小說》第四冊，頁2364～2367。

〔註26〕〔唐〕戴孚：《廣異記・輔神通》，李時人編：《全唐五代小說》第一冊，頁320。

〔註27〕〔唐〕杜光庭：《仙傳拾遺・張定》，李時人編：《全唐五代小說》第三冊，頁2049～2050。

由人在人間社會中「自營仙境」，並且不願離開人世，登臨仙境。

在價值觀的移動上，本來是「神仙超越存在，不與人等量」，後來講求「神仙可經由修煉達致」，其後則「神仙如人」，並在人的理想願望一再入侵後，漸漸產生「人情可貴」、「人間可戀」、「仙不如人」的結果。

例如仙女與凡男遇合的故事，以往是凡間男子「誤入」仙境，乃得與仙女相親。又因爲是凡物，不得久留。但是到了唐代，轉變爲仙女主動下凡，懇求凡間男子的垂愛。最後又因爲天仙的身份，不得不依依不捨的回歸。對待關係實有明顯變化。

相關書寫作品如〈玉清三寶〉，杜陵韋弇寓遊於蜀，同伴說郡外十里處有一鄭氏亭，美妙如塵外境，韋弇於是同往一遊。到了鄭氏亭，果然見到亭上有神仙十數位，個個皆極色。群仙一見到韋弇，便喜曰：「君不聞劉、阮事乎？今日亦如是。願奉一醉，將盡春色。君以爲何如？」結果韋弇有些怕怯，說自己是很嚮往劉阮之美事，但是他要問清楚這裡是何處所？眾女郎是作什麼的？群仙回答：「我，玉清之女也，居於此久矣。此乃玉清宮也。向聞君爲下第進士，寓遊至此，將以一言奉請，又懼君子不顧，且貽其辱，是以假鄭氏之亭以命君，果副吾志。」由其言可知，女郎是玉清之女，天仙的身份，但是居然怕邀約韋弇會被拒絕，因而受辱，於是曲曲折折的導引韋弇至此，希望他能賞光。〔註28〕

其他又如〈封陟傳〉，謫居下界的上元夫人因爲「既厭曉妝，漸融春思」，因而看上了眞樸孤標的封陟，她主動駕臨封陟的書齋，卑微的說「特調光容，願奉箕帚」。結果封陟三度拒絕她。第一次說：「某家本貞廉，性唯孤介。貪古人之糟粕，究前聖之指歸。編柳苦辛，燃粕幽暗，布被糲食，燒蒿茹藜。但自固窮，終不斯濫，必不敢當神仙降顧。斷意如此，幸早回車。」第二次說：「某居山藪，志已頑蒙，不識鉛華，豈知女色。幸垂速去，無相見尤。」第三次說「我居書齋，不欺暗室。下惠爲證，叔子爲師。是何妖精，苦相凌逼？心如鐵石，無更多言。儻若遲回，必當窘辱。」到了最後都已經罵上元夫人爲妖精了，上元夫人還委屈婉轉的吟詩說「雲澀回車淚臉新」。〔註29〕其

〔註28〕〔唐〕張讀：《宣室志・玉清三寶》，李時人編：《全唐五代小說》第三冊，頁1676～1678。

〔註29〕〔唐〕裴鉶：《傳奇・封陟傳》，李時人編：《全唐五代小說》第三冊，頁1765～1768。

卑微殷勤的態度，顯示了神仙與人對待關係的移易。

（二）神仙語彙的多元使用

1、喻容顏美麗

如：唐太宗〈帝京篇十首并序〉稱美麗的宮娥爲神仙。

唐太宗在〈帝京篇〉篇首的自序中說要革去秦、漢窮侈極麗之弊，用堯舜淳和之風，因此欲釋華求實，於人情之中得帝王之樂。他認爲：

> 溝洫可悅，何必江海之濱乎？麟閣可玩，何必山陵之間乎？忠良可
>
> 接，何必海上神仙乎？豐鎬可遊，何必瑤池之上乎？〔註30〕

不一定要遠遊江海、山陵、瑤池之上，溝洫、麟閣、豐鎬亦有可悅之處，不一定要追尋海上的神仙，忠良之士亦有可接之處。這是唐太宗爲政上求實求治的基本態度，因此他對神仙玄想跟唐代其他的皇帝比起來，顯得較爲淡漠。

後面的帝京篇十首，從宮殿、林園、樂館、禁苑、宴席等各方面陳述實際的、尋常的宮廷生活趣味。其中「建章歡賞夕」一首，寫的是宮中乘涼賞月的情景。

> 建章歡賞夕，二八盡妖妍。羅綺昭陽殿，芬芳玳瑁筵。珮移星正動，
>
> 扇掩月初圓。無勞上懸圃，即此對神仙。〔註31〕

二八佳年的宮黛們，個個姣美出眾，身著羅綺，脂粉芬芳。在夜宴的筵席上，環珮輕移，猶如天上的星星移轉；羅扇掩面，就好比月亮初圓。何必要遠上懸圃仙界，望著如此佳人，不就像對著神仙一般了嗎？唐太宗以「佳人即神仙」來呈現宮女的美麗，其實表露的也就是人間即仙境的心態。

又如：《敦煌變文集新書》卷二〈佛說阿彌陀經講經文〉（二）：

> 鄧林公主似神仙，不但凡夫佛也怜，欲識從前生長處，應知總在率

〔註30〕 唐太宗：〈帝京篇序〉，原文作：「予以萬幾之暇，游息藝文。觀列代之皇王，考當時之行事。軒昊舜禹之上，信無間然矣。至於秦皇周穆，漢武魏明。峻宇雕牆，窮侈極麗。征稅殫於宇宙，轍跡遍於天下。九州無以稱其求，江海不能贍其欲。覆亡顛沛，不亦宜乎？予追蹤百王之末，馳心千載之下。慷慨懷古，想彼哲人。庶以堯舜之風，蕩秦漢之弊。用咸英之曲，變爛熳之音。求之人情，不爲難矣。故觀文教於六經，閱武功於七德。臺榭取其避燥濕，金石尚其諧神人。皆節之於中和，不係之於淫放。故溝洫可悅，何必江海之濱乎？麟閣可玩，何必山陵之間乎？忠良可接，何必海上神仙乎？豐鎬可遊，何必瑤池之上乎？釋實求華，以人從欲，亂於大道，君子恥之。故述帝京篇以明雅志云爾。」《全唐詩》第一冊，卷一，頁1。

〔註31〕 《全唐詩》第一冊，卷一，頁3。

陞天。〔註32〕

〈醜女緣起〉：

> 每日將身赴會筵，家家妻女作周旋，玉貌細看花一操，蟬鬢窈窕似
>
> 神仙。〔註33〕

也均以神仙比喻女子容顏美麗。

2、喻才藝出眾

某個人的才藝出眾，超過了一般人，往往也被稱爲神仙。有時候是整體的稱譽一個人才華出眾。有時候則是指單項的才藝，造詣非凡。

整體的形容，如：《朝野僉載》中稱能同時做六件事的元嘉爲「神仙童子」。

> 元嘉少聰俊。左手畫圓，右手畫方，口誦經史，目數群羊，兼成四
>
> 十字詩，一時而就，足書五言一絕。六事齊舉。代號「神仙童子」。
>
> 〔註34〕

而專指某項才藝過人，種類就很多了，舉凡：寫詩作文、喝酒、刺繡，都可以找到相關的例子。

例如寫詩。其中最著名的例子要算李白了。賀知章因爲讀了李白的〈蜀道難〉，佩服的五體投地，當場解金龜換酒，並封他爲謫仙人，這個故事可說是家喻戶曉。〔註35〕如今我們更稱李白爲「詩仙」，也是一例。

除了作詩，李白也是飲中八仙的成員之一。范傳正〈贈左拾遺翰林學士李公新墓碑〉中說：

> 時人又以公及賀監、汝陽王、崔宗之、裴周南等八人爲酒中八僊，
>
> 朝列賦謫僊歌百餘首。〔註36〕

從文中看來，當時酒中八仙的名頭很響，許多官員都寫詩來歌頌，共有百餘首之多，可惜我們現在只讀得杜甫的〈飲中八仙歌〉。

杜甫〈飲中八仙歌〉中說：

〔註32〕 〈佛說阿彌陀經講經文〉(二)，潘重規先生編著：《敦煌變文集新書》（臺北：文津出版社，1994），頁159。

〔註33〕 〈醜女緣起〉，潘重規先生編著：《敦煌變文集新書》，頁779。

〔註34〕 張鷟：《朝野僉載》，《唐五代筆記小說大觀》（上海：上海古籍出版社，2000），上冊，卷五，頁62。

〔註35〕 傅璇琮主編：《唐才子傳校箋》，頁385：「天寶初，自蜀至長安，道未振，以所業投賀知章，讀至《蜀道難》，嘆曰：『子謫仙人也。』乃解金龜換酒，終日相樂，遂薦於玄宗。」

〔註36〕 《全唐文》第三冊，卷六百十四，頁2746～2747。

知章騎馬似乘船，眼花落井水底眠。汝陽三斗始朝天，道逢麴車口
流涎，恨不移封向酒泉。左相日興費萬錢，飲如長鯨吸百川，銜杯
樂聖稱世賢。宗之瀟灑美少年，舉觴白眼望青天，皎如玉樹臨風前。
蘇晉長齋繡佛前，醉中往往愛逃禪。李白一斗詩百篇，長安市上酒
家眠。天子呼來不上船，自稱臣是酒中仙。張旭三杯草聖傳，脫帽
露頂王公前，揮毫落紙如雲煙。焦遂五斗方卓然，高談雄辯驚四筵。
〔註37〕

詩中的賀知章、汝陽王、崔宗之、李白諸人，雖然被稱爲神仙，但是一點傳
統的仙氣都沒有，反而因爲貪杯嗜酒，有種種的憨態。杜甫挖苦說，賀知章
一喝起酒來，騎馬像坐船一樣，搖搖晃晃，醜態盡出，一不小心眼花認不清
道路，摔到井裡去了，竟也就渾然不知的睡起覺來。汝陽王酒量好，要連喝
三斗才會醉臉朝天。嘴饞的時後，路上遇到麴車經過，酒香一飄過來，口水
就無法克制的流下來，恨不得自己的封地能移到產酒的酒泉去，鎮日喝它個
過癮。崔宗之平日就是個瀟灑的美少年，喝到醺醺然的時候，傻楞楞的拿著
酒杯翻白眼呆望青天，癡傻茫然之態，更顯得玉樹臨風。蘇晉雖然是個佛教
徒，平常也吃長齋，但是只要酒癮一起來，什麼清規戒律通通抛到腦後。至
於李白，則是斗酒下肚，頓時文思泉湧，提筆就可以連寫出百篇的詩歌來，
醉了隨便找一間長安街上的酒家就大睡其覺，就算天子召見他也不理，直稱
自己是不理俗事的酒中仙。張旭也是三杯黃湯下肚，才氣橫瀉而出，寫起草
書來，揮毫落紙像是風雲席捲一般的快速又氣勢逼人，就算在王公面前獻藝，
同樣帽子一脫，連儀態都不管了。至於焦遂則是喝了五斗酒之後，整個氣勢
都壯了起來，口若懸河，高談闊論，其精思與口才，往往震驚四座。

在這首詩中，杜甫高妙的文筆，把八仙的醉態與風采，生動的呈現出來。
其揶揄的語氣背後，帶的其實是欣賞讚揚的眼光。這也使我們瞭解到，「神仙」
在當時，可作爲一種輕鬆、帶有娛樂意味的使用，這可以說是神仙認知世俗
化才會有的一種表現。

其他的才藝，又如有：刺繡。

《太平廣記》中有一則〈盧眉娘〉的故事，這位來自南海的眉娘，便是
因爲善繡，其後有仙化的傳說。

唐永眞年，南海貢奇女盧眉娘，年十四歲。眉娘生，眉如線且長，故

〔註37〕《全唐詩》第七冊，卷二百一十六，頁2259～2260。

有是名。本北祖帝師之裔。自大定定字明鈔本作足。中，流落嶺表。後
漢盧景裕、景祚、景宣、景融，兄弟四人，皆爲皇王之師，因號帝師。
眉娘幼而惠悟，工巧無比，能于一尺絹上繡《法華經》七卷。字之大
小，不逾粟粒，而點畫分明，細如毛髮。其品題章句，無不具矣。更
善作飛仙蓋。以絲一鉤，分爲三段，染成五色，結爲金蓋五重。其中
有十洲三島、天人玉女、臺殿麟鳳之像，而執幢捧節童子，亦不啻千
數。其蓋闊一丈，秤無三兩。煎靈香膏傳（作者按：傳字疑應作傅。）之，
則堅硬不斷。唐順宗皇帝嘉其工，謂之神姑。因令止于宮中。每日止
飲酒二三合。至元和中，憲宗嘉其聰惠而又奇巧，遂賜金鳳環，以束
其腕。眉娘不願在禁中，遂度爲道士，放歸南海，仍賜號曰逍遙。及
後神遷，香氣滿堂。弟子將葬，舉棺覺輕。即徹其蓋，惟見之舊履而
已。後人見往往乘紫雲遊於海上。羅浮處士李象先作羅逍遙傳。而象
先之名無聞，故不爲時人傳焉。出《杜陽雜編》〔註38〕

故事中說，眉娘因爲眉毛如線且細長，因此被稱爲眉娘，她因爲善繡，被貢
往宮廷，唐代常有這樣進貢奇能異士的例子。盧眉娘有多會刺繡呢？她有辦
法在一尺長的絹上，繡《法華經》七卷，字的大小比一粒粟米還小，線條跟
毛髮一樣細，但是能做到點劃分明，字字清晰。經中的品題章句也無一不備
齊。功夫確實了得。她還擅長做一種「飛仙蓋」，以一鉤素絲，分爲三段，染
成彩色，然後結成五層的金蓋。蓋上有十洲三島、天人玉女、臺殿麟鳳，旁
邊還站立數以千計的服侍童子，各自執幢捧節。這樣造型繁複，人物眾多的
飛仙蓋，闊僅一丈，秤起來則不到三兩，確是絕技。因此唐順宗見識後，佩
服的稱譽她爲「神姑」。從這裡可以看出唐代以神仙來讚美出凡入聖之人的習
慣。後面則接續一個仙化的傳奇。說盧眉娘不欲久居禁中，因此皇帝度她爲
女道士，賜號逍遙，放歸南海。她後來去世的時候，香氣滿室。弟子欲抬棺
下葬，也發現棺材的重量太輕，好奇心驅使下，打開一看，赫然發現盧眉娘
的軀體不見了，只剩下一雙鞋子。

後續的這個傳說，顯然是人們驚異於盧眉娘的才華替她編的故事，皇帝
放歸，爲什麼非要度她爲道士呢？這是爲了配合後面成仙的情節。編了故事，
又防著人家起疑，何以這樣的大消息，大家都不知道呢？於是又說，這是羅
浮的一位李處士記錄的，但是因爲李處士沒出仕，默默無聞，所以才沒廣爲

〔註38〕《太平廣記》第二冊，卷六十六，頁413。

流傳。這個故事集合了許多造仙的典型情節，1、奇能，2、成仙的體質。這位盧眉娘每天只喝兩三合酒。3、曾入道。4、去世的時候有異象，或異香滿室，或天樂飄揚。又，入葬時弟子往往會打開棺材來看，或是埋了幾年又掘墓檢視。5、這個故事通常有一個流傳的經過，其弟子私下告訴的、某在地人說的、某罕見書上記載的……，總之不是作者自己發現的。以上這一切都是為了合理化成仙情節，並且增添神秘感、神聖感。而這樣的作法，表達的是民眾對才藝出眾人士的驚嘆和佩服。因為佩服，覺得不是凡人做得到的，便稱之為神仙，並造了仙化的情節，這是一種驚異感佩之情的抒發。

3、喻身份高貴

高貴莫過皇帝。如：閻朝隱〈奉和九日幸臨渭亭登高應制得筵字〉便稱皇帝為神仙：

> 九九侍神仙，高高坐半天。文章二曜動，氣色五星連。簪紱趨皇極，
> 笙歌接御筵。願因茱菊酒，相守百千年。〔註39〕

這是一首典型的侍宴詩。宴席上分韻作詩，以誌其事，並且多要有歌頌之意。閻朝隱頌美皇帝為神仙，趁著重陽飲菊花酒，恭祝聖上相守千百年，萬歲萬萬歲。算是很應景也很高段。

其他如：宮中人物、王孫貴戚、名門望族、翰林、高官、貴公子等等，這些身份貴重的人士，往往也被恭維為神仙。

以神仙比宮女，如顧況的〈宮詞五首〉：

> 禁柳煙中聞曉鳥，風吹玉漏盡銅壺。
> 內官先向蓬萊殿，金合開香瀉御鑪。
> 玉樓天半起笙歌，風送宮嬪笑語和。
> 月殿影開聞夜漏，水精簾卷近銀河。
> 玉階容衛宿千官，風獵青旂曉仗寒。
> 侍女先來薦瓊蕊，露漿新下九霄盤。
> 九重天樂降神仙，步舞分行踏錦筵。
> 嘈嘈一聲鐘鼓歇，萬人樓下拾金錢。
> 金吾持戟護新簷，天樂聲傳萬姓瞻。
> 樓上美人相倚看，紅妝透出水精簾。〔註40〕

〔註39〕《全唐詩》第三冊，卷六十九，頁770。
〔註40〕《全唐詩》第八冊，卷二百六十七，頁2966。

韋夏卿有一首〈送顧況歸茅山〉，詩中著載：「時著作已受上清畢法」，可見顧況是一位受過符籙道士。〔註41〕《唐才子傳》也說他師事李泌，習得服氣之法，能終日不食。後隱居茅山，鍊金拜斗，身輕如燕。〔註42〕因爲顧況和道教淵源很深，作品中涉及神仙思想的部分不少。所舉這五首主題是很世俗的宮詞，但是其中神仙的氣氛也同樣很濃厚，如蓬萊、玉樓、瓊蕊、露漿、九宵盤、九重天樂等語。其中宮女在悠揚的樂音中，步舞分行而出，從樓上向民眾散錢一段。顧況形容爲「九重天樂降神仙」，對小平民而言，裝扮華麗的宮女在美妙的樂音中降臨，還分散金錢，萬人爭拾，情景應該跟見到神仙降臨一樣震動吧。

以神仙比王孫貴戚，如劉禹錫的〈和樂天讌李周美中丞宅池上賞櫻桃花〉：

　　櫻桃千萬枝，照耀如雪天。王孫讌其下，隔水疑神仙。宿露發清香，

　　初陽動暄妍。妖姬滿髻插，酒客折枝傳。同此賞芳月，幾人有華筵。

　　杯行勿遽辭，好醉逸三年。〔註43〕

櫻桃在臺灣稀貴，在唐代也是難得，唐詩中常常有寫皇帝賜櫻桃的詩，如王維〈敕賜百官櫻桃〉、韓愈〈和水部張員外宣政衙賜百官櫻桃詩〉，可見不易得。另外又有賞櫻桃花詩也多，是當時一風氣。上面所舉就是劉禹錫和白居易的一首詠櫻桃詩。白色的櫻桃花千枝萬朵齊放，光彩耀目，猶如雪天。高貴的王孫讌坐在樹下，斯人斯景，隔水望著，好像神仙一般。

又有以神仙比名門望族，如：唐玄宗〈贈王仁皎太尉益州大都督制〉：

　　在昔王者，旌賢睦姻，莫不存貴寵光，歿加禮冊。故開府儀同三司

　　王仁皎。神仙望族，禮樂通材。履道純粹，執心夷簡。〔註44〕

這位王仁皎是玄宗王皇后的父親，家世自然顯赫，爲玄宗執筆的文臣因稱其爲「神仙望族」。

〔註41〕韋夏卿：〈送顧況歸茅山〉：「聖代爲遷客，虛皇作近臣。法尊稱大洞（著作已受上清畢法），學淺忝初眞（夏卿初受正一）。鸞鳳文章麗，煙霞翰墨新。羨君尋句曲，白鵠是三神。」《全唐詩》第九冊，卷二百七十二，頁3057～3058。

〔註42〕傅璇琮主編：《唐才子傳校箋》（北京：中華書局，1987），第一冊，卷第三，頁643、645。原文作：「況素善於李泌，遂師事之，得其服氣之法，能終日不食。及泌相，自謂當得達官，久之，遷著作郎。及泌辛，作《海鷗詠》嘲誚權貴，大爲所嫉，被憲劾貶饒州司戶，作詩曰：『萬里飛來爲客鳥，曾蒙丹鳳借枝柯。一朝鳳去梧桐死，滿目鴟鳶奈爾何！』遂全家去，隱茅山，鍊金拜斗，身輕如燕。」

〔註43〕《全唐詩》第十一冊，卷三百五十五，頁3987。

〔註44〕《全唐文》第一冊，卷二十二，頁106。

又有以神仙比翰林，如張說的〈送考功武員外學士使嵩山署舍利塔〉：

> 懷玉泉，戀仁者。寂滅眞心不可見，空留影塔嵩巖下。寶王四海轉
> 千輪，金罍百粒送分身。山中二月娑羅會，虛唄遙遙愁思人。我念
> 過去微塵劫，與子禪門同正法。雖在<u>神仙</u>蘭省間，常持清淨蓮花葉。
> 來亦好，去亦好。了觀車行馬不移，當見菩提離煩惱。〔註45〕

以神仙稱翰林、蘭臺，由來已久，已成爲傳統。

以神仙比高官，如呂溫〈裴氏海昏集序〉：

> 海昏集者，有唐文行之臣，故度支郎中專判度支事贈尚書左僕射正
> 平郡公裴氏諱某字某。考地毓德，會友輔仁。氣志如神，英華發外
> 之所由作也。初公違河洛之難，以其族行，攀大別、浮彭蠡、望洞
> 庭，徘徊乎溢流，晞仰乎海昏。有歐山之奇，修江之清。陽溪之邃，
> 湯泉之靈。竹洞花塢，仙壇僧舍。雞犬鐘梵，相聞於青嵐白雲中，
> 數百里不絕。時也，俗以遠而未擾，地以偏而獲寧。開元之遺老盡
> 在，猶歌詠乎太平。公悠然樂之。遂與我外王父故屯田郎中集賢殿
> 學士河東柳公諱某、外叔祖故相國宜城伯諱渾，洎故太常卿蘭陵蕭
> 公定、故祕書少監范陽盧公虛舟、故左庶子隴西李公勗爲塵外之交，
> 極心期之賞。唯故給事中汝南袁公高故將作監河南元公，恆以後進
> 預焉。江左搢紳諸生，望之如<u>神仙</u>，邈不可及。每賦一泉、題一石。
> 毫墨未乾，傳詠已遍。其爲物情所注慕如此。〔註46〕

序中所舉這些《海昏集》的作者，皆赫赫有來頭，文中也清楚詳盡的交代他
們的官銜。在這個「俗以遠而未擾，地以偏而獲寧」的鄉間，這些高官集體
降臨，地方的搢紳諸生見了，只覺得身份懸殊、邈不可及，「望之如神仙」是
很生動鮮明的比喻。在這種欽仰羨慕的心情催動下，莫怪所吟詠的詩賦，都
被視作珍寶，毫墨未乾，傳詠已遍。

又如以神仙比貴公子，黃損有〈公子行〉：

> 春草綠綿綿，驕驄驟暖煙。微風飄樂韻，半日醉花邊。打鵲拋金盞，
> 招人舉玉鞭。田翁與蠶婦，平地看<u>神仙</u>。〔註47〕

春暖花開的季節，富家貴公子騎著高頭駿馬，來到郊外宴飲作樂。宴會的樂

〔註45〕《全唐詩》第三冊，卷八十六，頁941。
〔註46〕《全唐文》第三冊，卷六百二十八，頁2807～2808。
〔註47〕《全唐詩》第二十一冊，卷七百三十四，頁8389。

音隨著微風的吹拂飄揚，貴公子喝多了，好半天都醉臥在花叢間。丟手中的金酒杯打鵲鳥嬉鬧，揮著手中裝飾華麗的玉鞭叫喚人。這一副情景在田翁、蠶婦眼中看來，好像平地見到神仙似的。因爲二者生活的背景差異太大，田翁忙於農事，農婦忙採桑育蠶，終年勞動也未必能溫飽，眼前竟有這樣終日作樂無所事事的人，還衣飾華貴，揮金如土，豈不是神仙嗎？

像這種因爲身份懸殊，望之尊貴難親，而稱之爲神仙的例子，不勝枚舉。此處僅姑引數例。

4、喻暢美適意

俗語常說：快樂似神仙。人生三樂事之一乃金榜題名。茲引進士及第爲例。

徐夤有〈放榜日〉一詩：

> 喧喧車馬欲朝天，人探東堂榜已懸。萬里便隨金鸑鷟，三台仍借玉
> 連錢。（南海相公此時在京，蒙借鞍馬人僕）。花浮酒影彤霞爛，日
> 照衫光瑞色鮮。十二街前樓閣上，卷簾誰不看神仙。〔註48〕

高中進士，人生何等樂事，可憐這位徐夤是個窮書生，進士及第，照例要光榮遊街，曲江賜宴，但是他沒馬沒書僮一身破衣服，實在上不了台面。幸好「南海相公」義借鞍馬僕從，才讓他得以風風光光的遊街去。那十二街前樓上的眾家姑娘，誰不爭著捲簾瞻仰一下「神仙」的風采呢？在民眾的眼中看來，豔羨的心態是一定有的，但是，是不是好似看神仙一般就很難說了，畢竟進士多的很。這個神仙主要呈現的還是徐夤飄飄欲仙的得意心境。

5、喻山林清幽出塵

清幽出塵的環境，經常被譽爲神仙地、神仙境，這多少是受了道教洞天福地說的影響。而因爲唐代道教文化普及，因此這個用法很常見。

如楊敬述〈奉和聖製夏日遊石淙山〉：

> 山中別有神仙地，屈曲幽深碧澗垂。巖前暫駐黃金輦，席上還飛白
> 玉卮。遠近風泉俱合雜，高低雲石共參差。林壑偏能留睿賞，長天
> 莫遽下丹曦。〔註49〕

又，李咸用〈陳正字山居〉：

> 一葉閒飛斜照裏，江南仲蔚在蓬蒿。天衢雲險驚駊騀，月桂風和夢

〔註48〕《全唐詩》第二十一冊，卷七百九，頁8162。
〔註49〕《全唐詩》第三冊，卷八十，頁871。

想勞。遠枕泉聲秋雨細，對門山色古屏高。此中即是<u>神仙</u>地，引手
何妨一釣鼇。〔註50〕

散文的例子，如盧照鄰《樂府雜詩·序》：

> 九成宮者，天子之殊庭，群仙之一都也。五城既遠，得崑閬於神
> 京；三山已沈，見蓬萊於右輔。紫樓金閣，雕石壁而鏤群峰；碧
> 螯銅池，俯銀津而橫眾壑。離宮地險，丹碉四周，徼道天迴，翠
> 屏千仞。〔註51〕

樂史〈唐景雲觀碑〉：

> 景雲觀者，皇唐景雲年中所建也。在崇仁縣西北隅。巴山翠其檻，
> 巴水漱其門，山水周遮，松羅堆擬，是君子賞爲<u>神仙</u>之勝跡，斯言
> 不誣矣。〔註52〕

雖是寫屋舍，主要還是著眼於山林之清幽。

6、喻音樂美妙動聽

白居易〈琵琶行〉形容潯陽江口商婦演奏的琵琶曲，有「此曲只應天上
有，人間哪得幾回聞」、「如聽仙樂耳暫明」之句。出於同樣歡喜讚嘆的心態，
唐文學中還有許多以神仙來歌頌音樂美妙的例子。其中，霓裳羽衣曲是最著
名的。

霓裳羽衣曲不僅來歷充滿仙氣，〔註53〕唐代眾多詠霓裳羽衣曲的篇章，
也無不以神仙意象譽美其樂之美妙稀罕。

如：沈朗〈霓裳羽衣曲賦任用韻〉：

> 儒有悅聲，教以自勗。睹至樂於實錄，如元宗之聖代。制霓裳之麗曲，

〔註50〕《全唐詩》第十九冊，卷六百四十六，頁 7404。
〔註51〕盧照鄰：〈樂府雜詩序〉，《全唐文》第二冊，卷一百六十六，頁 1693。
〔註52〕《全唐文》第四冊，卷八百八十八，頁 4116 下。
〔註53〕霓裳羽衣曲的來歷，見於《太平廣記》中收錄的〈羅公遠〉、〈葉法善〉故事。
〈羅公遠〉載：「開元中，中秋望夜，時玄宗於宮中翫月，公遠奏曰：『陛下
莫要至月中看否？』乃取拄杖，向空擲之，化爲大橋，其色如銀，請玄宗同
登。約行數十里，精光奪目，寒色侵人，遂至大城闕。公遠曰：『此月宮也。』
見仙女數百，皆素練寬衣，舞於廣庭。玄宗問曰：『此何曲也？』曰：『霓裳
羽衣也。』玄宗密記其聲調。遂回。卻顧其橋，隨步而滅。且召伶官，依其
聲調作霓裳羽衣曲。」《太平廣記》第一冊，卷第二十二，頁 147。〈葉法善〉
載：「又嘗因八月望夜，師與玄宗遊月宮，聆月中天樂，問其曲名，曰：「紫
雲曲。」玄宗素曉音律，默記其聲，歸傳其音，名之曰霓裳羽衣。」《太平廣
記》第一冊，卷第二十六，頁 172。

> 豈惟象德以飾喜，將以變風而易俗。原夫鼎湖道洽，薰絃思深。惡繁聲以惑志，思雅樂以理心。調乎琴瑟之間，無非故曲。奏自雲韶之下，盡是凡音。乃制神仙之妙響，是知鄭衛之難侵。與鈞天之潛契，冀瑤池之可尋。時也廷臣並觀，樂品斯設。絃匏由是而居次，簫管因之而在列。假宮商之具舉，成曲度之妙絕。變虛徐之歌態，始訝遏雲。振飄颻之舞容，忽驚迴雪。既應絃而合雅，亦投袂而赴節。已而樂自宸慮，備於太常。首瓊殿之法曲，改梨園之樂章。配八佾以稱美，旌九功而無荒。盡文物之全盛，致眾庶之歡康。是知和平有因，雅正無比。既容與而在目，復周旋而盈耳。融融然節奏合度，傞傞然周旋有旨。逸調奏兮既徹，嘉名播兮未已。今皇帝奕葉繼代，明德是資。開元之聖運復啓，羽衣之餘響寧遺。觀兩階之舞干，既柔殊俗。睹三清之仙樂，復播明時。下臣就列以貢賦。喜聞韶而在茲。〔註 54〕

沈朗以「神仙之妙響」，形容霓裳羽衣曲，並說曲構之巧妙，恐是得之於鈞天、瑤池，其演奏時，遏雲迴雪，飄飄應弦，美妙不似凡音。

又，陳嘏〈霓裳羽衣曲賦〉：

> 我元宗心崇至道，化叶無爲。制神仙之妙曲，作歌舞之新規。被以衣裳，盡法上清之物。序其行綴，乃從中禁而施。原夫采金石之清音，象蓬壺之勝概。俾樂工以交泰，儼彩童而相對。漓灑合節，初聞六律之和。搖曳動容，宛似群仙之態。爾其絳節迴互，霞袂飄颺。或眄盼以不動，或輕盈而欲翔。八風韻肅，清音思長。引洞雲於丹墀之下，颯天風於紫殿之旁。懿乎樂洽人和，曲含仙意。雜絃管之繁節，澹君臣之元思。清淒滿聽，無非沖穆之音。颯沓盈庭，盡是雲霄之事。吾君所以凝清慮，慕元風。無更舊曲，用纂成功。既心將道合，乃樂與仙同。悅康平於有截，延聖壽於無窮。美矣哉！調則沖虛，音惟雅正。於以臻逍遙之境，於以暢恬和之性。遂使俗以廉平，人無紛競。見天地之訢合，致朝廷之清淨。小臣忭而歌曰：聖功成兮至樂修，大道叶兮皇風流。願揣侔於竹帛，贊元化於鴻休。〔註 55〕

也形容霓裳羽衣曲是「神仙之妙曲」，並且進一步說演出此曲時，舞者所穿的衣服，「盡法上清之物」，可見題目中所謂的羽衣，應是指仿效道教法服所製

〔註 54〕《全唐文》第四冊，卷 741，頁 3397 中。
〔註 55〕《全唐文》第四冊，卷七百六十，頁 3499 下。

的舞服。舞者配合著靈妙動聽的樂曲，穿著充滿化外意味的服裝來演出，清靈縹緲，仙袂飄飄，難怪觀者皆有出塵之思，而譽之為仙曲。後面說心與道合、樂與仙同，則由視覺上、聽覺上的神仙意想，提升到心靈的境界，在樂音中銷盡塵慮，達到逍遙適意的境界。

7、喻器物珍稀難得

器物珍貴難得，往往也用仙物來形容。

如：張籍〈朝日敕賜百官櫻桃〉：

> 仙果人間都未有，今朝忽見下天門。〔註56〕

形容櫻桃是人間少見的仙物，今日竟忽降凡塵。

8、喻不可見之相思意中人

神仙令人傾仰，又有不可親近的特質，和難以會面的相思意中人也異曲同工之妙，因此往往也用神仙來比喻。

如：施肩吾〈清夜憶仙宮子〉：

> 夜靜門深紫洞煙，孤行獨坐憶神仙。三清宮裏月如晝，十二宮樓何處眠。〔註57〕

以上是神仙一詞使用情形的舉例說明。雖是分項說明，但是運用上，往往有複合意象的情形，比喻作神仙的對象，有時同時具備了好幾樣的特質，既難以親近，又身份尊貴，又容顏美麗……，意思越繁複，神仙意象就顯得越貼切越深邃。

如：常袞〈贈婕妤董氏墓誌銘〉：

> 維唐至德元年，歲在癸卯，十二月二日。美人河內董氏終於閺鄉縣之別館……乃命侍臣紀於貞石銘曰：「二九之年，麗容嫣然。春風轉蕙，秋水開蓮。浣紗選貌，納袂求賢。承恩玉殿，侍宴瓊筵。光陰不借，神道何偏。椒房愛促，蒿里悲纏。婕妤寵贈，女史芳傳。丹鳳城外，黑龍水邊。嗚呼此地，永閉神仙。」〔註58〕

這位董婕妤，她既美麗，身份又尊貴，皇帝又十分寵愛她，是令人稱羨的神

〔註56〕張籍：〈朝日敕賜百官櫻桃〉：「仙果人間都未有，今朝忽見下天門。捧盤小吏初宣敕，當殿群臣共拜恩。日色遙分門下坐，露香才出禁中園。每年重此先偏待，願得千春奉至尊。」《全唐詩》第十二冊，卷三百八十五，頁4338。

〔註57〕《全唐詩》第十五冊，卷四百九十四，頁5598。

〔註58〕《全唐文》第二冊，卷四百二十，頁1901。

仙般的人物。可惜年輕輕就去世了，好像忽然降臨人間又匆匆歸去似的。只留下無限的感傷。常袞因此在文末，惋惜的感嘆：嗚呼此地，永閉神仙。

羊士諤〈和李都官郎中經宮人斜〉也以神仙寫去世的宮人：

> 翡翠無窮掩夜泉，猶疑一半作<u>神仙</u>。秋來還照長門月，珠露寒花是野田。〔註59〕

宮人斜，又稱內人斜，是埋葬去世宮女的地方。《類說》卷四引《西京雜記》說：「咸陽舊牆內，謂之內人科（亦作斜），宮人死者葬之。長二三里，風雨聞歌哭聲。」〔註60〕是一個帶有淒涼意味的地方。宮人年幼入宮，或服雜役，或演歌舞，往往幽居深宮到老死，不得見君王面，年紀老大後，如果沒有恩旨擇配放歸，不是出家入道就是終老宮中，一生沒有享過人情的歡愉，處境堪憐。唐代詩人一方面出於同情，一方面觸動未獲君王愛眷的身世之感，因此往往有詩寫宮人。著名的宮詞能手，當推王建。王建有宮詞百首，《唐才子傳》譽為：「特妙前古」。〔註61〕其中也有寫宮人斜的句子。「未央牆西青草路，宮人斜裡紅妝墓。一邊載出一邊來，更衣不減尋常數。」〔註62〕宮人老死，隨時有新的補進來，不減尋常數，表示宮中永遠保持那樣的享受規模，而這樣的悲劇也將不停的持續下去。

羊士諤寫宮人斜，用翡翠來形容宮女，感嘆現在這些璀璨的珍寶都已經掩沒在九泉之下，但是我還在懷疑著，她們應該大部分都當神仙去了吧？所謂「猶疑一半作神仙」，是對宮女美麗而尊貴的讚美，也是幽隔之感的抒發。

由以上舉例可知，唐代神仙一詞的使用，普遍、多元而繁複。

第二節　文化氛圍追新求變

一、背景分析

（一）新帝國、新時代、新秩序

西元 618 年，是為唐高祖元年，在此前，中土的百姓共同度過了一段對

〔註59〕《全唐詩》第十冊，卷三百三十二，頁 3695～3696。
〔註60〕〔宋〕曾慥編纂，王汝濤等校注：《類說校注》（福建：福建人民出版社，1996），頁 100～101。
〔註61〕傅璇琮主編：《唐才子傳校箋》第二冊，中華書局，1989，頁 160。
〔註62〕《全唐詩》第九冊，卷三百一，頁 3428。

生命與未來充滿不安的動亂時期。唐朝肇建後，雖然零星的戰爭仍然不斷，但是國家已趨於穩定，一個新的時代、新的家園就要來臨。人民們不管原先擁立的是何對象，或是身不由己的顛沛流離，這時候新的政府已然成形，人民藉由仰望「隴西李氏」這個家族，想像唐王朝的降臨。

李淵父子透過道教神仙的信仰，將自身的來歷，神化爲李耳之仙子仙孫，〔註63〕合理化其統治。這個宗教的操作，是一個很高明的手法。戰亂之後，人心需要宗教的救贖。失利的、被李淵收歸的勢力，也需要安撫。李淵的登基，更需要一個神聖基礎的支撐。於是由李淵父子定調崇道政策、將家譜接上神譜，這個舉措，成功的幫助了人民想像一個共同的唐王朝的存在，加深了認同感。

除了抽象的精神秩序，具體的社會秩序也在唐代前期陸續得到規劃，例如：高祖頒佈〈沙汰佛道詔〉、〈先老後釋詔〉訂定宗教秩序，〔註64〕令撰北魏、北齊、北周、齊、陳、隋六史，訂定歷史傳承秩序，頒佈「戊寅曆」，訂定時序秩序。〔註65〕太宗詔訂《氏族志》訂定門戶秩序，〔註66〕命顏師古、孔穎達編《五經正義》訂定經教秩序，祖孝孫作大唐雅樂訂定禮樂秩序，〔註67〕房玄齡等制《貞觀禮》制訂法治秩序。到了武后手中，進一步規範社會文教，徵召周思茂、范履冰等作《古今內範》、《少陽正範》、《維城典訓》、《鳳樓新戒》、《內範要略》、《百僚新戒》、《臣軌》等。〔註68〕在這些接連頒佈的政教措施中，一個內部精

〔註63〕 如：唐太宗〈令道士在僧前詔〉：「朕之本系，出於柱史。」《全唐文》卷六，頁73。釋彥琮：〈唐護法沙門法琳別傳〉：唐太宗曰：「朕本系老聃」，怒斥法琳「毀朕之祖稱，謗黷朕之先人」。《大正藏》第五十冊，頁210。

〔註64〕 參見附表一〈唐代宗教事務相關詔令一覽表〉。

〔註65〕 《舊唐書》卷三十二〈曆志〉，頁1152。

〔註66〕 《舊唐書》卷三〈太宗本紀〉，頁49「十二年春正月乙未，吏部尚書高士廉等上氏族志一百三十卷。」《舊唐書》卷六十五〈高士廉傳〉，頁2443：「是時，朝議以山東人士好自矜夸，雖復累葉陵遲，猶恃其舊地，女適他族，必多求聘財。太宗惡之，以爲甚傷教義，乃詔士廉與御史大夫韋挺、中書侍郎岑文本、禮部侍郎令狐德棻等刊正姓氏。於是普責天下譜諜，仍憑據史傳考其真偽，忠賢者襃進，悖逆者貶黜，撰爲《氏族志》。」

〔註67〕 《舊唐書》第四冊，卷二十八〈音樂志〉一，頁1040～1042。

〔註68〕 《舊唐書‧則天皇后本紀》卷六，頁132：「太后嘗召文學之士周思茂、范履冰、敬業，令撰玄覽及古今內範各百卷，青宮紀要、少陽政範各三十卷，維城典訓、鳳樓新誡、孝子列女傳各二十卷，內範要略、樂書要錄各十卷，百僚新誡、兆人本業各五卷，臣軌兩卷，垂拱格四卷，并文集一百二十卷，藏于秘閣。」

神得到鞏固，外在規範得到建構的大唐帝國，於焉告立。

而有了新秩序的建立，便不免有舊規範的瓦解。王朝成立後，除了創造，也有打散、重整的力道。解放與控制、存異與求同，同時在社會中作用。創造的力量，使人民勇於追求。破壞的力量，使人民必須重新審視生活，建立新秩序。在建立與破壞的社會心理作用下，於是加強了勇於挑戰神聖秩序的世俗導向。

其中，戰爭的體驗，讓人心質疑神聖的存在，質疑所謂神聖的秩序，也就是天地間不變之至道的存在：為什麼天地無情？為什麼人命如草芥？為什麼人心如此酷烈，相互燒殺？寺院道觀的殘破，僧尼道士的自顧不暇，更讓人懷疑神聖的助佑。此外，戰亂之後，人心所需求的是一個安定的、倫常的、發揮生命力的社會生活。這時超越的、出世的宗教訴求，也暫時失去市場，而讓位於回歸世俗的呼聲。

至於一個新國家、新時代的建立，則使人們心中踴躍創造的力量。在對唐文化的觀察中，學者普遍認為唐代（尤其唐初）瀰漫著一股創新的活力，如：《唐代文化》提出所謂的「創新意識」：

> 大量史實證明，唐人在文化的一切領域，反對摹仿別人，勇於變革，
> 積極進取，主張通過自己對宇宙、社會和人生的觀察、體驗，進行
> 獨立思考，形成個人的風格，力求闖出一條獨闢蹊徑的閃光道路，
> 作出頂尖的成績，使自己的作品具有獨樹一幟的特色，成為某一方
> 面的「狀元」、「聖」、「祖」。〔註69〕

這裡面說的，唐人主張通過自己對宇宙、社會、人生的觀察，去提出獨樹一幟的獨立觀點，塑造個人風格，成為某個領域前所未有的頂尖人物。這種心態，正是挑戰神聖秩序、掙脫傳統禮法之社會動力的由來。

在這種想像新國度、建立新秩序、勇於創新革命的時代氛圍中，舊有的傳統對於人們身心的規範力量，受到挑戰，固有的神仙思維也受到動搖，於是促進了神仙書寫的新變。

（二）民族、地域、宗教、階級界線的開放

新時代、新國家的來臨，使整個唐代社會逐漸消「異」、存「同」，進而理出和融的新秩序。在此多元開放中，不僅民族、地域、宗教等界線相繼開

〔註69〕李斌城主編：《唐代文化》（北京：中國社會科學出版社，2002），上冊，頁33。

放，還在對多元的接受中，產生尚異好奇的文化心態。這是由「消異」，到進一步「好異」的奇妙過程，對於世俗傾向的助導，也產生影響。

在南北分治的時代，王褒曾寫作了一首著名的〈渡河北〉：

> 秋風吹木葉，還似洞庭波。常山臨代郡，亭障繞黃河。心悲異方樂，
> 腸斷隴頭歌。薄暮臨征馬，失道北山阿。〔註70〕

王褒之悲，是「異」所造就。山河的景象、音樂的律調，與王褒所熟悉的原鄉殊不相類，是而觸動了他存身的失落，使心似飄絮，身如轉蓬，在黃昏的暮色騎著同樣滿佈風塵的老馬漫步，走著走著，最後竟迷失了方向。其中失道的、滄桑的，其實是他安心立身的認同感。

時序來到唐代，天下統一，文教逐漸落實，為社會秩序的安定打下基礎。新王朝的百姓們在新帝國、新時代、新秩序的想像與實際的完成中，共同達成了身心的安頓。這時候國家致力於彌衡南北的差異、宗教也覆蓋了地域種族的差異。於是社會中對於「異」的感知，逐漸消除，取而代之的是「同」的和悅。

民族方面，唐王室血統本雜胡漢，因此在華夷之防的觀念上較為淡薄，並且對於異文化的交流，抱持著積極開放的態度。唐太宗便曾宣示：「自古皆貴中華，賤夷、狄，朕獨愛之如一，故其種落皆依朕如父母。」〔註71〕這種態度落實在政教制度上，自唐伊始，陸續有鴻臚寺、禮賓院、典客署等外交單位的完備，科舉制度也特別設計適合外國人考的項目，稱為「賓貢科」，考取了便稱「賓貢進士」，可以參與選官，提供入仕的機會。日本遣唐僧人圓仁寫作的《入唐求法巡行記》卷三也記載，當時唐朝對於外來使節不僅免費提供食宿、翻譯官、醫療、喪葬等種種幫助，歸國的時候，還致贈路費。若此種種措施，加上社會大眾普遍愛接的態度，遂使異國異族人士樂於入唐。或從事宗教、文化的交流，或從事商業貿易，或長久定居。

接下來，隨著國力的發展，交通的暢達，西北、西南、東岸的陸海絲路皆成形，天朝的富庶與強盛，吸引著異國異族來朝，當時長安就是世界的中心。而當種族國際融會多了，異族異國也就不異了，進而形成天下一家的大氛圍。在這樣的氛圍中，民族、宗教的文化界線，得到開放。社會能夠接納

〔註70〕 〔北朝〕王褒：〈渡河北詩〉，逯欽立輯校：《先秦漢魏晉南北朝詩》，下冊，頁2340。

〔註71〕 《資治通鑑》卷一百九十八「貞觀二十一年五月」，頁6246。

多元，也有著開放從容的氣象。

　　而就唐代內部的社會流動來看，經歷戰爭，以及戰後新秩序的建立，造成了階級的流動。再加上科舉制度的建立，寒素與權貴的社群不再是固定的，人人可藉由科舉考試取得出身，這也打破了階級的界線。於是在這民族、國家、宗教、階級界線的接連開放中，唐人建立了一個新的、弘大的、包容的宇宙觀。在這個宇宙觀的觀照下，加速了異國、異文、異教的交流，削弱了舊的、固定的、制化的思維，包括了禮教的、固有宗教思維的綁縛。這些都強烈的引導世俗傾向的發生。宗教的設立，不再我同你異、神文化不一定神聖崇高，如果能像社會氣氛一樣的崇尚多元、勇於吸納，形成一個豐富開放的宗教風格，更受到百姓的歡迎。

　　由文獻可知，唐代的宗教種類非常眾多。而他們佈道的方式也很殊異。有的僧侶擅長幻術。如唐高宗曾下了一個〈禁幻戲詔〉，禁止婆羅門胡以劍刺肚、刀割舌，幻惑百姓。〔註72〕有的僧侶道士則能預言禍福。唐玄宗有〈禁百官與僧道往還制〉，禁止僧道再以禪觀預言禍福吉凶的方式來結交權貴。〔註73〕又，「俗講」的存在也是很好的例子。可見佛、道都不介意以一種親近世俗的方式來傳道。至於寺院中的塑像、壁畫，也金銀瑰彩，迎合世俗的喜好。作為宗教神聖空間的寺院道觀，更對社會全面開放。士子寄讀、宴飲遊樂、吟詩賞花、餞別歡會……都可在寺院道觀中從事。這是整個社會的氛圍，導引宗教往世俗化的方向發展。而宗教超越性的思維，也幫助人們跳脫彼我、民族、地域的界線劃分。唐人的文章中，陳黯〈華心〉便有「苟以地言之，則有華夷也。以教言，亦有華夷乎？」之語。〔註74〕

（三）尚奇好異的消費心理

　　消除界線、鬆綁價值的社會，也使人們勇於開放對內在心靈與外在身體的認知。燒煉服食丹藥以求仙，恐怕就是在這熱情、開放、踴躍的氣氛中，狂熱的發展起來。而這與唐人對飲食、裝扮、感官娛樂的興趣，以及相關文化的多樣發展，也有關係。唐代婦女之勇於嘗試新服飾、新的化妝術，今人

〔註72〕唐高宗：〈禁幻戲詔〉：「如聞在外有婆羅門胡等，每於戲處，乃將劍刺肚，以刀割舌，幻惑百姓，極非道理。宜並發遣還蕃，勿令久住。仍約束邊州，若更有此色，並不需遣入朝。」《全唐文》，第二冊，頁145。
〔註73〕唐玄宗：〈禁百官與僧道往還制〉，《全唐文》，第二冊，頁243。
〔註74〕陳黯：〈華心〉，《全唐文》，第八冊，卷七百六十七，頁7986。

難望其項背。如白居易〈時世妝〉一詩中「烏膏注脣脣似泥，雙眉畫作八字低」、「斜紅不暈赭面狀」等形容，令人驚嘆。〔註75〕敦煌莫高窟、新疆阿斯坦那唐墓所見文物中，亦可見到唐代婦女或塗黃額頭、或鬢畫新月、或如今之「曬傷妝」等裝扮。這許多式樣都是來自於異文化的刺激模仿。

而除了跨越傳統的、固有的、異國異族的差異，甚至對於性別的界線也能跳脫。李華〈與外孫崔氏二孩書〉便說他中年時所見長安西市的裝扮文化是：「婦人為丈夫之像，丈夫為婦人之飾，顛之倒之。」〔註76〕這些都是人們在身體及心靈上開放，勇於跨越界線的複合例子。

至於唐代婦女對裝扮不僅積極吸收，使式樣翻新，還競相仿效，如陸龜蒙〈古態〉：「古態日漸薄，新妝心更勞。城中皆一尺，非妾髻鬟高。」〔註77〕劉方平〈京照眉〉：「新作蛾眉樣，誰將月裡同。有來凡幾日，相效滿城中。」〔註78〕等描寫，都是競相追逐新異事物的心態流露。其中隱隱可見，唐代社會不僅有消「異」存「同」後的多元開放，甚而進一步導向對新奇、殊異之物的追逐。

鮑防有一首〈雜感〉，也精確的點出了唐代多元文化的融會，以及時人對新鮮事物的興趣。其詩說：

> 漢家海內承平久，萬國戎王皆稽首。天馬常銜苜蓿花，胡人歲獻葡萄酒。五月荔枝初破顏，朝離象郡夕函關。雁飛不到桂陽嶺，馬走先過林邑山。甘泉御果垂仙閣，日暮無人香自落。遠物皆重近皆輕，雞雖有德不如鶴。〔註79〕

這首詩先寫天下承平，萬國來歸，然後把社會中多元文化並存的現象點出來。例如有天馬、苜蓿花、胡人、葡萄酒等異地風物。而交通的利便也加速了國內的交流。南地的荔枝，能經由驛站快速傳遞，朝離象郡，夕到函關。乃至北雁所飛不及之處，人馬也能過渡達抵。在這種快速普遍交流的刺激下，於是引生出「遠物皆重近皆輕」的大眾心態，凡事尚新好奇，難得少見之物就是好的。這首詩實為唐代社會多元融會，國族地域彼我界線全面開放的最佳註腳。

〔註75〕白居易：〈時世妝〉，《白居易集箋校》，第一冊，頁234～235。
〔註76〕李華〈與外孫崔氏二孩書〉，《全唐文》，第四冊，卷三百十五，頁3195。
〔註77〕陸龜蒙：〈古態〉，《全唐詩》，第十八冊，卷六百二十七，頁7201。
〔註78〕劉方平：〈京兆眉〉，《全唐詩》，第八冊，卷二百五十一，頁2839。
〔註79〕鮑防：〈雜感〉，《全唐詩》，第十冊，卷三百七，頁3485。

社會是一個整體的生命單位，在這樣開放多元的導向中，神聖與世俗之界線不明、大量融會、充滿創造變化的動能，也可以預見。

二、現象反映：神仙意象的翻新

唐代文學中神仙意象的使用，還是具有延續自原型的共通思維，包括了：

1、是一種超越的認知

唐代經常將超越凡俗之上的對象，冠之以神仙的形容。此對象不拘人或器物、山林、音樂、屋舍，所表現出來的狀態，不拘是容顏上的美麗、結構上的巧妙、才藝上的高明……，只要它所表現出來狀態，不似人間所有，超越於一般普遍大眾的程度，都可以這樣來形容。所以，神仙首先是一種超越的認知。

我們知道，神仙本就是凡人超越的追求，人類有感於生命的脆弱、力量的微薄，因此造出神來，由神來詮釋世界的萬象、人類的起源及種種人類智慧尚不可解的自然現象。等到人類的主體意識更成熟了，知識更豐富了，開始有了自身的追求，追求生命的永續，追求行動的無遠弗屆，追求權力與財富…，這些願望的具體化偶像，就是仙。從仙的部首從「人」而不從「示」，可以看出它屬於人性的追求。後來我們經常將神、仙合稱，但是稱神仙時，仙的意味比神濃厚，如果著重在神，我們通常會講神明或神靈。因此，神仙本就出於人類理想的構築，願望的追求，超越性格很濃厚，於是唐人普遍將它拿來形容超越凡俗之上的對象，也就可以理解了。

2、是一種正向的譽美

神仙是一種超越的認知。但是所有超越於凡俗之上的現象，可不一定是正面的，譬如醜惡粗劣超超乎尋常，難道也可稱之為神仙嗎？這樣的情形是沒有的。

其原因當然和上一點所陳述，神仙是人類願望的投射有關。人們的願望都是求真求善求美的，因此神仙也同樣是美好的，是會吸引大眾產生「如果我也能像他一樣多好」那一種願望的投射、由衷的讚美，才會被稱為神仙。因此神仙是一種正向的譽美。

跟神仙存在的狀態類似的，還有鬼、妖、怪等詞，我們從這些符號的分判，來更清楚的瞭解神仙的性質。

如果我們把人放在其中，定一下它的價值順序，可以說是：神→仙→人→鬼→妖→怪。怪不如妖，妖不如鬼，鬼不如人，人不如仙，仙不如神。越往前的就是越超越於人之上的，越往後就是越不如人的。

神、仙可以看做一組，人、鬼可以看做一組，妖、怪可以看做一組。

神仙的分別，前已述明。一個是神聖的崇拜，一個是世俗的追求。所以神高於仙一些。

人鬼的分別，就是一生一死，一在人間，一在幽冥。鬼是人變的，牲畜花木死亡我們不叫鬼，因為它們不是人。但是如果牲畜草木美好，則可以譽之為神仙，神仙本非人。

妖怪的分別，在於妖較具人性，怪則多指異狀、異物。為什麼妖較具人性呢？因為妖本指婦女窈窕嬌美，是比喻人的，後來歷史上許多紅顏禍國，因此妖就有為亂的意思了。而且通常都是因為美麗而產生禍患。

李德裕的〈祥瑞論〉說明什麼是妖：

> 夫天地萬物，異於常者，雖至美至麗，無不為妖。睹之宜先戒懼，不可以為禎祥。〔註80〕

天地萬物中，異於常者，雖然至美至麗，但是「無不為妖」。為妖，可以解釋成：就是所謂的妖，也可以把它當動詞解，解釋為：無不為亂。李德裕這段話將妖的性質表露的很明白，妖就是：異常美麗而為禍者。

怪從「心」部，則是使人心理上覺得驚嚇、不可思議的對象。而且是人覺得，而不是它主動有意表現，因此通常為無知覺之物，或者智慧低下。

從以上的分別，可以知道神仙雖是超越眾人之上的，但是不是非人的都是仙。它是一種正向的肯定，而不是反向的排除。

3、是一個人性的對象

承前所論，神仙是人超越理想的投射，因此它是從人提升來的，而不是草木精怪所變，因此他有人情、人性，去人不遠，可以致之。

司馬承禎《天隱子》寫「神仙」的一段說：

> 人生時秉得靈氣，精明通悟，學無滯塞，則謂之神。宅神於內，遺照於外，自然異於俗人，則謂之神仙。故神仙亦人也。

人生之時，秉懷靈氣，聰明穎悟，以之觀照世物，學問無不通透，這是有神。

〔註80〕《全唐文》第三冊，卷七百一十，頁3229～3230。

內心有這樣的涵養，處在俗世，跟凡人自然就不太一樣了，我們稱呼這類人為神仙。司馬承禎著有《坐忘論》，認為修仙之道，應該求易簡，他吸收儒家正心誠意和佛教禪定的理論，發展出一套簡易人性的修仙理論，將成仙的理想境界化，人們只要修持內心，達到「彼我相忘，了無所照」的境界，便可成為神仙。

在這樣的觀念下，司馬承禎對神仙的認知，自然是較形而上的。他認為「異於俗人」，超出一般人之上的，就是神仙，並且這樣的境界，是在人意識的修為上的，而不在於形體的鍛鍊。不過總之是從人提升來的，因此他說：神仙亦人。

神仙亦人，可以說是唐代對神仙普遍的認知，因此他們所敘述的神仙，多是一個完整的人性的對象，有知覺、有情感、有好惡，只是能力比一般人高。

另外，寫神仙多用「傳」，也是一個將神仙最為一個完整的人對待的例子。寫神仙的作品，一剛發展起來，便是用史傳的形式的呈現，在分類上，先是在史部，後來才被認定為文學作品。早期像是《穆天子傳》、《漢武帝外傳》等等，這些還是將歷史人物仙化而已，後來則收錄各階層修練成仙的故事，名為《神仙傳》、《續仙傳》、《神仙感遇傳》等。「傳」是史傳寫人的傳統，將一個人的生平、履歷、功業、評價，完整的記載下來。這也是神仙人間性格的展露。寫神靈鬼怪就不用「傳」了，而用「記」、用「錄」，如《玄怪錄》。表示是記錄奇聞軼事的，基本上不把他當作一個完整的對象來敘寫，而只記錄一個事件。而且寫記、寫錄，不像傳記那樣，會把作者的觀點擺進去，做一個人與人之間的對談，用自己的價值去觀照一段人生，然後用一個評論形式，比如像「太史公曰」那樣所表現出來的對話。

因此神仙，是一個人性的對象，被當作一個完整的人性的對向來看待。

4、是人間而非幽冥的

唐代人很少用神仙來稱呼死去的人，多是用來譽美活在人世，而且活的美好，令人稱羨之輩。

當人們講神仙與凡人之間的交會時，也多用「遇合」表現，神鬼則用「感應」、「靈應」。這裡面有空間觀念上的差別。遇合，是在同一空間中遇上了、會合了。靈應則是異界的感應。從文學作品的命名也可看出端倪。杜光庭有《神仙感遇傳》、《道教靈驗記》，感遇傳寫的是人、仙，靈驗記就是神鬼顯靈了。

所以，仙在人間，如果你沒見過，只是不遇，不是沒有。

施肩吾〈識人論〉便說：

> 歷古非無神仙以入南州，然修真之士不遇者，於識人之際不明也。
> 其或道貌古顏，辯詞利口者，始謂得神仙。悠久弛之，常俗之輩。
> 學而不遇，一也。或業重福薄，不信天機。輕命重財，甘爲下鬼。
> 錄人纖惡，棄人大善。雖見其人，不聽其言。雖聽其言，不納其理。
> 終無所得，仙凡自隔。遇而不得，二也。或博學篤志，切問近思。
> 縱得真訣，自生懈怠。悅須史，厭持久。朝爲夕改，坐望立成。得
> 而不守。三也。又況交結狂徒，尋搜異論。廢時亂日，何以成功。
> 古人上士，始也博覽丹書，次以遍參道友。以道對言，所參無異論。
> 以人合道，所師無狂徒。嗟夫！愚而自專，賢否不辯。賤而自用，
> 邪正不分。論識人之去就，不可勝舉也。〔註81〕

這延續了葛洪《抱朴子・論仙》中的觀點，身處人間的神仙尋常有，只是要
看你有沒有慧眼去識出罷了。

5、是可親、可學的

神仙雖然是超越凡俗的，但是可親、可學。超越凡俗造成神仙的距離感，
但是這個距離感，又使仰慕崇拜的心理得以保持。神仙的境界，往往不是遙
不可及的，因爲神仙是理想的投射，如果遙不可及，豈不成了幻想、空想，
怎麼引起追求仰慕的心理呢？因此神仙的想像、求仙的心態，便是在這種以
超越凡俗的距離感，引發仰慕，又可親可學，激發求仙仿效的心態下所建立
的。在這種關係中，神仙作爲一種「神仙理想願望投射」的性質特別明顯。

神仙可親可學也是修仙理論的倡導者，所必須首先解決的疑惑。唐代如
吳筠便有《神仙可學論》闡述神仙之道的可求。

6、是不違反人倫價值的

唐代對於神仙的詮釋，往往滲透了倫理的價值。

如：徐鉉〈池州重建紫極宮碑銘〉：

> 神仙者，君子之所歸也。故《真誥》云：至孝至貞之人，皆先受靈
> 職。次爲列仙。歲登降其幽明，如人間之考績矣。若乃盡忠於君，
> 純孝於親，敷惠於民，歸誠於仙，而不得與夫餌芝朮、醮星斗者同
> 躋真階，吾不信也。〔註82〕

〔註81〕《全唐文》第四冊，卷七百三十九，頁3382～3383。
〔註82〕《全唐文》第四冊，卷八百八十四，頁4097～4098。

認爲神仙是君子之所歸也。能盡忠孝之道，敷惠於民，自然也可以像服食芝草、齋星拜斗的道士一樣成仙，只是修練的途徑不一樣罷了。

沈玢《續仙傳・序》記錄種種神仙事蹟，但是在序文中也說明了倫理不可廢，神仙不可妄求的道理。

> 古今神仙，舉世知之。然飛騰隱化，俗稀可睹。先賢有言曰：人間得仙之人，且十不聞其一。況史書不載神仙之事，故多不傳於世。詳其史意，以君臣、父子、理亂、忠孝之道激勵終古也。若敦尚虛無自然之跡，則人無所拘制矣。史記言三神山在海中，仙人居金銀宮闕，不死之藥生其上。人有欲近山者，則風引船而去，終莫能到。斯亦激勵拘制之意也。大哉神仙之事，靈異罕測。述云：初之修也。守一鍊氣，拘謹法度。孜孜辛勤，恐失於纖微。及其成也，千變萬化，混跡人間。或藏山林，或遊城市。其飛昇者，多往海上諸山。積功已高，便爲仙官。卑者猶爲仙民。何者？十洲間動有仙家數十萬，耕植芝田。課計頃畝，如種稻焉。是有仙官分理仙民及人間仙凡也。其隱化者如蟬蛻，留皮換骨，保氣固形於巖洞，然後飛昇，成於眞仙，信非虛矣。〔註83〕

序中所形容的神仙世界，可以說是人間秩序的延續。這樣的人間秩序，也包括人倫的，因此認爲「若敦尚虛無自然之跡，則人無所拘制矣」，君臣、父子、理亂、忠孝之道，還是終古之常。

除了以上承續自神仙原型本維的使用，唐代文人的神仙書寫，在追新求變之時代氛圍的刺激下，產生了許多意象翻新跨越的情形。

如神仙是具有超越性，但是相關書寫中，現實的、日常的成分被大量加進來。如曹唐遊仙詩，其〈大遊仙詩〉詩題〈漢武帝將候西王母下降〉、〈漢武帝於宮中宴西王母〉、〈劉晨阮肇遊天台〉、〈劉阮洞中遇仙子〉、〈仙子送劉阮出洞〉、〈仙子洞中有懷劉阮〉、〈劉阮再到天台不復見仙子〉、〈織女懷牽牛〉、〈王遠宴麻姑蔡經宅〉、〈萼綠華將歸九疑留別許眞人〉、〈穆王宴王母於九光流霞館〉、〈紫河張休眞〉、〈張碩重寄杜蘭香〉、〈玉女杜蘭香下嫁於張碩〉、〈蕭史攜弄玉上升〉、〈皇初平將入金華山〉、〈漢武帝思李夫人〉。〔註84〕每一首詩的題目都是一個動態的生活場景，或是出遊、或是送行、或是懷想、或是寄

〔註83〕　《全唐文》第四冊，卷八百二十九，頁3872。
〔註84〕　〔唐〕曹唐著，陳繼明注：《曹唐詩注》（上海：上海古籍出版社，1996）。

詞，都不再只是材料的平面使用，而是以社會生活的實際進行來貫串神仙世界。至於曹唐〈小遊仙詩〉中，仙子相互邀訪、洞口下棋、花前賞花流連、玉皇請金妃裁製自己想穿的紅龍袞袍、東皇長女賭棋輸掉賣花錢、丹房玉女貪看投壺忘歸、絳闕夫人偷折紅桃……等描寫，更是具體反映出一個正在進行的日常生活。

又如神仙本應離世出塵、清高無欲，但是在唐代文人的神仙書寫中，妓女此一世俗、情慾的對象，卻也往往可見。陳寅恪《元白詩箋證稿》便曾討論唐人稱妓爲仙的問題，其第四章〈豔詩及悼亡詩〉有「附：讀鶯鶯傳」一篇考證文章：

> 太平廣記肆捌捌雜傳記類載有元稹鶯鶯傳，即世稱爲會眞記者也。
> 會眞記之名由於傳中張生所賦及元稹所續之會眞詩。其實「會眞」
> 一名詞，亦當時習用之語。今道藏夜字號有唐元和十年進士洪州施
> 肩吾（字希聖）西山群仙會眞記五卷，李竦所編。（又有會眞記五卷，
> 超然子王志昌撰。）姚鼐以爲書中引海蟾子劉操，而操乃遼燕山人，
> 故其書當是金元間道流依託爲之者。（見所撰四庫書目提要。）鄙意
> 則謂其書本非肩吾自編，其中雜有後人依託之處，故不足怪，但其
> 書實無甚可觀，因亦不欲多論。茲所欲言者，僅爲「會眞」之名究
> 是何義一端而已。莊子稱關尹老聃爲博大眞人（天下篇語。）後來
> 因有眞誥眞經諸名。故眞字即與仙字同義，而「會眞」即遇仙或遊
> 仙之謂也。又六朝人已侈談仙女杜蘭香萼綠華之世緣，流傳至於唐
> 代，仙（女性）之一名，遂多用作妖豔婦人，或風流放誕之女道士
> 之代稱，亦竟有以之目倡妓者。其例證不遑悉舉，即就全唐詩壹捌
> 所收施肩吾詩言之，如及第後夜訪月仙子云：「自喜尋幽夜，新當及
> 第年。還將天上桂，來訪月中仙。」及贈仙子云：「欲令雪貌帶紅芳，
> 更取金瓶瀉玉漿。鳳管鶴聲來未足，懶眠秋月憶蕭郎。」〔註85〕

篇中引證，「會眞記」，意即「會仙記」，「仙」與「眞」實爲同義詞。而仙在唐代，多指妖豔婦人或行爲不經的女道士，張文成也以《遊仙窟》寫文人與妓女的歡會，因此《會眞記》中的崔鶯鶯，想非名門士女，恐是取當時社會流行的會眞模式所寫的娛樂小說。

除了陳寅恪文中所舉的這些例子，唐代文人書寫中還有許多直稱妓女爲

〔註85〕陳寅恪：《元白詩箋證稿》（北京：三聯書店，2001），頁110～111。

神仙的例子。

如宋之問〈廣州朱長史座觀妓〉：

> 歌舞須連夜，神仙莫放歸。參差隨暮雨，前路溼人衣。〔註86〕

宋之問在詩題中便已表明，寫的是朱長史宴客時座上的妓女。這些妓女歌舞曼妙，醉人心懷，宴會的氣氛十分歡樂，因此宋之問留戀的寫到：歌舞作樂，須要通宵連夜，這些神仙一般的女子，千萬不要放她們回去啊！反正入夜以來，外面已經斷斷續續的下起雨來，走在路上雨會打濕衣服哩，還是盡情的歡樂吧！這個地方，宋之問直稱妓女為神仙。

又如：吳融〈浙東筵上有寄〉：

> 襄王席上一神仙，眼色相當語不傳。見了又休真似夢，坐來雖近遠
> 於天。隴禽有意猶能說，江月無心也解圓。更被東風勸惆悵，落花
> 時節定翩翩。〔註87〕

這也是寫宴會上奪人心目的妓女。襄王，用的巫山雲雨的典故。這位女子，忽獨與余兮目成，「眼色相當」，跟我一樣，對彼此隱含著脈脈情意，卻沒有辦法說上話。見到了她，忽然又要分離，好像做了一場夢似的，她雖然坐在我面前，卻好像咫尺天涯，遠在天邊。這樣的女子，如夢似幻，因此吳融稱她為神仙。

從這些現實化、日常化、情慾化的例子，可略見神仙意象跨越翻新的情形。

第三節　理性人文的思潮

一、背景分析

神仙是宗教性的思維，宗教思維本應是非理性、超現實的，不過唐代之學思發展的理性人文的導向，也對神仙書寫產生內部變化的影響。

如葛兆光在《想像力的世界——道教與唐代文學》中便以「理學的興起」與「士大夫轉向禪宗」作為唐代想像力衰退的主因。〔註88〕理學的興起，造

〔註86〕《全唐詩》第二冊，卷五十三，頁658。

〔註87〕《全唐詩》第二十冊，卷六百七十八，頁7903。

〔註88〕葛兆光：《想像力的世界——道教與唐代文學》，頁157：「與文學中想像力的衰退更有直接關係的，是文化意識領域發生的巨變。『安史之亂』後，文人士

成：「現實寫照與哲理思辨文風詩風的繁榮，而使那些帶有『童年天眞』的富於想像力的作品不得不退出一部份領域。」士大夫轉向禪宗，則使「禪悅之風給文學帶來的是沖遠恬淡的審美情趣、含蓄簡鍊的語言風格，因爲它強調的是靜默觀照式的直覺體驗與清淨澹泊的人生樂趣，所以，它同樣排斥那種迷狂熱烈的想像力。」〔註89〕由於神仙本出於想像，其後才有修仙實踐及相關書寫的發生。而神仙文化的持續開展，也需要原初的想像力作爲活泉。如果想像的源頭截斷了，勢必影響書寫內容的導向。因此這些造成唐代文學想像力衰退的現實、哲理、靜觀直照等因素，也可以說就是唐代神仙書寫新變的因子。而理學的興起以及士大夫轉向禪宗，都與理性人文相關，由此可印證理性人文之學思風潮對神仙書寫所發生的重大影響。

又，元和八年進士舒元輿有〈唐鄂州永興縣重嚴寺碑銘并序〉一文，則可作爲文人看待宗教之理性態度的例子：

> 官寺有九，而鴻臚其一，取其實而往來也。臚者傳也，傳異方之賓禮儀與其言語也。寺也者，府署之別號也。古者開其府，署其官，將以禮待異域賓客之地。竺乾之教，蓋西土絕徼者也。
>
> 自漢氏夢有人如金色之降，其流來東。吾之鴻臚待西賓一支，特異於三方。厥後斯來委於吾土，吾人仰之如神明焉，伏之如風草焉，至有思覯厥貌，若盼然如見者，則取其書，按其云云之文，鎔金琢玉，刻木扶土，運毫合色，而彊擬其形容，構廈而貯之。猶波之委

大夫心理失去了平衡，過去篤信無疑的觀念被粉碎了，思想文化領域出現了一混亂的『退潮』與『冷卻』時期，在這個時期中思想文化領域逐漸呈現分化組合的趨勢。一部份士大夫將儒學進行改造，像韓愈力圖恢復「道統」，提倡孟子之學，積極干預世事、拯救危亡；李翱援佛入儒，將孟子的性善和禪宗的本心、儒家的後天之惡與佛教的業障，思孟學派的三省吾身與佛禪的漸修頓悟揉合起來，提出著名的『復性』論。這些努力的結果是使儒家理性主義在改造後的型態中再度興盛，逐漸形成了『理學——新儒學』。……另一部分士大夫則轉向禪宗，因爲禪宗更提倡以精神的淨化求心理的平衡，它不再像早期佛教那樣無休止地討論本體，陷入繁瑣的邏輯推論，也不再用苦行默坐的修煉方式與厭世悲觀的人生觀念，而是成爲自然清淨、行臥自由的生活方式與人生哲學的結合。它是應對機智、饒有風趣、遊戲三昧的談話藝術與做人技巧，比起齋醮符咒、導引煉丹、思神存想的道教來，它更多地佔有老莊的睿智與精華，更吻合在時代巨變中士大夫追求澹泊、清淨的理想與情趣，因此，中晚唐之後，禪宗風靡一時，遠比道教有影響。」

〔註89〕 葛兆光：《想像力的世界——道教與唐代文學》，頁157。

於瀆，瀆之注於溟，晝夜何曾知停息之時。其如是非官寺之一而能容焉，故釋寺之作由官也，其非九而能拘也，其制度非臺門旅樹而能節也。故十族之鄉，百家之閭，必有浮圖，爲其粉黛。

國朝沿近古而有加焉，亦容雜夷而來者。有摩尼焉，大秦焉，祆神焉。合天下三夷寺，不足當吾釋寺一小邑之數也。其所以知西人之教，能蹴踏中土，而內視諸夷也。及其繁也，學徒如林，金貝如山。故文昌宮祠擘局而司之，東西都命貴人分衢而使之。商其略，猶天文隸於河漢，而莫之極也，非名無以別之。乃隨事而出焉。有見天地符祥而稱之者，有取山川秀絕而號之者，語其額而名可知也。〔註90〕

文中首先從固有官名來說明寺廟的設置。古有鴻臚寺，鴻，大也，臚，傳也，寺，官署之號，因此鴻臚寺就是以隆重之賓禮、言語款待外來異客的單位。天竺之人、天竺之教，也是外來之異客，所以立「寺」來款待。這是對寺廟建立之神聖性的破除，而以世俗之外交常例來加以解說。

而人心對佛教的崇拜。則是由「仰之如神明」（灌注情感）→「思覿厥貌，盼然如見」（產生宗教體驗）→「取其書，按其云」（尋繹經典）→「鎔金琢玉，刻木扶土，運毫合色」（表現爲形式）→「猶波之委於瀆，瀆之注於溟，晝夜何曾知停息之時」（對形式投持續射宗教情感）……所循環產生。這是對神聖體驗、宗教情境之發生的破解，而以世俗情感之投射來加以解說。

而當寺院逐漸增多、教派越來越多後，爲了管轄的方便，因此必須要有官府強制力的介入，爲了管理的方便，因此一一取上名稱。這是神聖寺廟轄於世俗官府的權力關係宣示。

從寺廟設置，到宗教情境的發生，到寺廟與政府的權力關係，舒元輿都以非常世俗、現實的層面來分析，不過這又絲毫無損於他對僧侶的尊敬，以及涵泳於宗教空間中的超塵出世之感。（見原文後續描寫）

這種認知態度可以說是唐代文人看待宗教的典型範式。他們對於宗教的存在，既可以理性世俗的看待，又可以在這種理性認識下，尊重宗教信仰，親近宗教內涵。這種宗教與人，對等互動，互不相制的型態，可以說是唐代宗教文化可以得到蓬勃發展的內在珍貴動因。循這樣的認識來探討唐代文學，可以對其書寫情境有較深的理解。

〔註90〕 舒元輿：〈唐鄂州永興縣重巖寺碑銘并序〉，《全唐文》，第八冊，頁7485。

二、現象反映：質疑神仙的呼聲與務實理性的煉養活動

　　理性人本的傾向在唐代文人神仙書寫中的反映，如唐小說中，以鬼神為素材的作品雖然多，但是也往往可見趨於理性的鬼神觀。靈驗記中常常有不信鬼神、試探鬼神或破壞神像所得的報應，何來這麼多的試探、破壞的動機，這恐怕與理性的態度也有關。如唐臨《冥報記》中的眭仁蒨，「少有經學，不信鬼神。常欲試之有無，就見鬼人學之，十餘年不能得見。」後來有一位叫成景的鬼，終於被他的「至誠」感動主動來見他。眭仁蒨與此鬼有許多人情人事的交往，也對此鬼提出許多理性的質問。包括成景說他現在是臨胡國的長史，眭仁蒨便問他「其國何在？王何姓名？」又，眭仁蒨因為被太山趙主簿徵召而病篤。成景教他一個「急作一佛像」的申訴方法，後來果然驗效了。結果眭仁蒨雖然因此而免死，但是心裡實在不相信有佛的存在，於是又對成景提出一連串的疑問，包括：「佛法說有三世因果，此為虛實？」「即如是，人死當分入六道，那得盡為鬼？而趙武靈王及君今尚為鬼耶？」「鬼有死乎？」「死入何道？」「道家章醮，為有益不？」「佛家修福何如？」等，最後眭仁蒨還作出了鬼神均「貪諂」的結論，認為是為了獲致飲食供養，所以才會殷勤助人，如果得不到厚利，往往就對人疏遠冷漠。〔註91〕眭仁蒨對鬼神的質疑，和連續的思考追問，可以說是唐人理性鬼神觀的反映。

　　唐代的文人神仙書寫中，也包括了較多重新思考神仙價值、質疑神仙的作品。如唐初唐太宗在〈帝京篇‧自序〉中便有：「忠良可接，何必海上神仙乎？豐鎬可遊，何必瑤池之上乎？」〔註92〕之語。《舊唐書》中也記載了唐太宗「神仙事本虛妄」的言論。

　　（貞觀元年）十二月壬午，上謂侍臣曰：「神仙事本虛妄，空有其名。

〔註91〕唐臨：《冥報記‧眭仁蒨》，李時人編校：《全唐五代小說》，第一冊，頁41～44。
〔註92〕〔唐〕唐太宗：〈帝京篇序〉，原文作：「予以萬幾之暇，游息藝文。觀列代之皇王，考當時之行事。軒昊舜禹之上，信無間然矣。至於秦皇周穆，漢武魏明。峻宇雕牆，窮侈極麗。征稅殫於宇宙，轍跡遍於天下。九州無以稱其求，江海不能贍其欲。覆亡顛沛，不亦宜乎？予追蹤百王之末，馳心千載之下。慷慨懷古，想彼哲人。庶以堯舜之風，蕩秦漢之弊。用咸英之曲，變爛熳之音。求之人情，不為難矣。故觀文教於六經，閱武功於七德。臺榭取其避燥濕，金石尚其諧神人。皆節之於中和，不係之於淫放。故溝洫可悅，何必江海之濱乎？麟閣可玩，何必山陵之間乎？忠良可接，何必海上神仙乎？豐鎬可遊，何必瑤池之上乎？釋實求華，以人從欲，亂於大道，君子恥之。故述帝京篇以明雅志云爾。」《全唐詩》第一冊，卷一，頁1。

秦始皇非分愛好，遂爲方士所詐，乃遣童男女數千人隨徐福入海求
仙藥，方士避秦苛虐，因留不歸。始皇猶海側踟蹰以待之，還至沙
丘而死。漢武帝爲求仙，乃將女嫁道術人，事既無驗，便行誅戮。
據此二事，神仙不煩妄求也。」〔註93〕

又如韓愈在〈太學博士李君墓誌銘〉一文中疾呼：「余不知服食說自何世起，
殺人不可計，而世慕尚之益至，此其惑也。」〔註94〕認爲求仙服食是傷害人
命不可計，應徹底革除。白居易〈夢仙〉也說：「神仙信有之，俗力非可營。
苟無金骨相，不列丹臺名。徒傳辟穀法，虛受燒丹經。只自取勤苦，百年終
不成。悲哉夢仙人，一夢誤一生。」〔註95〕認爲盲目的追逐神仙夢，將貽誤
一生。

除了質疑神仙，唐代文人的神仙書寫中還存在著又質疑神仙，又實際從
事修仙養煉活動的奇特現象。

如張籍。張籍曾經寫過一首有名的〈學仙〉，諷鑑盲目求仙者。詩中說：

樓觀開朱門，樹木連房廊。中有學仙人，少年休穀糧。高冠如芙蓉，
霞月披衣裳。六時朝上清，佩玉紛鏘鏘。自言天老書，祕覆雲錦囊。
百年度一人，妄泄有災殃。每占有仙相，然後傳此方。先生坐中堂，
弟子跪四廂。金刀截身髮，結誓焚靈香。弟子得其訣，清齋入空房。
守神保元氣，動息隨天罡。爐燒丹砂盡，晝夜候火光。藥成既服食，
計日乘鸞凰。虛空無靈應，終歲安所望。勤勞不能成，疑慮積心腸。
虛羸生疾疹，壽命多夭傷。身歿懼人見，夜埋山谷傍。求道慕靈異，
不如守尋常。先王知其非，戒之在國章。〔註96〕

這是一首以真實見聞規勸世人的詩作。背景是道教的祖庭——樓觀。詩中說
樓觀中有學仙人，少年時便入道辟穀求長生，他們相信有所謂包覆著雲錦囊
的天老書，裡面記載著成仙的神祕丹方。由於傳說自古成仙皆有定數，百年
僅度一人，因此師父要先看看你有沒有仙骨，夠格的才能夠得此丹方。這些
學仙人便是師父所相中的仙才。他們焚香結誓，受籙爲道徒後，得以習知仙
訣。此後每日煉藥齋坐，勤奮修行，日夜候著九轉丹成。等到丹成服食後，

〔註93〕《舊唐書》卷二〈太宗本紀〉，頁33。
〔註94〕韓愈：〈太學博士李君墓誌銘〉，《全唐文》第六冊，卷五百六十四，頁5709
　　　　～5710。
〔註95〕白居易：〈夢仙〉，《全唐詩》第十三冊，卷四百二十四，頁4655。
〔註96〕張籍：〈學仙〉，《全唐詩》第十二冊，卷三百八十三，頁4298。

便興奮的想,自己不日便要乘鸞鳳升天了。結果一等數年,辛勤卻無成果。
此時心裡未始不生懷疑,但又積在心裡不敢講。最後盲目修道的生活終於使
身體越來越虛弱,抵擋不住疾病的威脅而死亡。這些人往往比一般人還早夭。
然而既是修長生方的道士,早死也不敢聲揚,因此多是夜半裡偷偷抬出去埋
在山谷裡,唯恐被人知,下場淒涼。因此張籍認為:與其求道慕靈異,不如
尋常實在的好好生活。

從這首詩的態度看來,張籍大約是反對服食了。然而正如韓愈在〈太學
博士李君墓誌銘〉中義正辭嚴的說:「余不知服食說自何世起。殺人不可計。
而世慕尚之益至。此其惑也。」〔註97〕實際上卻對丹道頗有涉獵。張籍同樣
也對丹藥之道有超乎常人的熱中。

張籍不知是否因為身體欠佳,在日常生活的描寫中,涉及藥物服食的語
句非常多,行氣修煉的內容亦有。如:

〈臥疾〉:「身病多思慮,亦讀《神農經》」、「見我形憔悴,勸藥語丁寧」、
「服藥察耳目,漸如醉者醒」。〔註98〕

〈夏日閒居〉:「閒對臨書案,看移曬藥床。」〔註99〕

〈夏日閒居〉:「藥看辰日合,茶過卯時煎。」〔註100〕

〈和陸司業習靜寄所知〉:「收拾舊琴譜,封題舊藥方。」〔註101〕

〈寒食夜寄姚侍郎〉:「作酒合仙藥,教兒寫道書。」〔註102〕

〈和左司元郎中秋居十首〉:「野客留方去,山童取藥歸」、「直去多將藥,
朝迴不訪人」、「案頭行氣訣,爐裏降真香」、「憑醫看蜀藥,寄信覓吳鞋」、
「盡得仙家法,多隨道客齋」、「好時開藥灶,高處置琴亭」。〔註103〕

〈和李僕射雨中寄盧嚴二給事〉:「晚潤生琴匣,新涼滿藥齋。」〔註104〕

〔註97〕韓愈:〈太學博士李君墓誌銘〉,《全唐文》第六冊,卷五百六十四,頁5709下。
〔註98〕張籍:〈臥疾〉,《全唐詩》第十二冊,卷三百八十三,頁4295～4296。
〔註99〕張籍:〈夏日閒居〉,《全唐詩》第十二冊,卷三百八十四,頁4315。
〔註100〕此為另首〈夏日閒居〉,與上引不同。《全唐詩》第十二冊,卷三百八十四,
頁4316。
〔註101〕張籍:〈和陸司業習靜寄所知〉,《全唐詩》第十二冊,卷三百八十四,頁4316
～4317。
〔註102〕張籍:〈寒食夜寄姚侍郎〉,《全唐詩》第十二冊,卷三百八十四,頁4320。
〔註103〕張籍:〈和左司元郎中秋居十首〉,《全唐詩》第十二冊,卷三百八十四,頁
4322～4323。
〔註104〕張籍:〈和李僕射雨中寄盧嚴二給事〉,《全唐詩》第十二冊,卷三百八十四,

〈酬李僕射晚春見寄〉：「虛庭清氣在，眾藥濕光新。」〔註105〕

〈寄元員外〉：「外郎直罷無餘事，掃灑書堂試藥爐。」〔註106〕

〈贈王秘書〉：「每著新衣看藥灶，多收古器在書樓。」〔註107〕

〈書懷寄元郎中〉：「經過獨愛遊山客，計校唯求買藥錢。」〔註108〕

〈書懷寄王秘書〉：「下藥遠求新熟酒，看山多上最高樓。」〔註109〕

〈書懷〉：「別從仙客求方法，時到僧家問苦空」、「未能即便休官去，慚
　　愧南山採藥翁」。〔註110〕

〈寄王六侍御〉：「貴得藥資將助道，肯嫌家計不如人。」〔註111〕

〈達開州韋使君寄車前子〉：「開州午日車前子，作藥人皆道有神。」〔註112〕

〈憶故州〉：「壘石為山伴野夫，自收靈藥讀仙書。」〔註113〕

這些詩句裡，有勸藥、服藥、曬藥、合藥、封題藥方、取藥、看藥、開藥灶、
藥齋、植藥草、試藥、藥爐、買藥、下藥、求仙方、採藥、得藥資、收靈藥
等，讓人感覺到，煉藥服藥似乎是張籍生活的一大重心，他不僅四處求藥方，
親自種植藥草，家裡還有儲放藥物的藥齋和燒煉藥品的藥爐，相關描寫之頻
繁，在唐代文人中，也屬罕見。而從就仙客求仙方、和仙藥、讀仙書等用語，
也可知張籍服藥不是治病而已，還有神仙方面的追求，至於「案頭行氣訣，
爐裏降真香」、「盡得仙家法，多隨道客齋」等語，修道的意味則很濃厚。

可見張籍雖然反對學仙，但是對煉藥燒丹、服食行氣很有心得，甚至是
日常生活的重心。對神仙存在的質疑顯示張籍的理性，對修仙養煉之學的涉
獵，則顯示張籍務實的態度。其〈春日行〉一詩寫到：「不用積金著青天，不
用服藥求神仙。但願園裏花長好，一生飲酒花前老。」〔註114〕不願長不老，

　　　頁4327。

〔註105〕張籍：〈酬李僕射晚春見寄〉，《全唐詩》第十二冊，卷三百八十四，頁4327。

〔註106〕張籍：〈寄元員外〉，《全唐詩》第十二冊，卷三百八十五，頁4331。

〔註107〕張籍：〈贈王秘書〉，《全唐詩》第十二冊，卷三百八十五，頁4331。

〔註108〕張籍：〈書懷寄元郎中〉，《全唐詩》第十二冊，卷三百八十五，頁4332。

〔註109〕張籍：〈書懷寄王秘書〉，《全唐詩》第十二冊，卷三百八十五，頁4333。

〔註110〕張籍：〈書懷〉，《全唐詩》第十二冊，卷三百八十五，頁4334。

〔註111〕張籍：〈寄王六侍御〉，《全唐詩》第十二冊，卷三百八十五，頁4342。

〔註112〕張籍：〈答開州韋使君寄車前子〉，《全唐詩》第十二冊，卷三百八十六，頁4353。

〔註113〕張籍：〈憶故州〉，《全唐詩》第十二冊，卷三百八十六，頁4353。

〔註114〕張籍：〈春日行〉，《全唐詩》第十二冊，卷三百八十二，頁4284。

只願花常好，最可看出理性人本的傾向。

白居易的作品也是一例。白居易反對神仙最力，他有〈讀張籍樂府〉，寫到：「讀君學仙詩，可諷放伕君。」〔註115〕讚賞張籍的〈學仙〉，發人深省。白居易自己也有著名的〈海漫漫・戒求仙也〉〔註116〕、〈夢仙〉〔註117〕等詩極言學仙的盲目。不過白居易確實留意於金丹之術，曾實際從事燒煉，並且詩文中有大量對丹藥的描寫。這也顯示了白居易對神仙所抱持的理性態度。

第四節　道教發展的轉型

一、背景分析

對於唐代宗教的轉型，葛兆光曾經提出一個有趣的觀點，他以「屈服」來形容此時道教的轉型。認為唐代道教在王權的塑造下，逐漸除去自身可能與世俗皇權不相容的部分，也自我剔除上層社會所不喜的巫覡成分，迎合掌握了知識權力者的口味。〈最終的屈服——關於開元天寶時期的道教〉：

> 宗教要在上層社會與主流文化中立足，就必須迎合掌握了知識權力
> 的士人的口味與興趣，也必須在得到認可的知識系譜中爭得一個位

〔註115〕白居易：〈讀張籍樂府〉，白居易撰、朱金城箋校：《白居易集箋校》第一冊，卷一，頁5。

〔註116〕白居易：〈海漫漫・戒求仙也〉：「海漫漫，直下無底旁無邊。雲濤煙浪最深處，人傳中有三神山。山上多生不死藥，服之羽化為天仙。秦皇漢武信此語，方士年年采藥去。蓬萊今古但聞名，煙水茫茫無覓處。海漫漫，風浩浩。眼穿不見蓬萊島，不見蓬萊不敢歸，童男丱女舟中老。徐福文成多誑誕，上元太一虛祈禱。君看驪山頂上茂陵頭，畢竟悲風吹蔓草！何況玄元聖祖五千言。不言藥，不言仙。不言白日升青天。」白居易撰、朱金城箋校：《白居易集箋校》第一冊，卷三，頁149。

〔註117〕白居易：〈夢仙〉：「人有夢仙者，夢身升上清。坐乘一白鶴，前引雙紅旌。羽衣忽飄飄，玉鸞俄錚錚。半空直下視，人世塵冥冥。漸失鄉國處，纔分山水形。東海一片白，列岳五點青。須臾群仙來，相引朝玉京。安期羨門輩，列侍如公卿。仰謁玉皇帝，稽首前致誠。帝言汝仙才，努力勿自輕。卻後十五年，期汝不死庭。再拜受斯言，既寤喜且驚。祕之不敢泄，誓志居巖扃。恩愛捨骨肉，飲食斷羶腥。朝餐雲母散，夜吸沆瀣精。空山三十載，日望輜軿迎。前期過已久，鸞鶴無來聲。齒髮日衰白，耳目減聰明。一朝同物化，身與糞壤并。神仙信有之，俗力非可營。苟無金骨相，不列丹臺名。徒傳辟穀法，虛受燒丹經。只自取勤苦，百年終不成。悲哉夢仙人，一夢誤一生。」白居易撰、朱金城箋校：《白居易集箋校》第一冊，卷三，頁11。

置來安放自己，在古代中國這種皇權、神權和知識權力高度同一的
世界中，這是宗教在上層社會得到立足的唯一途徑。於是在這個時
代，這種取向已經成了道教上層人物的共識，也成了上層士人對道
教可以認同的地方。我所謂的「屈服」，正是這樣一個逐漸確立宗教
神聖而與世俗剝離的過程，在這一歷史過程中，道教尤其是上層道
教人士逐漸放棄了它在世俗生活中可能導致與政治權利衝突的領
域，逐漸清除了可能違背主流意識型態和普遍倫理習慣的儀式和方
法，逐漸遮蔽了那些來自巫覡祝宗的傳統取向。〔註118〕

不過，葛兆光所認為的屈服，是「逐漸確立宗教神聖而與世俗剝離的過程」，
則與本文的觀點有些不同。葛兆光認為透過這些改造，宗教從王權、上層知
識份子手中取得神聖性，那些俚俗（下層的）、與政權相抗（非主流的）的部
分去除了，而在上層、主流的接受、信仰中，樹立其神聖崇高。而本文則認
為這些作為，導致扭曲神聖（宗教）、迎合世俗（人）的傾向，連帶的使神仙
的神聖性鬆動，因而促成了神仙書寫的變化。其實也可以說，道教對政權的
屈服、配合，所導致的結果是一體兩面的。一方面在君王的護翼下，提升地
位，得到上層社會的認同，並因為削減巫鬼的成分而得到知識份子的接受。
而另一方面，道教也由此失去了它的獨立性，而趨於適應社會生活、配合社
會需要的世俗發展。

　　孫昌武在〈心性之契合與文字之因緣──唐代文人的宗教觀念與文學創
作〉一文中，也提到了「唐代知識階層的宗教信仰比較六朝時期是大為淡薄
了」〔註119〕的觀點，這個觀點，來自於孫昌武對唐代政治、思想、宗教文化
三個層面的觀察。其認為唐代在政治方面：

隋唐時期，封建集權體制下的佛、道二教與世俗政權的關係已完成
調整過程。它們一方面得到朝廷的有力支持和全面保護，另一方面
所受的管束則前所未有地強化了。宗教神權與世俗政權本來存在著
難以調和的矛盾。但在中土封建體制和文化傳統中，不會允許宗教
凌駕於世俗統治之上或游離於現實體制之外。……甚至純粹的宗教

〔註118〕葛兆光：〈最終的屈服──關於開元天寶時期的道教〉，收入榮新江主編：《唐
　　　　代宗教信仰與社會》（上海：上海辭書出版社，2003，《北京大學盛唐研究叢
　　　　書》），頁27～28。
〔註119〕孫昌武：〈心性之契合與文字之因緣──唐代文人的宗教觀念與文學創作〉，
　　　　劉楚華主編：《唐代文學與宗教》（香港：中華書局，2005），頁4。

內部事務，如關於戒律的論爭、宗主的楷定，朝廷也往往直接干預並有決定權。這樣，在朝廷對佛、道二教強而有力地加以支持和保護的同時，宗教的神聖權威卻完全屈從於皇權之下了。〔註120〕

第二個方面就思想層面而言：

到唐代，體現中土傳統意識的儒家與佛、道二教三者間經過長期衝突、鬥爭、交流已趨於調和、融合。……三教如此並立與交融，從大的文化背景看，這是本土文化與外來文化、世俗文化與宗教文化的交流與融合，從而極大地豐富和拓展了中國文化的內容和表現形式。就唐代文化的發展而言，這也成為其興旺發達的基礎。而從宗教自身角度看，情形則複雜得多。相互矛盾的「三教」並存、並用，一方面給佛、道二教的擴展留出了廣闊空間，另一方面卻使得宗教本來應有的絕對性、排他性喪失了，人們信仰宗教的真摯和堅定隨之也被不同程度地瓦解了。〔註121〕

第三個方面就宗教文化而言：

唐代佛、道二教在哲學、倫理學、美學、文學藝術、語言文字學等等領域均取得十分豐富和傑出的成就。宗教重視文化、學術的發展，知識階層參與宗教活動，文化成為二者交流的津梁。這也成為唐代佛、道二教的又一個重要特徵。〔註122〕

這裡面對於唐代政治、思想、宗教文化的觀察，包括：「宗教的神聖權威完全屈從於皇權之下」、「宗教本來應有的絕對性、排他性喪失」、「人們信仰宗教的真摯和堅定隨之也被不同程度地瓦解」等，契合了所謂「宗教屈服於世俗政權」的現象，並且正可與本章中政權對神權的操控、理性人文的學思導向、道教社會化等觀察相印證。

宗教書寫以當時的宗教為素材，以作者的宗教意識加上文學操作來抒發，其中引導發展的關鍵因素，自然還是在宗教自身。因此如果說神仙此一宗教性題材，在唐代書寫中發生了什麼變化，唐代道教的發展、文人對神仙

〔註120〕孫昌武：〈心性之契合與文字之因緣──唐代文人的宗教觀念與文學創作〉，頁1～3。

〔註121〕孫昌武：〈心性之契合與文字之因緣──唐代文人的宗教觀念與文學創作〉，頁3。

〔註122〕孫昌武：〈心性之契合與文字之因緣──唐代文人的宗教觀念與文學創作〉，頁4。

認知的變化，自然是最重要的因素。本章中對神仙神聖性鬆動的考察，算是回到了這個源頭。至於神仙神聖性何以發生鬆動，這又和道教社會化、宗教屈服、理論轉型相關了。這兩點在本章中雖分開討論，卻又是息息相關的。

　　除了道教本身的轉型，唐代的修仙理論，也有轉向內丹、講求心性、契合人倫的傾向。前期的理論家，如成玄英、李榮、王玄覽諸人，尚重玄義的發揮，後期司馬承禎、吳筠等，則積極聯繫重玄理論與修仙的關係，結合修性、修命，成為一性命雙修、道我合一的仙學。以前的長生不老，講求的是肉體的不朽，此時的長生則已轉為精神的永固。例如司馬承禎《坐忘論·得道》說：

　　　道有至力，染易形神。形隨道通，與神為一。形神合一，謂之神人。

　　　神性虛融，體無變滅。形與之同，故無生死。〔註123〕

此外，修仙理論也開始產生人間導向，其中莫不強調仙在人間、人可成仙，並且著力於融攝儒釋，創發與人倫世道諧合的理論。如司馬承禎認為「無為之旨，理國之道也」。〔註124〕吳筠也有〈神仙可學論〉，極論神仙之可學，《舊唐書》記載吳筠列坐於朝，所言不脫名教世務，至於玄宗問以神仙修煉之事，他也說這是野人之事，非人主所宜留意。〔註125〕可見這一批修仙理論的實際建構者，已經產生理論導向的改變。

　　而當關注的重心回到人的身上，著重心性的作用，並強調與人間社會的合融，此時神仙的追求已經不在於形體的長生不老上，而轉求人之主體的獨立與完足。

〔註123〕司馬承禎：《坐忘論·得道》，《全唐文》第十冊，卷九百二十四，頁 9631～9632。

〔註124〕《舊唐書》第十六冊，卷一百九十二〈司馬承禎傳〉，頁5128：「景雲二年，睿宗令其兄承禕就天台山迫之至京，引入宮中，問以陰陽術數之事。承禎對曰：『道經之旨：「為道日損，損之又損，以至於無為。」且心目所知見者，每損之尚未能已，豈復攻乎異端，而增其智慮哉！』帝曰：『理身無為，則清高矣。理國無為，如何？』對曰：『國猶身也。老子曰：「遊心於澹，合氣於漠，順物自然而無私焉，而天下理。」易曰：「聖人者，與天地合其德。」是知天不言而信，不為而成。無為之旨，理國之道也。』睿宗歎息曰：『廣成之言，即斯是也。』」

〔註125〕《舊唐書》第十六冊，卷一百九十二〈吳筠傳〉，頁5129：「玄宗聞其名，遣使徵之。既至，與語甚悦，令待詔翰林。帝問以道法，對曰：『道法之精，無如五千言，其諸枝詞蔓說，徒費紙札耳。』又問神仙脩鍊之事，對曰：『此野人之事，當以歲月功行求之，非人主之所宜適意。』每與緇黃列坐，朝臣啟奏，筠之所陳，但名教世務而已，間之以諷詠，以達其誠。玄宗深重之。」

二、現象反映：現實化、倫理化

相關發展在書寫中的反映，例如有：吳筠對道與理諧、既出世又入世之理想人格的追求。

吳筠（？～778），字貞節，唐書記載他曾應進士舉不第，於是入嵩山隱居，師從潘師正修道。〔註126〕關於吳筠的生平，兩唐書之外，權德輿〈中嶽宗元先生吳尊師集序〉記載最為詳盡，此文是吳筠的弟子邵冀元所委託撰寫，應有其可靠性。

> 先生諱筠，字貞節，華陰人。生十五年，篤志於道，與同術者隱於南陽倚帝山。閱覽古先，遐蹈物表。芝耕雲臥，聲利不入。天寶初，玄纁鶴版徵至京師。用希夷啓沃，肠合元聖。請度為道士，宅於嵩邱，乃就馮尊師齊整受正一之法。初梁貞白陶君以此道授昇元王君，王君授體元潘君，潘君授馮君。自陶君至于先生，凡五代矣。皆以陰功救物，為王者師。十三年召入大同殿，尋又詔居翰林。明皇在宥天下，順風所嚮，乃獻《玄綱》三篇。優詔嘉納，志在遐舉。累章乞還，以禽魚自況。〔註127〕

文中說吳筠是華陰人，年十五便志於道，跟同好隱居在南陽倚帝山。他的學識與品德俱高，頗有聲名，受詔至京師。其後請入嵩山受籙為道士。依潘師正為師，齊整受正一之法。潘師正師承王遠知，王遠知則為陶弘景弟子，茅山此脈本就與王權關係密切，陶弘景為帝王師，定位不待言。李淵父子龍潛時，王遠知曾密告符命，王朝建立後，備受榮寵。潘師正則甚得高宗武后愛重。《舊唐書》記載：「高宗與天后甚尊敬之，留連信宿而還。尋敕所司於師正所居造崇唐觀，嶺上別起精思觀以處之。初置奉天宮，帝令所司於逍遙谷口特開一門，號曰仙遊門，又於苑北面置尋真門，皆為師正立名焉。時太常奏新造樂曲，帝又令以祈仙、望仙、翹仙為名。前後贈詩，凡數十首。」〔註128〕另外，睿宗、玄宗最為尊禮的司馬承禎，也是潘師正的弟子。權德輿文中說茅山此脈「皆以陰功救物，為王者師」，清楚的點出其特質。吳筠既師承潘師正，處事論學也多依違世道。

〔註126〕《舊唐書》第十六冊，卷一百九十二〈吳筠傳〉，頁5129：「吳筠，魯中之文士也。少通經，善屬文，舉進士不第。性高潔，不奈流俗，乃入嵩山，依潘師正為道士，傳正一之法，苦心鑽仰，乃盡通其術。」
〔註127〕《全唐文》第五冊，卷四八九，頁4999。
〔註128〕《舊唐書》第十六冊，卷一百九十二・隱逸〈潘師正〉，頁5126。

《舊唐書・吳筠傳》記載玄宗問道於吳筠：

> 玄宗聞其名，遣使徵之。既至，與語甚悦，令待詔翰林。帝問以道法，對曰：「道法之精，無如五千言，其諸枝詞蔓説，徒費紙札耳。」又問神仙脩煉之事，對曰：「此野人之事，當以歲月功行求之，非人主之所宜適意。」每與緇黃列坐，朝臣啓奏，筠之所陳，但名教世務而已，間之以諷詠，以達其誠。玄宗深重之。〔註129〕

吳筠雖為追求長生永視的仙道修煉者，但是面對玄宗的請教，仍以「此野人之事，當以歲月功行求之，非人主之所宜適意」勸勉。唐書中又說他列朝啓奏，所言皆不離「名教世務」，可見吳筠的修養介乎儒道之間。唐書說吳筠本為「魯中之儒士」，觀其言行與著作，儒家的素養確實很深。他講修仙理論，也不崇尚服丹辟穀等方術，而是以內丹練氣、修心養性為主。其對「人」的看重，對人倫價值的維護，也都看得出儒家根底的作用。

《舊唐書》對吳筠的文學成就評價很高，認為能兼李白之放蕩與杜甫之壯麗者，唯筠一人。《舊唐書》卷一百九十二〈吳筠傳〉寫道：

> 文集二十卷。其《玄綱》三篇、《神仙可學論》等，為達識之士所稱……詞理宏通，文彩煥發，每製一篇，人皆傳寫。雖李白之放蕩，杜甫之壯麗，能兼之者，其唯筠乎！〔註130〕

從「每製一篇，人皆傳寫」亦可知吳筠雖為隱居嵩山的道士，但是他不僅關懷王教世務，與社會文學活動的互動也很頻繁。這種與世俗社會互動深，優遊於上層文化界的社交型態，是唐代道士的新樣貌。而且他們主要交往的對象不是升斗小民，而是文人墨客或是達官貴人。借句孟浩然的詩講，便是「名流即道流」。在當時崇道的社會風氣下，與道士交接、參訪名山、宴飲於道觀，成為風流雅事。能詩能文、住持名山的高道，是社會仰望之名流。如果蒙君王召見尊禮，身價更是不凡。

關於吳筠的文學，權德輿〈中嶽宗元先生吳尊師集序〉有清楚的介紹。

> 觀其自古王化詩與大雅吟步虛詞遊仙雜感之作。或遐想理古，以哀世道。或磅礴萬象，用冥環樞。稽性命之紀，達人事之變。大率以齊神挫鋭為本。至於奇采逸響，琅琅然若戛雲璈而凌倒景。崑閬松喬，森然在目。近古遊方外而言六義者，先生實主盟焉。至若總論

〔註129〕《舊唐書》第十六冊，卷一百九十二，頁5129。
〔註130〕《舊唐書》第十六冊，卷一百九十二〈吳筠傳〉，頁5129～5130。

谷神之妙，則有《元綱篇》。哀蓬心蒿目之遠於道也，則有〈神仙可
學論〉。疏瀹澡雪，使無落吾事，則有〈洗心賦〉、〈嚴棲賦〉。修瀹
中之誠而休乎天均，則有〈心目論〉、〈契形神頌〉。其他操章寓書，
贊美序別。非道不言，言而可行。泊然以微妙，卓爾而昭曠。合爲
四百五十篇。博大眞人之言，盡在是矣。〔註131〕

文中推崇吳筠的創作，稽性命之紀，達人事之變，可算是古今方外作家之盟
主。其風格「奇采逸響，琅琅然若夏雲璨而凌倒景。崑閬松喬，森然在目」，
充分的展露仙道特色。接下來權德輿又一一介紹了吳筠的重要作品，如：《玄
綱篇》、〈神仙可學論〉、〈洗心賦〉、〈嚴棲賦〉、〈心目論〉、〈契形神頌〉〔註132〕
等。

　　權德輿在序中說明，御史王顏在吳筠去世二十五年後，有意的收集其作
品，編爲三十編，獻予朝廷。這部文集上呈後，本來深藏秘府之中。後來吳
筠的弟子邵冀元得到傳本，有心要出版流傳，於是才會委請權德輿撰寫書序。
〔註133〕根據序文中的記載，王顏收錄的吳筠作品集，計三十編、收作品四百
五十一篇，並且不包含一些「逍遙卓詭之論」，然則吳筠當時的創作量實爲可
觀。可惜的是目前僅餘約一百九十篇。〔註134〕散佚不少。

　　吳筠的賦作爲唐賦重要一家。傳世作品計有〈思還淳賦〉、〈嚴棲賦〉、〈登
眞賦〉、〈洗心賦〉、〈廬山雲液泉賦〉、〈竹賦〉、〈玄猿賦〉、〈逸人賦〉、等，
〔註135〕書寫主題不脫道家道教的情懷，純然道士本色。

　　其中神仙色彩最爲濃厚的，當推〈登眞賦〉：

悟世促而道永，知名疏而體親。遂忘機而滅跡，方鍊骨而清神。道
不予欺兮感通象罔，天必我鑒兮保合元眞。陰滓落而形超，陽靈全

〔註131〕《全唐文》第五冊，卷四八九，頁4999。
〔註132〕今吳筠作品中無此篇。不知是否即〈形神可固論〉。
〔註133〕權德輿：〈中嶽宗元先生吳尊師集序〉：「冀元偏得先生之道，如槁木止水，刳
　　　　心遺形。太原王顏，嘗悅先生之風。自先生化去二十五年，顏爲御史丞，類
　　　　其遺文爲三十編，拜章上獻，藏在秘府。厥後冀元得其本以授予，請序引其
　　　　逕庭，庶傳永久。別有逍遙卓詭之論，不列于此編。至若挺神奇，袪物怪。
　　　　告鍊蛻之地，合胚釁之符。皆備刻於金石者之說。今徒采獲斯文，以序崖略，
　　　　且俾後學知道者必知言云。」《全唐文》第五冊，卷四八九，頁4999～5000。
〔註134〕《四庫全書總目提要》第四冊・別集類二「宗元集三卷附錄元綱論一卷、內
　　　　丹九章經一卷」條，頁 3132：「考德輿序稱四百五十篇，而此本合詩賦論僅
　　　　一百十九篇，則非完書矣。」
〔註135〕《全唐文》第十冊，卷九二五，頁9639～9646。

而羽化。惟九仙之奕奕，降八景而來迓。何霓旌之悠揚，吾其整此
霄駕。持造化之系，出存亡之表。遠四野之冥冥，近三辰之皎皎。
涉虛寥之浩曠，覺宇宙之卑湫。龍驂竦兮，升我於元都。流玉音於
至寂，散金光於太無。星官後從，雲將前驅。使八威於六領，盪遺
袄於天衢。麾百魔以震伏，總萬靈以遊娛。翠旌紛紛兮，拂重霄而
凌屬。入閶闔之九關，過太微而一憩。倚華蓋而招眞，登紫庭而謁
帝。飲予以沆瀣，樂予以元鈞。左盼夫鸞儀，右瞻乎結璘。信巍巍
以蕩蕩，肅肅而振振。享讌斯徹，遨嬉未已。泛匏河之廣流，寋析
木之芳蕊。靈香靄而八衝，寶雲沓而四起。諒茲境之足悅，乃此情
之匪留。揚玉輪以邅進，更舟舟而上浮。控三氣而高舉，何萬夫之
足越。觀元始於玉晨，謁虛皇於金闕。眞朋森而無算，咸顧予以致
悅。於是凝而爲有，散而爲宗。見不以察，聞不以聰。視極於無際，
聽周於無窮。動不因心，飛不假翼。與浩劫而靈長，視萬椿爲一息。
或蹕綺合之榭，或宴圓華之房。躡太漢之清迥，弄明霞之焜煌。仰
瑤嶺之嵯峨，俯碧津之湯湯。羅絳樹之杳藹，激神風之琳琅。何至
樂之靡極，永逍遙以爲常。〔註136〕

這篇作品開頭精鍊的點出求仙的動機爲「悟世促而道永，知名疏而體親」，說
明生命短促，而至道恆在，聲名外於生命之外，而體道的眞我才是眞實存在，
運用永／促、親／疏的對比，兩層遞進，烘托出凡俗的生命和體道登眞的生
命之間的價值差異。從而導出忘機、鍊骨之後，登眞的結果。「陰滓落而形超，
陽靈全而羽化」以下全爲登眞成仙後的描寫。馭氣騰雲，敖遊天際，充滿了
華麗而奇幻的想像。行文間亦用騷體，使節奏愉揚流利，其中訪仙嬉遊的情
節雖繁複，而毫不板滯。最後以「何至樂之靡極，永逍遙以爲常」作結。就
中所點出的「至樂」與「逍遙」，確爲本篇登眞仙人的主體形象。賦者，鋪采
摛文，體物寫志，這篇〈登眞賦〉在鋪采摛文方面，確有良好發揮，也一定
程度的表露了吳筠求仙的志向。

　　賦作方面，主要還是以展現文華，抒發志向爲主。至於闡述仙道理論的
作品，則見於其他散文作品。例如〈形神可固論〉、〈神仙可學論〉、〈金丹〉、
〈養形〉、〈服氣〉、〈守道〉、〈心目論〉、〈守神〉、〈玄綱論〉等。〈玄綱論〉內
容有五章，分別爲〈化時俗章〉、〈明道德章〉、〈道無棄物章〉、〈專精至道章〉、

〈道反於俗章〉，從章題可知深有輔裨世教的意味。吳筠另有相關的〈進玄綱論表〉、〈玄綱論後序〉，〈進玄綱論表〉表明撰作〈玄綱論〉的目的，是基於「重玄深而難賾其奧，三洞祕而罕窺其門。使向風之流，浩蕩而無據」，於是將重玄之理、三洞之秘，以總括樞要的方式，加以簡要闡明，稱之玄綱，進獻給皇帝。〔註137〕文中稱玄宗爲開元天寶聖文神武證道孝德的「至道之主」，這又是理道之作，補裨世教的志向可明。至於〈玄綱論後序〉則不知眞僞。世傳吳筠所撰的《內丹九章經》，已據考爲僞託。〔註138〕這篇〈玄綱論後序〉又說〈玄綱論〉內容爲某老叟傳授他的內丹神訣九章，〈玄綱論〉今所見爲五章，內容亦並非丹訣一類。因此實不知眞僞。

〈神仙可學論〉、〈玄綱論〉都提到了遠仙道者七，近仙道者七，這各七項的修仙之理，是吳筠神仙理論的重要內涵。其中〈神仙可學論〉篇幅長，闡述的較爲精細詳盡，〈玄綱論〉既是「綱要」性質，敍述的便較爲簡明。茲表列如後。

	〈玄綱論〉	〈神仙可學論〉
遠仙道一	形氣爲性之府。形氣毀，則性無所存。性無所存，則我何有。此遠於仙者一也。	當世之士，不能窺妙門，洞幽賾。雷同以泯滅爲眞實，生成爲假幻。但所取者性，所遺者形。甘之死地，乃謂常理。殊不知乾坤爲易之韞，乾坤毀則無以見易。形氣爲性之府，形氣敗則性無所存。性無所存，則於我何有。此遠於仙道一也。

〔註137〕吳筠：〈進玄綱論表〉：「道士臣筠言。臣聞道資虛契，理藉言彰。臣曩棲嚴穴之時，輒撰修行之事。伏以重元深而難賾其奧，三洞祕而罕窺其門。使向風之流，浩蕩而無據。遂總括樞要，謂之元綱。冀循流派而可歸其源，闡幽微而不泄其旨。至於高虛獨化之兆，至士登仙之由。或前哲未論，眞經所略。用率鄙思，列於篇章。伏惟開元天寶聖文神武證道孝德皇帝陛下爲至道之主，宏自然之訓。品物咸熙於陶鈞之際，黎元輯寧於仁壽之域。豈纖塵有神於崇嶽，爝火能助於太陽。然芻蕘雖微，明聖不棄。敢陳菲薄，希矚天光。所述舊文，謹隨表奉進。輕瀆宸扆，伏增戰越。臣筠誠惶誠恐頓首頓首。謹言天寶十三載六月十一日。中嶽嵩陽觀道士臣筠表上。」《全唐文》第十冊，卷九二五，頁 9646～9647。

〔註138〕《四庫全書總目提要》第四冊·別集類二「宗元集三卷附錄元綱論一卷內丹九章經一卷條，頁 2961～2962：「金丹九章經前，又載筠自序一篇，題元和戊戌年作。戊戌乃元和十三年，距所謂先生化去之年，又隔四十年。後且云元和中遊淮西，遇王師討蔡賊吳元濟，避亂東岳，遇李諝仙授以內丹九章經，殆似囈語。然則此序與傳，同一僞撰矣。據新舊書皆有元綱三篇語，則卷末所附元綱論三篇，自屬筠作。至內丹九章經，核之以序，僞妄顯然。以流傳已久，姑併錄之，而辨其牴牾如右。」

遠仙道二	或謂仙必有限，歸於淪墜。此遠於仙者二也。	其次謂仙必有限，竟歸淪墜之弊。彼自昏於智察，則信其誣罔。詎知塊然之有，起自寥然之無。積虛而生神，神用而孕氣，氣凝而漸著，累著而成形。形立神居，乃爲人矣。故任其流遁則死，返其宗源則仙。所以招眞以鍊形，形清則合於氣。含道以鍊氣，氣清則合於神。體與道冥，謂之得道。道固無極，而仙豈有窮乎。舉世大迷，終於不悟。遠於仙道二也。
遠仙道三	或謂形體以敗散爲期，營魄以更生爲用。安知入造化之洪爐，任陰陽之鼓鑄。此遠於仙者三也。	其次強以存亡爲一體，謬以道識爲悟眞。云形體以敗散爲期，營魄以更生爲用。乃厭見有之質，謀將來之身。安知入造化之洪爐，任陰陽之鼓鑄。遊魂遷革，別守他器。神歸異族，識昧先形。猶鳥化爲魚，魚化爲鳥。各從所適，兩不相通。形變尚莫之知，何況死而再造。誠可哀者，而人不哀。遠於仙道三也。
遠仙道四	或謂軒冕爲得意，功名爲不朽。悅色耽聲，豐衣厚味。此遠於仙者四也。	其次以軒冕爲得意，功名爲不朽。悅色耽聲，豐衣厚味。自謂封殖爲長策，貽後昆爲遠圖。焉知盛必衰，高必危。得必喪，盈必虧。守此用爲深固，置清虛於度外。肯以恬智交養中和，率性通眞爲意乎。此遠於仙道四也。
遠仙道五	強盛之時，爲情愛所役。及斑白之後，習學始萌，而傷殘未補。竊慕道之名，乖契眞之實。此遠於仙者五也。	其次強盛之時，爲情愛所役。斑白之後，有希生之志。雖修學始萌，而傷殘未補。靡鬮積習之性，空務皮膚之好。竊慕道之名，乖契眞之實。不除死籍，未載元籙。歲月荏苒，大期奄至。及將殂謝，而怨咎神明。遠於仙道五也。
遠仙道六	汲汲於爐火，孜孜於草木。此遠於仙者六也。	其次聞大丹可以羽化，服食可以延年。遂汲汲於爐火，孜孜於草木。財屢空於八石，藥難效於三關。不知金液待訣於靈人，芝英必滋於道氣。莫究其本，務之於末，竟無所就，謂古人欺我。遠於仙道六也。
遠仙道七	動違科禁，靜無修習。此遠於仙者七也。	其次身栖道流，心溺塵境。動違科禁，靜無修持。外邀清譽之名，內蓄姦回之計。而人乃可欺，神不可罔。遠於仙道七也。
近仙道一	耽元虛，寡嗜慾。體合至靜，以無爲爲事。此近於仙者一也。	其次性耽元虛，情忘嗜好。不求榮顯，每樂清閑。體氣至仁，含宏至靜。栖眞物表，超跡巖巒。想道結襟，以無爲爲事。近於仙道一也。
近仙道二	竆陰賊，植陰德。懲忿損慾。齊毀譽，修清眞。此近於仙者二也。	其次希高敦古，刻志尚行。知榮華爲浮寄，忽之而不顧。知聲色能伐性，捐之而不取。竆陰賊，樹陰德。懲忿窒慾，齊毀譽。處林嶺，修清眞。近於仙道二也。

近仙道三	身居祿位，心遊道德。仁慈恭和，宏施博愛。此近於仙者三也。	其次身居祿位之場，心遊道德之府。以忠貞而奉上，以仁義而臨下。宏施博愛，內瑩清澈。外混囂塵，惡殺好生。近於仙道三也。
近仙道四	爵之不從，祿之不愛。恬然以攝生爲務。此近於仙者四也。	其次瀟灑蓽門，樂貧甘賤。抱經濟之器，泛然若虛。洞古今之學，曠然若無。爵之不從，祿之不受。確乎以方外爲尚，恬乎以攝生爲務。此近於仙道四也。
近仙道五	靜以安身，和以養神，精以致眞。此近於仙者五也。	其次稟穎明之姿，懷秀拔之節。奮忘機之旅，當銳巧之師。所攻無敵，一戰而勝。然後靜以安身，和以保神，精以致眞。近於仙道五也。
近仙道六	失於壯齒，收之晚節。以功補過，以正易邪。惟精惟微，積以成著。此近於仙者六也。	其次追悔已往，洗心自新。雖失之於壯齒，冀收之於晚節。以功補過，過落而功全。以正易邪，邪亡而正在。轗軻不能移其操，諠譁不能淪其慮。惟精惟微，積以成著。其近於仙道六也。
近仙道七	忠孝清廉，不待學而自得。謂之隱景潛化，死而不亡。此近於仙者七也。	其次至孝至貞，至義至廉。按眞誥之言，不待學修而自得。比干剖心而不死，惠風溺水以復生。伯夷叔齊，曾參孝已。人見其沒，道使其存。如此之流，咸入仙格。謂之隱景潛化，死而不亡。此例自然。近於仙道七也。

　　從這遠近仙道七，可以彙整出吳筠心目中的神仙定位與形象。一個體悟玄虛至道，從容出入塵世，內外兼修，道德圓滿的高士，便是吳筠理想的神仙典型。

　　吳筠詩作亦豐，以《全唐詩》的收錄，計約一百二十首。內容可分爲三類，一類以神仙玄想爲主，有〈遊仙二十四首〉、〈步虛詞十首〉等。一類吟詠歷史，品評人物，如〈覽古十四首〉、〈高士詠〉五十首、〈建業懷古〉、〈經羊角哀墓作〉等。又一類則爲遊覽名山勝跡、往來酬唱的作品，如〈登北固山望海〉、〈聽尹鍊師彈琴〉、〈題龔山人草堂〉、〈晚到湖口見廬山作呈諸故人〉等。神仙玄想勾畫理想境界，品評歷史人物則塑造典型，至於遊覽酬唱的作品，則恰是應世之跡，呼應理想與典型。茲三類各舉一首爲例。

　　吳筠神仙玄想的作品，〈遊仙二十四首〉和〈步虛詞十首〉是兩大宗。這是同一位作者、同一神仙主題、兩種體裁的大量創作，爲什麼相同的主題要用兩種不同的體裁來寫呢？這裡面暗示了它們文學傳統上或者性質上的差異。或許我們可以借吳筠這位方外作家的創作認知來作一些觀察。遊仙詩是歷史悠久的主題，其內涵主要在寫列仙之趣及個人情志，步虛詞則具有宗教性。遊仙和步虛都是精神層面的。不過遊仙顯有空間上的轉移，由人界，上

到仙界，與神仙同遊。遊，本身就是一種移動，無論是神遊或是人身出遊。步虛則不同，他與宗教儀式的關係密切，是藉由宗教的引領，達到上企虛冥的境界，如遊步於虛空中。宗教的冥契，是人神精神合一的神聖體驗。自與遊仙那種人仙二分，由人界上到仙界，凡人與仙人各爲個體的狀態不同。吳筠是「齊整受正一之法」的道人，正一派可以說是道教科儀的守衛者，以科儀的傳承和整備著稱。吳筠想當然很清楚步虛詞在科儀中的作用，以及它的性質。因此反映在創作上，在他的文筆取用下，文學傳統強的遊仙，和宗教傳統強的步虛詞，一定會彰顯出定位的不同。吳筠是高道，也是文學社會所高度認同的作家，因此實在是觀察這兩種文體差異的良好例子。

就吳筠這三十四篇作品來觀察，可以清楚發現，遊仙必有我和仙兩種角色，步虛則杜絕我的出現，因爲「我」一出現，就不是步虛冥契的狀態了。因此遊仙是「我＋仙」，步虛是「我＝仙」，性質差異明朗。兩者所表現的文學藝術性不同，仙、仙界本是作家理想的展現，不管他描寫的仙心，還是志向，都有強烈的自我意識抒發。個性鮮明。步虛則天馬行空，自爲神靈主，盱衡宇宙，遊步六合八荒，雖然仙界的構造，是理想的抒發，但是這種抒發，被層層隱諱在虛幻的玄想中，展現出來的，是不同於世俗文學的精神高度和奇幻趣味。

各以遊仙一首，步虛一首爲例。

如：〈遊仙二十四首〉其六。

> 高眞誠寥邈，道合不我遺。孰謂姑射遠，神人可同嬉。結駕從之遊，
> 飄飄出天垂。不理人自化，神凝物無疵。因知至精感，足以和四時。

〔註139〕

其中「孰謂姑射遠，神人可同嬉。結駕從之遊，飄飄出天垂」表出是人上企天界，人與仙遊。空間及人物的相距很明顯。遊仙無非寫仙遊的樂趣，不過這首遊仙詩特別的地方是展露了吳筠神仙理論不務服食、講求心性的傾向。其中寫神凝與精感，可使道我合一，達到不理人自化的境界，是其道學傾向的充分展現。

步虛詞以〈步虛詞十首〉其四爲例。

> 稟化凝正氣，鍊形爲眞仙。忘心符元宗，返本協自然。帝一集絳宮，
> 流光出丹玄。元英與桃君，朗詠長生篇。六府煥明霞，百關羅紫煙。

〔註139〕《全唐詩》第二十四冊，卷八百五十三，頁 9642。

飆車涉寥廓，靡靡乘景遷。不覺雲路遠，斯須遊萬天。〔註140〕

此首開頭即寫化氣煉形，玄心協於自然，進入到眞仙的境界。「帝一集絳宮，流光出丹玄」，帝一是神主，絳宮是心，帝一集絳宮，即神主在我心的意思，這樣一來，豈不是我即眞仙了，因此有流光精進，丹成之妙兆。六府、百關，都是內煉的詞彙，是仙界與肉身的雙關語。既然心神合一，我即眞仙，仙界的漫遊，恰是我體的漫遊。「不覺雲路遠，斯須遊萬天」，這種空間瞬息轉換的精神超越度，大概只有天人合一，我爲宇宙主的步虛詞辦得到吧。從這首作品可以感受步虛與遊仙的差異。

接下來，介紹吟詠歷史，緬懷古人的作品一大類，以〈覽古十四首〉其六爲例。

嘗稽眞仙道，清寂祛眾煩。秦皇及漢武，焉得遊其藩。情擾萬機屑，
位驕四海尊。既欲先宇宙，仍規後乾坤。崇高與久遠，物莫能兩存。
矧乃恣所慾，荒淫伐靈根。金膏特延期，玉色復動魂。征戰窮外域，
殺傷被中原。天鑒諒難誣，神理不可謾。安期返蓬萊，王母還崑崙。
異術終莫告，悲哉竟何言。〔註141〕

雖是覽古，卻是從一種帶有神仙悲憐望人世的角度來抒發，超越人在現實歷史中的侷限。這是方外人的眼光。詩一開頭說的「嘗稽眞仙道」，便是這種眼光的展現。這首〈覽古〉，回顧的是秦始皇與漢武帝這兩個「武功」蓋世的君王。「既欲先宇宙，仍規後乾坤。崇高與久遠，物莫能兩存」，是很有意思的一段話。依道教的觀點，宇宙是涵渾的眞氣所凝聚，道即在此冥漠中。秦皇、漢武自以爲偉大崇高，有我爲宇宙主的氣魄，卻不知想要得道，正是與「情擾萬機屑，位驕四海尊」，這種充滿機心、驕心的狀態相違的。因爲有道也有理，只有眞心寧契能使道與理合，不受世間理的羈絆。機心與驕心，使秦皇漢武雖然「欲先宇宙」，卻免除不了世間理的羈絆。道生八卦，卦爻是世間理的抽象。乾坤二爻象徵世間理，因此吳筠說「既欲先宇宙，仍規後乾坤」，雖然想超天越地，卻仍桎梏於理中。崇高與久遠二者，本就不可兩全。崇高非「常」，想要崇高，這也不是常心，非「常」即不久，本是不變的道理。〔註142〕後面荒淫與圖戰功，是對

〔註140〕《全唐詩》第二十四冊，卷八百五十三，頁9647。

〔註141〕《全唐詩》第二十四冊，卷八百五十三，頁9645。

〔註142〕道與理的關注，在吳筠的作品中隨處可見。以〈覽古〉爲例，便有「乃驗經籍道，與世同囿夷」、「興亡道之運，否泰理所全」、「天人忌盈滿，茲理固永存」、「道遐理微茫」等語。顯示兼具道士與儒生身份的吳筠，雖心在求「道」，

兩位君王的批判，認爲這是違背天鑒與神理的。安期生回蓬萊仙島去，西王母
駕返她的崑崙山，這是一個形象化的描寫，表面是安期生、西王母放棄了秦皇
漢武，其實是秦皇漢武自己棄絕了仙道。「悲哉竟何言」，此一「悲」，這是吳筠
站在神仙悲憐世人的角度，所發的感嘆。

　　至於遊覽名山勝跡，往來酬唱的作品，則以〈登北固山望海〉爲例。

　　　　此山鎭京口，迥出滄海湄。躋覽何所見，茫茫潮汐馳。雲生蓬萊島，

　　　　日出扶桑枝。萬里混一色，焉能分兩儀。願言策煙駕，縹緲尋安期。

　　　　揮手謝人境，吾將從此辭。〔註143〕

除了寫美景，詩中同樣充滿了仙道追求者觀望世情的高度。「願言策煙駕，縹
緲尋安期。揮手謝人境，吾將從此辭」，透露了人物定位。安期生在仙界，但
是我現在要辭謝人境，追隨安期生去了，吳筠自比爲仙嗎？也沒有。現在他
是一位身在凡俗，卻超然於其上的高人，介於仙界和人境間，盱衡仙人兩界。
其實很多的神仙作品，也都拔升到這樣的角度，只是非奉道者，難以有這樣
的自我認知罷了。

　　從吳筠的相關創作中，可以看出唐代神仙倫理化、現實化的傾向，以及
這樣的思維在文人書寫中的反映。

　　也忘不了對倫「理」的關懷。如何締造道與理諧的涵融境界，是他相當關心
　　的課題。從他在〈神仙可學論〉、〈玄綱論〉中對仙人形象的構劃，也可看出
　　他懷道又求無虧倫理，追求道、理合融的傾向。

〔註143〕《全唐詩》第二十四冊，卷八百五十三，頁9648。

第四章　唐代文人神仙書寫的
　　　　時代特色

第一節　文人：主體的參與

　　胡應麟《少室山房筆叢》有所謂「作意好奇」，〔註1〕魯迅《中國小說史略》也提到唐人之「有意爲小說」、「意識之創造」、「文采與意想」，〔註2〕均觀察到作者「有意識」的創造，是唐代文學獲致殊異成就，並帶給後世重大影響的關鍵。而在近代文學批評的研究中，學者透過文本、作者、讀者的三元觀點，重新勾勒中國文學的文體成立史、作品接受史、作者創作論，也紛紛認爲，文人「有意識」的創造，是唐代文學有小說文體之獨立、詩美學之建立的關鍵因素。如董乃斌《中國古典小說的文體獨立》認爲中國小說之所以到唐傳奇才成爲獨立體裁，關鍵之一便是人之創作意識的介入，〔註3〕楊義《中國古典小說史論》在〈唐人傳奇的詩韻樂趣〉一節中，也提到小說詩化、

〔註1〕　胡應麟：《少室山房筆叢》（臺北：世界書局，1980），下冊，頁486。
〔註2〕　魯迅：《中國小說史略》（臺北：里仁書局，1992），第八篇〈唐代傳奇文〉上，頁59～60：「小說亦如詩，至唐代而一變，雖尚不離於搜奇記異，然敘述宛轉，文辭華豔，與六朝之粗陳梗概者較，演進之跡甚明，而尤顯者乃在是時則始有意爲小說。胡應麟云：『變異之談，盛於六朝，然多是傳錄舛訛，未必盡幻設語，至唐人乃作意好奇，假小說以寄筆端。』其云『作意』，云『幻設』者，則即意識之創造矣。……傳奇者流，源蓋出於志怪，然施之藻繪，擴其波瀾，故其成就乃特異，其間雖亦或託諷喻以抒牢愁，談禍福以寓懲勸，而大歸則究在文采與意想，與昔之傳鬼神明因果而外無他意者，甚異其趣矣。」
〔註3〕　董乃斌：《中國古典小說的文體獨立》，頁5～8。

主體創造意識和九歌餘韻等觀點。〔註4〕可見作者「有意識之創造」，已成切入唐文學的重要共有觀點。

　　而在本論文對神仙書寫歷史的觀察中，我們還特別關注到「主體」的問題。因為神仙是宗教性，宗教是以神為主體，以神為意義賦予者，而文學創作是人性的，以人為主體的，因此神仙書寫有不同於一般素材之處，當唐代文人有意識的進行神仙書寫時，其間還有一層人之主體意識，如何介入宗教之主體的問題。

　　關於唐代宗教如何削減了本身的主體獨立性，在時代背景分析中已經有所討論，並得出政權凌駕神權、宗教與世俗混同、宗教屈服妥協等觀察。唐代神仙便是在這樣的情境下，神聖性鬆動、宗教性薄弱，因此提供了作者主體參與的缺口。並在作者一再地介入、創造、改變中，神仙成為通俗的素材，走向社會化。

　　本論文先前在「緒論」中曾經藉由王孝廉、吳功正的論點，提出：「王孝廉、吳光正的論點，運用在神仙神話的承續創作上，可反映為透過人文理性的力量、主體的參與，使神仙書寫有從神到人的歷程，並因為人的主體參與，爆發生命力，展現藝術性。而此一人的主體參與，致使神仙原型的承續與闡述展現生命力的關鍵時期，應該是唐代」的臆測。〔註5〕通過對唐代文人神仙書寫中，神仙語彙使用的考察，進而得知當時文人神仙觀的移易，其中作者主體參與的痕跡已經昭然可知。

　　而因為主體參與，使神話的承續闡述，爆發生命力、展現藝術性的例子。在唐代文人相關書寫中，則往往可見。以下舉王績、盧照鄰、王勃、孟浩然、李白五位作家為例。

一、王績：逐性保真的境界化仙境

　　王績（590～644）出身於一個家學淵源的仕宦世家，呂才〈王無功文集序〉中說其家族：「六世冠冕，皆歷國子博士」，〔註6〕王績的父親王隆曾以國子博士待詔龍門，向隋文帝上《興衰要論》七篇，受到嘉勉。王績的哥哥王通是隋末大儒，著有《中說》。根據今人考證，寫《古鏡記》的王度，也是王績的哥哥。

〔註4〕　楊義：《中國小說史論》，頁162～170。
〔註5〕　參見本論文〈緒論〉，頁13～14。
〔註6〕　呂才：〈王無功文集序〉：「歷宋魏迄於周隋，六世冠冕，皆歷國子博士，終於鄉牧守宰，國史家牒詳焉。」《唐才子傳校箋》頁五引北京圖書館藏陳氏晚晴軒五卷本《王無功文集》。

程毅中《唐代小說史》：

> 孫望〈王度考〉根據許多材料考證出王度確有其人，是王通和王績
> 的哥哥。主要根據是：（一）《中說》裡多處提到一位「芮城府君」，
> 是王通之兄，曾為御史，與《古鏡記》所說王度「以御史帶芮城令」
> 事跡相合；（二）王績〈與江公（陳叔達）重借隋紀書〉曾提到：「樸
> 亡兄芮城，嘗典著局。大業之末，欲撰《隋書》，俄逢喪亂，未及終
> 畢」（清抄本《王無功文集》卷4，亦見《唐文粹》卷82），與《古
> 鏡記》所說「兼著作郎，奉詔撰國史」相合。此外，王凝只當過太
> 原令，王福時《王氏家書雜錄》中稱他為「太原府君」，與王度並非
> 一人。孫望的考證是非常精確的，在清抄五卷本《王無功文集》裡
> 還可以找到確切的佐證。書前載呂才的〈王無功文集序〉說：「（王
> 績）年十五，游於長安，謁越公楊素，於時賓客滿席。素覽刺引入，
> 待之甚倨。君曰：「績聞周公接賢，吐餐握髮。明公若欲保崇榮貴，
> 不宜倨見天下之士。」時宋公賀若弼在座──弼早與君兄長侍御史
> 度相善，至是起曰：「王郎是王度御史弟也。止看今日精神，足見賢
> 兄有弟。」楊素卒於大業二年（606），王績去謁見時當在二年之前，
> 王度是他長兄，早已任職御史，當時應有二十歲以上。〔註7〕

從孫望與程毅中的考證，可以證實王度是王績之兄。王績在十五歲時，曾遊
歷長安，面見楊素，由於楊素倨傲，年幼的王績還當面諫言，震驚四座。這
一段記載的後文是：

> （賀若弼）因捉引坐，顧謂越公曰：「此足方孔融，楊公亦不減李司
> 隸。」素改容禮之。因與談文章，遂及時務。君贍對閑雅，辯論精
> 新，一座愕然，目為「神仙童子」。〔註8〕

賀若弼跟王度是好友，因此當王績「出言不遜」時，他趕緊出面緩頰，把王
績「捉」回座中，並且妙言王績就像孔融一般，而楊素也大有李司隸的風範。
這段話是出自《世說新語》孔融「小時了了，大未必佳」的典故。賀若弼將
楊素比為李膺，使他心情大好，開始肯與王績對談了，結果王績閑雅的文辭、

〔註7〕 程毅中《唐代小說史》（北京：人民文學出版社，2003.5），頁 28。王度的相
　　　關考證文章，又可見孫望〈王度考〉，《學術月刊》1957年 3～4 號，又收於《蝸
　　　居雜著》。
〔註8〕 《唐才子傳校箋》頁七引北京圖書館藏陳氏晚晴軒五卷本《王無功文集》卷
　　　首呂才序。

精敏的思路使在座者驚愕非常，覺得他簡直是天仙下凡，不類凡品，因此給他一個稱號，叫做「神仙童子」。

王績的兩位兄長，作品都很有道家氣息。王度的《古鏡記》，寫古鏡辟邪降妖、預言興廢等種種神異事蹟。而文中子王通的《中說》，對於天人關係著墨最深，也充滿道家氣息。王績的道家取向，也許是家風淵源，或受到兩位兄長的影響。

在道家哲學的催化下。王績的性情頗有名士風流的味道。他曾像陶淵明一般，縱情於飲酒，又棄官回鄉。根據《新唐書·王績傳》、《唐才子傳》的記載，王績在隋朝大業末年，以孝廉進舉，設策高第，拜官秘書正字。但是不久後便因爲不樂在朝，要求改授揚州六合縣丞。當了縣丞不久又因爲太愛喝酒，荒廢了政務，再加上當時天下局勢也開始亂了，因此他就託病，夜半輕舟逃遁，棄官返鄉。〔註9〕

王績家世代官宦，家境還不壞，他雖然想當陶淵明，但是沒有像陶淵明一樣瓶無儲粟，家徒四壁。《遊北山賦》也自嘲說：「東陂餘業，悠哉自寧。酒甕多於步兵，蜀田廣於彭澤。」〔註10〕辭官後，他回家鄉隱居，擁地十六頃，奴僕數人，自己釀酒種藥，四處遊歷，生活確實頗爲恬意。

事見《新唐書·王績傳》記載：

> 大業中，舉孝悌廉絜，授秘書省正字。不樂在朝，求爲六合丞，以嗜酒不任事，時天下亦亂，因劾，遂解去。嘆曰：「羅網在天，吾且安之！」乃還鄉里。有田十六頃在河渚間。仲長子光者，亦隱者也，無妻子，結廬北渚，凡三十年，非其力不食。績愛其眞，徙與相近。子光瘖，未嘗交語，與對酌酒懽甚。績有奴婢數人，種黍，春秋釀酒，養鳧鴈，蒔藥草自供。以周易、莊子置床頭，佗（應作：他）書罕讀也。欲見兄弟，輒度河還家。遊北山東皋，著書自號東皋子。乘牛經酒肆，留或數日。〔註11〕

〔註9〕 《新唐書》第十八冊，卷一百九十六〈王績傳〉，頁5594：「大業中，舉孝悌廉絜，授秘書省正字。不樂在朝，求爲六合丞，以嗜酒不任事，時天下亦亂，因劾，遂解去。嘆曰：『羅網在天，吾且安之！』乃還鄉里。」《唐才子傳校箋》第一冊，頁8：「隋大業末，舉孝廉高第，除秘書正字。不樂在朝，辭疾，復授揚州六合縣丞。以嗜酒妨政，時天下亦亂，遂託病風，輕舟夜遁。」

〔註10〕 王績：〈遊北山賦〉，《全唐文》第二冊，卷一百三十一，頁1316。

〔註11〕 《新唐書》第十八冊，卷一百九十六〈王績傳〉，頁5594～5595。

唐朝建立後，武德中他又曾接受徵召，出任門下省待詔、太樂丞。

> 高祖武德初，以前官待詔門下省。故事，官給酒日三升，或問：「待詔何樂邪？」答曰：「良醞可戀耳！」侍中陳叔達聞之，日給一斗，時稱「斗酒學士」。貞觀初，以疾罷。復調有司，時大樂署使焦革家善釀，績求爲丞，吏部以非流不許，績固請曰：「有深意。」竟除之。革死，妻送酒不絕，歲餘，又死。績曰：「天不使我酣美酒邪？」棄官去。〔註12〕

這段短暫的仕宦生涯，出仕和棄官都是因爲嗜酒，也是名士風範。

王績雖然幾度棄官，但是早年卻也有過建功立業的大志。如〈晚年敘志示翟處士正師〉中寫到：「明經思待詔，學劍覓封侯。棄繻頻北上，懷刺幾西遊。」〔註13〕但是因爲遭逢世亂，人生的追求才逐漸轉向。有「中年逢喪亂，非復昔追求。」〔註14〕之句。

此外，〈薛記室收過莊見尋率題古意以贈〉也有遭亂後，轉而追求田園之樂的言詞：

> 伊昔逢喪亂，伊昔逢喪亂，曆數閏當餘。豺狼塞衢路，桑梓成丘墟。
> 余及爾皆亡，東西各異居。爾爲背風鳥，我爲涸轍魚。逮承雲雷後，
> 欣逢天地初。東川聊下釣，南畝試揮鋤。資稅幸不及，伏臘常有儲。
> 散誕時須酒，蕭條懶向書。朽木不可雕，短翮將焉攄。故人有深契，
> 過我蓬蒿廬。曳裾出門迎，握手登前除。相看非舊顏，忽若形骸疏。
> 追道宿昔事，切切心相於。憶我少年時，攜手遊東渠。梅李夾兩岸，
> 花枝何扶疏。同志亦不多，西莊有姚徐。嘗愛陶淵明，酌醴焚枯魚。
> 嘗學公孫弘，策杖牧群豬。追念甫如昨，奄忽成空虛。人生詎能幾，
> 歲歲常不舒。賴有北山僧，教我以眞如。使我視聽遣，自覺塵累祛。
> 何事須筌蹄，今已得兔魚。舊遊儻多暇，同此釋紛挐。〔註15〕

由此衷情懇切的自述可知，經歷戰爭，讓他對朝代的興衰、功業的成敗、人事的遷移……，多了一份滄桑的、遠觀的注視目光。

王績常在作品中提到「百年」、「天道悠悠」、「人命短促」、「滄海桑田」

〔註12〕《新唐書》第十八冊，卷一百九十六〈王績傳〉，頁5595。
〔註13〕王績：〈晚年敘志示翟處士正師〉，《全唐詩》第二冊，卷三十七，頁480。
〔註14〕王績：〈晚年敘志示翟處士正師〉，《全唐詩》第二冊，卷三十七，頁480。
〔註15〕王績：〈薛記室收過莊見尋率題古意以贈〉，《全唐詩》第二冊，卷三十七，頁480。

等字眼。如〈山中敘志〉：「直置百年內，誰論千載後。」〔註16〕〈贈程處士〉：
「百年長擾擾，萬事悉悠悠。」〔註17〕〈獨坐〉：「百年隨分了，未羨陟方壺。」
〔註18〕〈遊仙四首〉：「自悲生世促，無暇待桑田。」〔註19〕〈醉後〉：「百年
何足度，乘興且長歌。」〔註20〕〈過漢故城〉：「君王無處所，年代幾荒涼。
宮闕誰家域，蓁蕪冑我裳。井田唯有草，海水變為桑。在昔高門內，於今岐
路傍。餘基不可識，古墓列成行。狐兔驚魍魎，鴟鴉嚇猵狂。空城寒日晚，
平野暮雲黃。烈烈焚青棘，蕭蕭吹白楊。千秋并萬歲，空使詠歌傷。」〔註21〕
〈詠懷〉：「日落西山暮，方知天下空。」〔註22〕〈遊北山賦〉：「天道悠悠，
人生若浮。古來賢聖，皆成去留。八眉四乳，龍顏鳳頭。殷憂一世，零落千
秋。暫時南面，相將北遊。玉殿金輿之大業，郊天祀地之洪休。榮深責重，
樂不供愁。何況數十年之將相，五百里之公侯。兢兢業業，長思長憂。」〔註
23〕這些都是有感於興衰成敗、人事遷移，所生的滄桑之感。

　　除了兵荒馬亂、改朝異代，帶給王績感慨外，兄長的早逝與不逢時，也
造成他內心很大的失落感。他經常在文章中，追憶與哥哥相伴的歲月，提到
戰爭經歷，總說是「喪亂」，而不言時亂、世亂，此一「喪」字，大約也寓含
了他對兄長早逝無限的失落感傷。〈遊北山賦〉、〈與程道士書〉等作品，都有
大篇幅對昔日時光的緬懷。並抒發不逢時、無力承志匡世的傷懷。〔註24〕

〔註16〕王績：〈山中敘志〉，《全唐詩》第二冊，卷三十七，頁479。
〔註17〕王績：〈贈程處士〉，《全唐詩》第二冊，卷三十七，頁482。
〔註18〕王績：〈獨坐〉，《全唐詩》第二冊，卷三十七，頁482。
〔註19〕王績：〈遊仙四首〉，《全唐詩》第二冊，卷三十七，頁482。
〔註20〕王績：〈醉後〉，《全唐詩》第二冊，卷三十七，頁484。
〔註21〕王績：〈過漢故城〉，《全唐詩》第二冊，卷三十七，頁486。
〔註22〕王績：〈詠懷〉，《全唐詩》第二冊，卷三十七，頁487。
〔註23〕王績：〈遊北山賦〉，《全唐文》第二冊，卷一百三十一，頁1316。
〔註24〕王績：〈遊北山賦〉：「憶昔過庭，童顏稚齡。何賞不極，何遊不經。弄春風於
　　　　碉戶，詠秋月於山扃。北窗照雪，南軒聚螢。綵衣扇枕，緇布問經。何斯樂
　　　　之易失，倏銜哀而茹恤。天未悔禍，遭家不穀。子敬先亡，公明早卒。余自
　　　　此而浩蕩，又逢時之不仁。天地遂閉，雲雷漸屯。與沮溺而同趣，共夷齊而
　　　　隱身。」《全唐文》第一冊，卷一百三十一，頁578。〈答程道士書〉：「昔者吾
　　　　家三兄，命世特起。先宅一德，續明六經。吾嘗好其遺文，以為匡扶之要略
　　　　盡矣。然嶧陽之桐，以俟伯牙。烏號之弓，必資由基。苟非其人，道不虛行。
　　　　吾自揆審矣，必不能自致台輔，恭宣大道。夫不涉江漢，何用方舟。不思雲
　　　　霄，何用羽翮。故頃以來，都復散棄。雖周孔制述，未嘗復窺，何況百家悠
　　　　悠哉。去矣程生，非吾徒也。」《全唐文》第一冊，卷一百三十一，頁582。

　　王績用世之心消頹後，轉而追求自放於山林，採藥服食的生活。他曾自言「野情貪藥餌」，在詩作中，也多次提到採藥服食的經歷，藥草名的引用更比其他詩人精準、頻繁。如其〈採藥〉詩：

> 野情貪藥餌，郊居倦蓬蓽。青龍護道符，白犬遊仙術。腰鐮戊己月，負鍤庚辛日。時時斷嶂遮，往往孤峰出。行披葛仙經，坐檢神農帙。龜蛇採二苓，赤白尋雙朮。地凍根難盡，叢枯苗易失。從容肉作名，著蕷膏成質。家豐松葉酒，器貯參花蜜。且復歸去來，刀圭輔衰疾。
>
> 〔註25〕

又〈食後〉：

> 田家無所有，晚食遂為常。茱剪三秋綠，飧炊百日黃。胡麻山麨樣，楚豆野麋方。始暴松皮脯，新添杜若漿。葛花消酒毒，莧蒂發羹香。
>
> 鼓腹聊乘興，寧知逢世昌。〔註26〕

這裡面提到的藥草食，有龜苓、蛇苓、赤朮、白朮、肉從容、薯蕷、松葉酒、參花蜜、胡麻、楚豆、松皮、杜若、葛花、茱蒂等等。不可謂不豐富。王績不僅閱讀藥經，也實際種植藥草，炮製方劑。所讀藥經中的「葛仙經」，應是被稱為「萬古丹經之祖」的葛洪《參同契》，「神農帙」不詳何書，既名神農，應也是寫藥草功用的。「地凍根難盡，叢枯苗易失」是他實際的種植經驗，與陶淵明的「種豆南山下，草盛豆苗稀」大有異曲同工之妙。至於炮製的藥食，則有胡麻麨、楚豆麋、松皮脯、杜若漿、松葉酒、參花蜜，有吃食，也有湯飲，有乾曝的，也有釀製的，名堂很多，似乎精於此道。

　　此外，〈贈學仙者〉也提到採藥：「採藥層城遠，尋師海路賒。」〔註27〕而〈遊北山賦〉亦有採藥為食，負鍤耕種的記載：

> 亦有山羞野饌，蘭漿木麨。杞葉煎羹，松根溜醴。既採藥而為食，諒隨情而不矯。負鍤春前，腰鐮歲杪。草漸密而饒獸，樹彌深而足鳥。〔註28〕

又，〈答馮子華處士書〉也有：「黃精白朮，枸杞薯蕷。朝夕採掇，以供服餌」、「近復有人見贈五加地黃酒方及種薯蕷枸杞等法。用之有效，力省功倍」等

〔註25〕王績：〈採藥〉，《全唐詩》第二冊，卷三十七，頁481。
〔註26〕王績：〈食後〉，《全唐詩》第二冊，卷三十七，頁485。
〔註27〕王績：〈贈學仙者〉，《全唐詩》第二冊，卷三十七，頁483。
〔註28〕王績：〈遊北山賦〉，《全唐文》第一冊，卷一百三十一，頁579。

記載。〔註29〕

　　然而王績雖然熱衷於採藥服食，但是卻似乎無意於求仙，對長生不死之說也不相信。〈採藥〉詩中說他自己採藥服食是爲了：「刀圭輔衰疾」，〔註30〕〈贈學仙者〉則說：「相逢寧可醉，定不學丹砂。」〔註31〕其他詩文中雖然處處有藥食出現，但是卻沒有服丹砂、煉丹藥的記錄。〈遊仙〉中雖然有：「金壺新練乳，玉釜始煎香。六局黃公術，三門赤帝方。吹沙聊作鳥，動石試爲羊」，〔註32〕也像是虛寫方術，不是生活的實錄。

　　其實王績他所追求的是一種建立在現實之上，曠然出世的情懷，而不是虛幻的遠揚之志。〈遊北山賦〉因有：「過矣劉向，吁嗟葛洪。指期繫影，依方捕風。誰能離世，何處逃空」、「長懷企羨，豈出樊籠。徒勞海上，何事雲中」、「咸遂性而同樂，豈違方而別守」等語。〔註33〕〈贈學仙者〉也說「定不學丹砂」，是因爲「春釀煎松葉，秋杯浸菊花」，〔註34〕何等幽情，人間豈不足樂。王績覺得百年何促促，因此要以一個適情任性的方式來縱遊、來恣享，甚至是揮霍。他不求人世之外的空想頭，像是長生永樂，他要的是在有限的生命中，得到無限的逍遙。

　　除了採藥服食，王績也精於曆象，曾以賣卜爲業。

　　王績在〈晚年敍志示翟處士正師〉中寫到：「弱齡慕奇調，無事不兼修。望氣登重閣，占星上小樓。」〔註35〕說自己年輕時，喜好新奇事物，什麼都學，因此也兼通望氣、占星之術。這套本事大約還挺出名的，朋儕皆知其能，呂才〈王無功文集序〉中就記載了一段凌敬問休咎於王績的故事：

> 隋季版蕩，客遊河北。時竇建德始稱夏王，其下中書侍郎凌敬，學行之士也，與君有舊，君依之數月。敬知君妙於曆象，訪以當時休咎。君曰：「人事觀之，足可不俟終日，何遽問此！」敬曰：「王生

〔註29〕王績：〈答馮子華處士書〉，《全唐文》第一冊，卷一百三十一，頁581。

〔註30〕王績：〈採藥〉，《全唐詩》第二冊，卷三十七，頁481。

〔註31〕王績：〈贈學仙者〉，《全唐詩》第二冊，卷三十七，頁483。

〔註32〕王績：〈遊仙四首〉，《全唐詩》第二冊，卷三十七，頁482～483。

〔註33〕王績：〈遊北山賦〉，《全唐文》第一冊，卷一百三十一，頁578～579。

〔註34〕王績：〈贈學仙者〉，頁483：「採藥層城遠，尋師海路賒。玉壺橫日月，金闕斷煙霞。仙人何處在，道士未還家。誰知彭澤意，更覓步兵那。春釀煎松葉，秋杯浸菊花。相逢寧可醉，定不學丹砂。」《全唐詩》第二冊，卷三十七，頁483。

〔註35〕王績：〈晚年敍志示翟處士正師〉，《全唐詩》第二冊，卷三十七，頁480。

要當贈我一言。」君曰：「以星道推之，關中福地也。」敬曰：「我亦爲然。」君遂去還龍門。建德敗後，君入長安，見敬，曰：「曩時之言，何其神驗也。」〔註36〕

除了精於曆象，王績也曾以占卜爲業。在〈自撰墓誌銘〉中說自己歸隱後：「以酒德遊於鄉里，往往賣卜，時時著書」，〔註37〕又有〈戲題卜舖壁〉詩：「且逐劉伶去，宵隨畢卓眠。不應長賣卜，須得杖頭錢。」〔註38〕可見王績曾經以賣卜爲業。另，〈遊北山賦〉則有看破世事、不願再預卜吉凶之語：

世事自此而可見，又何爲乎惆惆。棄卜筮而不占，余將縱心而長往。〔註39〕

又如〈遊仙〉：「六局黃公術，三門赤帝方。」〔註40〕〈採藥〉詩：「青龍護道符，白犬遊仙術。腰鐮戊己月，負銚庚辛日。」〔註41〕〈遊北山賦〉：「咒動南箕，符迴北斗。偓佺贈藥，麻姑送酒。青龍就食於甲辰，玄牛自居於乙丑。」，〔註42〕也提到符咒迴星斗、辰屬龍、丑屬牛，黃公術、赤帝方、青龍符、白犬術等術語，並巧妙的以戊己屬土寫腰鐮耘土、庚辛屬金寫負銚耕地，這些都顯示他對陰陽五術的瞭解。

王績在〈遊北山賦〉的篇首，道出了他求世外之樂的動機：

天道悠悠，人生若浮。古來賢聖，皆成去留。八眉四乳，龍顏鳳頭。殷憂一世，零落千秋。暫時南面，相將北遊。玉殿金輿之大業，郊天祀地之洪休。榮深責重，樂不供愁。何況數十年之將相，五百里之公侯。兢兢業業，長思長憂。〔註43〕

認爲人生短暫，功業如浮雲，即使暫爲君王將相，也是兢兢業業，憂思多於榮樂。因此說：「昔怪燕昭與漢武，今識圖仙之有由。人誰不願，直是難求」，〔註44〕過去自己對於燕昭王、漢武帝求仙的事蹟感到奇怪，但是現在終於明

〔註36〕《唐才子傳校箋》頁九引北京圖書館藏陳氏晚晴軒五卷本《王無功文集》卷首呂才序。

〔註37〕王績：〈自撰墓誌銘〉，《全唐文》第二冊，卷一百三十二，頁1326。

〔註38〕王績：〈戲題賣卜壁〉，《全唐詩》第二冊，卷三十七，頁485

〔註39〕王績：〈遊北山賦〉，《全唐文》第二冊，卷一百三十二，頁1316。

〔註40〕王績：〈遊仙四首〉，《全唐詩》第二冊，卷三十七，頁482～483。

〔註41〕王績：〈採藥〉，《全唐詩》第二冊，卷三十七，頁481。

〔註42〕王績：〈遊北山賦〉，《全唐文》第二冊，卷一百三十二，頁1317。

〔註43〕王績：〈遊北山賦〉，《全唐文》第二冊，卷一一百三十一，頁1316。

〔註44〕王績：〈遊北山賦〉，《全唐文》第二冊，卷一百三十一，頁1316。

白為什麼人人想求仙了。只是這樣的志向雖然大家都有，卻是仙道渺遠，難以登及啊！

既然人世的追求已然看破，世外的仙道又難以企及，要如何排遣這失落的心境呢？王績決定要「縱心而長往，任物孤遊，遣情直上」。〔註45〕在這一個段落中，「仙」與「遊」都已經被點出來，遊仙的動機也已經揭開，這一篇〈遊北山賦〉可以說是一篇具有遊仙精神的作品。

下面一整個大段落，都是攀山越嶺，歷經各種險阻的描寫，這是自我放逐於山林荒野間，試圖抒發抑鬱心境，翻越內心桎梏的歷程。值得注意的是，前一段寫的純是山林自然之景，後面則寫隱居之人事，呈現「自然」與「人」對舉的狀態。

寫自然之山林：

> 遂披林樾，進陟戲嶇。連峰雜起，複嶂環紆。歷丹危而尋絕徑，攀翠險而覓修塗。聳飛情於霞道，振逸想於煙衢。重林合沓以齊列，崩崖磊砢而相扶。觀森沉於絕礀，視晃朗於高嵎。自謂搏風飈而出埃瑤，逸若朝元宮而謁紫都。碧巒之下，清溪之曲。望隱隱而縈通，聽微微而不屬。眷然引領，茲焉頓足。步擁石而邅迴，視橫煙而斷續。古藤曳紫，寒苔布綠。洞裏窺書，巖邊對局。琴觴靈蹤，依稀仙躅。灶何代而銷金，杯何年而溜玉。石室幽藹，沙場照爥。松落落而風迴，桂蒼蒼而露溥。月未側而先陰，霞方昇而已旭。喜方外之浩蕩，歎人閒之窘束。〔註46〕

寫隱居之人事：

> 況乃幽谷藏眞，傍無四鄰。紫房半掩，元壇尚新。逢閬風之逸客，值蓬萊之故人。忽據梧而策杖，亦披裘而負薪。荷衣薜帶，藜杖葛巾。出芝田而計畝，入桃源而問津。昆山若礪，渤澥揚塵。栽碧柰而何日，種瓊瓜而幾春。〔註47〕

歷經了人世的失落，與縱放於山水之間的追求，立足悠悠天地間，王績打算以什麼樣的態度來面對人與自然呢？他說：

〔註45〕 王績：〈遊北山賦〉，《全唐文》第二冊，卷一百三十一，頁1316。
〔註46〕 王績：〈遊北山賦〉，《全唐文》第二冊，卷一百三十一，北京：中華書局，頁1316～1317。
〔註47〕 王績：〈遊北山賦〉，《全唐文》第二冊，卷一百三十一，北京：中華書局，頁1317。

> 自然詭異，非徒隱淪。乃有上元仙骨，太清神手。走電奔雷，耘空
> 蒔朽。河閒之業不齊貫，淮南之術無虛受。咒動南箕，符迴北斗。
> 偓佺贈藥，麻姑送酒。青龍就食於甲辰，元牛自拘於乙丑。永懷世
> 事，天長地久。顧瞻流俗，紅顏白首。儻千歲之可營，亦何爲而自
> 輕。〔註48〕

這是很有趣的一段。抽身於自然和人事之外，以神仙的角度來觀看，天馬行空，充滿奇幻的味道，這是神仙文學才造化的出來的典型趣味。王績想像世外有神仙，走雷奔電，世間的空朽在他們的手中都是可以再造、扭轉的。神仙怎麼看待世間呢？「永懷世事，天長地久。顧瞻流俗，紅顏白首」，神仙永遠對人事懷抱著關心，時時瞻顧著流俗百態，他們外於人世的生老病死，天長地久的存在著、注視著世間流轉。這其實是王績自我理想的比況。他想要以一個抽身於人境之外的角度察照世間，不離關心，然而不受擺弄，寧靜而存眞。

接下來他爲仙術的存在鋪陳：

> 昔時君子，曾聞上征。忽逢眞客，試問仙經。談九華之易就，敍三
> 英之可成。拭丹鑪而調石髓，裹翠釜而出金精。珠流玉結，雪耀霜
> 明。咸謂刀圭暫進，足使雲車下迎。紛吾人之狹見，攪群疑而自拂。
>
> 〔註49〕

認爲刀圭暫進，足使雲車下迎，只要吃了仙藥，是可以昇天成仙的，然而可嘆世人以其狹窄的見識加以質疑，因而自卻了得仙之道。

王績不相信神仙存在，這在他其他的作品中可以看出，如〈田家三首〉：「迴頭尋仙事，併是一空虛」〔註50〕、〈贈學仙者〉：「相逢寧可醉，定不學丹砂」。〔註51〕那麼這個地方，何以他要強調成仙術的存在呢？其實這是他所蓄的一個虛勢，爲的是導出仙境不假外求。如果自我能求得安詳寧靜的境界，又何必追求長生仙藥。

> 使投足而咸安，亦何爲乎此物。彼赤城與元圃，豈憑虛而搆窟。但水
> 月之非眞，譬聲色之無佛。過矣劉向，吁嗟葛洪。指期繫影，依方捕
> 風。誰能離世，何處逃空。假使遊八洞之金室，坐三清之玉宮。長懷

〔註48〕 王績：〈遊北山賦〉，《全唐文》第二冊，卷一百三十一，北京：中華書局，頁 1317。

〔註49〕 王績：〈遊北山賦〉，《全唐文》第二冊，卷一百三十一，頁 1317。

〔註50〕 王績：〈田家三首〉，《全唐詩》第二冊，卷三十七，頁 478。

〔註51〕 王績：〈贈學仙者〉，《全唐詩》第二冊，卷三十七，頁 483。

> 企羨，豈出樊籠。徒勞海上，何事雲中。昔日蔣元詡之三徑，陶淵明
> 之五柳。君平坐卜於市門，子真躬耕於谷口。或託闌閿，或潛山藪。
> 咸遂性而同樂，豈違方而別守。余亦無求。斯焉獨遊。〔註52〕

赤城、玄圃這些仙境不假，但是只是一個「形式」，譬諸水月、譬諸聲色，形諸於表象，而不能由表象上求。可嘆劉向、葛洪，著書記錄了仙人的存在，卻使得世人「依方捕風」，迷信的做無謂的追求。其實「誰能離世？何處逃空？」心靈的桎梏，是無法藉由逃空離世解除的。假如讓你登臨仙境了，遊八洞之金室，坐三清之玉宮，心裡卻還老耽著種種慾望追求，也是逃不出牢籠。真正的逍遙，要像蔣翊、陶潛等高士一般，隱居人間，不逃世而得世樂，「咸遂性而同樂，豈違方而別守」。這種不逃空不離世，求人間逍遙之樂的隱居生活，便是王績所追求的理想。在〈遊北山賦〉下半段，均是隱居生活的擘劃與描寫。王績認為這種人間至樂，「亦何榮於拾紫，亦何羨於還丹」，比得上封王拜相、服丹長生。

> 儻有白頭四皓，龐眉八公。小童乘日，仙人馭風。鄉老則杖頭安
> 鳥，邦君則車邊畫熊。心期闇合，道術潛同。解來相訪，愚公谷
> 中。〔註53〕

而過往那些隱世的高人仙真，雖隔朝異代，但是跟我心意相通、道術潛同，不妨過訪我於山林幽谷之中。〈遊北山賦〉於此作結，所表達的是他的隱世之樂，與萬古之仙真高士同契。

〈遊北山賦〉的特別之處在於王績並不相信神仙長生之術，因此文章中沒有成仙的冀求、成仙之樂種種描寫，反而將成仙作一種逆向的操作，提出不離世不逃世也能得神仙之樂的說法，並且認為這種快樂是不假外求的，要從「遂性」、「保真」、「隨情」來達到，這是道家式的生命哲學，也是脫離表象，境界化的仙境、心靈上的仙境。

又，王績嗜酒，從他為酒出仕、辭官，以及詩文作品中處處的飲酒描寫，可以看出。他為什麼耽於酒呢？其實有一些逃世的味道。如〈贈程處士〉中所言：「百年長擾擾，萬事悉悠悠。日光隨意落，河水任情流。禮樂囚姬旦，詩書縛孔丘。不如高枕上，時取醉消愁。」〔註54〕喝酒是為了消愁，消什麼

〔註52〕王績：〈遊北山賦〉，《全唐文》第二冊，卷一百三十一，頁1317。

〔註53〕王績：〈遊北山賦〉，《全唐文》第二冊，卷一百三十一，頁1319。

〔註54〕王績：〈贈程處士〉，《全唐詩》第二冊，卷三十七，頁482。

愁呢？前面說「百年長擾擾，萬事悉悠悠」，王績對於人世的短暫，事物的消逝，其實有著無限的悵然。因此作品中不斷的頻繁的出現「空」、「喪亂」、「浮生」、「百年」、「滄海桑田」這些字眼，爲了排遣這種愁悶，他沈浸入酒鄉，詩作中屢屢出現這種心情的描寫，如〈醉後〉：「阮籍醒時少，陶潛醉日多。百年何足度，乘興且長歌。」〔註 55〕〈獨酌〉：「浮生知幾日，無狀逐空名。不如多釀酒，時向竹林傾。」〔註 56〕這些作品，都是先提到百年、浮生的無奈，接著寫縱酒。

　　王績有一篇〈醉鄉記〉，以他所嗜飲的酒爲題材，把仙鄉寫成醉鄉，雖然是常見的世外桃花源描寫，但是顯得很有獨創性，意趣十足。

　　篇首先構畫醉之鄉的風土環境。

> 醉之鄉，去中國不知其幾千里也。其土曠然無涯，無邱陵阪險。其氣和平一揆，無晦明寒暑。其俗大同，無邑居聚落。其人甚精，無愛憎喜怒。吸風飲露，不食五穀。其寢于于，其行徐徐。與鳥獸魚鼈雜處，不知有舟車器械之用。〔註 57〕

這個醉之鄉，去中國不知其幾千里也，這句話，學的是莊子的〈逍遙遊〉。王績嗜讀道家書，〈答馮子華處士書〉說：「床頭素書數帙，《莊》、《老》及《易》而已，過此以往，罕嘗或披。」〔註 58〕果然莊子典用的熟。下面依其土、其氣、其俗、其人四個部分寫醉鄉，人的部分，無喜怒哀樂，吸風飲露，不食五穀，坐臥從容，與鳥獸雜處，儼然是仙人的形象。

　　接下來寫歷代和醉鄉的接觸。

> 昔者黃帝氏嘗獲遊其都，歸而杳然喪其天下，以爲結繩之政已薄矣。降及堯舜，作爲千鍾百壺之獻，因姑射神人以假道。蓋至其邊鄙，終身太平。禹湯立法，禮繁樂雜。數十代與醉鄉隔。其臣義和，棄甲子而逃，冀臻其鄉，失路而道夭，故天下遂不寧。至乎末孫桀紂，怒而昇其糟邱，階級千仞，南向而望。卒不見醉鄉。武王得志於世，乃命公旦立酒人氏之職，典司五齊，拓土七千里，僅與醉鄉達焉，故四十年刑措不用。下逮幽厲，迄乎秦漢，中國喪亂，遂與醉鄉絕。〔註 59〕

〔註 55〕王績：〈醉後〉，《全唐詩》第二冊，卷三十七，頁 484。
〔註 56〕王績：〈獨酌〉，《全唐詩》第二冊，卷三十七，頁 485。
〔註 57〕王績：〈醉鄉記〉，《全唐文》第二冊，卷一百三十二，頁 1325。
〔註 58〕王績：〈答馮子華處士書〉，《全唐文》第二冊，卷一百三十一，頁 1322。
〔註 59〕王績：〈醉鄉記〉，《全唐文》第二冊，卷一百三十二，頁 1325。

文中說，黃帝嘗獲遊此都，見識到醉鄉的淳美，回來以後杳然喪營天下之志，認為結繩文教之政無益。堯舜時代則有千鐘百壺之祭獻，因姑射神人的交通，得以接觸到醉鄉的邊陲，因此天下太平。禹湯時代，開始有種種禮法的設置，因此數十代間均與醉鄉隔閡，不相往來。羲和曾想拋棄人文社會，逃往醉鄉，但是因為迷路無法抵達，天下無法觸及此一理想境界，遂從此不寧。到了桀紂時代，酒池肉林，糟蹋醇酒之美，還設置了種種的階級限制，當起大皇帝。因此再也看不見醉鄉所在。武王繼起，命周公制禮作樂，還立了酒人氏之職，有官守有制度，社會和諧，開疆拓土七千里，才差不多接近了醉鄉所在，因而四十年不用刑罰。到了幽王厲王，以至秦漢時代，中國喪亂，從此就與醉鄉永遠的隔絕了。

　　從黃帝時代到秦漢，中國與醉鄉的關係是「嘗獲遊其都」→「至其邊鄙」→「與醉鄉隔」→「失路而道夭」→「不見醉鄉」→「僅與醉鄉達焉」→「遂與醉鄉絕」，一步一步的離醉鄉越來越遠，最後永遠的隔絕。這個一步一步隔絕的進程，其實就是君權政令、禮法教化對社會的一步步掌控，政令越強制，禮法越繁複，醉鄉的那種自由淳和，就離人心越來越遠。

　　〈醉鄉記〉的最後說：

> 而臣下之愛道者，亦往往竊至焉。阮嗣宗、陶淵明等十數人，並遊
> 於醉鄉。沒身不返，死葬其壤。中國以為酒仙云。嗟乎！醉鄉氏之
> 俗，豈古華胥氏之國乎？其何以淳寂也如是。今予將遊焉，故為之
> 記。〔註60〕

雖然在君王來說，醉鄉永遠隔絕了，但是臣民喜好此道者，往往偷偷溜去，像阮籍、陶淵明等數十人，都曾去過醉鄉，見識過醉鄉的美好，最後乾脆就留在那不回來，死了就葬在醉鄉，大家都認為他們是「酒仙」。醉鄉的淳美和寧靜，就像古時候傳說中的神仙國度——華胥國。如今我王績也要到醉鄉去啦，因此寫了這篇文章作紀念。

　　王績這篇〈醉鄉記〉，無論是構想的原型、醉鄉環境的設計、文辭的運用，都有很多神仙的元素。這個醉鄉，其實就是一個仙鄉，並且是一個藉由精神上契的回歸之所。王績在初唐神仙文學中獨樹一格的，就是他參合道家哲學所描寫出來的仙鄉，多是境界化的描寫，有其高度。既然仙鄉是境界化的，要抵達仙鄉，就必須藉由形而上的、精神的通達。王績在另一篇〈五斗先生

〔註60〕王績：〈醉鄉記〉，《全唐文》第二冊，卷一百三十二，北京：中華書局，頁1325。

傳〉中說陶淵明「以酒德遊於人間」，遊於「人間」，就表示他不是世間中人，是酒仙。他處在人世中：

> 忽焉而去，倏然而來。其動也天，其靜也地。故萬物不能縈心焉。
> 〔註61〕

來去自如，而且其心中之動靜，即是自我之天地，人間萬事不能縈亂其心懷。其動也天，其靜也地，是何等逍遙自得的境界。這種大氣度的描寫，只有在神仙的想像下，跨天越地，才能生發。

而當這種精神的上契達到時，人間即是仙鄉，〈答馮子華處士書〉寫王績乘舟出遊：

> 每遇天地晴朗，則於舟中詠大謝「亂流趨孤嶼」之詩，渺然盡陂澤山林之思，覺瀛洲、方丈森然在目前。或時與舟人漁子，分潭並釣。俛仰極樂，戴星而歸。歌詠以會意為巧，不必與夫悠悠之閒人相唱和也。〔註62〕

「覺瀛洲、方丈森然在目前」，不也是人間恍如仙境的描寫嗎？

二、盧照鄰：蹇迫際遇催發的楚騷式遊仙

盧照鄰（634？～686？），字昇之，約今北京一帶人士，十餘歲時，南下淮揚一帶從曹憲、王義方學《倉頡》、《爾雅》及經史，〈釋疾文・粵若〉：「余幼服此殊惠兮，遂閱禮而聞詩。於是裹糧尋師，摳裳訪古。探舊篆於南越，得遺書於東魯。意有缺而必刊，簡無文而咸補。」〔註63〕記錄的就是這段往事。因為受過良好的文字訓練，盧照鄰作品的用字遣辭，確實顯得較為艱僻古異。

學習告一段落後，盧照鄰北歸入鄧王幕擔任典籤的工作，此時他的文學才華已經顯露，鄧王相當喜愛倚重他，稱譽他是「吾之相如也」。〔註64〕其後，盧照鄰調任到四川當新都尉，四川自古道風濃厚，不知盧照鄰居蜀期間，是否受到道教的影響，產生對神仙方術的興趣？在新都尉任上，盧照鄰不幸因

〔註61〕王績：〈五斗先生傳〉，《全唐文》第二冊，卷一百三十二，北京：中華書局，頁1328。

〔註62〕王績：〈答馮子華處士書〉，《全唐文》第二冊，卷一百三十一，頁1322。

〔註63〕盧照鄰：〈釋疾文・粵若〉，《全唐文》第二冊，卷一六七，頁1701下。

〔註64〕《新唐書》第十八冊，卷二百一〈盧照鄰傳〉，頁5742：「照鄰字昇之，范陽人。十歲從曹憲、王義方授《蒼》、《雅》。調鄧王府典籤，王愛重，謂人曰：『此吾之相如。』」

病辭官後，便來到長安養病，並且拜孫思邈為師。

孫思邈於《舊唐書·方伎》、《新唐書·隱逸》中有傳，一入方伎、一入隱逸，可以看出他是介於隱士與方士之間的人物。孫思邈善醫道，也善丹道，此外陰陽占測、推步命理之學也無不通曉。《全唐文》所收他的文章有：〈千金藥方序〉、〈千金翼方序〉、〈太清丹經要訣序〉、〈養性延命錄序〉、〈攝養枕中方序〉、〈福壽論〉、〈存神鍊氣銘〉、〈保生銘〉，〔註65〕從這些作品可看出他的專才。

孫思邈雖然專研丹法，然而卻不迷信，他曾經告誡世人：「人無故不應餌藥。藥有所偏助，則藏氣為不平。」〔註66〕在他所寫的〈太清丹經要訣序〉中，也說他研究這些丹方，不是為了炫其術謀世間之利，而是希望能「救疾濟危」。因此丹經中每一丹訣，都是他親身試驗，毫末無差，才把它寫出來流傳的，希望能真有益於世，導正盲目餌藥追求長生的歪風。

見〈太清丹經要訣序〉：

> 余歷觀遠古方書，僉云身生羽翼飛行輕舉者，莫不皆因服丹。每詠言斯事，未嘗不切慕於心。但恨神通懸邈，雲跡疏絕。徒望青天，莫知昇舉。始驗還丹伏火之術，玉醴金液之方。淡乎難窺，杳焉靡測。自非陰德，何能感之。是以五靈三使之藥，九光七曜之丹。如此之方，其道差近。比來握翫，久而彌篤。雖艱遠而必造，縱小道而亦求。不憚始終之勞，詎辭朝夕之倦。研窮不已，冀有異聞。良以天道無私，視聽因之而啟。不違其願，不奪其志。報施功效，其何速歟。豈自衒其所能趨利世間之意，意在救疾濟危也。所以撰二三丹訣，親經試練。毫末之間，一無差失。並具言述。按而行之，悉皆成就。〔註67〕

孫思邈以醫術與道學，聞名於時，宋令文、孟詵、盧照鄰等人都拜他為師。盧照鄰〈病梨樹賦〉有問道於孫思邈的描述：

> 癸酉之歲，余臥病於長安光德坊之官舍，父老云是鄱陽公主之邑司。昔公主未嫁而卒，故其邑廢。時有處士孫君思邈居之。君道洽今古，學有數術。高談正一，則古之蒙莊子。深入不二，則今之維摩詰。

〔註65〕《全唐文》第二冊，頁1616～1621。

〔註66〕《新唐書》第十四冊，卷一百一十八〈裴漼附張皋〉，頁4289：「高宗時，處士孫思邈達於養生，其言曰：『人無故不應餌藥。藥有所偏助，則藏氣為不平。』推此論之，可謂達見至理。」

〔註67〕孫思邈：〈太清丹經要訣序〉，《全唐文》第二冊，卷一五八，頁1618下。

及其推步甲子，度量乾坤。飛煉石之奇，洗胃腸之妙。則甘公洛下
閎安期先生扁鵲之儔也。自云開皇辛丑歲生，今年九十二矣。詢之
鄉里，咸云數百歲人矣。共語周齊間事，歷歷如眼見。以此參之，
不啻百歲人也。然猶視聽不衰，神形甚茂，可謂聰明博達不死者矣。
〔註68〕

當時盧照鄰臥病於長安光德里官舍，這官舍屬於鄱陽公主的邑司，因為公主
未嫁而卒，因此邑司也就廢置，流作他用。當時正好孫思邈也住在這邊，因
此盧照鄰常往來候問，從他學習。孫思邈博通古今，無論醫道、方術、玄理，
無不通曉。盧照鄰不知從孫思邈學的什麼？沒有細寫。但是與他的疾病大約
是相關的。而盧照鄰居長安不久後，就搬到山中，自合丹藥，服餌療疾，這
恐怕與他師從孫思邈也有關係。巧的是他所選擇山居的地點——太白山，也
正是孫思邈早年所居之地。〔註69〕

　　盧照鄰此後山居的地點，從太白山又遷到東龍門山，最後又移居具茨山
下、潁水畔。《新唐書》卷二百一〈盧照鄰傳〉中記載：

> 調新都尉，病去官。居<u>太白山</u>，得方士玄明膏餌之，會父喪，號嘔，
> 丹輒出，由是疾益甚。客<u>東龍門山</u>，布衣藜羹，裴瑾之、韋方質、
> 范履冰等時時供衣藥。疾甚，足攣，一手又廢，乃去<u>具茨山下</u>，買
> 園數十畝，疏潁水周舍，復豫為墓，偃臥其中。照鄰自以當高宗時
> 尚吏，己獨儒；武后尚法，己獨黃老；后封嵩山，屢聘賢士，己已
> 廢。著〈五悲文〉以自明。病既久，與親屬訣，自沈潁水。

盧照鄰在他的山居生活中，時時留意於合丹藥治病，但是他家貧，又因病手
足萎縮，不良於行，〔註70〕因此合丹藥所需的錢財和藥物，他自己是沒辦法
備辦的。於是他就寫信跟他的朋友商量。他作品中有〈與洛陽名流朝士乞藥
直書〉、〈寄裴舍人遺衣藥直書〉記載這些事。

　　〈與洛陽名流朝士乞藥直書〉中說：

〔註68〕盧照鄰：〈病梨樹賦〉，《全唐文》第二冊，卷一六六，頁1688下。
〔註69〕《新唐書》第十八冊，卷一百九十六〈孫思邈傳〉，頁5596：「孫思邈，京兆
　　　　華原人。通百家說，善言老子莊周。……及長，居太白山。」
〔註70〕盧照鄰：〈釋疾文·序〉：「余羸臥不起，行已十年。宛轉匡床，婆娑小室。未
　　　　攀偃寒桂，一臂連踡。不學邯鄲步，兩足匍匐。寸步千里，咫尺山河。」可
　　　　見盧照鄰因病手足萎縮，長年臥病在床，行動不便。《全唐文》第二冊，卷一
　　　　六七，頁1701上。

　　幽憂子學道於東龍門山精舍，布衣藜羹，堅臥於一巖之曲。客有過
而哀之者，青囊中出金花子丹方相遺之。服之病愈。視其方，丹砂
二斤。穀楮子則山中可有，丹砂則渺然難致。

　　昔在關西太白山下，一隱士多元明膏，中有丹砂八兩。予時居貧，
不得好上砂，但取馬牙顏色微光淨者充用。自爾丁府君憂，每一慟
哭，涕泗中皆藥氣流出。三四年羸臥苦嗽，幾至於不免。復偶於他
方中見一說云：丹砂之不精者，服之令人多嗽。

　　訪知一處有此物甚佳，兩必須錢二千文，則三十二兩當取六十四千
也。空山臥疾，家業先貧。老母年尊，兄弟祿薄。若待家辦，則委
骨於巉嵒之峰矣。意者欲以開歲五月穀子熟時，試合此藥。非天下
名流貴族、王公卿士，以仁惻之心，達枯骨朽株者，孰能濟之哉。
今力疾賦詩一篇，遍呈當代博雅君子。雖文不動俗，事或傷心。儻
遇晏嬰，脫左驂而見贖。如逢孔子，分秉粟以相憂。則越石原憲，
不辛苦於當年矣。惟當坐禪念室，以答深仁。若諸君子家有好妙砂，
能以見及，最為第一。無者各乞一二兩藥直，是庶幾也。〔註71〕

這封書信寫他隱居學道於東龍門山，一天有客過訪，憐他病疾，於是留贈一
份「金花子丹方」讓他服用。盧照鄰吃了這藥，病好很多，想要自己合此丹
藥來吃。但是這個丹方的用料，包括了丹砂二斤，盧照鄰負擔不起。他想起
早年也服過丹砂，但是因為家貧，買不起好的，就以次級品充用，結果留下
了咳嗽的毛病。如今他探問到有一個地方賣的丹砂是上好的，但是一兩要二
千文。一斤十六兩，兩斤是三十二兩，那就要六十四千文，這個價錢對盧照
鄰來說太過龐大了，因此他只好跟洛陽的名流朝士謀辦法。書中懇言：諸位
家中如果有好丹砂可以供給，那便最好，如果沒有，大家各幫忙個一二兩藥
錢，也是感激。

　　合丹藥的事，不知是否得成？沒有下文。但是後來盧照鄰的病又更重了。
他於是遷居到具茨山下，還自己造了一個墳墓，等於想在此等死。但是盧照
鄰沒有靜候老天的召喚，他終於因為受不了疾病的折磨以及內心的抑鬱，與
親屬執手訣別後，自沈於潁水。

　　盧照鄰雖然自合丹藥、鑽研道經，但他並不是一個道教的積極信徒，他

〔註71〕　盧照鄰：〈與洛陽名流朝士乞藥直書〉，《全唐文》第二冊，卷一六六，頁1689
　　　　　～1690。

服食丹藥主要是爲了他的疾病，而不是爲了成仙，因此神仙學說對盧照鄰來說比較像一種慰解。這種藉由神仙想像來寬慰內心的路線，和楚騷的精神是相似的，盧照鄰在神仙文學創作上，有些作品走的也正是屈原的路線。如〈懷仙引〉：

> 若有人兮山之曲，駕青虯兮乘白鹿。往從之遊願心足，披澗戶，訪巖軒。石瀨潺湲橫石徑，松蘿冪（四／歷）掩松門。下空濛而無鳥，上巉巖而有猿。懷飛閣，度飛梁。休余馬於幽谷，掛余冠於夕陽。曲復曲兮煙莊邈，行復行兮天路長。修途杳其未半，飛雨忽以茫茫。山坱軋，磴連蹇。攀舊壁而無據，泝泥溪而不前。向無情之白日，竊有恨於皇天。回行遵故道，通川遍流潦。回首望群峰，白雲正溶溶。珠爲闕兮玉爲樓，青雲蓋兮紫霜裘。天長地久時相憶，千齡萬代一來遊。〔註72〕

篇首「若有人兮山之曲」，正有模仿屈原〈山鬼〉的痕跡。後面接著寫「駕青虯兮乘白鹿」，仙味便呈現出來了，乘白鹿正是古仙人的形象，這位「若有人」，不是山鬼，而是仙人。盧照鄰欲從仙人遊，於是穿越山澗，攀登山崖，想拜訪絕頂上的仙人居所，沿路有湍瀨潺湲，有松蘿掩映，空谷下只見雲霧空濛，鳥跡不至，絕頂上只見岩石嶙嶙，猿啼相伴。他懷抱著造訪神仙樓閣的心情，一意前進，到了黃昏才休馬於幽谷，稍作休息，然而可嘆「行復行兮天路長」，求仙之路實在漫長不易到達，再加上路上又遇到總總險阻，有茫茫飛雨，迷亂方向，有亂石坑窪，阻隔道路，石壁難以攀登，泥溪阻塞不前，逼的人只好懷恨而歸。

　　盧照鄰這些求仙遇險阻的描寫，其實是他內心愁悶的寫照。「竊有恨於皇天」一句，道出了所恨是命運的捉弄、人世的困頓。盧照鄰曾寫〈五悲文〉，其中悲才難、悲窮道、悲昔遊、悲今日、悲人生，呼喊的就是這些不可解的現實壓迫。如果五悲寫的是具體的宣洩，懷仙就是抽象的抒解，不落實寫對人對環境對現實的感傷，而用迷霧、用淤泥、用巉巖絕壁的阻隔來寫現實人生的偃蹇。〈懷仙引〉最後回望仙鄉所在，「回首望群峰，白雲正溶溶。珠爲闕兮玉爲樓，青雲蓋兮紫霜裘」，雖懷想，而自知終不可企及。徒留悵惘。最後「天長地久時相憶，千齡萬代一來遊」，寄語天長地久存在，千齡萬代不滅的仙人，希望他們對冀求神仙境界的人們，能時相憶、一來遊。

〔註72〕盧照鄰：〈懷仙引〉，《全唐文》第二冊，卷四十一，頁520。

盧照鄰的另一篇作品〈釋疾文・命曰〉，同樣是寫遊仙，但是情境不同。
他細數自己的遭遇，呼喊天何不公。

> 天之生我兮胡寧不辰。少克已而復禮，無終日兮違仁。既好之以正
> 直兮，諒無負於神明。何彼天之不弔兮，哀此命之長勤。百罹兮六
> 極，橫集兮我身。長攣圈以偪寒，永伊鬱以呻嘖。天道何從，自古
> 多印。〔註73〕

盧照鄰說自己從年少便懂修身守禮，做人做事也正直，然而上天爲何如此對
待他，讓他的人生遭受種種橫逆，甚至手足萎縮，行動困難，只能長久懷抱
著抑鬱的心情，欷嘘唱嘆。

接下來他大氣魄的挑戰質問天地。

> 乾不穆兮，一爲戌一爲辰。坤不恒兮，三成田三成水。何斯柱之危
> 脆，一夫觸之而云折。東西眇其既傾，西北豁其中裂。有杞者國，
> 竟未捫其鳥蟾。有歷其都，奄以成其魚鼈。共何壯兮而損其盈，媧
> 何神歟而補其闕。天且不能自固，地且不能自持。安得而育萬物，
> 安得而運四時。彼山川與象緯，其孰爲之主司。生也既無其主，死
> 也云其告誰。何必拘拘而踽踽，固可浩然而順之。吾知惡之不能爲
> 惡，故去之曰群生之所盡。吾知善之不能爲善，故就之曰有生之大
> 路。雖粉骨而糜軀，終不改乎此度。〔註74〕

文中說：不是有共工撞不周山，天地傾圮的傳說嗎？天且不能自固，地且不
能自持，怎麼能夠育萬物，怎麼能夠運四時呢？山川、象緯的存在，誰是他
們的主宰，既然沒有主司者，也不必拘謹侷促的迎合天道，不如以浩然的態
度來順應。以前由天道賞善罰惡來維護的這些善惡價值，讓他們回到本眞，
惡就是群生所共同厭棄的，善就是人們所遵行擁護的。

跨越了天地、顛覆了善惡的價值後，盧照鄰頓時覺得隻身挺立於天地間，
他有一種迷茫不知何去何從的感覺。於是他欲訪眞求道於上界。

> 重曰：予既昧此杳冥兮，迷之不知其所屆。將寄命於六師，訪眞訣乎
> 遐外。建流星以爲期，邀白雲而爲蓋。玉虬紛其旖旎，青鸞儼其容裔。
> 霓爲裳兮羽爲旗，雷爲車兮電爲斾。嗶嗶兮上馳，遙遙兮橫屬。

其間透過巫陽的帶領安排：

〔註73〕盧照鄰：〈釋疾文・命曰〉，《全唐文》第二冊，卷一六七，頁1704上。
〔註74〕盧照鄰：〈釋疾文・命曰〉，《全唐文》第二冊，卷一六七，頁1704下。

忽若夢兮有覺，與巫陽兮相會。巫陽爲予兮潔龜，龜告予以雙支。
朱雀搖而金躍，青龍發而火馳。虵登樓兮雞入穴，雲北走兮水西垂。
巫陽曰：反兮覆，兆不告。靈蔡誠不能知造化之心數，朽骨焉足以
定古今之倚伏。請導列缺之前旌，陪豐隆之後轂。披上帝之元鍵，
考中皇之秘籙。

於是排雲旌兮叫諸闕，登紫翠兮伏瑤壇。靈烏杲其將駕，東皇鼇其既
觀。余敷祉而未決兮，東皇頷而不言。玉女申之以瓊蕊，靈妃眠之以
琅玕。悵容與而不駐，肅雲軒於南軒。窈窕徘徊，邈矣悠哉。下臨兮
星雨，上絕兮氛埃。彷徨兮三清之館，縹緲兮八風之臺。俯觀兮故國，
洞崢嶸兮無極。長懷兮故人，涕潺湲兮霑軾。橫天苑，歷北辰。經瑤
樓兮一息，停余車之轔轔。涉明河之清淺，過織女而問津。

巫陽曰：左招搖兮右天駟，太一之居兮無不利。其道也，楓爲天兮
棗爲地，盍往從之兮導君意。太乙方握髻低眉，右手拄頤。或以日
臨命，以歲加時。再轉兮再考，三命兮三推。華蓋微明兮君子居貞
之位，太陽陰主兮天人厄運之期。若夫一氣鴻濛，萬化絪縕。此星
精與木局，又何足以知之。

最後巫陽引導他來到太上老君的面前。太上老君的形象如何呢？

巫陽曰：太上有老君焉，其名曰伯陽。遊閬風之瓊圃，處倒景之琳堂。
披拂日月，咀嚼煙霜。撫千載兮爲朝爲暮，濟萬物兮若存若亡。古之
聰明博達而不死者，將與君子造崑崙之大荒。逍而容與，弭節翱翔。
俄參元而下降，濟弱水之湯湯。瞵軒臺而右轉，對玉檻之鏘鏘。

老君名伯陽，他每天自由自在的遨翔在閬風上的瓊圃，居住在倒景的琳堂。
披浴日月之靈光，吸風飲露。在時間上，撫千載無有朝暮。在空間上，濟萬
物若存若亡。是一個快樂而恆遠的仙人形象。自古來聰明博達不死之輩，或
有機會造訪太上老君於崑崙之上。於是盧照鄰在巫陽的引導下，從容的暫停
車馬，停止飛翔準備降落。度過了湯洋浩蕩的弱水後，看到軒昂的樓臺時右
轉，對著玉階扣訪求見。

老君欣然的接見盧照鄰，溫言慰問：

伯陽欣然見予曰：昇之來何遲？何故疲憊之如是？何故枯槁之若
茲？吾適以爾小別，今將千二百暮。昔者爾爲瞿，吾固知爾潔潔焉
無益。其後爾爲舟，吾欲告爾休休焉不留。名已登乎仙格，爾身尚

蹇乎中州。噫哉！甚可痛，甚可哭。

老君親近的稱盧照鄰的字——昇之，問他何來之遲？何以看來如此疲憊？何以枯槁憔悴到如此地步？這連三問，使飽受現實困頓的盧照鄰像是會到家鄉，見到親人一般的感受到溫暖安慰。這些其實應該是盧照鄰對蒼天的質問：何以讓我遭遇這些折磨？何以讓我疲憊枯槁如是？但是在這個地方，盧照鄰以「回歸」的結構，將自己的存在，作了一些扭轉。老君說他「名已登乎仙格，爾身尚蹇乎中州」，意即盧照鄰名已登仙籍，只是肉體還滯留在中洲偃蹇的命運中。這是「地仙」觀念的運用。既然盧照鄰本是仙人，名登仙籍，那麼他現在回到天庭，也就是一種回歸了。存在的定位上，由凡而仙，由人而天。既是天界中的人物，那麼他命運的桎梏，就不能由怨天、怨命運之安排來試圖解套。要由他自身來解決。

接下來老君（其實也就是盧照鄰內心的省思）對他作了一些開示，認為盧照鄰因自己的多智多才，反而造成身命的戕害。想要由才智中，鑽研追究出解脫愁困的方法，這無異是跟影子玩捉迷藏一般，不會有結果的，甚其可悲。見：

> 多智也，命之斧斤。多才也，身之桎梏。爾形體之在地也，每矍矍然求媒。精魂之於天也，又遑遑焉訪卜。何異儀丹鳳於膠柱，飼元魚於森木。何晚悟之逶迤，何早計之觳觫。嗚呼！何異喪其親也揭竿而求諸海，失其子也擊鼓而訪諸道。途之遠矣，曷其云蘇。與影捕逐，可不謂悲乎！

經過老君的誨示，盧照鄰彷彿若有所悟。他開始思念家園池塘的綠水，院中的桂枝，決定回歸人境。見：

> 余於是乎嗒然而喪其偶，倏爾而失其知。思故池之淥水，憶中園之桂枝。栩栩然若有得，茫茫然若有亡。歎彷彿兮覺悟，魂已歸乎北鄉。

這一趟遊仙之旅，不僅止於藉由馳騁仙境，抒發內心的愁苦，還進一步的透過天人關係的轉換，與自己的內心作了對談內省。老君是形象化的內心智者，盧照鄰回歸心靈的原鄉，他探問到了自己本初的理想與追求，對於自身蹇迫的處境，有所釋懷。

在初唐的山水詩作品中，王績、盧照鄰等人由於對道教神仙方術有所涉獵，在隱居的生活中實際的從事煉藥服食，因此他們的山水詩作品往往多了

一份「仙風道意」。這份仙風道意包括了具體的採藥、煉丹、服食等的描寫，還有道家處世哲學的流露。其中所表現的情境與傳統山水詩有不同之處。

盧照鄰的山水田園作品中，體現仙道追求的，例如有：〈羈臥山中〉：

> 臥壑迷時代，行歌任死生。紅顏意氣盡，白璧故交輕。澗戶無人跡，
> 山窗聽鳥聲。春色緣巖上，寒光入溜平。雪盡松帷暗，雲開石路明。
> 夜伴飢鼯宿，朝隨馴雉行。度溪猶憶處，尋洞不知名。紫書常日閱，
> 丹藥幾年成。扣鐘鳴天鼓，燒香厭地精。倘遇浮丘鶴，飄颻凌太清。

〔註75〕

詩中寫自己隱居於山壑中，時代的變遷一概不知，行歌歡樂，生死的問題也不在意。自己所居住的地點，是偏僻的山澗旁，這裡往往見不到人跡，人與人之間的溝通交流一概沒有，反而經常於窗下聆聽山鳥的鳴叫私語。春天來的時候，綠意攀上巖崖，冰霜漸消的山澗閃著寒光。披掛在松樹上，白皚皚的帷幕似的積雪也漸漸消融了，視野顯得比以往幽暗。然而天晴雲霧散開的時候，山上的石徑又看來歷歷分明。在這裡陪伴我的只有鼯鼠、雉雞。平常做的事，就是度過小溪、尋訪不知名的山洞，在山林間恣意的敖遊。道書丹經也是經常的翻閱，但是所煉的丹藥不知幾時能成呢。平日也做些簡單的法事，扣鐘以上應天鼓，燒香以厭享人間的精靈。希望哪一天能有遇仙的奇緣，駕乘浮丘鶴，逍遙的遨翔在天界。

這一首〈羈臥山中〉，情景的描寫寂寥中帶著寧靜的味道，而修道訪仙這些生活元素的加入，則使題材平凡的山水詩，添加了世外出塵的氣息。

又如〈過東山谷口〉。

> 不知名利險，辛苦滯皇州。始覺飛塵倦，歸來事綠疇。桃源迷處所，
> 桂樹可淹留。跡異人間俗，禽同海上鷗。古苔依井被，新乳傍崖流。
> 野老堪成鶴，山神或化鳩。泉鳴碧澗底，花落紫巖幽。日暮餐龜殼，
> 天寒御鹿裘。不辨秦將漢，寧知春與秋。多謝青溪客，去去赤松遊。

〔註76〕

這首同樣也是在山林生活的描寫中參進神仙的想像以及服餌的描寫，如「野老堪成鶴，山神或化鳩」、「日暮餐龜殼，天寒御鹿裘」等句，最後再歸結出隔絕時代、超塵出世的懷抱。

〔註75〕盧照鄰：〈羈臥山中〉，《全唐詩》第二冊，卷四十二，頁529。
〔註76〕盧照鄰：〈過東山谷口〉，《全唐詩》第二冊，卷四十二，頁529。

盧照鄰其他仙道的作品，又有長篇巨製〈益州至眞觀主黎君碑〉，其中對道教思想有較深入的闡述。〔註77〕

三、王勃：以仙凡對立逼顯天才之悲

王勃（650～676？），字子安，他的祖父是文中子王通，叔祖是王度、王績，王通的學說雜揉陰陽，王度喜言災異，王績嗜好採藥服食，這一支家族本有明顯的道家傾向。也許是家風淵源，王勃對於仙道也頗有涉獵。

王勃去世得早，享年還不到三十，但是他天縱英才，年方六歲就有文名。《舊唐書·王勃傳》記載：「勃六歲解屬文，構思無滯，詞情英邁，與兄面力、劇，才藻相類。」〔註78〕楊炯〈王勃集序〉也說王勃學東西很快，百年之學，幾天就能讀通透。他九歲時讀顏師古所注《漢書》，便能作〈指瑕〉一篇指正其中的缺漏。到了十歲，則已經通曉六經，包羅古今之學。由於奇才難得，鄉里間轟傳交譽，小時候名聲已經很大。太常伯劉祥道巡視當地時見到王勃，也對他的才華學識感到驚異，認爲必是「神童」，特別向朝廷推薦。結果王勃應了當年的制舉幽素科，一舉及第，拜官朝散郎。這時他才十四歲，尚未及笄。〔註79〕

除了詩詞歌賦、四書五經，王勃還兼通易數、曆象與醫學。這些都是需要天資穎悟才能通曉的學問，王勃竟能兼達，也可見其智慧之高。

關於習醫，王勃曾自言是因爲：「人子不可不知醫」，〔註80〕基於這個動

〔註77〕盧照鄰：〈益州至眞觀主黎君碑〉，《全唐詩》第二冊，卷一百六十七，頁1707～1711。

〔註78〕《舊唐書》第十五冊，卷一百九十〈王勃傳〉，頁5005。

〔註79〕楊炯：〈王勃集序〉：「君諱勃，字子安，太原祁人也。……九歲讀顏氏漢書，撰《指瑕》十卷。十歲包綜六經，成乎朞月。懸然天得，自符音訓。時師百年之學，旬日兼之。昔人千載之機，立談可見。居難則易，在塞咸通。於術無所滯，於詞無所假。幼有鈞衡之略，獨負舟航之用。年十有四，時譽斯歸。太常伯劉公巡行風俗，見而異之曰：此神童也。因加表薦。對策高第，拜爲朝散郎。」《全唐文》第二冊，卷一九一，頁1930。

〔註80〕《新唐書》第十八冊，卷二百一〈王勃傳〉，頁5740：「嘗謂人子不可不知醫，時長安曹元有秘術，勃從之游，盡得其要。」王勃：〈黃帝八十一難經序〉：「勃養於慈父之手，每承過庭之訓曰：人子不知醫，古人以爲不孝。因竊求良師，陰訪其道。以大唐龍朔元年，歲次庚申，冬至後甲子，予遇夫子於長安。撫勃曰：無欲也。勃再拜稽首，遂歸心焉。」《全唐文》第二冊，卷一八〇，頁1832下。

機，他拜當時名醫曹元爲師。王勃在〈皇帝八十一難經序〉一文中對曹元有所介紹：

> 昔者岐伯以授黃帝，黃帝歷九師以授伊尹，伊尹以授湯，湯歷六師
> 以授太公，太公授文王，文王歷九師以授醫和，醫和歷六師以授秦
> 越人，秦越人始定立章句，歷九師以授華佗，華佗歷六師以授黃公，
> 黃公以授曹夫子。
>
> 曹夫子，諱元，字眞道，自云京兆人也。蓋授黃公之術，洞明醫道，
> 至能遙望氣色，徹視腑臟，洗腸刳胸之術，往往行焉。浮沈人間，
> 莫有知者。〔註81〕

由文中可知，曹元，字眞道，師承系統是岐伯、皇帝、伊尹、商湯、姜太公、周文王、醫和、秦越人、華陀以下黃公，字號、師承看來都頗有仙風道意。這位曹老師，能遙望一個人的氣色，透視他五腑六臟的病灶所在，還會開刀治病，經常進行洗肚腸、開胸膛之類的外科手術，醫術相當高明。

王勃從他學些什麼呢？〈黃帝八十一難經序〉中提到：

> 蓋授周易章句及黃帝素問難經。乃知三才六甲之事，明堂玉匱之數。
> 十五月而畢。將別，謂勃曰：「陰陽之道，不可妄宣也。針石之道，
> 不可妄傳也。無猖狂以自彰，當陰沈以自深也。」〔註82〕

可知曹元傳授他《周易章句》、《黃帝素問難經》等經典，醫學之外也兼及易數。王勃曾撰作《易發揮》、《唐家千歲曆》、〈八卦大演論〉等作品，這恐怕也與曹元的傳授有關係。

曹元也開啓了王勃對仙學的興趣。

> 勃受命伏習，五年於茲矣。有升堂睹奧之心焉。近復鑽仰太虛，導
> 引元氣。覺滓穢都絕，精明相保。方欲坐守神仙，棄置流俗。〔註83〕

文中說他從師五年後，頗有心得，因此激發了「升堂睹奧」之心，有意進一步鑽研相關的學問。如最近便從事於「鑽仰太虛，導引元氣」。所謂仰太虛、引元氣之語，很像是內丹氣功術一路的功夫。王勃說練這種氣功，讓他自覺滌盡塵世滓穢，超然出世，從而生出了「坐守神仙，棄置流俗」的願望。這裡面雖然提到神仙，不過應是一種道家境界的追求，而不是眞的想長生不老。

〔註81〕王勃：〈黃帝八十一難經序〉，《全唐文》第二冊，卷一八二，頁1832下。
〔註82〕王勃：〈黃帝八十一難經序〉，《全唐文》第二冊，卷一八二，頁1832下。
〔註83〕王勃：〈黃帝八十一難經序〉，《全唐文》第二冊，卷一八二，頁1832下。

其實王勃年方二十九歲便去世，一生都是青春歲月，大約也來不及有歲月催人老的感慨，自然也不會因為衰老而想求仙。檢閱他的作品，確然也見不到絲毫嘆衰老的文字，有的只是身懷不世才華，挺立於天地間，那種超群獨立之感。還有便是詩人的靈魂輾轉於仕途的煩擾疲累。親習神仙之學所感受到的那種「滓穢都絕」、「棄置流俗」的感覺，大約跟他內心的孤高寂寥起了共鳴，讓他得到另一種靜謐相知的安慰。這種超脫於人世的「宗教」經驗，對於文學的創作必然是有影響的。仙的存在，既非高高在上的神靈，也非凡人，境界化之後，便是心靈上的仙境，這時候觀看塵世，用的便不是凡眼，而是仙眼，自我成了上天與俗世間的另一種存在，從而生出超群出世之感。這是心靈境界衍生出來的出塵思維，是神仙文學的創作中重要的一環。

關於王勃學仙的經歷，他的〈遊山廟序〉中也有所描述：

> 吾之有生，二十載矣。雅厭城闕，酷嗜江海。常學仙經，博涉道記。知軒冕可以理隔，鸞鳳可以術待。而事親多衣食之虞，登朝有聲利之迫。清識滯於煩城，仙骨摧於俗境。嗚呼！阮籍意疏，嵇康體放。有自來矣！常恐運促風火，身非金石。遂令林壑交喪，煙霞板蕩。此僕所以懷泉塗而惴恐，臨山河而歎息者也。〔註84〕

王勃說他酷嗜江海，常學仙經，然而現實生活的經濟壓力、仕宦於朝的名利催逼，常常令他有「清識滯於煩城，仙骨摧於俗境」之感。清識、仙骨，此等自我期許以及煩城、俗境這種對所處環境的具體形容，很有象徵意義。人處於世，又超然於其中，這種特殊的天人結構，是神仙觀念催化的思維。王勃有感坐困煩城俗境，於是試圖透過回返自然以及仙術的學習，救度靈魂。他經常敞徉山水間，放情自然。王勃的詩文作品中，有許多是遊歷山水之感懷，其中雜揉著神仙出世之思，山水與神仙的結合，成為王勃相關作品的最大特色。

王勃任沛王府修撰時，曾因為寫了一篇〈檄英王雞文〉而被斥廢出府。無奈離開沛王府之後，他旅寓巴蜀，展開了浪遊四川的歲月。四川是五斗米教的起源地，自古道風濃厚，不知酷嗜仙經，專研道術的王勃，處在這樣的環境中，是否亦受影響？

王勃在世不足三十年，然而他的創作量實在驚人，如果不論整部的著作，單以《全唐文》、《全唐詩》中所收的作品來算，詩就有約九十首、文章有約

〔註84〕王勃：〈遊山廟序〉，《全唐文》第二冊，卷一八一，頁 1845 下。

十五篇,兩唐書中說王勃的個性「恃才傲物」〔註85〕、「倚才淩籍」,〔註86〕以他作品的質量來看,也有他宜乎誇傲之處。王勃的文章中宴飲送別的作品極多,而且情感眞摯,許多均是流傳極廣、耳熟能詳的名作,如〈別薛華〉:「送送多窮路,遑遑獨問津。悲涼千里道,悽斷百年身。心事同漂泊,生涯共苦辛,無論去與住,俱是夢中人。」〔註87〕從眾多情深意摯的交遊詩看,王勃人緣也不是不好,只是才高難免有孤高之志,待人接物若不能下人,往往便遭忌受讒。王勃擔任沛王府修撰時,諸王鬥雞,他開玩笑寫了一篇檄英王雞文,結果被斥廢出府。此舉一見可知戲謔的成分居多,本也不是很嚴重的事,但是大約被忌恨他的人抓住了小辮子作大文章,因而最後竟遭到斥逐出府的命運。楊炯〈王勃集序〉記此事爲:「先鳴楚館,孤峙齊宮。乘忌側目,應劉失步。臨秀不容,尋反初服。」〔註88〕也認爲是才高遭忌。

其實王勃得官早,年紀還不到十五歲就闖蕩仕途。文才雖可得之於早慧,處事的經歷卻不能不靠經驗來累積。還未成年就當官,在人際的相處上,一定會有他的辛苦之處。再加上他成名早,小時候便被拱爲神童,名滿當時,又是出身高門,想必社會的關注和壓力也隨之而來。這種自知與眾不同的自覺,和超越年齡負荷的仕宦環境,應讓王勃倍感孤獨。後來不幸又才高遭忌,仕途受挫,更使他有「獨在異鄉爲異客」的社會疏離感。在這種心境下,神仙的超脫凡俗,遺世獨立,正與他心中的疏離感達成了一種微妙的呼應。於是,仙與俗、仙才與俗骨、仙鄉與俗世,這些對比差異,成爲他作品中經常出現的主題。

王勃的作品中,寫渴望掙脫塵網,棄置流俗的文句,例如有:

〈懷仙〉:

　　常希披塵網,眇然登雲車。〔註89〕

〔註85〕《舊唐書》第十五冊,卷一百九十〈王勃傳〉,頁 5005:「勃恃才傲物,爲同僚所嫉。」

〔註86〕《新唐書》第十八冊,卷二百一〈王勃傳〉,頁 5739:「(王勃)倚才陵藉,爲僚吏共嫉。」

〔註87〕王勃:〈別薛華〉,《全唐詩》第三冊,卷五十六,頁 674。

〔註88〕楊炯:〈王勃集序〉,《全唐文》第二冊,卷一百九十一,頁 1930。

〔註89〕王勃:〈懷仙并序〉:「客有自幽山來者,起予以林壑之事,而煙霞在焉。思解纓紱,永詠山水(一作林),神與道超,跡爲形滯,故書其事焉。鶴岑有奇徑,麟洲富仙家。紫泉漱珠液,玄巖列丹葩。常希(一作若)披塵網,眇然登雲車。鷖情極宵漢,鳳想疲煙霞。道存蓬瀛近,意愜朝市賒。無爲坐惆悵,虛

〈忽夢遊仙〉：

　流俗非我鄉，何當釋塵昧。〔註90〕

〈八仙逕〉：

　終希脫塵網，連翼下芝田。〔註91〕

〈遊廟山賦〉：

　恨流俗以情多，痛飛仙之術寡。驅逸思於方外，蹋高情於天下。使
　蓬瀛可得而宅焉，何必懷於此山也。亂曰：已矣哉！吾誰欺。林壑
　逢地，煙霞失時。託宇宙兮無日，俟虯鷥兮未期。他鄉山水，祇令
　人悲。〔註92〕

〈山亭思友人序〉：

　獨行萬里，覺天地之崆峒。高枕百年，見生靈之齷齪。雖俗人不識，
　下士徒輕。顧視天下，亦可以蔽寰中之一半矣。〔註93〕

此江上華。」《全唐詩》第三冊，卷五十五，頁 671。

〔註90〕王勃：〈忽夢遊仙〉：「僕本江上客，牽跡在方內。寤寐宵漢間，居然有靈對。
　　　翕爾登霞首，依然躡雲背。電策驅龍光，煙途儼鷥態。乘月披金帔，連星解
　　　瓊珮。浮識俄易歸，眞遊邈難（一作魂莫）再。寥廓沈遐想，周遑奉遺誨。
　　　流俗非我鄉，何當釋塵昧。」《全唐詩》第三冊，卷五十五，頁 671。

〔註91〕王勃：〈八仙逕〉（題下註：寺南又有昌利觀，去寺可數里。巖逕窈窕，杖而
　　　後進。）：「奈園欣八正，松巖訪九仙。援蘿窺霧術，攀林（一作桂）俯雲煙
　　　（一作阡）。代（一作岱）北鸞驂至，遼西鶴騎旋。終希脫塵網，連翼下芝田。」
　　　《全唐詩》第三冊，卷五十五，頁 677。

〔註92〕王勃：〈遊廟山賦并序〉：「元武山西有廟山，東有道君廟，蓋幽人之別府也。
　　　長蘿巨樹，梢翳雲日。王子御風而遊，泠然而善，蓋懷宵漢之舉而忘城闕之
　　　戀矣。思欲攀洪崖於煙道，邈羨門於天路。仙師不存，壯志徒爾。俄而泉石
　　　移景，秋陰方積。松柏群吟，背聲四起。背鄉關者，無復向時之榮焉。嗚乎！
　　　有其志，無其時。則知林泉有窮路之嗟，煙霞多後時之歎。不其悲乎！遂作
　　　賦曰：陟彼山阿，積石峨峨。亭皋千里，傷如之何。啓松崖之密陰，攀桂岊
　　　之崇柯。隔浮埃於地絡，披顥氣於天羅。爾其綠巖分徑，蒼岑對室。茵軒丹
　　　絢，蕙場翠密。俯泉石之清泠，臨風颷之風瑟。仰紺臺而攜手，望元都而容
　　　膝。於是躡霞岡於玉砌，步雲岊於金壇。懷妙童與眞女，想青螭及碧鸞。情
　　　恍恍而將逸，心迴迴而未安。見丹房之晚晦，忘紫洞之宵寒。既而霧昏千嶂，
　　　煙浮四野。恨流俗以情多，痛飛仙之術寡。驅逸思於方外，蹋高情於天下。
　　　使蓬瀛可得而宅焉，何必懷於此山也。亂曰：已矣哉！吾誰欺。林壑逢地，
　　　煙霞失時。託宇宙兮無日，俟虯鷥兮未期。他鄉山水，祇令人悲。」《全唐文》
　　　第二冊，卷一七七，頁 1802～1803。

〔註93〕王勃：〈山亭思友人序〉：「高興之後，中宵起觀。舉目四望，風寒月清。鄰人
　　　張氏，有山亭焉。洞壑橫分，奇峰直上。鬱然有造化之功矣。嗟乎！大丈夫

〈秋日遊蓮池序〉：

> 人間齟齬，抱風雲者幾人。庶俗紛紜，得英奇者何有。煙霞召我，
> 相望道術之門。文酒起予，放浪沈潛之地。少留逸客，塞雁飛鳴。
> 北斗橫而天地秋，西金用而風露降。幽居少事，野性多閒。登石岸
> 而鋪筵，坐沙場而列席。琳瑯觸目，朗月清風之俊人。珠玉在傍，
> 鸞鳳虬龍之君子。汀洲地遠，波濤滅日月之輝。人野路殊，原隰擁
> 神仙之氣。平郊樹直，曲浦蓮肥。隱士泥清，仙人水綠。越林亭而
> 極望，生死都捐。出宇宙以長懷，心靈若喪。悲夫！秋者愁也。酌
> 濁酒以蕩幽襟，志之所之。用清文而銷積恨，我之懷矣。能無情乎。
> 〔註 94〕

這裡面充滿了仙、俗的彼我對待，渴望脫卻流俗、掙脫塵網的願望，以及孤
立於天地宇宙間的疏離感。

四、孟浩然：完足於情志自得的超越仙鄉

　　孟浩然（689～740）有一首著名的詩作〈望洞庭湖贈張丞相〉，這個張丞
相便是張九齡，他們二人曾是長官與部屬的關係，〔註 95〕因此將孟浩然續在
其下，亦很恰當。

　　〈望洞庭湖贈張丞相〉是這樣寫的：

> 八月湖水平，涵虛混太清。氣蒸雲夢澤，波撼岳陽城。欲濟無舟楫，
> 端居恥聖明。坐觀垂釣者，空有羨魚情。〔註 96〕

其中明白的表露出欲濟天下的氣魄和強烈的用世之心。

　　荷帝王之雨露，對清平之日月。文章可以經緯天地，器局可以畜洩江河。七
星可以氣衝，八風可以調合。獨行萬里，覺天地之崆峒。高枕百年，見生靈
之齟齬。雖俗人不識，下士徒輕。顧視天下，亦可以蔽寰中之一半矣。惜乎
此山有月，此地無人。清風入琴，黃雲對酒。雖形骸眞性，得禮樂於身中。
而宇宙神交，卷煙霞於物表。至若開闢翰苑，掃蕩文場。得宮商之正律，受
山川之傑氣。雖陸平原曹子建，足可以車載斗量。謝靈運潘安仁，足可以膝
行肘步。思飛情逸，風雲坐宅於筆端。興洽神清，日月自安於調下云爾。」《全
唐文》第二冊，卷一八一，頁 1837 上。

〔註 94〕王勃：〈秋日遊蓮池序〉，《全唐文》第二冊，卷一八一，頁 1843。
〔註 95〕《新唐書》第十八冊，卷二百三．文藝下〈孟浩然傳〉，頁 5779：「張九齡為
　　　　荊州，辟置于府。」當時張九齡擔任的是荊州大都督府長史，孟浩然則應聘
　　　　為從事。
〔註 96〕孟浩然：〈望洞庭湖贈張丞相〉，《全唐詩》第五冊，卷一六十，頁 1633。

　　張九齡、孟浩然同為具有道家情懷的詩人，然而卻一個高官厚爵，一個
終身布衣，形成強烈的對比。因此他們所共同懷抱的道家理想，在面對不同
的際遇時，也就產生了大異其趣的作用。一個入世當大官的拼命想回歸大自
然的懷抱，一個在大自然中隱居的，忘不了入世的理想。道的追求都在他們
追求心靈完足的過程中發揮了作用，然而卻異曲同工。

　　孟浩然，襄陽人，年少時隱居襄陽鹿門山，並有一座宅院在襄陽城外，名
為「澗南園」。這個時期的詩作，充滿著幽靜出塵的田園風情，內容顯示孟浩然
經常遊歷於山林間，也有許多方外的友人。如〈登鹿門山〉寫自己遊鹿門時憶
想起漢代採藥不返的龐公，仰慕其高風，因而留戀追尋至天晚方歸。〔註97〕又，
同樣隱居鹿門山的白雲先生王迥，則是他的好友，有〈白雲先生王迥見訪〉、〈登
江中孤嶼贈白雲先生王迥〉等詩。

　　然而在安逸自適的生活書寫中，孟浩然亦不時的流露他建功立業、匡濟
天下的願望。如〈田園作〉一首：

　　　　弊廬隔塵喧，惟先養恬素。卜鄰近三徑，植果盈千樹。粵余任推遷，
　　　　三十猶未遇。書劍時將晚，丘園日已暮。晨興自多懷，晝坐常寡悟。
　　　　沖天羨鴻鵠，爭食羞雞鶩。望斷金馬門，勞歌采樵路。鄉曲無知己，
　　　　朝端乏親故。誰能為揚雄，一薦甘泉賦。〔註98〕

先有「卜鄰近三徑，植果盈千樹」等語寫田園之恬素怡悅，後面「誰能為揚
雄，一薦甘泉賦」則流露希望能獻賦君王，干求功名的志向。

　　這樣的志向一直懷抱到四十歲，孟浩然才終於踏上他仕宦的征途。《新唐
書·孟浩然傳》載：

　　　　孟浩然字浩然，襄州襄陽人。少好節義，喜振人患難，隱鹿門山。
　　　　年四十，乃游京師。嘗於太學賦詩，一座嗟伏，無敢抗。張九齡、
　　　　王維雅稱道之。〔註99〕

孟浩然滯留京師期間，雖然屢獲詩人墨客的提攜賞識，張九齡、王維、王昌

〔註97〕孟浩然：〈登鹿門山〉：「清曉因興來，乘流越江峴。沙禽近方識，浦樹遙莫辨。
　　　　漸至鹿門山，山明翠微淺。巖潭多屈曲，舟楫屢回轉。昔聞龐德公，採藥遂
　　　　不返。金澗餌芝朮，石床臥苔蘚。紛吾感耆舊，結攬事攀踐。隱跡今尚存，
　　　　高風邈已遠。白雲何時去，丹桂空偃寒。探討意未窮，回艇夕陽晚。」《全唐
　　　　詩》第五冊，卷一五九，頁1625。
〔註98〕孟浩然：〈田園作〉，《全唐詩》第五冊，卷一五九，頁1627。
〔註99〕《新唐書》第十八冊，卷二百三，頁5779。

齡、裴朏、盧僎等均與之交好，但是沒有機會獲得實職。到了開元二十五年
（737），張九齡謫荊州時援引入幕，孟浩然才終於有了一個任職的機會。但
是也許是年紀大了，不到兩年，孟浩然就因爲有病，不得不回襄陽靜養去了。
他在寫給王昌齡的詩作中，自言：「已抱沈痼疾，更貽魑魅憂。」〔註100〕再隔
一年，孟浩然就病逝襄陽了。

　　孟浩然早年隱居鹿門山所寫的作品，雖有道家情懷，學仙的意願倒是不明
顯。作品中所見許多跟道流往來的贈答詩，如：〈登江中孤嶼贈白雲先生王迥〉
〔註101〕、〈宿揚子津寄潤州長山劉隱士〉〔註102〕、〈與王昌齡宴王道士房〉〔註
103〕、〈山中逢道士雲公〉〔註104〕、〈越中逢天台太乙子〉〔註105〕、〈白雲先生
王迥見訪〉〔註106〕、〈贈道士參寥〉〔註107〕、〈寄天台道士〉〔註108〕、〈送元
公之鄂渚尋觀主張驂鸞〉〔註109〕、〈清明日宴梅道士房〉〔註110〕、〈尋天台山〉
〔註111〕、〈梅道士水亭〉〔註112〕、〈由精思觀回王白雲在後〉〔註113〕、〈遊精
思觀題觀主山房〉〔註114〕、〈尋梅道士〉〔註115〕、〈傷峴山雲表觀主〉〔註116〕

〔註100〕孟浩然：〈送王昌齡之嶺南〉，《全唐詩》第五冊，卷一六十，頁1661。

〔註101〕孟浩然：〈登江中孤嶼贈白雲先生王迥〉，《全唐詩》第五冊，卷一百五十九，
　　　　頁1617。

〔註102〕孟浩然：〈宿揚子津寄潤州長山劉隱士〉，《全唐詩》第五冊，卷一百五十九，
　　　　頁1619。

〔註103〕孟浩然：〈與王昌齡宴王道士房〉，《全唐詩》第五冊，卷一百五十九，頁1622。

〔註104〕孟浩然：〈山中逢道士雲公〉，《全唐詩》第五冊，卷一百五十九，頁1626。

〔註105〕孟浩然：〈越中逢天台太乙子〉，《全唐詩》第五冊，卷一百五十九，頁1626
　　　　～1627。

〔註106〕孟浩然：〈白雲先生王迥見訪〉，《全唐詩》第五冊，卷一百五十九，頁1627。

〔註107〕孟浩然：〈贈道士參寥〉，《全唐詩》第五冊，卷一百六十，頁1633。

〔註108〕孟浩然：〈寄天台道士〉，《全唐詩》第五冊，卷一百六十，頁1636。

〔註109〕孟浩然：〈送元公之鄂渚尋觀主張驂鸞〉，《全唐詩》第五冊，卷一百六十，頁
　　　　1640。

〔註110〕孟浩然：〈清明日宴梅道士房〉，《全唐詩》第五冊，卷一百六十，頁1643～
　　　　1644。

〔註111〕孟浩然：〈尋天台山〉，《全唐詩》第五冊，卷一百六十，頁1644。案：本詩
　　　　爲孟浩然寫贈「太乙子」的作品，太乙子無論名號、或作品中所提到的「餐
　　　　霞」等字眼，都宜爲道流。

〔註112〕孟浩然：〈梅道士水亭〉，《全唐詩》第五冊，卷一百六十，頁1647。

〔註113〕孟浩然：〈由精思觀回王白雲在後〉，《全唐詩》第五冊，卷一百六十，頁1648。

〔註114〕孟浩然：〈遊精思觀題觀主山房〉，《全唐詩》第五冊，卷一百六十，頁1648。

〔註115〕孟浩然：〈尋梅道士〉，《全唐詩》第五冊，卷一百六十，頁1649。

〔註116〕孟浩然：〈傷峴山雲表觀主〉，《全唐詩》第五冊，卷一百六十，頁1656。

等等，多為離開襄陽遊歷京師時所作，似乎他對道流及仙學的接觸，是從這時才開始頻繁起來。另外，表露學仙意願的詩句，如：〈將適天台留別臨安李主簿〉：「羽人在丹丘，吾亦從此逝。」〔註117〕〈適越留別譙縣張主簿申屠少府〉：「君學梅福隱，余從伯鸞邁。」〔註118〕〈宿天台桐柏觀〉：「紛吾遠遊意，學彼長生道。」〔註119〕〈山中逢道士雲公〉：「何時還清溪，從爾煉丹液。」〔註120〕也都出現在這之後。

這些書寫神仙的作品大部分以贈答的形式出現，比較同時期的詩人，王昌齡、常建、儲光羲等，也莫不有大量參訪道觀、與道流交遊的作品，顯示這是一種時興的風尚。孟浩然遊歷京師時也感染此風，時有尋訪道觀、與友朋、道士唱和的作品，這些作品裡大量的使用了赤松、餐霞、青鳥、蓬壺、芝朮、福庭、丹灶、羽人等神仙相關的用語，並表現了田園之趣，田園與神仙相結合所流洩出來的寧謐氛圍，是孟浩然神仙文學創作特有的風味。

孟浩然先是隱居山林，而又一心求仕。中年遠遊京師求任官，過程亦不順利。其後雖然得一小職位，又因為身體關係，不得不回鄉休養。以其志向來講，這樣的際遇並不如意。但是從孟浩然的作品看來，可以說毫無怨懟語，絕少自憐的情緒，一貫的雲淡風清，無論對功名，或是對神仙的追求，皆是如此。對於山林田園的描寫，也是章法上平鋪直敘，態度上平淡怡然，沒有過度的入情。流露一種恬淡自然的意味。

作品如〈與王昌齡宴王道士房〉：

> 歸來臥青山，常夢遊清都。漆園有傲吏，惠好在招呼。書幌神仙籙，
> 畫屏山海圖。酌霞復對此，宛似入蓬壺。〔註121〕

這首應是孟浩然因病辭歸襄陽後的作品，因此詩中開頭說是「歸來」。王昌齡往嶺南時，去程與歸程均過孟浩然居所，相與歡宴。王士源〈孟浩然集序〉寫孟浩然病逝的導因是：「開元二十八年，王昌齡遊襄陽，時浩然疾疹發背且愈，相得歡甚，浪情宴謔，食鮮疾動，終於冶城南園。年五十有二。」〔註122〕

〔註117〕孟浩然：〈將適天台留別臨安李主簿〉，《全唐詩》第五冊，卷一百五十九，頁1620。
〔註118〕孟浩然：〈適越留別譙縣張主簿申屠少府〉，《全唐詩》第五冊，卷一百五十九，頁1621。
〔註119〕孟浩然：〈宿天台桐柏觀〉，《全唐詩》第五冊，卷一百五十九，頁1623。
〔註120〕孟浩然：〈山中逢道士雲公〉，《全唐詩》第五冊，卷一百五十九，頁1626。
〔註121〕孟浩然：〈與王昌齡宴王道士房〉，《全唐詩》第五冊，卷一五九，頁1622。
〔註122〕王士源：〈孟浩然集序〉，《全唐文》第四冊，卷三七八，頁3837下。

不過孟浩然也是因病篤而歸襄陽，將身故的原因導向王昌齡的過訪，有些過重。另，孟浩然疾疹發背，不知何病因？唐代許多有服食經歷的文人，晚年倒是常有背瘡背痛之疾。這一首作品是孟浩然跟王昌齡宴飲於王道士處所寫，孟浩然說他歸隱鹿門山後，常常懷想漫遊仙都。（其中大約也參雜有對當年京師歲月，遊天台、訪道觀的懷念。）恰有當年同好王昌齡邀他至王道士房宴飲，便也欣然赴約。〔註123〕王道士的居所，書幌上塗畫有神仙符籙，屏風則是山海圖，充滿了出塵的道家興味。孟浩然在這樣的情境中與至交好友，歡宴暢飲，因有感曰，此時此景，這個小小書齋，便是蓬壺仙境啊。

　　另，〈越中逢天台太乙子〉則是徜遊山水間所發的神仙之思。

> 仙穴逢羽人，停艫向前拜。問余涉風水，何處遠行邁。登陸尋天台，
> 順流下吳會。茲山夙所尚，安得問靈怪。上逼青天高，俯臨滄海大。
> 雞鳴見日出，常覿仙人旆。往來赤城中，逍遙白雲外。莓苔異人間，
> 瀑布當空界。福庭長自然，華頂舊稱最。永願從此遊，何當濟所屆。
> 〔註124〕

不管是田園、書齋或山水，都因為個人情志的自得，而超然為一完足的自我小宇宙，或異於人間的空界、仙界。這便是標題中所稱「山水田園中的完足仙鄉」，此完足得之於自我情志的圓滿，而非外求。

　　孟浩然雖然有許多和道士交遊、尋訪名山道觀的作品，也經常使用神仙相關的詞彙，但是看不出有具體服食求仙的行為。以他的情性來看，大約對神仙也未必迷戀。李白〈贈孟浩然〉讚揚：「吾愛孟夫子，風流天下聞。」〔註125〕令李白深深仰慕的，便是這一份隨遇而安、不假外求的怡然吧！風流天下聞，此風流必為天下所尚，乃得馨聞四方，而這個時代所高標的，正是情志的自得。

五、李白：以燃燒生命擁抱神仙幻夢

　　李白（701～762），有「詩仙」的雅稱，他與神仙文學深厚的關係，不言

〔註123〕孟浩然此處稱王昌齡為「傲吏」，另詩〈梅道士水亭〉亦有「傲吏非凡吏，名流即道流」之句，不知道這個與孟浩然一起尋訪梅道士水亭的友人，是不是也是王昌齡？

〔註124〕孟浩然：〈越中逢天台太乙子〉，《全唐詩》第五冊，卷一五九，頁1626～1627。

〔註125〕李白：〈贈孟浩然〉：「吾愛孟夫子，風流天下聞。紅顏棄軒冕，白首臥松雲。醉月頻中聖，迷花不事君。高山安可仰，徒此揖清芬。」《全唐詩》第五冊，卷一百六十八，頁1731。

可喻。李白其人所帶有的神仙色彩，至少包括了三個層面：一個是他入道求仙的生平經歷，一個是他超逸的才華，使世人目之爲謫仙，一個是其作品中豐富而超絕的神仙意象。

李白，字太白，他的出生與去世，都帶著仙氣。據說李白出世的時候，母親曾夢見長庚星。〔註126〕庚者，歲也，長庚星就是象徵長歲的太白金星，形象化以後就是長壽的太白仙翁。因爲這個夢兆，因此名字取作李白。至於李白去世的原因，則是流傳已久的醉酒撈月而沈。民間又說這是謫仙歷劫滿了，被召回天庭去。如馮夢龍《警世通言》第九卷〈李謫仙醉草嚇蠻書〉中所描寫的：

> 時楊國忠已死，高力士亦遠貶他方，玄宗皇帝自蜀迎歸，爲太上皇，亦對肅宗稱李白奇才。肅宗乃徵白爲左拾遺。白嘆宦海沈迷，不得逍遙自在，辭而不受。別了郭子儀，遂泛舟遊洞庭岳陽，再過金陵，泊舟於采石江邊。是夜，月明如晝。李白在江頭暢飲，忽聞天際樂聲嘹喨，漸近舟次，舟人都不聞，只有李白聽得。忽然江中風浪大作，有鯨魚數丈，奮鬣而起，仙童二人，手持旌節，到李白面前，口稱：「上帝奉迎星主還位。」舟人都驚倒，須臾甦醒。只見李學士坐於鯨背，音樂前導，騰空而去。明日將此事告於當塗縣令李陽冰，陽冰具表奏聞。天子建李謫仙祠於采石山上，春秋二祭。〔註127〕

這些傳說自然是不捨李白歸沒、景仰他才華的人所虛造的，從中可看出世人對李白的喜愛留戀。

然而不僅是後代，即使在唐代當世，李白也已經因爲他不世出的才華，高逸的形象，被視爲神仙般的人物。賀知章稱之爲「謫仙人」，〔註128〕文人們封他爲「酒中八仙」之一，並紛紛贈詩歌頌，李陽冰〈唐李翰林草堂集序〉便記其事，杜甫亦有〈飲中八仙歌〉。

李陽冰〈草堂集序〉中說：

> 公乃浪跡縱酒，以自昏穢。詠歌之際，屢稱東山。又與賀知章、崔

〔註126〕《新唐書》第十八冊，卷二百二〈李白傳〉，頁5762：「白之生，母夢長庚星，因以命之。」又，李陽冰〈唐李翰林草堂集序〉：「驚姜之夕，長庚入夢，故生而名白，以太白字之。世稱太白之精，得之矣。」《全唐文》卷四三七，頁4460。

〔註127〕馮夢龍：《警世通言·李謫仙醉草嚇蠻書》，頁86。

〔註128〕《新唐書》第十八冊，卷二百二〈李白傳〉，頁5762～5763：「李白，字太白……往見賀知章，知章見其文，嘆曰：『子，謫仙人也！』言於玄宗，召見金鑾殿，論當世事，奏頌一篇。」孟棨《本事詩》、王定保《唐摭言》有較詳盡記載。

宗之等自爲八仙之遊，謂公「謫仙人」。朝列賦謫仙之歌，凡數百首，

多言公之不得意。〔註129〕

向所流傳的「謫仙人」說法，僅注重李白神仙般高逸的才華，以及賀知章的惜才推重。與李白關係不同的李陽冰，則點出了李白在仕途不得意後，浪跡縱酒，以自昏穢的心態，而眾文友所賦的謫仙歌，其內容也多是「言公之不得意」。這種頹唐的心態，與李白後期對訪仙求道的狂熱追求，有所關連。杜甫〈贈李白〉寫：「秋來相顧尙飄蓬，未就丹砂愧葛洪。痛飲狂歌空度日，飛揚跋扈爲誰雄」，〔註130〕正是此種心態的深度刻畫。不過，雖然杜甫甚知李白，諸文友寫飲中八仙之謫仙李白的詩，也多集中在寫其不得意，杜甫〈飲中八仙歌〉：「李白一斗詩百篇，長安市上酒家眠。天子呼來不上船，自稱臣是酒中仙」一段，〔註131〕卻著意在呈現李白才華縱橫，倜儻不羈的形象。這是因爲杜甫此詩著重呈現趣味性，而且杜甫以李白的晚後輩自居，也不欲直言其消沈。因此，杜甫在上引的〈贈李白〉中，雖然把李白頹唐的情緒寫的浹肌淪髓，但同樣也是點到爲止而已。由衷的憐惜盡在無限含蓄中。

有關李白求仙訪道的經歷，根據李白詩中自述，他曾正式受籙入道爲道士。見〈奉餞高尊師如貴道士傳道籙畢歸北海〉。〔註132〕詩作內容倒是看不出所以，資訊主要得之於詩題。另一首〈訪道安陵遇蓋寰爲余造眞籙臨別留贈〉則清楚的說：「學道北海仙，傳書蕊珠宮。」〔註133〕李白所受業的這位北海高天師，根據李陽冰〈唐李翰林草堂集序〉記載：「天子知其不可留，乃賜金歸之。遂就從祖陳留採訪大使彥允，請北海高天師授道籙於齊州紫極宮，將東

〔註129〕李陽冰：〈唐李翰林草堂集序〉，《全唐文》卷四百三十七，頁 4460。

〔註130〕杜甫：〈贈李白〉，《全唐詩》第七冊，卷二百二十四，頁 2392。

〔註131〕杜甫：〈飲中八仙歌〉：「知章騎馬似乘船，眼花落井水底眠。汝陽三斗始朝天，道逢麴車口流涎，恨不移封向酒泉。左相日興費萬錢，飲如長鯨吸百川，銜杯樂聖稱世賢。宗之瀟灑美少年，舉觴白眼望青天，皎如玉樹臨風前。蘇晉長齋繡佛前，醉中往往愛逃禪。李白一斗詩百篇，長安市上酒家眠。天子呼來不上船，自稱臣是酒中仙。張旭三杯草聖傳，脫帽露頂王公前，揮毫落紙如雲煙。焦遂五斗方卓然，高談雄辨驚四筵。」《全唐詩》第七冊，卷二一六，頁 2259～2260。

〔註132〕李白：〈奉餞高尊師如貴道士傳道籙畢歸北海〉：「道隱不可見，靈書藏洞天。吾師四萬劫，歷世遞相傳。別杖留青竹，行歌躡紫煙。離心無遠近，長在玉京懸。」瞿蛻園、朱金城校注：《李白集校注》第三冊，卷十七，頁 1032。

〔註133〕李白：〈訪道安陵遇蓋寰爲余造眞籙臨別留贈〉，瞿蛻園、朱金城校注：《李白集校注》第二冊，卷十，頁 672～673。

歸蓬萊，仍羽人駕丹邱耳。」〔註134〕可知這位北海高天師持道的地方是在齊州的紫極宮。

紫極宮是一通名，玄宗在開元年時敕令天下兩京及諸州各建玄元皇帝廟一所，到了天寶二年，命長安的玄元廟改名「太清宮」，洛陽的改名「太極宮」，其他諸州則一律改稱「紫極宮」。〔註135〕由此可知紫極宮是官方的道觀。根據唐制，此觀應設有崇玄學，每逢慶典日還有例行的齋醮活動。其他唐代詩人也多有在紫極宮參與齋醮、觀燈的作品，可見其性質與規模。另李白〈對酒憶賀監二首并序〉一詩，序中說他初次見到賀知章的地方，就是在長安的紫極宮。〔註136〕高天師既屬官方大道觀的道士，當有其份量。「天師」的封號亦非可濫稱。可惜高天師的事跡不詳。

李白拜高天師為師習道，當時便應已受道籙。不過根據〈訪道安陵遇蓋寰為余造眞籙臨別留贈〉的描述，李白後來又曾請擅書法的知名高士蓋寰為他草一眞籙，可見對李白對道籙的珍視。詩中說：

> 清水見白石，仙人識青童。安陵蓋夫子，十歲與天通。懸河與微言，
> 談論安可窮。能令二千石，撫背驚神聰。揮毫贈新詩，高價掩山東。
> 至今平原客，感激慕清風。學道北海仙，傳書蕊珠宮。丹田了玉闕，
> 白日思雲空。為我草眞籙，天人慚妙工。七元洞豁落，八角輝星虹。
> 三災蕩璿璣，蛟龍翼微躬。舉手謝天地，虛無齊始終。黃金滿高堂，
> 答荷難克充。下笑世上士，沈魂北羅酆。昔日萬乘墳，今成一科蓬。
> 贈言若可重，實此輕華嵩。〔註137〕

〔註134〕李陽冰：〈唐李翰林草堂集序〉，《全唐文》卷四百三十七，頁4460。

〔註135〕《舊唐書》卷九〈玄宗本紀〉，頁216：「三月壬子，親祀玄元廟以冊尊號。制追尊聖祖玄元皇帝父周上御史大夫敬曰先天太上皇，母益壽氏號先天太后，仍於譙郡本鄉置廟。尊咎繇爲德明皇帝。改西京玄元廟爲太清宮，東京爲太微宮，天下諸郡爲紫極宮。」

〔註136〕李白：〈對酒憶賀監二首并序〉：「太子賓客賀公，於長安紫極宮一見余，呼余爲謫仙人，因解金龜換酒爲樂，歿後對酒，悵然有懷，而作是詩。四明有狂客，風流賀季眞。長安一相見，呼我謫仙人。昔好杯中物，翻爲松下塵。金龜換酒處，卻憶淚沾巾。狂客歸四明，山陰道士迎。敕賜鏡湖水，爲君臺沼榮。人亡餘故宅，空有荷花生。念此杳如夢，淒然傷我情。」瞿蛻園、朱金城校注：《李白集校注》第三冊，卷二十三，頁1362。案：長安的「玄元皇帝廟」應名「太清宮」。李白用的是諸州的慣稱。或者官方才稱太清宮，私下眾人均循諸州例慣稱紫極宮，亦未可知。

〔註137〕李白：〈訪道安陵遇蓋寰爲余造眞籙臨別留贈〉，瞿蛻園、朱金城校注：《李白

其中「學道北海仙，傳書蕊珠宮」，點出了「籙」的性質。學道成者，得以進階受各種等第不同的籙，《隋書‧經籍志》載：

> 其受道之法，初受五千文籙，次受三洞籙，次受洞玄籙，次受上清籙。籙皆素書，紀諸天曹官屬佐吏之名有多少，又有諸符，錯在其間，文章詭怪，世所不識。受者必先潔齋，然後齎金環一，並諸贄幣，以見於師。師受其贄，以籙授之，仍剖金環，各持其半，云以爲約。弟子得籙，緘而佩之。〔註138〕

籙的上頭寫了各種天官的名號，以及一些符咒。學道成者，便可以使用這些符咒，驅使天兵天將。因此這個籙，等於是道士在天界的身份證明書，表示他已經與凡俗人不同，具有行道的執照。蕊珠宮是上清境的宮闕名，詩中常常代稱仙境。李白學道北海高天師，學成後得到「籙」，籙從錄，有登記在案、昭告天庭之意，此即所謂「傳書蕊珠宮」。另詩中提到的玉關、七元、八角、三災等道教用語，也顯示了李白的專業知識。

李白對仙道的實際追求，基本上集中在兩個時期。一個是在四川度過的少年時期，這時滿懷理想，躊躇滿志，猶似大鵬鳥展翅遨翔於瑰麗的神仙世界中。一個是仕途受挫之後，年華漸逝，圖功無望，則痛飲狂歌，飛揚跋扈，恣意狂遊於虛幻的假想空間，不乏自我麻痹與宣洩的傾向。不過這兩個李白求仙的階段也不可遽然切割，僅知兩種態度在神仙文學的創作中都有所展露。

少年時期對求仙的描寫，如〈感興八首〉其五：

> 十五遊神仙，仙遊未曾歇。吹笙吟松風，汎瑟窺海月。西山玉童子，
> 使我鍊金骨。欲逐黃鶴飛，相呼向蓬闕。〔註139〕

李白說他十五歲便有求仙之志，仙遊未曾歇。當時追求的是一種世外出塵的神仙況味，臨風吹笙於松樹下，對月汎瑟於海岸邊。想要隨著黃鶴逍遙自在的飛翔，造訪蓬萊仙山上的宮闕。從這裡面我們可以看到一種單純、滿躍理想的快樂。

我們再來看看稍晚李白投注在求仙行動中複雜的心緒。包括了對政治的失望、青春逝去的悵惘、對庸俗塵世的不耐等。如〈古風‧其四〉：

> 鳳飛九千仞，五章備綵珍。銜書且虛歸，空入周與秦。橫絕歷四海，

集校注》第二冊，卷十，頁672～673。
〔註138〕《隋書》卷三十五〈經籍志‧道經〉，頁1091。
〔註139〕瞿蛻園、朱金城校注：《李白集校注》第三冊，卷二十四，頁1388。

> 所居未得鄰。吾營紫河車，千載落風塵。藥物秘海嶽，採鉛青溪濱。
> 時登大樓山，舉手望仙眞。羽駕滅去影，飆車絕迴輪。尚恐丹液遲，
> 志願不及中。徒霜鏡中髮，羞彼鶴上人。桃李何處開，此花非我春。
> 唯應清都境，長與韓眾親。〔註140〕

這裡面「銜書且虛歸，空入周與秦」寫對仕途的失望，「時登大樓山，舉手望仙眞」，寫對超出凡世與仙人相親的渴望，「徒霜鏡中髮，羞比鶴上人」，寫對青春逝去的悵然。因爲這些原因，李白採鉛煉藥收河車，希望能躋登仙界。最後「桃李何處開，此花非我春。唯應清都境，長與韓眾親」反映的是對跳脫凡俗時空的願望。此花非我春，是時序的不同，唯應清都界，則是空間的不同。跳脫凡俗時空對李白的意義是什麼呢？除了消解對仕途失望、青春逝去的焦慮外，李白要召喚的恐是他早年充滿理想性的靈魂。神仙本就是理想的投射，先是對生死問題的超越，到了遊仙詩中，則已經轉變爲個人情志的追求，這其中的仙，也就是詩人的理想靈魂。李白詩中的仙眞，飆車絕輪離他遠去，他只好苦練丹藥，致力追求，「尚恐丹液遲，志願不及伸」一句，明白的寫出所怕是理想的幻滅。而同處一時空中，卻顯得「獨在異鄉爲異客」，這種外在環境與內在心靈的雙重格格不入，也必是意義的失落所造成。這個時空對我沒有意義，是異時空，因此所居未得鄰，此花非我春。只有召回主體精神，才能再度賦予存在意義。

　　李白對神仙的看法究竟爲何？眞的相信得道成仙、永生不死嗎？同樣是〈古風〉，並列的另一首作品，則表現了對採藥煉丹的懷疑。

　　〈古風・其三〉：

> 秦皇掃六合，虎視何雄哉。揮劍決浮雲，諸侯盡西來。明斷自天啓，
> 大略駕群才。收兵鑄金人，函谷正東開。銘功會稽嶺，騁望瑯琊臺。
> 刑徒七十萬，起土驪山隈。尚採不死藥，茫然使心哀。連弩射海魚，
> 長鯨正崔嵬。額鼻象五嶽，揚波噴雲雷。鬐鬣蔽青天，何由睹蓬萊。
> 徐市載秦女，樓船幾時迴。但見三泉下，金棺葬寒灰。〔註141〕

這裡頭有兩個不永久，一個認爲年壽不永久，一個是世間的功業不永久。其中尚採不死藥，茫然使心哀，以及質疑徐市載秦女，樓船幾時回，感嘆秦始皇三泉下，依舊是金棺葬寒灰，白忙一場。這些都是反對長生不死、煉丹求

〔註140〕瞿蜕園、朱金城校注：《李白集校注》第一冊，卷二，頁100。
〔註141〕瞿蜕園、朱金城校注：《李白集校注》第一冊，卷二，頁97。

仙的言語。

　　其他像〈古有所思〉：「我思仙人乃在碧海之東隅，海寒多天風，白波連山倒蓬壺。長鯨噴湧不可涉，撫心茫茫淚如珠。西來青鳥東飛去，願寄一書謝麻姑。」〔註142〕〈日夕山中忽然有懷〉：「緬思洪崖術，欲往滄海隔。雲車來何遲？撫己空嘆息。」〔註143〕〈感遇四首〉其一：「吾愛王子晉，得道伊洛濱。金骨既不毀，玉顏長自春。可憐浮丘公，猗靡與情親。舉首白日間，分明謝時人。二仙去已遠，夢想空殷勤。」〔註144〕也都流露對求仙無望的失落感。

　　那麼，李白詩中每每躋身仙界，上與古仙人遊的美麗幻想，究竟所為何來？他對求仙也許有熱情，也許也有認清事實的失望。他原本對人世所懷抱的絕大熱情，在幾經挫折後，仍不願放下，他寧願懷著失落，繼續揣著熱情，轉而狂熱求仙。這和紅塵看破，遠邁方外的心態是不同的。明知不可為而為，本已悲哀，但所限的終究是人間的事態，然而李白營求的，卻是出於人世之外、又隱隱知道恐不可為的虛空幻境。我們看到的是李白的天真、理想性、執著與悲壯。難怪他筆下的仙境，馳騁萬端，用生命在燃燒，往往有出乎常人的臆想。又難怪他清醒起來要「撫心茫茫淚如珠」了。

　　杜甫〈贈李白〉對驅使李白狂熱求仙的心理動機，描寫的最為深刻。

　　　　秋來相顧尚飄蓬，未就丹砂愧葛洪。痛飲狂歌空度日，飛揚跋扈為

　　　　誰雄。〔註145〕

詩中說：在秋天遇到你，你還是像秋風中飄轉的蓬草一樣，漂泊不定。煉丹求仙的志向無所成，深覺有愧於丹道祖師葛仙翁。你每天放縱的飲酒高歌，虛度歲月，這狂熱高張的情感，究竟是為了什麼呢？

　　這裡頭有幾個字實在用的好。第一個「顧」，傳達了杜甫對李白的憐惜。第二個「空」，表現李白無著落的生命，相當傳神。第三個「誰」，充滿了認知的失落。最後一句「為誰雄」實在含蓄婉轉。其實就是一個側面的回答。為誰雄呢，沒有什麼好支撐其狂大的熱情，用世、求仙都已經失望了。到這裡讀者的心境又倒回來溯整首詩，為誰雄——空度日——愧葛洪，最後回歸到一個初始的「顧」字，杜甫得其情，萬世亦同悲！

〔註142〕瞿蛻園、朱金城校注：《李白集校注》第一冊，卷四，頁 305。
〔註143〕瞿蛻園、朱金城校注：《李白集校注》第三冊，卷二十三，頁 1346。
〔註144〕瞿蛻園、朱金城校注：《李白集校注》第三冊，卷二十四，頁 1395。
〔註145〕《全唐詩》第七冊，卷二二四，頁 2392。

第二節　神仙：神聖性鬆動

作者主體的參與，帶來「作意」的動機。神仙神聖性鬆動，則提供「好奇」、「幻設」的可能。如前所言，唐代宗教主體獨立性的失卻，是使作者意識得以介入神仙創造的原因。

而當宗教性題材書寫發生世俗位移時，所產生的「訴諸感官形式美」、「加添世俗意義」、「追求奇異樂趣」等效應，亦為神仙神聖性鬆動之所以成為唐代神仙書寫新變的重要成因。以上兩個方面。前者，使作者主體得以參與進宗教性書寫題材中；後者，使神仙書寫獲致宗教題材書寫世俗位移的美學效應。

因此唐代神仙書寫新變所帶來的文學成就，不僅在於文學本身、作者本身，還有宗教變遷的因素在。以下舉宋之間、張說、張九齡、白居易、李賀、曹唐為例，試加論述。

一、宋之問：追逐時尚的崇仙歌詠

宋之問（656？～712？），字延清，儀貌偉岸，能文有辯才，弱冠即以能詩知名，《舊唐書》稱：「尤善五言詩，當時無能出其右者。」〔註146〕其作品靡麗約句，錦繡成文，與沈佺期齊名，人稱「沈宋」，二人在唐詩格律的發展上，有其影響力。

宋之問在史傳資料的記載中，看不出有追求神仙長生的具體事蹟，不過他以一個言語侍從之臣的身份，處在神仙風向濃厚的武后朝前後，加上他又積極媚附主上，因此歌詠神仙風流的文章，頗為不少。

《新唐書》第十八冊，卷二百二〈文藝〉中記載：

> 初，中宗景龍二年，始於脩文館置大學士四員、學士八員、直學士十二員，象四時、八節、十二月・於是李嶠、宗楚客、趙彥昭、韋嗣立為大學士，適、劉憲、崔湜、鄭愔、盧藏用、李乂、岑羲、劉子玄為學士，薛稷、馬懷素、宋之問、武平一、杜審言、沈佺期、閻朝隱為直學士，又召徐堅、韋元旦、徐彥伯、劉允濟等滿員。其後被選者不一。凡天子饗會游豫，唯宰相及學士得從。春幸梨園，

─────────────────

〔註146〕《舊唐書》第十五冊，卷一百九十〈宋之問傳〉，頁5025：「宋之問，虢州弘農人。父令文，有勇力，而工書，善屬文。高宗時，為左驍衛郎將、東臺詳正學士・之問弱冠知名，尤善五言詩，當時無能出其右者。」

並渭水祓除，則賜細柳圈辟癘；夏宴蒲萄園，賜朱櫻；秋登慈恩浮
圖，獻菊花酒稱壽；冬幸新豐，歷白鹿觀，上驪山，賜浴湯池，給
香粉蘭澤，從行給翔麟馬，品官黃衣各一。帝有所感即賦詩，學士
皆屬和。當時人所歆慕。然皆狎猥佻佞，忘君臣禮法，惟以文華取
幸。若韋元旦、劉允濟、沈佺期、宋之問、閻朝隱等無它稱，附篇
左方。〔註147〕

在君主重文華，好遊宴的風氣下，這一批言語侍從之臣先後受寵，他們跟隨
君王貴主，春幸梨園、夏宴蒲萄園、秋登慈恩浮圖、冬幸新豐，歷白鹿觀，
上驪山。殊遇令人眼紅。遂使當時風氣，不講品德，唯尙文才。讀書人皆專
修文事，以詩賦踴躍於王公貴主之門，希圖藉此邀幸。

這批受寵的詞臣，《舊唐書》中批評爲：「狎猥佻佞，忘君臣禮法，惟以
文華取幸」，頗爲人詬病。其中，宋之問算是名聲相當不好的一位。他先受寵
於武后，媚事張易之等紅人，《新唐書》載：「于時張易之等烝昵寵甚，之問
與閻朝隱、沈佺期、劉允濟傾心媚附，易之所賦諸篇，盡之問、朝隱所爲，
至爲易之奉溺器。」〔註148〕張易之的詩賦，多由宋之問、閻朝隱捉刀，巴結
奉承到甚至爲張易之捧小便斗。武后晚年，張易之等失勢後，宋之問也因此
得罪。他被貶瀧州，卻受不了苦，自己逃了回來。朋友張仲之收留了他，將
他藏匿家中。結果有一天宋之問偷聽到了張仲之將謀殺武三思以安定王室的
秘密，爲了規避罪懲，他竟出賣朋友，密告朝廷。此舉果然讓他重新得官，
換得了一個擢任鴻臚主簿的報償，但也因此受天下人唾罵，於時「天下醜其
行」。〔註149〕其後，宋之問並未改其素行的作風，先媚附太平公主，後又諂事
安樂公主，遊走逢迎，但是太平和安樂，本就各擁勢力，相互爲敵，如《資
治通鑑・景龍三年九月》：「太平、安樂公主各樹朋黨，更相譖毀。」〔註150〕
宋之問此舉終於得罪太平公主，因此太平在他將升任中書舍人的時候，參他

〔註147〕《新唐書》第十八冊，卷二百二〈文藝〉中，頁5748。
〔註148〕《新唐書》第十八冊，卷二百二・文藝中〈宋之問傳〉，頁5750。
〔註149〕《新唐書》第十八冊，卷二百二・文藝中〈宋之問傳〉，頁5750：「及敗，貶
瀧州，朝隱崖州，並參軍事。之問逃歸洛陽，匿張仲之家。會武三思復用事，
仲之與王同晈謀殺三思安王室，之問得其實，令兄子曇與冉祖雍上急變，因
丐贖罪，由是擢鴻臚主簿，天下醜其行。」
〔註150〕〔宋〕司馬光著，胡三省注，章鈺校記：《新校資治通鑑》第十一冊，卷二百
九〈中宗景龍三年〉，頁6637。

一本，將他扳倒。〔註151〕

　　宋之問以文辭受寵的這段期間，正是唐代崇道的高峰，老子被崇爲玄元皇帝、圖像傳寫天下、大興宮宇、科舉加考《老子》、帝王大肆醮祭、仙跡靈驗傳說四起，神仙文化在君主崇道的推波助瀾下大行其道，文學、繪畫、書法、音樂……，處處可見浸染。君王貴主也有種種崇仙的風尚，並且經常性的往宗教聖地、道觀佛寺參訪。文學侍從之臣附和在位者的喜好，也就跟著寫種種仙風瀰漫的作品。相關典故的運用，頻繁而翻新。

　　以武后寵幸張易之兄弟爲例。武后美譽張易之是仙人王子喬（又稱：王子晉）的後身，讓他扮爲騎鶴仙人，並爲他置了一個名爲「控鶴府」的官署，專門侍奉她。〔註152〕因爲傳說中，王子喬仙人曾於七月七日乘白鶴下降緱山，後又舉手謝世人而去，武三思甚而在緱氏山爲張易之立了一個廟。立廟之後，詞人才子，如宋之問之輩紛紛作詩歌詠附和。〔註153〕就在這樣的風氣下，王子喬、仙鶴的神仙典故，忽爾大行。

　　宋之問經常隨行遊歷名山道觀，又好附和在位者崇仙的風尚，因此他的作品中出現許多與「仙」相關的書寫。

　　宋之問的詩文中，倒也有一二提及他學仙的志向，如：〈入崖口五渡寄李適〉：「碧潭可遺老，丹砂堪學仙。莫使馳光暮，空令歸鶴憐。」〔註154〕〈使至嵩山尋杜四不遇，慨然復傷田洗馬韓觀主，因以題壁贈杜侯杜四〉：「逝者非藥誤，餐霞意可全。爲余理還策，相與事靈仙。」〔註155〕〈入瀧州江〉：「余本巖栖客，悠哉慕玉京。」〔註156〕這些文句雖然流露學仙的願望，但都是情

〔註151〕《新唐書》第十八冊，卷二百二‧文藝中〈宋之問傳〉，頁5750：「景龍中，遷考功員外郎，諂事太平公主，故見用，及安樂公主權盛，復往諧結，故太平深疾之。中宗將用爲中書舍人，太平發其知貢舉時賕餉狼藉，下遷汴州長史，未行，改越州長史。」

〔註152〕《舊唐書》第一冊，卷六〈則天皇后紀〉，頁128：「初爲寵臣張易之及其弟昌宗置控鶴府官員，尋改爲奉宸府，班在御史大夫下。」

〔註153〕張鷟：《朝野僉載》卷五：「天后梁王武三思爲張易之作傳，云是王子晉後身。於緱氏山立廟，詞人才子佞者爲詩以詠之，舍人崔融爲最。周年，易之族，佞者並流於嶺南。」《唐五代筆記小說大觀》（上海：上海古籍出版社，2000）上冊，頁71～72。

〔註154〕宋之問：〈入崖口五渡寄李適〉，《全唐詩》第二冊，卷五十一，頁620。

〔註155〕宋之問：〈使至嵩山尋杜四不遇，慨然復傷田洗馬韓觀主，因以題壁贈杜侯杜四〉，《全唐詩》第二冊，卷五十一，頁625。

〔註156〕宋之問：〈入瀧州江〉，《全唐詩》第二冊，卷五十三，頁651。

境所引發，第一首是沈浸在山林美景中忽有曠懷，第二首是與道觀道士相關的贈答詩，最後一首則是因罪流放瀧州，自我寬慰。因此宋之問學道求仙的傾向並不強烈。他在神仙文學創作上的成績，主要還是在追隨崇仙風尚上，運用他高超的文才，對文學典故的純熟，所營造出來的氛圍。

前面提過，武后朝由於張易之的關係，王子喬的傳說在文學中的運用特別頻繁。宋之問熱衷攀附權貴，又與張氏兄弟近暱，他的作品中自然少不了相關的書寫。

例如〈王子喬〉：

> 王子喬，愛神仙，七月七日上賓天。白虎搖瑟鳳吹笙，乘騎雲氣吸日精。吸日精，長不歸，遺廟今在而人非。空望山頭草，草露溼人衣。〔註157〕

又，〈緱山廟〉：

> 王子賓仙去，飄颻笙鶴飛。徒聞滄海變，不見白雲歸。天路何其遠，人間此會稀。空歌日云暮，霜月漸微微。〔註158〕

王子喬的傳說出自《列仙傳》。《太平廣記》引《列仙傳》：

> 王子喬者，周靈王太子也，好吹笙作鳳凰鳴，遊伊洛之間。道士浮丘公，接以上嵩山。三十餘年，後求之於山。見桓良曰：「告我家，七月七日待我於緱氏山頭。」果乘白鶴，駐山嶺，望之不到，舉手謝時人，數日而去。後立祠於緱氏及嵩山。（出《列仙傳》）〔註159〕

將史傳的記載與詩作內容兩相比較，王子喬意象的經營並無明顯進展，還是圍繞著「升仙」、「控鶴」、「揮手謝世人」來描寫。宋之問還有一篇〈為袞州司馬祭王子喬文〉：

> 維大唐神龍二年歲次甲子月日。前大中大夫行袞州都督府司馬王某，謹以清酌之奠，敢昭告於仙君之靈。夫惟仙君，神化寥廓。昔為葉宰，蒞此郭郭。謁帝乘鳧，賓天控鶴。玉以為棺，言降楚鄉。土自成壙，人知東岡。靡靡行邁，邑過諸梁。實感我先，顧慕增傷。載馳載奔，于陵于谷。迴披蔓草，式敬喬木。孰不懷古，誰非後昆。靈胄日衰，遐心莫存。逮及仙伯，復茲道門。小子實幸，忝惟枝孫。

〔註157〕宋之問：〈王子喬〉，《全唐詩》第二冊，卷五十一，頁628。

〔註158〕宋之問：〈緱山廟〉，《全唐詩》第二冊，卷五十二，頁633。

〔註159〕《太平廣記》第一冊，卷四・神仙四〈王子喬〉，頁24。

> 華陽舊里，緱氏新宅。二君爰翔，百代不易。豈無沃土，永守遺跡。
>
> 有鳥有鳥，歸來何斯。緬惟此地，登真之基。願考俠室，樹茲豐碑。
>
> 有志未就，靈其祐之。尚饗！〔註160〕

同樣也無開展。

宋之問神仙文學作品的特色在於較少個人情志的寄託，神仙本就是美好理想的反映，如果個人的理想性沒有在其中發酵，也就較難激盪出新火花。但是宋之問是格律派的大將，他在文學藝術的操作和嘗試，就較有收穫了。以〈嵩山天門歌〉為例：

> 登天門兮坐盤石之磷磟。前涔涔兮未半，下漠漠兮無垠。紛窈窕兮
> 巖倚披以鵬翅，洞膠葛兮峰稜層以龍鱗。松移岫轉，左變而右易。
> 風生雲起，出鬼而入神。吾亦不知其靈怪如此，願遊杳冥兮見羽人。
> 重曰：天門兮穹崇，回合兮攢叢。松萬接兮柱日，石千尋兮倚空。
> 晚陰兮足風，夕陽兮艷紅。試一望兮奪魄，況眾妙之無窮。〔註161〕

以奇幻的想像驅遣文辭，寫層巖似鵬翅，稜洞如龍鱗，須臾間松樹、山岫移轉，左變而右異，風生雲起間，出鬼而入神，確然經營出「靈怪」的氣氛。

二、張說、張九齡：神道王教關係的擘劃與闡揚

張說（667～731），字道濟，武后時應賢良方正科舉，所對被推譽為「天下第一」。張說仕途尚稱順遂，先被擢為鳳閣舍人，睿宗時即拜中書侍郎，知政事，到了開元初，又為中書令，封燕國公。當時朝廷述作多出自其手，與蘇頲並稱「燕許大手筆」。〔註162〕張九齡（678～740），字子壽，韶州曲江人，少有文名，〔註163〕因為張說的推薦，召為秘書少監、集賢院學士，累遷至相位。見《新唐書》卷一百二十六〈張九齡傳〉：

> 始，說知集賢院，嘗薦九齡可備顧問。說卒，天子思其言，召為祕

〔註160〕宋之問：〈為袞州司馬祭王子喬文〉，《全唐文》第三冊，卷二百四十一，頁
　　　　2440～2441。

〔註161〕宋之問：〈嵩山天門歌〉，《新唐書》第二冊，卷五十一，頁630。

〔註162〕《新唐書》第十四冊，卷一百二十五〈蘇頲傳〉，頁4402：「頲性廉儉，奉稟
　　　　悉推散諸弟親族，儲無長貲。自景龍後，與張說以文章顯，稱望略等，故時
　　　　號『燕許大手筆』。」

〔註163〕《新唐書》第十四冊，卷一百二十六〈張九齡傳〉，頁4428：「張九齡，字子
　　　　壽，韶州曲江人。七歲知屬文，十三以書干廣州刺史王方慶，方慶歎曰：『是
　　　　必致遠。』」

書少監、集賢院學士，知院事。會賜渤海詔，而書命無足爲者，乃
召九齡爲之，被詔輒成。遷工部侍郎，知制誥。數乞歸養，詔不許。
以其弟九皋、九章爲嶺南刺史，歲時聽給驛省家。遷中書侍郎，以
母喪解，毀不勝哀，有紫芝產坐側，白鳩、白雀巢家樹。是歲，奪
哀拜中書侍郎、同中書門下平章事。固辭，不許。明年，遷中書令。
始議河南開水屯，兼河南稻田使。上言廢循資格，復置十道採訪使。
〔註164〕

開元年，張說、張九齡的先後拜相，對文壇的風尚也造成了影響。因爲張說
之前的姚崇、宋璟，都是以剛正務實知名，壓抑崇文之士，到了二張上台，
才逐漸扭轉風氣。

姚崇歷事武后、中宗、玄宗，屢次進言直諫，他在中宗朝曾建言「佛不
在外，悟之于心。行事利益，使蒼生安穩，是謂佛理。烏用姦人以汨眞教？」
中宗於是下詔沙汰僞濫僧眾。當時因而出寺還俗，留髮務農的僧徒有一萬二
千人之多。〔註165〕到了玄宗朝，他又以十事諫新皇，其中包括了「嚴君臣之
禮」以及「請絕道、佛營造」，前者是對中宗近暱言語侍從之臣的指正，後者
則是對造寺立觀這種耗費財用、無濟民生之事的反對。〔註166〕因爲姚崇這種
剛嚴的作風，實際落實到施政上，武后、中宗以來專務文華的浮靡之風，確

〔註164〕《新唐書》第十四冊，卷一百二十六〈張九齡傳〉，頁4428。

〔註165〕《新唐書》第十四冊，卷一百二十四〈姚崇傳〉，頁4384：「中宗時，近戚奏
度僧尼，溫戶彊丁因避賦役。至是，崇建言：「佛不在外，悟之于心。行事利
益，使蒼生安穩，是謂佛理。烏用姦人以汨眞教？」帝善之，詔天下汰僧僞
濫，髮而農者餘萬二千人。」。

〔註166〕《新唐書》第十四冊，卷一百二十四〈姚崇傳〉，頁4383：「崇知帝大度，銳
于治，乃先設事以堅帝意，即陽不謝，帝怪之。崇因跪奏：『臣願以十事聞，
陛下度不可行，臣敢辭。』帝曰：『試爲朕言之。』崇曰：『垂拱以來，以峻
法繩下；臣願政先仁恕，可乎？朝廷覆師青海，未有牽復之悔；臣願不倖邊
功，可乎？比來壬佞冒觸憲網，皆得以寵自解；臣願法行自近，可乎？后氏
臨朝，喉舌之任出閹人之口；臣願宦豎不與政，可乎？戚里貢獻以自媚于上，
公卿方鎮寖亦爲之；臣願租賦外一絕之，可乎？外戚貴主更相用事，班序荒
雜；臣請戚屬不任臺省，可乎？先朝褻狎大臣，虧君臣之嚴；臣願陛下接之
以禮，可乎？燕欽融、韋月將以忠被罪，自是諍臣沮折；臣願司臣皆得批逆
鱗，犯忌諱，可乎？武后造福先寺，上皇造金仙、玉眞二觀，費鉅百萬；臣
請絕道佛營造，可乎？漢以祿、莽、閻、梁亂天下，國家爲甚；臣願推此鑒
戒爲萬代法，可乎？』帝曰：『朕能行之。』崇乃頓首謝。翌日，拜兵部尚書、
同中書門下三品。封梁國公。遷紫微令。固辭實封，乃停舊食，賜新封百戶。」

實也因此得到了矯正。姚崇之後的宋璟，同樣的務實求治，而且剛正有過於姚崇，玄宗深所尊憚。《新唐書》載：「宋璟剛正又過於崇，玄宗素所尊憚，常屈意聽納。故唐史臣稱崇善應變以成天下之務，璟善守文以持天下之正。二人道不同，同歸于治，此天所以佐唐使中興也。」〔註167〕在姚、宋的執掌下，朝政逐漸走向重實用、抑文華的作風，專務文辭的朝官也較受壓制，例如以文辭受寵的張說，此時便不得志，並且便與姚崇素為不合。

　　到了開元中，張說掌政後，則開始講求神道人文，他主導祠后土、封禪泰山等儀典，〔註168〕撰述了許多構畫神人秩序的大製作，也拔擢了許多能文之士，張九齡、賀知章等皆是在他的汲引下嶄露頭角的。張祖言在《張說年譜·前言》中便曾指出：

> 張說所獎掖的文學後進（包括一些和他年齡差不多的人），現在我們能考知的就有：張九齡、賀知章……等二十餘人（還有些當時以文學受知於張說，日後卻並非以文學著稱者，如房琯、李泌、劉晏等）。這簡直就是一張開元前期的文學家名單！這批人又提攜了一批盛唐的大師，如張九齡之於孟浩然，王維、賀知章之於李白，孫逖之於李華、蕭穎士。可以說，張說的「延攬後進」，對唐代文學的發展，意義是重大的，影響是深遠的。〔註169〕

認為張說的大量拔擢能文之士，對唐代文學發展所造成了重大的影響。

　　張說及他所拔擢的張九齡、賀知章等人，都出身集賢院。張說還是首任的「院長」。集賢院即「集賢殿書院」，玄宗曾置酒集仙殿，宴請張說與禮官學士，因有感於「朕今與賢者樂于此，當遂為集賢殿」，因此將集仙殿改名為集賢殿，原設麗正書院改名集賢殿書院，並以張說為首任「院長」。〔註170〕集賢殿掌管經術文教，其職能據《舊唐書·職官志》載：

〔註167〕《新唐書》第十四冊，卷一百二十四〈姚崇宋璟傳·贊〉，頁4395。
〔註168〕《新唐書》第十四冊，卷一百二十五〈張說傳〉，頁4408：「帝自東都將還京，因幸并州。說見帝曰：『太原王業所基，陛下巡幸，振耀威武，以申永思。緣河東入京師，有漢武脽上祠，此禮廢闕，歷代莫舉，願為三農祈穀，誠四海之福。』帝納其言，過祠后土乃還。進中書令。說又倡封禪議，受詔與諸儒草儀，多所裁正。」
〔註169〕張祖言：《張說年譜·前言》（香港：香港中文大學出版社，1984），頁1～4。
〔註170〕《新唐書》第十四冊，卷一百二十五〈張說傳〉，頁4408：「帝召說與禮官學士置酒集仙殿，曰：『朕今與賢者樂于此，當遂為集賢殿。』乃下制改麗正書院為集賢殿書院，而授說院學士，知院事。」

> 集賢學士之職，掌刊緝古今之經籍，以辨明邦國之大典。凡天下圖
> 書之遺逸，賢才之隱滯，則承旨而徵求焉。其有籌策之可施於時，
> 著述之可行於代者，較其才藝而考其學術，而申表之。凡承旨撰集
> 文章，校理經籍，月終則進課于內，歲終則考最於外。〔註171〕

可知其執掌以「刊緝古今之經籍，以辨明邦國之大典」爲主，主要參與了修
國史、明經教、建立國家典章制度等工作。

　　張說、張九齡的風格理念與集賢院的性質，表現了一種相互體現的關係。
集賢院掌經教、國家典章，張說、張九齡都出身集賢院，也皆以洵洵儒風著稱，
政績集中在引據經教，恢弘神道，佐佑王化。《新唐書‧張說傳》形容張說：

> （張說）敦氣節，立然許，喜推介後進，於君臣朋友大義甚篤。……
> 朝廷大述作多出其手，帝好文辭，有所爲必使視草。善用人之長，
> 多引天下知名士，以佐佑王化，粉澤典章，成一王法。〔註172〕

這裡面「佐佑王化，粉澤典章，成一王法」的評論，恰恰是集賢院性質的最
佳註腳。

　　關於集賢院，以及其學士集團對盛唐學術發展所發揮的影響，葛曉音教
授亦有所討論，其在〈盛唐「文儒」的形成和復古思潮的濫觴〉一文中，肯
定集賢院的存在、張說對禮樂的提倡，在學術發展上產生了導向作用，促成
盛唐時期「文」與「儒」的結合。〔註173〕不過葛教授關注的是文壇風尚，集
賢院此一文學集團的性質，涉及層面很廣，是政治的、經術的、也是文學的，
探討的空間還很大。

　　二張先後爲相，其論政的紀錄中，對祠祀制度的討論，也值得關注。張
說曾勸祠后土、封禪泰山，張九齡也曾主張郊祀不可輕廢。《新唐書》卷一百
二十六〈張九齡傳〉：

> 時玄宗即位，未郊見，九齡建言：「天，百神之君，王者所由受命也。
> 自古繼統之主，必有郊配，蓋敬天命，報所受也。不以德澤未洽，
> 年穀未登，而闕其禮。昔者周公郊祀后稷以配天，謂成王幼沖，周
> 公居攝，猶用其禮，明不可廢也。漢丞相匡衡曰：『帝王之事，莫重

〔註171〕《舊唐書》卷四十三〈職官〉，頁1852。
〔註172〕《新唐書》第十四冊，卷一百二十五〈張說傳〉，頁4410。
〔註173〕見葛曉音：〈盛唐「文儒」的形成和復古思潮的濫觴〉，收錄於《詩國高潮與
盛唐文化》（北京：北京大學出版社，1998），頁274～300。

乎郊祀。』董仲舒亦言:『不郊而祭山川,失祭之序,逆於禮,故春
秋非之。』臣謂衡、仲舒古之知禮,皆以郊之祭所宜先也。陛下紹
休聖緒,于今五載,而未行大報,考之于經,義或未通。今百穀嘉
生,鳥獸咸若,夷狄內附,兵革用弭,乃息於事天,恐不可以訓。
願以迎日之至,升紫壇,陳采席,定天位,則聖典無遺矣。」〔註174〕

祠后土、郊祀,都是禮樂之一環,可以視為儒家理念的推展。不過從天人關
係來尋索,其中陳言的「敬天命」、「定天位」、「天道雖遠,其應甚邇」〔註175〕、
「宰相代天治物」〔註176〕等理念,也表現了一種天人和融關係的追求。

　　張九齡與張說的著作中,許多皆為神道王教關係的擘劃與闡揚。張說有
〈皇帝在潞州祥瑞頌十九首奉敕傳〉,內容為:〈日抱戴〉、〈月重輪〉、〈赤龍〉、
〈逐鹿〉、〈嘉禾〉、〈黃龍〉、〈羊頭山北童謠〉、〈仙洞〉、〈大王山三疊〉、〈疑
山鑿斷〉、〈赤鯉〉、〈黃龍再見〉、〈紫雲〉、〈李樹〉、〈神蓍〉、〈金橋〉、〈紫氣〉、
〈大人跡〉、〈神人傳慶〉。〔註177〕又有〈大唐封祀壇頌〉、〈開元正歷握乾符頌〉
等文。詩歌方面,〈道家四首奉敕撰〉寫神人和融,仙氣最為氛氳。

> 金壇啟曙闈,眞氣肅微微。落月銜仙寶,初霞拂羽衣。
> 香隨龍節下,雲逐鳳簫飛。暫住蓬萊戲,千年始一歸。
> 窈窕流精觀,深沈紫翠庭。金飆調上藥,寶案讀仙經。
> 作賦看神雨,乘槎辨客星。祗應謝人俗,輕舉托雲軿。
> 金爐承道訣,玉牒啟玄機。雲逐笙歌度,星流宮殿飛。
> 乘風嬉浩蕩,窺月弄光輝。唯有三山鶴,應同千載歸。
> 道記開中籙,眞官表上清。焚香三鳥至,煉藥九仙成。
> 天上靈書下,空中妙伎迎。迎來出煙霧,渺渺戲蓬瀛。〔註178〕

張說曾勸封禪泰山,當時封禪的典章舉度許多皆出自張說的裁正。張說詩歌

〔註174〕《新唐書》第十四冊,卷一百二十六〈張九齡傳〉,頁4424～4425。
〔註175〕《新唐書》第十四冊,卷一百二十六〈張九齡傳〉,頁4425:「乖政之氣,發
　　　　為水旱。天道雖遠,其應甚邇。」。
〔註176〕《新唐書》第十四冊,卷一百二十六〈張九齡傳〉,頁4428:「李林甫無學術,
　　　　見九齡文雅,為帝知,內忌之。會范陽節度使張守珪以斬可突干功,帝欲以
　　　　為侍中。九齡曰:『宰相代天治物,有其人然後授,不可以賞功。國家之敗,
　　　　由官邪也。』」
〔註177〕張說:〈皇帝在潞州祥瑞頌十九首奉敕傳〉,《全唐文》第三冊,卷二二一,頁
　　　　2229～2232。
〔註178〕張說:〈道家四首奉敕撰〉,《全唐詩》第三冊,卷八十七,頁947。

作品中亦有〈唐封泰山樂章〉，內容爲〈豫和六首〉、〈太和〉、〈肅和〉、〈雍和〉、〈壽和二首〉、〈舒和〉、〈凱和〉、〈豫和〉。另外還有〈唐享太廟樂章〉，內容爲〈永和三首〉、〈太和〉、〈肅和〉、〈雍和二首〉、〈文舞〉、〈光大舞〉、〈長發舞〉、〈大政舞〉、〈大成舞〉、〈大明舞〉、〈崇德舞〉、〈鈞天舞〉、〈大和舞〉、〈景雲舞〉、〈福和〉、〈舒和〉、〈凱安三首〉、〈登歌〉、〈永和〉。這些作品的內容皆以降神之至誠始，中間寫天人之和融，皇天庇佑，子民崇德稱頌，最後以送神之恭謹、思慕、恍惚作結。以〈唐封泰山樂章〉爲例，首篇〈豫和〉：「挹泰壇，紫泰清。受天命，報天成。竦皇心，薦樂聲。志上達，歌下迎。」「億上帝，臨下庭。騎日月，陪列星。嘉視信，大禧馨。澹神心，醉皇靈。」「天道無親，至誠與鄰。山川遍禮，宮徵惟新。玉帛非盛，聰明會眞。正斯一德，通乎百神。」等章句表達臨奠之至誠，中間如〈舒和〉：「六鐘翕協六變成，八佾徜徉八風生。樂九韶兮人神感，美七德兮天地清。」是神人和悅、天地清闊的描寫，終章〈豫和〉：「禮樂終，煙燎上。懷靈惠，結皇想。歸風疾，回風爽。百福來，眾神往。」〔註179〕則爲送神之悵然與不盡思慕之意。

張九齡亦有〈開元正歷握乾符頌并序〉、〈請御註道德經及疏施行狀〉、〈龍池盛德頌并序〉（內容含：元命、聖德、靈泉、神池、休氣、黃龍）、〈南郊赦書〉、〈東封赦書〉、〈后土赦書〉等作品。其中張說、張九齡皆有作的「開元正歷握乾符頌」，將歷日的訂正詮釋爲「乾符在握」，彰顯王權的神聖性，很具象徵意義。時間與空間的概念構成宇宙，宇宙觀的成形是一種宗教的、神聖的表達。因此「時間」秩序的臨加與掌握，代表了神聖權力的加諸。由帝王來執行歷日的修訂，恰恰是一個神權與王權緊密鍊結的象徵。張說與張九齡的文章在這方面作了成功的闡述。例如：張九齡〈開元正歷握乾符頌并序〉中的「臣聞天道先聖而啓期，聖人後天而奉時。不當乎天心，不在歷數。不登乎聖道，不合元符。元命定而王者應，幽數起而明者察。」「於戲！天下之動，日用不知。昆蟲草木，生者自遂。麟鳳龜龍，靈者自瑞。蠻夷戎狄，遠無不至。山川鬼神，幽罔不洎。此聖人所以定天下之象，通天下之志，而天人之道備矣。」〔註180〕等語。

玄宗的求仙崇道，廣爲人知，至於他在典章制度層面的著墨，則較少有研究深耕，張說、張九齡、賀知章等集賢院學士，直接而充分的參與了這些

〔註179〕張說：〈豫和〉，《全唐文》第三冊，卷八十五，頁918～923。

〔註180〕張九齡：〈開元正歷握乾符頌并序〉，《全唐文》第三冊，卷二八三，頁2870。

工作，他們既是推手也是執行者，是唐代神人關係建構的裝潢師傅。從這些作品中，我們可以更清楚的瞭解自初唐以來，在崇道政策的接連推動下，道教的「神文」如何與「人文」進一步嫁接起來。

除了官方的應用文章外，詩歌言志，則較多的顯露了二張對神仙的理解與態度。

張說的作品，時亦流露對道家哲學的涉獵與追尋，但是實際上更多流露的是對王教人倫的執守。〈奉和聖製賜諸州刺史應制以題坐右〉一首是很好的例子。

> 文明遍禹跡，鰥寡達堯心。正在親人守，能令王澤深。朝廷多秀士，
> 鎔鍊比精金。犀節同分命，熊軒各外臨。聖主賦新詩，穆若聽薰琴。
> 先言教爲本，次言則是欽。三時農不奪，午夜犬無侵。願使天宇內，
> 品物遂浮沈。寄情群飛鶴，千里一揚音。共躡華胥夢，龔黃安足尋。
>
> 〔註 181〕

雖然篇末發揮的是寄情於飛鶴般的逍遙遠揚，共同追求華胥仙夢，拋棄任官的勞務與功勳。然而這是要在教化普施、百姓樂生、宇內品物各遂其性的前提下，才發的美夢。其他又如〈行從方秀川與劉評事文同宿〉：「寰中病羈掛，方外嫌縱誕。願君樂盛時，無嗟帶纏緩。」〔註 182〕也是相同的寄託。

張九齡的作品同樣對於世道人倫、忠君之思有高度的執著。如〈使還都湘東作〉：「牽役而無悔，坐愁祇自怡。當須報恩已，終爾謝塵緇。」〔註 183〕說自己牽於事役而無悔，只有在報答君恩後，才敢追求隱居遁世的願望。又〈忝官二十年盡在內職及爲郡嘗積戀因賦詩焉〉說：「愛禮誰爲羊，戀主吾猶馬。」〔註 184〕直接用「戀主」這樣的字眼，表達更爲露骨。

但是跟張說相較之下，張九齡對道家哲學、神仙方術，則顯然有較多的理解與追求。如〈與生公遊石窟山〉：「探祕孰云遠，忘懷復爾同。日尋高深意，宛是神仙中。躋險構靈室，詭制非人功。潛洞黝無底，殊庭忽似夢。豈如武安鑿，自若茅山通。造物良有寄，嬉遊迺愜衷。猶希咽玉液，從此昇雲

〔註 181〕張說：〈奉和聖製賜諸州刺史應制以題坐右〉，《全唐詩》第三冊，卷八十六，頁 924。

〔註 182〕張說：〈行從方秀川與劉評事文同宿〉，《全唐詩》第三冊，卷八十六，頁 926。

〔註 183〕張九齡：〈使還都湘東作〉，《全唐詩》第二冊，卷四十七，頁 575。

〔註 184〕張九齡：〈忝官二十年盡在內職及爲郡嘗積戀因賦詩焉〉，《全唐詩》第二冊，卷四十七，頁 577。

空。咄咄共攜手，泠然且馭風。」〔註185〕〈登南嶽事畢謁司馬道士〉:「將命祈靈嶽，迴策詣眞士。絕跡尋一徑，異香聞數里。分庭八桂樹，肅容兩童子。入室希把袖，登床願啓齒。誘我棄智訣，迨茲長生理。吸精反自然，鍊藥求不死。斯言眇霄漢，顧余嬰紛滓。相去九牛毛，慚歎知何已。」〔註186〕〈登郡城南樓〉:「駑鉛雖自勉，倉廩素非實。陳力倘無效，謝病從芝朮。」〔註187〕〈商洛山行懷古〉:「長懷赤松意，復憶紫芝歌。避世辭軒冕，逢時解薜蘿。」〔註188〕這裡面「猶希咽玉液」、「謝病從芝朮」、「長懷赤松意」等句顯示張九齡對仙道的仰慕，不過這些都是在出塵的山水情境中所發的出塵之思而已，這種仙道逸思的生發與山水環境的書寫結合，使張九齡的山水詩除了客觀景色的描述外，還加入了主觀思緒的流動跳躍，因而表現出清新飄逸的風格。張九齡詩有「清澹」之評，山水與道家道教出世之思的結合，應該也是一個原因。不過仔細看張九齡的用語，諸如「宛是」、「猶希」、「誘我」、「顧余」、「雖自勉」、「倘無效」、「復憶」……，可以發現，這裡面沒有主動的、熱情的追求，都是猶疑的、外界勾引的飄忽想頭而已。

　　而從張說、張九齡的作品整體來看，亦可證實:他們的文章中雖然有大量的神人闡述，然而實質上神仙的追求並沒有進入生命中。其實虛幻空遠的神仙幻夢本就和儒家經世之教格格不入，因此張說、張九齡這些詩作不約而同的把神仙理想放在第二順位，有前提的，或者作爲一種渴望而明知不可求的理想來書寫，也是可相印證的合理發展。

　　仕與隱、山林與魏闕的拔河，向爲文人人生抉擇的課題，也是文學中的常見的主題。在唐代，大量文人投入神仙道教的追求。作爲一個閒雲野鶴的隱士，與報效君王顯然是衝突的。然而作一個仙道的追求者，與王教需要調和嗎?這是一個區別道家與道教良好的觀察點。

　　張說、張九齡雖然對道家道教的內涵有所瞭解和追求，但可以說既非道家，也不是神仙道教的信徒，他們對神仙並不深信，對事君的忠忱遠過於對道家自性的追求。作爲國家文教的設計師與裝潢作手，這是一個恰當的人生定位。既能恰當的援引神話仙道的素材，又能在儒家的框架下，對天人關係

〔註185〕張九齡:〈與生公遊石窟山〉，《全唐詩》第二冊，卷四十七，頁568。
〔註186〕張九齡:〈登南嶽事畢謁司馬道士〉，《全唐詩》第二冊，卷四十七，頁566。
〔註187〕張九齡:〈登郡城南樓〉，《全唐詩》第二冊，卷四十七，頁567。
〔註188〕張九齡:〈商洛山行懷古〉，《全唐詩》第二冊，卷四十九，頁606。

作良好的詮釋。而這樣依違於儒道之間的人生定位，正是當時讀書人的樣本。科舉求仕或爲功名、或爲淑世之理想，都是很世俗實際的。但是在崇道政策的推動下，世庶家藏《道德經》一本，策論加考《道德經》，每個文人都對道家玄理有所涉獵，也清楚在當時的政治氛圍下，將所思所想以道言道語的方式抒發，是最合時宜的。第一節中所引的道舉題目，也顯示了這是一個當時文人共同的課題。既出世也入世，既求神仙也樂作凡人，既忠君也不違自性……，這些調和的達成，是神仙書寫跨越初唐，來到盛唐的里程碑。而張說、張九齡是橋樑般的典型人物。

三、白居易：與白髮之憂相隨的矛盾神仙夢

白居易（772～846），字樂天，兩唐書有傳，見《新唐書》卷一一九、《舊唐書》卷一六六。白居易的仕宦之路尚稱順遂，貞元中一舉中第，累遷左拾遺、知制誥、中書舍人、刑部尚書、太子少傅等職。他個性鯁直，銳意政務，經常上疏建言，頗受君王愛重。然而因爲一心求治，不懂得掩抑鋒芒，也因此得罪不少人，幾次遭到排擠貶黜。《新唐書·白居易傳》載：

> 居易被遇憲宗時，事無不言，湔剔抉摩，多見聽可，然爲當路所忌，遂擯斥，所蘊不能施，乃放意文酒。既復用，又皆幼君，偓佺益不合，居官輒病去，遂無立功名意。〔註189〕

在幾番的宦海浮沈中，白居易漸漸綽意於詩酒方外之樂。他給自己取了兩個別號，醉吟先生跟香山居士，這兩個號正好代表了他後期的兩種偏嗜。「醉吟先生」，有縱情於詩酒的意思，白居易寫了一篇〈醉吟先生傳〉，傳達他取此號的心境文中先說：「凡人之性鮮得中，必有所偏好」，凡人的個性，很少有中庸的，大約都會有一些偏好。至於他個人呢，偏嗜的便是杯觴諷詠，接著說：

> 若捨我所好，何以送老。因自吟詠懷詩云：抱琴榮啓樂，縱酒劉伶達。放眼看青山，任頭生白髮。不知天地內，更得幾年活。從此到終身，盡爲閒日月。吟罷自哂，揭甕撥醅。又飲數杯，兀然而醉。既而醉復醒，醒復吟，吟復飲，飲復醉，醉吟相仍，若循環然。繇是得以夢身世，雲富貴。幕席天地，瞬息百年。陶陶然，昏昏然，不知老之將至。古所謂得全於酒者，故自號爲醉吟先生。〔註190〕

〔註189〕《新唐書》第十四冊，卷一一九〈白居易傳〉，頁4304。

〔註190〕白居易：〈醉吟先生傳〉，白居易撰、朱金城箋校：《白居易集箋校》第六冊，

認為如果放棄了喝酒吟詩的愛好，如何度晚年呢？不知天地內，更得幾年活，他願意在僅餘的生命裡，過著一種閒散自放的生活，吟完詩，開心的喝酒，喝了醉，醉又醒，醒了便吟詩，邊吟邊喝，於是又醉，如此醉吟相繼，猶似一個循環，在這個暈陶陶的循環裡，什麼功名富貴、身世遭遇都可以放一邊，也不知老之將至，酒成就了自己美好的人生，因此自號醉吟先生。

不管白居易這位「唯歌生民病」的社會志士，面對日益不堪的時局，是不是逃藏在醉鄉中，麻醉自己的現實關懷，總說來，好吟詩與好飲酒，都是貪嗜。這樣的貪嗜縱情，和佛教勘破因果，斬斷我執的哲學，何其相悖。「醉吟先生」的心境和「香山居士」的追求，落差似乎不小。

白居易以好佛稱，〈醉吟先生傳〉自言：「遊之外，棲心釋氏，通學小中大乘法。」〔註191〕普濟《五燈會元》也登錄其為「佛光滿禪師法嗣」，記載：

> 杭州刺史白居易，字樂天，久參佛光得心法，兼稟大乘金剛寶戒。元和中造于京兆興善法堂，致四問。語見興善章。十五年，牧杭州，訪鳥窠和尚，有問答語句。見鳥窠章。嘗致書于濟法師，以佛無上大慧演出教理，安有徇機高下，應病不同，與平等一味之說相反。援引《維摩》及《金剛三昧》等六經，鬬二義而難之。又以五蘊十二緣說名色，前後不類，立理而徵之。並鈎深索隱，通幽洞微，然未睹法師醻對，後來亦鮮有代答者。復受東都凝禪師八漸之目，各廣一言而為一偈。釋其旨趣，自淺之深，猶貫珠焉。凡守任處多訪祖道，學無常師，後為賓客，分司東都。罄己俸修龍門香山寺。寺成自撰記。凡為文動關教化，無不贊美佛乘，見于本集。其歷官次第歸全代祀，即史傳存焉。〔註192〕

由「久參佛光得心法，兼稟大乘金剛寶戒」、「訪鳥窠和尚」、「致書濟法師」、「受東都凝禪師八漸之目」、「凡守任處多訪祖道」可知白居易跟佛門有深厚因緣，而認為佛法無高下應病之別、申論五蘊十二緣說名色前後不類等，則顯示白居易對佛法亦頗有深研。

白居易佛道兼修，好佛法之外，對仙道也有種種追求，他的詩作中，有

　　　卷七十，頁 3782～3783。

〔註191〕白居易：〈醉吟先生傳〉，白居易撰、朱金城箋校：《白居易集箋校》第六冊，卷七十，頁 3782。

〔註192〕〔宋〕普濟、蘇淵雷點校：《五燈會元》（北京：中華書局，1984）上冊，卷四，頁 221。

關神仙修煉的詞語詩句,可說俯拾皆是,例如:「亦曾燒大藥,消息乖火候。至今殘丹砂,燒乾不成就。」〔註193〕「空王百法學未得,妊女丹砂燒即飛。」〔註194〕「七篇《真誥》論仙事,一卷壇經說佛心。」〔註195〕等。其中〈早服雲母散〉一詩說:

> 曉服雲英漱井華,寥然身若在煙霞。藥銷日晏三匙飯,酒渴春深一椀茶。〔註196〕

詩題與內容都明確自陳服用長生藥。

而〈同微之贈別郭虛舟鍊師五十韻〉則顯示白居易曾師從一位郭虛舟鍊師修習《參同契》與煉丹法門。詩曰:

> 我為江司馬,君為荊判司。俱當愁悴日,始識盧丹師。師年三十餘,白皙好容儀。專心在鉛汞,餘力工琴棋。靜彈弦數聲,閒飲酒一卮。因指塵土下,蜉蝣良可悲。不聞姑射上,千歲冰雪肌。不見遼城外,古今塚纍纍。嗟我天地間,有術人莫知。得可逃死籍,不唯走三尸。授我《參同契》,其辭妙且微。六一閟扃鐍,子午守雄雌。我讀隨日悟,心中了無疑。黃芽與紫車,謂其坐致之。自負因自歎,人生號男兒。若不佩金印,即合翳玉芝。高謝人間世,深結山中期。泥壇方合矩,鑄鼎圓中規。鑪橐一以動,瑞氣紅輝輝。齋心獨歎拜,中夜偷一窺。二物正訢合,厥狀何怪奇。綢繆夫婦體,狎獵魚龍姿。簡寂館鐘後,紫霄峰曉時。心塵未淨潔,火候遂參差。萬壽覬刀圭,千功失毫釐。先生彈指起,妊女隨煙飛。始知緣會間,陰騭不可移。藥灶今夕罷,詔書明日追。追我復追君,次第承恩私。官雖小大殊,同立白玉墀。我直紫微闥,手進賞罰詞。君侍玉皇座,口含生殺機。直躬易媒孽,浮俗多瑕疵。轉徙今安在,越嶠吳江湄。一提支郡印,一建連帥旗。何言四百里,不見如天涯。秋風旦夕來,白日西南馳。雪霜各滿鬢,朱紫徒為衣。師從廬山洞,訪舊來於斯。尋君又覓我,

〔註193〕白居易:〈不二門〉,白居易撰、朱金城箋校:《白居易集箋校》第二冊,卷十一,上海:上海古籍出版社,1998,頁596。

〔註194〕白居易:〈醉吟二首〉其一,白居易撰、朱金城箋校:《白居易集箋校》第二冊,卷十七,頁1106。

〔註195〕白居易:〈味道〉,白居易撰、朱金城箋校:《白居易集箋校》第三冊,卷二十三,頁1577。

〔註196〕白居易:〈早服雲母散〉,白居易撰、朱金城箋校:《白居易集箋校》第四冊,卷三十一,頁2161。

風馭紛逶迤。帔裾曳黃絹，鬢髮垂青絲。逢人但斂手，問道亦頷頤。

孤雲難久留，十日告將歸。款曲話平昔，殷勤勉衰羸。後會杳何許，

前心日磷緇。俗家無異物，何以充別食。素牋一百句，題附元家詩。

朱頂鶴一隻，與師雲間騎。雲間鶴背上，故情若相思。時時摘一句，

唱作步虛辭。〔註197〕

這裡面除了寫郭虛舟傳授他《參同契》外，也有實際煉丹的描寫，「鉛汞」、「六一閟扃鐍，子午守雄雌」、「黃芽」、「紫車」、「泥壇方合矩，鑄鼎圓中規。鑪橐一以動，瑞氣紅輝輝」等丹道術語的引用相當頻繁。

《參同契》又稱《周易參同契》，是道教重要的丹經，參，指周易、黃老、爐火，同契，則是標明運用周易、黃老來發揮爐火丹法，相互參同發明。《參同契》在唐詩中常見舉用，沈佺期〈同工部李侍郎適訪司馬子微〉有：「聞有參同契，何時一探討。」〔註198〕王昌齡有〈就道士問周易參同契〉一詩。〔註199〕齊己有〈讀參同契〉。〔註200〕詩人彭曉曾注參同契，又作參同契明鏡圖。〔註201〕可見流傳之廣。白居易其他詩作也幾度提到《參同契》，如〈尋郭道士不遇〉：「欲

〔註197〕白居易：〈同微之贈別郭虛舟鍊師五十韻〉，白居易撰、朱金城箋校：《白居易集箋校》第三冊，卷二十一，頁1408～1409。

〔註198〕沈佺期：〈同工部李侍郎適訪司馬子微〉：「紫微降天仙，丹地投（一作授）雲藻。上言華頂事，中問長生道。華頂居最高，大壑朝陽早。長生術何妙，童顏後天老。清晨朝鳳京，靜夜思鴻寶。憑崖飲蕙氣，過澗摘靈草。人非冢已荒，海變田應燥。昔嘗遊此郡，三霜弄溟島。緒言霞上開，機事塵外掃。頃來迫世務，清曠未云保。崎嶇待漏恩，恍惚司言造。軒皇重齋拜，漢武愛祈禱。順風懷崆峒，承露在豐鎬。泠然委輕馭，復得散（一作快）幽抱。柱下留伯陽，儲闈登四皓。聞有參同契，何時一探討。」《全唐詩》第三冊，卷九十五，頁1022～1023。

〔註199〕王昌齡：〈就道士問周易參同契〉：「仙人騎白鹿，髮短耳何長。時余采菖蒲，忽見嵩之陽。稽首求丹經，乃出懷中方。披讀了不悟，歸來問稽康。嗟余無道骨，發我入太行。」《全唐詩》第四冊，卷一百四十一，頁1431。

〔註200〕齊己：〈讀參同契〉：「堪笑修仙侶，燒金覓大還。不知消息火，只在寂寥關。鬢白爐中術，魂飛海上山。悲哉五千字，無用在人間。」《全唐詩》第二十四冊，卷八百四十二，頁9506。

〔註201〕彭曉：〈參同契明鏡圖訣詩二首〉（曉嘗注參同契，復約其義為明鏡圖，列八環而符動靜，明二象以定陰陽，為訣二篇云。）：「造化潛施跡莫窮，簇成真訣指蒙童。三篇祕列八環內，萬象門開一鏡中。離女駕龍為木婿，坎男乘虎作金翁。同人好道宜精究，究得長生路便通。至道希夷妙且深，燒丹先認大還心。日交陰耦生真汞，月卦陽奇產正金。女姹朱砂男孕雪，北藏熒惑丙含壬。兩端指的鉛金祖，莫向諸般取次尋。」《全唐詩》第二十四冊，卷八百五十五，頁9674。

問參同契中事，更期何日得從容。」〔註202〕〈對酒〉：「未濟卦中休卜命，參同契裏莫勞心。」〔註203〕〈對酒〉：「漫把參同契，難燒伏火砂。」〔註204〕

又，宋代姚寬的《西溪叢語》裡則有「白樂天由留意金丹至歸依內典」一條，專門檢索白居易詩中有關金丹的句子，所得頗爲可觀。

> 白樂天〈自詠詩〉云：「朱砂賤如土，不解燒爲丹。玄鬢化爲雪，不解休爲官。」又〈不二門〉詩云：「亦曾燒大藥，消息乖火候。至今殘丹砂，燒乾不成就。」〈潯陽歲晚寄元八郎中庚三十二員外〉詩云：「潯水年將暮，燒金道未成。丹砂不肯死，白髮自須生。」〈對酒〉云：「謾把參同契，難燒伏火砂。有時成白首，無處問黃芽。」〈赴忠州至江陵舟中示舍弟〉云：「幼學將何用，丹燒竟不成。」〈酬元郎中書懷〉云：「終身擬作臥雲伴，逐月須收燒藥錢。」〈與故刑部李侍郎早結道友以藥術爲事〉詩云：「金丹同學都無益，水竹鄰居竟不成。」〈贈江州李使君〉云：「跡爲燒丹隱，家緣嗜酒貧。」〈題別遺愛草堂〉云：「曾在廬峰下，書堂對藥臺。」〈竹樓宿〉詩：「小書樓下千竿竹，深火爐前一盞燈。此處與誰相伴宿，燒丹道士坐禪僧。」《後集》第五十一卷〈同微之贈別郭盧舟鍊師五十韻〉，敘燒丹事甚詳，有云：「簡寂館鐘後，紫霄峰曉時。心塵未淨潔，火候遂參差。萬壽覬刀圭，千功失毫釐。先生彈指起，妊女隨煙飛。始知緣會間，陰隲不可移。藥灶今夕罷，詔書明日追。」〈對酒〉云：「丹砂見火去無跡，白髮泥人來未休。」〈贈杜錄事〉云：「河車九轉宜精煉，火候三年在好看。」〈酬夢得〉云：「丹砂鍊作三銖土，玄鬢看成一把絲。」又〈燒藥不成命酒獨酌〉云：「白髮逢秋至，丹砂見火空。

〔註202〕 白居易：〈尋郭道士不遇〉：「郡中乞假來相訪，洞裏朝元去不逢。看院祇留雙白鶴，入門唯見一青松。藥爐有火丹應伏，雲碓無人水自舂。（廬山中雲母多，故以水碓擣鍊，俗呼爲雲碓。）欲問參同契中事，更期何日得從容。（一作未知何日得相從。）」，白居易撰、朱金城箋校：《白居易集箋校》第二冊，卷十七，頁1070。

〔註203〕 白居易：〈對酒〉：「未濟卦中休卜命，參同契裏莫勞心。無如飲此銷愁物，一餉愁消直萬金。」，白居易撰、朱金城箋校：《白居易集箋校》第二冊，卷十七，頁1082。

〔註204〕 白居易：〈對酒〉：「漫把參同契，難燒伏火砂。有時成白首，無處問黃芽。幻世如泡影，浮生抵眼花。唯將綠醅酒，且替紫河車。」，白居易撰、朱金城箋校：《白居易集箋校》第二冊，卷十七，頁1101。

不能留妊女，爭免作衰翁。」是樂天久留意金丹，爲之而不成也。又有〈感事詩〉云：「服氣崔常侍，燒丹鄭舍人。」又云：「唯知戀杯酒，不解煉金銀。無憂亦無喜，六十六年春。」又作〈醉吟先生傳〉云：「設不幸吾好藥，治衣削食，鍊鉛燒汞，至於無所成，有所誤，奈之何。今吾幸不好彼。」又〈答客詩〉云：「海山不是吾歸處，歸即應歸兜率天。」則是晚年藥術竟無所得，乃歸依內典耳。〔註205〕

另外，《太平廣記》中也收錄了一則關於白居易神仙來歷的故事。

唐會昌元年，李師稷中丞爲浙東觀察使。有商客遭風飄蕩，不知所止。月餘，至一大山，瑞雲奇花，白鶴異樹，盡非人間所睹。山側有人迎問曰：「安得至此？」具言之。令維舟上岸。云：「須謁天師。」遂引至一處，若大寺觀。通一道（明鈔本道下有士字。）入，道士鬚眉悉白，侍衛數十，坐大殿上，與語曰：「汝中國人，茲地有緣方得一到，此蓬萊山也。既至，莫要看否。」遣左右引於宮內遊觀。玉臺翠樹，光彩奪目。院宇數十，皆有名號。至一院，扃鐍甚嚴。因窺之。眾花滿庭，堂有裀褥，焚香階下。客問之，答曰：「此是白樂天院。樂天在中國未來耳。」乃潛記之。遂別之歸。旬日至越，具白廉使，李公盡錄以報白公。先是，白公平生唯修上坐業，及覽李公所報，乃自爲詩二首，以記其事。及答李浙東云：「近有人從海上回，海山深處見樓臺。中有仙籠（明鈔本籠作龕。）開一室，皆言此待樂天來。」又曰：「吾學空門不學仙，恐君此語是虛傳。海山不是吾歸處，歸即應歸兜率天。」然白公脫屣煙埃，投棄軒冕，與夫昧昧者固不同也，安知非謫仙哉。出《逸史》。〔註206〕

此事在白居易在世時便見流傳，白居易還因此作詩自嘲。雖然當時的風尚好將才華出眾的人比擬爲神仙，白居易詩名滿天下，才華橫溢，時人如此附會，不足爲奇，但是參看其他被譽爲謫仙、地仙的文人，多有道家式的修養、神仙的追求，然則白居易在時人心中，恐怕也頗有親習仙道的印象。

五代馮贄有《雲仙雜記》，其中也記載了一條白居易燒丹於廬山，自製「飛雲履」的故事。文中說白居易燒丹於廬山，自製了一種名爲「飛雲履」的鞋

〔註205〕〔宋〕姚寬著，孔凡禮點校：《西溪叢語》（北京：中華書局，1993，《唐宋史料筆記叢刊》），卷下，頁99～100。

〔註206〕《太平廣記》第一冊，卷四十八〈白樂天〉，頁299。

子，黑色底，將白色的細絹布剪成雲朵狀，縫在四邊，又染以四選香，穿起來走路的時候就猶如騰雲駕霧一般，充滿仙趣。〔註207〕

　　據此種種，白居易雖然以篤好佛法聞名，然而對神仙丹道也多有涉獵。他唯歌生民病，滿溢對社會現實的關心，但是又佛道皆涉，詩中常有二教並陳的有趣現象，如「禪僧教斷酒，道士勸休官」〔註208〕、「七篇《真誥》論仙事，一卷壇經說佛心」，〔註209〕這樣的生命型態如何與現世對應，求取平衡，是有意思的課題

　　白居易詩中援引神仙的部分雖然多，但是現實感強烈，理性主導，不追逐虛幻的神仙夢，也沒有綺麗的仙境刻畫。

　　他有一些作品，直接的質疑神仙的存在，如〈讀張籍樂府〉：「讀君〈學仙〉詩，可諷放佚君。」〔註210〕說張籍的〈學仙〉一詩，對於盲目追求神仙幻夢的人，有規諷的作用。他的新樂府系列作品中，也有一首〈海漫漫·戒求仙也〉，從標題看便知訴求。

> 海漫漫，直下無底旁無邊。雲濤煙浪最深處，人傳中有三神山。山上多生不死藥，服之羽化為天仙。秦皇漢武信此語，方士年年采藥去。蓬萊今古但聞名，煙水茫茫無覓處。海漫漫，風浩浩。眼穿不見蓬萊島，不見蓬萊不敢歸，童男丱女舟中老。徐福文成多誑誕，上元太一虛祈禱。君看驪山頂上茂陵頭，畢竟悲風吹蔓草！何況玄元聖祖五千言。不言藥，不言仙。不言白日升青天。〔註211〕

詩中舉歷史的先例、生死的現實、聖賢的經典，陳說世間無煉丹服藥白日升天之事。

　　白居易又有〈夢仙〉一首，同樣說明神仙幻夢不可營，勿盲目追求。

> 人有夢仙者，夢身升上清。坐乘一白鶴，前引雙紅旌。羽衣忽飄飄，

〔註207〕後〔唐〕馮贄編，張力偉點校：《雲仙散錄》（北京：中華書局，1998，《古小說叢刊》），頁1。

〔註208〕白居易：〈洛下寓居〉，白居易撰、朱金城箋校：《白居易集箋校》第三冊，卷二十三，頁1576～1577。

〔註209〕白居易：〈味道〉，白居易撰、朱金城箋校：《白居易集箋校》第三冊，卷二十三，頁1577。

〔註210〕白居易：〈讀張籍樂府〉，白居易撰、朱金城箋校：《白居易集箋校》第一冊，卷一，頁5。

〔註211〕白居易：〈海漫漫·戒求仙也〉，白居易撰、朱金城箋校：《白居易集箋校》第一冊，卷三，頁149。

玉鸞俄錚錚。半空直下視，人世塵冥冥。漸失鄉國處，纔分山水形。
東海一片白，列岳五點青。須臾群仙來，相引朝玉京。安期羨門輩，
列侍如公卿。仰謁玉皇帝，稽首前致誠。帝言汝仙才，努力勿自輕。
卻後十五年，期汝不死庭。再拜受斯言，既寤喜且驚。秘之不敢泄，
誓志居巖扃。恩愛捨骨肉，飲食斷羶腥。朝餐雲母散，夜吸沆瀣精。
空山三十載，日望輜軿迎。前期過已久，鸞鶴無來聲。齒髮日衰白，
耳目減聰明。一朝同物化，身與糞壤并。神仙信有之，俗力非可營。
苟無金骨相，不列丹臺名。徒傳辟穀法，虛受燒丹經。只自取勤苦，
百年終不成。悲哉夢仙人，一夢誤一生。〔註212〕

這首詩寫某個人有一天做了一個神仙夢，傾力追求，最後卻無所成。末句「悲
哉夢仙人，一夢誤一生」，賦予感嘆，大有憫世意味。雖然是勸戒莫學仙的詩，
但是其中對仙遊的描寫，卻細膩生動，相當高明。內容依順序由主角視覺引導，
上升、乘鶴、前引紅旌、半空下視、漸失鄉國處、群仙來引、朝拜玉京、玉帝
慰勉……，歷歷如繪。想像身處半空中，下望塵世時：「半空直下視，人世塵冥
冥。漸失鄉國處，纔分山水形。東海一片白，列岳五點青」，那種漸行漸遠的視
覺鏡頭推移，實在傳神。顯示白居易寫此詩時，大約幻想自己就是那個上遊仙
界的學仙人，偷偷體會了一番神遊升仙的樂趣，因此描摹如此細膩。

又〈對酒〉寫：「復聞藥誤者，為愛延年術。又有憂死者，為貪政事筆。
藥誤不得老，憂死非因疾。誰言人最靈，知得不知失。」〔註213〕也是嘆息有
人因希求延年益壽，服食長生藥，反不得終老。

另外，〈予與故刑部李侍郎早結道友以藥術為事與故京兆元尹晚為詩侶有林
泉之期周歲之間二君長逝李住曲江北元居昇平西追感舊遊因貽同志〉：「從哭李
來傷道氣，自亡元後減詩情。金丹同學都無益，水竹鄰居竟不成。」〔註214〕則
由李建、元宗簡兩位學道友人的早亡，懷疑金丹無益。

這些有關於神仙是否存在的質疑，其中大約也包含了白居易內心的困

〔註212〕白居易：〈夢仙〉，白居易撰、朱金城箋校：《白居易集箋校》第一冊，卷三，
　　　　頁11。
〔註213〕白居易：〈對酒〉，白居易撰、朱金城箋校：《白居易集箋校》第二冊，卷十，
　　　　頁530。
〔註214〕白居易：〈予與故刑部李侍郎早結道友以藥術為事與故京兆元尹晚為詩侶有林
　　　　泉之期周歲之間二君長逝李住曲江北元居昇平西追感舊遊因貽同志〉，白居易
　　　　撰、朱金城箋校：《白居易集箋校》第三冊，卷十九，頁1278。

惑。他一方面嘗試丹道，一方面又懷疑成功的可能性和投資報酬率，老覺得應該要有特別的機遇才能成就吧？如〈夢仙〉中有：「神仙信有之，俗力非可營。」〔註215〕又，〈尋王道士藥堂因有題贈〉：

> 行行覓路緣松嶠，步步尋花到杏壇。白石先生小有洞，黃芽妊女大還丹。常悲東郭千家冢，欲乞西山五色丸。但恐長生須有籍，仙臺試爲檢名看。〔註216〕

白居易對丹藥燒煉的難捏不定，難以踏實，尤感焦慮。如〈對酒〉云：「謾把參同契，難燒伏火砂。有時成白首，無處問黃芽。幻世如泡影，浮生抵眼花。唯將綠醅酒，且替紫河車。」〔註217〕〈醉吟二首〉：「（其一）空王百法學未得，妊女丹砂燒即飛。事事無成身老也，醉鄉不去欲何歸。（其二）兩鬢千莖新似雪，十分一醆欲如泥。酒狂又引詩魔發，日午悲吟到日西。」〔註218〕〈燒藥不成命酒獨醉〉：「白髮逢秋王，丹砂見火空。不能留妊女，爭免作衰翁。賴有杯中綠，能爲面上紅。少年心不遠，只在半酣中。」〔註219〕這些描寫都呈現了白居易一方面親近丹道，一方面又欲信復疑、拿捏不定的心情。

　　燒藥未必成，白居易對自己親身經歷來的體驗，則比較相信。他有一首〈仲夏齋戒月〉寫自己齋戒月斷腥羶月餘，身輕體健，因而又覺得恐眞有絕粒成仙的可能。詩中說：

> 仲夏齋戒月，三旬斷腥羶。自覺心骨爽，行起身翩翩。始知絕粒人，四體更輕便。初能脫病患，久必成神仙。禦寇馭泠風，赤松遊紫煙。常疑此說謬，今乃知其然。我今過半百，氣衰神不全。已垂兩鬢絲，難補三丹田。但減葷血味，稍結清淨緣。脫巾且修養，聊以終天年。
> 〔註220〕

〔註215〕白居易：〈夢仙〉，白居易撰、朱金城箋校：《白居易集箋校》第一冊，卷三，頁11。

〔註216〕白居易：〈尋王道士藥堂因有題贈〉，白居易撰、朱金城箋校：《白居易集箋校》第二冊，卷十六，頁1013。

〔註217〕白居易：〈對酒〉，白居易撰、朱金城箋校：《白居易集箋校》第二冊，卷十七，頁1101。

〔註218〕白居易：〈醉吟二首〉，白居易撰、朱金城箋校：《白居易集箋校》第二冊，卷十七，頁1106。

〔註219〕白居易：〈燒藥不成命酒獨醉〉，白居易撰、朱金城箋校：《白居易集箋校》第四冊，卷三十三，頁2312。

〔註220〕白居易：〈仲夏齋戒月〉，白居易撰、朱金城箋校：《白居易集箋校》第一冊，卷八，頁445。

細追索白居易對神仙的追求和質疑，其實也都從強烈的現實感來。質疑求仙是懷疑他的功效，追求神仙是因爲怕老。凡寫神仙追求或質疑的篇章，經常伴隨對年華老去的感嘆。如〈因沐感髮寄朗上人二首〉：「既無神仙術。何除老死籍？」〔註221〕這首詩是白居易沐浴的時候，感覺自己頭髮不僅日益霜白，還越來越禿，越來越少，年華老去的感傷襲來，因有此作。他所想到的是，沒有神仙術，如何除老籍。〈潯陽歲晚寄元八郎中庾三十二員外〉：「閱水年將暮，燒金道未成。丹砂不肯死，白髮自須生。病肺慚杯滿，衰顏忌鏡明。春深舊鄉夢，歲晚故交情。」〔註222〕這是白居易四十六歲的時候，寫給元宗簡的詩，說一年將盡，我燒的金丹老練不成，頭上的白髮卻生個不停。又如〈對酒五首‧其三〉：「丹砂見火去無跡，白髮言尼人來不休。賴有酒仙相暖熱，松喬醉即到前頭。」〔註223〕〈燒藥不成命酒獨醉〉：「白髮逢秋王，丹砂見火空。不能留妊女，爭免作衰翁。賴有杯中綠，能爲面上紅。少年心不遠，只在半酣中。」〔註224〕〈對鏡偶吟贈張道士抱元〉：「閒來對鏡自思量，年貌衰殘分所當。白髮萬莖何所怪，丹砂一粒不曾嘗。眼昏久被書料理，肺渴多因酒損傷。今日逢師雖已晚，枕中治老有何方。」〔註225〕

此類詩作之多，實不勝枚舉，幾乎是神仙之思與白髮之愁相繫，凡寫神仙必寫到年歲與白髮，主題類似，數量又多，成爲白居易神仙作品特殊的有趣現象。大概很少有質疑仙道的人，寫如此多相關的詩來陳訴他內心的懷疑，也少有一邊燒煉丹藥，留心此事，又不肯深信之徒，這是現實感強烈的白居易其神仙文學特殊的格調。

四、李賀：寫死亡以恨不得永生、寫衰敗以恨不得長存的殘缺美學

李賀（790～816），字長吉，系出鄭王之後，兩唐書有傳，見《舊唐書》

〔註221〕白居易：〈因沐感髮寄朗上人二首〉，白居易撰、朱金城箋校：《白居易集箋校》第二冊，卷十，頁566。

〔註222〕白居易：〈潯陽歲晚寄元八郎中庾三十二員外〉，白居易撰、朱金城箋校：《白居易集箋校》第二冊，卷十七，頁1061。

〔註223〕白居易：〈對酒五首‧其三〉，白居易撰、朱金城箋校：《白居易集箋校》第三冊，卷二十六，頁1841。

〔註224〕白居易：〈燒藥不成命酒獨醉〉，白居易撰、朱金城箋校：《白居易集箋校》第四冊，卷三十三，頁2312。

〔註225〕白居易：〈對鏡偶吟贈張道士抱元〉，白居易撰、朱金城箋校：《白居易集箋校》第四冊，卷三十五，頁2405。

卷一百三十七，《新唐書》卷二百三。李賀年二十七而卒，生年短，無顯祿，
兩書的生平記載均簡略，《新唐書》稍詳，內容敘述：

> 李賀字長吉，系出鄭王後。七歲能辭章，韓愈、皇甫湜始聞未信，
> 過其家，使賀賦詩，援筆輒就如素構，自目曰〈高軒過〉，二人大驚，
> 自是有名。爲人纖瘦，通眉，長指爪，能疾書。每旦日出，騎弱馬，
> 從小奚奴，背古錦囊，遇所得，書投囊中。未始先立題然後爲詩，
> 如它人牽合程課者。及暮歸，足成之。非大醉、弔喪日率如此。過
> 亦不甚省。母使婢探囊中，見所書多，即怒曰：「是兒要嘔出心乃已
> 耳。」以父名晉肅，不肯舉進士，愈爲作〈諱辨〉，然卒亦不就舉。
> 辭尚奇詭，所得皆驚邁，絕去翰墨畦逕，當時無能效者。樂府數十
> 篇，雲韶諸工皆合之絃管。爲協律郎，卒，年二十七。與游者權璩、
> 楊敬之、王恭元，每譔著，時爲所取去。賀亦早世，故其詩歌世傳
> 者鮮焉。〔註226〕

這裡面說李賀聰慧，七歲能辭章，韓愈、皇甫湜聽說了，初始不信，結果到
李賀家造訪，讀了他即席所作的詩文，更是驚爲天人。有了韓門的宣揚，從
此李賀的名氣便越來越大。李賀的模樣，長得也不平凡，細瘦，眉毛跨眉心，
似是通連在一起，手指纖長，能快速的書寫。他每天的創作活動就是早上騎
著一匹瘦馬、帶個小童子出門，身上隨身背著古錦囊，每當想到什麼好句子，
便把它寫在紙片上，投入錦囊中。其他人創作都是先立題目，李賀則只記錄
靈感。這些每日的靈感，到了晚上回家的時候，就把它倒出來，接合寫成一
篇完整的作品。李賀的母親常恐他身體過度消耗，每見囊中所書的紙片多，
就生氣的嘀咕：這小孩難道要耗盡思力，嘔出心肝才肯罷休嗎？李賀雖然才
華高，但是沒有應科舉，因爲他的父親名字叫李晉肅，跟進士音相近，有人
因此批評李賀不當應考，韓愈惜才也厭憎社會上無端的毀譽，因此寫了一篇
〈諱辨〉爲他辯駁，但是李賀終究沒有赴科考。李賀的文章，奇詭絕豔，出
於世俗文章的矩度之上，異彩紛呈，無人能學。可惜因爲去世的早，對於所
寫的作品也不甚愛惜收集，因此流傳的少。

　　從《新唐書》的記載，我們對李賀的生平、創作風格可以有一個大致的
理解。

　　除了兩唐書，李商隱的〈李賀小傳〉是訪知李賀生平最重要的參考資料，

〔註226〕《新唐書》第十八冊，卷二百三・文藝下〈李賀傳〉，頁 5787～5788。

唐書記載多有出於此者，裡面有關登仙的傳奇事跡，正史不便採錄，而在李
商隱〈李賀小傳〉中則恰可得其詳。李商隱的時代去李賀不遠，所聽聞較接
近時人的認知。

文章第一段寫李賀的生平、面貌、日常創作等，與前所揭大抵相同，但
是描述較為細膩深化。篇頭說這些事跡，都是從李賀的姊姊那聽來的，來源
有其可信度。

> 京兆杜牧為李長吉集序，狀長吉之奇甚盡，世傳之。長吉姊嫁王氏
> 者，語長吉之事尤備。長吉細瘦，通眉長指爪，能苦吟疾書。最先
> 為昌黎韓愈所知，所與遊者，王參元、楊敬之、權璩、崔植為密。
> 每旦日出，與諸公遊，未嘗得題，然後為詩，如他人思量牽合，以
> 及程限為意。恒從小奚奴騎距驢，背一古破錦囊，遇有所得，即書
> 投囊中。及暮歸，太夫人使婢受囊出之。見所書多，輒曰：是兒要
> 當嘔出心始已耳！上燈與食。長吉從婢取書，研墨疊紙足成之，投
> 他囊中。非大醉及弔喪日，率如此。過亦不復省，王楊輩時復來探
> 取寫去。長吉往往獨騎，往還京洛。所至或時有著，隨棄之，故沈
> 子明家所餘四卷而已。

第二段臨死前的仙化事跡，史傳未載。

> 長吉將死時，忽晝見一緋衣人，駕赤虯（案：當為虯），持一版，書
> 若太古篆，或霹靂石文者，云當召長吉，長吉了不能讀，欻下榻叩
> 頭，言：「阿（彌／女）長吉學語時呼太夫人云老且病，賀不願去。」
> 緋衣人笑曰：「帝成白玉樓，立召君為記。天上差樂，不苦也。」長
> 吉獨泣，邊人盡見。少之長吉氣絕。嘗所居窗中勃勃有煙氣，聞行
> 車嘒管之聲。太夫人急止人哭待之。如炊五斗黍許時，長吉竟死。
> 王氏姊非能造作謂長吉者，實所見如此。〔註227〕

這裡說，李賀臨終時，大白日忽然見到一個紅衣人騎著赤龍而來，來人手上
拿著奏版，奏版上的文字像是古篆或者霹靂石文，說是要召李賀上天。李賀
讀不懂上頭的文字，下榻磕頭懇求說：「家母老病，不願奉召。」紅衣人笑曰：
「天帝白玉樓落成，召你寫記，天上的生活比人間快樂，不苦。」李賀聞言
獨自流淚啜泣，在場的人都看到了。不久後，李賀便斷了生氣，當時窗口煙
霧裊裊，如有行車聲。李賀的母親要大家停止悲泣，過了一會兒，李賀便去

〔註227〕以上二段引文，出《全唐文》第八冊，卷七百八十，頁8149。

世了。這段見聞，是李賀一個嫁給王家的姊姊講的，她不是能編造此類故事的人，因此應是親見的事實。

李賀才高當世，豔驚時人，他的早逝同樣帶給世人驚嘆，因此生前死後，有相關仙化事跡的傳布。驚異、造仙、傳布……的訊息活動，在當時社會中尋常可見，那麼，李賀的傳說，也恐是時人的製造流傳。不過，凡靈驗奇遇的事跡，宗教信奉者、道聽途說者、作品閱讀者，參與領受的程度盡皆不同，真偽是第一等不可說，奇異神秘、驚嘆非常的感受，才是唯一的真實。

在李賀簡單的生平記錄中，沒有關於求仙的紀錄。他年二十七而卒，來不及發生中年畏老的問題，又未應科舉，沒有成就功業的理想性，也沒有宦海浮沈中看透世事的方外之思，有的只有屭弱的身軀，高張的才性，纖細的情思，敏感而悲觀的體味著生活的意義。

錢易《南部新書》寫道：

> 李白爲天才絕，白居易爲人才絕，李賀爲鬼才絕。〔註228〕

不管是天、人或鬼，「絕」才是其共通處。神仙是超乎人世的象徵，理想願望的加諸，因此絕出於人世之外的美好事物，便被世人以神仙來讚美傳說。才華的超逸卓絕，便是不求仙的李賀，被目之爲神仙的原因。

李商隱〈李賀小傳〉最後一段說：

> 嗚呼！天蒼蒼而高也，上果有帝耶？帝果有苑囿宮室觀閣之玩耶？苟信然，則天之高邈，帝之尊嚴，亦宜有人物文彩愈此世者，何獨番番於長吉而使其不壽耶？噫！又豈世所謂才而奇者，不獨地上少，即天上亦不多耶。長吉生二十四年，位不過奉禮太常中，當世人亦多排擯毀斥之。又豈才而奇者，帝獨重之，而人反不重耶？又豈人見會勝帝耶？〔註229〕

文中首先懷疑上帝果有耶？果有苑囿宮室觀閣之玩耶？天若如此高邈，帝若如此尊嚴，何以奪我李賀！又說恐是如此奇才，天上亦不多有，因此強召上天。最終又說唯有天帝識才，世人不知珍視。

這段內容，出入天、人二界，層層翻出對李賀的愛重。彼界本爲虛設，爲的是映照出世間「無」與「有」兩種極端。彼界之無，顯人世之有。彼界

〔註228〕〔宋〕錢易撰，黃壽成點校：《南部新書》（北京：中華書局，2002，《唐宋史料筆記叢刊》）丙卷，頁32。
〔註229〕《全唐文》第八冊，卷七百八十，頁8149。

之有，顯人世之無。李商隱這段「翻天覆地」的比擬，以虛擬的仙界彰顯人世價值，將天人、無有之間相發揮的作用，運用的很極致。而大約只有到出入天、人的高度，才足以歌詠李賀的不世出之才吧，這也是絕才絕中顯。

　　神仙是對生命熱烈的追求，李賀的作品卻以鬼氣氛氳聞名。詩中寫鬼的，如：「提出西方白帝驚，嗷嗷鬼母秋郊哭」〔註230〕、「秋墳鬼唱鮑家詩，恨血千年土中碧」〔註231〕、「鬼燈如漆點松花」〔註232〕等，皆為歷代傳誦不休的名篇。

　　神仙是青春永續的象徵，李賀詩中卻充滿了老壞衰敗的氣息。旁人寫游魚是魚戲蓮葉東西南北，靈動不拘，他寫「老魚跳波」。〔註233〕蛟龍上天入地，何等勇悍，他寫的是「蛟胎皮老」。〔註234〕月中玉兔如同嫦娥一般，晶瑩出塵，是美貌與長生的代名詞，他卻寫「老兔寒蟾」。〔註235〕點點相思淚，充滿悲思的湘妃竹，在他的筆下是「筠竹千年老不死」。〔註236〕無極的蒼天，在他的筆下是「天若有情天亦老」。〔註237〕至於他本人，他則形容是「一心

〔註230〕李賀：〈春坊正字劍子歌〉，《全唐詩》第十二冊，卷三百九十，頁4305。

〔註231〕李賀：〈秋來〉，《全唐詩》第十二冊，卷三百九十，頁4399～4400。

〔註232〕李賀：〈南山田中行〉，《全唐詩》第十二冊，卷三百九十一，頁4407。

〔註233〕李賀：〈李憑箜篌引〉：「吳絲蜀桐張高秋，空白凝雲頹不流。江娥啼竹素女愁，李憑中國彈箜篌。崑山玉碎鳳皇叫，芙蓉泣露香蘭笑。十三門前融冷光，二十三絲動紫皇。女媧鍊石補天處，石破天驚逗秋雨。夢入坤山教神嫗，老魚跳波瘦蛟舞。吳質不眠倚桂樹，露腳斜飛溼寒兔。」《全唐詩》第十二冊，卷三百九十，頁4392。

〔註234〕李賀：〈春坊正字劍子歌〉：「先輩匣中三尺水，曾入吳潭斬龍子。隙月斜明刮露寒，練帶平鋪吹不起。蛟胎皮老蒺藜刺，鸊鵜淬花白鷳尾。直是荊軻一片心，莫教照見春坊字。挼絲團金懸麍敔，神光欲截藍田玉。提出西方白帝驚，嗷嗷鬼母秋郊哭。」《全唐詩》第十二冊，卷三百九十，頁4395。

〔註235〕李賀：〈夢天〉「老兔寒蟾泣天色，雲樓半開壁斜白。玉輪軋露溼團光，鸞珮相逢桂香陌。黃塵清水三山下，更變千年如走馬。遙望齊州九點煙，一泓海水杯中瀉。」《全唐詩》第十二冊，卷三百九十，頁4936。

〔註236〕李賀：〈湘妃〉：「筠竹千年老不死，長伴秦娥蓋湘水。蠻娘吟弄滿寒空，九山靜綠淚花紅。離鸞別鳳煙梧中，巫雲蜀雨遙相通。幽愁秋氣上青楓，涼夜波間吟古龍。」《全唐詩》第十二冊，卷三百九十，頁4401。

〔註237〕李賀：〈金銅仙人辭漢歌并序〉：「魏明帝青龍元年八月，詔宮官牽東西取漢孝武捧露盤仙人，欲立置前殿。宮官既拆盤，仙人臨載。乃潸然淚下，唐諸王孫李長吉。遂作金銅仙人辭漢歌。　茂陵劉郎秋風客，夜聞馬嘶曉無跡。畫欄桂樹懸秋香，三十六宮土花碧。魏官牽車指千里，東關酸風射眸子。空將漢月出宮門，憶君清淚如鉛水。衰蘭送客咸陽道，天若有情天亦老。攜盤獨出月荒涼，渭城已遠波聲小。」，《全唐詩》第十二冊，卷三百九十一，頁4403。

愁謝如衰蘭」。〔註238〕

　　然而，李賀的詩中卻同樣翻動著活躍的神話意象。唐代詩人中，少有人能將神話典故用的如此靈活深化，不囿傳統，在神話與個人情思的揉鑄再造上，李賀是極端的天才。如〈李憑箜篌引〉：「女媧鍊石補天處，石破天驚逗秋雨。」〔註239〕〈六月〉：「暈如車輪上裴回，啾啾赤帝騎龍來。」〔註240〕〈神仙曲〉：「碧峰海面藏靈書，上帝揀作神仙居。清明（一作晴時）笑語聞空虛，鬥乘巨浪騎鯨魚。春羅書字邀王母，共讌紅樓最深處。鶴羽衝風過海遲，不如卻使青龍去。猶疑王母不相許，垂露（一作霧）娃鬟更傳語。」〔註241〕

　　李賀以衰蘭愁謝般的姿態，滿溢秋氣、鬼氣、老氣的文風，與青春、長生、熱情的神仙，如何和融呢？

　　仔細觀察李賀的作品中，絕少仙語，而多神話。燒丹煉藥、白日生天、羽化登仙這些詞語不見出現，有的是女媧、王母、周天子、天帝、赤帝、白帝、軒轅這些神話傳說。

　　神話與仙話本自不同，神話發生的背景是什麼？魯迅說的最清楚：

《中國小說史略》：

> 昔者初民，見天地萬物，變異不常，其諸現象，又出于人力所能以上，則自造眾說以解釋之：凡所解釋，今謂之神話。神話大抵以一「神格」為中樞，又推演為敘說，而于所敘說之神，之事，又從而信仰敬畏之，于是歌頌其威靈，致美于壇廟，久而愈進，文物遂繁。故神話不特為宗教之萌芽，美術所由起，且實為文章之淵源。惟神話雖生文章，而詩人則為神話之讎敵，蓋當歌頌記敘之際，每不免有所粉飾，失其本來，是以神話雖託詩歌以光大，以存留，然亦因之而改易，而銷歇也。如天地開闢之說，在中國所留遺者，已設想較高，而初民之本色不可見，即其例也。〔註242〕

神話是生民老病加諸，天候酷烈，猛獸禦之不得，求天無告，所生出來的超

〔註238〕李賀：〈開愁歌華下作〉：「秋風吹地百草乾，華容碧影生晚寒。我當二十不得意，一心愁謝如枯蘭。衣如飛鶉馬如狗，臨岐擊劍生銅吼。旗亭下馬解秋衣，請貰宜陽一壺酒。壺中喚天雲不開，白晝萬里閒淒迷。主人勸我養心骨，莫受俗物相填豗。」《全唐詩》第十二冊，卷三百九十一，頁4419～4420。
〔註239〕李賀：〈李憑箜篌引〉，《全唐詩》第十二冊，卷三百九十，頁4392。
〔註240〕李賀：〈六月〉，《全唐詩》第十二冊，卷三百九十，頁4398。
〔註241〕李賀：〈神仙曲〉，《全唐詩》第十二冊，卷三百九十四，頁4440。
〔註242〕魯迅《中國小說史略・神話與傳說》，頁13。

越幻想。

　　李賀以一個多情敏感而孱弱的生命體，在他的目光的觀照中，發現世事無常，老病的加諸侵襲，世間萬物皆難逃衰亡的命運，他的感傷嘆息，多於對生命的喜悅。「天若有情天亦老」，纖細敏感的情思，經不起對人生慘酷現實的直視。無法直視，只好曲曲折折，用神話思維來超越，用隱匿微緲的意象來抒發。這是李賀的情味。

　　關於李賀的文學成就，杜牧論的最好。杜牧有一篇李賀詩集的序：〈太常寺奉禮部李賀歌詩集序〉，這是李賀的知交──沈既濟的兒子沈述師，在李賀身後十五年，託杜牧寫的。文中說：

> 太和五年十月中，半夜時，舍外有疾呼傳緘書者，某曰：「必有異。亟取火來。」及發之，果集賢學士沈公子明書一通，曰：吾亡友李賀，元和中義愛甚厚，日夕相與起居飲食。賀且死，嘗授我生平所著歌詩，雜為四編，凡若干首。數年來東西南北，良為已失去。今夕醉解，不復得寐。即閱理篋帙，忽得賀詩前所授我者。思理往事，凡與賀話言嬉遊，一處所，一物候，一日夕，一觴一飯，顯顯焉無有忘棄者，不覺出涕。賀復無家室子弟，得以給養恤問。常恨想其人詠其言止矣。子厚於我，與我為賀集序，盡道其所由來，亦少解我意。某其夕不果以書道其不可，明日就公謝。且曰：世謂賀才絕出於前。讓居數日。某深惟公曰公於詩為深妙奇博，且復盡知賀之得失短長。今實敘賀不讓，必不能當公意。如何。復就謝。極道所不敢敘賀。公曰：子固若是，是當慢我。某因不敢復辭。勉為賀序。終甚慚。

這一段陳說沈述師與李賀深厚的交情，以及請託寫序的前後緣由。其下則為李賀生平簡要的說明以及對其文學成就的評價。

> 賀唐皇諸孫。字長吉。元和中，韓吏部亦頗道其歌詩。雲煙綿聯，不足為其態也。水之迢迢，不足為其情也。春之盎盎，不足為其和也。秋之明潔，不足為其格也。風檣陣馬，不足為其勇也。瓦棺篆鼎，不足為其古也。時花美女，不足為其色也。荒國陊殿，梗莽邱壠，不足為其恨怨悲愁也。鯨呿鼇擲，牛鬼蛇神，不足為其虛荒誕幻也。蓋騷之苗裔。理雖不及，辭或過之。騷有感怨刺懟，言及君臣理亂，時有以激發人意。乃賀所為，無得有是。賀復能探尋前事，

所以深嘆恨古今未嘗經道者，如金銅仙人辭漢歌補梁庾肩吾宮體
謠。求取情狀，離絕遠去。筆墨畦逕間，亦殊不能知之。賀生二十
七年死矣，世皆曰使賀且未死，少加以理，奴僕命騷可也。賀死後
凡十五年。京兆杜某為其序。〔註243〕

文中以九個「不足」，來歌詠李賀的「全」。以天顯人、以絕顯特有、以不足
顯全，與李賀以寫死亡來抒發恨不得永生、以寫衰敗來抒發恨不得長存的殘
缺美學，真是達成一種深遠的呼應。

五、曹唐：以人情人生演繹神仙大社會

曹唐（802？～），字堯賓，生平資料不詳，《唐才子傳校箋》依詩作核考，
得知其生平大致為：貞元十八年生，大和三年仍困於舉場，大和年間舉進士，
大和四年至六年秩滿轉官，留邵州三年，會昌五年或六年在池州，長慶至大
中中為諸府從事，至咸通則已垂垂老矣。〔註244〕串連可知，曹唐曾輾轉於舉
場，中年才考上進士，及第後長久擔任中下級僚吏，淹留官場的時間不少。
唐代的文人中，有一些是久涉塵事，厭倦是非，因而生出辭官入道之心，而
有一些則是早年入道，又復出世為官，曹唐便是後者。《唐詩紀事》記載：「初
為道士，後為使府從事。」〔註245〕可知曹唐早年確曾為道士，他的創作中神
仙主題佔絕大多數，應該和道士身份也有關係。

曹唐的仙道創作，主要有〈大遊仙詩〉十七首、〈小遊仙詩〉九十八首。
《唐才子傳》記載：

唐始起清流，志趣澹然，有凌雲之骨，追慕古仙子高情，往往奇遇，
而己才思不減，遂作《大遊仙詩》五十篇，又《小遊仙詩》等，紀
其悲歡離合之要，大播於時。〔註246〕

其中提到「作《大遊仙詩》五十篇」，可知《大遊仙詩》本有五十首，如今已
多散佚。這些遊仙詩，多採仙道故事為主題，循人世際遇、人情之常參入想
像，細細演繹，衍化出不同於歷來遊仙詩的情味。《大遊仙詩》由題目便可看
出內涵，茲列出散佚後殘餘的篇目，串連可知所詠何事。

〔註243〕《全唐文》第八冊，卷七百五十三，頁7806～7807。
〔註244〕傅璇琮主編：《唐才子傳校箋》第三冊，卷八，頁490～492。
〔註245〕〔宋〕計有功，王仲鏞校箋：《唐詩紀事校箋》（四川：巴蜀書社，1989），卷
五十八，頁1590。
〔註246〕傅璇琮主編：《唐才子傳校箋》第三冊，卷八，頁492。

〈漢武帝將候西王母下降〉

〈漢武帝於宮中宴西王母〉

〈劉晨阮肇遊天台〉

〈劉阮洞中遇仙子〉

〈仙子送劉阮出洞〉

〈仙子洞中有懷劉阮〉

〈劉阮再到天台不復見仙子〉

〈織女懷牽牛〉

〈王遠宴麻姑蔡經宅〉

〈萼綠華將歸九疑留別許眞人〉

〈穆王宴王母於九光流霞館〉

〈紫河張休眞〉

〈張碩重寄杜蘭香〉

〈玉女杜蘭香下嫁於張碩〉

〈蕭史攜弄玉上升〉

〈皇初平將入金華山〉

〈漢武帝思李夫人〉

茲以〈仙子洞中有懷劉阮〉爲例。

> 不將清瑟理霓裳，塵夢那知鶴夢長。洞裏有天春寂寂，人間無路月
> 茫茫。玉沙瑤草連溪碧，流水桃花滿澗香。曉露風燈零落盡，此生
> 無處訪劉郎。〔註247〕

有關遇仙主題的書寫，自來都以男性主觀出發，此處曹唐卻異想天開，將自己擬想爲仙子，並且運用極其細膩婉約的情思語致，抒發對劉晨、阮肇（雖爲二人，詩中多以「劉郎」代稱）的思念。

此詩首聯寫仙子思念難忘，因而拿出琴瑟彈奏〈霓裳羽衣曲〉，想要藉以排遣愁悶，誰知卻是難解相思苦，於是心中嗔怨：塵夢不比鶴夢，仙家歲月長，你如果沒有嚐過終日理瑟排遣，卻愁鬱難解的滋味，可知我苦。這種扭捏怪罪的小女子心態，以反語抒怨，虧曹唐仿得十足。下面洞天春寂寂，自是仙子心境投射於所處空間的寫照，而人間月茫茫則是劉阮求歸不得的悵

〔註247〕〔唐〕曹唐著，陳繼明注：《曹唐詩注》，上海：上海古籍出版社，1996，頁
　　　　19～21。

然。兩地相思，亦如碧海青天夜夜心之相望而不得見。玉沙瑤草連溪碧，流水桃花滿澗香，是仙境洞天之美景，可惜「應是良辰好景虛設」，無人同享，明明前面是相思之苦，此時偏大寫春花浪漫的美景來對顯，以激起悲懷，順勢歸結到最後的「此生無處訪劉郎」，滿瀉惆悵之情。尤其仙子長生，這一句「此生無處」，眞是終久的相思。這首詩以「洞裏有天春寂寂，人間無路月茫茫」一聯最爲有名，羅隱曾拿它來開玩笑，說曹唐寫的是「鬼詩」不是仙詩。〔註248〕黃子雲《野鴻詩的》則大讚：「玉溪〈無題〉詩，千妖百媚，不如此二語縹緲銷魂。」〔註249〕

　　至於〈小遊仙詩〉則有九十八首之多，首首均無詩題，不過幸而內容並不晦澀，批閱即知所詠何事。取材、手法和大遊仙詩很類似，便是取神仙爲主角，套以凡人的喜怒哀樂、俗世的生活背景，細加演繹。這些詩作其實就像一個日常生活片段的描寫，只不過背景是仙界罷了。拿掉王母、上元夫人這些稱呼，拿掉蓬萊、崑崙這些空間的暗示，倒也看不出描寫的是仙還是人。

　　有意思的是，大小遊仙詩寫的都是充滿動態的生活化場景，一切就像日常生活正在進行一般。〈大遊仙詩〉的題目都很長，有的是仙子正在思念、有個是兩人相送，例如：〈漢武帝將候西王母下降〉、〈劉阮再到天台不復見仙子〉、〈萼綠華將歸九疑留別許眞人〉、〈穆王宴王母於九光流霞館〉等。爲什麼題目這麼長呢？因爲曹唐要呈現的是一個正在進行的流動狀態，一定有主角、有情節，要有動詞描述出他們正在進行的活動。〈大遊仙詩〉是用數首詩來描寫一個故事。譬如劉晨阮肇上天台，便有遊天台、相遇、出洞、相思、不得歸等情節，主題一致。而〈小遊仙詩〉雖然不單詠一事，但是整個串在一起看，就是一個仙家生活具體生動的呈現。諸如：我來邀訪你、誰到誰洞口下棋、哪位仙子在花前賞花流連、玉皇請金妃裁製自己想穿的紅龍衰袍、東皇長女賭棋輸掉賣花錢、丹房玉女貪看投壺忘歸、絳闕夫人偷折紅桃……

〔註248〕傅璇琮主編：《唐才子傳校箋》第三冊，頁 492：「唐與羅隱同時，才情不異。唐始起清流，志趣澹然，有凌雲之骨，追慕古仙子高情，往往奇遇，而己才思不減，遂作《大遊仙詩》五十篇，又《小遊仙詩》等，紀其悲歡離合之要，大播於時。唐嘗會隱，各論近作。隱曰：『聞兄遊仙之製甚佳，但中聯云「洞裡有天春寂寂，人間無路月茫茫」乃是鬼耳。』唐笑曰：『足下牡丹詩一聯乃詠女子障：「若教解語應傾國，任是無情也動人。」』於是座客大笑。」

〔註249〕〔清〕黃子雲：《野鴻詩的》（上海：上海古籍出版社，2002，《續修四庫全書・集部・詩文評類》），頁 204。

等情節。這些都是再世俗日常不過的場景。九十八首看下來，就是一個神仙大社會，只是經由不同窗口觀看到的不同情景而已。而因爲寫的神仙種類多、採取的情節多樣，更顯得神仙世界繽紛熱鬧，人味濃厚。這些詩作取材之多面向，甚至連「仙犬」都寫到了，〔註250〕詩中說「碧花紅尾小仙犬，閑吠五雲嗔客來」，〔註251〕這眞是再尋常不過的日常情景了。

　　曹唐所作的遊仙詩諸篇，當時便已諷傳四方。除了《唐才子傳》說「《大遊仙詩》五十篇，又《小遊仙詩》等，紀其悲歡離合之要，大播於時」之外，〔註252〕《北夢瑣言》也記載李遠讀了他的游仙詩，十分仰慕，認爲以詩作風格之仙情縹緲，曹唐本人身材必定瘦骨嶙峋，走仙風道骨一路。結果一見之下，才知他人高馬大、儀質充偉，因而笑稱：若乘鸞鳳，壯水牛不勝其載。

　　事見《北夢瑣言》：

> 唐進士曹唐，游仙詩才情縹緲，岳陽李遠員外每吟其詩而思其人。一日，曹往謁之，李倒屣而迎。曹生儀質充偉，李戲之曰：「昔者未睹標儀，將謂可乘鸞鳳，此際拜見，安知壯水牛亦不勝其載。」〔註253〕

關於曹唐大小遊仙詩的文學成就，李豐楙先生〈曹唐《小遊仙詩》的神仙世界初探〉一文認爲：

> 他所用以創作的態度不盡同於其他詩人，他所寫的常是隱喻人生諸多經驗的面面：不僅誦詠古仙的悲歡離合，也借此委屈地表達他與友朋的久別重逢、離家遠行的送別與還家，甚至遊狹邪於北里仙窟，都可借助遊仙的隱喻法來加以表現，這就是爲何他一生的作品中特多遊仙詩的主因。
>
> 他能綜合視覺、聽覺及嗅覺、觸覺諸意象語，使一首首詩融鑄而成爲色聲交揉、瑰奇美麗的感覺世界。他又透過動詞的使用，在整體結構中推動主角的動作，成爲遊仙的動力，凡此都可見其駕御文字、詞性的靈活變化能力。在新體中他只選用簡練的七絕體，因而造成精簡甚至簡缺不足的情況，反而能促使讀者也參與創作，激發其對

〔註250〕關於仙境之有「犬」。陶淵明〈桃花源記〉中的雞犬相聞，葛洪《神仙傳》中淮南王劉安家的雞犬升天，或可爲來歷？
〔註251〕〔唐〕曹唐：〈小遊仙詩・其十三〉：「冰屋朱扉曉未開，誰將金策扣瓊臺。碧花紅尾小仙犬，閑吠五雲嗔客來。」陳繼明注：《曹唐詩注》，頁119～120。
〔註252〕〔元〕辛文房撰，傅璇琮主編：《唐才子傳校箋》第三冊，卷八，頁492。
〔註253〕《北夢瑣言》，《唐五代筆記小說》下冊，頁1838。

神仙世界的想像力。〔註254〕

這裡面提出曹唐遊仙詩的幾項成就：1、以現實人生隱喻、2、能綜合視覺、聽覺、嗅覺等諸多意象，將神仙世界融鑄爲色聲交揉、瑰奇美麗的感覺世界、3、善用動詞，活化遊仙的進行、4、選用簡鍊的七絕創作，留下與讀者對話的空間。這幾項特點確實指出了曹唐創作上的特色和長處。

第三節　書寫：遊戲的心理

　　創作主體——「文人」的自覺參與，加上創作素材——「神仙」的宗教神聖性不再，遂使神仙書寫成爲唐代文人逞才弄技、想像虛構的遊戲場。

　　唐代文人在神仙書寫中的遊戲操作，包括了：想像、虛構、跨越、顛覆、嘲謔等。小說相關作品中，可見作者在仙人仙境形像、時間、空間、身份等方面的自覺操弄。仙人本是高偉潔淨，卻刻意隱身成乞丐、落魄漢的形像，或是出於泥污廚廁之間。仙人本長生，卻寫成仙人可死，死又復生。死又復生本是凡人的渴望，卻把它安置在仙人之上，然後由凡人來提出「既仙，惡又死乎」的質疑。如沈亞之《秦夢記》寫時空的錯置回溯（唐人面見秦穆公），古仙人遭遇的顛覆（簫史先死，弄玉寡居，於是改嫁沈亞之），仙人特質的逆反（弄玉本爲仙，卻無疾而終），凡人對仙人的質問（既是仙，如何又死）。〔註255〕這些都是遊戲心理的展現。

　　而在詩歌作品方面，則可見作者自覺操作人與神仙間的主客對待關係，有時令神仙爲理想，我爲卑弱的失志者，苦苦追尋。有時自覺與神仙同在，藉神仙的超越於凡俗之上，下視庸碌眾生，得到一種獨立卓絕的快慰。有時置身神仙與凡人之外，操作仙凡的差異取得藝術效果。……這些都是文人書寫神仙時，遊戲心態與遊戲手法的展現。相關的例子如張鷟、李頎、顧況、沈既濟、李公佐、李商隱。

一、張鷟：滿足嗜欲與炫耀文才的雙重神仙夢

　　張鷟（658？～730），字文成，據說他小的時候，父親曾夢到紫文大鳥棲

〔註254〕李豐楙：〈曹唐《小遊仙詩》的神仙世界初探〉，《憂與遊：六朝隋唐遊仙詩論集》（臺北：學生書局，1996），頁254～255。

〔註255〕沈亞之：〈秦夢記〉，李時人編校：《全唐五代小說》第一冊，頁699～702。

息在院子裡，紫文大鳥即鸑鷟，這種鳥身上又有「五色成文」，因此父親將他
的名字取作鷟，字命爲文成，並且預言這個小孩將來恐怕會因文章而聞名。
果然，張鷟文才過人，很快嶄露頭角，調露初考取進士，考官騫味道讀了他
的對策，認爲「天下無雙」。後來遷任鴻臚丞，他的判策，爲銓府之最，員外
郎員半千數度在公卿前稱譽他：「鷟文辭猶青銅錢，萬選萬中」，當時的人因
稱張鷟爲「青錢學士」。

事見《新唐書・張薦傳》中所附記載。

> 鷟，字文成，早惠絕倫。爲兒時，夢紫文大鳥，五色成文，止其廷。
> 大父曰：「吾聞五色赤文，鳳也；紫文，鸑鷟也。若壯，殆以文章瑞
> 朝廷乎？」遂命以名。調露初，登進士第。考功員外郎騫味道見所
> 對，稱天下無雙。授岐王府參軍。八以制舉皆甲科，再調長安尉，
> 遷鴻臚丞。四參選，判策爲銓府最。員外郎員半千數爲公卿稱「鷟
> 文辭猶青銅錢，萬選萬中」，時號鷟「青錢學士」。〔註256〕

張鷟在判策上的才華，由其傳世的《龍筋鳳髓判》可印證。其中所錄判辭，
是他根據案例所研擬，因爲識見高，言詞精當，成爲當時判案的參考書。《龍
筋鳳髓判》除了提供案例，便於官吏斷案參考外，它的功能，主要還是在「文
辭」的修飾上，可見張鷟在文字上的造詣超群出眾，足堪典範。

《四庫全書總目提要》介紹這部書時，也譽其「徵引賅治」、「言各有當」：

> 鷟作是編，取備程式之用，則本爲吏事而作，不爲定律而作，自以
> 徵引賅治爲主，言各有當。〔註257〕

到了證聖中，張鷟又因爲才能出眾，被升任爲監察御史。〔註258〕他在任上對
朝廷提出了許多建言，這些精闢的見解，警省的文辭，許多還保存在《全唐
文》中。與宗教事務相關的例如有：〈大雲寺僧曇暢奏率僧尼錢造大像高千尺

〔註256〕《新唐書》第十六冊，卷一百六十一〈張薦傳附張鷟〉，頁 4979～4980。

〔註257〕〔清〕紀昀等：《四庫全書總目提要》第四冊，卷一百三十五・子部四十五・
類書類一「龍筋鳳髓判四卷」條，頁 2644：「蓋唐制以身、言、書、判，銓
試選人。今見於《文苑英華》者頗多，大抵不著名氏。惟白居易編入文集，
與鷟此編之自爲一書者，最傳於世。居易判主流利，此則縟麗，各一時之文
體耳。洪邁《容齋隨筆》嘗譏其堆垛故事，不切於蔽罪議法。然鷟作是編，
取備程試之用，則本爲隸事而作，不爲定律而作，自以徵引賅洽爲主，言各
有當，固不得指爲鷟病也。」

〔註258〕《新唐書》第十六冊，卷一百六十一〈張薦傳附張鷟〉，頁 4979：「證聖中，
天官侍郎劉奇以鷟及司馬鍠爲御史。」

助國為福諸州僧尼訴云像無大小惟在至誠聚斂貧僧人多嗟怨既違佛教請為處分〉〔註259〕、〈御史彈東宮每乘牛車微行遊諸寺觀左右清道元不設儀仗殊失禮容所由牽丁讓等並請付法〉〔註260〕、〈太卜袁綱善卜所言立驗有術士崇儼夜無故被殺不知頭首使綱筮之竟不知賊處御史彈綱情有向背而不言付法〉〔註261〕等。

張鷟的為人，根據《新唐書》中的描寫：

> 性躁卞，儻蕩無檢，罕為正人所遇，姚崇尤惡之。……鷟屬文下筆
> 輒成，浮豔少理致，其論著率詆誚蕪猥，然大行一時，晚進莫不傳
> 記。〔註262〕

個性急躁、風流放蕩、不知檢點，這些都是很重的批評，然而除了《遊仙窟》確為浮豔之作外，倒也沒有其他具體的事蹟可證。至於「詆誚蕪猥」，愛用笑謔諷刺的方式褒貶人，在《朝野僉載》中倒是可看出一二。《朝野僉載》收錄了許多唐代官場上、社會上的瑣碎見聞，文字不像傳統筆記般的簡省，許多地方有細膩生動的描寫，善用對話，語句嬉笑怒罵，又多采時事，頗為可觀。《新唐書》中說張鷟這些戲謔文字出刊後，往往大行於世，這是可以理解的。其中嘲謔的作風，如：《朝野僉載》記錄當朝官員的綽號，最為豐富，監察御史李全交酷虐，綽號「人頭羅剎」〔註263〕、袁守一因為個性淺促，綽號「料鬥梟翁雞」〔註264〕、監察御史趙廓眇小，綽號「台穢」〔註265〕、豫章令賀若瑾眼皮急脖子粗，綽號「飽乳犢子」〔註266〕、殿中監姜皎又肥又黑，綽號「飽椹母豬」〔註267〕、舍人齊處沖喜歡睞一隻眼看人，綽號「暗燭底覓虱老母」

〔註259〕張鷟：〈大雲寺僧雲暢奏率僧尼錢造大像高千尺助國為福諸州僧尼訴云像無大小惟在至誠聚斂貧僧人多嗟怨既違佛教請為處分〉，《全唐文》第二冊，卷一七四，頁1757。

〔註260〕張鷟：〈御史彈東宮每乘牛車微行遊諸寺觀左右清道元不設儀仗殊失禮容所由率丁讓等並請付法〉，《全唐文》第二冊，卷一七四，頁1770。

〔註261〕張鷟：〈太卜袁綱善卜所言立驗有術士崇儼夜無故被殺不知頭首使綱筮之竟不知賊處御史彈綱情有向背而不言付法〉，《全唐文》第二冊，卷一七四，頁1772。

〔註262〕《新唐書》第十六冊，卷一百六十一〈張薦傳附張鷟〉，頁4979～4980。

〔註263〕張鷟：《朝野僉載》，《唐五代筆記小說大觀》上冊，頁24。

〔註264〕張鷟：《朝野僉載》，《唐五代筆記小說大觀》上冊，頁30。

〔註265〕張鷟：《朝野僉載》，《唐五代筆記小說大觀》上冊，頁48。

〔註266〕張鷟：《朝野僉載》，《唐五代筆記小說大觀》上冊，頁50。

〔註267〕張鷟：《朝野僉載》，《唐五代筆記小說大觀》上冊，頁51。

〔註268〕……等。這些綽號有的是當時人叫開的，有的是張鷟取的。不管是留意收集或是取綽號開他人玩笑，都可看出張鷟詼諧不羈的性情。

然而因為妄議時事，口沒遮攔，張鷟終於得罪人了。《新唐書‧張薦傳附張鷟》載：

> 開元初，御史李全交劾鷟多口語訕短時政，貶嶺南。刑部尚書李日知訟斥太重，得內徙。〔註269〕

張鷟訕短朝政，激怒了有「人頭羅剎」之稱的李全交，李全交果然酷虐，要致張鷟於死地，還好李日知、張廷珪等相救，才改流嶺南，免於一死。

《朝野僉載》也有類似的記載。不同的是，前面多加了一算命預言的情節。

> 開元二年，梁州道士梁虛州以九宮推算張鷟云：「五鬼加年，天罡臨命，一生之大厄。以《周易》筮之，遇《觀》之《渙》，主驚恐；後風行水上，事即散。」安國觀道士李若虛，不告姓名，暗使推之。云：「此人今年身在天牢，負大辟之罪乃可以免。不然病當死，無救法。」果被御史李全交致其罪，敕令處盡。而刑部尚書李日知，左丞張廷珪、崔玄昇，侍郎程行謀咸請之，乃免死，配流嶺南。二道士之言信有徵矣。〔註270〕

開元二年，張鷟去找了梁虛州算命，梁虛州預言他今年有重大劫厄，所幸後來有驚無險。張鷟聽了大概心裡不安，又另外找安國觀道士李若虛算命，這一次他匿名，不告訴李若虛自己的身份，不過李若虛所推算的結果跟梁虛州很像，也說他將有大劫運。如果關入天牢被勒以死罪才逃得掉，不然將會罹病身死。果然，張鷟後來因為李全交的針對，被問了死罪，最後因為李日知等人的奔走才得救，逃過一劫。

這段記載對於當時官員找道士算命的風氣有所反映。除了道士，僧尼預言王公大臣休咎的事情，在其他作品也經常可見。風氣頗為普遍。難怪到了唐玄宗的時候，朝廷會開始下令禁止百官跟僧道往還，因為這些道士僧徒藉著預言吉凶的技術，走家串戶，妄斷禍福，已經對時政和人心造成干擾。〔註271〕

〔註268〕張鷟：《朝野僉載》，《唐五代筆記小說大觀》上冊，頁51。
〔註269〕《新唐書》第十六冊，卷一百六十一〈張薦傳附張鷟〉，頁4979。
〔註270〕張鷟：《朝野僉載》，《唐五代筆記小說大觀》上冊，頁7。
〔註271〕唐玄宗：〈禁百官與僧道往還制〉：「如聞百官家多以僧尼道士等為門徒往還，妻子等無所避忌。或詭託禪觀，妄陳禍福。事涉左道，深斁大猷。自今以後，百官家不得輒容僧尼道士等至家緣吉凶。要須設齋，皆於州縣陳牒寺觀，然後

　　張鷟連續找道士算命，也透露了他對卜相的興趣。這個傾向在《朝野僉載》中尤其明顯，《朝野僉載》開頭便是連續關於命相卜筮徵驗的記載。例如頭一則是魏全母親失明，問卜於王子貞，王子貞預言明年會有一個穿青衣服的人三月一日從東邊來，到了那一天魏全母親的眼疾就會痊癒。果然三月一日來了一個青衣人，原來是個製作犁頭的工匠，他幫魏全做犁，砍了屋旁的桑樹，結果魏全母親的眼病就好了，原來是桑樹的枝幹彎曲遮住了井所導致。接下來一則是：裴珪的妾眼睛狹長、目光飄忽，張璟藏幫她面相的時候說這是「豬視」，主淫，將來趙氏會因為姦淫罪壞事，果然後來趙氏跟一個軍人淫奔被抓回來，沒入掖庭。〔註272〕接下來數則也都是卜相預言的記載。後面又有一大部分專記謠歌、徵驗。雖然街頭巷語之奇事往往是筆記登錄的對象，但是《朝野僉載》在方面的記載，份量顯然佔得多，顯示張鷟在這方面的留心。

　　張鷟的作品中，與神仙主題最直接相關的，就是他最著名的作品《遊仙窟》。根據《新唐書》記載：「新羅、日本使至，必出金寶購其文。」〔註273〕張鷟文重當時，不僅時人愛讀他的作品，連海外藩國都為之風靡，有使節到中國來一定花大錢購置。在這樣的情形下，《遊仙窟》在張鷟在世時便已經風傳日本。〔註274〕因為流傳海外的關係，當《遊仙窟》在中國失傳多年後，很幸運的，清末楊守敬駐日時，又訪得了它的蹤跡，如今我們才得以見到它的面貌。

　　《遊仙窟》的故事以第一人稱的角度，自述奉使河源，途經積石山時，馬乏人疲，聽聞此地有「神仙窟」之稱，於是端仰一心，潔齋三日，在至誠的感召之下，忽然身體若飛，精靈似夢，來到了一個香天觸地，光彩遍天的處所，

　　　　依數聽去。仍令御史金吾明加捉搦。」《全唐文》第一冊，卷二十一，頁243。
〔註272〕張鷟：《朝野僉載》，《唐五代筆記小說大觀》上冊，頁6。
〔註273〕《新唐書》第十六冊，卷一百六十一〈張薦傳附張鷟〉，頁4979～4980。
〔註274〕李劍國：《唐五代志怪傳奇敘錄》上冊，天津：南開大學出版社，1993，頁134：「張鷟文章，時新羅、日本、突厥、暹羅甚喜之，兩《唐書》本傳、《大唐新語》、《桂林風土記》皆言之矣。藤原佐世《日本國見在書目錄》別集家已見著錄《遊仙窟》，而其傳入日本早在開元中。其為日人所重、歷久不衰之況，徵乎日文文籍，班班可見。汪辟疆云：『日本嵯峨天皇，當唐元和、長慶間，則是中唐時此書已流傳日本矣。惟日本最古之《萬葉集》卷四，有大伴家持《贈坂上大娘歌》十五首，辭意多與此書相同。後人評論，如契沖阿闍梨，遂斷為出於《遊仙窟》。前乎此者，尚在山上憶良《沈痾自哀文》，亦引《遊仙窟》云：「九泉之下，一文不值。」山上在聖武天皇天平之世，此文為山上末年之作，正當唐開元二十一年，是此書於開元張鷟尚在之時，即已傳至日本，又早於嵯峨天皇八十餘年。此徵諸《萬葉集》可信者也。』」。

見桃花澗旁有一女子在浣衣。因爲浣衣女子的引領，張鷟見到了崔十娘和五嫂。五嫂、十娘貌美如仙，住所「金臺銀闕，蔽日干雲」、園林「雜果萬株，叢花四照」，飲食「千名萬種，不可具論」……，此間種種，無論人物、居所、園林、擺設、飲食皆是人間所無，仙界方有。主角與五嫂十娘，飲酒賦詩，戲謔調笑後，與十娘一夜溫存，至天明，戀戀不捨而別。境遇也是猶如神仙幻夢。〔註275〕

這部作品，以神仙爲名，場景的設置、人物的形象、情節的設計，也處處運用神仙的特質來發揮。所謂神仙的特質，在於神仙是一個建立在彼／我對待上的美好理想，它以人間爲素材來建構種種超乎人間之上的美好想像。而這就是《遊仙窟》的基調。又，對於自負文才的張鷟來說，神仙的想像、誇美，正是他馳騁文才的天堂。我們從《遊仙窟》凡構畫仙境美好之處，皆用大篇幅駢體，鋪采摛文，可以得知。

「神仙」本是美好理想的寄託，「神仙文學」的創作，其實就是文人美好幻夢的書寫。以《遊仙窟》而言，張鷟寄託在神仙這個命題上的美好幻夢是雙重的，包括了聲色嗜欲和文字技能的操弄。

《遊仙窟》中張鷟和十娘初見面時的一段對話，便將張鷟這種心態流露出來。

> 十娘斂手而再拜向下官，下官亦低頭盡禮而言曰：「向見稱揚，謂言虛假；誰知對面，恰是神仙。此是神仙窟也！」十娘曰：「向見詩篇，謂非凡俗；今逢玉貌，更勝文章。此是文章窟也！」〔註276〕

主角稱讚十娘美貌如仙，所以這是神仙窟。十娘稱讚主角文章非凡，所以這是文章窟。神仙般的聲色滿足，和馳騁文字炫耀文才的陶醉感，這兩個便是《遊仙窟》組合的元素。

關於《遊仙窟》的格調，李劍國《唐五代志怪傳奇敘錄》這樣評述：

> 神仙窟宅徒具其名，一似平康里巷，十娘五嫂全無仙氣，跡近娼門，全不似《蕭總》、《劉導》之尚稱嚴肅，直是發泄肉欲耳。猥褻之調、床第之歡，描摹無所遮礙，誠狹邪小說、色情小說也。〔註277〕

張鷟在《遊仙窟》中所寄託的美好幻夢，不似理想，近於慾望，也就是其中

〔註275〕相關情節見張鷟：《遊仙窟》，《全唐五代小說》（陝西：陝西人民出版社，1998）第一冊，卷六，頁130～158。

〔註276〕張鷟：《遊仙窟》，《全唐五代小說》第一冊，卷六，頁135。

〔註277〕李劍國：《唐五代志怪傳奇敘錄》（天津：南開大學出版社，1993），上冊，頁137。

超越性是不足的，世俗性格則很濃厚。確實跟過去〈蕭總〉、〈劉導〉這些點
到爲止、含蓄而迷離的神仙遇合故事不同，它是現實具體的，雖然一樣是藉
由神仙寫美夢，但是現實的成分太過，神仙的迷離感包裝不住人味，世俗平
庸的氣味就流露出來了。

　　因爲《遊仙窟》的世俗成分濃厚，向楷在《世情小說史》中便將《遊仙
窟》作爲世情小說的先聲。

> 《遊仙窟》是由六朝具有世情因素的志怪小說轉化爲世情小說的第
> 一篇作品。……從小說的思想意蘊和總體格調而言，《遊仙窟》全沒
> 了六朝遇仙小說如「劉晨、阮肇」「袁相、根碩」等那種美好浪漫的
> 仙氣，倒是惡性膨脹了《八朝窮怪錄》中「蕭總」「劉導」兩篇（尤
> 其是後者）對仙子褻瀆、唐突的輕浮，顯出它的淺俗。但從世情小
> 說的角度而言，這淺俗之中，又分明透出一種發展來。小說對「余」
> 與五嫂、十娘調謔時露骨的性挑逗的詳細敘述，以及「余」與十娘
> 性生活的露骨的細緻描繪，實際上是當時輕佻文人狎妓生活的客觀
> 寫照。這正是由六朝仙凡結合的志怪小說的無人間煙火氣向世俗氣
> 濃重的世情小說轉化的表徵。篇中多採俗語、俗諺、歌謠，且駢句
> 與詩贊結合演述故事，頗近變文，具有俚俗而樸野的民間生活氣息。
> 這在前此的任何古文學作品，包括六朝小說中是看不見的。而且，
> 小說繪景繪情，描摹物態，細膩生動，對文人狎妓放蕩生活的敘寫
> 大膽、眞率、自然，這與六朝具有世情因素的志怪小說和輯佚小說
> 中的世情篇章截然不同。這種不同，既表現在作者的「有意爲文」，
> 又體現在其內容的世俗態層面及表現手法諸方面。故這種不同乃是
> 一種質的區別，是一種飛躍。《遊仙窟》可稱得我國文學史上世情小
> 說萌生的標誌，其地位不容忽視。〔註278〕

文中指出，《遊仙窟》無論在對現實生活的呈現上、描述手法上、俗諺的引用
上，都流露明顯的世俗傾向，與六朝同主題小說的出塵氣味全然不同，因此
可視爲世情小說萌生的標誌，地位特殊。向楷的論述指出了《遊仙窟》所現
的世俗相，然而這個世俗的傾向是如何造就的呢？一樣是仙凡遇合的題材，
何以到了唐代會發生「質的飛躍」？本來離塵出世的神仙，所以堪附和這麼
多世俗形象的加諸，其中所產生的內在變化，當然是「世俗化」所造就。

〔註278〕向楷：《世情小說史》（浙江：浙江古籍出版社，1998），頁41～42。

二、李頎：慕道之心在神仙人物刻畫中的體現

　　李頎（？），兩唐書無傳，生卒年不詳，根據《唐才子傳》的記載，他是「開元二十三年賈季鄰榜進士及第」。〔註279〕《新唐書・藝文志》中也記錄了「李頎詩一卷」下面注記「並開元進士第」，〔註280〕可知李頎是開元年進士。雖然明確的年歲不詳，不過李頎活躍於開元末天寶初的文壇，從相關的贈答作品顯然可知。李頎的作品中有〈東京寄萬楚〉〔註281〕、〈寄焦鍊師〉〔註282〕、〈贈張旭〉〔註283〕、〈贈別高三十五〉（即高適）〔註284〕、〈臨別送張諲入蜀〉〔註285〕、〈送王昌齡〉〔註286〕、〈送陳章甫〉〔註287〕等詩。其中萬楚也是開元年間的進士。李頎〈東京寄萬楚〉詩中，稱他為「同門友」。〔註288〕萬楚所創作的〈小山歌〉：「人說淮南有小山，淮王昔日此登仙。城中雞犬皆飛去，山上壇場今宛然。世人貴身不貴壽，共笑華陽洞天口。不知金石變長年，謾在人間戀攜手。君能舉帆至淮南，家住盱眙余先譜。桐柏亂流平入海，茱萸一曲沸成潭。憶記來時魂悄悄，想見仙山眾峰小。今日長歌思不堪，君行為報三青鳥。」〔註289〕其中同樣充滿了神仙的意趣，與李頎志氣相投。焦鍊師，根據李白〈贈嵩山焦鍊師并序〉中的介紹：「嵩山有神人焦鍊師者，不知何許婦人也，又云生於齊梁時，其年貌可稱五六十，常胎息絕穀，居少室廬，遊行若飛，倏忽萬里，世或傳其入東海，登蓬萊，竟莫能測其往也。」〔註290〕可知她是隱居嵩山的一得道婦人，開元天寶間的詩人，如李白、王維、王昌，都有詩贈焦鍊師。又，張旭，李頎稱之為「張公」，可見年紀輩份稍長。張旭

〔註279〕《唐才子傳校箋》，第一冊，頁354。
〔註280〕《新唐書》卷六十〈藝文志・集部・別集〉，頁1609。
〔註281〕《全唐詩》第四冊，卷一百三十二，頁1339。
〔註282〕《全唐詩》第四冊，卷一百三十二，頁1339。
〔註283〕《全唐詩》第四冊，卷一百三十二，頁1340。
〔註284〕《全唐詩》第四冊，卷一百三十二，頁1343。
〔註285〕《全唐詩》第四冊，卷一百三十二，頁1344。
〔註286〕《全唐詩》第四冊，卷一百三十二，頁1344。
〔註287〕《全唐詩》第四冊，卷一百三十三，頁1353。
〔註288〕李頎：〈東京寄萬楚〉：「濩落久無用，隱身甘采薇。仍聞薄宦者，還事田家衣。潁水日夜流，故人相見稀。春山不可望，黃鳥東南飛。濯足豈長往，一樽聊可依。了然潭上月，適我胸中機。在昔同門友，如今出處非。優遊白虎殿，偃息青瑣闈。且有薦君表，當看攜手歸。寄書不待面，蘭茝空芳菲。」《全唐詩》第四冊，卷一百三十二，頁1339。
〔註289〕《全唐詩》第四冊，卷一四五，頁1468。
〔註290〕《全唐詩》第五冊，卷一六八，頁1740。

與賀知章、張若虛、包融並稱「吳中四士」,正是開元初的人物,李頎既然稍晚又得見,也是開元中晚無疑。其餘高適、張諲、王昌齡、陳章甫也都是開元天寶間的文人。因此李頎雖然生卒年不詳,但是活動的時代很鮮明,這些作品都是最具體的、生活的真實印跡。

關於早年的生活經歷,李頎有一首〈緩歌行〉有所透露。

> 小來託身攀貴遊,傾財破產無所憂。暮擬經過石渠署,朝將出入銅龍樓。結交杜陵輕薄子,謂言可生復可死。一沈一浮會有時,棄我翻然如脫屣。男兒立身須自強,十年閉戶潁水陽。業就功成見明主,擊鐘鼎食坐華堂。二八蛾眉梳墮馬,美酒清歌曲房下。文昌宮中賜錦衣,長安陌上退朝歸。五陵賓從莫敢視,三省官僚揖者稀。早知今日讀書是,悔作從前任俠非。〔註291〕

詩中說他年少時傾盡家財、攀遊於貴冑間,大約也是求一出身吧。結果他所結交的這些友人多是輕薄無行之輩,好處得到了,便棄他如敝屣。李頎於是翻然悔悟,閉門讀書於潁水陽,自勵曰「男兒立身須自強」。十年間業就功成,得以見明主、坐華堂,擁有佳人、清歌、美酒、歡宴等種種享受,加以君王愛寵,威勢赫赫,「文昌宮中賜錦衣,長安陌上退朝歸。五陵賓從莫敢視,三省官僚揖者稀」,可以說坐享人間至樂,羨煞旁人。最後他感嘆早知讀書求功名如此美好,後悔年輕時任俠浪遊,輕擲歲月。《國秀集》、《唐才子傳》都只記錄李頎曾為新鄉縣尉。這一小小官爵,恐怕與詩中描述的宮中賜錦衣、陌上退朝歸、賓從莫敢視、官僚揖者稀,際遇相去甚遠。從李頎其他詩作來看,〈送劉四〉稱「從今署右職,莫笑在農桑」〔註292〕、〈送司農崔丞〉有「同時在省郎,而我獨留此」〔註293〕之句,可見李頎也遷任過其他職位,只是記載不明。然而從李頎〈放歌行達從弟墨卿〉中提到當年任官時,說是「沾寸祿」、「斂跡俛眉」的那種消沈意味,加上殷璠《河嶽英靈集》中也是惋惜李頎「惜其偉才,只到黃綬」,〔註294〕可見李頎即使擔任過其他的職位,恐怕官秩也不會太高。〈緩歌行〉中權傾一時、榮華富貴的描寫,大約參雜了不少文學臆想的成分。

〔註291〕《全唐詩》第四冊,卷一百三十三,頁1348～1349。
〔註292〕《全唐詩》第四冊,卷一百三十二,頁1342。
〔註293〕《全唐詩》第四冊,卷一百三十二,頁1343。
〔註294〕〔唐〕殷璠:《河嶽英靈集》上冊,〔明〕毛晉:《唐人選唐詩》下冊(臺北:大通書局,1973),頁1198。

李頎服食求仙的經歷，他的友人王維有直接的描述，其詩作〈贈李頎〉
說：

> 聞君餌丹砂，甚有好顏色。不知從今去，幾時生羽翼。王母翳華芝，
> 望爾崑崙側。文螭從赤豹，萬里方一息。悲哉世上人，甘此羶腥食。
> 〔註295〕

詩中半讚譽半挪揄的寫到：聽說李頎你因為服食丹砂，容顏甚是紅潤光彩，
不知道幾時就要長出羽毛成仙去啦！將來高高的居處崑崙仙山上，王母贈你
靈芝仙草，斑斕的螭龍和赤豹隨你萬里遨翔，何等逍遙快意。可嘆世上人還
甘心以腥羶為食，不懂追求神仙道。

從王維的描寫可知李頎確實服丹求仙，《唐才子傳》中也有類似的記載。
《唐才子傳》卷二：

> 頎，東川人。……性疏簡，厭薄世物。慕神仙，服餌丹砂，期清舉
> 之道，結好塵囂之外。〔註296〕

李頎既好神仙道，以當時文人結交道流、遊歷道觀的風尚可以推知李頎作品
中自然少不了這一類的作品，例如〈贈焦鍊師〉〔註297〕、〈謁張果先生〉〔註
298〕、〈題盧道士房〉〔註299〕、〈送王道士還山〉〔註300〕、〈送暨道士還玉清
觀〉〔註301〕等等均是。不過李頎在神仙文學的創作上，另有過人的特點。他
對於神話傳說的涉獵以及鎔鑄，有匠心獨運之處。特別在描寫神仙人物或是
以神仙方諸時人方面，細膩而鮮活，特別出眾。

相關的作品，描寫神仙人物的，例如有：〈王母歌〉〔註302〕、〈鮫人歌〉
〔註303〕等。以神仙比方時人的，例如有：〈贈焦鍊師〉、〈贈張旭〉、〈贈蘇明府〉
〔註304〕、〈謁張果先生〉等。茲以〈王母歌〉和〈贈張旭〉為例。

〈王母歌〉：

〔註295〕《全唐詩》第四冊，卷一二五，頁1237。
〔註296〕《唐才子傳校箋》第一冊，頁356。
〔註297〕《全唐詩》第四冊，卷一百三十二，頁1339。
〔註298〕《全唐詩》第四冊，卷一百三十二，頁1340～1341。
〔註299〕《全唐詩》第四冊，卷一百三十二，頁1346。
〔註300〕《全唐詩》第四冊，卷一百三十三，頁1351～1352。
〔註301〕《全唐詩》第四冊，卷一百三十二，頁1364。
〔註302〕《全唐詩》第四冊，卷一百三十三，頁1349～1350。
〔註303〕《全唐詩》第四冊，卷一百三十三，頁1350。
〔註304〕《全唐詩》第四冊，卷一百三十二，頁1340。

武王齋戒承華殿，端拱須臾王母見。霓旌照耀麒麟車，羽蓋淋漓孔
雀扇。手指交梨遣帝食，可以長生臨宇縣。頭上復戴九星冠，總領
玉童坐南面。欲聞要言今告汝，帝乃焚香請此語。若能鍊魄去三尸，
後當見我天皇所。顧謂侍女董雙成，酒闌可奏雲和笙。紅霞白日儼
不動，七龍五鳳紛相迎。惜哉志驕神不悅，歎息馬蹄與車轍。複道
歌鐘杳將暮，深宮桃李花成雪。為看青玉五枝燈，蟠螭吐火光欲絕。
〔註305〕

西王母的形象從《山海經》中的虎齒豹尾、蓬髮戴勝，到後期的雍容華貴如
貴夫人，山西永樂宮的壁畫向為重要指標。雖然永樂宮的壁畫成於元代，不
過相傳筆法仿自宋代武宗元〈朝元仙仗圖〉，而武宗元〈朝元圖〉又相傳摹自
吳道子〈八十七神仙卷〉，因此其形象可以說是從唐代繼承而來。唐代寫西王
母的詩作極多，不過李頎的〈王母歌〉可算是篇幅最長、最為完整的。其中
寫王母的形象「霓旌照耀麒麟車，羽蓋淋漓孔雀扇」、「頭上復戴九星冠，總
領玉童坐南面」、「紅霞白日儼不動，七龍五鳳紛相迎」相當的華麗繁複。歷
史傳說中的侍女董雙成、漢武帝見王母等也都一一引用。因此可以算是當時
王母形象的重要紀錄。

〈贈張旭〉寫草聖張旭（生卒年不詳）：

張公性嗜酒，豁達無所營。皓首窮草隸，時稱太湖精。露頂據胡床，
長叫三五聲。興來灑素壁，揮筆如流星。下舍風蕭條，寒草滿戶庭。
問家何所有，生事如浮萍。左手持蟹螯，右手執丹經。瞪目視霄漢，
不知醉與醒。諸賓且方坐，旭日臨東城。荷葉裹江魚，白甌貯香秔。
微祿心不屑，放神於八紘。時人不識者，即是安期生。〔註306〕

草聖張旭，時人有「張顛」之稱。性嗜酒，酣飲之後，號呼狂走，濡筆揮毫，
筆勢狂縱如鬼神走。李白〈猛虎行〉有：「楚人每道張旭奇，心藏風雲世莫知。」
〔註307〕杜甫〈飲中八仙歌〉有：「張旭三杯草聖傳，脫帽露頂王公前，揮毫落
紙如雲煙。」〔註308〕王邕〈懷素上人草書歌〉有：「君不見張芝昔日稱獨賢，
君不見近日張旭為老顛，二公絕藝人所惜，懷素傳之得真跡。」〔註309〕俱可

〔註305〕《全唐詩》第四冊，卷一百三十三，頁1349～1350。
〔註306〕《全唐詩》第四冊，卷一百三十二，頁1340。
〔註307〕《全唐詩》第五冊，卷一六五，頁1713。
〔註308〕《全唐詩》第七冊，卷二一六，頁2260。
〔註309〕《全唐詩》第六冊，卷二百四，頁2133～2134。

看出張旭的性情與行事風格。唐代寫張旭的作品雖然多，但是李頎因爲年代較早，跟張旭有過實際的往來，因此內容較貼近實際生活，刻畫傳神而細膩，與其他帶有距離的、傳奇式的讚揚不同。再加上這首是將主角設定爲對話彼端、閱讀對象的贈答詩，情味自然又不同。

　　李頎詩中稱張旭爲張公，他說張旭愛喝酒，個性豁達，凡事無心營求。如今頭髮皓白，年紀一把，還是孜孜矻矻於鑽研書藝。他經常脫帽蹲踞在胡床上，興致來了，仰頭長叫三五聲，便就著素壁揮毫，其迅捷與氣勢之天成猶如流星破長空。張旭所住的地方，亦殘破不經修潔，蕭蕭寒風吹著滿庭的亂草。「問家何所有？生事如浮萍」，其實是含蓄的寫出張旭家裡寒蹇，什麼東西都沒有。這跟他看待生命的態度有關。浮萍飄盪無根，跟緊抓營求恰是強烈的對比。生事如浮萍，表示他不營求，生生之資也跟浮萍一樣積聚不了，因此家裡窮。不過張旭依然生活得樂天自得，毫不爲貧寒所困，李頎描寫出一個張旭家常的畫面是：「左手持蟹螯，右手執丹經。瞪目視霄漢，不知醉與醒」。持蟹螯，大約是下酒吧，執丹經，則顯示張旭對神仙之事亦有興趣。旁人看張旭，只見他瞪著眼睛傻望天空，鎮日分不出是醉或醒。有朋友來就飲酒作樂，對於功名利祿看的很淡薄。李頎說，微祿之所以無法動其心，是因爲張旭的眼光是放眼在宇宙八荒之中。時人或有不識張旭的，若要介紹他是怎樣的人的話，據我看，他便是安期生一般的神仙之流啊！

　　李頎善寫人，張旭在他的筆下，實在生動而傳神。李頎自己對神仙之學有興趣，因此寫道家人物特別的生動，充滿瀟灑不羈的仙氣。其他像是〈贈焦鍊師〉、〈贈蘇明府〉、〈謁張果先生〉、〈送劉十〉也都是寫神仙般的人物，但不架空寫，運用實際的生活影跡勾畫出一個仙風縹緲的人物，很見功力。

三、顧況：神仙意象的拼貼鎔裁

　　顧況（727？～815？），晚字逋翁，號華陽山人。《舊唐書》附於〈李泌傳〉後有簡單的生平敘述。

> 顧況者，蘇州人。能爲歌詩，性詼諧，雖王公之貴與之交者，必戲侮之，然以嘲誚能文，人多狎之。柳渾輔政，以校書郎徵。復遇李泌繼入，自謂已知秉樞要，當得達官，久之方遷著作郎，況心不樂，

求歸於吳。而班列群官，咸有侮玩之目，皆惡嫉之。及泌卒，不哭，
而有調笑之言，為憲司所劾，貶饒州司戶。有文集二十卷。其〈贈
柳宜城〉辭句，率多戲劇，文體皆此類也。子非熊，登進士第，累
佐使府，亦有詩名于時。〔註310〕

這段生平記要，甚是簡略，僅知柳渾輔政時，顧況曾被徵為校書郎。李泌受
朝官排擠，出職江南地區時，〔註311〕則跟顧況頗有往來，兩人吟詠贈答，甚
是親厚，《舊唐書·李泌傳》：「初，泌流放江南，與柳渾、顧況為人外之交，
吟詠自適。」〔註312〕後來柳渾先達，累遷至尚書左丞，在他的幫助下，李泌
也回任京官，重受重用。顧況以為依交情，兩人會對他有所提拔，結果過了
很久才遷任職位也不怎麼高的著作郎，顧況因此對仕途不再寄望，有心回吳
越隱居。後來又因為跟同事處不來，頗受排擠，再因作詩嘲笑權貴等事，被
貶為江南郡丞、饒州司戶等小官，顧況也就真看破了，舉家遷居茅山，隱居
終老。

　　皇甫湜〈唐故著作左郎顧況集序〉對顧況生平的記載，大體與此同，不
過又多了一些故人情誼，因此敘寫較為有情：

君字逋翁，諱況，以文入仕。其為人類其詞章，常從韓晉公於江南
為判官，驟成其磊落大績。入佐著作，不能慕順，為眾所排。為江
南郡丞累歲，脫屣無復北意。起屋於茅山，意飄然若將續古三仙。
以壽九十卒。〔註313〕

皇甫湜其實與顧況年紀差距頗大，顧況是約西元727～815年的人，皇甫湜則
是西元777至835年，當年二人會面時，皇甫湜還是年幼的小童子。顧況當

〔註310〕《舊唐書》第十一冊，卷一百三十〈李泌傳附顧況〉，頁3624。

〔註311〕《舊唐書》第十一冊，卷一百三十〈李泌傳〉，頁3621～3622：「李泌字長源……
數年，代宗即位，召為翰林學士，頗承恩遇。及元載輔政，惡其異己，因江
南道觀察都團練使魏少遊奏求參佐，稱泌有才，拜檢校秘書少監，充江南西
道判官，幸其出也。尋改為檢校郎中，依前判官。元載誅，乃馳傳入謁，上
見悅之。又為宰相常袞所忌，出為楚州刺史。及謝恩，具陳戀闕，上素重之，
留京數月。會澧州刺史闕，袞盛陳泌理行，以荊南凋瘵，遂報泌理之。詔曰：
『荊南都會，粵在澧陽，俾人歸厚，惟賢是牧。以泌文可以化成風俗，政可
以全活悍惷。爰命頒條，期乎共理，無薄淮陽之守，勉思渤海之功。可檢校
御史中丞，充澧朗硤團練使。』重其禮而遣之。無幾，改杭州刺史，以理稱。」。
由本傳可知，李泌數出職江南。

〔註312〕《舊唐書》第十一冊，卷一百三十〈李泌傳〉，頁3623。

〔註313〕《全唐文》第七冊，卷六百八十六，頁7026。

時對皇甫湜很是欣賞，認爲將來必是揚、孟之流的人物。三十多年後，顧況去世，顧況的兒子顧非熊拿了父親的詩集登門造訪，泣求皇甫湜代爲出版流傳，因此有了這篇序文的撰寫。

序中說顧況壽高九十餘，那麼三十年前二人見面時，顧況是六十多歲，皇甫湜形容六十幾歲的顧況：「披黃衫，白絹鞈頭，眸子瞭然，炯炯清立。望之眞白圭振鷺」，容貌頗清逸脫俗。〔註314〕不知顧況當時是否已入道隱居，根據《唐才子傳校箋‧顧況》的考據：

> 況由滁州至茅山受道籙，其〈庵裏桃花〉詩有云：「庵裏桃花逢女冠，林間杏葉落仙壇。老人方授上清籙，夜聽步虛山月寒。」（《全唐詩》卷二六七）。又韋夏卿有〈送顧況歸茅山〉詩，詩中自注「時著作已受上清畢法」（《全唐詩》卷二七二）。按韋夏卿〈東山記〉（《全唐文》卷四一八）有云：「貞元八年余出守是郡（常州），迄今四載。」知貞元八年至十一年間韋在常州。合前考，並韋送顧詩「聖代爲遷客，盧皇作近臣」句，知況之受籙當在九年秋由饒州歸吳時或稍後，時年已近七十，故自稱「老人」。〔註315〕

可知顧況是在近七十歲時入道，時間上也差不多，大約皇甫湜見顧況時，他已親道法。

關於顧況的入道，最直接的記錄莫過於韋夏卿〈送顧況歸茅山〉中的作者自注註解。另綦毋誠也有〈同韋夏卿送顧況歸茅山〉，〔註316〕不過以韋夏卿的作品記載較爲清楚。

韋夏卿〈送顧況歸茅山〉：

> 聖代爲遷客，盧皇作近臣。法尊稱大洞（注：著作已受上清畢法），

〔註314〕皇甫湜：〈唐故著作左郎顧況集序〉：「湜以童子見君揚州孝感寺。君披黃衫，白絹鞈頭，眸子瞭然，炯炯清立。望之眞白圭振鷺也。既接歡然，以我爲揚雄孟子，顧恨不及見。三十年於茲矣。知音之厚，曷嘗忘諸。去年從丞相涼公裏陽，有曰顧非熊生者在門，訊之即君之子也。出君之詩集二十卷。泣請余發之。涼公適移莅宣武軍，余裝歸洛陽，諾而未副，今又稔矣。生來速文。乃題其集之首爲序。」《全唐文》第七冊，卷六百八十六，頁7026。

〔註315〕《唐才子傳校箋》第一冊，卷第三，頁648～649。

〔註316〕綦毋誠：〈同韋夏卿送顧況歸茅山〉：「謫宦聞嘗賦，遊仙便作詩。白銀雙闕戀，青竹一龍騎。先入茅君洞，旋過萬稚陂。無然列禦寇，五日有還期。」《全唐詩》第九冊，卷二百七十二，頁3058。

> 學淺忝初眞（注：夏卿初受正一）。鸞鳳文章麗，煙霞翰墨新。羨君
> 尋句曲，白鵠是三神。〔註317〕

這裡說當時著作郎顧況已受上清畢法，自己才初受正一，等級差很多。

除了奉道，顧況對佛教也頗有涉獵。他有許多佛教的友人，如：石冰上人、絢法師、少微上人、皎然。其中皎然有〈送顧處士歌〉。〔註318〕顧況詩中參訪佛寺的作品也多。如：〈蕭寺偃松〉〔註319〕、〈獨遊青龍寺〉〔註320〕、〈鄱陽大雲寺一公房〉〔註321〕、〈題歙山棲霞寺〉〔註322〕等。另外，在〈虎邱西寺經藏碑〉一文中，顧況也提及出家的叔父——七覺法師曾傳授他佛經，只是他自慚「根鈍智短」，領受不多。〔註323〕其實從顧況的〈歸陽蕭寺有丁行者能修無生忍擔水施僧況歸命稽首作詩〉〔註324〕、〈酬揚州白塔寺永上人〉〔註325〕等詩可看出他對佛教教理涉獵亦深。

茲引〈歸陽蕭寺有丁行者能修無生忍擔水施僧況歸命稽首作詩〉爲例：

> 化佛示持帠，仲尼稱執鞭。列生御風歸，飼豕如人焉。曹溪第六祖，
> 踏碓逾三年。伊人自何方，長綬趨遙泉。開士行何苦，雙瓶胝兩肩。
> 蕭寺百餘僧，東廚正揚煙。露足沙石裂，外形巾褐穿。若其有此身，
> 豈得安穩眠。獨出違順境，不爲寒暑遷。大聖於其中，領我心之虔。

〔註317〕《全唐詩》第九冊，卷二百七十二，頁3057～3058。

〔註318〕皎然：〈送顧處士歌〉（吳與丘司議之女婿，即況也。）：「吳門顧子予早聞，風貌眞古誰似君。人中黃憲與顏子，物表孤高將片雲。性背時人高且逸，平生好古無儔匹。醉書在篋稱絕倫，神畫開廚怕飛出。謝氏檀郎亦可儔，道情還似我家流。安貧日日讀書坐，不見將名干五侯。知君別業長洲外，欲行秋田循畎澮。門前便取觳觫乘，腰上還將鹿盧佩。禪子有情非世情，御荈貢餘聊贈行。滿道喧喧遇君別，爭窺玉潤與冰清。」《全唐詩》第二十三冊，卷八百二十一，頁9264～9265。

〔註319〕顧況：〈蕭寺偃松〉，《全唐詩》第八冊，卷二百六十四，頁2934。

〔註320〕顧況：〈獨遊青龍寺〉，《全唐詩》第八冊，卷二百六十四，頁2934。

〔註321〕顧況：〈鄱陽大雲寺一公房〉，《全唐詩》第八冊，卷二百六十四，頁2951。

〔註322〕顧況：〈題歙山棲霞寺〉，《全唐詩》第八冊，卷二百六十六，頁2952。

〔註323〕顧況：〈虎邱西寺經藏碑〉：「叔諱七覺，字惟舊。容相端靜。神龍初，八歲剃度。萬言一覽，學際天人。嘗以唵嘟禪林萬法之母，法從數起，乃讀外書。小餘大餘，以爲證據。維摩所謂通達善道，法華所謂通達大智。況受經於叔父，根鈍智短，曾不得乎少分。」《全唐文》第六冊，卷五百三十，頁5377。

〔註324〕顧況：〈歸陽蕭寺有丁行者能修無生忍擔水施僧況歸命稽首作詩〉，《全唐詩》第八冊，卷二百六十四，頁2939。

〔註325〕顧況：〈酬揚州白塔寺永上人〉，《全唐詩》第八冊，卷二百六十六，頁2954。

萬法常空滅，無生因忍全。一國一釋迦，一燈分百千。永願遺世知，
現身彌勒前。潛容偏虛空，靈響不可傳。智慧舍利佛，神通目犍連。
阿若憍陳如，迦葉迦旃延。左右二菩薩，文殊并普賢。身披六銖衣，
億劫爲大仙。寶塔寶樓閣，重簷交梵天。譬如一明珠，共贊光白圓。
天魔波旬等，降伏金剛堅。野叉羅刹鬼，亦赦塵垢纏。乃致金翅鳥，
吞龍護洪淵。一十一眾中，身意皆快然。八河注大海，中有楞伽船。
佛法付國王，平等無頗偏。天子事端拱，大臣行其權。玉堂無蠅飛，
五月冰凜筵。盡力答明主，猶自招罪愆。九族無白身，百花動嬋娟。
神聖惡如此，物華不能妍。祿山一微胡，驅馬來自燕。宛彼宮闕麗，
如何犬羊羶。苦哉千萬人，流血成丹川。此輩之死後，鑊湯所熬煎。
業風吹其魂，猛火燒其煙。獨有丁行者，無憂樹枝邊。市頭盲老人，
長者乞一錢。韜照多密用，爲君吟此篇。〔註326〕

顧況雖然身處君王迷信長生仙術的時代，自己也親身受籙爲道士，但是他對
道教的信仰，似乎不在長生不老的追求上。例如〈行路難〉一詩，顧況便表
達自己對服丹藥致長生的懷疑。

君不見古人燒水銀，變作北邙山上塵。藕絲挂在虛空中，欲落不落
愁殺人。睢水英雄多血刃，建章宮闕成煨燼。淮王身死桂樹折，徐
福一去音書絕。行路難，行路難，生死皆由天。秦皇漢武遭不脫，
汝獨何人學神仙。〔註327〕

詩中說，古來許多相信仙道的人，燒水銀煉丹求仙，最後還不是終究免不
了一死，化爲北邙山上塵。美麗的建章宮早成灰燼，尊貴的淮南王身死，
徐福泛海一去不歸，人、事、物皆不久長。可嘆啊行路難，生死修短都是
天注定，像秦始皇、漢武帝，那樣握有權勢與財力的人，傾盡力量去追求，
最後也是無所得，你我這樣的平凡人更無憑藉，還跟人家妄求什麼神仙長
生呢！

詩中的語意，現實多於空想，顯然對煉丹求仙不認可。顧況在隱居茅山
入道後的生活描寫，經常也僅止於山林野趣、退隱心態的流露而已，並不見
修仙煉藥的追求。如：〈山居即事〉：

〔註326〕顧況：〈歸陽蕭寺有丁行者能修無生忍擔水施僧況歸命稽首作詩〉，《全唐詩》
　　　　第八冊，卷二百六十四，頁2938～2939。
〔註327〕顧況：〈行路難〉，《全唐詩》第八冊，卷二百六十五，頁2941～2942。

下泊降茅仙，蕭閑隱洞天。楊君閑上法，司命駐流年。崦合桃花水，

窗分柳谷煙。抱孫堪種樹，倚杖問耘田。世事休相擾，浮名任一邊。

由來謝安石，不解飲靈泉。〔註328〕

又如〈題明霞臺〉：

野人本自不求名，欲向山中過一生。莫嫌憔悴無知己，別有煙霞似

弟兄。〔註329〕

詩中「世事休相擾，浮名任一邊」、「野人本自不求名，欲向山中過一生」等
胸中懷抱的抒發，想要背離的都是社會，而不是想超越生死，抽離人世。

唯一一首對丹道著墨較多的，僅有〈題盧道士房〉。

秋砧響落木，共坐茅君家。唯見兩童子，門外汲井花。空壇靜白日，

神鼎飛丹砂。麈尾拂霜草，金鈴搖霽霞。上章塵世隔，看弈桐陰斜。

稽首問仙要，黃精堪餌花。〔註330〕

不過此詩內容以描寫友人為主，又一說為李頎的作品，似也不足為據。

因此，儘管《太平廣記》〔註331〕、《唐摭言》〔註332〕、《唐才子傳》〔註333〕
等書都記載了有關顧況得秘術，長生仙去的傳說。顧況本人對道教的信仰，則
恐怕不在神仙丹道的追求上。

只是顧況既為道士，對道教教理必有一定的信仰和理解，因此他的作品
中也頗有一些宗教性強的作品，顯示他在道學上的修為。如〈衢州開元寺廟

〔註328〕顧況：〈山居即事〉，《全唐詩》第八冊，卷二百六十六，頁2958。

〔註329〕顧況：〈題明霞臺〉，《全唐詩》第八冊，卷二百六十七，頁2966。

〔註330〕顧況：〈題盧道士房〉，《全唐詩》第八冊，卷二百六十六，頁2958。

〔註331〕《太平廣記》第五冊，卷二百二〈顧況〉：「顧況志尚疏逸，近於方外。有時
宰曾招致，將以好官命之，況以詩答之曰：四海如今已太平，相公何事喚狂
生。此身還似籠中鶴，東望滄溟叫數聲。後吳中皆言況得道解化去。出尚書
故實。」頁1527。

〔註332〕〔五代〕王定保：《唐摭言校注》（上海：上海社會科學院出版社，2003.1）
卷八〈入道〉：「顧況全家隱居茅山，竟莫知所止。其子非熊及第歸慶，既莫
知況寧否，亦隱於舊山。或聞有所遇長生之秘術也。」頁174。

〔註333〕《唐才子傳校箋》第一冊，卷第三〈顧況〉，頁645：「及泌卒，作〈海鷗詠〉
嘲誚權貴，大為所嫉，被憲劾貶饒州司戶，作詩曰：『萬里飛來為客鳥，曾蒙
丹鳳借枝柯。一朝鳳去梧桐死，滿目鴟鳶奈爾何！』遂全家去，隱茅山，鍊
金拜斗，身輕如羽。」頁649：「況暮年一子即亡，追悼哀切，吟曰：『老人
喪愛子，日暮泣成血。老人年七十，不作多時別。』其年又生一子，名非熊，
三歲始言，在冥漠中聞父吟苦，不忍，乃來復生。非熊後及第，自長安歸慶，
已不知況所在，或云得長生訣仙去矣。」

碑〉〔註334〕、〈朝上清歌〉〔註335〕、〈步虛詞〉，〔註336〕寫的都精深。而其他運用神仙題材書寫的作品，則文思超逸，不拘俗套，頗見異彩。唐書中說他「性詼諧」、「嘲誚能文」，〔註337〕從作品看，恰是這種置身方外，笑看世間的態度，使他在神仙的書寫上，展露不一樣的風采。相關的作品如：

〈黃菊灣〉：

　　時菊凝曉露，露華滴秋灣。仙人釀酒熟，醉裏飛空山。〔註338〕

〈古仙壇〉：

　　遠山誰放燒，疑是壇邊醮。仙人錯下山，拍手壇邊笑。〔註339〕

第一首寫黃菊開滿黃菊灣，清晨的時候花朵滿凝露水，滴在大地上，滋潤了整個黃菊灣。仙人釀的酒這時也恰是熟成的時候（不知是否為助長生的菊花酒？），仙人喝個滿醉，便乘著酒興在空山中恣意的飛翔。這首作品前文後白，

〔註334〕顧況：〈衢州開元寺廟碑〉：「王太上也，謂之三清。淵神靈也，謂之三洞。洞之法，金璫玉佩之書。玉馬之券。迴車畢道，天詰也。負石填河，師誓也。得之者上騰九天，失之者下墜十祖。故曰：萬劫祕而五千文行。蕭武好佛法，道士挑攪釋藏徒聊順帝旨，強說為大教佛經，故論者短之，多稱道家唯有老子兩卷，井蛙不知尾閭也。大哉玉皇！上極金闕。青童紫微扶桑之君，仲侯左靈東華之君。人雖位在上清，而猶臣妾玉皇。太上已下，如陪臣焉。凡三十六天，三十六洞地道。下通華陽林屋，傍通龍邱九巖。其土神秀，厥生道奧。徐先生名含真，中書侍郎安貞之族子也。傳八景之真文，握九光之靈符。隸乎此觀。初棟宇壇墠，惟彼瓦礫。鬱為草萊，先生之功。林堂象設，始吐光彩。蕭寥同映，養屯茹氣。蹈火吞刀之士，不可呼而來。夫道可不遇，文復何昌。銘曰：天地未生，聖人未作。陰陽块扎，日月磅礴。道隱乎先，氣流形博。乃播群法，靈神沃若。奔景無天，迴元豁落。（其一）帝作玉府，以般靈居。四輔之目，三清之書。不得其人，曠劫祕諸。臣拜稽顙，以度寶魄之明浩輿。（其二）」《全唐文》第六冊，卷五百二十九，頁5377。

〔註335〕顧況：〈朝上清歌〉：「潔眼朝上清，綠景開紫霞。皇皇紫微君，左右皆靈娥。曼聲流睇，和清歌些。至陽無諓，其樂多些。旌蓋颯沓，簫鼓和些。金鳳玉麟，鬱駢羅些。反風名香，香氣遝些。瓊田瑤草，壽無涯些。君著玉衣，升玉車些。欲降瓊宮，玉女家些。其桃千年，始著花些。蕭寥天清而滅雲，目瓊瓊兮情感。佩隨香兮夜聞，肅肅兮悁悁。啟天和兮洞靈心，和為丹兮雲為馬。君乘之觴于瑤池之上兮，三光羅列而在下。」《全唐文》第八冊，卷二百六十五，頁2949～2950。

〔註336〕顧況：〈步虛詞（太清宮作）〉：「迴步遊三洞，清心禮七真。飛符超羽翼，焚火醮星辰。殘藥沾雞犬，靈香出鳳麟。壺中無窄處，願得一容身。」《全唐詩》第八冊，卷二六六，頁2951。

〔註337〕《舊唐書》第十一冊，卷一百三十〈李泌傳附顧況〉，頁3624。

〔註338〕顧況：〈黃菊灣〉，《全唐詩》第八冊，卷二百六十七，頁2961。

〔註339〕顧況：〈古仙壇〉，《全唐詩》第八冊，卷二百六十七，頁2961。

清新可喜，典雅中帶著瀟灑不羈的仙氣。

〈古仙壇〉則純白話，說遠山不知誰在放火燒草，仙人遠遠看著以爲是齋醮，下得山來湊興，才知道自己眼錯，不由得拍手大笑。全詩純任天然，頗富意趣。

比較長的作品如〈龍歌操〉：

> （顧況曰：壬子癸丑，二年大水，時在滁，遂作此操，蓋大曆中也。）
>
> 龍宮月明光參差，精衛銜石東飛時。鮫人織綃採藕絲，翻江倒海傾吳蜀。漢女江妃杳相續，龍王宮中水不足。〔註340〕

從序中知，這是滁州發大水鬧水災時寫的作品，顧況結合了許多有關水的神話傳說來描寫，龍宮、精衛、鮫人等，最後還開玩笑的說漢女江妃再不接著哭，水再灌下去，恐怕龍宮的水會不夠用喔！同樣也是純熟運用神仙素材，又帶著詼諧的作品。

此外，顧況也是一位藝術家，他不僅能詩也善畫，《太平廣記》引《尚書故實》：「唐顧況字逋翁，文詞之暇，兼攻小筆。」〔註341〕《歷代名畫記》有：「顧況，字逋翁，吳興人。不修檢操，頗好詩詠，善畫山水。」〔註342〕而從他爲數甚多的聽箏、聽琴、聽彈箜相關作品來看，大約他也雅好音樂。這些寫畫、寫音樂的詩歌作品，因爲是藝術的綜合抒發，因此特別細膩精緻，其中再加上神仙思想的融會，逸思出塵，別富興味。如〈烏啼曲〉：「此是天上老鴉鳴，人間老鴉無此聲。搖風雜佩耿華燭，夜聽羽人彈此曲。東方曈曈赤日旭。」〔註343〕〈梁廣畫花歌〉：「王母欲過劉徹家，飛瓊夜入雲軿車。紫書分付與青鳥，卻向人間求好花。上元夫人最小女，頭面端正能言語。手把梁生畫花看，凝睇掩笑心相許。心相許，爲白阿孃從嫁與。」〔註344〕〈杜秀才畫立走水牛歌〉：「八十老婆拍手笑，妒他織女嫁牽牛。」〔註345〕其中藝術眼光的融裁，意象的跳躍拼貼，饒富興味。

比顧況年代稍晚的貫休（832～912）對顧況的詩歌成就相當推崇，他有一首〈讀顧況歌行〉：

〔註340〕顧況：〈龍歌操〉，《全唐詩》第八冊，卷二百六十五，頁 2941。

〔註341〕《太平廣記》第五冊，卷二百一十三，頁 1631。

〔註342〕張彥遠：《歷代名畫記》（臺北：廣文書局，1971）卷十，頁 314。

〔註343〕顧況：〈烏啼曲〉，《全唐詩》第八冊，卷二百六十五，頁 2940。

〔註344〕顧況：〈梁廣畫花歌〉，《全唐詩》第八冊，卷二百六十五，頁 2941。

〔註345〕顧況：〈杜秀才畫立走水牛歌〉，《全唐詩》第八冊，卷二百六十五，頁 2946。

雪泥露金冰滴瓦，楓樨火著僧留坐。忽睹逋翁（況別號）一軸歌，
始覺詩魔辜負我。花飛飛，雪霏霏，三珠樹曉珠纍纍。妖狐爬出西
子骨，雷車拶破織女機。憶昔鄱陽寺中見一碣，逋翁詞兮逋翁札。
庾翼未伏王右軍，李白不知誰擬殺。別，別，若非仙眼應難別。不
可說，不可說，離亂亂離應打折。〔註346〕

貫休也善寫歌行，又同為方外作家，因此對顧況特別惺惺相惜，認為他的成
就，可擬李、杜。「別，別，若非仙眼應難別」一句，「仙眼」既是讚譽顧況
仙才，也有莫逆相知之意。其中嬉笑怒罵、無施不可的風格，與顧況風格類
近，有向大師致敬的味道。

四、沈既濟、李公佐：以夢設喻

　　沈既濟（750～800），跟顧況一樣是吳地人。根據《新唐書》的記載，沈
既濟才學俱佳，經學該明，又有史才，因此受到吏部尚書楊炎的推薦，召拜
為左拾遺、史館修撰。唐書本傳載，吳兢修國史，欲將武后寫入本紀，沈既
濟以正名、正朔奏議宜入皇后傳，雖然未獲採納，但是展現了沈既濟的史識。
沈既濟在史學方面的著作有撰有《建中實錄》，才能頗受時人稱譽。〔註347〕

　　政事方面，建中二年，德宗銳於治，詔令於中書、門下二省之下，分置
待詔官三十。沈既濟曾以閑官冗食，耗斁國庫，其弊奈何為議，諫請收回成
命。〔註348〕又，肅宗、代宗朝以來，因為屢興兵事，天下多故，官員日趨僣
濫，當時尚擔任太常寺協律郎的沈既濟，亦曾諫請改變選官制度，以提升官
員素質。其論點如：

王者觀變以制法，察時而立政。按前代選用，皆州、府察舉，至于
齊、隋，署置多由請託。故當時議者，以為與其率私，不若自舉；
與其外濫，不若內收。是以罷州府之權，而歸於吏部。此矯時懲弊
之權法，非經國不刊之常典。今吏部之法弊矣，不可以坐守刓弊。
夫選舉者，經邦之一端，雖制之有美惡，而行之由法令。是以州郡
察舉，在兩漢則理，在魏、齊則亂。吏部選集，在神龍、景龍則紊，
在開元、天寶則理。當其時久承升平，御以法術，慶賞不軼，威刑

〔註346〕貫休：〈讀顧況歌行〉，《全唐詩》第二十三冊，卷八百二十七，頁9316。
〔註347〕《新唐書》第十五冊，卷一百三十二〈沈既濟傳〉，頁4538～4540。
〔註348〕《新唐書》第十五冊，卷一百三十二〈沈既濟傳〉，頁4539～4540。

> 必齊，由是而理，匪用吏部而臻此也。向以此時用辟召之法，則理
> 不益久乎？

這些建議，引據古今吏法，申論制度應隨時代變革修正，顯示了沈既濟的史學涵養與幹才。事見《新唐書・選舉志》。〔註349〕

由此二事，可知沈既濟非但是良史，也是能吏。

李公佐（770～850），字顓蒙，作品中均自稱「隴西李公佐」，但是活動的區域主要在江淮，隴西，疑所稱爲郡望。

李公佐經常在小說創作中自我現身，隨著故事進行，自述當時的生平經歷，呈現出一種故事與眞實人物、時間、地點緊扣的臨場感。程毅中《唐代小說史》串連其在故事中的自述，整理出李公佐大致的活動蹤跡爲：

> 貞元十三年（797）泛湘瀟蒼梧（《古岳瀆經》）
>
> 貞元十八年（802）自吳之洛，暫泊淮浦（《南柯太守傳》）
>
> 元和六年（811）以江淮從事受使至京，回次漢南（《馮媼傳》）
>
> 元和八年（813）春，罷江西從事，扁舟東下，淹泊建業（《謝小娥傳》）。冬，在常州（《古岳瀆經》）
>
> 元和十三年（818）夏，始歸長安，經泗濱（《謝小娥傳》）〔註350〕

除此之外，白居易的三弟白行簡（776～826）也在〈李娃傳〉文末提到李公佐：

> 予伯祖嘗牧晉州，轉戶部，爲水陸運使，三任皆與生爲代，故諳詳其事。貞元中，予與隴西公佐話婦人操烈之品格，因遂述汧國之事。公佐拊掌竦聽，命予爲傳。乃握管濡翰，疏而存之。時乙亥歲秋八月，太原白行簡云。〔註351〕

貞元中乙亥年，是爲貞元十一年（795）。在那之前，白行簡曾有一次和李公佐閒聊時，談到所聽聞的李娃事蹟，李公佐認爲其事值得立傳流傳，於是督促白行簡寫下來，遂有〈李娃傳〉的產生。由此事可知，李公佐與白行簡是朋友，另外李公佐對於奇聞軼事，則抱持著採寫流傳的態度。

李復言《續玄怪錄》〔註352〕、韋絢《戎幕閒談・李湯》、段成式《西陽

〔註349〕《新唐書》卷四十五〈選舉志〉，頁1178～1179。

〔註350〕程毅中：《唐代小說史》，（北京：人民文學出版社，2003），頁149～150。

〔註351〕白行簡：〈李娃傳〉，《全唐五代小說》第一冊，卷二十三，頁631。

〔註352〕〈尼妙寂〉篇。故事架構與〈謝小娥傳〉近似，只是一爲尼妙寂，一爲謝小

雜俎》也寫到李公佐，內容與其自述的故事大同小異，可見這些事當時也頗為流傳，李公佐大約活躍於文人社交圈，知名度也高。

沈既濟的小說創作有兩篇，〈任氏傳〉與〈枕中記〉，《全唐文》則收錄了六篇文章〈論增待制官疏〉、〈上選舉議〉、〈選舉雜議〉、〈論則天不宜稱本紀議〉、〈詞科論并序〉、〈選舉論〉。〔註353〕這裡要討論的，主要是〈枕中記〉。

〈枕中記〉描述有一得神仙術的道士呂翁，行旅邯鄲道途中，投宿旅社，遇到少年盧生。當時旅社主人正炊蒸著黃粱，兩人等著用餐，一時無事，於是相與攀談。結果言談甚歡，一見如故。盧生見呂翁衣衫襤褸，於是感嘆：大丈夫不遇於世，才會如此困頓啊！接著大發議論，認為大丈夫生於世，只有建功立業，出將入相，吃穿享用不盡，家族壯大，用度富足，才算是如意。沒想到說完話睡意便來，道士呂翁於是從隨身的囊裡拿出一個青瓷枕，說：你睡我這個枕頭吧，讓你嚐嚐所謂榮華適志的滋味。少年看這個青瓷枕兩邊是空的，各有一個孔竅，等到低頭向枕睡去，孔竅卻越來越大，最後少年整個人都沈了進去，赫然發現自己到了家。數月後，娶了高門崔氏女，登進士，官越作越大，出牧地方，又回任京官，其間兩度受饞言謗傷，經歷貶官、下獄的考驗，冤情終又得到昭雪，皇帝晉封他為中書令、燕國公，賜與良田、甲第、佳人、名馬等等，受到前所未有的寵遇。生了五個兒子，都很成材，個個有才器，當大官，聯姻的對象也都是天下的望族，得孫十餘人，家族崇盛顯赫非常。最後年紀大了，富貴也享盡了，老病的時候，皇帝還頻遣名醫、中人看視。臨終時自知不起，上表謝恩，皇帝下詔慰勉後，當天晚上棄世。這時候，盧生醒了，伸個懶腰，轉頭一看，道士呂翁安坐在旁邊，旅社主人蒸的黃粱都還沒熟哩，於是問呂翁這是一場夢嗎？呂翁說人生的遭遇也差不多是這樣阿。盧生猛然一醒，這一醒也是人生觀的覺醒，知道呂翁是有心的啟迪他，當下頓然開悟，對呂翁再拜而去。

這個故事是典型的度化故事，一個不起眼的高人，因緣巧遇，點化了一個勘不破世俗名利的芸芸眾生。這個故事在《太平廣記》中，題目標為〈呂翁〉，呂翁是一個得神仙術的道士，身懷法寶，有點撥世人的慈悲心，整個故

娥，小娥的故事鋪陳細緻，尼妙寂則為纂錄奇事的性質，作者也說：「錄怪之日，遂纂於此」，情節進行全繫於李公佐的介入參與，主角形象、藝術性較不顯。

〔註353〕《全唐文》，頁 4865～4868。

事雖然以他的行動為主軸，但是通觀整篇故事，呂翁從頭至尾卻只講了四句話。這四句話相當簡短又深富哲理，分別是：

> 翁曰：「觀子形體，無苦無恙。談諧方適，而歎其困者，何也？」

> 翁曰：「此不謂適，而何謂適？」

> 翁乃探囊中枕以授之曰：「子枕吾枕，當令子榮適如志。」

> 翁謂生曰：「人生之適，亦如是矣。」〔註354〕

這四句話裡面都有一個「適」字，適是愉快如意的意思。第一句是說我們談的正愉快，何以你突然感嘆呢？第二句說：這樣不叫愉快，怎樣才叫愉快呢？第三句呂翁給了盧生枕頭，說：那麼你躺我的枕頭，讓你試試你剛剛所謂的愉快得意吧。最後一句的「適」，則可以二解，如果當「愉快得意」解，就是：人世間的愉快得意也是這樣啊！如果當「際遇」來解，那就是：人生的際遇，也差不多是這樣啊！第一解神仙出世的味道較濃。不過，盧生後續所言的寵辱之道、窮達之運、得喪之理、死生之情，也正是人生遭遇的起落反覆，都有其優點。不如合觀，當作一高明的雙關語。

〈枕中記〉的最後，盧生感悟「此先生所以窒吾欲也。敢不受教。」將人所以無法看透人世表象，執著於世俗名利，歸結在人心受慾念的蒙蔽。這個哲理是道家道教式的，此外，情節典型和人物塑造也是。以人的離魂入夢，穿越虛實之間，脫卻對人生表象的執著，在道家先賢莊子的著作中，便可找到先例。後世相關的創作不絕。只不過賦予了宗教的意味後，人物的形象、法寶的運用、空間的架構都會有進一步的發展。

這個故事還有一個特色是官銜名稱多，密度之高，他小說未見，大約與沈既濟久在官場，熟諳吏制有關，從他屢次進言商議有關官制改革的事，表現他對選舉銓敘的留意，更知其來有自。

李肇《國史補》中對這篇作品評價高，認為沈既濟「真良史才也」。

《國史補》卷下：

> 沈既濟撰《枕中記》，莊生寓言之類；韓愈撰《毛穎傳》，其文尤高，
> 不下史遷。二篇真良史才也。〔註355〕

李公佐的小說創作產量較豐，現存有〈南柯太守傳〉、〈盧江馮媼傳〉、〈古

〔註354〕《全唐五代小說》第一冊，卷十九，頁543～545。

〔註355〕〔唐〕李肇：《唐國史補》（臺北：世界書局，1991，楊家駱主編《增補筆記小說名著》第一冊），頁55。

嶽瀆經〉、〈謝小娥傳〉、〈燕女墳記〉。篇篇俱帶有神異的況味。這裡主要討論
〈南柯太守傳〉。

這篇作品也是以一個意外的人生經歷，來了悟世間表象的虛假無須執
著。故事的主角淳于棼是一個遊俠兒，整天使氣飲酒，與朋友狂歡。有一天
正逢他的生日，喝酒喝過了頭，生起病來，於是朋友將他扶回家休養，淳于
棼到了家，昏昏沈沈，倒頭就枕，恍在夢中。忽然間有兩個紫衣使者來迎他，
他跟著上了車，結果進了自家院子中的古槐樹洞穴，來到了「大槐安國」。
這個槐安國中山川景物草木都跟人間不一樣，此外物用豐足，妓樂絲竹、肴
膳燈燭……無一不備，還有許多美如天仙的女子，衣著華麗，往來嬉戲。最
後淳于棼娶了儼若神仙的「金枝公主」為妻，當了大槐安國的駙馬爺。一日，
妻子勸他習政事，國王於是派遣他治理南柯郡。淳于棼到任後，省風俗，療
病苦，又充分授權於賢裏贊，於是守郡二十年間，風化廣披，人民樂生，廣
受愛戴。國王歡喜愛重，又賜爵位封邑，又讓他轉任台輔。此時他有子五男
二女，男封官，女聘於王族，整個家族榮耀顯貴，無與比倫。這時有檀蘿國
來襲，淳于棼帶兵失利，小受挫敗。尋而又遭喪妻之痛，於是請求護喪歸槐
安國。返都之後，富貴閒散，交遊賓從，威福日盛，受到忌憚，時人頗有議
論，淳于棼自問守郡多年，曾無敗政，竟遭流言刺謗，內心亦抑鬱不樂。國
王知道他的心事，又因女已亡喪，因此建議他回本鄉去。這時候淳于棼才猛
悟前事，於是求歸。回家後看到自己還躺在家裡睡覺。一夢醒來，看到朋友
還坐在榻上洗腳，這不過是友人送他還家後一忽兒的事，太陽都還沒下山
呢！淳于棼於是告訴友人剛剛的奇遇，三個人到屋外院子中尋槐下穴，只見
一個大蟻窩，先前所經歷的人物、處所，一一可指出具體相應的痕跡。淳于
棼至此瞭悟榮華富貴的浮虛、人世的倏忽不居，於是棲心道門，棄絕酒色，
修道去了。

這個故事的宗旨和〈枕中記〉類似，故事的情節也有異曲同工之妙。其
中〈南柯太守傳〉的篇幅較長，經營細膩，〈枕中記〉則顯得精巧警醒。又最
大的不同是，〈枕中記〉純粹一夢，主角是不自覺的夢遊，又不自覺的出得夢
中來。〈南柯太守傳〉則以真實的能感知思考的主體去經歷這一切。淳于棼返
家，看到自己躺在家裡，嚇了一跳那一段，「自己」看到「自己」，「主體」看
到「肉身」，雖然也是精神出竅，卻是醒覺的，和道家道教在夢與非夢、吾喪
我、精氣神的離析等方面，聯繫較深。

〈南柯太守傳〉還有一個特色是，空間的轉換特別多，除了清楚的標示出蟻界與人界之外，在蟻界中出入的空間也是繁多。

五、李商隱：阻隔意識於仙／凡差離情境中的高明操作

李商隱（813？～858），字義山。其詩作中細密纏綿的神仙意象引用，早爲世人所稱，如：「蓬山此去無多路，青鳥殷勤爲探看」、「嫦娥應悔偷靈藥，碧海青天夜夜心」等，俱爲傳頌不休的經典名句。

李商隱的詩作，以幽深隱微著稱，高棅《唐詩品彙》：「降而開成以後，則有杜牧之豪縱，溫飛卿之綺靡，李義山之隱僻，許用晦之偶對，他若劉滄、馬戴、李頻、李群玉輩，尚能電勉氣格，將邁時流，此晚唐變態之極，而遺風餘韻，猶有存者焉。」〔註356〕元好問〈論詩絕句〉則有「望帝春心託杜鵑，佳人錦瑟怨華年。詩家總愛西崑好，獨恨無人作鄭箋」之嘆。〔註357〕這種詩風的由來，追蹤到李商隱的生平上，當是年衰時弊、偃蹇的宦途以及感情生活的困頓所共同造就。

李商隱對時局不堪收拾的感慨，長篇作品〈行次西郊作一百韻〉中吐露最深。其中寫百姓生活的貧苦，如：「高田長檞櫪，下田長荊榛。農具棄道旁，饑牛死空墩。依依過村落，十室無一存。存者皆面啼，無衣可迎賓。」寫朝政的敗壞，如：「降及開元中，姦邪撓經綸。晉公忌此事，多錄邊將勳。因令猛毅輩，雜牧升平民。中原遂多故，除授非至尊。或出倖臣輩，或由帝戚恩。中原困屠解，奴隸厭肥豚。皇子棄不乳，椒房抱羌渾。」寫邊關強鄰的催逼擄掠，如：「重賜竭中國，強兵臨北邊。控弦二十萬，長臂皆如猿。皇都三千里，來往同雕鳶。五里一換馬，十里一開筵。指顧動白日，煖熱迴蒼旻。公卿辱嘲叱，唾棄如糞丸。」寫國家財用的窘迫，如：「南資竭吳越，西費失河源。因令左藏庫，摧毀惟空垣。如人當一身，有左無右邊。筋體半瘦痺，肘腋生臊膻。列聖蒙此恥，含懷不能宣。謀臣拱手立，相戒無敢先。萬國困杼軸，內庫無金錢。」聞之令人慨嘆。面對這樣的情景，李商隱悲憤塡膺，他說願於君前剖心肝，「叩頭出鮮血，滂沱污紫宸」，然而他也清楚「九重黯已隔」，自己也只能「涕泗空沾脣」，不忍多想，不

〔註356〕《唐詩品彙》，頁9。

〔註357〕元好問：〈論詩絕句三十首〉，《論詩絕句二十種輯注》（陝西：陝西人民出版社，1984），頁65。

願多道。〔註358〕混亂的時代中，清醒的一群遠比迷盲的痛苦。李商隱是衷情之輩，又久在官場，以他敏銳的觀察力，細膩的情致，見聞感懷應多，然而這部分在他的詩歌中較少表現。

清人朱鶴齡注李義山詩，序中認為這是「其身危」、「其思苦」所造成：

> 唐至太和以後，閹人暴橫，黨禍蔓延。義山阨塞當塗，沈淪記室。
> 其身危，則顯言不可而曲言之。其思苦，則莊語不可而謾語之。計
> 莫若瑤台瓊宇、歌筵舞榭之間，言之可無罪，而聞之足以動。〔註359〕

除此之外，不忍的逃避心態，也許也是一端。文變染乎世情，興廢繫乎時序，此時此景，詩家殆難以有吞吐風雲、氣象萬千的豪情之作。

至於李商隱宦海浮沈，輾轉於牛李黨間的經過，兩唐書本傳均有精略的記載，茲引《舊唐書》為例。

> 商隱幼能為文。令狐楚鎮河陽，以所業文干之，年纔及弱冠。楚以
> 其少俊，深禮之，令與諸子遊。楚鎮天平、汴州，從為巡官，歲給
> 資裝，令隨計上都。開成二年，方登進士第，釋褐祕書省校書郎，
> 調補弘農尉。會昌二年，又以書判拔萃。王茂元鎮河陽，辟為掌書
> 記，得侍御史。茂元愛其才，以子妻之。茂元雖讀書為儒，然本將
> 家子，李德裕素遇之，時德裕秉政，用為河陽帥。德裕與李宗閔、
> 楊嗣復、令狐楚大相讎怨。商隱既為茂元從事，宗閔黨大薄之。時
> 令狐楚已卒，子綯為員外郎，以商隱背恩，尤惡其無行。俄而茂元
> 卒，來遊京師，久之不調。會給事中鄭亞廉察桂州，請為觀察判官、
> 檢校水部員外郎。大中初，白敏中執政，令狐綯在內署，共排李德
> 裕逐之。亞坐德裕黨，亦貶循州刺史。商隱隨亞在嶺表累載。三年
> 入朝，京兆尹盧弘正奏署掾曹，令典牋奏。明年，令狐綯作相，商
> 隱屢啟陳情，綯不之省。弘正鎮徐州，又從為掌書記。府罷入朝，
> 復以文章干綯，乃補太學博士。會河南尹柳仲郢鎮東蜀，辟為節度
> 判官、檢校工部郎中。大中末，仲郢坐專殺左遷，商隱廢罷，還鄭
> 州，未幾病卒。〔註360〕

〔註358〕李商隱：〈行次西郊作一百韻〉，《全唐詩》第十六冊，卷五百四十一，頁6245
　　　　～6247。
〔註359〕〔清〕朱鶴齡：《李義山詩集箋注》（臺北：廣文書局，1972），頁16～17。
〔註360〕《舊唐書》第十五冊，卷一百九十〈李商隱〉，頁5077～5078。

有關李商隱的感情遭遇，蘇雪林教授研究最深。《玉溪詩謎正續合編》裡面說：

> 義山用這樣隱晦澀僻的筆法，來寫他的戀愛，非懼見譏於清議，實因他別有苦衷，不得不如此。

> 他的苦衷是什麼呢，就是他戀愛的對象，非尋常女子可比，如果彰明昭著地寫將出來，不但對方名譽將為之破壞，連生命都很危險的。我想義山本想將他的戀愛史，明告天下後世，無奈有了這種妨礙，他提筆的勇氣，也就沮喪了。

> 但朱竹垞宵可不喫兩廡冷豬肉，不刪風懷二百韻，詩人愛惜他的情感的結晶，逾於名譽，義山如何肯因危險而犧牲他富有趣味的情史呢。

> 不過，再說一句，他戀愛的對象，不比尋常，關係究竟太大了，他到底不敢說，而又不忍不說，於是他只得嘔心挖腦，製造一大批巧妙的詩謎，教後人自己去猜。他如此辦法，不啻將他的愛情窖藏了，窖上卻安設了一定的標識，教後來認得這標識的人，自己去發掘。所以義山的無題詩，可以算得千古言情詩中別開生面的作品。

> 義山詩中有些什麼戀愛事跡？他的戀愛對象，究竟是些什麼樣的人物？依我的觀察可以分為下列的四種：（甲）女道士（乙）宮人（丙）妻（丁）倡妓。〔註361〕

經過蘇雪林教授的揭知，關於李商隱感情生活的遭遇與其詩風間的聯繫，方漸為世人所知。

年衰時弊、宦途坎坷、情海多波，此三種便是李商隱詩作幽微沈鬱、晦澀難解的主因。而因為李商隱以情詩聞名，因此有關於感情的遭遇也就特別受到重視。

在李商隱的感情事件中，與神仙書寫最相關的，便是與女道士的一段戀情了。為了秘密的吐露對女道士宋華陽姊妹的情意，李商隱大量的運用了嫦娥、月姐、王母、青鳥等意象，並且以委屈婉轉的方式，曲折的將其中真實的人事時地物隱藏起來，形成一種深邃幽微、迷離夢幻的情境。

李商隱相識女道士的地點，是在他早年修道的王屋山玉陽觀。李商隱〈李肱所遺畫松詩書兩紙得四十韻〉有：「憶昔謝四騎，學道玉陽東。」〔註362〕這

〔註361〕蘇雪林：《玉溪詩謎正續合編》，臺北：臺灣商務印書館，1988，頁3～4。
〔註362〕李商隱：〈李肱所遺畫松詩書兩紙得四十韻〉：「萬草已涼露，開圖披古松。青

一段早年學道的經歷，除了使他得以結識宋華陽姊妹外，也對仙學理論、道教科儀有所涉獵。其他與修道相關的記載，如：寫換骨還丹的〈藥轉〉〔註363〕、寫到長生仙方的〈碧城三首〉〔註364〕、寫修仙志向的〈東還〉〔註365〕、〈送從翁從東川弘農尙書墓〉〔註366〕、記修道往事的〈寄永道士〉〔註367〕、寫入靜的〈戊辰靜中出貽同志二十韻〉〔註368〕、有類似科儀動作描寫的〈李肱所遺畫松詩書兩紙得四十韻〉〔註369〕、多用修練語的〈寓懷〉〔註370〕等。均可爲李

山遍滄海，此樹生何峰。孤根邈無倚，直立撐鴻濛。端如君子身，挺若壯士胸。楼枝勢天矯，忽欲蟠挐空。又如驚螭走，默與奔雲逢。孫枝擢細葉，旖旎狐裘茸。鬖顜鬖髮軟，麗姬眉黛濃。視久眩目睛，倏忽變輝容。竦削正稠直，婀娜旋敷峰。又如洞房冷，翠被張穹籠。亦若暨羅女，平旦妝顏容。細疑襲氣母，猛若爭神功。燕雀固寂寂，霧露常衝衝。香蘭愧傷暮，碧竹慚空中。可集呈瑞鳳，堪藏行雨龍。淮山桂偃寒，蜀郡桑重童。枝條亮眇脆，靈氣何由同。昔聞咸陽帝，近說稽山儂。或著仙人號，或以大夫封。終南與清都，煙雨遙相通。安知夜夜意，不起西南風。美人昔清興，重之猶月鐘。寶笥十八九，香緹千萬重。一旦鬼瞰室，稠疊張羅罩。赤羽中要害，是非皆匆匆。生如碧海月，死踐霜郊蓬。平生握中玩，散失隨奴童。我聞照妖鏡，及與神劍鋒。寓身會有地，不爲凡物蒙。伊人秉茲圖，顧眄擇所從。而我何爲者，開顏捧靈蹤。報以漆鳴琴，懸之眞珠櫳。是時方暑夏，座內若嚴冬。憶昔謝四騎，學仙玉陽東。千株盡若此，路入瓊瑤宮。口詠玄雲歌，手把金芙蓉。濃藹深霓袖，色映琅玕中。悲哉墮世網，去之若遺弓。形魄天壇上，海日高瞳瞳。終騎紫鸞歸，持寄扶桑翁。」《全唐詩》第十六冊，卷五百四十一，頁6237。

〔註363〕李商隱：〈藥轉〉：「鬱金堂北畫樓東，換骨神方上藥通。露氣暗連青桂苑，風聲偏獵紫蘭叢。長籌未必輸孫皓，香棗何勞問石崇。憶事懷人兼得句，翠衾歸臥繡簾中。」《全唐詩》第十六冊，卷五百三十九，頁6160。

〔註364〕李商隱：〈碧城三首〉其三：「檢與仙方教駐景，收將鳳紙寫相思。」《全唐詩》第十六冊，卷五百三十九，頁6169。

〔註365〕李商隱：〈東還〉：「自有仙才自不知，十年長夢採華芝。秋風動地黃雲暮，歸去嵩陽尋舊師。」《全唐詩》第十六冊，卷五百三十九，頁6174。

〔註366〕李商隱：〈送從翁從東川弘農尙書墓〉：「我恐霜侵鬢，君先綬掛腰。甘心與陳阮，揮手謝松喬。」《全唐詩》第十六冊，卷五百四十一，頁6240。

〔註367〕李商隱：〈寄永道士〉：「共上雲山獨下遲，陽臺白道細如絲。君今併倚三珠樹，不記人間落葉時。」《全唐詩》第十六冊，卷五百三十九，頁6180。

〔註368〕《全唐詩》第十六冊，卷五百四十一，頁6237。

〔註369〕《全唐詩》第十六冊，卷五百四十一，頁6240～6241。

〔註370〕李商隱：〈寓懷〉：「綵鸞餐顥氣，威鳳入卿雲。長養三清境，追隨五帝君。煙波遺汲汲，繒繳任云云。下界圍黃道，前程合紫氛。金書惟是見，玉管不勝聞。草爲迴生種，香緣卻死熏。海明三島見，天迴九江分。蹇樹無勞援，神禾豈用耘。鬪龍風結陣，惱鶴露成文。漢嶺霜何早，秦宮日易曛。星機抛密緒，月杼散靈氛。陽鳥西南下，相思不及群。」《全唐詩》第十六冊，卷五百四十一，頁6249～6250。

商隱涉獵於丹道之證。

〈藥轉〉一詩主旨晦澀難解，歷來有認為是寫如廁的，如何焯：「此自是登廁詩。」〔註371〕也有認為寫的是墮胎，如劉學鍇、余恕誠《李商隱詩歌集解》，〔註372〕也有認為涉及道教房中術，如：陳永正〈藥轉詩與唐代煉丹術〉。〔註373〕不管所寫何事，其中確然運用了換骨、神方、上藥等丹道詞彙。

〈碧城〉詩中的「檢與仙方教駐景，收將鳳紙寫相思」，蘇雪林教授認為這長生方是宋華陽贈給他的。見《玉溪詩謎正續合編》：

> 腹聯「檢與仙方」乃宋華陽尚未絕情日檢得長生不老的藥方傳授給義山，此時翻視彌增感喟，遂以鳳紙寫相思之思。〔註374〕

另，〈戊辰靜中出貽同志二十韻〉一詩有入靜修練的詳細描寫。學者咸認為這是李商隱涉獵仙道的最直接紀錄。

> 大道諒無外，會越自登真。丹元子何索，在己莫問鄰。蒨璨玉琳華，翱翔九真君。戲擲萬里火，聊召六甲旬。瑤簡被靈誥，持符開七門。金鈴攝群魔，絳節何兟兟。吟弄東海若，笑倚扶桑春。三山誠迥視，九州揚一塵。我本玄元冑，稟華由上津。中迷鬼道樂，沈為下土民。託質屬太陰，鍊形復為人。誓將覆宮澤，安此真與神。龜山有慰薦，南真為彌綸。玉管會玄圃，火棗承天姻。科車遏故氣，侍香傳靈氛。飄颻被青霓，婀娜佩紫紋。林洞何其微，下仙不與群。丹泥因未控，萬劫猶逡巡。荊蕪既以薙，舟壑永無湮。相期保妙命，騰景侍帝宸。
> 〔註375〕

其中對丹道術語的運用、理論的瞭解，當非沒有學道背景的尋常文士所能辦到。李乃龍在〈道教上清派與晚唐遊仙詩〉一文中也指出，此為李商隱深受道教上清派影響的證據。〔註376〕

不過仔細解讀這些作品，會發現亦非一般仙道詩，其中出自宗教情感的

〔註371〕劉學鍇、余恕誠：《李商隱詩歌集解》（臺北：洪葉文化事業有限公司出版，1992），下冊，頁1681。

〔註372〕劉學鍇、余恕誠：《李商隱詩歌集解》，下冊，頁1679～1683。

〔註373〕陳永正：〈藥轉詩與唐代煉丹術〉，《李商隱研究論集》廣西：廣西師範大學，1998，頁658～660。

〔註374〕蘇雪林：《玉溪詩謎正續合編》續編〈李義山與女道士戀愛始末〉，頁84。

〔註375〕《全唐詩》第十六冊，卷五百四十一，頁6237。

〔註376〕李乃龍：〈道教上清派與晚唐遊仙詩〉，《陝西師範大學學報》（哲學社會科學版）第二十八卷第四期，1999、12，頁132～138。

部分幾不可覓，泰半是出於一己的私情意，只是運用神仙丹道的語彙，輾轉託出真意。如上玉京、朝上皇等句尤不可遽信為步虛遊仙，泰半是有心仕宦、再登層樓的寄託。

相較之下，比較能顯示李商隱宗教思想的，應該還是散文作品中的黃籙齋齋文。這些作品都是代筆之作。齋文的撰作，在唐代文人中並不多見，也許與李商隱曾經學道，有機會親習道教齋儀有關。這類作品計有六篇，即：〈為滎陽公黃籙齋文〉、〈為相國隴西公黃籙齋文〉、〈為馬懿公郡夫人王氏黃籙齋〉、〈為馬懿公郡夫人王氏黃籙齋第二文〉、〈為馬懿公郡夫人王氏黃籙齋第三文〉、〈為故麟坊李尚書夫人王鍊師黃籙齋文〉。〔註377〕

這幾篇黃籙齋文內容，男性的兩篇，祝禱的都是家國大事。為馬懿公夫人和李尚書夫人寫的，則有文章可觀。首先這兩位夫人都是入道披戴為女冠，可作為當時官夫人奉道的參證資料。此外這幾篇籙文皆以「妾」自稱，以第一人稱的觀點，娓娓敘述自身經歷、所思所想、內心祈求，所言多是切身的、私情的瑣語，不過前後冠上籙文的格式罷了。而這樣的言語透過一個丈夫的男性同僚，扮演代言。其中有兩層角色扮演的隔遞。一個是祈求者，夫人才是祈求者，但是這些禱告透過言語的傳述後，再經由李商隱的文筆表達。第二層是，這個信仰的對象，本是夫人的，但是當透過李商隱代筆後，李商隱在模擬、陳述的過程中，所投訴的那個信仰對象，其實是李商隱的。以〈為馬懿公郡夫人王氏黃籙齋文〉為例，其間記述的生平細節當非李商隱所能虛擬，必是夫人詳細告知的。又，其中自稱了十三次「妾」，所道言語，情志款欸，作者角色的轉換寄託，也有可深探之處。

李商隱另有祭神祝文二十七篇，亦為一大宗。《舊唐書》本傳寫李商隱為文：

> 商隱能為古文，不喜偶對。從事令狐楚幕，楚能章奏，遂以其道授商隱，自是始為今體章奏。博學強記，下筆不能自休，尤善為誄奠之辭。〔註378〕

祝祭神靈的文章，也算是李商隱專擅的「誄奠之文」一類。

〔註377〕《全唐文》第八冊，卷七百八十，頁8152～8156。
〔註378〕《舊唐書》第十五冊，卷一百九十〈李商隱〉，頁5078。

第五章　唐代文人神仙書寫的
　　　　發展脈絡

第一節　初唐時期

　　唐代神仙文化的熾盛風行，與開國之初的崇道政策關係最大。史學家指出，唐高祖李淵是唐代崇道政策的實際訂定者。如：〔宋〕范祖禹《唐鑑》:「唐之出於老子，由妖人之言而諂腴者附會之，高祖啓其源。」〔註1〕文中「妖人」、「諂腴者」等用語，頗有指高祖盲昧之意。但是回顧隋末唐初的歷史，又可知高祖此舉實有出於時代因素的考量。

　　隋末天下大亂，《新唐書・高祖本紀》記載，當時各方割據的勢力有：

> 劉武周起馬邑，林士弘起豫章，劉元進起晉安，皆稱皇帝；朱粲起
> 南陽，號楚帝；李子通起海陵，號楚王；邵江海據岐州，號新平王；
> 薛舉起金城，號西秦霸王；郭子和起榆林，號永樂王；竇建德起河
> 間，號長樂王，王須拔起恆、定，號漫天王；汪華起新安，杜伏威
> 起淮南，皆號吳王；李密起鞏，號魏公；王德仁起鄴，號太公；左
> 才相起齊郡，號博山公；羅藝據幽州，左難當據涇，馮盎據高、羅，
> 皆號總管；梁師都據朔方，號大丞相；孟海公據曹州，號錄事；周
> 文舉據淮陽，號柳葉軍；高開道據北平，張長懸據五原，周洮據上
> 洛，楊士林據山南，徐圓朗據兗州，楊仲達據豫州，張善相據伊、

――――――――――
〔註1〕〔宋〕范祖禹：《唐鑑》（上海：上海古籍出版社，1984），卷一，頁13。

汝，王要漢據汴州，時德叡據尉氏，李義滿據平陵，蔡公順據青、
萊，淳于難據文登，徐師順據任城，蔣弘度據東海，王薄據齊郡，
蔣善合據鄆州，田留安據章丘，張青特據濟北，臧君相據海州，殷
恭邃據舒州，周法明據永安，苗海潮據永嘉，梅知巖據宣城，鄧文
進據廣州，俚酋楊世略據循、潮，冉安昌據巴東，甯長眞據鬱林，
其別號諸盜往往屯聚山澤。〔註2〕

在如此險峻的情勢中，想要在群雄之中掙一局面，除了軍事上的強權外，人心
之向背，繼位之正當性也是需要著力的。此時符讖謠諺正是最可利用的一環。
其中，流傳已久的「老君當治，李弘應出」系的開國神話，因爲同是「李」姓，
正可順水推舟的運用。李姓眞君下凡治世的神話，歷史悠久，王莽篡漢時，便
有方士製造「劉氏復興，李氏爲輔」的謠讖，以迎合劉漢王室的復興勢力。到
了漢末，蜀中發展出所謂的李家道，以李八百爲祖師，曹魏取漢後，蜀中的道
教勢力被迫北遷，有些則轉移到江東，因此李家道的勢力逐漸擴及南北。

　　南方的李家道以符水治病、辟穀行氣爲主，北方則大談符讖，傳言將有
李姓眞君應命治世。葛洪《抱朴子・道意》寫李家道在江東發展的情形是：

或問李氏之道起於何時？余答曰：吳大帝時，蜀中有李阿者，穴居
不食，傳世見之，號爲八百歲公。……後有一人，姓李名寬，到吳
而蜀語，能祝水治病頗癒。於是遠近翕然，謂寬爲李阿，因共呼之
爲李八百，而實非也。自公卿以下，莫不雲集其門。後轉驕貴，不
復得常見，賓客但拜其外門而退，其怪異如此。於是避役之吏民，
依寬爲弟子者恆近千人。而升堂入室高業先進者，不過得祝水及三
部符，導引日月、行氣而已，了無治身之要，服食神藥、延年駐命、
不死之法也。〔註3〕

從中可看出南方李家道大體以符水治病、延年駐命爲主，倒不曾提到符讖。

　　至於北方李家道，則多與割據勢力結合，散播李姓眞君將出的謠諺。西
晉初，有自稱李八百的道士李脫，「自中州至建鄴，以鬼道療病，又署人官職」，
〔註4〕這種以術數治病，收取人心，又私封官職的行爲，大概是出自五斗米教

〔註2〕　《新唐書》第一冊，卷一〈高祖本紀〉，頁3。
〔註3〕　〔晉〕葛洪著，王明校釋：《抱朴子內篇校釋》（北京：中華書局，1985），頁
　　　　173～174。
〔註4〕　《晉書》卷五十八〈周處傳〉，頁1575。

的底子。然而，收買人心再配合上李氏將王的謠讖，可就有悖逆反叛的事實了。這個李脫，有一個道士徒弟名叫「李弘」，宣稱自己「應讖當王」，並且與駐守的（周家軍勢力）親近，最後落了一個反叛的藉口，讓王敦下令殺了周札諸兄子，舉兵會稽清剿周家軍。〔註5〕

李弘，傳言是老子降生轉世的化名，道經中多有老子將轉世為李弘，開國治世，救度百姓的神話。如《太上洞淵神咒經》：「道法盛矣，木子弓口，當復起焉……眞君者，木子弓口，王治天下，天下大樂，一種九收，人更益壽三千歲。」〔註6〕《老君變化無極經》：「老君變化異身形，出在胡中作眞經……胡兒弸服道氣隆，隨時轉運西漢中。木子為姓諱弓口，居在蜀郡成都宮。」〔註7〕這對師徒化名為李弘、李脫，顯是別有居心。

事實上，假託李弘，聚眾反叛的亂事在西晉南北朝之際可說是層出不窮。北朝‧寇謙之所造的《老君音誦戒經》中說：「但言老君當治，李弘應出……稱官設號，蟻聚人眾，壞亂土地。」〔註8〕這期間以李弘為名起義的事件，便有十多次之多，〔註9〕可見歷史鍊結之深，影響人心之鉅。因此，李姓的李淵運用流傳既廣且深的老君開國神話，是最為有利的。

北方何以會成為符讖輿論的溫床？除了連年的戰禍之外，歷任君主為了安定統治也對宗教勢力大加吸納、利用。在民間運用符讖取得民心，另一方面則與道教組織發展出相生扶的友好關係。北魏太武帝尊天師道領袖寇謙之為帝王師，改國號為太上老君所「冥授」的「太平眞君」元年，並且親受法籙成為道教徒，此後齋醮受籙成為歷位皇帝登基的定制，等於是一種奉天應

〔註5〕 《晉書》卷五十八〈周處傳附周札〉，頁 1575：「時有道士李脫者，妖術惑眾，自言八百歲，故號李八百。自中州至建鄴，以鬼道療病，又署人官位，時人多信事之。弟子李弘養徒灊山，云應讖當王。故敦使廬江太守李恒告札及其諸兄子與脫謀圖不軌。時莚為敦諮議參軍，即營中殺莚及脫、弘，又遣參軍賀鸞就沈充盡掩殺札兄弟子，既而進軍會稽，襲札。札先不知，卒聞兵至，率麾下數百人出距之，兵散見殺。」

〔註6〕 《太上洞淵神咒經》卷一，《正統道藏》（臺北：新文豐出版公司，1985），第十冊，頁 233～236。

〔註7〕 《老君變化無極經》，《正統道藏》第四十八冊，頁 13。

〔註8〕 《老君音誦戒經》，《正統道藏》第三十冊，頁 533。

〔註9〕 任繼愈主編《中國道教史》（上海：上海人民出版社，1990），頁 67：「據史書記載，西晉至南北朝時代出現的『妖賊』反叛事件，多達數十起，其中托稱劉舉（或劉尼）、李弘（或李辰、李脫、李洪）之名的就有十多次。」

運、承繼正統的宣告。〔註 10〕其後樓觀道繼起，長安左近的終南山成爲新的
政教中心，西魏文帝、北周太祖宇文泰、北周武帝宇文邕、隋文帝楊堅等君
主都是著名的奉道者，道教組織參與了國家的文教政策，而在歷次兵變革命
中也少不了道教徒的身影。此時新君繼立，齋醮祭天，接收奉祀權，等於是
宣告天命所歸的重要指標。

因此，李淵父子對道教的崇奉，不過是在北方歷代君主所形成的政教結
構中，取得正當性而已。其中尤以象徵官方正統的樓觀道對李淵的認可，無
異是神權的合法交接。可以說，李淵父子想要取得民間與上層政教組織的認
可，穩定政局，非行此道不可。而北朝歷位君主藉由宗教彌縫胡漢族群差異
的政策，對於急需兼融南北勢力的李唐政權來說，更是有必要加以沿襲操作
的聰明作法。

事實上，李淵父子都不是神仙方術的積極信徒。溫大雅《大唐創業起居
注》說：「帝弘達至理，不語神怪，逮乎佛道，亦以致疑，未之深信。」〔註 11〕
似乎李淵對神怪之說，並不迷信。我們再來看看李淵的繼位者──太宗李世
民對神仙的態度。唐太宗在其〈帝京篇・序〉中寫道：

> 觀文教於六經，閱武功於七德，臺榭取其避燥濕，金石尚其諧神人，
> 皆節之於中和，不係之於淫放。故溝洫可悅，何必江海之濱乎！麟閣
> 可玩，何必兩陵之間乎！忠良可接，何必海上神仙乎！豐鎬可遊，何
> 必瑤池之上乎！釋實求華，以人從欲，亂於大道，君子恥之。〔註 12〕

「忠良可接，何必海上神仙乎」，看來唐太宗對於神仙方術，也是理性對待的。
因此，崇道政策的制訂，可以說不是出於迷信的舉動，而是充滿政治利益的
現實考量，至於其作法，不過是前朝政策的承襲。

回顧李淵父子推翻隋朝，奪取政權的過程中，老君示現、神人助戰、符
讖告天命的輿論耳語，便一再的被製造流傳。唐朝肇建，高祖在位僅九年，
其中多致力於征討零星的割據勢力，但是在宗教政策上還是著力很深的接連

〔註 10〕 《魏書》卷一百一十四〈釋老志〉，頁 3053：「眞君三年，謙之奏曰：『今陛下
以眞君御世，建靜輪天宮之法，開古以來，未之有也。應登受符書，以彰聖
德。』世祖從之。於是親至道壇，受符錄。備法駕，旗幟盡青，以從道家之
色也。自後諸帝，每即位皆如之。」

〔註 11〕 〔唐〕溫大雅：《大唐創業起居注》（上海：上海古籍出版社，1983），卷二，
頁 23。

〔註 12〕 唐太宗：〈帝京篇十首并序〉，《全唐詩》第一冊，卷一，頁 3。

頒佈〈問慧乘詔〉、〈先老後釋詔〉、〈問佛教何利益詔〉等詔令，底定了「道先佛後」的基本路線。太宗承接高祖的宗教政策，諭令「道士女冠在僧尼之上」，並且大興道觀、優寵道士、沙汰僧尼，其扶植道教的實際舉措，使得崇尚神仙的道教在唐代社會逐漸茁壯生根。高祖、太宗可以說是主導崇奉道教、隆祀老君最重要的兩位推手。

此後崇道政策定調，高宗武后朝更推行了許多深化神仙崇拜的宗教政策，如：崇祀老君。為落實推廣老君為先祖的說法，不僅傳寫老君圖像〔註13〕、興造宮宇，還為老君上了一個「太上玄元皇帝」的尊號。〔註14〕至於命百官王公百僚通習《老子》，〔註15〕科舉明經進士皆加試《老子》，〔註16〕則影響文化最為深遠。其他以道士女冠為宗族、優寵道士、大興道觀，也對民心風氣有很大的影響。

初唐這一段時期，從高祖武德元年（618）到玄宗先天元年（712），共計有約一百年的時間，在初盛中晚的分期中，是最長的一段。然而在唐文學史上，也可以說是較不受重視的一段，講到初唐詩，多半是王楊盧駱陳子昂，而這時期的小說創作，也以「釋氏輔教之書」為主，如《冥報記》、《定命錄》，講鬼怪、講因果報應，用以推廣宗教，內容實用過於文思，可觀性較小。一直到高宗武后時期，新興青年文士嶄露頭角，帶來積極創新的氣息，文壇才漸露春色。

〔註13〕《混元聖紀》卷八：「高宗龍朔二年二月幸洛陽宮，忽然有感，因令詢問側近有何古聖靈跡。父老奏曰：『皇城北山先有老子祠，每祈請立有福應。』即敕洛州長史許力士就祠更建清廟，掘基得石案及故碑，碑題云：真人白君之表。其石案長四尺，廣二尺，厚二寸，高八寸，兩頭各有二腳，上面鑴太上老君字。立殿畢，建道場慶贊醮訖，忽白光遍殿，照耀階壇，老君現於光中，二真人夾侍，良久方隱。時監宮閹令權大力、洛州錄事參軍楊護帥等一十三人同見，列狀奏聞。有旨依狀圖寫為老君瑞像，百官表賀。」《正統道藏》第三十冊，頁120。

〔註14〕《舊唐書》第一冊，卷四〈高宗本紀〉，頁90：「（乾封元年）二月己未，次亳州。幸老君廟，追號曰太上玄元皇帝，創造祠堂；其廟置令、丞各一員。改谷楊縣為真源縣，縣內宗姓特給付一年。」

〔註15〕《舊唐書》第一冊，卷五〈高宗本紀〉，頁99：「（上元元年）壬寅，天后上意見十二條，請王宮百僚皆習《老子》，每歲明經一准《孝經》、《論語》例試於有司。」《舊唐書》卷二十四〈禮儀志〉，頁918：「儀鳳三年五月，詔：『自今已後，道德經並為上經，貢舉人皆須兼通。其餘經及論語，任依常式。』」

〔註16〕《新唐書》第四冊〈選舉志〉，頁1163：「上元二年，加試貢試老子策，明經二條，進士三條。」

這個階段神仙文學的創作，前期可見山林與宮廷的交呼，後期則是新興文人的文心巧思佔擅場。可以分成三組創作團隊，一組是亂世中隱居不仕的文人，一組是唐朝建立後，圍繞在皇帝周圍的權力核心人物，一組是科舉建全後，經由科考拔擢出來的新興文士。

初唐時期創作神仙文學的作家，細究其生平，對於道家道教雖然多少有所涉獵，但是寄託在神仙這個主題上的願望，往往並非宗教式的，也無意於長生得道。以所舉的五位主要作家為例，王績奠基在道家哲學的基礎上，追求一種境界化的仙境，飲酒是它的媒介，採藥服食是人諧於自然，生命境界的追求。盧照鄰蹇困於命運遭逢，寄託在神仙上的是楚騷式的排遣喟嘆。王勃則在神仙獨立於天地間的特出與孤寂中，找到共鳴。仙與俗的落差與疏離感，是其作品的一大特色。這三位寄託在神仙上的都是個人情志的抒發。至於宋之問、張鷟，則以嫻熟的文學技巧，操作出屬於神仙文學特有的藝術趣味。以神仙作為一種超越性理想而言，這種操作可謂世俗化的先聲。無論是情志抒發，或是文學藝術的操作，這些作者對於神仙，都不是宗教式的信仰。

初唐文壇變化的導因有兩個點，一個是「龍朔變體」，唐太宗主導的宮廷文學集團，導引出講究格律，纖巧細膩的文風。即楊炯〈王勃集序〉所言：「嘗以龍朔初載，文場變體。爭構纖微，競為雕刻。糅之金玉龍鳳，亂之朱紫青黃。影帶以徇其功，假對以稱其美。骨氣都盡，剛健不聞。」〔註17〕另一個則是科舉制度對文場風氣的影響，進士科以詩賦取士，於是讀書人開始專究文事，標榜才性與巧思。這些變化在神仙文學的創作上也同樣呈現出來，於是我們明顯的看出作者組成上的兩個區塊。

此一時期的創作重心與寄託，在於：

一、治亂之際，變／常的焦慮與跨越

初唐銜接著隋末大亂以及盛唐的來臨，有些作家生於隋末歷經戰亂，有的生於唐初，感受到亂世逐漸治平，一個隆盛的時代即將來臨。所謂「文變染乎世情，興衰繫乎時序」，這其中變與常的輪替，對這個時期的作家心理造成了影響。神仙書寫是心緒的反映，在變與常這個議題上，神仙意象所代表的意義相當突出，神仙是長生不死的、是永恆存在的，相對於亂世、變動、

〔註17〕楊炯：〈王勃集序〉，《全唐文》第二冊，卷一百九十一，頁1931。

人命不永，「常」的意象被大爲突顯出來。

神仙的亙古恆常，相對於人世的短暫易朽，在文學上，天長地久與滄海桑田，是最鮮明的例子。天長地久是恆常的仙境，滄海桑田是易朽的人間。一個是常，一個是變，兩者互顯，因爲神仙的常，顯出人間的變，因爲神仙的不變，顯出人間不常。

有趣的是「滄海桑田」與「地久天長」這兩個意象，在初唐神仙文學的書寫中，出現的異常的頻繁。試舉數例，如：

王績〈遊仙四首之一〉：

　　自悲生世促，無暇待桑田。〔註18〕

盧照鄰〈懷仙引〉：

　　天長地久時相憶，千齡萬代一來遊。〔註19〕

張九齡〈登荊州城望江〉二首：

　　滔滔大江水，天地相終始。〔註20〕

楊炯〈和輔先入昊天觀星瞻〉：

　　桑海年應積，桃源路不窮。〔註21〕

〔註18〕王績：〈遊仙四首〉：「（其一）暫出東陂路，過訪北巖前。蔡經新學道，王烈舊成仙。駕鶴來無日，乘龍去幾年。三山銀作地，八洞玉爲天。金精飛欲盡，石髓溜應堅。自悲生世促，無暇待桑田。」《全唐詩》第二冊，卷三十七，頁483。

〔註19〕盧照鄰：〈懷仙引〉：「若有人兮山之曲，駕青虯兮乘白鹿。往從之遊願心足，披澗戶，訪巖軒。石瀨潺湲橫石徑，松蘿冪（四／歷）掩松門。下空濛而無鳥，上巉巖而有猿。懷飛閣，度飛梁。休余馬於幽谷，掛余冠於夕陽。曲復曲兮煙莊邃，行復行兮天路長。修途杳其未半，飛雨忽以茫茫。山埞軋，磴（一作嶝）連寨。攀舊壁而無據，泝泥溪而不前。向無情之白日，竊有恨於皇天。回行遵故道，通川遍流潦。回首望群峰，白雲正溶溶。珠爲闕兮玉爲樓，青雲蓋兮紫霜裘。天長地久時相憶，千齡萬代一來遊。」《全唐詩》第二冊，卷四十一，頁520。

〔註20〕張九齡：〈登荊州城望江二首〉：「（其一）滔滔大江水，天地相終始。經閱幾世人，復歎誰家子。（其二）東望何悠悠，西來晝夜流。歲月既如此，爲心那不愁。」《全唐詩》第二冊，卷四十九，頁608～609。

〔註21〕楊炯：〈和輔先入昊天觀星瞻〉：「遁甲爰皇里，星占太乙宮。天門開奕奕，佳氣鬱蔥蔥。碧落三乾外，黃圖四海中。邑居環若水，城闕抵新豐。玉檻崑崙側，金樞地軸東。上眞朝北斗，元始詠南風。漢君祠五帝，淮王禮八公。道書編竹簡，靈液灌梧桐。草茂瓊階綠，花繁寶樹紅。石樓紛似畫，地鏡淼如空。桑海年應積，桃源路不窮。黃軒若有問，三月住崆峒。」《全唐詩》第二冊，卷五十，頁616～617。

宋之問〈有所思〉：

　　已見松柏摧爲薪，更聞桑田變成海。〔註22〕

宋之問〈緱山廟〉：

　　徒聞滄海變，不見白雲歸。〔註23〕

駱賓王〈代女道士王靈妃贈道士李榮〉：

　　桃實千年非易待，桑田一變已難尋。〔註24〕

〔註22〕　宋之問：〈有所思〉（一作劉希夷詩，題云代悲白頭翁）：「洛陽城東桃李花，飛來飛去落誰家。幽閨女兒惜顏色，坐見落花長歎息。今年花落顏色改，明年花開復誰在。已見松柏摧爲薪，更聞桑田變成海。古人無復洛城東，今人還對落花風。年年歲歲花相似，歲歲年年人不同。寄言全盛紅顏子，須憐半死白頭翁。此翁白頭眞可憐，伊昔紅顏美少年。公子王孫芳樹下，清歌妙舞落花前。光祿池臺交錦繡，將軍樓閣畫神仙。一朝臥病無相識，三春行樂在誰邊。婉轉蛾眉能幾時，須臾鶴髮亂如絲。但看古來歌舞地，唯有黃昏鳥雀飛。」《全唐詩》第二冊，卷五十一，頁630。

〔註23〕　宋之問：〈緱山廟〉：「王子賓仙去，飄颻笙鶴飛。徒聞滄海變，不見白雲歸。天路何其遠，人間此會稀。空歌日云暮，霜月漸微微。」《全唐詩》第二冊，卷五十二，頁633。

〔註24〕　駱賓王：〈代女道士王靈妃贈道士李榮〉：「玄都五府風塵絕，碧海三山波浪深。桃實千年非易待，桑田一變已難尋。別有仙居對三市，金闕銀宮相向起。臺前鏡影伴仙娥，樓上簫聲隨鳳史。鳳樓迢遞絕塵埃，鷖時物色正裝回。靈芝紫檢參差長，仙桂丹花重疊開。雙童綽約時遊陟，三鳥聯翩報消息。盡言眞侶出遨遊，傳道風光無限極。輕花委砌惹裾香，殘月窺窗覘幌色。箇時無數併妖妍，箇裏無窮總可憐。別有眾中稱黜帝，天上人間少流例。洛濱仙駕啓遙源，淮浦靈津符遠筮。自言少小慕幽玄，只言容易得神仙。珮中邀勒經時序，簫裏尋思復幾年。尋思許事眞情變，二人容華識少選。漫道燒丹止七飛，空傳化石曾三轉。寄語天上弄機人，寄語河邊值查客。乍可匆匆共百年，誰使遙遙期七夕。想知人意自相尋，果得深心共一心。一心一意無窮已，投漆投膠非足擬。只將羞澀當風流，持此相憐保終始。相憐相念倍相親，一生一代一雙人。不把丹心比玄石，惟將濁水況清塵。只言柱下留期信，好欲將心學松蘚。不能京兆畫蛾眉，翻向成都騁騄駬引。青牛紫氣度靈關，尺素魝鱗去不還。連苔上砌無窮綠，修竹臨壇幾處斑。此時空床難獨守，此日別離那可久。梅花如雪柳如絲，年去年來不自持。初言別在寒偏在，何悟春來春更思。春時物色無端緒，雙枕孤眠誰分許。分念嬌鶯一種啼，生憎燕子千般語。朝雲旭日照青樓，遲暉麗色滿皇州。落花泛泛浮靈沼，垂柳長長拂御溝。御溝大道多奇賞，俠客妖容遞來往。寶騎連花鐵作錢，香輪鷖水珠爲網。香輪寶騎競繁華，可憐今夜宿倡家。鸚鵡杯中浮竹葉，鳳凰琴裏落梅花。許韋多情偏送款，爲問春花幾處滿。千回鳥信說眾諸，百過鶯啼說長短。長短眾諸判不尋，千回百過浪關心。何曾舉意西鄰玉，未肯留情南陌金。南陌西鄰咸自保，還譬歸期須及早。爲想三春狹斜路，莫辭九折邛關道。假令白里似長安，須使青牛學劍端。蘋風入馭來應易，竹杖成龍去不難。龍颮去去無消息，鷖

張說〈雜詩四首〉：

　　天長地自久，歡樂能幾朝。〔註25〕

　　除了天長地久、滄海桑田的廣泛使用，在前一節介紹王績、王勃的作品時，也提到在他們的作品中，經常出現「百年」、「浮生」、「喪亂」等字眼，這都是同一種心緒的抒發。在這種心緒下所展開的神仙創作，神仙成爲一種不變的、理想的、恆常的寄託，反映在構畫仙境的書寫上，便達成了變與常焦慮的跨越。

　　這個仙境是外於時代的變遷的，如服食隱居的王績〈田家三首〉：「不知今有漢，唯言昔避秦。」〔註26〕〈贈李徵君大壽〉：「去去相隨去，披裘驕盛唐。」〔註27〕〈食後〉：「鼓腹聊乘興，寧知逢世昌。」〔註28〕雖知已非亂世，但寧願追求一種與世隔絕的理想。盧照鄰也有〈羈臥山中〉：「臥壑迷時代，行歌任死生。」〔註29〕〈過東山谷口〉：「不辨秦將漢，寧知春與秋。多謝青溪客，去去赤松遊。」〔註30〕等詩句，「迷時代」、「不辨秦將漢」等語，明顯有意自外於時代的變遷之外，「任死生」、「去去赤松遊」，則顯示這種自外，是藉由躋身神仙的高度所達成的。無論王績或盧照鄰的詩句中，都一再使用到「去」字，這代表一種分別、離開。李白詩句中也有「吾將營丹藥，永與世人別」之句，透露的也是同樣的心緒，皆是藉由神仙轉變存在的時空、自我的定位，從而達到對塵世的抽離隔絕，進入自我打造的仙鄉。

鏡朝朝減容色。君心不記下山人，妾欲空期上林翼。上林三月鴻欲稀，華表千年鶴未歸。不分淹留桑路待，秖應直取桂輪飛。」《全唐詩》第三冊，卷七十七，頁838～839。

〔註25〕張說：〈雜詩四首〉：「（其一）抱薰心常焦，舉袂心常搖。天長地自久，歡樂能幾朝。君看西陵樹，歌舞爲誰嬌。（其二）山閒苦積雨，木落悲時遽。賞心凡幾人，良辰在何處。觸石滿堂侈，灑我終夕慮。客鳥懷主人，銜花未能去。剖珠貴分明，琢玉思堅貞。要君意如此，終始莫相輕。（其三）問子青霞意，何事留朱軒。自言心遠俗，未始跡辭喧。過蒙良時幸，側息吏途煩。簪纓非宿好，文史棄前言。夕臥北窗下，夢歸南山園。白雲慚幽谷，清風愧泉源。十年茲賞廢，佳期今復存。掛冠謝朝侶，星駕別君門。（其四）默念群疑起，玄通百慮清。初心滅陽豔，復見湛虛明。悟滅心非盡，求虛見後生。應將無住法，修到不成名。」《全唐詩》第三冊，卷八十六，頁937。
〔註26〕王績：〈田家三首〉，《全唐詩》第二冊，卷三十七，頁478。
〔註27〕王績：〈贈李徵君大壽〉，《全唐詩》第二冊，卷三十七，頁479。
〔註28〕王績：〈食後〉，《全唐詩》第二冊，卷三十七，頁485。
〔註29〕盧照鄰：〈羈臥山中〉，《全唐詩》第二冊，卷四十二，頁529。
〔註30〕盧照鄰：〈過東山谷口〉，《全唐詩》第二冊，卷四十二，頁529。

二、天下初定，帝國的想像與仙境的構畫

在初唐的詩文作品中，以仙作爲形容所構造出來的詞彙，多的不勝枚舉，似乎眼前所見一事一物都可以塗上神仙瑰麗的色彩。如：

仙臺。例：楊師道〈奉和聖製春日望海〉：

> 仙臺隱螭駕，水府汎黿梁。〔註31〕

仙鑣。例：虞世南〈和鑾輿頓戲下〉：

> 天經戀晨辰，帝命扈仙鑣。〔註32〕

仙歌。例：上官儀〈奉和秋日即目應制〉：

> 仙歌臨枌詣，玄豫歷長楊。〔註33〕

仙佩。例：盧照鄰〈綿州官池贈別同賦灣字〉：

> 輶軒遵上國，仙佩下靈關。〔註34〕

仙虹。例：劉禕之〈奉和太子納妃太平公主出降〉：

> 香輪送重景，綵斾引仙虹。〔註35〕

仙觀。例：胡元範〈奉和太子納妃太平公主出降〉三首之一：

> 疊鼓陪仙觀，凝笳翼畫輈。〔註36〕

仙路。例：狄仁傑〈奉和聖製夏日遊石淙山〉：

> 宸暉降望金輿轉，仙路崢嶸碧澗幽。〔註37〕

仙榜。例：宗楚客〈安樂公主移入新宅侍宴應制〉：

> 星橋他日創，仙榜此時開。〔註38〕

仙禁。例：張九齡〈蘇侍郎紫薇庭各賦一物得芍藥〉：

> 仙禁生紅藥，微芳不自持。〔註39〕

仙蹤。例：張九齡〈晚憩王少府東閣〉：

〔註31〕 楊師道：〈奉和聖製春日望海〉，《全唐詩》第二冊，卷三十四，頁460。

〔註32〕 虞世南：〈和鑾輿頓戲下〉，《全唐詩》第二冊，卷三十六，頁475。

〔註33〕 上官儀：〈奉和秋日即目應制〉，《全唐詩》第二冊，卷四十，頁508。

〔註34〕 盧照鄰：〈綿州官池贈別同賦灣字〉，《全唐詩》第二冊，卷四十二，頁527。

〔註35〕 劉禕之：〈奉和太子納妃太平公主出降〉，《全唐詩》第二冊，卷四十四，頁539。

〔註36〕 胡元範：〈奉和太子納妃太平公主出降〉三首之一，《全唐詩》第二冊，卷四十四，頁543。

〔註37〕 狄仁傑：〈奉和聖製夏日遊石淙山〉，《全唐詩》第二冊，卷四十六，頁555。

〔註38〕 宗楚客：〈安樂公主移入新宅侍宴應制〉，《全唐詩》第二冊，卷四十六，頁561。

〔註39〕 張九齡：〈蘇侍郎紫薇庭各賦一物得芍藥〉，《全唐詩》第二冊，卷四十八，頁582。

還慚大隱跡，空想列 仙蹤 。〔註40〕

仙醖。例：宋之問〈奉和九月九日登慈恩寺浮屠應制〉：

時菊芳 仙醖 ，秋蘭動睿篇。〔註41〕

仙馭。例：宋之問〈幸少林寺應制〉：

玉膏從此泛， 仙馭 接浮丘。〔註42〕

仙媛。例：宋之問〈壽陽王花燭圖〉：

仙媛 乘龍日，天孫捧雁來。〔註43〕

仙管。例：崔湜〈幸梨園亭觀打毬應制〉：

寶杯乘露酌， 仙管 雜風流。〔註44〕

仙姬。例：崔液〈踏歌詞〉：

綵女迎金屋， 仙姬 出畫堂。〔註45〕

仙杼。例：王勃〈林塘懷友〉：

芳屏畫春草， 仙杼 織朝霞。〔註46〕

仙蹕。例：李嶠〈奉和春日遊苑喜雨應制〉：

仙蹕 九成臺，香筵萬壽杯。〔註47〕

仙歌。例：韋元旦〈奉和人日宴大明宮恩賜綵縷人勝應制〉：

聖藻凌雲裁柏賦， 仙歌 促宴摘梅春。〔註48〕

仙翰。例：蘇頲〈奉和聖製漕橋東送新除岳牧〉：

至言題睿札，殊渥灑 仙翰 。〔註49〕

仙舟。例：駱賓王〈送郭少府探得憂字〉：

開筵枕德水，輟棹艤 仙舟 。〔註50〕

〔註40〕張九齡：〈晚憩王少府東閣〉，《全唐詩》第二冊，卷四十九，頁602。

〔註41〕宋之問：〈奉和九月九日登慈恩寺浮屠應制〉，《全唐詩》第二冊，卷五十二，頁631。

〔註42〕宋之問：〈幸少林寺應制〉，《全唐詩》第二冊，卷五十二，頁632。

〔註43〕宋之問：〈壽陽王花燭圖〉，《全唐詩》第二冊，卷五十二，頁634。

〔註44〕崔湜：〈幸梨園亭觀打毬應制〉，《全唐詩》第二冊，卷五十四，頁663。

〔註45〕崔液：〈踏歌詞〉，《全唐詩》第二冊，卷五十四，頁667。

〔註46〕王勃：〈林塘懷友〉，《全唐詩》第三冊，卷五十六，頁680。

〔註47〕李嶠：〈奉和春日遊苑喜雨應制〉，《全唐詩》第三冊，卷五十八，頁692。

〔註48〕韋元旦：〈奉和人日宴大明宮恩賜綵縷人勝應制〉，《全唐詩》第三冊，卷六十九，頁773。

〔註49〕蘇頲：〈奉和聖製漕橋東送新除岳牧〉，《全唐詩》第三冊，卷七十四，頁809。

〔註50〕駱賓王：〈送郭少府探得憂字〉，《全唐詩》第三冊，卷七十八，頁847。

仙章。例：張說〈春晚侍宴麗正殿探得開字〉：

> 髦彥星辰下，仙章日月回。〔註51〕

仙輪。例：張說〈奉和聖製千秋節宴應制〉：

> 珠囊含瑞露，金鏡抱仙輪。〔註52〕

仙家。例：李乂〈奉和初春幸太平公主南莊應制〉：

> 平陽館外有仙家，沁水園中好物華。〔註53〕

仙遊。例：薛稷〈奉和聖製春日幸望春宮應制〉：

> 喜奉仙遊歸路遠，直言行樂不言旋。〔註54〕

仙客。例：馬懷素〈興慶池侍宴應制〉：

> 無勞海上尋仙客，即此蓬萊在帝京。〔註55〕

仙杯。沈佺期〈幸白鹿觀應制〉：

> 聖藻垂寒露，仙杯落晚霞。〔註56〕

仙儀。例：武平一〈送金城公主適西蕃〉：

> 聖念飛玄藻，仙儀下白關。〔註57〕

仙檻。例：趙彥昭〈安樂公主移入新宅侍宴應制同用開字〉：

> 北闕臨仙檻，南山送壽杯。〔註58〕

不拘作者為誰、不拘主題性質、不拘描述對象，都可見大量的運用。以仙作為形容詞所構造的這些詞彙，對神仙意象是一種彼／我對待下的運用，「仙」是美好的理想的彼界，人物花草歌章樓臺……這些是人間的萬物，當它冠上仙字，就成為一種歌詠讚美，表示它猶如神仙般的美好。當眼前的事事物物大量的被冠以神仙般的形容，那麼就猶如有股昂揚的理想性，將我們所處的這個平凡的人間，一一塗劃上美好理想的色彩，使他成為人間仙境。在初唐帝國初構生機蓬勃的昂藏氣氛中，大都會大城市的形成、青年學子藉由詩賦才華的展現大量晉升、造籍授田，民生趨於安定，經濟富庶，交通暢達，戰

〔註51〕 張說：〈春晚侍宴麗正殿探得開字〉，《全唐詩》第三冊，卷八十八，頁964。

〔註52〕 張說：〈奉和聖製千秋節宴應制〉，《全唐詩》第三冊，卷八十八，頁966。

〔註53〕 李乂：〈奉和初春幸太平公主南莊應制〉，《全唐詩》第三冊，卷九十二，頁997。

〔註54〕 薛稷：〈奉和聖製春日幸望春宮應制〉，《全唐詩》第三冊，卷九十三，頁1007。

〔註55〕 馬懷素：〈興慶池侍宴應制〉，《全唐詩》第三冊，卷九十三，頁1010。

〔註56〕 沈佺期：〈幸白鹿觀應制〉，《全唐詩》第四冊，卷九十六，頁1031。

〔註57〕 武平一：〈送金城公主適西蕃〉，《全唐詩》第四冊，卷一百二，頁1084。

〔註58〕 趙彥昭：〈安樂公主移入新宅侍宴應制同用開字〉，《全唐詩》第二冊，卷一百三，頁1088。

亂趨於承平，百廢待舉走向民生樂利，中國轉變爲世界國……。以《新唐書・食貨志》記載爲例：「貞觀初，戶不及三百萬，絹一匹易米一斗。至四年，米斗四五錢，外戶不閉者數月，馬牛披野，人行數千里不齎糧，民物蕃息，四夷降附者百二十萬人。」〔註59〕貞觀初一匹絹換一斗米，到了貞觀四年，一斗米只要四五錢，民生日用足，盜賊不起，治安良好，住家不閉門戶也不會遭小偷，原野滿是牛羊，食物取得容易，出外行旅數千里也不用備糧，人口數目、生產值都大量的增加，邊疆四夷嚮往這樣的生活降附大唐的有百二十萬人。在這樣的積極昂藏的氛圍中，書寫美好理想的神仙文學因而大爲發揚。仙化的構詞是一個徵象，它同時也代表一種新的世界觀、宇宙觀的形成。唐代大肆崇奉道教，爲了文化的、政治的目的，建構了許多萬物源生於道的神話，民族界線、宗教界線、國家界線等的打破，使得觀看世界的角度趨於開放多元。積極的將我們所處的世界比附爲理想的仙境，其實是一種文化的創造力量、理想的建構力量，這股超越的精神力量對於唐代文化的影響，無疑是相當值得進一步深入探究的。

三、崇道氛圍下的頌聖風氣

　　初唐自高祖太宗以下，君臣歡宴、應制奉和的風氣，始終不衰。太宗時期，在君王的引領下，興起重文藝，飾章句的流風，《新唐書・文藝傳序》講唐文學三變，說明唐初是「高祖太宗，大難始夷，沿江左遺風，綺句繪章，揣合低印。」〔註60〕盧照鄰〈南陽公集序〉也形容了當時文壇的情形是：

> 貞觀年中，太宗外厭兵革，垂衣裳於萬國，舞干戚於兩階，留思政塗，內興文事。虞（世南）、李（百藥）、岑（文本）、許（敬宗）之儔以文章進，王（珪）、魏（徵）、來（濟）、褚（亮）之筆以材術顯。咸能起自布衣，蔚爲卿相。雍容侍從，朝夕獻納。〔註61〕

從這兩條記載，可見唐初的文學風氣，跟太宗的帶領有很大的關係，虞世南、李百藥等人皆以文章進顯，圍繞在皇帝的身邊，雍容侍從，朝夕獻納。宮廷的環境、宮廷的風尚所培育出來的作品，在材料方面自然多園林宴飲，在風格方面自然多藻飾誇炫。如〈南陽公集序〉所言：

〔註59〕《新唐書》第五冊，卷五十一〈食貨志〉，頁1344。
〔註60〕《新唐書》第十八冊，卷二百一〈文藝傳序〉，頁5725。
〔註61〕盧照鄰：〈南陽公集序〉，《全唐文》第二冊，卷一百六十六，頁1692。

晨趨有暇，持綵筆於瑤軒。夕拜多間，弄雕章於琴席。含毫顧盼，漢家之城闕風煙。逸韻縱橫，秦地之林泉魚鳥。黃山羽獵，幾奏瓊篇。汾水樓船，參聞寶思。南津弔屈，去逐蒼梧之雲。西路悲昂，來挽蔥巖之雪。江湖廊廟，造次不忒其儀。沙塞朝廷，顛沛必歸於漢。是使名流俱至，兔翰閬門。愛客相尋，雞談滿席。嚶嚶好鳥，花欲白兮柳將菲。潎潎遊魚，蓮欲紅兮蘋可望。綠樽恒湛，齋閣臨霞。綺札逾新，園亭坐月。〔註62〕

這樣的創作情境，加上藻繪的風格，遂有「不脫江左遺風」之評。

　　高宗武后時期，進士科以詩賦取士，文學普受重視，帝王對於文學才華之士特為愛重。武后讀駱賓王〈為徐敬業討武曌檄〉，先就嘆賞其才。又《隋唐嘉話》卷下記載：「武后遊龍門，命群官賦詩，先成者賞錦袍。左史東方虬既拜賜，坐未安，宋之問詩復成，文理兼美，左右莫不稱善，乃就奪袍衣之。」〔註63〕由中亦可知當時對文才的崇尚以及群臣陪侍君王應制賦詩的風氣。

　　中宗時期此風更長。《新唐書》記載：

凡天子饗會游豫，唯宰相及學士得從。春幸梨園，並渭水祓除，則賜細柳圈辟癘；夏宴蒲萄園，賜朱櫻；秋登慈恩浮圖，獻菊花酒稱壽；冬幸新豐，歷白鹿觀，上驪山，賜浴湯池，給香粉蘭澤，從行給翔麟馬，品官黃衣各一。帝有所感即賦詩，學士皆屬和。當時人所歆慕。然皆狎猥佻佞，忘君臣禮法，惟以文華取幸。若韋元旦、劉允濟、沈佺期、宋之問、閻朝隱等無它稱，附篇左方。〔註64〕

群臣跟著皇帝上山下海，四處遊觀，皇帝只要一有所感就寫詩，寫好了令眾人屬和，於是產生了大量的應制奉和詩。

　　初唐時期幾次大規模的侍宴奉和文學活動，就《全唐詩》中所見，例如有「奉和正日臨朝應詔」、「奉和御製麟德殿宴百僚應制」、「奉和聖製過溫湯」、「奉和春日遊苑喜雨應制」、「奉和聖制幸韋嗣立山莊應制」、「奉和聖製夏日遊石淙山」、「奉和登驪山應制」、「奉和九日登慈恩寺浮圖應制」、「奉和聖製幸白鹿觀應制」等等。

　　這一類的作品由於奉承皇帝、歌功頌德的成分濃厚，又要帶著吉祥瑞慶

〔註62〕盧照鄰：〈南陽公集序〉，《全唐文》第二冊，卷一百六十六，頁 1692～1693。

〔註63〕劉餗：《隋唐嘉話》卷下，《唐五代筆記小說大觀》上，頁 109。

〔註64〕《新唐書》第十八冊，卷二百二〈文藝〉中，頁 5748。

的意味，因此神仙意象的使用相當普遍。其中如果所遊之地是宗教聖地、道觀佛刹，仙味就更加濃厚了。以「幸白鹿觀應制」系列爲例。如李嶠〈幸白鹿觀應制〉：

> 駐蹕三天路，回旂萬仞谿。眞庭群帝饗，洞府百靈棲。
>
> 玉酒仙壚釀，金方暗壁題。佇看青鳥入，還陟紫雲梯。〔註65〕

徐彥伯〈幸白鹿觀應制〉：

> 鳳輿乘八景，龜籙向三仙。日月移平地，雲霞綴小天。
>
> 金童擎紫藥，玉女獻青蓮。花洞留宸賞，還旗繞夕煙。〔註66〕

李乂〈幸白鹿觀應制〉：

> 制蹕乘驪阜，迴輿指鳳京。南山四皓謁，西嶽兩童迎。
>
> 雲幄臨懸圃，霞杯薦赤城。神明近茲地，何必往蓬瀛。〔註67〕

這些作品將所描寫的人、事、時、地、物都冠以神仙的形容，終南山、白鹿觀是靈山仙境、洞天福地，觀裡頭的小童們是金童玉女，駕臨的皇帝乘的是仙蹕鳳輿，走的路是紫雲梯，喝的酒是仙壚釀，眼前的飛鳥是王母的青鳥仙使……總之一切皆塗飾上神仙的色彩，使眼前這個現實的人世，幻化成一個祥瑞歡樂的神仙世界。因爲祥瑞歡樂的氣氛，正是在上位者所喜見樂聞的。上引李乂一首的最後一句說：「神明近茲地，何必往蓬瀛」，認爲此地便近於神仙境界，又何必追逐蓬瀛仙島呢？由象徵美好理想的神仙所構築起來的世界，所呈現的是人們心中的理想願望。因此一個如仙境般的現實人間，表達的便是臣民的讚嘆與滿足。這無疑是對在位者最大的歌頌。

　　以神仙意象來營造一個近似仙境的現實人間，特別是在這類形式意味很強的應制作品中，寫作的動機和藝術的手法都是很世俗的，跟神聖的神仙崇拜關係微弱，神仙只是作爲一種裝飾品罷了。而這與第一點中所指出：初唐時期，天下初定，運用神仙意象來進行帝國的想像與構畫，有所關連。

四、「仕宦與山林」超越爲「塵俗與仙境」

　　隱居山林與出仕，是古來文人經常面臨的選擇，也是長久存在的文學創作主題。然而在唐代，因爲朝廷崇道以及修仙的風氣大盛，其中開始大量滲

〔註65〕李嶠：〈幸白鹿觀應制〉，《全唐詩》第三冊，卷五十八，頁693。

〔註66〕徐彥伯：〈幸白鹿觀應制〉，《全唐詩》第三冊，卷七十六，頁823～824。

〔註67〕李乂：〈幸白鹿觀應制〉，《全唐詩》第三冊，卷九十二，頁995。

入神仙的成分。仕宦與山林之間，除了是做官與不做官的差別外，也是所存身世界的選擇，仕宦任官就像進入一個人文的社會，而選擇山林則進入自我的靈山仙境。此與洞天福地觀念的影響有關，時空不再是單一同步的，透過神仙的自由想像，有另一種秩序是你自己可以創造打造的。

唐代建立後，天下局勢趨於穩定，朝廷開始招募因為世亂而隱居的逸民，包括了前朝的遺老、擁兵的殘餘勢力以及出家的道士。新朝代建立，願意出來任官，代表了對新政權的認同，因此主政者上台莫不致力於此。唐高祖便曾下〈授逸民道士等官教〉：

> 義旗撥亂，庶品來蘇。類聚群分，無思不至。乃有出自青溪，遠辭丹灶。就人間而齊物，從戎馬以同塵。咸願解巾，負茲羈緤。雖欲勿用，重違其請。逸民道士等，誠有可嘉，並依前授。〔註68〕

詔書中表達了天下局勢已趨太平，社會秩序復甦，朝廷願招納逸民道士授爵任官的意願。隋末大亂，天下動盪之中，本就是個「沒有王法」的世界。道士逸民所逃離的，也許不是人文的社會，而是混亂的人文社會，心態是「避秦」的。這種逃離之下，寫出來的作品是桃花源式的，以外於朝代的興替為主。至於太平局勢中不願為官，人生道路選擇的意味便濃厚了，表示不願意在王教下的社會依主流價值謀生活。

王績是唐文學中所見的第一個隱士，他曾短暫為官，最後選擇自我放逐於山林之間，採藥服食，依他理想的方式生活。王績作品中便有許多以神仙為基底的理想書寫，建構出一個外於現實社會的形而上仙境。

唐代崇尚道教，君王迷戀長生仙術，風氣所及，許多文人也有服食修仙的經歷。神仙的追求，成為超脫現實社會的窗口。「仕宦」與「山林」抽象為「塵俗」與「仙境」，文人即使任官，他也有一個仙化的後花園在他心靈之上。其中的追求，除了服食修仙外，遊覽山林道觀，與和尚道士交流也是出口。

初唐劉孝孫、陸敬、趙中虛、許敬宗有同遊清都觀尋沈道士的集體創作：
劉孝孫〈遊清都觀尋沈道士得仙字〉：

> 紛吾因暇豫，行樂極留連。尋真謁紫府，披霧覯青天。緬懷金闕外，邈想玉京前。飛軒俯松柏，抗殿接雲煙。滔滔清夏景，嘒嘒早秋蟬。橫琴對危石，酌醴臨寒泉。聊祛塵俗累，寧希龜鶴年。無勞生羽翼，

〔註68〕唐高祖：〈授逸民道士等官教〉，《全唐文》（北京：中華書局，1983），頁17。

自可狎神仙。〔註69〕

陸敬〈遊清都觀尋沈道士得都字〉：

聊排靈瑣闥，徐步入清都。青谿冥寂士，思玄徇道樞。十芒生藥筍，
七燄發丹爐。縹袠桐君錄，朱書王母符。宮槐散綠穗，日槿落青柎。
矯翰雷門鶴，飛來葉縣鳧。凌風自可御，安事迫中區。方追羽化侶，
從此得玄珠。〔註70〕

趙中虛〈遊清都觀尋沈道士得芳字〉：

青谿阻千仞，姑射藐汾陽。未若游茲境，探玄眾妙場。鶴來疑羽客，
雲泛似霓裳。寓目雖靈宇，遊神乃帝鄉。道存真理得，心灰俗累忘。
煙霞凝抗殿，松桂肅長廊。早蟬清暮響，崇蘭散晚芳。即此翔寥廓，
非復控榆枋。〔註71〕

許敬宗〈遊清都觀尋沈道士得清字〉：

幽人蹈箕潁，方士訪蓬瀛。豈若逢真氣，齊契體無名。既詮眾妙理，
聊暢遠遊情。縱心馳貝闕，怡神想玉京。或命餘杭酒，時聽洛濱笙。
風衢通閬苑，星使下層城。蕙帳晨飆動，芝房夕露清。方叶棲遲趣，
於此聽鐘聲。〔註72〕

作品中「緬懷金闕外，遐想玉京前」、「聊袪塵俗累，寧希龜鶴年。無勞生羽
翼，自可狎神仙」、「凌風自可御，安事迫中區。方追羽化侶，從此得玄珠」、
「道存真理得，心灰俗累忘」、「即此翔寥廓，非復控榆枋」、「方叶棲遲趣，
於此聽鐘聲」等句，均展現透過道觀這一方外空間，達到心靈超越的妙境。

　　其他又如張九齡〈與生公尋幽居處〉：「我本玉階侍，偶訪金仙道。茲焉
求卜築，所過皆神造」〔註73〕、〈與生公遊石窟山〉：「探祕孰云遠，忘懷復爾
同。日尋高深意，宛是神仙中」〔註74〕、「猶希咽玉液，從此昇雲空。咄咄共
攜手，泠然且馭風」、張說〈岳州九日宴道觀西閣〉：「大道由中悟，逍遙匪外
尋」〔註75〕皆是此類作品。

〔註69〕劉孝孫：〈遊清都觀尋沈道士得仙字〉，《全唐詩》第二冊，卷三十三，頁453。
〔註70〕陸敬：〈遊清都觀尋沈道士得都字〉，《全唐詩》第二冊，卷三十三，頁455～456。
〔註71〕趙中虛：〈遊清都觀尋沈道士得芳字〉，《全唐詩》第二冊，卷三十三，頁457。
〔註72〕許敬宗：〈遊清都觀尋沈道士得清字〉，《全唐詩》第二冊，卷三十五，頁464
　　　～465。
〔註73〕張九齡：〈與生公尋幽居處〉，《全唐詩》第二冊，卷四十七，頁568。
〔註74〕張九齡：〈與生公遊石窟山〉，《全唐詩》第二冊，卷四十七，頁568。
〔註75〕張說：〈岳州九日宴道觀西閣〉，《全唐詩》第三冊，卷八十八，頁974。

　　唐初山水詩與遊仙詩的媒合，是值得注意的發展傾向。葛曉音教授在〈從「方外十友」看道教對初唐山水詩的影響〉一文中便提出：

> 十友雖然沒有在方外之游中創作出成功的山水詩，但他們所造成的風氣，尤其是陳子昂在道教哲學啓發下所思考的處世原則，卻在開元年間轉化爲對山水詩有利的因素。這主要表現爲以入世爲心，以遁世爲跡的觀念對盛唐文人精神面貌的影響。……由陳子昂到張九齡，經過一個思理的階段而形成的人生觀，在盛唐特殊的時代條件下，爲多數文人所吸收，造成了他們所共有的執著於入世而又超脫於世俗的精神風貌。因此，由道教而促成的方外之游的風氣，對山水詩所起的作用主要在於：爲文人思考仕隱的問題提供了一個與時代精神相適應的新角度，通過影響詩人的素質與氣度，間接地改變山水詩的藝術風貌。〔註76〕

而至於神仙與仕宦／山林結合的另一個面向，所謂「足崖壑而志城闕」〔註77〕抑或「仕宦之捷徑」，〔註78〕則又是另一種發展了。

第二節　盛唐時期

　　「盛唐」這一個區段，由開元到永泰年，主要在玄宗時期度過。玄宗廟號爲「玄」，亦非沒有道理，唐書中對他有「靡神不宗」的評語，見《舊唐書》卷一百三十〈王璵傳〉：「開元末，玄宗方尊道術，靡神不宗。」〔註79〕文中說玄宗到了開元末，對道術特別迷戀崇拜，什麼神都信拜。這裡的用語不講尊道教、道家，而講尊道術，大約也有批評玄宗偏好方伎、術數的味道。有趣的是，「靡神不宗」一語本出自《詩經・雲漢》，是周宣王憐惜百姓受旱災

〔註76〕葛曉音：〈從「方外十友」看道教對初唐山水詩的影響〉，《詩國高潮與盛唐文化》（北京：北京大學出版社，1998），頁72～73。

〔註77〕《新唐書》第十八冊卷一百九十六〈隱逸傳序〉：「唐興，賢人在位眾多，其遁戢不出者，纚班班可述，然皆下概者也。雖然，各保其素，非託默于語，足崖壑而志城闕也。然放利之徒，假隱自名，以詭祿仕，肩相摩於道，至號終南、嵩少爲仕塗捷徑，高尚之節喪焉。」頁5594。

〔註78〕《新唐書》第十四冊，卷一百二十三〈盧藏用傳〉，頁4375：「（盧藏用）始隱山中時，有意當世，人目爲「隨駕隱士」。晚乃徇權利，務爲驕縱，素節盡矣。司馬承禎嘗召至闕下，將還山，藏用指終南曰：『此中大有嘉處。』承禎徐曰：『以僕視之，仕宦之捷徑耳。』藏用慚。」

〔註79〕《舊唐書》第十一冊，卷一百三十〈王璵傳〉，頁3617。

所苦，向上天祈請所發的禱詞。內容說：天啊！百姓何辜！我靡神不舉、靡愛斯牲、靡神不宗，只希望上帝垂憐，使災難盡快離去。其中流露的是愛民如子、憐憫不忍之心。〔註80〕然而玄宗的什麼神都拜，卻是出自於對神仙信仰的盲目沈溺。同樣的詞彙，史家拿來形容玄宗，也算幽了他一默。

　　玄宗曾兩度受籙為道士，每日晨起禮拜老君，終年求仙訪道不休，導演各種降神遇仙的鬧劇……，這些都已超過了政治控制的需求，而轉變為個人對宗教的狂熱信仰。初唐時期崇道政策的制訂，本出於文化控制、鞏固政權的考量，然而到了盛唐以下，君王的迷戀偏嗜，卻已經逐漸吞噬理性，轉變為對宗教的高度崇拜。以龐大的國家之器，集天下之人力財物，導向私人的狂熱崇拜，這是體制的扭曲，也必然對文化的發展趨向造成重大的影響。

　　就史料記載所見，玄宗曾兩度受籙入道，第一次是開元九年（721）降旨迎天台道士司馬承禎入宮傳受法籙，《舊唐書・司馬承禎傳》載：「開元九年，玄宗又遣使迎入京，親受法籙，前後賞賜甚厚。」〔註81〕另外一次是天寶七年（748），遣中官至茅山迎李含光、佈置拜師儀節，玄宗自己則在宮中焚香頂禮，遙受法籙。玄宗先後對李含光贈禮甚厚，書札往返密切，言必稱尊師，從中可看出他和李含光之間師棣情誼深厚，早超出君臣之別。〔註82〕《茅山志》記載玄宗曾為此次受籙撰文立碑，賜贈茅山。可惜今已佚。〔註83〕道教的受籙，有初階、進階，層層加級的制度，《隋書・經籍志》載：「其受道之法，初受五千文籙，次受三洞籙，次受洞玄籙，次受上

〔註80〕《詩經・大雅・蕩之什・雲漢》：「倬彼雲漢，昭回於天。王曰：『於乎！何辜今之人？天降喪亂，饑饉薦臻。靡神不舉，靡愛斯牲。圭璧既卒，寧莫我聽？旱既太甚，蘊隆蟲蟲。不殄禋祀，自郊徂宮。上下奠瘞，靡神不宗。后稷不克，上帝不臨。耗斁下土，寧丁我躬！』」屈萬里：《詩經詮釋》（臺北：聯經出版事業公司，1983），頁 527。

〔註81〕《舊唐書》第十六冊，卷一百九十二〈司馬承禎傳〉，頁 5128：「開元九年，玄宗又遣使迎入京，親受法籙，前後賞賜甚厚。」

〔註82〕《全唐文》中收錄有〈迎李含光敕〉、〈命李含光建茅山壇宇敕〉、〈答李含光進紫陽觀圖敕〉、〈賜李含光號玄靜先生敕〉、〈答李含光謝賜法號敕〉、〈答李含光賀仙藥靈芝敕〉、〈命李含光投謝茅山敕〉、〈賜李含光養疾敕〉、〈答李含光謝賜詩及物敕〉、〈命李含光奉詞詣壇陳謝敕〉、〈答李含光謝賜詩敕〉、〈賜李含光物及香棗等敕〉、〈答李含光謝修齋醮敕〉、〈褒賜李含光敕〉、〈長至日賜李含光敕〉、〈賜李含光物敕〉、〈命李含光修功德敕〉等文。

〔註83〕劉大彬編撰：《茅山志》卷十七：「天寶七年三月玄宗從玄靜先生受上清經籙。」《正統道藏》第九冊，頁 210。《茅山志》卷二十四著錄：「明皇受籙碑。玄宗御製。」頁 259。

清籙。」〔註84〕〔唐〕張萬福《傳授三洞經戒法籙略說》所載與此次第不同，不過也是有進階性。〔註85〕不知玄宗的兩度受籙是否有進階的承繼性。不過從政治的角度來看，受籙行為或許只是皇帝施加給道教團體的榮寵而已。司馬承禎、李含光都是茅山派的宗師，玄宗在司馬承禎去世後，又禮李含光為師，只是代表對此一宗脈的恩寵不衰而已。

在日常修習方面，玄宗自言他即位三十年來，每日四更即起，恭肅心神，具備服儀，禮敬膜拜於老君神像前。〈令寫玄元皇帝真容分送諸道並推恩詔〉載：「朕纂承寶業，重闡元猷。自臨御以來，罔不夙夜。每滌慮凝想，齋心服形。禮謁於尊容，未明而畢事。將三十載矣。」〔註86〕又《冊府元龜》亦有：「朕自臨御以來，向三十年來未嘗不四更初起，具衣服禮謁尊容。」〔註87〕等語，如此堅毅誠敬，三十年不輟，非出於宗教熱誠，恐難辦到。

不過玄元皇帝老子，究竟還是唐王室的本宗，對於家祖的終年頂禮，亦說得過去。至於其他合煉醮祭的行為，目標則具體落在個人的長生追求上，不能不說是沈溺太過了。

根據《舊唐書·禮儀志》的記載：

> 玄宗御極多年，尚長生輕舉之術。於大同殿立真仙之象，每中夜夙興，焚香頂禮。天下名山，令道士、中官合煉醮祭，相繼於路。投龍奠玉，造精舍，採藥餌，真訣仙蹤，滋於歲月。〔註88〕

這裡除了再度提到玄宗每日對老君尊像垂禱膜拜外，還說明玄宗經常派遣道士、內官到各名山從事齋醮煉丹的工作，其他投龍奠玉、祭告天地、起造精舍、採藥服食等活動更是終年不休。

所謂於天下名山的醮祭，和玄宗封五嶽真君的系列行動也有關連。玄宗

〔註84〕《隋書》卷三十五〈經籍志·道經〉，頁1091。

〔註85〕〔唐〕張萬福：《傳授三洞經戒法籙略說》卷下第八〈明科信品格〉：「凡人初入法門，先受諸戒，以防患止罪。次佩服籙，制斷妖精，保中神氣。次受五千文，詮明道德，生化源起。次受三皇，漸登下乘，緣麤入妙。次受靈寶，進升中乘，轉神入慧。次受洞真，煉景歸無，還源反一，證於常道。」《正統道藏》第五十三冊，頁301。

〔註86〕唐玄宗：〈令寫玄元皇帝真容分送諸道並推恩詔〉，《全唐文》第一冊，卷三十一，頁350～351。

〔註87〕〔宋〕王欽若、楊億等編：《冊府元龜》（臺北：中華書局，1984），第二冊，卷五十三〈帝王部·尚黃老〉，頁594。

〔註88〕《舊唐書》第三冊，卷二十四〈禮儀志〉，頁934。

拜司馬承禎爲師，從他受道籙。司馬承禎曾建議玄宗封五嶽，玄宗悉聽照辦，於是司馬承禎著手規劃祭五嶽的各種儀軌，供朝廷作爲建制的依據。這套制度本吸收自道教洞天福地等理論，因爲由朝廷出面主持，宣達爲定制，道教的山岳崇拜系統也就原原本本的落實到制度面，深耕入文化中。〔註 89〕加上玄宗是乙酉年生，酉屬西方金，據說是當以華嶽爲本命，於是又封華嶽神爲金天王，立碑建廟，大修功德爲皇帝祈福。〔註 90〕這樣一來，道教理論透過國家力量的介入，落實爲制度後，又搭上爲君王祈福、崇隆君王的名堂，很快便掀起熱潮，蔚爲風氣。唐代文學作品中關於金大王、金天王的描寫，頗爲不少，便是具體例證。

而玄宗因爲對神仙信仰具有熱誠，道家道教的知識涉獵又深，因此在崇道政策的推動上，比前面幾位帝王都來得積極，政策的制訂也顯得全面而深入。玄宗在位時推動的措施包括了：開元二十九年，諭令兩京及諸州各置玄元皇帝廟並崇玄學〔註 91〕、天寶元年封莊子、文子、列子、庚桑子爲四眞人，所著爲眞經〔註 92〕、各開元觀鑄造玄元金銅等身天尊，開元寺造玄元等身佛〔註 93〕、

〔註 89〕《舊唐書》第十六冊，卷一百九十二〈司馬承禎傳〉，頁 5128：「開元九年，玄宗又遣使迎入京，親受法籙，前後賞賜甚厚。十年，駕還西都，承禎又請還天台山，玄宗賦詩以遣之。十五年，又召至都。玄宗令承禎於王屋山自選形勝，置壇室以居焉。承禎因上言：『今五嶽神祠，皆是山林之神，非正眞之神也。五嶽皆有洞府，各有上清眞人降任其職，山川風雨，陰陽氣序，是所理焉。冠冕章服，佐從神仙，皆有名數。請別立齋祠之所。』玄宗從其言，因敕五嶽各置眞君祠一所，其形象制度，皆令承禎推按道經，創意爲之。」
〔註 90〕《舊唐書》第三冊，卷二十三〈禮儀志〉三，頁 904：「玄宗乙酉歲生，以華嶽當本命。先天二年七月正位，八月癸丑，封華嶽神爲金天王。開元十年，因幸東都，又於華嶽祠前立碑，高五十餘尺。又於嶽上置道士觀，修功德。至天寶九載，又將封禪於華嶽。」
〔註 91〕《舊唐書》第一冊，卷九〈玄宗本紀〉，頁 213：「（開元）二十九年春正月丁丑，制兩京、諸州各置玄元皇帝廟并崇玄學，置生徒，令習老子、莊子、列子、文子，每年准明經例考試。」
〔註 92〕《舊唐書》第三冊，卷二十四〈禮儀志〉四，頁 926：「（天寶元年）辛卯，親祔玄元廟。丙申，詔：玄元皇帝升入上聖。莊子號南華眞人，文子號通玄眞人，列子號沖虛眞人，庚桑子號洞虛眞人。改莊子爲南華眞經，文子爲通玄眞經，列子爲沖虛眞經，庚桑子爲洞虛眞經。亳州眞源縣先天太后及玄元廟各置令一人。兩京崇玄學各置博士、助教，又置學生一百員。桃林縣改爲靈寶縣。田同秀與五品官。四月，詔崇文習道德經。七月，隴西李氏燉煌、姑臧、絳郡、武陽四房隸於宗正寺。九月，兩京玄元廟改爲太上玄元廟，天下準此。」
〔註 93〕《舊唐書》第三冊，卷二十四〈禮儀志〉，頁 926：「三載三月，兩京及天下諸郡於開元觀、開元寺以金銅鑄玄元等身天尊及佛各一軀。」

天寶二年追封玄元皇帝爲大聖祖、父爲先天太上皇、母爲先天太后〔註94〕等等。

　　關於興造國家級連鎖宮觀，建構一脈相承的宗教傳播系統，這在北魏朝已有前例。北魏太武帝崇奉道教，曾親受道籙，改國號爲老君冥授的「太平眞君」，並敕令天下造太平觀共二百七十五所，度道士一千三百人。見杜光庭《歷代崇道記》記載：

> 後魏道武帝於雲中太原及河朔造觀計五十所，度道士六百餘人。太武敕令天下造太平觀共二百七十五所，度道士一千三百人。帝受籙，改太平眞君元年，仍令四方內外上書言太平眞君皇帝陛下。自後嗣帝位，並皆受籙。〔註95〕

上老君尊號方面，老子在高宗時期開始被尊稱爲「太上玄元皇帝」，玄宗時期又幾度上尊號，到了天寶十三年（754），老子的名號已經尊隆爲「大聖祖高上大道金闕玄元天皇大帝」，老子的父親尊爲「先天太上皇」，母親尊爲「先天太后」，各置廟奉祀，老子的後輩唐代開國以來的諸帝后們，也一律加上「大聖皇帝」、「順聖皇后」的尊號，進祀太清宮，序昭穆於大聖祖前。〔註96〕由此一來唐皇室便和老君的神聖血統緊緊的聯繫起來，成爲一個系統完整而神聖崇高的家族。

　　伴隨著神聖血統的堅固，玄宗大量製造老君顯聖的神話，忽而夢見眞容，忽而天降寶石，忽而臨壇傳語……，藉由神蹟提高老君的神聖性，激起全民崇信老君的心理。老子顯聖的神蹟經由朝廷發佈後，接著便是全民詠讚，群臣上表歌頌。爲了呼應聖心靈感，朝廷更進一步下達崇祀老君的政令，如：

〔註94〕《舊唐書》第一冊，卷九〈玄宗本紀〉，頁216：「三月壬子，親祀玄元廟以冊尊號。制追尊聖祖玄元皇帝父周上御史大夫敬曰先天太上皇，母益壽氏號先天太后，仍於譙郡本鄉置廟。尊咎縣爲德明皇帝。改西京玄元廟爲太清宮，東京爲太微宮，天下諸郡爲紫極宮。」

〔註95〕杜光庭：〈歷代崇道記〉，《全唐文》第十冊，卷九百三十三，頁9714。

〔註96〕《舊唐書》第一冊，卷九〈玄宗本紀〉，頁223：「（天寶八年）丙寅，上親謁太清宮，冊聖祖玄元皇帝尊號爲聖祖大道玄元皇帝。高祖、太宗、高宗、中宗、睿宗五帝，皆加『大聖皇帝』之字；太穆、文德、則天、和思、昭成皇后，皆加『順聖皇后』之字。群臣上皇帝尊號爲開元天地大寶聖文神武應道皇帝。丁卯，上御含元殿受冊，大赦天下。自今後每至禘祫，並於太清宮聖祖前序昭穆。」頁227～228：「二月癸酉，上親朝獻太清宮，上玄元皇帝尊號曰大聖祖高上大道金闕玄元天皇大帝。甲戌，親饗太廟，上高祖諡曰神堯大聖大光孝皇帝，太宗諡曰太宗文武大聖大廣孝皇帝，高宗諡曰高宗天皇大聖大弘孝皇帝，中宗諡曰中宗太和大聖大昭孝皇帝，睿宗諡曰睿宗玄眞大聖大興孝皇帝。」

開元二十九年玄宗夢見老君眞容，牛仙客、李林甫等紛紛上表頌賀，玄宗命
畫工圖寫老君眞容，分送諸州崇祀。唐玄宗〈令寫玄元皇帝眞容分送諸道並
推恩詔〉中說：

> 大道混成，乃先於天地。聖人至教，用明其宗極。故能發揮妙品，宏
> 濟生靈。使秉志者悟往，迷方者知復。以此救物，故無棄人。其孰當
> 之，莫若我烈祖元元皇帝矣。朕纂承寶業，重闡元猷。自臨御以來，
> 罔不夙夜。每滌慮凝想，齋心服形。禮謁於尊容，未明而畢事。將三
> 十載矣。蓋爲天下蒼生，以祈多福。不謂微誠上達，睿祖垂鑒。項因
> 假寐，忽夢眞容。既覺之後，昭焉以觀。瞻奉踰時，殊相自然，與夢
> 相協。誠謂密降仙府，永鎮人寰。告我以無疆之休，德音在聽。表我
> 以非常之慶，靈貺有期。乃昊穹幽贊，宗社儲休。豈朕虛薄，能致茲
> 事。若使寢之，乃乖祇敬。宜令所司，即寫眞容。分送諸道採訪使，
> 令當道州轉送開元觀安置。所在道士女冠等，皆具威儀法事迎候。像
> 到，七日夜設齋行道。仍各賜錢，用充齋慶之費。自今巳後，常令講
> 習《道德經》，以暢微旨。所置道學，須倍加敦勸，使有成益。是知
> 眞理深遠，宏之在人。不有激揚，何由勵俗。諸色人等，有能明《道
> 德經》及《莊》《列》《文子》者，委所由長官訪擇，具以名聞。朕當
> 親試，別加甄獎。至如道有三寶，慈居一焉。欽若至言，爰茲宥過。
> 天下見禁囚徒，其十惡罪者及造僞頭首，并謀殺故殺祆訛宿宵人等，
> 特宜免死配嶺南。官人犯贓，據情狀輕重事貶降。餘一切免。且夫愛
> 人之義，長之育之。務存清淨，合於簡易。至如州縣造籍之年，因團
> 定戶。皆據資產，以爲升降。其有小葺園廬，粗致儲蓄。多相糾訐，
> 便被加等。朕情爲敦本，義在勸農。欲使野絕游人，國無曠土。安可
> 得也。自今歲巳後，且三五年閒，未須定戶。其中或有家資破散，檢
> 覆非虛。不可循舊差科，須量事與降。今者眞容應見，古所未聞。福
> 雖始於邦家，慶宜均於士庶。其親王、公主、郡縣主及内外文武官等，
> 並量賜錢。至休假之辰，宜以素飧，用伸慶樂。諸道節度使及將士等，
> 亦宜準此。其兩京及諸州父老，亦量賜錢，同此歡宴。其錢以當處官
> 物充。伊爾公卿，逮乎黎獻。宜勉崇元化，共復淳源。宣布遐邇，明
> 知朕意。〔註97〕

〔註97〕唐玄宗：〈令寫玄元皇帝眞容分送諸道並推恩詔〉，《全唐文》第一冊，卷三十

從制中可見，老君靈應顯聖，眞容分寫頒佈諸州。所在地道士、女冠備齊威儀，設齋行道七日夜，全國上下從親王、公主、郡主、縣主、諸道節度將士、內外文武官、諸州道士女官到全國父老，盡皆賜錢歡宴，全面參與了這個嘉年華式的聖慶活動。除了賜錢、歡宴之外，天下死囚皆免死，重刑者量減，狀輕者免。平民賦稅差科，量情與降。確如詔文中所說的「福始於邦家，慶均於士庶」。當時氣氛之蜂擁狂熱可以想見，對社會風氣的影響亦由此可知。此時盛唐時期的崇道活動、神仙崇拜與初唐時期已不可同日語。其深入民心、鼓動社會的程度，可以說掀起全民的「神仙熱」。

　　至於在文學藝術的影響方面，玄宗所推行的士庶家藏《老子》一本、貢舉量減《尚書》、《論語》兩條策，加《老子》策〔註98〕、道舉、崇玄學，影響尤深。

　　道舉的內容考些什麼呢？權德輿的著作中有〈道舉策問五道〉：

　　問：莊生曰：吾聞庖丁之言，得養生焉。蓋以其游刃無全，善刀而藏之故也。禦寇則曰：養生如何，肆之而已。莊生曰：嗜慾深者天機淺。禦寇則以朝穆善理內而性交逸，何二論背馳之甚耶。夫一氣之蹔聚，爲物之逆旅，誠不當傷性沽名，以耗純白。儻昧者未通矯抗之說，因遂耳目之勝。甘心實力，則如之何。既學於斯，佇有精辨。

　　問：駢拇之言曰：有虞氏招仁義以撓天下，天下莫不奔命於仁義。以易其性，庸詎知不有性於仁義而不可易者耶。以伯夷死名於首陽之下，庸詎知伯夷非安於死而不可生耶。徵濠上觀魚之樂，則莊生非有虞與伯夷也，又安知有虞伯夷之不然耶。徵鳧鶴短長之脛，又安知有虞與伯夷之性，非不可斷不可續者耶。雖欲齊同彼是，先迕後合，惡用謬悠卓詭如是之甚耶。蓬心未達，幸發吾覆。

　　問：至人恬淡，外其形骸，使如死灰，如木雞，斯可矣。至若蹈履水火而不燋沒，雖以誠信，庸至是乎。斯所以有疑於呂梁丈人商邱開之說也。蓋有以誠信安於死而不遷者，未有以誠信蹈難而不必死者。此何所謂，其質言之。

一，頁 350～351。

〔註98〕《舊唐書》第一冊，卷九〈玄宗本紀〉，頁 199：「（開元二十一年）春正月庚子朔，制令士庶家藏《老子》一本，每年貢舉人量減《尚書》、《論語》兩條策，加《老子》策。」

> 問：安時處順，泊然懸解，至人之心也。故曰材全而德不形，又口
> 休影息跡，與夫五漿先饋，屢滿戶外者，固不侔矣。然則以紀渻之
> 養雞、痀僂之承蜩、匠石之運斤、梓慶之削鐻，用志不分，移於教
> 化，則萬物之相刃相靡者，悠然而順，闇然而和。奚在於與無趾無
> 眼之徒，支離形德，然後爲得耶！願聞其說。

> 問：文子元虛，師其言於老氏。計然富利，得其術者朱公。疑傳記
> 之或差，何本末之相遠。人分五位，智辯居忠信之前。體包五藏，
> 耳目乖肺肝之主。皆何故耶。當有其說。至於積德積怨，實昧其圖。
> 上義上仁，願聆其旨。大辨若訥，大道甚夷。豈在顛之倒之，使學
> 者泥而不通也。〔註99〕

權德輿擔任禮部侍郎，三知貢舉，他所製作的道舉試策當忠實的反映了其時
道學的情形。除了道經玄義的發揮，其實相當側重理身應世之道。

除了政策的推導外，盛唐時期道教本身的發展也達到高峰，道觀遍佈、
信徒眾多、高道備出、教義在三教論衡的環境中也得到長足的發展。此時長
生修煉術理論也趨於完備，加上君王貴族的推波助瀾，追求神仙長生的民眾
增多。此一時期的文人幾乎都有親近長生仙術的記錄，與道士的交流也很頻
繁。顯示道教神仙文化已深入庶民生活。

蘇雪林《唐詩概論》如此描述盛唐文壇：

> 這時代的詩人可說都是幸運兒，生活在富庶的鼎盛的國家裡，作品
> 反射的只是青春的光熱，生命的歌頌，自然的美麗，祖國的莊嚴，
> 什麼人生的悲哀，社會的痛苦，永遠不會到他們心上。況且道教正
> 在發展，做人最高的標準便是神仙。所以那時詩人的人生觀都像胡
> 適說的是「放縱的、愛自由的、求自然的」。這種人生觀和富裕豪華、
> 奢侈閒暇的環境結合，當然產生一種春花爛漫、虹彩繽紛的爛漫文
> 學。〔註100〕

蘇雪林認爲：神仙觀念的投注，使當時文人產生一種熱愛自由、追求自然的
人生觀，這種人生態度與富裕閒暇的環境一結合，便生出如春花般燦爛繽紛
的盛唐文學。「放縱的、愛自由的、求自然的」，是胡適對盛唐文人心態很好
的體會，蘇雪林所點出的「神仙」，則恰與胡適的說法相應和，衍生出一個精

〔註99〕權德輿：〈道舉策問五道〉，《全唐文》第五冊，卷四百八十三，頁4942。
〔註100〕蘇雪林：《唐詩概論》（臺北：臺灣商務印書館，1988，台五版），頁42～43。

到的視角。

然而神仙的觀念，如何催發出放縱的、愛自由的、求自然的人生觀呢？

盛唐時期的神仙長生，不再是上層的、王室的、貴族的時尚，透過朝廷的推動、道觀道士的大量設立、修仙理論的完備等因素的助導，神仙文化已經深入到庶民的生活。從而掀起一種「神仙熱」一般，社會大眾難以免疫的狂潮。

盛唐的作家中，很難找到沒有與神仙道教發生關係的作家，至少也曾經參與文人間道觀遊宴的活動，再加上玄宗對閱讀《道德經》活動的鼓吹，命士庶家藏一本，科舉加試，遂使得這一時期的作家，人人都有道家的通識，人人多少都有與道士往還、遊歷名山道觀的經驗。

檢錄此一時期的文學作品，發現神仙文化的廣披，除了使神仙相關題材、相關意象上，被大量的運用外，對於士人的人生哲學，也發生了影響。致君堯舜上，再使風俗淳的儒家懷抱仍在，但是道家對自性完足的追求、道教神仙的無限想像，也同時深入。儒道的融會，形成士人以追求自我的理想為導向，優遊出入「世間」的新人生觀。

關於神仙文化如何潛移默化文人士子的人生觀，從而調和出一種兼融儒道、出入人世、追求自由自然的人生觀。以下是一些粗略的、初步的探討。

一、「神仙」的回歸人倫與「士」的儒道兩停

（一）從神譜到家譜：玄宗時期對調和天人秩序的著力

南朝時期，道士陶弘景（456～536），撰寫了一部《眞靈位業圖》，他在這個圖譜式的著作中，將歷代神仙分為七階，每階各設一個主神，其旁有左位、右位、散仙位、女仙位等陪侍，許多通行的神仙，則根本不在譜第中。為什麼要替神靈排座次呢？〈眞靈位業圖序〉中說：「雖同號眞人，眞品乃有數；俱目仙人，仙亦有等級千億。若不精委條領，略識宗源者……豈解士庶之貴賤，辨爵號之異同乎？」〔註101〕這裡面所說的，分眞仙等級是為了明「士庶之貴賤」、「爵號之異同」，顯然是一種脫胎於六朝門戶觀念的作法。這種作法，將人世社會官爵品位的觀念，加諸到神仙頭上，可以說是世俗的手伸進去整理神聖的秩序。

〔註101〕陶弘景：〈洞玄靈寶眞靈位業圖〉，《正統道藏》第五冊，頁18。

不過，到底還是一個「神」譜。

唐代建立後，先是以老子爲遠祖，宣稱老子在建國的過程中，曾給予李氏家族種種的神通祐助。高宗時期，則獻上一個「玄元皇帝」的封號，進一步將老子納進王權的封建體系來。到了玄宗，敕令蓋玄元皇帝廟，晉封老子的夫人、父母，唐代歷位皇帝則在其前敘昭穆，同受香火。這則是把老子請進家廟裡來了。標題中所說的，從「神譜」進到「家譜」，就是這個意思。

玄宗致力於神權與王權的結合，進行血統關係的構建，規劃出神與人之間的新秩序。這一時期禮制的頒佈、曆日的修訂、封禪祠后土體制的建構……，都是在這一方面的著力。

（二）向「下」修正的道教神仙理論

天在上，人在下，所謂的向「下」修正，指的是原本追求高昇遠契仙界的神仙理想，開始尋求與人世和容的可能性。這一時期的仙道理論，莫不強調仙在人間、人可成仙，並且著力於融攝儒釋，創發與人倫世道諧合的理論。如司馬承禎言「無爲之旨，理國之道也」。〔註 102〕吳筠則有〈神仙可學論〉，極論神仙之可學，列坐於朝，所言不脫名教世務，至於玄宗問以神仙修煉之事，他也說這是野人之事，非人主所宜留意。〔註 103〕

何建明在《道家思想的歷史轉折》一書中，便以「重玄思辨走向現實關懷」、「外丹煉氣術走向內丹學」、「道本儒末走向儒最尊」，作爲唐代道家思想發展的趨勢。其中說：

> 唐代道家思想是道家傳統的歷史發展與唐代社會的現實需要有機結
> 合的產物，充分體現了歷史與現實的統一。在中國道家思想的歷史

〔註 102〕《舊唐書》第十六冊，卷一百九十二〈司馬承禎傳〉，頁 5128：「景雲二年，睿宗令其兄承禕就天台山迫之至京，引入宮中，問以陰陽術數之事。承禎對曰：『道經之旨：「爲道日損，損之又損，以至於無爲。」且心目所知見者，每損之尚未能已，豈復攻乎異端，而增其智慮哉！』帝曰：『理身無爲，則清高矣。理國無爲，如何？』對曰：『國猶身也。老子曰：「遊心於澹，合氣於漠，順物自然而無私焉，而天下理。」易曰：「聖人者，與天地合其德。」是知天不言而信，不爲而成。無爲之旨，理國之道也。』睿宗歎息曰：『廣成之言，即斯是也。』」

〔註 103〕《舊唐書》第十六冊，卷一百九十二〈吳筠傳〉，頁 5129：「玄宗聞其名，遣使徵之。既至，與語甚悅，令待詔翰林。帝問以道法，對曰：『道法之精，無如五千言，其諸枝詞蔓說，徒費紙札耳。』又問神仙脩鍊之事，對曰：『此野人之事，當以歲月功行求之，非人主之所宜適意。』每與緇黃列坐，朝臣啓奏，筠之所陳，但名教世務而已，間之以諷詠，以達其誠。玄宗深重之。」

> 發展中，現實的需要始終成為道家思想的中心課題。中國道家雖然
> 常常以積極入世的儒家的批判者和異端身份出現，甚至成為彷彿逃
> 避現世紛擾的隱逸者，但是，他們實際上並沒有脫離現實，而往往
> 以獨特的方式關注著現實，思考著現實人生，並積極尋求能夠滿足
> 現實人生需要理論途徑。對世界本體的哲學思辨、對人生病死的仙
> 道探求和對現實政治的批判關懷，都體現出道家對人生問題的深切
> 關注和全面思考。〔註104〕

這個段落，點出了唐代道家的發展，是以「現實」的考量、「現實」的需求作
為核心的，表現在實際的操作上，則積極追求能夠滿足現實人生需要的理論
途徑。盛唐時期，唐玄宗融攝佛儒的努力，是明顯的例子。

> 唐玄宗攝取佛、儒思想以論「道德」，從而弘闡道家重玄學之妙理，
> 既高揚了作為李唐王朝家學的道教的至尊無上地位，又為有選擇地
> 採用某些儒、佛思想因素闡發政治思想提供了必要的哲學基礎。他
> 強調道教具有優越於其他宗教和思想意識型式的社會政治及人心教
> 化作用，則是十分明顯地將這種涵攝了儒、佛思想的新道教，推上
> 了政治化的舞台，以實現其政教合一的統治理想。〔註105〕

這些論點也印證了道教理論向人倫修正的改變。

（三）出入人世、兼融儒道的新人生觀

透過與儒家人倫秩序的調和，一個立身人世，胸懷仙道，不違倫理而滿
足物外追求的理想人格，於焉出現。這個時期的文人，許多均表現出儒道兩
停的傾向。如：前一節中介紹的張說、張九齡、賀知章等幾位出身集賢院的
作家，都是儒道間的人物。

張說、張九齡為相，他們在處世和求仙上，取得某種平衡，神仙作為境
界化的理想追求，並不違背處世的倫理。他們浪遊於山水中所抒發的神仙出
塵之思，也多以如果盡了君恩臣道、如果俗事已了……來交代，見不到求仙
熱情的驅動，有的只是從容於出世入世之間的優雅身段。這個優雅，是經由
神仙理想的思維化、與俗世秩序並不相擾來達成。

張九齡有一首〈與生公尋幽居處〉，其中寫到：「我本玉階侍，偶訪金

〔註104〕何建明：《道家思想的歷史轉折》（武漢：華中師範大學出版社，1997），頁
　　　　469～470。
〔註105〕何建明：《道家思想的歷史轉折》，頁118。

仙道。」〔註106〕這個玉階侍一語，也有將皇帝比爲仙帝，自己是侍從之士的味道。

至於賀知章，也是擔任太常博士、太子賓客等要職，晚年請還鄉里當道士，追求訪仙求道的生活。他爲官時所撰詩文，同樣不離世務倫理的格調。如：〈望人家桃李花〉：「山源夜雨度仙家，朝發東園桃李花……莫道春花不可樹，會持仙實薦君王。」〔註107〕

儒道的融會，形成士人以追求自我的理想爲導向，優遊出入「世間」的新人生觀。

然而，同爲世人，如何出入「世間」呢？我們在李白、吳筠、孟雲卿（725？～？）……等眾多作家的詩句中，都發現「揮別世間」、「與世人別」等同質的言語。如：「吾將營丹藥，永與世人別」〔註108〕、「揮手謝人境，吾將從此辭」〔註109〕、「永謝當時人，吾將寶非寶」。〔註110〕這類當時文人普遍的話語，頗具象徵性。包括他們所認知的空間，有仙界和凡間之別。在個體的定位上，也有神仙和凡人的差別。這算不算這群迷戀仙道的文人，一種超凡的神聖的宗教體驗呢？恐怕亦非如此，這些詩句的主體，通通繫在一個「我」上。「吾」將營丹藥、「吾」將從此辭、「吾」將寶非寶，詩人們說：我要揮

〔註106〕《全唐詩》第二冊，卷四十七，頁568。

〔註107〕賀知章：〈望人家桃李花〉：「山源夜雨度仙家，朝發東園桃李花。桃花紅兮李花白，照灼城隅復南陌。南陌青樓十二重，春風桃李爲誰容。棄置千金輕不顧，踟躕五馬謝相逢。徒言南國容華晚，遂欺西家飄落遠。的皪長奉明光殿，氛氳半入披香苑。苑中珍木元自奇，黃金作葉白銀枝。千年萬歲不凋落，還將桃李更相宜。桃李從來露井傍，成蹊結影矜豔陽。莫道春花不可樹，會持仙實薦君王。」《全唐詩》第四冊，卷一百一十二，頁1146。

〔註108〕李白：〈古風〉其五：「太白何蒼蒼，星辰上森列。去天三百里，邈爾與世絕。中有綠髮翁，披雲臥松雪。不笑亦不語，冥棲在巖穴。我來逢眞人，長跪問寶訣。粲然啓玉齒（一作忽自哂），授以鍊藥說。銘骨傳其語，竦身已電滅。仰望不可及，蒼然五情熱。吾將營丹砂，永與世人別。」《全唐詩》第五冊，卷一百六十一，頁1670。

〔註109〕吳筠：〈登北固山望海〉：「此山鎮京口，迥出滄海湄。躋覽何所見，茫茫潮汐馳。雲生蓬萊島，日出扶桑枝。萬里混一色，焉能分兩儀。願言策煙駕，縹緲尋安期。揮手謝人境，吾將從此辭。」《全唐詩》第二十四冊，卷八百五十三，頁9648。

〔註110〕孟雲卿：〈放歌行〉：「吾觀天地圖，世界亦可小。落落大海中，飄浮數洲島。賢愚與蟻蛁，一種同草草。地脈日夜流，天衣有時掃。東山謝居士，了我生死道。目見難噬臍，心通可親腦。軒皇竟磨滅，周孔亦衰老。永謝當時人，吾將寶非寶。」《全唐詩》第五冊，卷一百五十七，頁1607。

別人世、我要離開人世，上升到仙界去了。這樣的感受，可不是從精誠祈禱中得來的，也不是神賜予的，而是一種自性的追求。藉由神仙爲媒介的一種自性的追求。

有趣的是，當初最先跟世人揮別的，應該是神仙。《列仙傳》中記載了王子喬的傳說：

> 王子喬者，周靈王太子晉也。好吹笙作鳳凰鳴。遊伊洛之間，道士
> 浮丘公接以上高山，三十餘年後，求之於山上，見桓良曰：「告我家：
> 七月七日待我於緱氏山頭。」至時，果乘白鶴駐山嶺，望之不得到，
> 舉手謝時人，數日而去。後立祠於緱氏及嵩山。

這個緱山頂上，猶如明星與廣大 fans 揮手招呼的畫面，猶如一個電影經典般，深深的烙印在廣大文人的心中。歷來的神仙典故中，此一緱山相謝傳說，可列入點播率極高的前幾名，初唐時期武后寵溺張氏兄弟，以之比擬王子喬，更使此一典故的引用更加頻繁。曾幾何時，到了盛唐，揮別世人的，變成世人自己。如此的轉變，其發生的可能情境爲何？這是透過道教理論的玄思化，從而可在神仙想像中實現自我，藉由心靈的超越、建構精神的仙鄉所達成。

二、神仙想像與自我實現

（一）玄思化的道教神仙理論

道教的修仙，到了唐代，發生向內丹的轉向。這個轉向，不代表外丹金石學遭到廢棄，事實上從唐代所存的丹經目錄，可以知道傳統的金石丹學，到唐代有了典籍的重新整備發揮，規模臻於極盛，運用普及。只不過理論發展已達臨界，金石藥性酷烈的弊害無法取得有效的控制，因此沒有太大的突破。至於內丹方面，則在佛教哲學的影響衝激下，藉由造經、注疏，融通既有的老莊道家理路，造就在心性論、修養論等各方面的大進展。盛唐前後湧現的道教哲學理論大家甚多，例如有：成玄英、李榮、唐玄宗等對老莊的新注疏、王玄覽的《玄珠錄》、司馬承禎的《坐忘論》、吳筠的《玄綱論》、李筌的《皇帝陰符經疏》等等。這些作品共同的特色是援引佛教哲理，對固有道家理論進行擴充發揮，而所發揮的新義，則又多集中在形上玄思的部分。

唐代的道家哲學有「重玄學」之稱。所謂重玄，是由「玄之又玄」的發揮而來。成玄英《道德經義疏》疏「玄之又玄」說：

> 有欲之人唯滯於有，無欲之人又滯於無，故說一玄，以遣雙執。又
> 恐行者滯於此玄，今說又玄，更袪後病。既而非但不滯於滯，亦乃
> 不滯於不滯，此則遣之又遣，故曰玄之又玄。〔註111〕

第一層玄，是遣掉有、無，得一玄境，而若對此玄境執著，又落於有滯，因此再度以「又玄」，遣掉對此玄境的執著。這個重玄雙遣，論者以爲得之於佛教天台、三論的述眞如。其他如王玄覽《玄珠錄》講「道體」、司馬承禎《坐忘論》講「心齋坐忘」，也被認爲受到佛教哲學佛性論、止觀法門等方面的影響。

這些玄理思維方面的開展，不是書齋中的道家玄思發揮而已，其作者、著述環境、動機與目的都在道教的系統中，道教以修仙成仙爲宗旨，這些理論開發的結果最終都反映在神仙的信仰追求上，從而對神仙的定義、修仙的方式，產生實際的影響。前期的理論家，如成玄英、李榮、王玄覽諸人，尚重玄義的發揮，後期司馬承禎、吳筠等，則積極聯繫重玄理論與修仙的關係，結合修性與修命，爲一性命雙修，道我合一的仙學。所謂的長生不老，已經從肉體的不朽，轉爲精神的永固。

司馬承禎《坐忘論・得道》說：

> 道有至力，染易形神。形隨道通，與神爲一。形神合一，謂之神人。
> 神性虛融，體無變滅。形與之同，故無生死。〔註112〕

這裡指的得道，是「神與道合」，道是恆常不滅的，精神與道合，也就跟著恆常不滅。而若能透過心性的功夫，使形神合一，即精神與肉體合一，這樣一來，精神合道，道不滅，精神不滅。精神與肉體合一，精神不滅，肉體也就不滅，這樣也就達到無有生死、長生不老的境界了。

吳筠跟司馬承禎系出同門，延續的也是這樣的路子，不過他以儒生入道，更重視道與儒、超越與現實的調和。從他的《神仙可學論》所提出的神仙典型可以看出。

道教的修仙理論，在唐代前期，先是在玄理方面擴充，接下來又將玄理與仙道結合，使修仙的理論與操作，由形體的長存永固，轉向精神的長存永固。其中操作修養的部分，無論是李榮的虛靜、司馬承禎的心齋坐忘、吳筠

〔註111〕成玄英：《老子義疏》（臺北：廣文書局，1974），頁25。
〔註112〕司馬承禎：《坐忘論・得道》，《全唐文》第十冊，卷九百二十四，頁 9631～9632。

的虛極生神等，強調的都是人心性的作用，透過自體精神的超越高邁，與道契合，道我合一，從而達到神仙的境界。

　　然而這套修仙的理論，雖然以「道」為意義的來源、作用的保證，但是作為源頭的「道」，卻已經在回應世道、參同倫理的過程中，逐漸轉向世俗，喪失了超然與絕對，無法保全神聖性。再加上這些強調心性的修養論，以精神為人之主，精神又是由人來修，內達而不假外爍，那麼這個道的掌握，就簡直切斷宗教應有的神聖聯繫，而著落在個人身上了。我們所見的這些道的詮釋，特別是像吳筠這樣出入儒道之間的人物，所闡釋的道，並不是超邁於物外，而是積極尋求與物、與現實合融的可能，裡面或許參雜了儒家的、佛家的哲學，但也沒有人來管你。你如果尋求到你的道，自覺形與道合，構築出一個自性完足的小宇宙，你就找到自己的神仙境界了。唐代這些文人都紛紛說自己在修道，但他們都很入世，都訪求自己界定的道，然後形與道合，得到自己的神仙境界。道成了一個自由填充的容受體，成為個人價值展現的舞台。

（二）神仙作為個人價值的展現

　　玄思化後的道家修仙理論，更符於神仙作為理想抒發的本質，神仙思維中所蘊含的夢想力量，在成為個人價值展現的舞台後，更天寬地闊的迸發開來，無所侷限的馳騁，什麼樣的理想願望，均可呈現在神仙的追求上。尤其盛唐是一個自我實現的天堂，科舉的施行，使文人實踐理想的機會大為增加，強盛的國勢，富強的經濟，也使社會瀰漫積極熱情的理想性，充滿作夢、逐夢的浪漫氣息。例如李泌〈長歌行〉：

> 天覆吾，地載吾。天地生吾有意無，不然絕粒昇天衢。不然鳴珂遊帝都，焉能不貴復不去。空作昂藏一丈夫，一丈夫兮一丈夫。千生氣志是良圖，請君看取百年事，業就扁舟泛五湖。〔註113〕

又，岑參〈北庭貽宗學士道別〉：「時來整六翮，一舉凌蒼穹。」〔註114〕杜甫〈望嶽〉：「會當凌絕頂，一覽眾山小。」〔註115〕李頎〈緩歌行〉：「男兒立身須自強，十年閉戶潁水陽。業就功成見明主，擊鐘鼎食坐華堂。」〔註116〕李

〔註113〕李泌：〈長歌行〉，《全唐詩》第四冊，卷一百九，頁1126。
〔註114〕岑參：〈北庭貽宗學士道別〉，《全唐詩》第六冊，卷一百九十八，頁2033。
〔註115〕杜甫：〈望嶽〉，《全唐詩》第七冊，卷二百一十六，頁2253。
〔註116〕李頎：〈緩歌行〉，《全唐詩》第四冊，卷一百三十三，頁1348～1349。

白〈南陵別兒童入京〉：「仰天大笑出門去，我輩豈是蓬蒿人。」〔註117〕等等。
這些詩句都充滿了豪情壯志。

　　而科舉對才學的重視，對人物的鑑賞，除了興起追求自我實現、自我認
同的精神底蘊外，連帶的社會上人物品評的風氣也悄悄蔓延。神仙既是美好
理想的投射對象，也就成爲標準，經常被拿來當作讚美比附的對象。

　　讚揚人的，說對方像神仙。自我期許、自我標榜的，則自比爲神仙。

　　賀知章以「謫仙」來讚美李白才華超逸，便是一個明顯的例子。而賀知
章自己，也被當時人比方爲仙人赤松子。盧象〈送賀秘監歸會稽歌序〉中說：

> 先生紫陽眞人，□（闕一字）耳河目，神氣有異，年八十六，而道
> 心益固，時人方之赤松子。〔註118〕

李白除了被認爲是太白金星化現，世間謫仙外，也有人認爲他是「東方朔」。
李白〈留別西河劉少府〉說：

> 秋髮已種種，所爲竟無成。閒傾魯壺酒，笑對劉公榮。謂我是方朔，
> 人間落歲星。白衣千萬乘，何事去天庭。君亦不得意，高歌羨鴻冥。
> 世人若醯雞，安可識梅生。雖爲刀筆吏，緬懷在赤城。余亦如流萍，
> 隨波樂休明。自有兩少妾，雙騎駿馬行。東山春酒綠，歸隱謝浮名。
> 〔註119〕

另外如，楊炎譽「元載歌妓」爲「雪面淡眉天上女」〔註120〕、王維稱「王尊
師」爲「大羅天上神仙客」〔註121〕、李頎〈贈張旭〉以張旭比仙人安期生。
〔註122〕都是以神仙比擬人的例子。

〔註117〕李白：〈南陵別兒童入京〉，《全唐詩》第五冊，卷一百七十四，頁1787。

〔註118〕盧象：〈送賀秘監歸會稽歌序〉，《全唐文》第四冊，卷三百七，頁3121。

〔註119〕李白：〈留別西河劉少府〉，《全唐詩》第五冊，卷一百七十四，頁1781～1782。

〔註120〕楊炎：〈贈元載歌妓〉：「雪面淡眉天上女，鳳簫鸞翅欲飛去。玉山翹翠步無塵，
楚腰如柳不勝春。（杜陽雜編云：載寵姬薛瑤英，玉質香肌，善歌舞。唯炎及
賈至與載善，得見，炎作長歌贈之，今不全。）」《全唐詩》第四冊，卷一百
二十一，頁1213。

〔註121〕王維：〈送王尊師歸蜀中拜掃〉：「大羅天上神仙客，濯錦江頭花柳春。不
爲碧雞稱使者，唯令白鶴報鄉人。」《全唐詩》第四冊，卷一百二十八，
頁1306。

〔註122〕李頎：〈贈張旭〉：「張公性嗜酒，豁達無所營。皓首窮草隸，時稱太湖精。露
頂據胡床，長叫三五聲。興來灑素壁，揮筆如流星。下舍風蕭條，寒草滿戶
庭。問家何所有，生事如浮萍。左手持蟹螯，右手執丹經。瞪目視霄漢，不
知醉與醒。諸賓且方坐，旭日臨東城。荷葉裏江魚，白甌貯香秔。微祿心不

　　至於自擬爲神仙的，莫過於李白，例如他在〈留別曹南群官之江南〉中寫道：

> 我昔釣白龍，放龍溪水傍。道成本欲去，揮手凌蒼蒼。時來不關人，
> 談笑游軒皇。獻納少成事，歸休辭建章。十年罷西笑，覽鏡如秋霜。
> 閒劍琉璃匣，鍊丹紫翠房。身佩豁落圖，腰垂虎盤（應作：鞶）囊。
> 仙人借彩鳳，志在窮遐荒。戀子四五人，裴回未翺翔。東流送白日，
> 驟歌蘭蕙芳。仙宮兩無從，人間久摧藏。范蠡說句踐，屈平去懷王。
> 飄颻紫霞心，流浪憶江鄉。愁爲萬里別，復此一銜觴。淮水帝王州，
> 金陵繞丹陽。樓臺照海色，衣馬搖川光。及此北望君，相思淚成行。
> 朝雲落夢渚，瑤草空高堂。帝子隔洞庭，青楓滿瀟湘。懷君路綿邈，
> 覽古情淒涼。登岳眺百川，杳然萬恨長。卻戀峨眉去，弄景偶騎羊。
> 〔註123〕

詩中一開頭就說自己「道成本欲去，揮手凌蒼蒼」，明顯自比爲仙。以這樣的高度，寫自己對世間的留戀不去，飽受摧藏，特別顯出一種悠遠蒼涼的氣味。

　　另一首〈答湖州迦葉司馬問白是何人〉：

> 青蓮居士謫仙人，酒肆藏名三十春。湖州司馬何須問，金粟如來是
> 後身。〔註124〕

詩中自稱謫仙，又說後身是金粟如來維摩詰，所言出入道佛之間，不過都是一種自我認同的超越，也是自比爲仙的例子。

　　從道教修仙的玄思化，神仙成爲理想的象徵，可以看出神仙想像已成爲抒發個人價值的承載，追求自我實現的舞台，這便是在春花爛漫、夢想起飛的盛唐環境中，神仙觀念對「放縱的、愛自由的、求自然的」人生觀的催發。

第三節　中唐時期

　　中唐承安史亂後，兩京陵夷，政權與經濟受創皆深，盛唐時的榮景早已

　　屑，放神於八紘。時人不識者，即是安期生。」《全唐詩》第四冊，卷一百三
　　十二，頁1340。
〔註123〕李白：〈留別曹南群官之江南〉，瞿蛻園、朱金城：《李白集校注》第二冊，卷
　　十五，頁904。
〔註124〕李白：〈答湖州迦葉司馬問白是何人〉，瞿蛻園、朱金城：《李白集校注》第三
　　冊，卷十九，頁1098。

不再。《新唐書‧食貨志》記當時民生凋蔽的情形是:「自兩京陷沒,民物耗弊,天下蕭然。」〔註125〕顧況〈長安道〉中也感嘆:「長安道,人無衣,馬無草,何不歸來山中老。」〔註126〕然而,唐人對神仙幻夢的追求,卻未隨著國勢與經濟力的衰弱而消褪,反而愈加的熾烈,彷彿要藉由仙道的沈迷,得到逃避現實的快慰。

對於唐代中晚期道教發展的情形,王永平在《道教與唐代社會》一書中如此描述:

> 安史之亂的爆發,將唐王朝由政治上安定統一的局面推向了分裂割據的深淵。經歷了戰火的不斷洗禮,王權政治失卻了往日極勝的風采,急遽轉趨衰弱。具有象徵李唐王權意義的道教,在戰亂頻仍中也歷經劫難,「正教凌遲,兩京秘藏多遇焚燒」。然而,面對強藩跋扈、朋黨之爭、宦官專權的交替侵蝕,唐統治者無力也無暇搞大規模崇道活動。從玄宗晚年以來刮起的道教神仙怪異之風,到中唐流變為日益濃厚的巫術迷信傾向。社會上追求享樂,醉生夢死的風氣逐漸蔓延開來。與王權政治的衰敗形成鮮明對照的是道教金丹道術盛極一時,在武宗時期形成唐王朝崇道的第三次高潮。晚唐統治者為了挽救頹勢,曾搞過許多崇道活動,影響所及,迄於五代。在歷史大變動時期,隨著政治中心的逐漸東移,道教活動的政治區域也有向東、向南轉移的傾向。〔註127〕

這段以「王權政治的衰敗與唐後期復興道教的努力」為標題的文章,內容提及了中晚唐人們對神仙的追求,越來越走向巫術迷信,社會上也瀰漫著沈溺享樂、醉生夢死的風氣。由史料印證,當時道教信仰的發展,確有這樣的傾向。我們僅從君王對道教的態度,由唐初的控制運用,到此時的迷信沈淪,反受牽制,便可看出端倪。

其實在盛唐後期,玄宗、肅宗便已開啟了尊寵妖佞道士的不良風氣。玄宗尚道術,靡神不宗,他親任專善祠禱祭祀的王璵為太常博士、侍御史。王璵熟諳禮學,懂得援引古今祀典,引導帝王從事各種齋醮儀式,因此受寵。《舊唐書‧王璵傳》載:「璵專以祀事希倖,每行祠禱,或焚紙錢,禱

〔註125〕《新唐書》第五冊,卷五十一〈食貨志〉,頁 1347。
〔註126〕《全唐詩》第八冊,卷二百六十五,頁 2941。
〔註127〕王永平:《道教與唐代社會》,(北京:首都師範大學,2002),頁 75。

祈福祐，近於巫覡，由是過承恩遇。」〔註128〕然而他的行事近於巫鬼，也頗受爭議。

　　肅宗即位後，對王璵又更為倚重，提拔他為中書侍郎、同中書門下平章事。有次肅宗因為不豫求卜，得到「祟在山川」的凶卦，結果竟同意王璵派遣大批女巫分行天下，前往各地名山大川祭禱祈福，以公權力大行巫鬼道。這些女巫備儀杖、盛服容，以天使般的聲勢橫行天下，暴斂財物。還有一貌美的女巫，身邊則隨時帶著十幾個兇惡的少年，肆行搜刮，猶似幫派。《舊唐書・王璵傳》對此事有詳細的記載：

> 肅宗即位，累遷太常卿，以祠禱每多賜賚。乾元三年七月，兼蒲州刺史，充蒲、同、絳等州節度使。中書令崔圓罷相，乃以璵為中書侍郎、同中書門下平章事。人物時望，素不為眾所稱，及當樞務，聲問頓減。璵又奏置太一神壇於南郊之東，請上躬行祀事。肅宗嘗不豫，太卜云：「祟在山川。」璵乃遣女巫分行天下，祈祭名山大川。巫皆盛服乘傳而行，上令中使監之，因緣為姦，所至干託長吏，以邀賂遺。一巫盛年而美，以惡少年數十自隨，尤為蠹弊，與其徒宿於黃州傳舍。刺史左震晨至，驛門扃鐍，不可啟，震破鎖而入，曳女巫階下斬之，所從惡少年皆斃。閱其贓賂數十萬，震籍以上聞，仍請贓錢代貧民租稅，其中使發遣歸京，肅宗不能詰。肅宗親謁九宮神，懇懃於祠禱，皆璵所啟也。〔註129〕

光是一名女巫所收受的贓賂款，就有數十萬之多，可見其蠹弊。刺史左震的破門立斬女巫於階下，也算是立了聲威，對歪風多少有警惕作用。然而女巫能殺，天子分身的「中使」，卻只有發遣回京處置。而肅宗的反應也只是「不能詰」而已，沒立場對左震發脾氣，但也沒什麼反省的作為。

　　王璵的「以祭祀妖妄致位將相」，對當時政壇的風氣也造成不良影響。一方面能此道又心術不正的，紛紛也想用同樣的方法邀寵於君王，而朝中這樣的人一多，相互援引，風氣更加敗壞。於是如唐書所言：「璵以祭祀妖妄致位

〔註128〕《舊唐書》第十一冊，卷一百三十〈王璵傳〉，頁3617：「王璵，少習禮學，博求祠祭儀注以干時。開元末，玄宗方尊道術，靡神不宗。璵抗疏引古今祀典，請置春壇，祀青帝於國東郊，玄宗甚然之，因遷太常博士、侍御史，充祠祭使。璵專以祀事希倖，每行祠禱，或焚紙錢，禱祈福祐，近於巫覡，由是過承恩遇。」

〔註129〕《舊唐書》第十一冊，卷一百三十〈王璵傳〉，頁3617～3618。

將相，時以左道進者，往往有之」。〔註130〕此風蔓延到中唐，因而有妖妄道士李國禎、柳泌等的相繼受寵。

代宗時，李國禎當道，引導君王四處修繕廟宇，崇祀神靈。《舊唐書·王璵傳附李國禎》載：

> 廣德二年八月，道士李國禎以道術見，因奏皇室仙系，宜修崇靈跡，請於昭應縣南三十里山頂置天華上宮露臺、大地婆父、三皇、道君、太古天皇、中古伏羲媧皇等祠堂，並置掃灑宮戶一百戶。又於縣之東義扶谷故湫置龍堂，並許之。〔註131〕

李國禎以皇室乃出自仙系為號召，勸帝王修繕靈跡。唐初以來，以國家系統尊祀的，集中在老子李耳一支。而代宗在李國禎的勸導下崇祀的神靈包括了：大地婆父、三皇、道君、太古天皇、中古伏羲女媧祠堂等，還置了灑掃宮戶一百戶。唐書對代宗的迷信有這樣的批評：

> 中官魚朝恩方恃恩擅權，代宗與宰相元載日夜圖之。及朝恩誅，帝復與載貳，君臣猜間不協，邊計兵食，置而不議者幾十年。而諸鎮擅地，結為表裏，日治兵繕壘，天子不能繩以法，顓留意祠禱、焚幣玉、寫浮屠書，度支稟賜僧巫，歲以鉅萬計。〔註132〕

置軍國大事不顧，專留意祠禱、焚幣玉、寫浮屠書、度支稟賜僧巫，歲耗國財鉅萬，花費確實太過，也顛倒了施政的重心。而且這些行動雖然以皇室出於仙系為號召，但是大地婆父、三皇、道君等這些夾雜民間信仰、道教神祇的奉祀，跟皇室的仙源系統缺乏有效的聯繫，恐怕在政權正當性的鞏固上也發揮不了什麼效能。

其實中唐時期國家對宗教的掌控，以及相關政策的嚴謹度，早已大不如前。唐高祖曾下詔沙汰佛道、唐玄宗禁百官與僧道往還、禁自行創造寺觀、禁士女施錢佛寺、禁僧道掩匿、禁左道、括檢僧尼、澄清佛寺等（參見附錄：唐代宗教事務相關詔令一覽表），均謹慎防止宗教對國家財政、勞動人口等造成的拖累。到了中唐，因為國庫空虛，用度不充，竟以納錢換取空白告身為號召，廣度道士僧尼，以求補充財用。短視近利，不免遺禍將來。

《新唐書·食貨一》載：

〔註130〕《舊唐書》第十一冊，卷一百三十〈王璵傳〉，頁3618。
〔註131〕《舊唐書》第十一冊，卷一百三十〈王璵傳附李國禎〉，頁3618。
〔註132〕《新唐書》第五冊，卷五十一〈食貨志〉，頁1348。

> 肅宗即位……鄭叔清與宰相裴冕建議，以天下用度不充，諸道得召
> 人納錢，給空名告身，授官勳邑號；度道士僧尼不可勝計；納錢百
> 千，賜明經出身；商賈助軍者，給復。及兩京平，又於關輔諸州，
> 納錢度道士僧尼萬人。〔註133〕

當時納錢受度的僧尼道士便有萬人之眾，其素質如何，如何控管，以及龐大的宗教人口會給國家帶來什麼樣的後果，竟也無暇旁顧了。緊迫的財政只是抒困於一時，並未緩減，還因此留下賦政兵役上更大的問題。而道士的素質不齊整，弊病也就層出不窮。

　　君王的沈迷仙道，顛倒施政重心，對國家財物所造成的耗費，對社會風氣所帶來的迷信導向，尚且只是一端，其中帶給國家最大的風險，則莫過於君王妄服仙丹，猝爾暴卒了。前述的李國禎尚只是引領迷信，如方士柳泌等秘煉長生丹藥進獻，最後則導致了國君中毒死亡的後果。

　　唐書載李道古、皇甫鎛爲了掩飾罪行，進獻方士柳泌討好皇帝，柳泌自言天台山多靈草，是群仙所會之地，願意到那當長史，爲皇帝研求長生不老藥。憲宗因此封他爲「台州刺史」。諫官以爲不妥，認爲前朝以來，帝王禮異方士，頂多給個官號，沒有給實權賦政臨民的。憲宗昏憒，竟說：「煩一郡之力而致神仙長年，臣子於君父何愛焉！」〔註134〕中書舍人裴潾也上書，認爲近年來各地頻頻進獻藥術之士，得寵之輩又更相稱引，已經到了氾濫不堪的地步。而金丹本性酷烈，如果燒煉的過程有所差錯，火毒太重，恐怕有害無益，他懇請令方士自服一年再進獻。憲宗不聽勸告，怒貶裴潾爲江陵令，〔註135〕繼續一意孤行的服食柳泌煉製的金丹藥，最後竟煩渴中毒而亡。

　　繼起的穆宗一上台就查辦害死父王的妖道，詔言：「山人柳泌，輕懷左道，

〔註133〕《新唐書》第五冊，卷五十一〈食貨志〉，頁 1347。

〔註134〕《舊唐書》第十一冊〈皇甫鎛〉，頁 3742～3743：「柳泌本曰楊仁力，少習醫術，言多誕妄。李道古奸回巧宦，與泌密謀求進，言之於皇甫鎛，因微入禁中。自云能致靈藥，言：『天台山多靈草，群仙所會，臣嘗知之，而力不能致。願爲天台長吏，因以求之。』起徒步爲台州刺史，仍賜金紫。諫官論奏曰：『列聖亦有好方士者，亦與官號，未嘗令賦政臨民。』憲宗曰：『煩一郡之力而致神仙長年，臣子於君父何愛焉！』由是莫敢有言者。」

〔註135〕《舊唐書》卷十五〈憲宗本紀〉，頁 471：「上服方士柳泌金丹藥，起居舍人裴潾上表切諫，以『金石含酷烈之性，加燒煉則火毒難制。若金丹已成，且令方士自服一年，觀其效用，則進御可也』。上怒。已亥，貶裴潾爲江陵令。」又，《舊唐書》第十四冊，卷一七一〈裴潾傳〉，頁 4448。

上惑先朝。固求牧人，貴欲疑眾，自知虛誕，仍更遁逃。僧大通醫方不精，藥術皆妄。既延禍釁，俱是姦邪。邦國固有常刑，人神所宜共棄，付京兆府決杖處死。」〔註136〕結果他自己後來也是服丹中毒而死。長生幻夢，無可自拔。從帝王種種昏溺的舉動，可感受到此一時代對神仙的追求，已經走向沈醉迷信。

理性呼籲的聲音雖然也不是沒有，如韓愈〈太學博士李君墓誌銘〉疾呼：「余不知服食說自何世起，殺人不可計，而世慕尚之益至，此其惑也。」〔註137〕白居易〈夢仙〉：「神仙信有之，俗力非可營。苟無金骨相，不列丹臺名。徒傳辟穀法，虛受燒丹經。只自取勤苦，百年終不成。悲哉夢仙人，一夢誤一生。」〔註138〕不過這些作者自身對神仙丹道也同樣近求，只是恰恰反映了時風如此，俗常無可自拔而已。

神仙書寫，是時代精神的良好試劑，因為神仙是夢想的鏡子，求仙行動背後所隱藏的，不僅是長生不老的願望，更多是對家國、對功名、對自我等種種人生理想的寄託。而神仙書寫更有言志的傳統，這個傳統自楚騷、遊仙以下，顯然可見，因此，我們從神仙文學的作品中，往往能看出這個時代文人的所思所想，是不是敢作夢，是不是有逐夢的勇氣。

中唐文人在神仙書寫上的共同特色是「醉與醒」，也就是現實與虛幻並出。一方面現實的鍊結深，理性強烈，一方面逃避於虛幻的夢境中，耽溺空想。這兩種心態看似背反，其實源出於同一種時代心理。

因為安史戰亂所帶來的現實考驗，就像一只驚破美夢的尖銳鬧鐘，漁陽鼙鼓動地來，驚破霓裳羽衣曲，有的人老提醒自己不要再睡了，有的人則只想逃入更深的夢中，結果不是過度的警醒，就是刻意的沈淪。其中所反映出來的「過度」與「求常」的失衡心理，是中唐文學一個很有趣的現象。在這種心態的作用下，文人們的作品，表面往往流露對日常、安逸、穩當的渴望，而背後卻滿是「過度」的沈醉與警醒在催逼。

這樣的心境，所為何來呢？我們將先從中唐充滿無力感的時代心理談起，然後講這種時代心理反應在神仙文學書寫中，過度的醉與醒。

〔註136〕《舊唐書》卷十六〈穆宗本紀〉，頁475。
〔註137〕韓愈：〈太學博士李君墓誌銘〉，《全唐文》第六冊，卷五百六十四，頁 5709〜5710。
〔註138〕白居易：〈夢仙〉，《全唐詩》第十三冊，卷四百二十四，頁4655。

一、無力作夢的年代

　　安史亂後，國勢沈淪難起，文人有的飽經離亂，有的雖然未經戰亂，同樣也得面對艱難困頓的國計民生，難以收拾的朝政亂象，再加上內憂外患不斷，吐蕃、西原蠻、黃洞蠻、雲南蠻、党項羌、回鶻、獠……接連入寇，財用不足，兵權無制，地震風災饑饉不斷，內亂亦四起。這樣的現實環境，讓他們再也作不起繽紛燦爛的盛世美夢。盛唐時期那種「天生我才必有用，千金散盡還復來」〔註139〕的昂藏語難以出現，取代的是「生長太平日，不知太平歡」〔註140〕的沈鬱低鳴。

　　這樣的時代心理，蔣寅在《大曆詩人研究》中，稱之為「信念的淪喪」。

　　　現實的生存危機還不是最重要的問題。生存危機可以激發人的自強精神，而危機一旦過去，人們也會感到解脫的輕鬆。可怕的是信念的淪喪。對前途的信念的危機，那是不會輕易隨局面的好轉而解脫的。它會深深沈積在心理底層，化為一種心境滲透在整個意識和無意識的活動中。經過安史之亂，昔日威遍率土、四夷來賓的大唐帝國已到了舉步維艱、危機四伏的境地，每一個能正視現實的人都不能不對唐朝的命運產生懷疑，對國家民族的前途感到憂慮。開天盛世過來的老詩人在昇平歲月度過數十年光陰，那由空前的繁榮強盛薰陶出的堅強的信念、浪漫的氣質流動在他們的血液中，足以使他們在任何緊急危亡的關頭，心中都存有一個輝煌的大唐夢。……相比之下，在戰亂中度過青春進入中年的較年輕的一輩就沒這麼簡單了。他們沒有那麼牢固的信念，戰亂給他們的印象與感受遠較盛世為強烈和深刻，因此他們的心理要複雜得多，態度要現實得多，眼光也要客觀得多，從而也就悲觀失望得多。〔註141〕

蔣寅認為中唐現實環境的危難，不是最重要的問題，值得觀察的是當時對前

〔註139〕李白：〈將進酒〉，瞿蛻園、朱金城校注：《李白集校注》第一冊，卷三，頁225。

〔註140〕韋應物：〈廣德中洛陽作〉：「生長太平日，不知太平歡。今還洛陽中，感此方苦酸。飲藥本攻病，毒腸翻自殘。王師涉河洛，玉石俱不完。時節屢遷斥，山河長鬱盤。蕭條孤煙絕，日人空城寒。寒劣乏高步，緝遺守微官。西懷咸陽道，躑躅心不安。」《全唐詩》第六冊，卷一百九十一，頁1968。

〔註141〕蔣寅：《大曆詩人研究》上編，北京：中華書局，1995，頁7。

　　途發展所產生的信念危機。經歷過開天盛世的老詩人，即使面對再大的國家危機，心中都還有一個輝煌的大唐夢，供他們燃燒取暖，度過國家危亡的嚴冬，而中唐文人中較年輕的一輩，則大部分以現實、悲觀、失望的眼光去看待時局，失去了浪漫無畏的夢想力量。這便是「信念的淪喪」。

　　檢視中唐詩文，其中確然有深深的無力感，以「無力」這個詞來檢視中唐詩文，所見例如有以下幾個例子：

羊士諤——〈郡中言懷寄西川蕭員外〉：「功名無力愧勤王，已近終南得草堂。」〔註142〕

楊巨源——〈酬崔博士〉：「長被有情邀唱和，近來無力更祗承。」〔註143〕

劉禹錫——〈缺題〉：「坐對一樽酒，恨多無力斟。」〔註144〕

呂　溫——〈經河源軍漢邨作〉：「暫駐單車空下淚，有心無力復何言。」〔註145〕

呂　溫——〈病中自戶部員外郎轉司封〉：「遣兒迎賀客，無力拂塵冠。」〔註146〕

孟　郊——〈感興〉：「獨有失意人，恍然無力行。」〔註147〕

張　籍——〈臥疾〉：「開門起無力，遙愛雞犬行。」〔註148〕

盧　仝——〈蕭宅二三子贈答詩二十首·客謝竹〉：「太山道不遠，相庇實無力。」〔註149〕

李　賀——〈惱公〉：「無力塗雲母，多方帶藥翁。」〔註150〕

李　賀——〈江樓曲〉：「新槽酒聲苦無力，南湖一頃菱花白。」〔註151〕

白居易——〈寄題廬山舊草堂兼呈二林寺道侶〉：「登山尋水應無力，不

〔註142〕羊士諤：〈郡中言懷寄西川蕭員外〉，《全唐詩》第十冊，卷三百三十二，頁3711。
〔註143〕楊巨源：〈酬崔博士〉，《全唐詩》第十冊，卷三百三十三，頁3727。
〔註144〕劉禹錫：〈缺題〉，《全唐詩》第十一冊，卷三百五十五，頁3993。
〔註145〕呂溫：〈經河源軍漢邨作〉，《全唐詩》第十一冊，卷三百七十一，頁4166。
〔註146〕呂溫：〈病中自戶部員外郎轉司封〉，《全唐詩》第十一冊，卷三百七十一，頁4172～4173。
〔註147〕孟郊：〈感興〉，《全唐詩》第十一冊，卷三百七十三，頁4193。
〔註148〕張籍：〈臥疾〉，《全唐詩》第十二冊，卷三百八十三，頁4295～4296。
〔註149〕盧仝：〈蕭宅二三子贈答詩二十首·客謝竹〉，《全唐詩》第十二冊，卷三百八十七，頁4374。
〔註150〕李賀：〈惱公〉，《全唐詩》第十二冊，卷三百九十一，頁4410。
〔註151〕李賀：〈江樓曲〉，《全唐詩》第十二冊，卷三百九十三，頁4432。

似江州司馬時。」〔註152〕

　　從以上所舉詩作，可以看出這種有心無力的心態，反映在許多方面，包括了對功名、對用兵、對人生等等。而除了具體的事項外，更多是寫於愁中、醉中、病中、往來中，似乎這種愁懶心態是廣泛的、整體的蔓延在生命裡，因而由此種眼光望出去，事事不易。孟郊〈贈別崔純亮〉中有：「出門即有礙，誰謂天地寬」〔註153〕之語，大約就是這種心境的寫照吧。

　　這種頹喪無奈的心態，反映在神仙書寫上，又會是什麼樣的情景呢？神仙的追求，本是充滿夢想力量的，如今既缺乏發動的熱情，於是中唐的神仙書寫，便顯得一心企求，又不免欲信還疑，總在批評與質疑中扭捏觀望。

　　如武元衡〈學仙難〉：

　　　　玉殿笙歌漢帝愁，鸞龍儼駕望瀛洲。黃金化盡方士死，青天欲上無

　　　　緣由。〔註154〕

這首詩沒有寫明為什麼神仙夢難求，只說黃金化盡，方士已死，表達一種想要上青天，卻沒有憑藉的悵然。

　　又如盧仝〈蜻蜓歌〉（自注：黃河中蜻蜓，其力小，犯險無溺。）

　　　　黃河中流日影斜，水天一色無津涯，處處驚波噴流飛雪花。篙工楫

　　　　師力且武，進寸退尺莫能度。吾甚懼。念汝小蟲子，造化借羽翼。

　　　　隨風戲中流，翩然有餘力。吾不如汝無他，無羽翼。吾若有羽翼，

　　　　則上叩天關，為聖君請賢臣，布惠化于人間，然後東飛浴東溟，吸

　　　　日精，撼若木之英，紛而零，使地上學仙之子，得而食之皆長生。

　　　　不學汝無端小蟲子，葉葉水上無一事，忽遭風雨水中死。〔註155〕

〔註152〕白居易：〈寄題廬山舊草堂兼呈二林寺道侶〉，《全唐詩》第十四冊，卷四百五十八，頁5208。

〔註153〕孟郊：〈贈別崔純亮〉（一本無別字）：「食薺腸亦苦，強歌聲無歡。出門即有礙，誰謂天地寬。有礙非遐方，長安大道傍。小人智慮險，平地生太行。鏡破不改光，蘭死不改香。始知君子心，交久道益彰。君心與我懷，離別俱迴遑。譬如浸藥泉，流苦已日長。忍泣目易衰，忍憂形易傷。項籍豈不壯，賈生豈不良。當其失意時，涕泗各沾裳。古人勸加餐，此餐難自強。一飯九祝噎，一嗟十斷腸。況是兒女怨，怨氣凌彼蒼。彼蒼若有知，白日下清霜。今朝始驚歎，碧落空茫茫。」《全唐文》第十二冊，卷三百七十七，頁4229～4230。

〔註154〕武元衡：〈學仙難〉，《全唐詩》第十冊，卷三百一十七，頁3576。

〔註155〕盧仝：〈蜻蜓歌〉，《全唐詩》第十二冊，卷三百八十九，頁4389。

這首詩是盧仝過渡黃河時，有感而發的作品。詩中說自己過渡黃河，坐在驚波撼湧的船上不免害怕，這時看到蜻蜓無所畏懼的在一旁自在飛翔，不由得羨慕起來，認為蜻蜓雖然弱小，卻有羽翼可供飛翔，比自己坐在無力掌控的波濤中擔驚受怕，要自在無憂多了，可見人還比不上蜻蜓這種小蟲。因為羨慕蜻蜓，盧仝於是懷想：如果自己也有羽翼，當要上叩天關，請聖君降下賢臣，讓人間普受德惠。然後還要撼動神木「若木」上的花朵，使其紛紛飄零，落入凡間，讓地上學仙的人們，都能撿來吃，因此得長生不老。

這首詩雖然充滿想像的夢幻語，卻不見遠志與大氣象。盛唐文人筆下的神仙夢，是大鳥、神鵰、沖天仙鶴，充滿吞吐風雲的氣勢，而這首神仙夢的思想基點，竟是人不如蜻蜓，無力遨翔。而就算有了羽翼，得到飛翔的力量之後，夢想也很侷限，說要上造天階，卻非以自己超人的力量成就功業，而是請天帝降下賢臣，惠及百姓。又說到大庇天下學仙士盡歡顏，雖有氣魄，也是搖下神木的花，讓地上的凡人撿來吃。雖然想像力奇異，卻少氣魄。本是成仙之豪語，卻說得囁囁嚅嚅。也是一種無力感的展現。

從中唐詩人對無力心態的廣泛書寫，和求仙作品中同樣流露的無奈心理，可知這個時代已經逐漸失卻了作夢的力量。然而神仙畢竟是夢想的產物，以喪失信念、無力作夢的態度，如何追逐神仙夢？以下將討論中唐在理想的建構和追求上，求常與過度的失衡心理。

二、「求常」與「過度」的失衡心理

中唐文人的神仙書寫，雖然流露深深的無力感，失去浪漫的、夢想的力量，但是就如本章第一節「時代背景」中所說明的，當時人們對神仙的追求，不僅未消褪，反而更加熾盛劇烈，而達到迷信沈溺的地步。

夢想的力量，是推動文化發展的重要泉源，只有當我們相信某些美好的遠景在前方，才有那些動力、活力去追逐，從而締造成果，推動更多的理想追求。例如社會的民主、公平、正義，這些都是沒有標的、無法驗證的理想思維，但是它推動著社會前進，成為共同追求的價值，發揮安定人心的力量。一個社會如果失去這些理想思維的運作，便會傾斜失衡。

失去夢想力量的中唐，便有失衡不安的現象。其中所展現出來的共同心態，是求常與過度。

安史亂後，國步艱難，經濟衰弊，飽經離亂的人們，什麼開疆拓土、國威顯赫的美夢是不敢做了，所寄望的只是安定平穩的尋常生活。呈現在文學風尚上，作家們醒覺的觀察社會事物，加以理性而真實的書寫，從而導出一脈「寫實主義」、「現實主義」的文風。學術發展方面，則有儒家經學的復甦，這些都是「求常」心態的反映。

甚至對神仙的追求，也是希望得到內心的平靜安頓而已，而不是懷有什麼夢想。葛兆光《想像力的世界——道教與唐代文學》中說：

> 這批文人對於生命的短暫感到深深的憂患，對於社會的喧囂感到煩惱，一種強烈的生命意識和一種灰暗的逃避意識使他們由衷地羨慕道門的清幽曠逸情致和長生不死追求，他們與道士為友，在道觀棲息遊覽，進而受道教的精神的薰染……他們往往無暇分辨老、莊哲學與道教的差異，也無暇在道教與佛教之間細細挑選，只是希望在這裡找到一種超越凡塵的生活情趣與超越現實的生存希望，使自己的肉體與精神擺脫桎梏，馳騁在自由天地之中。這批文人也許並未受籙入道，但道教精神卻滲入他們心靈，表現在他們的言談舉止————也包括創作——之中。〔註156〕

他們是「對於生命的短暫感到深深的憂患」、「對於社會的喧囂感到煩惱」，因而接觸仙道。

李肇《國史補》中有一段中唐風俗的記載：

> 京城貴遊尚牡丹三十餘年矣，每春暮車馬若狂，以不耽玩為恥。
>
> 長安風俗，自貞元侈於遊宴，其後或侈於書法圖畫，或侈於博奕，或侈於卜祝，或侈於服食，各有所蔽也。〔註157〕

這裡頭說貞元以後，長安人在遊宴、書法圖畫、博奕、卜祝、服食等方面特別的迷戀追求。裡面的用語「侈」字，正符合了過度的心態。

《太平廣記》中也收錄王涯、李德裕奢華的故事：

> 文宗朝，宰相王涯奢豪。庭穿一井，金玉為欄，（明鈔本金玉為欄作合為玉櫃。）嚴其鎖鑰。天下寶玉真珠，悉投于中。汲其水，供涯所飲。未幾犯法，為大兵梟戮，赤其族，涯骨肉色並如金。（出獨異

〔註156〕葛兆光：《想像力的世界——道教與唐代文學》，上海：上海文藝出版社，頁327。

〔註157〕〔唐〕李肇：《唐國史補》，頁45、60～61。

志）〔註158〕

> 武宗朝，宰相李德裕奢侈，每食一杯羹，其費約三萬。爲雜以珠玉
> 寶貝，雄黃朱砂，煎汁爲之。過三煎則棄其粗。（出獨異志）〔註159〕

王涯、李德裕都是中唐時的宰相。王涯在家裡挖了一口井，用金玉做欄杆，嚴密的防護起來，所得天下寶玉珍珠，都投到裡頭，王涯日常便飲用這種浸泡過金玉珠寶的水。結果他犯法遭戮時，骨肉都是金色的。李德裕則是喝一杯要花三萬製作的羹，爲什麼這羹如此精貴呢，原來是用珠玉寶貝、雄黃硃砂煎熬出來的，而且只煎三次就把珠寶丹砂等丟棄，因此花費高。

王涯、李德裕的飲食，都有奢侈耗費的傾向，而喝金玉珠寶泡的水和用雄黃丹砂熬羹，也似乎是受道教外丹理論影響所衍生的養生法。不管是對飲食或對服食的追求，都顯得過度。

這種過度享樂，以求平衡的心態，蔣寅在《大曆詩人研究》中也有所提及：

> 劇烈的滄桑變故促使人對歷史進行反省並重新審視自我的存在，理
> 想的幻滅和現實的殘缺給人帶來極度的空虛、失望和感傷，爲了擺
> 脫這精神上的苦惱，他們向宗教尋求精神逃避和寄託的淨土，同時
> 也在世俗生活的享樂中求得慰藉和補償。〔註160〕

蔣寅也認爲，劇烈的滄桑變故和理想的幻滅，帶給人們極度空虛失望的心情，爲了擺脫精神上的苦惱，人們於是向宗教尋求逃避，向世俗生活的享樂，尋求慰藉補償。《國史補》中記錄的貞元後長安風俗之「侈」，以及史料記載中唐時期，人們在富貴豪奢上的追求，都可以印證這一點。因此，理想性幻滅的中唐時期，社會上確然瀰漫著求常與過度的心態，一方面尋求社會秩序之常，一方面又在過度沈溺世俗享樂中，彌衡心中空虛。這兩種心態同時反映在神仙的追求上，於是有沈溺與醒覺兩種現象發生。

三、神仙夢的醉與醒

韓愈有〈太學博士李君墓誌銘〉一文，對當時文人迷戀丹藥，服食受害而不知醒悟的情形有深刻的描寫。

〔註158〕《太平廣記》第五冊，卷二百三十七〈王涯〉，頁1824。
〔註159〕《太平廣記》第五冊，卷二百三十七〈李德裕〉，頁1824。
〔註160〕蔣寅：《大曆詩人研究》上編，頁11。

太學博士頓邱李于，余兄孫女婿也。年四十八，長慶三年正月五日卒。其月二十六日，穿其妻墓而合葬之，在某縣某地。子三人皆幼。初于以進士為鄂岳從事，遇方士柳泌，從授藥法。服之，往往下血。比四年，病益急，乃死。其法以鉛滿一鼎，按中為孔，實以水銀，蓋封四際，燒為丹砂云。余不知服食說自何世起，殺人不可計，而世慕尚之益至，此其惑也。在文書所記，及耳聞相傳者不說，今直取目見，親與之游，而以藥敗者六七公，以為世誡。工部尚書歸登。殿中御史李虛中、刑部尚書李遜、遜弟刑部侍郎建、襄陽節度使工部尚書孟簡、東川節度御史大夫盧坦、金吾將軍李道古，此其人皆有名位，世所共識。工部既食水銀得病，自說若有燒鐵杖自顛貫其下者，擿而為火，射竅節以出，狂痛呼號乞絕。其茵席常得水銀，發且止，唾血數十升以斃。殿中疽發其背死。刑部且死，謂余曰：「我為藥誤。」其季建，一旦無病死。襄陽黜為吉州司馬，余自袁州還京師，襄陽乘舸邀我於蕭洲，屏人曰：「我得祕藥，不可獨不死。今遺子一器，可用棗肉為丸服之。」別一年而病。其家人至，訊之，曰：「前所服藥誤，方且下之，下則平矣，病二歲竟卒。」盧大夫死時，溺出血肉，痛不可忍，乞死乃死。金吾以柳泌得罪，食泌藥，五十死海上。此可以為誡者也。斬不死，乃速得死。謂之智，可不可也。五穀三牲，鹽醯果蔬，人所常御。人相厚勉，必曰強食。今惑者皆曰：「五穀令人夭。不能無食，當務減節。」鹽醯以濟百味，豚魚雞三者，古以養老。反曰是皆殺人，不可食。一筵之饌，禁忌，十常不食二三。不信常道而務鬼怪，臨死乃悔。後之好者又曰，彼死者，皆不得其道也，我則不然。始病，曰藥動故病，病去藥行，乃不死矣。及且死又悔。嗚呼！可哀也已！可哀也已！

〔註161〕

這篇文章是韓愈為兄孫女婿李于寫的墓誌銘，李于因為服食柳泌所傳授的丹藥而病亡，遺下幼子三人。韓愈深感丹藥之害，禍世不淺，因而在文中大聲疾呼。

文章中說：李于在擔任鄂岳從事時，認識了方士柳泌，柳泌教他一個用

〔註161〕韓愈：〈太學博士李君墓誌銘〉，《全唐文》第六冊，卷五百六十四，頁5709～5710。

鉛、水銀燒煉丹砂的長生法，結果李于吃了這丹藥後，經常下血，過了四年，忽然急病而亡。不知這服食之法，是從何時發展起來的，此法殺人無數，但世上之人，卻越來越迷戀嗜尚，實在不可解。如果不計過去文書上記載的、周遭聽聞的，光自己身邊友人中，實際因爲服藥而斃命的，便有六七人。如今要把這些人的經歷都詳細寫出來，作爲世人的戒鑑。這幾個人，都是社會上的知名人士，包括了：工部尚書歸登、殿中御史李虛中、刑部尚書李遜、遜弟刑部侍郎建、襄陽節度使工部尚書孟簡、東川節度御史大夫盧坦、金吾將軍李道古。

韓愈接著細數：歸登因爲服用水銀得病，常常自己說頭頂像有燒紅的鐵杖貫穿下來似的，火熱不可忍，又像要從關竅間噴射而出，令他發狂呼痛告饒，平日所睡的茵席上，常常有身體流出的水銀，水銀差不多要流光的時候，歸登便吐血數十升而死。李虛中後來背上長了一個疽，發作將死時自嘆：我爲藥誤！他的弟弟李建也是因爲服食，有一天猝爾身亡。孟簡貶爲吉州司馬時，我曾去看他，他邀我到蕭洲泛舟，背著人偷偷告訴我，自己得了長生不死的秘藥，因爲不忍心自己獨享，要留一杯給我。還教我得用棗肉揉成丸藥吞服。結果我和他分別一年後，他就得病身死。我詢問他的家人孟簡得病的雲因，家人也說是爲藥所誤。盧坦死前，身體排出血肉，痛不可忍，希望以死來結束痛苦。李道古因爲規勸皇帝不要太寵幸妖道柳泌而得罪遭貶，結果自己也因爲服用柳泌的長生藥，年五十病逝海上。這些眞實事跡都可爲世人殷鑑。本來想要長生不死才服仙藥，如今反而死得更快，這樣算是有智慧還是昏愚？

五穀三牲、鹽醯果蔬這些是人常用的食物。人們之間彼此恤勉慰問，都會說多吃點，保重身體。如今智識不清的人們都說，五穀會傷害身體，如果沒辦法不吃，也要減量。鹽和醋以調劑百味，豬魚雞，自古來就是養品，如今反說會傷害人不能多吃。一桌食物，往往多有迴避禁食的荤餚，十道吃不上二三樣。最可怪的是，這些人平日反常道而行，臨死的時候便感到後悔。而那些同好者見其死便說，一定是沒有得訣竅的關係，我便不會這樣。吃藥得病時，也說是藥性的牽動，所以有病象，等到一旦藥行病去，便可長生不死。結果最後病到將死，才又來後悔。唉！實在可悲可嘆！

韓愈在這一篇文章中，激動的陳言服食之害，痛憫世人不知醒悟。從他對文人服食經驗的詳細描述，可以得知中唐時期文人對長生丹藥狂熱迷

戀的情形。不只服丹藥，甚至在飲食上，也有種種的禁忌。雖然明知其害，卻難以醒悟，飛蛾撲火的相繼嘗試。中唐並不是一個普遍遭受兵害飢荒的時代，人們對生存下來，沒有像古詩中說的那種大難將來、遠避禍害的迫切求生渴望。他們前仆後繼，盲目的迷戀丹藥，背後恐怕還是內心空虛失衡所致。

對神仙長生表示質疑的聲音，到了中唐，開始頻繁出現。例如這一章中早先提到的張籍〈學仙〉〔註162〕、白居易〈夢仙〉〔註163〕都是以大篇幅、眞人實事般的詳細描繪，感嘆仙道不可盲目追求。白居易還有〈對酒〉：「藥誤不得老，憂死非因疾。」〔註164〕〈贈王山人〉：「假使得長生，才能勝夭折。松樹千年朽，槿花一日歇。畢竟共虛空，何須誇歲月。」〔註165〕〈效陶潛體詩十六首（并序）〉：「神仙但聞說，靈藥不可求。長生無得者，舉世

〔註162〕 張籍：〈學仙〉：「樓觀開朱門，樹木連房廊。中有學仙人，少年休穀糧。高冠如芙蓉，霞月披衣裳。六時朝上清，佩玉紛鏘鏘。自言天老書，秘覆雲錦囊。百年度一人，妄泄有災殃。每占有仙相，然後傳此方。先生坐中堂，弟子跪四廂。金刀截身髮，結誓焚靈香。弟子得其訣，清齋入空房。守神保元氣，動息隨天罡。爐燒丹砂盡，晝夜候火光。藥成既服食，計日乘鸞凰。虛空無靈應，終歲安所望。勤勞不能成，疑慮積心腸。虛羸生疾疹，壽命多夭傷。身歿懼人見，夜埋山谷傍。求道慕靈異，不如守尋常。先王知其非，戒之在國章。」《全唐詩》第 12 冊，頁 4298。

〔註163〕 白居易：〈夢仙〉：「人有夢仙者，夢身升上清。坐乘一白鶴，前引雙紅旌。羽衣忽飄飄，玉鸞俄錚錚。半空直下視，人世塵冥冥。漸失鄉國處，纔分山水形。東海一片白，列岳五點青。須臾群仙來，相引朝玉京。安期羨門輩，列侍如公卿。仰謁玉皇帝，稽首前致誠。帝言汝仙才，努力勿自輕。卻後十五年，期汝不死庭。再拜受斯言，既窹喜且驚。秘之不敢泄，誓志居嚴扃。恩愛捨骨肉，飲食斷羶腥。朝餐雲母散，夜吸沆瀣精。空山三十載，日望輜軿迎。前期過已久，鸞鶴無來聲。齒髮日衰白，耳目減聰明。一朝同物化，身與糞壤并。神仙信有之，俗力非可營。苟無金骨相，不列丹臺名。徒傳辟穀法，虛受燒丹經。只自取勤苦，百年終不成。悲哉夢仙人，一夢誤一生。」白居易撰、朱金城箋校：《白居易集箋校》第一冊，卷三，頁 11。

〔註164〕 白居易：〈對酒〉：「人生一百歲，通計三萬日。何況百歲人，人間百無一。賢愚共零落，貴賤同埋沒。東岱前後魂，北邙新舊骨。復聞藥誤者，爲愛延年術。又有憂死者，爲貪政事筆。藥誤不得老，憂死非因疾。誰言人最靈，知得不知失。何如會親友，飲此杯中物。能沃煩慮消，能陶眞性出。所以劉阮輩，終年醉兀兀。」白居易撰、朱金城箋校：《白居易集箋校》第一冊，卷十，頁 530。

〔註165〕 白居易〈贈王山人〉：「聞君滅寢食，日聽神仙說。闇待非常人，潛求長生訣。言長本對短，未離生死轍。假使得長生，才能勝夭折。松樹千年朽，槿花一日歇。畢竟共虛空，何須誇歲月。彭殤徒自異，生死終無別。不如學無生，無生即無滅。」白居易撰、朱金城箋校：《白居易集箋校》第一冊，卷五，頁 297。

如蜉蝣。」〔註166〕等多首詩作，極力申言神仙不可學。

其他如：梁鍠（？）〈贈李中華〉：「莫向嵩山去，神仙多誤人。不如朝魏闕，天子重賢臣。」〔註167〕認爲求仙不如報國。顧況〈行路難〉：「君不見古人燒水銀，變作北邙山上塵。藕絲掛在虛空中，欲落不落愁殺人。睢水英雄多血刃，建章宮闕成煨燼，淮王身死桂樹折，徐福一去音書絕。行路難，行路難，生死皆由天。秦皇漢武遭不脫，汝獨何人學神仙。」〔註168〕認爲自古無人逃一死，求仙失敗之例，史蹟斑斑可昭。韓愈〈誰氏子〉：「神仙雖然有傳說，知者盡知其妄矣」，〔註169〕認爲神仙之說本虛妄。又〈謝自然詩〉：「人生處萬類，知識最爲賢。奈何不自信，反欲從物遷」、「人生有常理，男女各有倫。寒衣及飢食，在紡績耕耘。下以保子孫，上以奉君親。苟異于此道，皆爲棄其身」，〔註170〕認爲人最尊貴，人生自有常，何必奉異道。又〈桃源圖〉：

〔註166〕白居易：〈效陶潛體詩十六首（并序）〉：「余退居渭上，杜門不出。時屬多雨，無以自娛。會家醞新熟，雨中獨飲，往往酣醉，終日不醒。懶放之心，彌覺自得。故得於此，而有以忘於彼者。因詠陶淵明詩，適與意會，遂傚其體，成十六篇。醉中狂言，醒輒自哂，然知我者亦無隱焉。　煙霞隔懸圃，風波限瀛州。我豈不欲往，大海路阻修。神仙但聞說，靈藥不可求。長生無得者，舉世如蜉蝣。逝者不重迴，存者難久留。踟躕未死間，何苦懷百憂。念此忽內熱，坐看成白頭。舉杯還獨飲，顧影自獻酬。心與口相約，未醉勿言休。今朝不盡醉，知有明朝不。不見郭門外，纍纍墳與丘。月明愁殺人，黃蒿風颼颼。死者若有知，悔不秉燭遊。」白居易撰、朱金城箋校：《白居易集箋校》第一冊，卷五，頁303。
〔註167〕梁鍠：〈贈李中華〉，《全唐詩》第六冊，卷二百二，頁2116。
〔註168〕顧況：〈行路難〉，《全唐詩》第八冊，卷二百六十五，頁2942。
〔註169〕韓愈：〈誰氏子〉：「（呂炅，河南人，元和中，棄其妻，著道士服，謝母曰，當學仙王屋山。去數月，復出見河南少尹李素，素立之府門，使吏卒脫道士服，給冠帶，送付其母。）非癡非狂誰氏子，去入王屋稱道士。白頭老母遮門啼，挽斷衫袖留不止。翠眉新婦年二十，載送還家哭穿市。或云欲學吹鳳笙，所慕靈妃媲蕭史。又云時俗輕尋常，力行險怪取貴仕。神仙雖然有傳說，知者盡知其妄矣。聖君賢相安可欺，乾死窮山竟何俟。嗚呼余心誠豈弟，願往教誨究終始。罰一勸百政之經，不從而誅未晚耳。誰其友親能哀憐，寫吾此詩持送似。」《全唐詩》第10冊，頁3810。
〔註170〕韓愈：〈謝自然詩〉：「（果州謝眞人上昇在金泉山，貞元十年十一月十二日白畫輕舉，郡守李堅以聞，有詔褒諭）果州南充縣，寒女謝自然。童騃無所識，但聞有神仙。輕生學其術，乃在金泉山。繁華榮慕絕，父母慈愛捐。凝心感魑魅，慌惚難具言。一朝坐空室，雲霧生其間。如聆笙竽韻，來自冥冥天。白日變幽晦，蕭蕭風景寒。簷楹暫明滅，五色光屬聯。觀者徒傾駭，躑躅詎敢前。須臾自輕舉，飄若風中煙。茫茫八紘大，影響無由緣。里胥上其事，郡守驚且歎。驅車領官吏，氓俗爭相先。入門無所見，冠履同蛻蟬。皆云神仙事，灼灼信可

「神仙有無何渺茫，桃源之說誠荒唐。」〔註171〕也認為神仙有無，渺茫難知，不可妄求。盧仝（？～835）〈憶金鵝山沈山人二首〉：「莫合九轉大還丹，莫讀三十六部大洞經。閒來共我說眞意，齒下領取眞長生。不須服藥求神仙，神仙意智或偶然。」〔註172〕也是呼籲勿盲目求仙。

　　前面舉了神仙書寫中的兩種現象，包括過度的沈溺，和理性的呼聲。不過在唐代文人的作品中所見，這兩種態度常是並陳的，一方面呼籲不要服食丹藥，一方面又忍不住嘗試。白居易便是一很好的例子。他倡言不要求仙服丹藥的作品最多，但是他實際從事長生藥燒煉，服食養生。張籍也勸人不要學仙，〈學仙〉一篇，名噪一時，但是煉藥、服藥、求仙方的字句，卻充斥作品中，顯然是生活的重心。

　　為什麼這些作家，一方面疾呼勿學仙，一方面又從事長生追求，寫了大

傳。余聞古夏后，象物知神姦。山林民可入，魍魎莫逢游。逶迤不復振，後世恣欺謾。幽明紛雜亂，人鬼更相殘。秦皇雖篤好，漢武洪其源。自從二主來，此禍竟連連。木石生怪變，狐狸騁妖患。莫能盡性命，安得更長延。人生處萬類，知識最爲賢。奈何不自信，反欲從物遷。往者不可悔，孤魂抱深冤。來者猶可誡，余言豈空文。人生有常理，男女各有倫。寒衣及飢食，在紡績耕耘。下以保子孫，上以奉君親。苟異于此道，皆爲棄其身。噫乎彼寒女，永託異物群。感傷遂成詩，昧者宜書紳。」《全唐詩》第10冊，頁3766。

〔註171〕韓愈：〈桃源圖〉：「神仙有無何渺茫，桃源之說誠荒唐。流水盤迴山百轉，生綃數幅垂中堂。武陵太守好事者，題封遠寄南宮下。南宮先生忻得之，波濤入筆驅文辭。文工畫妙各臻極，異境恍惚移於斯。架巖鑿谷開宮室，接屋連牆千萬日。嬴顛劉蹶了不聞，地坼天分非所恤。種桃處處惟開花，川原近遠蒸（一作烝）紅霞。初來猶自念鄉邑，歲久此地還成家。漁舟之子來何所，物色相猜更問語。大蛇中斷喪前王，群馬南渡開新主。聽終辭絕共悽然，自說經今六百年。當時萬事皆眼見，不知幾許猶流傳。爭持酒食來相饋，禮數不同樽俎異。月明伴宿玉堂空，骨冷魂清無夢寐。夜半金雞咧咧鳴，火輪飛出客心驚。人間有累不可住，依然離別難爲情。船開櫂進一迴顧，萬里蒼蒼煙水暮。世俗寧知僞與眞，至今傳者武陵人。」《全唐詩》第十冊，卷三百三十八，頁3787。

〔註172〕盧仝：〈憶金鵝山沈山人二首〉：「君家山頭松樹風，適來入我竹林裏。一片新茶破鼻香，請君速來助我喜。莫合九轉大還丹，莫讀三十六部大洞經。閒來共我說眞意，齒下領取眞長生。不須服藥求神仙，神仙意智或偶然。自古聖賢放入土，淮南雞犬驅上天。白日上昇應不惡，藥成且輒一九藥。暫時上天少問天，蛇頭蠍尾誰安著。君愛鍊藥藥欲成，我愛鍊骨骨已清。試自比校得仙者，也應合得天上行。天門九重高崔嵬，清空鑿出黃金堆。夜叉守門晝不啓，夜半蘸祭夜半開。夜叉喜歡動關鎖，鎖聲**趯**地生風雷。地上禽獸重血食，性命血化飛黃埃。太上道君蓮花臺，九門隔闊安在哉。嗚呼沈君大藥成，兼須巧會鬼物情，無求長生喪厥生。」《全唐詩》第十二冊，卷三百八十八，頁4381～4382。

量的作品呼籲醒悟神仙夢，卻好像是在勸醒自己，作一種自我循環對話。從求常與過度的時代心理來看，這樣的反覆亦不奇怪。其中的沈醉，也不是真的醉，只是不敢醒，作一種盲目的逃避。其中的醒覺，也不是真的醒，只是不敢醉，**警醒著害怕情形失控**。因此作品中充滿躊躇反覆的自我抒解對話。

元稹有一首〈樂府古題序・夢上天〉，其中寫到：

> 夢上高高天，高高蒼蒼高不極。下視五嶽塊纍纍，仰天依舊蒼蒼色。蹋雲聳身身更上，攀天上天攀未得。西瞻若水（一作木）兔輪低，東望蟠桃海波黑。日月之光不到此，非暗非明煙塞塞。天悠地遠身跨風，下無階梯上無力。來時畏有他人上，截斷龍胡斬鵬翼。茫茫漫漫方自悲，哭向青雲椎（一作掐）素臆。哭聲厭咽旁人惡，喚起驚悲淚飄露。千慚萬謝喚厭人，向使無君終不寤。〔註173〕

詩中先是夢想上天，又覺「高高蒼蒼高不極」，幻想嘗試攀登後，復覺「攀天上天攀未得」，恐怕這樣攀爬不知上不上得去？就算上天了，日月之光不到、煙霧瀰漫、非暗非明、天寬地闊、風又狂大，實在令人害怕，想想還是回人間好了，結果又「下無階梯上無力」，不知怎麼下才好。下的路上又想，可不要讓後來的人也有這個上天的機會，於是又「截斷龍胡斬鵬翼」，斷絕來路。這登天路一路走來，真是窩囊得緊。這種想求仙，又瞻前顧後，無法投入。想面對現實，又「茫茫漫漫方自悲」的強烈無力感，便是中唐失衡的神仙夢最佳寫照。

第四節　晚唐時期

時序進入晚唐，正如詩人李商隱所言：「夕陽無限好，只是近黃昏。」輝煌的大唐帝國，終於也日落西沈，逐漸走向衰敗滅亡的命運。

在此一時期，僧道出入宮禁，受帝王倚賴，大行崇拜的情況，依舊持續，只是神仙長生的追求似乎成為麻醉藥，隨著朝政日非，人心惶惶，迷信沈溺的狀況也越演越烈，許多顛倒瘋狂的事層出不窮。

晚唐時期對神仙崇拜著力最深的，便是曾經興起毀佛運動的唐武宗。武宗龍潛時便對道教修攝之事留心，登基後，召曾遭文宗逐流嶺南的趙歸真入宮修金籙齋，並登壇親受法籙為道士。隔年又寵衡山道士劉玄靖，召與趙歸真同入禁中修法事，崇拜行為頻繁。《舊唐書・武宗本紀》記載：

〔註173〕元稹：〈樂府古題序・夢上天〉，《全唐詩》第十二冊，卷四百一十八，頁4605。

> 帝在藩時，頗好道術修攝之事，是秋，召道士趙歸真等八十一人入
> 禁中，於三殿修金籙道場，帝幸三殿，於九天壇親受法籙。右拾遺
> 王哲上疏，言王業之初，不宜崇信過當，疏奏不省。
>
> 以衡山道士劉玄靖為銀青光祿大夫，充崇玄館學士，賜號廣成先生，
> 令與道士趙歸真於禁中修法籙。左補闕劉彥謨上疏切諫，貶彥謨為
> 河南府戶曹。〔註174〕

觀武宗登基的數年間，行齋醮、優寵道士、建宮觀等動作不斷，當時進諫的
幾位大臣均先後受到貶謫，可見武宗對道教的偏尚迷信早有一意孤行的傾
向，後續發生的毀佛運動，雖有其社會經濟的背景因素，但由此看來，宗教
偏執早有跡可尋。

會昌五年，武宗又造望仙台，趙歸真也愈受寵幸。《舊唐書‧武宗本紀》
載：「（會昌三年）築望仙觀於禁中。」「（會昌四年）以道士趙歸真為左右街
道門教授先生。時帝志學神仙，師歸真。歸真乘寵，每對，排毀釋氏，言非
中國之教，蠹耗生靈，盡宜除去，帝頗信之。」〔註175〕

對於武宗的佞道，群臣紛紛進諫勸說，但是武宗認為，他接觸道士，只
是要個說話的對象罷了：

> 五年春正月己酉朔，敕造望僊臺於南郊壇。時道士趙歸真特承恩禮，
> 諫官上疏，論之延英。帝謂宰臣曰：「諫官論趙歸真，此意要卿等知。
> 朕宮中無事，屏去聲技，但要此人道話耳。」李德裕對曰：「臣不敢
> 言前代得失，只緣歸真於敬宗朝出入宮掖，以此人情不願陛下復親
> 近之。」帝曰：「我爾時已識此道人，不知名歸真，只呼趙鍊師。在
> 敬宗時亦無甚過。我與之言，滌煩爾。至於軍國政事，唯卿等與次
> 對官論，何須問道士。非直一歸真，百歸真亦不能相惑。」歸真自
> 以涉物論，遂舉羅浮道士鄧元起有長年之術，帝遣中使迎之。由是
> 與衡山道士劉玄靖及歸真膠固，排毀釋氏，而拆寺之請行焉。〔註176〕

武宗自陳，若要論家國大事，自有諸臣，何要問道士。至於常留趙歸真在身
邊，只是要一個說話的對象而已，意味自己只把神仙道教當作一個寄託排遣
的對象。

〔註174〕《舊唐書》第二冊，卷十八〈武宗本紀〉，頁585～587。
〔註175〕《舊唐書》第二冊，卷十八〈武宗本紀〉，頁595～600。
〔註176〕《舊唐書》第二冊，卷十八〈武宗本紀〉，頁603。

　　然而武宗實際的作爲，卻沒有將神仙長生視的如此等閒。趙歸眞自敬宗朝出入宮中，後因假仙藥惑主壞事，文宗將他流放嶺南，詔中指其「假於醫方，疑衆狎邪」。〔註177〕武宗即位後，不顧群臣反對，不顧違背先皇意念，將他重行召入禁中，並特加寵幸。趙歸眞本就以長生方術炫於世，後來還引進了另一位同樣以長生術聞名的羅浮道士鄧元起，二人都因爲懂得長生仙術，得到武宗的優寵。從武宗即位後數年間接連修建的「望仙觀」、「望仙台」、「望仙樓」看來，其望仙求仙之心實切。最後終於因爲沈溺服食修練，藥物中毒而亡。《舊唐書·武宗本紀》：「三月壬寅，上不豫，制改御名炎。帝重方士，頗服食修攝，親受法籙。至是藥躁，喜怒失常，疾既篤，旬日不能言。」〔註178〕

　　到了懿宗朝，內憂外患並起。《新唐書·食貨志》載：

> 懿宗時，雲南蠻數內寇，徙兵戍嶺南。淮北大水，征賦不能辦，人人思亂。及龐勛反，附者六七萬。自關東至海大旱，冬蔬皆盡，貧者以蓬子爲麵，槐葉爲虀。乾符初，大水，山東饑。中官田令孜爲神策中尉，怙權用事，督賦益急。王仙芝、黃巢等起，天下遂亂，公私困竭。昭宗在鳳翔，爲梁兵所圍，城中人相食，父食其子，而天子食粥，六宮及宗室多餓死。其窮至於如此，遂以亡。〔註179〕

這時外有雲南蠻入寇，內有龐勛、王仙芝、黃巢作亂，再加上淮北大水、關東大旱、山東饑饉等災禍，已是內外交逼，國事不堪收拾。昭宗被梁兵困在鳳翔時，還發生城中人相食、天子食粥、六宮宮室多餓死的悲慘境遇，貧困如此，最後終於走向亡國的命運。

　　唐代是歷代中，政權與宗教關係相當親密相生的一個時代。

　　從初唐看下來，唐代在宗教事務的處理上，逐漸由「制宗教」轉變爲「受宗教所制」。其背後有兩個因素值得注意。一個是君王對宗教，初欲藉其力鞏固政權，最終又沈溺追求，成爲瘋狂信奉者，因此角色轉換，化主動爲被動。二是，當宗教透過國家的推廣，普遍深入庶民生活成爲社會文化的一部份，其所爆發的文化質能，豈是政治力所能掌控。而當宗教既已深入民生，成爲社會文化密不可分的一部份，這時想要抽離宗教的影響，推動反宗教的政策，無異就是反社會了。

〔註177〕《舊唐書》第二冊，卷十八〈文宗本紀〉，頁524。
〔註178〕《舊唐書》第二冊，卷十八〈武宗本紀〉，頁610。
〔註179〕《新唐書》第五冊，卷五十二〈食貨志〉二，頁1362。

　　而晚唐時期，由於中央政權的控制力衰退，接連不斷的戰禍，搖搖欲墜的唐王朝，又使文人面臨了天地秩序崩裂，家國何在的孤寂感，他們陡然自覺孤伶伶一人身處天地間，天地無親的自我存在感，特別的強烈。反映在神仙的追求上，有的尋求宗教超越，有的縱放於現實享樂。這兩種傾向雖然倒反，但是共同的特色是不假外求，都在獨立的自我存在中尋求解決的方案。

一、天地無親的自我存在感

　　晚唐時期，內憂外患不斷，社會的常倫秩序已無法維持。國用不充，兵權無制，外有強鄰入寇，內有軍民暴動，天子往往出奔，再加上天災頻傳，饑饉不斷，處身這個時代的文人，沒辦法在一個安穩的環境中，循科舉制度晉身、任職，發揮自己的才能與理想，他們往往空有抱負，卻投身無門。

　　即使科舉制度並未廢墜，但是署了官職也沒辦法良好的執行公權力，因為政府的置在尚且動盪難安，自然無力維持一個正常運作的文教機制。如司空圖便是幾度得官幾度天子出奔隨駕不及，因此他在〈狂題十八首〉有：「十年三署讓官頻」的自嘆。〔註180〕有的則不得不退居山林，遠避世禍，但也不是衷心願意。如杜荀鶴〈亂後歸山〉（一作山居）寫：

> 亂世歸山谷，征聲喜不聞。詩書猶滿架，弟侄未為軍。山犬眠紅葉，樵童唱白雲。此心非此志，終擬致明君。〔註181〕

詩中說雖然亂世歸隱山林，可避戰禍，又過著紅葉白雲，詩書滿架的清幽生活，但是這實在不是我的志向，我內心希望的還是能生在治世，得遇明君，好好發揮自己的才能報效家國。

　　又杜荀鶴另一首〈亂後書事寄同志〉寫：

> 九土如今盡用兵，短戈長戟困書生。思量在世頭堪白，畫度歸山計未成。皇澤正霑新將士，侯門不是舊公卿。到頭詩卷須藏卻，各向漁樵混姓名。〔註182〕

所謂「短戈長戟困書生」、「到頭詩卷須藏卻，各向漁樵混姓名」也是充滿亂世喪人文的無奈。

〔註180〕司空圖：〈狂題十八首〉，《全唐詩》第十九冊，卷六百三十四，頁7274。

〔註181〕杜荀鶴：〈亂後歸山〉（一作山居），《全唐詩》第二十冊，卷六百九十一，頁7946。

〔註182〕杜荀鶴：〈亂後書事寄同志〉，《全唐詩》第二十冊，卷六百九十二，頁 7960～7961。

　　詩人們除了有家國何在，報效無門的抑鬱，時難年荒也令他們飽藏離亂之苦。如韓偓〈傷亂〉寫：「故國幾年猶戰鬥，異鄉終日見旌旗。交親流落身羸病，誰在誰亡兩不知。」〔註183〕這裡面從國來看呢？是故國。鄉呢？是異鄉。整個大環境，認同失落，難以存身，幾年來又始終戰亂不斷。這時唯一可告慰的大概就是人與人之間的感情了，結果親友也多在時亂中流落失散，誰還在？誰亡故？根本無從得知。悲涼淒愴之感，溢於言表。

　　這些身世感懷加諸在身上，於是衍生出文人們天地無親、獨立於世的自我存在感。如：陸龜蒙形容自己像天地間的斷雁〔註184〕、崔塗也自比是「暮雨相呼失，寒塘獨下遲」的孤雁〔註185〕、唐彥謙自覺像夜行衰草間的寒螢〔註186〕、司空圖則自喻爲獨立華表之顛的仙鶴。〔註187〕從這些失群、孤立的自我形容，都可看出離亂中文人天地無親的孤寂感。這時，自我的存在便顯得特別的深刻。爲了安頓失落的身心，於是有神仙家園的構築與追尋。

〔註183〕韓偓：〈傷亂〉：「岸上花根總倒垂，水中花影幾千枝。一枝一影寒山裏，野水野花清露時。故國幾年猶戰鬥，異鄉終日見旌旗。交親流落身羸病，誰在誰亡兩不知。」《全唐詩》第二十冊，卷六百八十一，頁7812。

〔註184〕陸龜蒙：〈孤雁〉：「我生天地間，獨作南賓雁。哀鳴慕前侶，不免飲啄晏。雖蒙小雅詠，未脫魚網患。況是婚禮須，憂爲弋者篡。晴鳶爭上下，意氣苦凌慢。吾常嚇鴛雛，爾輩安足訕。迴頭語晴鳶，汝食腐鼠慣。無異鷿鷈群，戀短豆苞棧。豈知瀟湘岸，葭菼蘋萍間。有石形狀奇，寒流古來灣。閒看麋鹿志，了不憂芻豢。世所重巾冠，何妨野夫丱。騷人誇蕙芷，易象取陸莧。漆園逍遙篇，中亦載斥鷃。汝惟材性下，嗜好不可諫。身雖慕高翔，冀壤是盼盼。或聞通鬼魅，怪祟立可辯。碏蔟書尚存，寧容恣妖幻。（碏蔟，周禮秋官寇下，碏蔟氏掌覆夭鳥之巢。碏，鄭司農讀爲摘，又他歷反。蔟，讀爲爵蔟之蔟，謂巢也。夭鳥，惡鳴鳥。）」《全唐詩》第十八冊，卷六百一十九，頁7130～7131。

〔註185〕崔塗：〈孤雁〉：「（其一）湘浦離應晚，邊城去已孤。如何萬里計，只在一枝蘆。迴起波搖楚，寒棲月映蒲。不知天畔侶，何處下平蕪。（其二）幾行歸去盡，片影獨何之。暮雨相呼失，寒塘獨下遲。渚雲低暗度，關月冷遙隨。未必逢矰繳，孤飛自可疑。」《全唐詩》第二十冊，卷六百七十九，頁7775。其餘詩中，崔塗以孤雁寄寓身世飄零之感的作品仍多，如〈讀方干詩因懷別業〉：「憶宿高齋夜，庭枝識海禽。」〈秋夕與友人話別〉：「滄洲又別離，冷禽棲不定。」〈苦吟〉：「舉世輕孤立，何人念苦辛。他鄉無舊識，落日羨歸禽。」對照崔塗對家國離亂的感傷，可知失群孤雁之喻的從來。

〔註186〕唐彥謙：〈螢〉：「日下蕪城莽蒼中，濕螢撩亂起衰叢。寒煙陳后長門閉，夜雨隋家舊苑空。星散欲陵前檻月，影低如試北窗風。羈人此夕方愁緒，心似寒灰首似蓬。」《全唐詩》第二十冊，卷六百七十二，頁7691。

〔註187〕見本章司空圖一節。

二、神仙家園的追尋

晚唐文人身處離亂的時代環境中，國家秩序崩裂、大唐帝國的美夢破碎、個人的功名事業無著落、性命苟且自保，因而紛紛在神仙的想像書寫中追尋精神的家園。

在前一節所舉的五位文人中，施肩吾、杜光庭是宗教性強的修道人，他們在神仙道教中，求得精神上的寄託，而曹唐、李商隱則有透過構築神仙幻夢，逃藏於現實外的傾向。除此之外，司空圖身懷神仙之想，出入凡塵，取得盱衡二界的高度，氣象最為特別。

因為這種追尋不是超越其間，而是藉以潛藏安慰，因此無法掙脫人間的時空、凡人的願望，取得超越的高度，而呈現出寫神仙卻像寫世間，神仙幻夢與真實人生不分的現象。

例如曹唐的遊仙詩，大量以現實生活入神仙情境，便有追逐夢幻的傾向。他在詩中所描寫的那些仙子思念劉晨阮肇的細膩手筆，大約都是自己相思的情感投射，只是藉由神仙現身。

羅虬有〈比紅兒詩〉百首，其中經常以神仙作比喻。如〈比紅兒詩・其八〉：

> 匼匝千山與萬山，碧桃花下景長閒。神仙得似紅兒貌，應免劉郎憶世間。〔註188〕

〈比紅兒詩・其三十七〉：

> 誰向深山識大仙，勸人山上引春泉。定知不及紅兒貌，枉卻工夫溉玉田。〔註189〕

〈比紅兒詩・其七十五〉：

> 化羽嘗聞赴九天，只疑塵世是虛傳。自從一見紅兒貌，始信人間有謫仙。〔註190〕

第一首詩中說，神仙若跟紅兒一樣美麗，劉晨阮肇就不會想回家了。第二首說，神仙必不如紅兒美麗，因此他不想入深山去引泉灌玉。第三首又說見了紅兒後，開始相信人間是有謫仙的，否則凡人怎會有如此美麗的容貌呢？這三首詩一會兒說神仙不如紅兒，一會兒說只有神仙比得上紅兒，到底是神仙

〔註188〕羅虬：〈比紅兒詩・其八〉，《全唐詩》第十九冊，卷六百六十六，頁7626。

〔註189〕羅虬：〈比紅兒詩・其三十七〉，《全唐詩》第十九冊，卷六百六十六，頁7627。

〔註190〕羅虬：〈比紅兒詩・其七十五〉，《全唐詩》第十九冊，卷六百六十六，頁7630。

強還是凡人強，立場不定，用意只是在於藉由神仙彰顯紅兒的美麗，顯得人仙不分，亦幻亦眞，紅兒就是羅虯心目中的神仙，只有她在的地方才算仙鄉。

韋莊〈陪金陵府相中堂夜宴〉也把海上的神仙窟，比擬爲人間富貴家。

> 滿耳笙歌滿眼花，滿樓珠翠勝吳娃。因知海上神仙窟，只似人間富貴家。繡戶夜攢紅燭市，舞衣晴曳碧天霞。卻愁宴罷青蛾散，楊子江頭月半斜。〔註191〕

這個場景裡有滿耳的笙歌，滿眼的繁花，以及滿樓的紅粉佳人，韋莊樂不自勝的說：所謂海上的神仙窟，也差不多像這樣而已吧？跟上一個例子一樣，羅虯拿神仙比紅兒，韋莊則是拿神仙窟比富貴家，重點都不在神仙，可貴的都不是神仙，而是紅兒和富貴家。

從這些描寫裡面，可以感覺到神仙原本的超越性格已經不見了，凡人跟神仙不分，人間跟仙界不分。文人在現實書寫中融入大量的神仙想像，而在神仙書寫中融入大量的現實寫照，展現出眞幻難分、亦眞亦幻的世界。

〔註191〕韋莊：〈陪金陵府相中堂夜宴〉，《全唐詩》第二十冊，卷六百九十七，頁 8018。

第六章　唐代文人神仙書寫的
　　　　世俗傾向及其影響

第一節　宗教性書寫題材的聖俗抗衡特質

　　宗教文學書寫宗教，神聖與世俗既作爲宗教的本質，也在作品中有所呈現。並且由於神聖與世俗，是一組相對成立的辯證關係。因此在宗教書寫中主要形成爲相抗又相成、並藉由相抗又相成凸顯價值的關係。

一、相抗衡與互顯揚

　　宗白華在〈略論藝術的價值結構〉一文中將藝術的層次分爲三：1、形式、2、意義、3、象徵。形式直接體現美，意義賦予人生的意義和對心靈的影響，象徵則展示深藏在藝術形式背後的宇宙意識和生命情調，表露不可言狀的心靈境界和生命律動。〔註1〕這三個藝術的層次就宗教文學來講，形式是文字，意義由宗教（神聖）＋人（世俗）所賦予，人類的情感透過文字書寫和宗教思維的發動，便傳達出生命的感動與沈思。

　　宗教在其中所發揮的作用，可以說是賦予超越的力量，使跳脫出世俗的、現實的意義束縛，達到審視人生、思索存在意義、體認生命價值的高度。

　　而這個超越的力量如何發動？審視如何達成呢？超越的力量由宗教思維發動，而生命存在的審視，則由世俗與神聖的差別認知起始。認識了神聖，

〔註1〕宗白華：《藝境》（北京：北京大學出版社，1987），頁77～79。

便體認到世俗的存在，神聖標出了另一種價值（神聖價值），便會促使你檢視自己所認定的這一種價值（世俗價值），然後在二者的落差鑑別中，取得了內心的回答。這個回答包括了體認存在和建立存在的意義。

　　神聖與世俗便是如此相抗衡又相互顯明的狀態。因爲這種抗衡，也使宗教文學有超乎一般文學的高度。文字的書寫其實是內心自我梳理的過程，前述的超越審視，會在創作的過程中完成，然後宗教作品便顯出體認存在的文學高度。

　　例如白居易在〈對酒〉中寫到：「蝸牛角上爭何事，石火光中寄此身。隨富隨貧且歡樂，不開口笑是痴人。」〔註2〕這首詩透過宗教超越的眼光，站在世外看人世，因此跳脫了現實的時空認知，認爲廣垠的世界，不過如纖細微小的蝸牛觸角，生命的歷程，不過如兩石相擊之短暫火光。既然人所存在的人生如此微渺，在這微不足道中還去執著貪戀什麼不是很可笑嗎？不妨隨任外在世界的變化，內心自足，歡喜度日。而懷抱這樣的超越高度，再去看看那些因爲過份執著而嗔怨、嫉妒、不滿足，甚至無法放鬆心情，開口一笑的人們，便會覺得眞是癡傻啊！這又何必呢！可以想像白居易在面對那些對他嗔怨、嫉妒而生惡意的人，心裡湧現的不是憤怒，而是同情其自我折磨的悲憫。這些對己、對人的超越思維，可以說便是在宗教高山上鳥瞰，所得的體悟。

　　而在神聖與世俗的相對中，除了因人的執著凸顯宗教的超越，因人生的短暫凸顯宗教的恆常外，宗教放空，同樣也會使人體認眞實情感的獨特與珍貴。

　　李商隱〈北清蘿〉詩面對世界的微渺，便回頭珍視人的眞情實感，因此寫到：「世界微塵裡，吾寧愛與憎。」〔註3〕

　　至於杜牧〈江南春〉更是將神聖／世俗的相抗衡與互顯揚發揮得極致的例子。詩中寫春之江南說：

　　　　千里鶯啼綠映紅，水村山郭酒旗風。南朝四百八十寺，多少樓台煙

　　　　雨中。〔註4〕

這其中「水村山郭酒旗風」是世俗空間，「南朝四百八十寺」是神聖空間，是爲具體神聖／世俗空間的對立。「十里鶯啼綠映紅」，有聽覺、有視覺之感官響應，一片令人迷醉的浪漫春光，是抽象的世俗觀照。「多少樓台煙雨中」，寫僅存的

〔註2〕　白居易：〈對酒〉，《全唐詩》第十四冊，頁5067。
〔註3〕　李商隱：〈北青蘿〉，《全唐詩》第十六冊，頁6223。
〔註4〕　杜牧：〈江南春〉，《全唐詩》第十六冊，頁5964。

疏落樓台，籠罩於煙雲雨霧之中，煙雨迷離，聚散無常，這是宗教思維對歷史無情、人世無常的透澈與悲憫，是爲抽象的神聖觀照。杜牧這首詩融會了具象與抽象的聖俗對舉，在短短的四句詩中，將神聖／世俗具體的、抽象的落差，完完整整的表現出來，因此看來雖似信手拈來的尋常風物描寫，卻蘊含出入世間的觀照高度。而當世俗的享受、宗教的經營終歸一空後，還有什麼值得珍重把握呢，那便是體悟這份無常後，不妨去敞開性靈去盡情的感知春天，去享受鶯啼綠映紅宜人的春光，這種眞情的愉悅才是眞正恆常珍貴的。

　　藉由這些例子，可以看出神聖與世俗在文中所發揮的作用。這種相抗衡又互彰顯的關係，可以表現在好幾個方面上，例如以「有限」彰顯「無限」、以「短暫」彰顯「永恆」、以「有」彰顯「無」等等。這些都是聖俗相對產生的美學效應。

二、存在意義的差離

　　神聖的存在，提供另一種價值，透過對神聖價值的認同，揚棄世俗，可以產生一種抽離世間、跨越庸俗的超越感。而進入宗教成爲教徒後，不拘是僧尼、道士女冠，宗教都會賦予你不同於普通凡人的身份，這個身份是由神聖價值所建立的，認同神聖價值、取得神聖身份，也造成抽離於凡俗世間外的認知。

　　例如篤信道教，曾受籙入道的李白，他的詩歌中便往往有別「世」而去之語。其〈古風〉之五寫到：「吾將營丹砂，永與世人別。」〔註5〕這裡的「別」，是別離，也是差別，透過營丹藥、追求長生這樣的宗教行爲，李白追求一種與凡人不同的身份認知——「仙」，藉以得到一種超離塵世（別離）、有別於世俗之人（差別）的超越感，進而消解他滿懷熱情，卻屢在人世中挫折碰撞的抑鬱。這便是意義認知上的差離跨越。

第二節　宗教性書寫題材世俗化的效應

　　當神聖意義被翻譯爲世俗的形式時，便有了著相的世俗化現象，其後在名相的一再闡述中，愈向繁複豐盈的路上發展。而在神聖與世俗的相抗互顯中，當發展的曲線偏向於世俗一方，世俗化的美學效應便愈加顯明。其作用至少包括了幾個方面：

〔註5〕李白：〈古風〉其五，《全唐詩》第五冊，頁1670。

一、訴諸感官的形式美

宗教的書寫，在文字立教的層次時，本是以文字形式來引導讀者進入神聖的領域。但是在世俗化的驅動下。閱讀——感應——啓動宗教經驗——獲得神聖意義這樣歷程，卻演變爲逆向、壓縮的狀態。抒發神聖的文字，被解析爲世俗的經驗，讀者透過閱讀這些世俗經驗，得到世俗的感官的滿足，因此產生閱讀的樂趣，並進而引導作者的創作取向，形成爲一種大眾的宗教文學閱讀品味。

葛兆光在〈青銅鼎與錯金壺：道教語詞在中晚唐詩歌中的使用（個案研究之一）〉一文中，便提到中晚唐詩人爲了製造詩句中古奧、奇特、華麗的藝術效果，因此特意的去引用道經中奇詭奧秘難解的文字。〔註6〕道經中這些文字之所以古奧奇詭，一方面是因爲它悠久的來歷，另一方面則是爲了製造尋常難以透解的隔離感，以營造神聖性。然而這個「神聖化」的初衷，到了中晚唐卻變成玩文的作家，爲了製造世俗的閱讀趣味，而刻意施用的手法，這不能不說是追逐感官形式美的世俗化現象。

另外又如神仙傳記，越往後期越將人物書寫的重點放在仙人的形貌上，透過仙人形貌的美好，來構成殊異的感受。這種訴求於容貌、衣著、車駕、處所之美麗的殊異，是流於感官的、形式的。和在一個義理的析解中、一個高尙的故事情節中所得到的神聖感，全然不相同。

唐代許多神仙傳記均用賦體鋪排的手法和韻律，來描摹仙人，尤其是在所謂遇仙故事，即仿劉阮入天台的凡男仙女遇合故事中，仙女的形貌尤爲描寫重點。如〈裴航〉中寫仙女雲翹是：「及褰帷。而玉瑩光寒。花明麗景。雲低鬢髻。月淡修眉。舉止煙霞外人。肯與塵俗爲偶。」又描寫雲英是：「露裛瓊英。春融雪彩。臉欺膩玉。鬢若濃雲。嬌而掩面蔽身。雖紅蘭之隱幽谷。不足比其芳麗也。」俱爲絕色。〔註7〕而〈趙旭〉中的青童和嫦娥女，除了容貌外，則又強調衣履冠帶等外飾：「有一女。年可十四五。容範曠代。衣六銖霧綃之衣。躡五色連文之履。開簾而入。旭載拜。女笑曰。吾天上青童。久居清禁。幽懷阻曠。位居末品。時有世念。帝罰我人間隨所感配。以君氣質

〔註6〕 葛兆光：〈青銅鼎與錯金壺：道教語詞在中晚唐詩歌中的使用（個案研究之一）〉，收入葛兆光：《中國宗教與文學論集》（北京：清華大學出版社，1998），頁64～92。
〔註7〕 〈裴航〉，李昉等編：《太平廣記》，第二冊，卷第五十，頁313～314。

虛爽。體洞玄默。幸託清音。願諧神韻。……見一神女在空中。去地丈餘許。侍女六七人。建九明蟠龍之蓋。戴金精舞鳳之冠。長裙曳風。璀璨心目。旭載拜邀之。乃下日。吾嫦娥女也。」〔註8〕這些都是著重感官之美的典型例子。

二、世俗意義的加添

在書寫神聖和世俗創作的過程中，都有人的主體參與，人用世俗的眼光去演繹神聖，便為神聖增添了世俗的意義。這是宗教的生命力來源。宗教便是透過世俗意義的不斷加添，得以與時並進，避免僵化禁錮於高高在上的聖境。

神聖在世俗上面的反映，其素材隨著世俗化的腳步愈加寬廣，世俗意義也愈豐富。如陸永鋒〈佛教與豔詩〉寫六朝以下，僧人寫情詩豔曲的風氣。〔註9〕八指頭陀釋敬安在抗日時期寫下眾多憂心國事的篇章，有如：「時事已如此，神州將陸沈。寧堪憂國淚，忽上道人襟」、「誰謂孤雲意無著，國仇未報老僧羞」諸句。〔註10〕另，弘一大師也在抗日圖存的社會情境中，為廈門首屆全市運動大會，譜下〈廈門第一屆運動會會歌〉：

禾山蒼蒼，鷺水蕩蕩。國旗遍飄揚。健兒身手，各顯所長。大家圖
自強。你看那外來敵多麼狓猖，請大家再想想，切莫再徬徨！〔註11〕

「國旗」對一個出家的僧人來說，究竟能有、應該有什麼樣的意義？為什麼釋敬安想到國步艱難，會幾度染淚衲衣？而像「半身屏外，睡覺唇紅退。春思亂，芳心碎，空餘簪髻玉，不見流蘇帶」〔註12〕這樣穠豔的詞語，也不似僧人應有的手筆。然而因為世俗化的作用，神聖與世俗的區隔不再明顯，世俗的素材、世俗的情感、世俗的審美，都進入宗教書寫的領域。因而豐富了宗教的內涵與意義。

譚桂林《二十世紀中國文學與佛學》闡述現代社會中，佛學與創作的關係時，也肯定現代的情境，使相關創作「多些世俗意義」。

在這種特定環境中，現代作家們接近佛學形成了自己獨特的方式與

〔註8〕　〈趙旭〉，李昉等編：《太平廣記》，第二冊，卷第六十五，頁404～405。
〔註9〕　陸永鋒：〈佛教與豔詩〉，《中華佛學研究》第六期（2002年3月），頁419～443。
〔註10〕　釋敬安著，梅季點輯：《八指頭陀詩文集》（湖南：岳麓書社，1984），頁222、414。
〔註11〕　譚桂林：《二十世紀中國文學與佛學》，頁9。
〔註12〕　〔宋〕釋惠洪撰、釋覺慈編集：《石門文字禪》卷十，《影印文淵閣四庫全書》（上海：上海古籍出版社，1987），第1116冊，頁272上。

習慣，他們往往注重向內反省，從佛教學說中汲取某些有益的觀念來滋養自己的心靈和人格，而不重視向外擴張，直接將佛教理論體系運用起來觀照或解剖人生問題。因而，大部分作家在創作中注重用現實的眼光來看待有情世間的一切有爲法，只有少數對自我心靈特別感興趣的作家才注重用象徵的手法來探尋人的終極命運與永恆奧秘等比較遠離現實、比較玄虛幽渺的問題。親近佛學，卻較少把佛學精神貫徹到創作內容尤其是小說創作中去，這種相離現象的出現就導致現代文學在總體上多些世俗意義，少些宗教感悟。〔註13〕

文中認爲現代的創作，雖然與佛教有所關涉，但多爲人的抒發，非神性的審視。僅透過宗教義理，以人的眼光，去觀照人生問題，而不直接發揮宗教的義理，形成宗教精神與創作內容相離的現象，進而造成少了宗教感悟，卻增添世俗意義的效果。

三、肯定人的存在，抬高人倫價值

伊利亞德在《聖與俗──宗教的本質》的「人的存在與聖化的生活」一章中，曾經闡述了「宗教人」與「非宗教人」的不同。宗教人相信神聖的存在，認爲神聖賦予生命意義，當我們模仿神聖行爲，實踐神聖意義時，自己的存在便被安置在一個真實而有意義的維度中。〔註14〕而非宗教人無論如何的否定神聖的存在，無論如何的透過挑戰神來肯定自我，其存在都是藉由剔除神聖獲得的。〔註15〕因此所謂的「非宗教」，是透過「宗教」建立的。也就

〔註13〕譚桂林：《二十世紀中國文學與佛學》（安徽：安徽教育出版社，1999），頁9。
〔註14〕伊利亞德：《聖與俗──宗教的本質》，頁241：「宗教人在世界上採取一種獨特的、典型的存在模式。……宗教人總是相信有一絕對的真實：即：神聖者（the sacred），是超越世界、又在世界當中顯示自己，因而聖化了世界，使世界成爲真實。宗教人更進一步相信，生命有一個神聖的起源，而且人類得以實現他所有的潛能，便是依據這是宗教性的，也就是參與真實。……經由再實現神聖的歷史、經由模仿神的行爲，（宗教）人使自己安置並維持與諸神的密切性，亦即安置並維持在真實而有意義裡頭。」
〔註15〕伊利亞德：《聖與俗──宗教的本質》，頁242～243：「非宗教人是宗教人的後裔，而且不管他喜歡與否，他來是宗教人的成果；他的形成，源自於他的祖先所採取的情境。簡言之，他是『剔除神聖』之後的結果。就如同即便宇宙是神的作品，大自然仍是宇宙逐漸俗化之後的產物；凡俗人亦是將人類生活方式『剔除神聖』之後的結果。不過，這表示非宗教人已藉由與他的祖先對立、藉由倒空自身所有的宗教性和超越人性意義，來塑造了他自己。他認識

是「世俗」是由「神聖」對顯的。

在這個理路中，可預見的是，當一再的透過神聖強調世俗，人的獨立尊貴以及世俗的價值將被一再凸顯。

人的存在與世俗社會之價值，倫理是很重要的標記。在傾向世俗的宗教書寫中，往往有對人、人倫的強調。關於這部分，中國佛教對忠孝倫理的試圖融攝，化解差異，是最明顯的例子。

強調世俗與人性，使聖者俗化、聖境人間化，除「異」而求「同」。然而過於同化，泯滅了聖俗的界線，也會弱化聖俗抗衡對肯定存在、確認價值的作用。

四、勇於打破神聖秩序，追求「奇」、「異」的樂趣

奇就是不尋常，異是不一樣，在宗教的、神聖的追求情境中，本是求人神合一、致力於使人合於神聖的秩序。然而在世俗化的推演中，卻是導向人的秩序，甚至透過打破神聖秩序，來追求不尋常、不一樣的閱讀樂趣。神聖成了一個遊戲場，透過對神聖者的戲謔，達成遊戲、娛樂的效果。

唐代小說向有「作意好奇」之評，這些傳奇志怪的小說，書寫的是超越界的題材，神仙靈怪，但是唐人勇於使他們秩序顛倒，天上的趨近人間，人間又藏著天界，廣大的隱藏在細微中，夐遠的一蹴可幾。

例如〈桂林韓生〉寫韓生和兩個同伴在一月夜投宿僧寺。韓生夜半不眠，卻拿了籃子和瓠杓到戶外作汲引狀。旁人問他做什麼，韓生答是：今日月光難得，恐他夕風雨夜黑，所以預先將月光貯存起來。眾人大笑其痴傻。結果他日三人舟行至江亭，正好遇上風雨，眾人無奈，困悶船中，有人便笑韓生：你存的月光哪去了？韓生一聽，拍手說我差點忘了，於是忙翻找出竹籃來，此時只見他舉杓一揮，「一座逐書，如秋天晴夜，月色瀲灩，秋毫皆睹。」〔註16〕光線本無法抓取、晴雨晝夜是人所難以掌控，但是這個故事卻透過宇宙秩序的逆反，追求奇、異的閱讀樂趣。

又如〈郭翰〉故事織女指天告訴郭翰，天上的每一顆星星裡面都有宮室居處，群仙遊玩其中。只是凡人看不出。接下來織女便一一為郭翰指出列宿

自己乃是按照他從他祖先的『迷信』中，『釋放』和『淨化』自己而出來的。」
〔註16〕〔唐〕皇甫枚：《三水小牘・桂林韓生》，收入李時人編：《全唐五代小說》，
　　　第五冊，頁 3345。

所代表的處所。結果世人皆不知滿天星星的奧妙,只有郭翰得以洞知。後來,織女又數日未來,好幾天復至,郭翰問她「相見樂乎?」「何來遲也?」,結果織女答曰:「天上那比人間。」〔註17〕像天上不如人間、天上仙女思凡之類的言詞,唐小說中隨處可見。這是天在人之上、神聖優於世俗這個固有秩序的打破。

仙界人間不分的樂趣亦有,如戴孚《廣異記·王老》中,王老告訴有緣入仙境的李司倉說:「山中要牛兩頭」,請李司倉送到山腳藤樹下。〔註18〕仙人要牛何用?以仙人之能,應該是仙術可以變得的吧?但是這個故事就在這嘎然而止。留下一種聖俗落差的怪異情境。

而宗教的超越,本使人脫離現實的限制,獲取靈魂的自由。然而這種精神超越的力量,會因為過度的世俗化而消減。世俗化將人帶領往人性的、世俗價值的方向,感官的、原始人性的需求將逐漸壓倒超越的、宗教高度的思維。這時人恐怕便會因為自我肉體感官的過度張揚,而迷失價值,束縛於物性。畢竟宗教才是價值的提供者,世俗化的流蕩不返,將把人帶離將精神的原鄉,無法以超越的審視,在追求的迷失中找回方向。

例如在生命這個主題上,從「長壽延齡」的追求,到「永生不死」的想像,本是對現實世界生命修短不由自主的超越。然而後續的成仙書寫,在永壽部分的書寫,卻流於長在人間享樂,以誘導求仙,失去了原初的超越精神。

另一個過度世俗化之弊則對宗教的遮蔽。文字使宗教現身,而過度的訴諸形式卻也會遮蔽宗教。

第三節 唐代文人神仙書寫世俗化的影響

至於唐代文人神仙書寫新變所造成的影響,則至少包括:

一、神仙書寫基礎情境的改變

神仙本是宗教性思維,並作為理想願望的寄託,原本應是高高在上、幽絕阻隔,以作為心靈回歸之超越原鄉。但是唐代由於上文學自覺,再加上神

〔註17〕 〔唐〕張薦:《靈怪錄·郭翰》,收入李時人編:《全唐五代小說》,第一冊,頁548～549。
〔註18〕 戴孚:《廣異記·王老》,收入李時人編:《全唐五代小說》,第一冊,頁 311～312。

仙神聖性鬆動，作家紛紛以主體參與進神仙的想像、仙境的構造中，於是導致神仙書寫情境的改變。在文人有意的創造中，神仙神聖性不再，而成為文學操演的素材。甚至神仙本具有的宗教性質，也成為製造文藝效果的來源。這些改變，包括了順與逆、主與客、聖與俗等方面。

（一）順與逆

對於神仙的書寫，本應是順向的。神仙是美好理想的寄託，書寫中便順著追逐美好理想的特質，去構造一個更加美好的仙境、更加理想的神仙人格。作品中的仙人仙境，不管是抽象或具象，是構築在人間或彼岸，都是往美好、理想的方向去層層加諸。

但是在唐代，由於以人為主體，神仙的宗教性、神聖性亦很薄弱，於是神仙書寫的操作空間很大，往往有人之主體凌駕神仙之上的現象，如此一來，神仙書寫不一定是順向的加諸，也有可能是逆向的對立。如透過神仙來彰顯凡人、透過神仙的卑弱來提升人的高貴、透過神仙的不值得追求來對比人間人情的可貴等等。例如唐代凡男與仙女相遇合的故事，便有透過仙女之傾慕來寫凡男之美好，然後又以仙女的苦苦追求，凡男的不屑一顧來彰顯凡男人格的現象。

此外，也有對神仙形象的顛覆。過去的神仙先是高遠超然，後來漸漸社會化，以人世為素材，而施以與眾不同、超乎人世之上的美好增飾。總之，仙人仙境是人世的順向加強。而唐代文人筆下的神仙，卻往往有以邋遢、癲癇、鼻涕、骯髒、乞丐等形像現身的情形。神仙本是高高在上，卻故意以最卑微的乞丐來呈現；神仙本應快意適志，卻故意寫成屢試不第的落魄書生，或是不喜讀書，遭鄰里友朋恥笑的邊緣人物；神仙之國本應遼闊無邊際，卻故意寫成小蟻穴。這些可逆包括了：尊／卑、高／下、大／小、榮／辱、清淨／骯髒等等的倒反。

至於心境上的可逆，則神仙本應是對更美好更理想之人世的追求，但是唐代書寫中增加了許多透過追求神仙來背棄人世的心境描寫。或是藉求仙揮別污濁之人境。或是在自知神仙不存在、不可求的情形下，刻意放浪生命，追逐神仙幻夢。或是造一個荒誕的仙境，然後刻意沈浸，自我頹廢。這部分書寫的，其扭轉變化上溯至神仙思維的發動本源，這個本源也就是人對生命美好的追求。當走到這個地步，神仙的超越性、想像力已經比較衰弱，而轉向人情人思的開發。

造成這些唐代神仙書寫「逆」現象的原因，除了作家主體的參與、神仙

不再神聖可自由操作、求新求變的文化心態，還應包括在文人個體自覺的過程中的他者意識，這些刻意操作逆向神仙的文人，恐怕是藉由翻轉、扭曲現實環境，以在差異、不確定、顛倒中確認自身存在，感受存在處境。是一種主體自覺過程的反映。

而唐代文學自覺，刻意在文學創作中追逐新奇趣味、與眾不同之文思，同樣也促成造成神仙書寫順寫與逆顯交互使用、錯綜呈現的文學競技現象。

（二）主與客

神仙題材的特殊性之一，在於其他書寫對象與作者的關係，是穩固的二元結構，「我」是作者，「彼」是書寫對象，「我」來書寫「彼」，並在「彼」中反映自身。但是神仙題材的特性在於神仙是虛構的、想像的「我」，然後作者又跟這個虛構想像的「我」對話，成為跳脫二元結構，而在「我」之中有彼、我對話的現象。於是形成彼／我＝（彼＋我）的對待關係，如此一來，其中的操作空間也就很大了，作者可以在書寫神仙中，不斷的出入彼我認知，在差異對比中審視自身，自我對話。

而唐代由於文人主體的參與，加上神仙神聖性鬆動，加強了為文遊戲的心理，於是神仙書寫情境發生改變。過去神仙書寫中，神仙作為「超越我」與作者的對話，還是神仙主、我客的關係，於是有我上與之遊，企求認同，消解我憂的傳統遊仙結構。但是主體自覺參與以後，主客發生易位的可能，有時候變成我主、神仙客，由作者來充足神仙的存在、由作者來提供仙境的意義。於是作者成為主，也就是作者主體參與進來以後，以前那種建構一個虛構的神仙主體，然後我去求取認同，救贖現實失落的結構不再。變成作者在打造神仙、開創仙境的過程中，自由操作主／客、彼／我、同／異、價值落差等對待關係，藉以追尋自我，或是製造文學情境，馳騁文學技巧。這種神仙書寫題材與作者間，主客關係的移易，是神仙書寫基礎情境改變的重要一端，也是唐代神仙書寫新變之所以帶來文學藝術成就的原因。

（三）聖與俗

神仙本是宗教性思維，帶有神聖的特質。宗教的神聖，是由人在宗教體驗中的神聖感所建立。但是唐代神仙文化的廣被，卻少以宗教的方式流佈，而更多以標榜身體強健、生活意趣等特色得到世人的接受。文人所採取的神仙素材，差不多都是從這種世俗情境中得來的，其宗教性很弱，更遑論宗教

神聖感的發生。於是這些文人神仙書寫作品中的神仙,與宗教典籍中的詮釋大不相同。宗教典籍往往有一個「非常」的來歷,於是在非常之經典中敘述出來的神仙,便不是透過凡人之眼來呈現,而是超越者的暗示。凡人透過這種不平凡的暗示,存想、追逐神聖的神仙。而世俗文學創作中的神仙,其製造者就是文人自身。那些得自於宗教經典的神仙形像素材,只是原料的採取,而不是精神的承續。其在神仙書寫中闡述出來的神仙,都是世俗意義的。

二、心物游離與神仙文藝美學的建立

唐代神仙神聖性鬆動,使得神仙成為「物」,而不是高遠縹緲之神聖存在。而作者主體的自覺,也造成了神仙書寫活動中「心」的參與。心與物之間的感知、聯繫、抒發,是文藝美學發生的基礎。因此神仙文藝美學的建立,不能不說唐代佔有關鍵地位。

唐代神仙書寫中,作者的自覺參與,提供了審美的本體。神仙宗教性衰退,有了使用操作之可能,則確立了審美對象。而唐代文學本身想像虛構、求新好奇的創作心態,則賦予了時代性的審美文化。

再加上唐文學本有刻意求新求變的文學競技風氣,「物」神仙與「心」作者之間,在神仙與我的基礎彼/我對待中,出入游離,忽近忽遠,可順可逆,或為主或為客,這些也都提升了唐代神仙書寫文藝美學的高度。

其中,以神仙為精神性追求之載體的書寫,造成了境界的提升,以神仙為物質性追求之載體的書寫,造成了形式美的擴充。

吳融《禪月集序》提到晚唐時文壇所掀起的奇詭風氣,說:

> 至於李長吉以降,皆以刻削峭拔飛動文采為第一流。而下筆不在洞
> 房蛾眉、神仙詭怪之間,則擲之不顧。〔註19〕

「神仙詭怪」之所以成為追求第一流文采的不二選擇,雖然有其時代背景因素,但是恐怕也跟神仙題材在作者主體長期的操作下,已成為文學形式、意境之操弄最佳展示場有關。

三、社會化之源源不絕

在唐代神仙書寫中,神仙成為可由作者之文心,自由操作的材料,其超

〔註19〕吳融:《禪月集序》,《全唐文》第九冊,卷八百二十,頁8643。

越性已然不再，既然這種書寫是在人情人性之中，而不求精明上企，神仙的樣貌、仙境的塑造，也就少得之於超越想像，而多得之於世俗社會。

而作者以自我爲仙、以人間爲仙境，更使社會化源源不絕。神仙是理想的投射，神仙的彼我對待如果是世俗的、文學造作的，那麼這個從「本我」推出去的「彼」，也就是世俗的「超越我」而已。這樣一來，神仙與作者間，也就是自我的世俗對話，我將理想投射在超越我之上，然後透過神仙的定位進行理想的建設、對談、追逐。可以推知這種神仙書寫，著重在人性願望的展現，並塑造以社會化的素材。

胡應麟《少室山房筆叢》論小說，有唐人以前，「記述多虛，而藻繪可觀」，宋以後，「論次多實，而彩豔殊乏」的看法。〔註20〕使唐小說介於虛實之間的原因，應該是唐文學還有宗教想像力之餘韻，又不因過度社會化而流於世俗平庸。此一發展在神仙書寫來說也一樣，唐代的神仙書寫有主體之參與，因此自覺的抒發情志，自覺的採取現實素材，使作品內涵能擺脫虛談，而加入自我的體驗和社會化素材。而宋以後的神仙書寫，因爲宗教的超越性不足，又大量混入社會現實的素材，神仙書寫不落現實的飄逸靈氣去了大半，再加上世俗願望的不斷加諸，以及作者不再是匠心獨運、有意炫才的文人，遂使神仙書寫的格調越來越著實。而少了神仙縹緲的風韻。

〔註20〕胡應麟：《少室山房筆叢》（臺北：世界書局，1980），上冊，頁 375。

第七章 結 論

　　中國固有的神仙觀以及文人神仙書寫的傳統，在唐代發生改變，神仙成
為一種超越的認知，一種正向的譽美，一個人性的對象，是人間的而非幽冥
的，可親可學，並且不違反人倫價值。唐代作家以這樣的神仙思維，從事創
作，在整體的發展上呈現由企求上天，追求天人合融，到理性覺醒，回歸自
我的走向。

　　在唐代文人對於自身神仙認知的闡發，包括了：

　　王績由於歷經戰亂，使他對朝代興衰、功業成敗、人世遷移，帶著滄桑
的旁觀眼光。他經常在作品中寫到「百年」、「天道悠悠」、「滄海桑田」等消
沈的字眼。這種人生亂離帶給他的衝擊感，王績透過沈浸道家哲學、自放於
山林來抒解。從作品中看來，王績有從事採藥服食的實際經歷，對於藥物的
使用也很熟悉。道家的哲學，使他體會到人心抽離於物外的可能。仙學的修
為，則促使他有高蹈世外的超然想像。道家加上神仙，造就出王績作品中境
界化的仙境，講究以遂性保眞，於人間得神仙之樂。

　　盧照鄰以病去官，最後手足殘廢，無奈的困居於山郊水濱，身體的羸弱，
連帶使他有悲觀寡歡的傾向，他曾經寫〈五悲文〉，悲才難、悲窮道、悲昔遊、
悲今日、悲人生，陳訴自己滿心的悲鬱。在這樣的精神禁錮中，神仙的逍遙
無憂是他所最為渴求的。盧照鄰透過楚騷式的遊仙，在重複經營求仙之險阻、
仙境之渺遠、人力之卑微的過程中，尋找心靈原鄉，排遣內心愁苦。

　　王勃天才早發，世人對他強烈的推美與排擠，都恰恰造成了他「獨在異
鄉為異客」的社會疏離感。在仙學的接觸中，神仙存在的超凡脫俗，與他內
心的疏離寂寞達成微妙的呼應，於是王勃經常藉由仙俗的對立差離，描寫內

心的寂寞獨立之感，追求一種坐守神仙、棄置流俗的優越境界。

　　宋之問久歷官場，慕求榮利，因此作品中較少個人情志的抒發，而多爲追逐時尙的崇仙歌詠。神仙本是美好的理想反映，宋之問理想性不足，因此神仙書寫的高度集中反映在文辭藝術的操作上。

　　張鷟〈遊仙窟〉以人間爲素材建構種種超乎人間之上的美好想像，神仙的誇美、虛幻、無所不能，提供了他一個良好的舞台，張鷟於其中肆意馳騁聲色嗜欲與炫耀文才的雙重美夢，雖然未免於庸俗世態，但也有一種快意瀟灑的風度。

　　張說、張九齡出身集賢院，作品延續其引據經教、佐佑王化的儒家關懷，求仙不忘淑世，致力於神道王教關係的擘劃與闡揚。既能恰當的援引神話仙道的素材，又能在儒家的框架下，對天人關係做良好的詮釋，這樣依違於儒道之間的人生定位，正是當時知識份子既入世又出世、追求天道與人倫調和的典型。

　　孟浩然際遇並不如意，然而詩文毫無怨懟語，只有一貫的雲淡風清，無論對功名、甚至對神仙，都不過份入情，抱著隨遇而安的從容態度。他的神仙書寫中，體現出一種以情志之自得，自我完足的超越仙鄉。

　　李頎崇仙慕道，實際的從事服餌丹砂，期待有一天能白日登天。他的神仙書寫最特出的是對神仙人物的深入刻畫。無論寫傳說中的神仙、或是當世神仙般的人物，都能以落實的形容描寫，塑造出又細膩又鮮活的仙家風度。

　　李白在神仙的追求中，救贖、召喚他充滿理想性的靈魂。現實生活的越加失望，愈將他往神仙幻夢中裡推。這種明知其不可爲而爲的執著與悲壯，激發了他在神仙意象上操作的高度。而杜甫對他空度日、爲誰雄的知憐之意，實爲莫逆語。

　　吳筠爲潘師正弟子，延續此門關懷王教世物的道路，吳筠雖然隱在嵩山，卻與社會上的文學活動互動頻繁，優遊出入文化社交場合，往來多雅士墨客、達官貴人。這是當時以道流爲名流之社會風氣，人人爭與交接的實況反映。吳筠的神仙創作，既有宗教的追求也有世俗的關懷，他體察凡俗生命與體道眞我的不同，確認價值，從而建構出一種道與理諧、內外兼修的神仙典型。

　　顧況曾爲道士，又精研佛法，方外的修養，造就他置身世外、笑看人世的曠達懷抱。顧況有一些神仙書寫是清新典雅的小詩，如「仙人讓酒熟，醉裡飛空山」、「遠山誰放燒，疑是壇邊醮。仙人錯下山，拍手壇邊笑。」均有

一種純任天然、瀟灑不羈的仙氣。而顧況在繪畫與音樂上的特殊造詣，也使
他有一些運用神仙意象的藝術批評，這些描寫音樂、繪畫的作品，往往以神
仙意象的跳躍拼接，表現藝境，有其勝出處。

　　沈既濟、李公佐的小說作品，同樣以夢設喻來體現對人生的參悟。其中沈
既濟經學該明，富於史才，並曾參與選舉銓敘制度的改良。〈枕中記〉的描述中，
官銜之多見，爲他小說所未見。而官場中現實的升降、起落反覆，也恐爲他創
作的靈感來源之一。〈枕中記〉最後說「此先生所以窒吾欲」，這個哲理，是道
家式的，作品中離魂入夢、超越現實、顛倒時空、虛實莫辨，也都有道家的影
子，只是參入宗教的成分後，人物形象、情節架構、存在的定位，都可得到進
一步的發揮。李公佐經常在創作中自我現身，隨著故事進行，自述生平，呈現
出一種故事與現實人物、時間、地點相扣的臨場感。〈南柯太守傳〉也呈現這種
虛實相稱的趣味。全篇故事空間的轉換特別多，主體與肉身的分離也幾度凸顯，
透過層層架構、層層跨越，烘托孰眞孰夢孰爲我的悟道情境。

　　張籍雖然長期擔任接引天神的太祝，卻不迷信，他曾經寫過一首著名的
〈學仙〉諷戒盲目求仙者。詩中「求道慕靈異，不如守尋常」之句，是他懷
抱的忠實體現，也是這一代中唐人的共同心聲，他們關懷的是現實秩序、日
常生活的安穩平衡。張籍詩句中提到「閒」字的作品特別多，至少有九十首。
也有非常多關於勸藥、曬藥、合藥、試藥、種藥……的細膩描寫。兩相結合，
看到的是一個九品小官，閒居無事，終日沈浸藥齋的眞實生活寫照。其中對
藥有實用、藥以療疾肯定，以及不厭其煩、環環皆親身謹愼施爲的煉藥描寫，
實在是張籍務實個性的傳神體現。

　　白居易每寫神仙必帶有對年華老去的感慨，顯是白髮喚出神仙夢。既矛
盾又沈溺。他極言神仙的虛幻不需妄求，但是又熱衷丹道。而寫服丹求仙，
則必伴隨白髮之愁，此類作品之多，不勝枚舉，是現實感強烈的白居易，神
仙書寫的特殊格調。

　　詩鬼李賀一心愁謝如衰蘭，纖細敏感的生命不堪面對人生的慘酷，因而
以奇譎的神仙書寫超越現實，展現絕才之絕思。寫死亡以恨不得永生、寫衰
敗以恨不得長存，是其獨特的殘缺美學。

　　施肩吾修道西山，他對自我的存在、自我情性的取向，有敏銳細膩的體
認。當年一舉登第，旋即感到自身與京城、與進士這個名位的格格不入，因
而決定東歸隱居。在隱居修道的生活中，他對於生命在修眞與創作中的體驗，

又有深刻的感應和覺知，而以「銳思一搜，皆落我文字網中」，來形容心念啓動與落實文字形式的過程，文字爲意義之網，人爲收羅情思之主，這個比喻實爲透徹細膩。至於施肩吾對修道生活聞步虛、洗丹砂等的實際描寫，多有方外意韻，也表現出特殊的風格。

曹唐有〈大遊仙詩〉十七首、〈小遊仙詩〉九十八首，這些詩作不是人遊仙界的原始基調，而是仙界如人世的創新發揮。曹唐將凡人的喜怒哀樂、俗世的生活背景一切套入神仙世界的描寫中，拿掉神仙名號，直看不出寫的是神是人。而其中尤慣以充滿動態的生活化描寫，如尋常生活正在進行般，具體的塑造出生活印象。將這些生活印象串連起來，就形成爲一個繽紛熱鬧、人情濃厚、悲歡離合的神仙大社會。

李商隱感於年衰時弊、宦途坎坷、情海多波，慣以神仙意象層層隱諱濃烈的真情，顯露出「碧海青天夜夜心」的沈鬱幽懷。其中阻隔意識在仙／凡差離情境中的高明操作，最爲特出。此外李商隱作品中的六篇黃籙齋文也值得重視。其中爲男性寫的兩篇，祝禱的是國家大事。爲披戴入道之馬懿公夫人、李尚書夫人所寫的，則多切身、私情的瑣語。文中以「妾」自稱，透過角色的雙重模擬，傳遞宗教訴求，這種神聖對象非齋主之神聖對象、世俗體驗非齋主之世俗體驗的形式，亦有可深探之處。

司空圖則在晚唐時局大亂，天地家國秩序的裂變中，以神仙思維超絕自我於世外，關照人間，宛如獨立華表的人間仙鶴。有自比爲仙、心眼在凡塵之上的超然審視。既看破創作是名義的操作，不過是以超越之靈魂，驅動文字去著世俗表象。又說「此生只是償詩債」，難以捨棄對文字的執著愛好。形成全空後之不能捨的獨有。

杜光庭既爲道教宗師又佐理國政，他的神仙書寫中有超凡與入世兩種關懷的並行。其在神仙典型的闡述上，追求神聖與世俗的合融，散文作品則無論寫人、寫景、記事，均混帶宗教性思維，意趣高邁。

經由對這些作家作品的分析，可歸納出唐代文人神仙書寫至少有「語彙使用上個體虛構變異」、「發展脈絡上從神而人」、「書寫內涵中有主體與形式之虛構遊戲」三種現象，並因此造就了「神仙書寫基礎情境的改變」、「心物游離與神仙美學的建立」、「社會化之源源不絕」等影響。

1、神仙語彙的使用：個體、虛構、變異

唐代文人神仙書寫中的神仙語彙使用，有走向個體化、虛構化、變異化

的傾向。當時神仙除了可以拿來直接稱呼修眞得道者、道教女道士、道教神仙方術、妓女等，也可拿來比喻容顏美麗、才藝出眾、身份高貴、暢美適意、山林清幽出塵、音樂美妙動聽、器物珍稀難得、相思意中人等等。呈現神仙是一開放的載體，可以隨意自由的使用。然而其背後又有共通的思維，歸納而言，當時神仙被共同認知爲：一種超越的認知、一種正向的譽美、一個人性的對象、人間的非幽冥的、可親可學的、不違反人倫價值的。多元的使用加上共通的思維，顯示唐代神仙書寫對神仙認知的採取，已經從集體、眞實、定型，走向個體、虛構、變異。其作爲理想載體、宗教性思維的原始不變，但是有更多開放的、出於個體創造意識的使用。

2、神仙思維的發展：由神而人、從天上到人間

初唐的神仙書寫表現爲「彼我對待下的仙境構畫」。此時帝國肇建，生氣勃發，神仙思維所具有的理想性，正好爲帝國想像提供資材，這個時期所見的神仙書寫，往往是仙字複合詞，例如：仙台、仙歌、仙路、仙榜、仙媛、仙醖、仙翰等等，不管是人物、空間、音樂、建築，世間萬物，均以神仙加以稱揚美化，形成人間如仙境，春花爛漫的氛圍。加上國家崇道、君王又喜遊宴，於是奉制唱和的詩家文臣，紛紛迎合君王心理，以神仙意象連結世俗生活，歌頌腴揚戰後的昇平時世。這些誇美之詞，雖然對唐初文風之綺麗，不脫六朝遺緒造成影響，但是因爲內在神仙夢想力量的作用，浮麗之外，亦不虛美。

盛唐時期則爲「天人秩序的調和與開創」。此時在崇道政策長期的推動下，道教神仙文化已經廣泛的滲入庶民生活中，王朝神化老子以爲血脈來歷，建立政權的神聖性與正當性，而在頻繁的宗教社會活動中，民眾也普遍接受這種跨越聯繫，並且參與進神聖與世俗合融的意義構造活動。其中老子入家廟、祠祀五嶽眞君、道教修仙理論向人倫修正、士人在神仙想像中抒發自性的追求……等活動都可見天、人關係非斷裂，而是經由人們的自發建構，取得內在聯繫。

中唐承安史亂後，有「神仙夢的醉與醒」。生死離亂的震撼、太平生活的渴望，使神仙文學流露對日常的、理性的秩序追求，而紊亂的時局、內憂外患的侵逼，也使文人產生無力可回天的頹喪感，於是又有神仙幻夢的沈淪與迷醉。這個時期天人關係扭曲斷裂，不是過於理性質疑，便是盲目依賴。

到了晚唐，神仙的超越性不再，不管神仙意象在書寫中是作爲現實慾望的反映，或是抽象精神的境界，都是自我的、人間的，而不需要透過神聖他

者來給予或託付理想性。天人關係中，天的那一方隨著亂世來臨，天地家國秩序的崩解而抹滅，透露出人孤立於天地間的卓絕與孤獨。而剝除神聖理想家園的庇護後，遺世獨立的卓絕與寂寥，也與神仙美學帶來另一種高度。這是「諸神的人間歡會」。

在這些分析中發現：天人的界線，一再地被跨越，甚至變得模糊。以人為仙、以人間為仙境，甚至認為仙界不如人間，如果不能有人間的歡樂，寧願作人不作神仙。至於唐代的道教修仙理論，也強調「神仙如人」、「神仙可學」、「神仙在人間」。將發動的意志以及執行的力量，鎖定在人為自主。認為「我命在我不在天」。於是要不要求仙、能不能成仙、成仙之後的境界如何，這些都與命運、緣遇、彼界的主宰無關了，而在於個人的努力修為。這種理性主義的傾向，可以說是割斷天梯，斷絕了以宗教思維發動信仰，上企神聖彼界的聯繫。而以人情人為來操作，用人的方法，追求人的願望。

3、神仙書寫的內涵：內部主體與外在形式的構造遊戲

唐代的文人神仙書寫有作者主體自覺參與，和在書寫中遊戲為文，操演神仙素材，追逐奇趣的傾向。

而主體與遊戲的關係，在此中又有連環互動，主體參與導致虛構、想像遊戲的發生，而在此虛構想像的遊戲中，主體又得到轉換生命的力量。主體更加堅定存在，自主性加強。進而有再一步虛構想像的遊戲動作。如加思頓·巴什拉（Gaston Bachelard）認為「想像之經驗，具有主體轉換力量」：「詩歌的意象不能當成物質的客體去對待，而必須用生命的、體驗的、再想像的方式去把握它們。想像之經驗──不論在夢幻、詩歌或神話中，具有主體性轉換的力量（powers of trans-subjectivity）。」〔註1〕

而神仙和一般書寫題材不同的是，它本是宗教性的思維，有彼我的對待認知。原先神仙與人在宗教性的關係中，「我」本應該不強調主體創發，而應在對「彼神仙」的信仰崇拜中，獲致存在的意義。然而在唐代的神仙書寫中，由於神仙神聖性鬆動、理性人文思潮等影響，神仙的宗教性薄弱，因之作者在神仙這個寫作題材上有很大的操作空間，可以自由變換神仙與我之間的主客對待關係，去表述理想、彰顯價值。關於宗教性題材書寫世俗化的相互抗衡與對顯、存在意義的差離等作用，都可以在這種主體操作中，得到刻意的彰顯。

〔註1〕 葉舒憲：《文學與人類學：知識全球化時代的文學研究》第四章〈20世紀的人類學與文學批評活動〉，頁110。

　　透過以上對唐代文人神仙書寫中語彙使用、發展脈絡、作品內涵的探討，及對其世俗傾向影響的分析，可以瞭解到，唐代的文人神仙書寫，確實因爲文人主體意識的自覺參與，使其藝術性提升，並豐富了人文意義。

主要參考書目

一、古　籍

1. 〔先秦〕屈原著，朱熹註，《楚辭集註》，北京：中華書局，1991 年《叢書集成初編》據古逸叢書本排印。

2. 〔先秦〕屈原著，馬茂元主編，楊金鼎、王從仁、劉德重、殷光熹注釋，《楚辭注釋》，臺北：文津出版社，1993 年。

3. 〔先秦〕莊子著，郭慶藩編，王孝魚整理，《莊子集釋》，臺北：萬卷樓圖書有限公司，1993 年。

4. 〔晉〕葛洪撰，王明校釋，《抱朴子內篇校釋》，北京：中華書局，1985 年。

5. 〔南朝宋〕劉敬叔撰，范寧校點，《異苑》，北京：中華書局，1996 年。

6. 〔唐〕白居易著，朱金城箋校，《白居易集箋校（全六冊)》，上海：上海古籍出版社，1988 年。

7. 〔唐〕李商隱著，馮浩詳注，錢振倫、錢振常箋注，《樊南文集（上下)》，上海：上海古籍出版社，1988 年。

8. 〔唐〕曹唐著，陳繼明注，《曹唐詩注》，上海：上海古籍出版社，1996 年。

9. 〔唐〕溫大雅，《大唐創業起居注》，北京：中華書局，1985 年叢書集成初編。

10. 〔唐〕道世，《法苑珠林》，上海：上海古籍出版社，1991 年。

11. 〔唐〕道宣，《廣弘明集》，上海：上海古籍出版社，1991 年。

12. 〔五代〕王定保撰，姜漢椿校注，《唐摭言校注》，上海：上海社會科學院，2003 年。

13. 〔五代〕馮贊編，張力偉點校，《雲仙散錄》，北京：中華書局，1998 年《古小說叢刊》。

14. 〔宋〕王溥，《唐會要》，北京：中華書局，1985 年叢書集成初編。

15. 〔宋〕李昉等，《文苑英華》，北京：中華書局，1990 年。

16. 〔宋〕李昉編，《太平廣記》，北京：中華書局，1961 年。

17. 〔宋〕計有功，《唐詩紀事》，北京：中華書局，1965 年。

18. 〔元〕辛文房撰，傅璇琮主編，《唐才子傳校箋（全五冊）》，北京：中華書局，1987 年。

19. 〔明〕胡應麟，《少室山房筆叢》，臺灣：世界書局，1980 年。

20. 〔明〕高棅，《唐詩品彙》，上海：上海古籍出版社，1988 年據上海辭書出版社藏明汪宗尼校訂本影印。

21. 〔清〕紀昀等編，《歷代賦彙》，臺灣：世界書局，1988 年景印摛藻堂《四庫全書彙要》集部第 78～83 冊。

22. 〔清〕彭定求等編，《全唐詩（全二十五冊）》，北京：中華書局，1960 年。

23. 〔清〕董誥等編，《全唐文（全十二冊）》，北京：中華書局，1983 年。

24. 〔清〕嚴可均校輯，《全上古三代秦漢三國六朝文（全四冊）》，北京：中華書局，1958 年。

貳、今 著

（一）總 集

1. 逯欽立編，《先秦漢魏晉南北朝詩》，北京：中華書局，1983 年。

2. 費振剛、胡雙寶、宗明華輯校，《全漢賦》，北京，北京大學出版社，1993 年。

3. 李時人編校，何滿子審定，《全唐五代小說》（全五冊），陝西：陝西人民出版社，1998 年。

（二）專 著

1. 丁山，《中國古代宗教與神話考》，上海：上海文藝出版社，1988 年。

2. 干春松，《神仙傳》，北京：社會科學文獻出版社，1998 年。

3. 孔令宏，《中國道教史話》，河北：河北大學出版社，1999 年。

4. 方克強，《文學人類學批評》，上海：上海社會科學院出版社，1992 年。

5. 王孝廉，《神話與小說》，臺北：時報文化出版企業有限公司，1991 年。

6. 王孝廉，《嶺雲關雪——民族神話學論集》，北京：學苑出版社，2002 年。

7. 王國良,《六朝志怪小說考論》,臺北:文史哲出版社,1988 年。

8. 王國瓔,《中國山水詩研究》,臺北:聯經出版公司,1986 年。

9. 王夢鷗,《唐人小說研究(1～4 集)》,臺北:藝文印書館,1973 年。

10. 王夢鷗,《唐人小說校釋(上、下)》,臺北:正中書局,1983 年。

11. 王蒙、劉學鍇主編,中國李商隱研究會編輯,《李商隱研究論集(1949～1997)》,廣西:廣西師範大學出版社,1998 年。

12. 田兆元,《神話與中國社會》,上海:上海人民出版社,1998 年。

13. 伍偉民、蔣見元,《道教文學三十談》,上海:上海社會科學院出版社,1993 年。

14. 朱立元主編,《當代西方文藝理論》,上海:華東師範大學出版社,1997 年。

15. 何建明,《道家思想的歷史轉折》,武漢:華中師範大學出版社,1997 年。

16. 余英時,《紅樓夢的兩個世界》,臺北:聯經出版公司,1981 年(增訂版)。

17. 吳天明,《中國神話研究》,北京:中央編譯出版社,2003 年。

18. 吳功正,《中國文學美學(上中下卷)》,南京:江蘇教育出版社,2001 年。

19. 吳玉貴,《中國風俗通史(隋唐五代卷)》,上海:上海文藝出版社,2001 年。

20. 吳光正,《中國古代小說的原型與母題》,北京:社會科學文獻出版社,2004 年。

21. 呂微,《神話何為——神聖敘事的傳承與闡釋》,北京:社會科學文獻出版社,2001 年。

22. 呂大吉,《宗教學通論新編》,北京:中國社會科學出版社,1998 年。

23. 呂錫琛,《道家道教與中國古代政治》,湖南:湖南人民出版社,2002 年。

24. 李立,《文化嬗變與漢代自然神話演變》,廣東:汕頭大學出版社,2000 年。

25. 李浩,《唐詩的美學闡釋》,安徽:安徽大學出版社,2000 年。

26. 李大華,《道教思想》,廣東:廣東人民出版社,1996 年。

27. 李小光,《生死超越與人間關懷——神仙信仰在道教與民間的互動》,四川:巴蜀書社,2002 年。

28. 李孝聰主編,《唐代地域結構與運作空間》,上海:上海辭書出版社,2003 年。

29. 李劍國,《唐前志怪小說輯釋》,臺北:文史哲出版社,1995 年。

30. 李豐楙,《六朝隋唐仙道類小說研究》,臺北:學生書局,1986 年。

31. 李豐楙，《憂與遊——六朝隋唐遊仙詩論集》，臺北：學生書局，1996 年。

32. 李豐楙，《誤入與謫降——六朝隋唐道教文學論集》，臺北：學生書局，1996 年。

33. 杜而未，《崑崙文化與不死觀念》，臺北：學生書局，1985 年。

34. 卓新平，《宗教理解》，北京：社會科學文獻出版社，1999 年。

35. 周光慶編著，《神仙解讀》，廣西：廣西民族出版社，1999 年。

36. 周次吉，《六朝志怪小說研究》，臺北：文津出版社，1986 年。

37. 周西波，《杜光庭道教儀範之研究》，臺北：新文豐出版公司，2003 年。

38. 周紹賢，《道家與神仙》，臺北：中華書局，1974 年。

39. 宗白華，《藝境》，北京：北京大學出版社，1987 年。

40. 尚學鋒，《道家思想與漢魏文學》，北京：北京師範大學出版社，2000 年。

41. 林富士，《漢代的巫者》，臺北：稻香出版社，1988 年。

42. 林惠祥，《文化人類學》，臺北：臺灣商務印書館，1981 年。

43. 邱永澤、歐東明，《印度世俗化研究》，四川：巴蜀書社，2003 年。

44. 金澤，《宗教人類學導論》，北京：宗教文化出版社，2001 年。

45. 侯迺慧，《詩情與幽境——唐代文人的園林生活》，臺北：東大圖書公司，1995 年。

46. 胡孚琛，《魏晉神仙道教》，北京：人民出版社，1990 年。

47. 胡孚琛、呂錫琛，《道學通論——道家、道教、仙學》，北京：社會科學文獻出版社，1999 年。

48. 胡亞敏，《敘事學》，武漢：華中師範大學出版社，2004 年。

49. 胡經之，《文藝美學》，北京：北京大學出版社，1989 年。

50. 卿希泰主編，詹石窗執行，《道教文化新典》，上海：上海文藝出版社，1999 年。

51. 孫亦平，《杜光庭思想與唐宋道教的轉型》，南京：南京大學出版社，2004 年。

52. 徐碧輝，《文藝主體創價論》，長春：東北師範大學出版社，1997 年。

53. 浦安迪教授演講，《中國敘事學》，北京：北京大學出版社，1996 年。

54. 袁珂，《中國神話傳說（一）（二）（三）》，臺北：里仁書局，1987 年。

55. 高楠，《道教與美學》，遼寧：遼寧人民出版社，1989 年。

56. 高長江，《宗教的闡釋》，北京：中國社會科學出版社，2002 年。

57. 張弓，《漢唐佛寺文化史（上、下）》，北京：中國社會科學出版社，1997 年。

58. 張志剛，《宗教文化學導論》，北京：東方出版社，1996 年。

59. 張松輝，《漢魏六朝道教與文學》，湖南：湖南師範大學出版社，1996 年。

60. 張金儀，《漢鏡所反映的神話傳說與神仙思想》，臺北：國立故宮博物館故宮叢刊編輯委員會，1981 年。

61. 張廣保，《唐宋內丹與道教》，上海：上海文化出版社，2001 年。

62. 張興發編著，《道教神仙信仰》，北京：中國社會科學出版社，2001 年。

63. 淡江大學中文系主編，《晚唐的社會與文化》，臺北：臺灣學生書局，1990 年。

64. 許東海，《女性、帝王、神仙：先秦兩漢辭賦及其文化身影》，臺北：里仁書局，2003 年。

65. 陳昌文主編，《宗教、哲學、藝術（中國哲學、宗教、藝術兩岸三地文化交流研討會論文集）》，北京：宗教文化出版社，1999 年。

66. 陳開科，《中國神仙探玄》，廣西：漓江出版社，1993 年。

67. 陳槃，《古讖緯研究及其書錄解題》，臺北：國立編譯館，1991 年。

68. 陸思賢，《神話考古》，北京：文物出版社，1995 年。

69. 傅璇琮，《唐代詩人叢考》，北京：中華書局，2003 年新一版。

70. 程國賦，《唐五代小說的文化闡釋》，北京：人民文學出版社，2002 年。

71. 程毅中，《唐代小說史》，北京：人民文學出版社，2003 年。

72. 楊玉輝，《道教人學研究》，北京：人民出版社，2004 年。

73. 楊光文、甘紹成，《青詞碧簫——道教文學藝術》，四川：四川人民出版社，1994 年。

74. 葉舒憲，《中國神話哲學》，北京：中國社會科學出版社，1992 年。

75. 葉舒憲，《文學與人類學——知識全球化時代的文學研究》，北京：社會科學文獻出版社，2003 年。

76. 葉舒憲編選，《神話——原型批評》，西安：陝西師範大學出版社，1987 年。

77. 葛兆光，《想像力的世界——道教與唐代文學》，北京：現代出版社，1990 年。

78. 葛兆光，《屈服史及其他：六朝隋唐的道教思想史研究》，北京：三聯書店，2003 年。

79. 葛曉音，《詩國高潮與盛唐文化》，北京：北京大學出版社，1998 年。

80. 董乃斌，《中國古典小說的文體獨立》，北京：中國社會科學出版社，1994 年。

81. 董恩林，《唐代老學：重玄思辨中的理身理國之道》，北京：中國社會科

學出版社，2002 年。

82. 詹石窗，《道教文學史》，上海：上海文藝出版社，1992 年。

83. 詹石窗，《易學與道教符號揭秘》，北京：中國書店，2001 年。

84. 詹石窗，《南宋金元道教文學研究》，上海：上海文化出版社，2001 年。

85. 詹石窗，《道教與戲劇》，廈門：廈門大學出版社，2004 年。

86. 廖芮茵（原名：美雲），《唐代服食養生研究》，臺北：臺灣學生書局，2004 年。

87. 廖美雲，《白居易新樂府研究》，臺北：臺灣學生書局，1986 年。

88. 聞一多，《神話與詩》，上海：華東師範大學出版社，1997 年。

89. 趙有聲、劉明華、張立偉，《生死、享樂、自由——道家與道教的關係及人生理想》，北京：國際文化出版公司，1988 年。

90. 輔仁大學外語學院編，《文學與宗教——第一屆國際文學與宗教會議論文集》，臺灣：時報文化出版事業有限公司，1987 年。

91. 劉勇，《中國現代作家的宗教文化情節》，北京：北京師範大學出版社，1998 年。

92. 劉守華，《道教與中國民間文學》，臺北：文津出版社，1991 年。

93. 劉勇，《中國現代作家的宗教文化情節》，北京：北京師範大學出版社，1998 年。

94. 劉楚華主編，《唐代文學與宗教》，香港：中華書局，2005 年。

95. 劉學鍇、余恕誠，《李商隱詩歌集解（上中下）》，臺北：洪葉文化事業有限公司，1992 年。

96. 歐麗娟，《唐詩的樂園意識》，臺北：里仁書局，2000 年。

97. 潛明茲，《神話學的歷程》，哈爾濱：北方文藝出版社，1989 年。

98. 蔣寅，《大曆詩人研究（全二冊）》，北京：中華書局，1995 年。

99. 鄭土有、陳曉勤編，《中國仙話》，上海：上海文藝出版社，1994 年第二版。

100. 鄭志明，《臺灣民間宗教論集》，臺北：學生書局，1984 年。

101. 鄭志明，《中國社會與宗教——通俗思想的研究》，臺灣：學生書局，1986 年。

102. 鄭志明，《中國文學與宗教》，臺北：學生書局，1992 年。

103. 黎志添，《宗教研究與詮釋學——宗教學建立的思考》，香港：中文大學出版社，2003 年。

104. 盧明瑜，《三李神話詩歌之研究》，臺北：臺灣大學文學院，2000 年。

105. 盧國龍，《道教哲學》，北京：華夏出版社，1997 年。

106. 謝明勳，《六朝志怪小說故事考論──「傳承」、「虛實」問題之考察與析論》，臺北：里仁書局，1999 年。

107. 顏進雄，《唐代遊仙詩研究》，臺北：文津出版社，1996 年。

108. 羅永麟，《中國仙話研究》，上海：上海文藝出版社，1993 年。

109. 羅宗強，《隋唐五代文學思想史》，北京：中華書局，1999 年。

110. 羅根澤，《晚唐文學批評史》，臺北：臺灣商務印書館，1996 年台二版。

111. 羅聯添，《隋唐五代文學批評資料彙編》，臺北：成文出版社，1979 年。

112. 羅聯添，《唐代文學論集（上下）》，臺北：臺灣學生書局，1989 年。

113. 譚桂林，《二十世紀中國文學與佛學》，長沙：岳麓書社，1999 年。

114. 蘇雪林，《玉溪詩謎正續合編》，臺北：臺灣商務印書館，1988 年。

115. 蘇雪林，《唐詩概論》，臺北：臺灣商務印書館，1988 年台五版。

（三）漢　譯

1. 〔法〕E.杜爾幹（Émile Durkheim）著，林宗錦、彭守義譯，《宗教生活的初級形式》，LES FORMES ÉLÈMENTAIRES DE LA VIE RELIGIEUSE，北京：中央民族大學出版社，1999 年 12 月。

2. 〔美〕米爾恰‧伊利亞德 Mircea Eliade 著，晏安佳、吳曉群、姚蓓琴譯，《宗教思想史》，Histoire des croyances et des idées religieuses，上海：上海社會科學院出版社，2004 年 6 月。

3. 〔美〕彼得‧伯格（Peter L. Berge）r 著、蕭羨一譯，《神聖的帷幕──宗教社會學理論的要素》，The Sacred Canopy，臺灣：商周出版，2003 年 2 月。

4. 〔美〕羅德尼‧斯達克（Rodney Stark）、羅傑爾‧芬克（Roger Finke）著，楊鳳岡譯，《信仰的法則──解釋宗教之人的方面》，Acts of Faith：Explaining the Human Side of Religion，北京：中國人民大學出版社，2004 年 1 月。

5. 〔德〕魯道夫‧奧托（Rudolf Otto）著，成窮、周邦憲譯，《論神聖》，The Idea of Holy，四川：四川人民出版社，1995 年 12 月。

6. 〔德〕盧克曼（Thomas Luckmann）著、覃方明譯，《無形的宗教──現代社會中的宗教問題》，The Invisible Religion：The Problem of Religion in Modern Society，香港：漢語基督教文化研究所，1995 年。

7. 〔德〕盧曼著（Niklas Luhmann），劉鋒、李秋零譯，《宗教教義與社會演化》，Religiöse Dogmatik Gesellschaftliche Evolution，香港：漢語基督教文化研究所，1998 年。

8. Louis Dupré 著，傅佩榮 譯，《人的宗教向度》，The Other Dimension，臺灣：幼獅文化事業公司，1986 年 12 月。

9. Raimon Panikkar 著，王志成、思竹譯，《宗教內對話》，北京：宗教文化出版社，2001 年 3 月。

10. 尼克拉斯‧盧曼（Niklas Luhmann）著、周怡君等譯，《社會的宗教》，Die Religion der Gesellschaft，臺灣：商周出版社，2004 年 8 月。

11. 伊利亞德（Mircea Eliade）著、楊素娥譯，《聖與俗——宗教的本質》，The Sacred and the Profane——The Nature of Religion，臺灣：桂冠圖書股份有限公司，2001 年 1 月。

12. 張小楓主編，楊德友、董友等譯，《二十世紀西方宗教哲學文選（上中下）》，上海：上海三聯書店，1991 年。

13. 邁爾威利‧斯圖沃德編，周偉馳、胡自信、吳增定 譯，《當代西方宗教哲學》，北京：北京大學出版社，2001 年。

14. 〔德〕沃爾夫岡‧伊瑟爾（Wolfgang Iser）著，陳定加、汪正龍等譯，《虛構與想像——文學人類學疆界》，（Das Fiktive und Das Imaginäre），長春：吉林人民出版社，2003 年。

15. 〔美〕郝大維（Hall,David L.）、安樂哲（Ames,Roger T.）著，施忠連譯，《漢哲學思維的文化探源》，南京：江蘇人民出版社，1999 年。

（四）學位論文

1. 王小琳，《唐代傳奇敘事模式研究》，台中：東海大學中國文學研究所，博士論文，1999 年。

2. 王義良，《唐人小說中之佛道思想》，高雄：高雄師範學院國文研究所，碩士論文，1977 年。

3. 吳淑玲，《唐詩中的仙境傳說研究》，台中：東海大學中國文學研究所，碩士論文，1999 年。

4. 李豐楙，《魏晉南北朝文士與道教之關係》，臺北：政治大學中國文學研究所，博士論文，1978 年。

5. 段莉芬，《唐五代仙道傳奇研究》，台中：東海大學中國文學研究所，博士論文，1998 年。

6. 徐玉舒，《李商隱詩中神話運用之研究——以仙道神話為主體》，臺北：東吳大學中國文學研究所，碩士論文，1999 年。

7. 高大鵬，《唐詩演變之研究》，臺北：政治大學中國文學研究所，博士論文，1984 年。

8. 莊雅仲，《文化、書寫與差異：三個有關異己論述的分析》，新竹：清華大學社會人類學研究所，碩士論文，1989 年。

9. 許雪玲，《唐代遊歷仙境小說研究》，台中：東海大學中國文學研究所，碩士論文，1993 年。

10. 陳怡君，《李賀詩中神話思維現象研究》，嘉義：南華大學中國文學研究所，碩士論文，2003 年。

11. 陳嘉麗，《唐代佛道思想小說研究》，臺北：中國文化大學中國文學研究所，碩士論文，1999 年。

12. 彭雅玲，《唐代師僧的創作論研究──詩歌與佛教的綜合分析》，臺北：政治大學中國文學研究所，博士論文，1998 年。

13. 楊文雀，《李白詩中神話運用之研究》，臺北：輔仁大學中國文學研究所，碩士論文，1991 年。

14. 蔡榮婷，《唐代詩人與佛教關係之研究》，臺北：政治大學中國文學研究所，博士論文，1991 年。

15. 鄭慧姝，《幻境與心靈──唐傳奇歷幻故事研究》，高雄：中山大學中國文學研究所，碩士論文，1995 年。

（五）單篇論文

1. 丁春華，〈執著、悲憫、隱忍──從神仙道化劇看元代文人的生存心態〉，浙江工商職業技術學院學報，第 3 期，2002 年。

2. 王宗昱，〈宗教經驗及其文化價值──以伊利亞德《神聖與世俗》為例〉，北京大學學報（哲學社會科學版），第 4 期，2000 年。

3. 田兆元，〈論《楚辭》神話的新陳代謝〉，學術季刊，第 3 期，1997 年。

4. 多洛肯，〈中唐游仙詩的世俗化傾向〉，新疆師範大學學報（哲學社會科學版），第 1 期，2003 年。

5. 吳彩娥，〈論象徵批評與司空詩品的批評方法〉，幼獅雜誌，第 17:02 期，1982 年。

6. 李立，〈漢代牛女神話世俗化演變闡釋〉，洛陽師範學院學報，第 1 期，1999 年。

7. 李立，〈重讀劍仙轟隱娘──互文性、道教與通俗小說題材母題〉，商丘師範學院學報，第 3 期，2001 年。

8. 李乃龍，〈略論李商隱的仙道觀〉，江漢論壇，第 9 期，1995 年。

9. 李乃龍，〈論仙與游仙詩〉，西北大學學報，第 2 期，1995 年。

10. 李乃龍，〈論唐代豔情遊仙詩〉，廣西師範大學學報，第 3 期，1997 年。

11. 李乃龍，〈論曹唐小遊仙詩的文學意義〉，廣西社會科學，第 6 期，1998 年。

12. 李乃龍，〈道教上清派與晚唐遊仙詩〉，陝西師範大學學報（哲學社會科學版），第 12 期，1999 年。

13. 李乃龍，〈論唐詩人與道士交遊的範行及其詩學意義〉，唐都學刊，第 3 期，2000 年。

14. 李乃龍，〈中晚唐詩僧與道教上清派〉，陝西師範大學學報，第 4 期，2000年。

15. 李乃龍，〈遊仙詩中的帝王形象問題〉，西安教育學院學報，第 1 期，2001年。

16. 李乃龍，〈論杜甫對道教的態度〉，廣西師範大學學報，第 2 期，2004 年。

17. 李小榮，〈論三教融合與變文的世俗化〉，鹽城師範學院學報（人文社會科學版），第 2 期，2001 年。

18. 李小榮，〈目連故事中國化的文化意義〉，鹽城師範學院學報（人文社會科學版），第 2 期，2004 年。

19. 李文剛，〈論中國神話世俗化〉，連雲港職業技術學院學報，第 3 期，2002年。

20. 李永平，〈唐代游仙詩的世俗化及其成因〉，唐都學刊，第 3 期，2002 年。

21. 李杰鋒，〈論《楚辭》神話的新陳代謝〉，黔東南民族師範高等專科學校學報，第 1 期，2004 年。

22. 李琳，〈與 1997 年田兆元論文同名〉，黔東南民族師範高等專科學校學報，第 1 期，

23. 李虎子，〈唐詩中鳳凰意象的世俗化和唯美化〉，四川大學學報（哲學社會科學版），第 5 期，2001 年。

24. 李炳海，〈從神壇靈域走向人間世俗——再論中國古代神話演變的基本趨勢〉，社會科學戰線，第 4 期，2003 年。

25. 李紅霞，〈論唐代桃源意象的新變〉，西南民族學院學報（哲學社會科學版），第 1 期，2002 年。

26. 李紅霞，〈白居易中隱的社會文化闡釋〉，江蘇社會科學，第 3 期，2004年。

27. 李赴軍，〈佛光幻影中世俗女性的映象——《西游記》女性形象解讀〉，湖南城市學院學報，第 3 期，2004 年。

28. 尚麗新，〈道教音樂與唐五代詞〉，晉陽學刊，第 4 期，2000 年。

29. 邱瑞祥，〈王梵志詩訓世化傾向的文化解析〉，貴州師範大學學報，第 5期，2003 年。

30. 侯傳文，〈《維摩詰經》的文學意義〉，齊魯學刊，第 3 期，1998 年。

31. 柯凡，〈中晚明戲曲中僧尼世俗化現象論析〉，戲曲藝術，第 1 期，2004年。

32. 苟波，〈「塵世磨難」故事與道教的修仙倫理〉，四川大學學報（哲學社會科學版），第 5 期，2004 年。

33. 皋于厚，〈神魔小說的世俗化傾向與入世情結〉，學海，第 4 期，2000 年。

34. 祝菊賢,〈本眞的意象與裝飾性意象——魏晉南朝詩歌意象美學風貌之比較〉,西北大學學報(哲學社會科學版),第 3 期,1999 年。

35. 秦紅增,〈中國神話與道學的思維淵源論——中國神話與儒道思維淵源研究之三〉,廣西民族學院學報(哲學社會科學版),第 3 期,1998 年。

36. 袁濟喜,〈論六朝文學精神的演化〉,中國人民大學學報,第 1 期,2001 年。

37. 馬現誠,〈略論元和體通俗詩風與佛禪思想的關系〉,學術論壇,第 1 期,2003 年。

38. 張松輝,〈道家道教與司空圖〉,中國文學研究,第 3 期,1997 年。

39. 張耀武,〈《紅樓夢》所反映的清初道教的世俗化〉,北京教育學院學報,第 1 期,2001 年。

40. 曹萌,〈儒學發展與中國古代文學思潮〉,鄭州輕工業學院學報(社會科學版),第 1 期,2004 年。

41. 許總,〈論唐末社會心理與詩風走向〉,社會科學戰線,第 1 期,1997 年。

42. 郭建勛,〈論晉代騷體文學情感的世俗化〉,人文雜誌,第 5 期,1997 年。

43. 陳群,〈六朝士人的處世哲學與理想追求〉,蘇州大學學報(哲學社會科學版),第 3 期,2004 年。

44. 陳霞,〈佛教勸善書略談〉,宗教學研究,第 2 期,1997 年。

45. 陳友冰,〈李賀鬼神詩的定量分析〉,文學評論,第 1 期,2004 年。

46. 陳村富,〈世俗化、反世俗化與消解世俗化——評伯格的宗教復興與政治倫理〉,浙江學刊,第 2 期,2001 年。

47. 章子仁,〈人的神化與神的人化——元雜劇的包公現象和古希臘戲劇中的神比較〉,浙江師大學報(社會科學版),第 2 期,1994 年。

48. 閆天靈、張樹青,〈試論宗教的世俗化及其發生機制〉,西北民族學院學報(哲學社會科學版),第 3 期,1996 年。

49. 普慧,〈走出空寂的殿堂——唐代詩僧的世俗化〉,語文學刊,第 5 期,1997 年。

50. 湛芬,〈司空圖主體超越與務實美學思想淺論〉,華北電力大學學報(社會科學版),第 1 期,1999 年。

51. 馮小祿,〈明代文學論爭的發生及其研究價值〉,社會科學輯刊,第 6 期,2003 年。

52. 楊隸,〈元雜劇文人形象的文化審視〉,山東社會科學,第 4 期,2003 年。

53. 趙炎秋,〈中西神化仙話比較研究〉,比較文學研究,第 3 期,2001 年。

54. 劉建耀,〈從柳永詞看中國傳統文學的世俗化傾向〉,華南農業大學學報(社會科學版),第 3 期,2004 年。

55. 劉曉東，〈世俗人生：儒家經典生活的窘境與晚明士人社會角色的轉化〉，西南師範大學學報（人文社會科學版），第 5 期，2001 年。

56. 歐陽建，〈論清代歷史說部的世俗化〉，南都學壇，第 6 期，2002 年。

57. 歐麗娟，〈唐詩中桃花源主題的流變──繼承、轉化與發揚〉，國立編譯館館刊，第 12 期，1997 年。

58. 蔣述卓，〈佛教與中國美學──兼論中國人的宇宙觀、自然觀、藝術觀〉，廣西青年幹部學院學報，第 2 期，2002 年。

59. 魯華峰，〈中晚唐游仙詩與傳奇〉，寧夏大學學報（人文社會科學版），第 2 期，2002 年。

60. 韓冬梅，〈晚唐五代詞和士人心態〉，三峽大學學報（人文社會科學版），第 1 期，2003 年。

61. 韓璽吾，〈佛禪影響下的中國小說〉，長江大學學報（社會科學版），第 2 期，2004 年。

62. 羅陳霞，〈奇趣雅韻──論《隋唐演義》走向世俗化〉，固原師專學報，第 5 期，1999 年。

附表一　唐代宗教事務相關詔令一覽表

說明/本表舉唐代宗教事物相關詔令之要者，作為第三章「政權對宗教的操控」之論述依據。

	在位	詔書名	內容說明	卷頁
1.	唐高祖	〈授道士逸民等官教〉	招募逸民道士來歸。	卷一，頁1。
2.		〈沙汰佛道詔〉	抑止避傜役、囤貨物、行劫掠、造妖訛、寺舍不淨、驅馳世務等亂象。	卷三，頁10。
3.	唐太宗	〈度僧於天下詔〉	諸寺經戰亂之後僧徒減少，庭臺荒廢，因令諸州度僧尼。總數以三千為限。	卷五，頁23。
4.		〈令道士在僧前詔〉	以「朕之本系，出於柱史」，命道士女冠「齋供行立」、「稱謂」，位列僧尼之前。	卷六，頁26。
5.		〈答玄奘還至于闐國進表詔〉	玄奘還歸至于闐國，上表太宗。太宗命「其國僧解梵語及經義者，亦任將來」、諸道使諸國各備人力鞍乘迎接。	卷七，頁32。
6.		〈答玄奘法師進西域記書詔〉	玄奘進呈新撰《西域記》，太宗答書嘉勉。	卷八，頁36。
7.		〈諸州寺度僧詔〉	以天下初定，命「京城及天下諸州寺，宜各度五人。宏福寺宜度五十人。」	卷八，頁39。

8.		〈令諸州寺觀轉經行道詔〉	爲先前之霜害欠收祈福。令「京城及天下諸州寺觀僧尼道士等，七日七夜，轉經行道。每年正月七月，例皆準此。」	卷九，頁41。
9.		〈佛遺教經施行敕〉	以《佛遺教經》戒勸僧徒甚爲詳要，宜加推廣，令「所司差書手十人，多寫經本」、「官宦五品以上及諸州刺史，各付一卷」。	卷九，頁42。
10.		〈答玄奘謝賜御製三藏序敕〉	玄奘謝賜御製〈三藏聖教序〉，太宗答書。	卷九，頁42。
11.		〈斷賣佛像敕〉	以佛道形象，本極尊嚴之事。今竟淪爲技巧之家牟利工具，品像形製，皆無規矩。因命工匠不得預造佛像買賣，已造之像則命送寺觀供奉，由各寺觀徒眾酬直賠償。	卷九，頁42。
12.				
13.	唐高宗	〈建大慈恩寺令〉	營大慈恩寺，度僧三百、迎請大德五十、令法師宜就翻譯。	卷十一，頁53。
14.		〈諭普光寺僧眾令〉	迎請紀國寺上座慧淨爲普光寺主，願合寺諸師，共宏此意。	卷十一，頁53。
15.		〈答沙門慧淨辭知普光寺任令〉	慧淨辭任普光寺主，高宗答書勸進。	卷十一，頁53。
16.		〈僧尼不得受父母及尊者禮拜詔〉	以父母爲人倫之極，僧尼整容端坐，受其禮拜，有傷名教。因命僧尼不得受父母及尊者禮拜。	卷十二，頁58。
17.		〈令僧道致拜父母詔〉	以尊親之道不可絕，令僧道致拜父母。	卷十二，頁59。
18.		〈上老君玄元皇帝尊號詔〉	高宗封禪回輿，下旨尊老君爲太上玄元皇帝、聖母爲先天太后。修飭祠堂廟宇，並置丞一員，以供薦享。	卷十二，頁60。
19.		〈贈王遠知太中大夫詔〉	玉清觀道士王遠知仙化，追贈太中大夫，諡昇眞先生。	卷十三，頁64。

20.		〈停敕僧道犯罪同俗法推勘敕〉	僧道有犯，本依俗法。今因出家人各有條制，個別推科，恐有勞擾，命停前敕。	卷十四，頁66。
21.		〈檢閱新譯經論敕〉	命許敬宗、薛元超、李義府、杜正倫等，看閱玄奘新譯經論。有不穩便處，即事潤色。	卷十四，頁66。
22.				
23.	唐中宗	〈禁化胡經敕〉	道觀多畫化胡成佛變相，僧寺亦畫玄元之形，兩教尊容實不可二俱。前已明令禁斷化胡經，今重申除毀畫像、削除化胡經及諸記錄。	卷十七，頁83。
24.				
25.		〈答大恆道觀主桓道彥等表敕〉	桓道彥等上表貶斥佛教，中宗以佛道皆有可觀，答書命斷進表。	卷十七，頁84。
26.	唐睿宗	〈令西城昌隆公主入道敕〉	睿宗第八女西城公主、第九女昌隆公主，性安虛白，令入道奉爲天皇天后。命於京城右造觀，來年正月入道。	卷十八，頁89。
27.		〈令僧道並行敕〉	以教別功齊，不宜妄分彼我，命法事集會，僧尼道士女冠等，齊行並進。	卷十八，頁90。
28.		〈停修金仙玉眞兩觀詔〉	以「外議不識朕心，書奏頻繁」，停修金仙、玉眞兩觀。	卷十八，頁91。
29.		〈賜天師司馬承禎三敕〉	問候隱居天台山修眞的司馬承禎。	卷十九，頁92。
30.		〈復建桐柏觀敕〉	天台山桐柏觀荒廢，命原址復建，辟封內四十里爲禽獸草木長生福庭，禁斷採補。	卷十九，頁93。
31.		〈賜岱岳觀敕〉	景雲二年，唐睿宗遣太清觀道士楊太希往岱岳觀祈福。	卷十九，頁93。
32.	唐玄宗	〈禁百官與僧道往還制〉	聞百官多以僧尼道士爲門徒，詭託禪觀、妄言禍福…。因命百官不得輒容僧道至家，今後吉凶事所需，皆於州縣陳牒寺觀，然後依數聽去。	卷二十一，頁101。
33.		〈賜道士盧鴻一還山制〉	賜道士盧鴻一以諫議大夫放還山林，歲給米百旦、絹五十匹，朝廷得失，具狀以聞。	卷二十一，頁105。

		〈贈葉法善越州都督制〉	葉法善仙解,追封越州都督。	卷二十二,頁107。
34.				
35.		〈贈司馬承禎銀青光祿大夫制〉	贈司馬承禎銀青光祿大夫制,號眞一先生。	卷二十二,頁108。
36.		〈褒賜尸利佛誓國敕〉	授尸利佛誓國三尸利陀羅拔麾左武衛大將軍,賜紫袍金鈿帶。	卷二十二,頁109。
37.		〈崇祀玄元皇帝制〉	以近日廟庭屢彰嘉瑞,虔荷靈應,令本州擇精誠道士七人,於龍角山廟中,潔齋焚香,以崇敬奉。	卷二十二,頁110。
38.		〈賜王希夷致仕還山制〉	王希夷年邁請致仕還山。賜朝散大夫、國子博士。每歲春秋,州縣致束帛酒肉、衣一副、絹一百匹。	卷二十二,頁110。
39.		〈命貢舉加老子策制〉	令士庶家藏老子道德經一本,每需三省。貢舉加老子策,俾尊崇道。	卷二十三,頁114。
40.		〈加張果封號制〉	贈銀青光祿大夫,號通玄先生。	卷二十三,頁114。
41.		〈令道教及天地乾坤字須半闕制〉	國家致命、表疏簿書、制策文章,凡指道教之詞及天地乾坤之字,一切半闕。	卷二十四,頁118。
42.		〈追尊玄元皇帝父母并加諡遠祖制〉	玄元皇帝母益壽氏先已崇徽號爲先天太后,今追尊父周正御大夫爲先天太皇,於譙郡置廟,準先天太后廟例。十一代祖梁武昭王追尊爲興聖皇帝…… 玄元宮,西京改名太清宮、東京改名太微宮、天下諸郡改爲紫極宮。兩京宮內道士添滿三十七人爲定額。各賜近城莊園各一所、奴婢量賜。今後每至三元日,令崇玄館學士講道德南華諸經,群官百辟,咸就觀禮。	卷二十四,頁118。

43.		〈禁坊市鑄佛寫經詔〉	禁坊市等鑄佛寫經牟利。今後需瞻仰尊容者，就寺禮拜。須經典讀誦者，於寺取讀。	卷二十六，頁126。
44.		〈禁創造寺觀詔〉	不得更造寺觀，若有破壞，須條理申敘，陳牒簡驗，然後聽許。	卷二十六，頁128。
45.		〈徵隱士盧鴻一詔〉	徵隱士盧鴻一。「禮有大倫，君臣之義不可廢也。」	卷二十七，頁131。
46.		〈授盧鴻一諫議大夫詔〉	嵩山隱士盧鴻一應辟而至，授諫議大夫。	卷二十七，頁132。
47.		〈禁士女施錢佛寺詔〉	每年正月四日，天下士女施錢，名為護法，稱濟貧弱，多事奸欺，宜行禁斷。	卷二十八，頁135。
48.		〈分散化度寺無盡藏財物詔〉	散施化度寺無盡藏財物、田宅六畜。京城觀寺先用修理。有餘入常住，不得分與私房。	卷二十八，頁136。
49.		〈禁僧道掩匿詔〉	聞道士僧尼，多有虛掛名籍、權隸他寺、侍養私門之事。託以為詞，避其所管。互相掩匿，共成奸詐。今後禁於州縣權隸侍養師主父母。	卷二十八，頁137。
50.		〈禁僧道不守戒律詔〉	聞有不守戒律、公訟私競、飲酒食肉、非處行宿...等事。另州縣官嚴加捉搦禁止。	卷二十九，頁139。
51.		〈禁左道詔〉	聞妄有占筮、誑惑士庶、假說災祥、兼託符咒...。今先令禁斷，未能悛改，命所司申明格敕，嚴加訪察。	卷二十九，頁140。
52.		〈括檢僧尼詔〉	僧尼數多，踰濫不少。欲令真偽區分。都遣括檢，憑此造籍。	卷三十，頁143。

53.		〈禁僧徒斂財詔〉	聞近日僧徒斂財之風甚盛，因緣講說，眩惑州閭。出入州縣，假託威權。巡歷鄉村，恣行教化。因其聚會，便有宿宵。命僧尼除講律之外，一切禁斷。六時禮懺，需依律儀。午後不行。	卷三十，頁144。
54.		〈澄清佛寺詔〉	聞有假託權便之門，以爲利養之府等弊，不令度人已有二十餘載。若有三十以下小僧尼，宜令所司及州府，括責處分。	卷三十，頁144。
55.		〈禁僧俗往還詔〉	聞有遠就山林，別爲蘭若，兼亦聚眾，公然往來。或妄託生緣，輒有俗家居止。宜一切禁斷。	卷三十，頁144。
56.		〈令僧尼無拜父母詔〉	僧尼一依道士女冠例，無拜其父母。	卷三十，頁145。
57.		〈禁卜筮惑人詔〉	除婚禮喪葬卜擇者，其餘一切禁斷，以杜其弊。	卷 三 十一，頁147。
58.		〈爲玄元皇帝設像詔〉	爲玄元皇帝設像。	卷，頁。
59.		〈嚴禁左道詔〉	蠹政之深，左道爲甚。妄稱佛法、因肆妖言、妄談休咎、專行誑惑…。令所在長官，嚴加捉搦。	卷 三 十一，頁148。
60.		〈答宰臣賀玄元皇帝玉像手詔〉	宰臣賀玄元皇帝玉像，玄宗答書。	卷 三 十一，頁149。
61.		〈命兩京諸路各置玄元皇帝廟詔〉	命兩京及諸州，各置玄元皇帝廟一所。每年依道法齋醮，兼置崇玄學生徒，令習道德經、莊子、文子、列子。每年準明經例舉送。	卷 三 十一，頁149。
62.		〈令寫玄元皇帝眞容分送諸道并推恩詔〉	令所司即寫眞容分送諸道採訪使，當道州轉送開元觀安置。所在道士女冠等，具威儀法事迎候，像到七日夜，設齋行道。仍各賜錢，用充齋慶之費。所置道學，有能	

			明道德莊列文子者，長官訪擇，具以名聞。 囚徒減刑、破產者不可循舊差科、親王公主郡縣主內外文武百官量賜錢、兩京諸州父老量賜錢…	卷三十一，頁149。
63.		〈分道德爲上下兩京詔〉	以道經爲上經，德經爲下經。庶乎道尊德貴。 天下應舉除崇玄學學生外，停試道德經，令所司更擇一小經代替。	卷三十二，頁150。
64.		〈令天下諸觀仍轉本際經詔〉	來年正月一日至年終已來，仍依前轉本際經，兼令講說，設齋度慶。	卷三十二，頁150。
65.		〈答皇太子等表賀內道場靈異手詔〉	答皇太子等表賀內道場靈異。	卷三十二，頁151。
66.		〈答中書門下賀玄元皇帝靈應手詔〉	答中書門下賀玄元皇帝靈應。	卷三十二，頁151。
67.		〈答陳希烈奏道士蕭從一見玄元皇帝手詔〉	答陳希烈奏道士蕭從一見玄元皇帝。	卷三十二，頁151。
68.		〈定祀玄元皇帝儀注詔〉	太清宮行事，冕服、奏樂、告獻…理有非便。今後太清宮行禮，官宜改用朝服，兼停祝版。其告獻辭及所奏樂章，別自修撰。	卷三十二，頁151。
69.		〈尊道德南華經詔〉	玄元皇帝南華等眞人，猶稱舊號者，並宜改正。 編錄經義宜以道德經列諸經之首，其南華經等，不需編在子書。	卷三十二，頁152。
70.		〈改波斯寺爲大秦寺詔〉	波斯經教，來自大秦。將欲示人，必修其本。兩京波斯寺宜改名大秦寺。	卷三十二，頁152。
71.		〈頒示道德經注孝經疏詔〉	頒示道德經注、孝經疏。	卷三十二，頁153。

72.	〈流僧人懷照敕〉	懷照訛言，信無憑據。流播州。	卷三十四，頁161。
73.	〈以玄元皇帝眞容應見宣付史館詔〉	以玄元皇帝眞容應見宣付史館。	卷三十五，頁164。
74.	〈頒示箋註道德經敕〉	頒示箋註道德經。	卷三十五，頁164。
75.	〈度壽王妃爲女道士敕〉	壽王妃楊氏，勤道精修。屬太后忌辰，永懷追福。從其所請，度爲女道士。	卷三十五，頁166。
76.	〈令天下諸觀轉本際經敕〉	天下諸觀來年正月一日至年終，常轉本際經。四大齋日，每百官齋之日，常令講誦。	卷三十六，頁168。
77.	〈迎李含光敕〉	迎李含光。	卷三十六，頁169。
78.	〈命李含光建茅山壇宇敕〉	命李含光建茅山壇宇。	卷三十六，頁169。
79.	〈置茅山修葺戶敕〉	命置茅山修葺戶。	卷三十六，頁169。
80.	〈答李含光進紫陽觀圖敕〉	答李含光進紫陽觀圖。	卷三十六，頁169。
81.	〈賜李含光號元靜先生敕〉	賜李含光號元靜先生。	卷三十六，頁169。
82.	〈答李含光謝賜法號敕〉	答李含光謝賜法號。	卷三十六，頁169。
83.	〈答李含光進靈芝敕〉	答李含光進靈芝。	卷三十六，頁169。
84.	〈答李含光賀仙藥靈芝敕〉	答李含光賀仙藥靈芝。	卷三十六，頁169。

85.		〈命李含光投謝茅山敕〉	李含光進靈芝，命投謝茅山。	卷三十六，頁169。
86.		〈賜李含光養疾敕〉	賜李含光養疾。	卷三十七，頁170。
87.		〈答李含光奉辭詣壇陳謝敕〉	答李含光奉辭詣壇陳謝。	卷三十七，頁170。
88.		〈答李含光謝賜詩敕〉	答李含光謝賜詩。	卷三十七，頁170。
89.		〈賜李含光物及香棗等敕〉	賜李含光物及香棗等。	卷三十七，頁170。
90.		〈答李含光謝修齋醮敕〉	答李含光謝修齋醮。	卷三十七，頁170。
91.		〈褒賜李含光敕〉	褒賜李含光。	卷三十七，頁170。
92.		〈長至日賜李含光敕〉	長至日賜李含光。	卷三十七，頁170。
93.		〈賜李含光物敕〉	賜李含光物。	卷三十七，頁170。
94.		〈命李含光修功德敕〉	命李含光修功德。	卷三十七，頁170。
95.		〈禁茅山採捕魚獵敕〉	以茅山神秀，華陽洞天，法教之源，群仙之宅，崇敬之心，宜增精潔。今後禁斷採補及漁獵。四遠百姓有吃葷血者不須令入。有事祈禱，當以香藥珍饈，不得以牲牢等物爲之。	卷三十七，頁170。

96.		〈賜司馬承禎敕〉	賜書司馬承禎。	卷三十七，頁171。
97.		〈答張九齡請施行御註道德經批〉	答張九齡請施行御註道德經。	卷三十七，頁172。
98.		〈答張九齡賀上仙公主靈應批〉	答張九齡賀上仙公主靈應。	卷三十七，頁173。
99.		〈答吳筠進元綱論批〉	答吳筠進元綱論。	卷三十七，頁174。
100.		〈答司馬承禎進鑄含象鏡劍圖批〉	答司馬承禎進鑄含象鏡劍圖。	卷三十七，頁174。
101.		〈答葉法善乞歸鄉表批〉	答葉法善乞歸鄉表。	卷三十七，頁174。
102.		〈答吳道子進畫鍾馗披〉	答吳道子進畫鍾馗。	卷三十七，頁174。
103.		〈賜皇帝進燒丹灶詔〉	賜肅宗進燒丹灶。	卷三十八，頁176。
104.		〈答皇帝表謝宣示進丹灶詔〉	答肅宗表謝宣示進丹灶。	卷三十八，頁176。
105.	唐肅宗	〈迎慧忠法師詔〉	迎慧忠法師。	卷四十三，頁205。
106.		〈答李含光敕〉	答李含光。	卷四十四，頁209。
107.		〈賜李含光敕書〉	賜李含光敕書。	卷四十四，頁209。
108.		〈賀內道場靈應表〉	本月六日，內道場靈應。飛章騰踊入雲，虛空有言，聖壽靈長而象岳。	卷四十五，頁215。

109.		〈謝進丹灶宣示史館表〉	進丹灶蒙褒美，宣示史館。	卷四十六，頁216。
110.	唐代宗	〈禁僧尼道士往來聚會詔〉	僧尼道士，非本師教主，齋會禮謁，不得妄託事故，輒有往來。	卷四十六，頁219。
111.		〈禁斷公私借寺觀居止詔〉	聞州縣公私，多借寺觀居止。因茲褻瀆，切宜禁斷。今後寺觀除三綱及老病不能支持者，其餘仰每日二時，行道禮拜，不得弛慢。	卷四十六，頁219。
112.		〈追贈不空和尚詔〉	追封肅國公，贈司空，諡曰大辯正廣智不空三藏和尚。	卷四十七，頁224。
113.		〈答釋良賁表進疏通經詔〉	答釋良賁表進疏通經。	卷四十八，頁227。
114.		〈答天長寺沙門曇邃等表定新舊兩疏詔〉	答天長寺沙門曇邃等表定新舊兩疏。命有司俾供資費。	卷四十八，頁227。
115.		〈迎大覺禪師敕〉	迎大覺禪師，遣內侍黃鳳宣旨，本州供送，各州縣開淨院安置，官吏不得謁見。	卷四十八，頁229。
116.	唐德宗	〈修葺寺觀詔〉	州府寺觀，不得宿客居住。屋宇破壞，各隨事修葺。	卷五十二，頁244。
117.		〈明經舉人更習老子詔〉	明經舉人所習爾雅，多是草木鳥獸之名，無益理道。宜令習老子道德經以代爾雅。	卷五十二，頁244。
118.		〈郜國大長公主別館安置敕〉	郜國大長公主信妖孽之虛言，行厭勝之非福。憫其將老之年，置之別館。	卷五十四，頁252。
119.	唐憲宗	〈禁奏祥瑞及進奇禽異獸詔〉	禁奏祥瑞及進奇禽異獸。	卷五十九，頁276。
120.	唐穆宗	〈誅流方士柳泌等詔〉	左道柳泌，上惑先朝。僧大通，藥術皆妄。俱是奸邪。杖決處死。翰林醫官董宏景等，並流嶺南。	卷六十五，頁300。

121.	唐文宗	〈禁奏祥瑞詔〉	禁奏祥瑞。	卷七十一，頁326。
122.		〈增設齋人數詔〉	五月六日、二十六日，兩忌設齋人數，宜各加至二千人。太穆文德皇后忌日，亦宜各加倍數。其寺觀仍舊。十二月八日忌，宜在五所寺觀，共設四千人。宜令所司準式。	卷七十二，頁331。
123.		〈條流僧尼敕〉	象教流行，丁壯苟避於征徭，孤窮實困於誘奪。自今以後，京兆府委功德使，外州府委所在長吏，不得度人為僧尼。 比來京城諸州府，三長齋月，置講集眾兼戒懺。及七月十五日解夏後，巡門家提，剝割生人，妄稱度脫。並宜禁斷。 聞兩街功德使近有條約，不許僧尼午後行遊，從今以後，午後任行。 試經僧尼。並須讀得五百紙，文字通流，免有舛誤。兼數內念得三百紙，則為及格。敕下後許三個月溫習，然後試練。如不及格，便勒還俗。年過五十、老病、殘疾、戒律清高，不在此限。	卷七十四，頁339。
124.	唐武宗	〈毀佛寺斥僧尼還俗制〉	天下拆寺計四千六百餘所，僧尼還俗二十六萬五百人，收充兩稅戶。拆招提蘭若四萬餘，膏腴上田，數千萬頃。收奴婢為兩稅戶十五萬人。勒大秦穆護袄二千餘人還俗。	卷七十六，頁350。
125.	唐宣宗	〈復廢寺敕〉	會昌五年四月所廢寺宇，有宿舊名僧，復能修創，一任主持，所司不得禁止。	卷八十一，頁368。

126.	唐懿宗	〈以天台山獲石函冊文付史館詔〉	天台山獲石函冊文，宣付史館。	卷 八 十四，頁385。
127.		〈迎佛骨赦文〉	迎佛骨，大赦天下。	卷 八 十六，頁393。
128.	唐僖宗	〈賜杜光庭詔〉	青城山齋醮祥異，其修齋道士等一十七人，各賜有差。	卷 八 十七，頁399。
129.		〈改元中觀爲青羊宮詔〉	今因巡幸，殊光跳擲於庭前，靈篆申明於樹下。可改號青羊宮。	卷 八 十七，頁400。
130.		〈令諸道修紫極宮詔〉	令諸道修繕紫極宮。選差有科儀道士齋醮。	卷 八 十七，頁400。
131.		〈賜亳州太清宮敕〉	其住宮威儀道士吳重元可賜紫，仍號凝元先生…。	卷 八 十八，頁403。
132.		〈封丈人山爲希夷公敕〉	封青城丈人山爲希夷公。令本州刺史，親備香齋，冀申虔祝。	卷 八 十八，頁403。
133.	唐昭宗	〈答錢鏐奏重修天柱觀敕〉	錢鏐重修天柱觀，上諭嘉勉。	卷 九 十二，頁418。
134.	唐哀帝	〈改上清宮爲太清宮詔〉	東遷以來，欲事修奉玄元皇帝而未暇。北觀之內，遂薦享以從宜。上清宮古殿清閟，捨短從斯。改上清宮爲太清宮。	卷 九 十三，頁424。
135.		〈放司空圖還山敕〉	前大中大夫尚書兵部侍郎賜紫金魚袋司空圖，心輕食祿，志樂激流，放還中條山。	卷 九 十四，頁426。
136.	武后	〈釋教在道法上敕〉	釋教在道法之上，緇服處黃冠之前。	卷 九 十五，頁429。
137.		〈禁僧道毀謗敕〉	禁僧道相互訾毀。	卷 九 十五，頁430。

138.		〈禁葬舍利骨制〉	聞天中寺僧徒，今年七月十五日下舍利骨，素服哭泣，不達妙理。宜加禁斷。	卷九十五，頁431。
139.		〈僧道並重敕〉	道能方便設教，佛本因道而生。老釋既自元同道，佛亦合齊重。自今後，僧入觀不禮拜天尊，道士入寺不瞻仰佛像，各勒還俗，仍科違敕之罪。	卷九十六，頁433。